W0184114

LA LONGUE ATTENTE DE L'ANGE

Du même auteur

Vita, Flammarion, 2004.
Elle, tant aimée, Flammarion, 2006.
Un jour parfait, Flammarion, 2009.

MELANIA G. MAZZUCCO

LA LONGUE ATTENTE DE L'ANGE

Traduit de l'italien
par Dominique Vittoz

Flammarion

Avec le soutien du

Centre national du livre

Titre original : *La Lunga Attesa dell'Angelo*
Éditeur original : Rizzoli

ISBN : 978-2-0812-7093-0

« Donne-moi, tendre père, la vie éternelle. »

Alessandro Caravia

Exitus

La nuit est tombée. Le rideau est tiré, on a dû allumer, je perçois l'odeur de fumée et de cire, mais pas une lueur ne m'arrive de la clarté qui m'entoure. Les ténèbres ont englouti mon corps. J'ai beau savoir que je suis allongé, je ne me rencontre pas, j'ai beau sentir ma main, je ne la trouve pas. Je me suis perdu. Si tu es là, je ne te vois pas. Quelqu'un bouge dans la pièce, je capte ses gestes et jusqu'aux vibrations de sa pensée. Mais je sais que ce n'est pas toi. M'entends-tu ? Car c'est à toi que je m'adresse. Je t'ai appelé et t'appelle encore. Viens, je ne veux pas parler tout seul.

Je ne dors plus. Quinze jours ont passé depuis la dernière fois que le sommeil m'a visité, me transportant au pays où ce qui est perdu reste présent et où le futur est déjà accompli. J'ai commencé par ne plus rêver, je sombrais dans mes nuits comme une pierre dans un puits sans fond, puis j'ai cessé de dormir. Tout ce que j'ai vécu chatoie dans l'obscurité. Mes yeux pourtant se perdent dans le vide terrifiant qui aspire chaque chose. Tout est éteint, mais je suis encore cloué ici, seul avec ce que moi seul sais et garde en mémoire. Et que j'emporte avec moi.

Les médicaments, dit-on, ont été inopérants et les saignées n'ont réussi qu'à m'épuiser. Les plantes n'ont pas vaincu mes douleurs d'estomac, la fièvre est montée, le sommeil n'est pas revenu. Le prêtre doit être encore dans les parages. Le parfum de l'encens se mêle aux senteurs de résine de pin, bois d'aloès et myrrhe brûlant dans les torches. Mais il est tard, tu es le seul à qui je parlerai encore.

Tu ne m'as pas laissé le temps de dire ce qui doit l'être, mais je te volerai ces instants. Avant que tout ne soit dispersé comme cendre, je t'exposerai mes péchés un à un et tu seras étonné que je m'en reconnaisse autant. Mais ce ne sont pas ceux que tu imagines. Oui, bien sûr, j'ai été arrogant, présomptueux, excessif, menteur, intolérant, impatient, incorrect, instable, déloyal, jaloux. J'ai été immoral, sensuel, désespéré. Je connais la banalité sublime de la chair et la beauté âpre de l'esprit. Je parlerai de vanité, d'ambition, d'égoïsme, de tentation, d'avilissement, de rancœur. Mais mon plus grand péché est ailleurs.

Je ne prétends pas qu'on me comprenne, chacun de nous est sa propre énigme. Je ne livrerai pas le mystère de mes actions, de mes vices, de mes dons. Je ne veux pas me justifier, encore moins être absous, d'ailleurs je ne le pourrais pas : vivre fut déjà une faute impardonnable. Je désire me souvenir, rien de plus, et ainsi vivre encore et faire revivre. Je ne te cacherai rien, pas plus qu'à moi-même. Tu as encore le droit de me juger, tu l'avais assurément. J'ai cru en toi. Moi, infime ciron, j'étais aussi à ton image, je me suis reconnu à la fois vile poussière insignifiante et libre seigneur de l'univers. J'ai accueilli tes présents et t'ai offert les miens. Tu sais ce que j'ai réclamé en échange. J'ai respecté notre pacte, tu l'as enfreint. Et j'ignore encore si ton silence est un signe de trahison ou une preuve d'engagement.

Aide-moi à faire la lumière, car la confusion est grande, l'ordre s'est perdu dans ces soubresauts. Ce qui était fondamental paraît maintenant dérisoire, et ce qui était dérisoire, décisif. Mes souvenirs sont en vrac, car ma mémoire se comporte comme je me suis comporté moi-même. Ma mémoire piaffe, pétille et rectifie sans cesse, elle invente et enjolive. Je ne distingue plus à présent entre ce que j'ai réellement fait et ce que j'aurais dû faire, entre ce qu'on m'a dit et ce qu'on m'a caché, entre ce qui a eu lieu et ce qui n'a jamais été, car pour finir, le temps a tout lissé et réarrangé. La clé des souvenirs vrais est égarée et je ne suis pas en mesure de la retrouver.

Que de monde maintenant dans ma chambre ! On a ouvert les fenêtres, des voix inconnues se mêlent aux timbres familiers. Dehors sur les barques se tient le marché, j'entends les cris des maraîchers et les commérages des servantes. J'entends aussi clapoter l'eau contre la berge : la mer monte. On dirait qu'elle respire.

Des pas, des bruits, des corps, des couleurs, des illusions : c'était la vie, ce le sera encore, avec son éternel mouvement de débâcle et de fuite, d'envol et de chute. Seigneur, ce n'est pas l'effet de la fièvre ou du manque de sommeil. Simplement, je ne veux pas lutter contre ceux que tu m'as envoyés, telle une légion de démons. Je n'aspire qu'à les retrouver.

17 mai 1594

Premier jour de fièvre

Le début de ma fin coïncide avec son retour, et il devait en aller ainsi, puisqu'elle est l'invitée que j'attendais. Elle est venue me chercher et pourtant, moi qui suis prêt depuis des années, Seigneur, j'ai hésité. Tout a commencé quand j'ai ouvert la vieille armoire du grenier et que sa silhouette vêtue de rouge s'est affaissée entre mes bras. C'est toi, mon étincelle, allais-je dire – oui, tu peux rire, Seigneur, si tu veux. Je l'ai allongée par terre avec délicatesse, je me suis agenouillé, j'ai soufflé sur un flocon de poussière accroché à sa manche et pressé le tissu, comme si le velours rouge pouvait sentir la caresse de mes doigts. Cette nuit-là, pour la première fois, je n'ai pas réussi à m'endormir.

Je suis resté étendu dans mon lit, paupières lourdes sur mes yeux ouverts dans le noir, serrant entre mes lèvres mon doux remède contre la douleur : un bâtonnet. Je le mordais de toutes mes forces chaque fois que j'aurais voulu crier, plantant mes dents dans le bois. J'en garde le goût. L'ombre de la lune cheminait sur les couvertures. L'astre nocturne était déjà couché quand mon bon Dominico est remonté de l'atelier, l'escalier a craqué sous ses pas, la porte a grincé sur ses gonds, je l'ai entendu fermer les volets. À la cuisine, les domestiques bavardaient et riaient en sourdine, leurs voix jaillissaient dans le silence de plus en plus profond de la maison. Marco n'était pas rentré. Il devait traîner dans un tripot, jouant aux dés avec des fainéants de son espèce. Ma femme a veillé pour l'attendre, puis elle s'est résignée et peu à peu sa respiration à mes côtés est devenue plus lente et laborieuse. Jusqu'au moment où, sur le rio della Sensa et le campo, plus aucun bruit n'a ridé la surface de la nuit.

Une à une les maisons se sont éteintes. Tout le monde s'est endormi, les nobles et les travailleurs, l'illustre Gasparo Falier dans son palais de marbre et Piero le teinturier dans la maison verte en face de chez moi. Les rats à la cave, les pigeons sous le toit, les hirondelles sur le faîte, les puces dans l'armoire et les punaises au creux du matelas. La vendeuse des quatre-saisons au pont dei Mori, les tisserands de la corte del Cavallo, Angelo Schietti, mon voisin d'en face, Belloni, mon avocat au Palazzo del Cammello, les moines dans leurs cellules du couvent de la Madonna dell'Orto. Les voisins : bateliers, calfats, vendeurs de laine, maraîchers, charpentiers. Ma cuisinière, Nastasio mon serviteur, dame Jacoma la peintresse, Zanetta la lunetière aux Ormesini et Marco Liaba l'imprimeur. Son imprimerie est mitoyenne de la pièce qui me sert d'atelier depuis un demi-siècle et qui est la caverne de mon imagination. Venise s'est abandonnée au sommeil, le rythme paisible de l'eau berçant tout un chacun. On n'a plus entendu que les cris épars des mouettes planant au-dessus de la cheminée. Puis les oiseaux se sont tus et pendant des heures, je suis resté seul avec moi-même.

J'entendais la respiration de l'eau et de Venise, celle de ma femme et la mienne, et tandis que les heures semblaient engorger la clepsydre de la nuit, je mordais mon bâtonnet, me demandant s'il me serait donné de rencontrer à nouveau mon étincelle ailleurs qu'au pays trompeur des songes où, ombre et fumée, elle m'échappe sans même un regard. Au moment même où je saurais comment me comporter et où je ne redoute plus les réponses, je ne peux plus rien lui demander. Mes questions planent entre nous, elles nous séparent comme un mur qu'il m'est impossible de franchir.

Ce matin-là, je m'étais levé avant la cloche de l'Arsenal. Réveillé en sursaut, trempé de sueur, en plein cauchemar. Je courais dans le dédale des ruelles à Rialto, où je ne suis pas retourné depuis longtemps, talonné par une personne invisible que je n'arrivais pas à distancer. J'ignorais de quelle faute je m'étais rendu coupable, mais je savais que je ne pouvais pas m'arrêter. Je courais, le cœur battant la chamade. Mon corps était jeune, mes jambes agiles. J'avais dû me perdre, car je débouchai soudain dans une impasse. Il n'y avait devant moi qu'un sinistre reflet. L'ombre de celui ou celle qui me poursuivait dessinait une tache sombre sur le mur du palais. Je me jetais à l'eau et m'apercevais alors que c'était un liquide épais, rouge et visqueux. Du sang. Le courant m'entraînait loin de la berge, le rio débouchait dans un canal plus grand, ce flot de sang coulait sous les ponts et entre les maisons, dont la mienne. Je me débattais, tentant en vain de résister. J'étais aussi léger qu'une bulle de savon ou un flocon de poussière, je me sentais de plus en plus faible, comme si c'était moi qui avais perdu ce sang. C'est alors que je me suis réveillé. J'avais dormi pour la dernière fois, mais ne pouvais le savoir.

Dans mon atelier, *La Mise au tombeau* m'attendait sur le chevalet. J'étais désormais impuissant : ce tableau était achevé. C'est toujours une déception de découvrir que votre œuvre ne vous appartient plus. Vous voyez qu'elle ne ressemble à rien de ce qu'elle aurait dû être, pas même à un pâle brouillon de vos intentions, et pourtant elle ne saurait être différente. Jeune, quand vous travaillez en toute liberté et inconscience, vous débordez d'espoir. Le désir vous presse, la fureur vous aiguillonne, le caprice vous encourage. Il vous est aussi naturel de créer que de respirer. L'abondance de la matière vous séduit, votre énergie vous rassure. Mais ensuite vient la nécessité de vivre. Créer vous est alors à la fois indispensable et évident, comme excréter. Un lest inconnu vous encombre de toute sa masse, vous empoisonne, transforme l'amour en habitude. Mais si vous tenez bon, si vous ne trahissez pas ce pour quoi vous sentez que vous êtes né, si vous survivez, la folie vous gagne, ainsi que l'ivresse et la prétention de savoir. Puis, tôt ou tard, vous vous apercevez que le voyage est fini et vous vous retrouvez sur le rivage d'où vous êtes parti. Si vous êtes un homme et pas une cornemuse gonflée de vent, il ne vous reste que la silencieuse conscience de votre échec.

Alors j'ai convoqué mes fils et leur ai demandé de trouver une gondole pour nous rendre à San Giorgio Maggiore. Maintenant ? a réagi Marco en frottant ses yeux injectés de sang. Il ne s'était pas encore couché. Le plus tôt possible, ai-je répondu. Il faut que je vienne aussi, tu es sûr ? s'est-il étonné. Je ne lui demande jamais de m'accompagner. Je ne lui accorde aucune confiance, lui interdisant même de franchir la porte de mon atelier, de peur qu'il ne me vole un dessin pour payer ses dettes à des gredins qui l'auront plumé. Je vous veux avec moi tous les deux, ai-je affirmé.

Bonjour, maître, ont murmuré les apprentis de Dominico, en me regardant avec une révérence qui ne dissimulait pas leur terreur. Ils s'affairaient déjà dans la pénombre de l'atelier, raclant les palettes, broyant les couleurs. Pour ma part, je n'ai jamais eu la patience de m'entourer d'élèves, leur présence m'étouffait. Je ne crois pas à l'enseignement. Il n'y a eu qu'une personne dans ma vie à qui je ne me suis jamais lassé d'enseigner. Tes apprentis vont pouvoir se rendre utiles, Dominico, ai-je lâché. Il faut emballer *La Mise au tombeau*.

J'ai taillé ma barbe. Mon miroir m'a révélé un bandit et j'ai craint qu'il ne veuille m'assassiner. Mes yeux sont deux trous d'ombre, ma barbe une broussaille blanche. Trois rides profondes creusent mon front. On dit que le temps modèle notre visage à l'image de notre vie et que les plis de notre bouche comme les taches de notre peau donnent à lire ce qui nous est arrivé. Mais je ne veux pas me lire. Je sais qu'on a peur de moi, parfois je me fais peur tout seul.

Ma femme m'attendait pour le petit déjeuner. Mes journées désormais sont aussi répétitives que celles d'un perroquet en cage. Celle-ci aurait dû être identique aux précédentes et, sans la robe rouge, je n'en aurais gardé aucun souvenir. Elle se serait noyée dans le cortège de jours monotone qu'est devenue mon existence. Quand on vante les privilèges de la vieillesse, on oublie souvent de rappeler combien l'existence d'un vieillard est ennuyeuse. Si je pouvais rajeunir, je renoncerais volontiers aux cadeaux de l'âge et si je pouvais rester vieux, je renoncerais volontiers à la libération de la mort. Mais le verre de l'habitude s'est fêlé, une brèche s'est ouverte : le présent s'est éparpillé comme un reflet sur l'eau, et j'ai cédé sans crier gare.

Faustina m'a demandé de vérifier s'il est vrai que l'empereur aurait obtenu les moyens nécessaires pour une croisade contre les Ottomans et qu'une nouvelle guerre se préparerait. À chaque rumeur de conflit, ma femme est sur le gril, car elle redoute que notre Marco ne s'engage et n'aille trouver la mort sur le champ de bataille d'un pays dont nous ignorerions jusqu'au nom. Je l'ai rassurée. Si la guerre devait éclater, Venise ne s'en mêlerait pas, nous avons appris la leçon : qui ne peut vaincre son ennemi doit vivre en paix avec lui. C'est vrai pour les États comme pour les hommes.

De toute façon, je n'avais pas envie de discuter avec ma femme. J'ai grignoté le fromage et recraché le pain. J'ai encore toutes mes dents, je n'entendais pas les laisser plantées dans la croûte. Je sors, je rentrerai tard, ai-je annoncé à Faustina. Il fait une chaleur d'enfer, tu vas prendre mal, a-t-elle protesté. Si seulement ma femme m'avait encouragé, approuvé sans discuter, ne fût-ce qu'une fois, au lieu de m'obliger à lui arracher son assentiment ! Je repasserai à une heure, ai-je expliqué. Prépare ma robe de satin noir, je ne sais pas où tu l'as fourrée. Où toi, tu l'as fourrée, Jacomo ! a-t-elle grommelé. Tu ne la mets plus ! Elle doit être mangée par les mites. Pourquoi as-tu besoin de ta robe ? a-t-elle ensuite demandé, piquée de curiosité. Je dois aller à un enterrement, lui ai-je répondu avec une brusquerie qui ne lui a pas laissé le loisir de me questionner davantage.

Vous sentez-vous bien, père ? s'est inquiété Dominico en remarquant que je titubais sous le soleil. Il redoute de me perdre. Il aura bientôt trente-quatre ans et je suis encore son guide. Je me suis hâté d'imputer cet accès de faiblesse au vent brûlant qui fouette la ville, à ce sirocco de malheur. Ma femme me saluait de la fenêtre de la loggia. J'y ai droit chaque jour. Comme si j'étais en partance pour Dieu sait quelle contrée, alors que je ne quitte plus Venise depuis des années. Quant à elle, je ne l'ai jamais quittée. Venez me chercher quand le tableau sera emballé et la gondole prête, ai-je ordonné à mes fils qui me suivaient le long du canal, élégants avec leurs justaucorps en soie de couleur, leurs collerettes blanches immaculées et leurs bonnets en tabis coiffant leurs chevelures brunes. Ils affichent une richesse et un rang dont ils ne jouissent pas. Mais c'est ma faute, aussi. Je leur ai donné ce que je ne me suis jamais accordé. Où vas-tu, papa ? s'est enquis Dominico d'un air dubitatif. Où veux-tu qu'il aille, a murmuré Marco, il n'a rien à faire, mais, enfermé à la maison, il s'ennuie comme une poule à la messe.

C'était vrai. Aucun travail ne m'attendait. J'avais cessé de prendre des commandes quand j'avais craint de ne pouvoir les honorer. Je ne mesurais plus ce qui me restait à vivre en années, ni même en saisons. L'unité désormais se limitait à la journée. Et chaque nuit était aussi insidieuse que la traversée de l'Atlantique. Mes fils me dévisageaient, perplexes, tandis que j'avançais sur le campo à pas lents aussi dignes que prudents, car il m'arrive souvent de trébucher. Dominico m'a rejoint et m'a pris le bras avec sollicitude.

Mon fils voit dans la vieillesse le seul mal qui m'afflige, un mal sans remède. Moi, je me sens aussi vigoureux que le jour où j'ai compris pour la première fois que j'étais moi-même. Car, malgré toute la lassitude de mon corps, la fragilité de mes os et l'usure de mon cœur, rien n'a changé ni ne saurait changer dans le noyau de ma personne, dans mon identité, dans ce qu'on peut appeler mon âme, qui, intemporelle, préservée du caprice des années, est indestructible. Envoie-moi la fièvre, Seigneur, ôte-moi mes forces, cloue-moi au lit : je t'attendrai éveillé, avec ce cerveau terriblement lucide que tu as voulu me donner. Agacé, je me suis dégagé. J'ai à faire, ai-je répété à Dominico, laisse-moi tranquille, va-t'en. Mon bon fils a supporté ma rebuffade en silence, souriant à part lui, et, comme toujours, il s'est exécuté.

Tous les matins, je me rends à la Madonna dell'Orto. Je trouve asile dans cette église, qui est aussi mon musée : pas une chapelle, un mur, un recoin où je n'aie laissé une page de ma vie. J'y ai écrit mon histoire comme dans un livre. Les seules présences à cette heure étaient le boulanger du campo dei Mori qui priait à genoux, égrenant ses litanies à voix basse, et un frère convers du monastère voisin au travail avec son balai de sorgho. Le soleil tombant des hauts vitraux dessinait au sol une ligne nette, lumière d'un côté, ombre de l'autre. Si notre âme pouvait être aussi tranchée, Seigneur. Si je pouvais séparer ainsi le bien du mal, ce que j'ai fait de ce que j'ai reçu. Mais non, tout se mélange dans un seul grand tourbillon. Et je ne saurais plus démêler ce qui était juste de ce qui constituait une profonde et radicale erreur.

La lumière se brisait contre les vitraux comme contre un rempart, se dispersant en éclaboussures de soleil qui pirouettaient sur les murs et le sol, aveuglantes. J'ai cherché les grandes orgues – à croire que j'avais oublié leur emplacement. Je suis venu dans cette église tous les jours pendant presque trente ans. Pourtant, j'ai brièvement hésité dans la nef vide, égaré. La mémoire de ce qui m'est proche dans le temps est aussi brouillée que le souvenir d'un rêve. Le passé me semble plus proche que mon propre présent.

Une forêt de cierges brûlait devant la statue naïve de la vierge dell'Orto, invoquant sa grâce. J'aurais voulu en allumer un moi aussi, mais j'ai été distrait. Une silhouette blanche papillonnait au-dessus de ma tête. Penché sur le vide, un enfant se balançait sur l'échelle de l'échafaudage dressé devant un autel secondaire. C'était une fillette vêtue de blanc. Attention, petite étincelle, lui ai-je dit. Tu vas te faire mal si tu tombes. Viens ici. Elle a obéi, reprenant pied sur les dalles, et s'est approchée, hésitante. Elle avait dans les sept ans, des cheveux châtains et des yeux noirs de Turque. Je ne m'appelle pas Étincelle, a-t-elle protesté. Ah non ? Alors, comment t'appelles-tu ? Je m'appelle Marietta, a-t-elle répondu d'un air sérieux en défroissant sa robe du plat de la main. Elle était tachée de plâtre. Le beignet qu'elle grignotait lui avait graissé les lèvres. Marietta, ai-je soupiré, ma petite fille aussi s'appelle Marietta.

Tu as une petite fille ? s'est-elle écriée, incrédule. Tu es tout vieux ! *Vieux*. Un mot qui ressemble à une insulte. Je rechigne à accepter d'être devenu ce que tout le monde honnit – un squelette recouvert d'une peau ridée fine comme du papier, un corps que toute beauté a quitté, un être répugnant que personne ne veut plus regarder. Pourtant, j'ai toujours aimé les vieillards. Je préférais les êtres qui ont devant eux la mort plutôt que la vie. Il ne leur est plus nécessaire de mentir. C'était du moins ce que je croyais.

Comment t'appelles-tu ? a ajouté la fillette, oubliant déjà qu'elle m'avait offensé. Elle s'est approchée. Ma barbe hirsute l'intriguait, et plus encore le pendentif d'un blanc éclatant qui ressortait dans l'échancrure de ma chemise. Jacomo, ai-je répondu. Jacomo, et après ? a-t-elle insisté. Maman dit que je ne dois pas parler aux hommes qui n'ont pas de nom de famille, parce qu'ils sont pauvres. J'ai souri. Sa mère s'y connaissait en affaires. La petite portait aux oreilles des perles grosses comme des billes. Un bijou trop précieux pour une enfant aussi jeune. On m'appelle Tintoret, ai-je expliqué. Marietta a éclaté de rire. Elle n'avait jamais entendu mon nom. La célébrité impressionne moins les enfants qu'un rayon de soleil. Ce n'est pas un nom de famille ! s'est-elle exclamée. Tu n'es pas quelqu'un d'important ! Je ne peux pas parler avec toi !

Elle a pivoté sur ses talons pour s'enfuir, mais je l'ai retenue par le pan de sa robe et elle n'a pas essayé de se dégager. Elle portait au cou un lacet de cuir noir avec un pendentif en calcédoine. La calcédoine aide à vaincre ses désirs et chasse les mirages de l'imagination nés de la mélancolie. Ce pendentif était étonnamment identique au mien. Je ne crois pas aux vertus des pierres, mais je ne me sépare jamais de celle-ci, pas même quand je dors. Tu ne devrais pas te promener toute seule, petite étincelle, lui ai-je dit. Ses chaussettes en coton étaient tombées sur ses chevilles, je les lui ai remontées. J'avais effectué ce geste tous les jours pendant des années. Si ma mémoire l'avait oublié, mes mains s'en souvenaient. Les fines chevilles d'une enfant, ses mollets blancs de plâtre, sa peau qui sent l'eau de fleur d'oranger. Mais je ne suis pas toute seule ! a-t-elle précisé. Mon frère vient prendre des cours ici et ma maman est allée payer le prieur. Où est ta petite fille ? m'a-t-elle demandé ensuite, en regardant à la ronde. Il n'y avait personne. Le frère convers avec son balai avait disparu. Je l'ai perdue, ai-je dit.

Et si on allait la chercher ? m'a-t-elle proposé d'un air grave. Ma tristesse l'avait troublée. Les enfants ne supportent pas notre douleur. Comme elle voulait vraiment m'aider, je me suis laissé guider. Elle m'a entraîné le long de la nef, vérifiant chaque chapelle, inspectant les niches et les recoins sombres. Elle a ouvert toutes les portes ménagées dans les murs de l'église. Comme si ma Marietta pouvait se cacher dans la sacristie. Nous avons fait le tour complet de l'église, jusqu'au pied des grandes orgues où je me suis arrêté. Les battants que j'ai peints voilà bien des années étaient fermés. Une frêle silhouette blonde montait l'escalier raide d'un temple. Sa robe claire constellée de poudre d'or brillait dans la pénombre. J'ai annoncé en la désignant : ma Marietta.

L'autre Marietta a renversé la tête en arrière, surprise. Mais elle m'a cru, car les enfants se fient aux mots. Tu es un magicien qui transforme les gens en peinture ? s'est-elle enquise avec sérieux, comme si je lui avais dit que j'étais menuisier ou capitaine. Oui, aussi. Oh ! s'est-elle écriée, admirative. Pourquoi ? Je ne sais pas, Étincelle, ai-je répondu, peut-être parce que je veux les garder pour toujours près de moi. Mais son attention courait déjà ailleurs. Elle avait lâché ma main et s'était accroupie. Elle avait découvert une plaque de marbre par terre, sous ses petites chaussures. Les caractères de l'inscription étaient voilés de poussière, elle a soufflé pour la chasser. Mais elle n'arrivait pas à déchiffrer. Peut-être ne savait-elle pas lire. Marietta ! a appelé une voix de femme. Marietta ! La fillette ne s'est pas retournée. Mais avait-elle seulement entendu ? Fascinée, elle ne lâchait pas des yeux la plaque blanche à ses pieds. C'était une pierre tombale. Le sol de l'église en est pavé. Nous marchions sur des milliers de morts.

Mais Marietta ignorait la mort : elle riait et frottait la plaque du bout de son pied. Un blason en relief était apparu, un évêque avec sa mitre. Le blason de la famille de mon épouse. Marietta ! criait la voix. Fâchée, maintenant, et proche. Un garçon obèse nous a rejoints et une femme en manteau mauve s'est approchée de nous. Elle portait dans ses bras une petite de deux ou trois ans, endormie, la joue au creux de son épaule. Je ne l'avais plus revue et ne l'aurais pas reconnue. Mais ce manteau, c'est moi qui en avais passé commande. Elle tenait un éventail de plumes de paon aux reflets irisés, deux gouttes d'émeraude pendaient à ses oreilles, une écharpe violette en soie de Perse entourait son cou et un anneau de diamant ornait son doigt. Le manteau, l'éventail, les boucles d'oreilles, l'écharpe et l'anneau appartenaient à ma Marietta. Cette femme était Zanetta, la lunettière des Ormesini. Elle aussi m'a reconnu, mais ses iris sombres de Turque m'ont traversé comme si j'avais été une vitre. Elle a feint de ne pas savoir qui j'étais.

Que fais-tu, Marietta ? a-t-elle crié à sa fille, l'attrapant par le poignet et la forçant à se relever. La fillette a jeté ses bras autour de sa taille et enfoui son visage dans ses jupes. J'ai trouvé obscène et contraire à tes lois, Seigneur, que cette femme soit là, jouissant de la prospérité de sa famille, tandis que mon étincelle n'est plus qu'un petit tas de chiffes obscures. Quel est ton dessein, où est ta justice ? Tu étais mon souverain, et moi ton instrument. Comment as-tu pu permettre une telle chose et payer de sang l'amour que je t'ai donné ? La lunettière était parée du manteau de soie de ma fille, de son écharpe violette, de son éventail et de son anneau de mariage. La petite portait ses boucles en perle, son pendentif de calcédoine et son nom. Elle a parlé à l'oreille de sa mère en me montrant. Mais la lunettière s'est ostensiblement détournée et l'a entraînée. Marietta a emporté tous ses secrets. Elle m'a laissé des lambeaux de souvenirs dépourvus de sens que je ne peux recoudre sans les déformer, sans ajouter à mon aveuglement l'erreur et le mensonge.

J'étais immobile au milieu de la nef. J'espérais que l'organiste vienne jouer. Alors je me serais assis sur un banc et assoupi. Je me suis toujours dit que si seulement j'avais pu dormir en ce lieu où Marietta se trouve aussi, notre musique m'aurait guidé vers elle et permis de la suivre avec la certitude de la retrouver où qu'elle soit. En sortant de l'église, Zanetta et sa fillette m'ont frôlé. Adieu, Jacomo, a dit Marietta en agitant la main, ta petite fille qui s'est perdue est peut-être dans le clocher, c'est beau de là-haut, on voit tout Venise et même les montagnes et la mer à l'horizon. Au revoir, petite étincelle, ai-je répondu. En passant près de moi, elle n'a pu réprimer sa curiosité et, d'un bond, est venue caresser ma barbe. Personne ne me caressait plus la barbe depuis des années, peut-être une éternité.

J'ai levé à nouveau les yeux vers le tableau. Dans la pénombre, la petite Marie monte en hésitant l'escalier raide du temple, en haut duquel l'attend un prêtre barbu. L'enfant semble consciente de la singularité de son destin, qui la rend à la fois vulnérable et heureuse. Cette enfant porte son nom. C'est pour Marietta que j'ai peint ce tableau. Comme je l'ai aimée, Seigneur, et comme je l'aime encore.

Ma femme n'avait pas retrouvé ma robe. Mais j'ai fouillé tous nos coffres. Car, ce jour-là, je voulais célébrer les véritables funérailles de Giovanni, même si personne dans ma famille ne devait le savoir. Mon épouse ne peut entendre sans pleurer le nom de Zuane, comme nous appelions notre Giovanni. Mais elle sait que je ne supporte pas les pleurnicheries, alors elle cache ses larmes dans son mouchoir en dentelle. Giovanni méritait que je prenne congé de lui dans un équipage de citoyen éminent et respectable. Lui-même n'avait pas voulu le devenir, il m'en avait laissé la charge. Je ne pouvais rien faire de plus pour mon fils. J'ai fouillé parmi mes chemises, mes pourpoints, mes tabliers de travail avec une nervosité croissante : en vain. Nastasio, mon serviteur qui m'observait impassible depuis plusieurs minutes, m'a suggéré de chercher dans les coffres et les armoires du grenier, c'est là que j'ai relégué mes habits d'apparat, ma toge de noble et ces manteaux aux larges manches que le tailleur m'avait confectionnés pour mes exhibitions insensées et que je ne porte plus depuis des années.

C'est ainsi qu'après fort longtemps j'ai gravi tant bien que mal cet escalier étroit. Avec le temps, Seigneur, j'avais adopté une stratégie de vandale. Soustrait à ma vue tous les objets qui risquaient de me parler d'elle. Distribué ses bijoux, détruit ses partitions, donné ses poupées, ses marionnettes, ses animaux en cire et en verre soufflé, car même un insignifiant petit chameau pouvait m'infliger une blessure mortelle. Dans mon atelier, j'étais allé jusqu'à retourner son portrait face contre le mur. Je voyais le dos du tableau, la trame de la toile. Ce tissage serré, où mon regard s'enlisait parfois des heures durant, ressemblait au labyrinthe où je l'avais perdue. Entre la porte de l'armoire et la poutre du plafond, une toile d'araignée était tendue. Ce splendide dispositif de fils de soie vibrait imperceptiblement dans un timide rayon de soleil. Au centre de la toile, immobile, une araignée charnue couleur d'or se tenait à l'affût. Je me suis demandé depuis combien d'années elle m'attendait.

L'humidité avait gonflé le bois, la clé ne tournait plus dans la serrure, le pêne était grippé. J'ai envisagé pour l'ouvrir de dégonder la porte. Quand elle a enfin cédé, je me suis retrouvé face à une rangée de fantômes voilés d'une fine poussière blanche. Les supports de bois en forme de corps humain, qui portent nos vêtements pendant des mois, voire des années, afin qu'ils ne se déforment pas, se balançaient sous le choc et soudain les étoffes sont tombées en avalanche sur moi. Mon réflexe a été de les retenir comme si elles risquaient de se blesser.

En voilà un idiot dérangé et superstitieux, penseras-tu, qui doute de l'existence de Dieu, mais croit aux esprits. Ris de moi, si tu veux. Je ne crains pas le ridicule. Mon bonheur, Seigneur, portait autrefois ce velours rouge. Je l'ai allongé sur le sol. Avec la même délicatesse, ce soir-là à Mantoue, je l'avais allongée, elle, sur le dallage du salon. Elle avait cligné les paupières comme si elle n'était pas sûre d'être là où elle était, ni de qui elle était. Mais elle m'avait reconnu et souri. Pour toi, cela ne signifie rien, mais pour un être humain, parfois, un éclair dans la pupille de la personne aimée vaut plus que tout. Comprends-tu ? Elle m'avait reconnu avant même de revenir à elle. Je témoignais qu'elle était vivante, qu'elle existait – qu'elle a existé. Je suis là, lui avais-je dit, tout va bien, mon étincelle, tu as perdu l'équilibre et tu es tombée. Elle m'avait demandé, étonnée : pourquoi l'orchestre ne joue-t-il plus, Jacomo ? Je veux danser encore.

J'ai soufflé la poussière sur la robe rouge. Aérienne, inconsistante, volatile, la poussière me fait penser à elle. Je ne peux plus voir la poussière danser dans un rayon de soleil sans réentendre ses paroles. Sa robe était fripée. Les fils d'or du bustier dénoués. Après cette soirée, elle n'avait plus jamais porté cette robe. Je m'étais relevé. Je l'avais aidée à se relever. Ce n'est qu'un étourdissement, avais-je expliqué aux musiciens qui nous regardaient, inquiets. Continuez de jouer, je vous prie. C'est moi qui l'avais priée de mettre cette robe rouge pour le bal. Pendant qu'elle évoluait dans l'immense salon, virevoltant avec légèreté, j'avais l'impression de voir danser une flamme. La musique avait repris. Mais nous suivions une autre mélodie, un autre rythme. Je la tenais par la taille, elle avait croisé ses mains derrière ma nuque. Nous parcourions maintenant le salon désert, glissant sur le marbre immaculé, presque sans toucher le sol. Il me semblait qu'en battant des bras j'aurais décollé. Là était, malgré tout, le bonheur. Dans ce vertige, ce frémissement du corps, cet ébranlement du cerveau, dans cette onde qui part du ventre pour envahir la tête. La pensée qui choisit le corps, le corps qui devient pensée, la révélation soudaine que l'âme est le corps, et que là réside le secret.

Ce n'était pas mon armoire, mais la sienne. Elle ne contenait pas des vêtements d'homme, mais une garde-robe en velours, soie et damas : des jupes, des corsets, des jupons, des manteaux, des fourrures qui étaient restés là tout ce temps, serrés les uns contre les autres, comme s'ils attendaient qu'on les emmène au bal.

Quand le moment était venu de vider l'appartement, Maddalena, sa servante, avait réclamé les vêtements, arguant que sa maîtresse les lui avait promis. Mais nous savions que c'était un mensonge. Elle n'aurait jamais rien laissé à cette femme. Sa garde-robe faisait partie de sa dot, comme le lui a dit vertement Faustina, elle nous appartenait. Ma femme avait chargé Nastasio de rapporter ces habits chez nous, parce qu'un jour ils enrichiraient la dot de nos filles. Mais je ne supportais pas l'idée de croiser chez moi Ottavia ou Laura dans une robe de ma fille. J'ose à peine prononcer son nom, pour ne pas le profaner. Et je ne l'ai peut-être plus prononcé, en effet. *Marieta*, dis-je pour moi, en prononçant son prénom à la vénitienne, avec un seul t. La douceur liquide de ces trois syllabes me console : *Marieta, Marieta.*

J'avais ordonné à mon serviteur d'ignorer la volonté de mon épouse et de ne rien garder du contenu de l'armoire qu'on apporterait de San Giacomo dall'Orio. Ne rien garder ? avait objecté Nastasio, surpris. C'est qu'il y en a pour cher, mon maître. Du drap de Flandres, du camelin, du brocart, de la batiste, uniquement des étoffes de qualité. Madame était toujours si élégante… Découds les dentelles et les bordures en fourrure et revends-les, me suis-je entêté, tu garderas le gain. Tu peux vendre aussi les manches et les boutons, mais pas le reste. Découpe ces vêtements en morceaux, puis brûle-les, jette-les dans la lagune, à ta guise, mais personne d'autre ne doit les porter. Et comme Nastasio me dévisageait, ahuri, je lui avais dit que c'étaient des vêtements diaboliques, que le démon y avait laissé son odeur de soufre. Je n'aurais pas dû parler, ni même penser, de la sorte. Mais à ce moment-là, je voulais anéantir le passé, n'en laisser aucune trace, sinon dans mon esprit où je peux le récrire, l'embellir, l'élever au rang de bonne action. Je tentais de m'affranchir de mes souvenirs. Je croyais peut-être qu'il me restait assez de temps pour m'en fabriquer d'autres.

Mais mon serviteur ne m'avait pas obéi. Les vêtements de Marietta étaient là. La nostalgie m'a mordu au ventre comme un chien féroce. J'ai poussé le mannequin contre la porte sans pouvoir le lâcher des yeux, chaviré. La robe rouge avait gardé la forme de son corps, le pli de ses coudes, la courbe de ses hanches, la rondeur de ses seins.

Les lacets dorés du bustier avaient capturé un de ses cheveux blonds. J'ai plongé le visage dans cette robe, Seigneur. L'odeur de ma fille m'a assailli. Je ne sais expliquer pourquoi la magie du retour ne peut s'opérer qu'à travers l'impalpable, l'inconsistant, l'invisible. Marietta était revenue, elle était tout près de moi. Je la tenais dans mes bras. J'entendais sa voix murmurer à mon oreille : ne t'arrête pas, si tu t'arrêtes, les musiciens ne joueront plus, parce que nous sommes les derniers, tout le monde est parti, nous sommes seuls, le château est à nous. Mais il est tard, mon cœur, lui répondais-je, nous devons partir nous aussi, la fête est finie. Oh ! non ! protestait-elle, la fête ne peut pas finir tant que tu es là.

J'ai respiré sa présence, me suis empli les poumons d'elle. Quand Marietta vient de broyer les couleurs, de manipuler les pinceaux, elle sent l'huile de lin, la laque et le genêt. Quand elle descend en pleine nuit dans mon atelier me dire qu'il est tard, que je devrais aller me coucher maintenant et que ses cheveux me chatouillent la bouche, elle sent le gingembre, le clou de girofle et la mer. J'ai parfois suivi un fantôme dans la rue, les yeux fermés, le cerveau abusé, les sens en alerte, juste pour respirer son parfum. Mais dans le grenier, Marietta sent le moisi, le renfermé et l'humidité. C'était sur un vêtement satiné par la poussière que je frottais mon nez.

J'ai ressenti un picotement à la nuque, quelqu'un m'observait. Ma femme, peut-être. Je me suis demandé depuis combien de temps elle était derrière moi. Ma faiblesse pathétique la confortera dans l'idée qu'elle n'aurait pas dû épouser un homme de loin plus âgé qu'elle, qui la laissera seule trop tôt, condamnée à un veuvage presque aussi long que notre mariage. Et quand désormais il me sera impossible de la voir, elle pleurera peut-être sans bruit dans son mouchoir de dentelle pour moi aussi. Mais quand je me suis retourné, j'ai reconnu au milieu de la pièce vide, tenant une lampe fumante, la silhouette replète de Nastasio. Mon serviteur est nain et quand il se hâte, de guingois sur ses petites jambes torses, il ressemble à un crabe, c'est pourquoi, le jour où il est entré à mon service, voilà de nombreuses années, je l'ai surnommé Crabelet. Ma robe de satin noir était posée sur son bras. Quoi que pense Crabelet, aucune ironie ne transparaît jamais sur son visage. Si je lui disais que ma fille est dans cette armoire, il ne me jugerait ni fou ni gâteux : il croirait ce que je crois.

Pourquoi m'as-tu désobéi ? l'ai-je tancé. Je n'ai pas pu, mon maître, m'a-t-il répondu, penaud. J'ai essayé, j'ai emporté l'armoire de Madame votre fille aux étendoirs de San Girolamo, car les teinturiers ont toujours besoin d'alimenter le feu sous leurs chaudières. Je ne pensais pas agir mal. Je me suis dit qu'un jour vous changeriez d'avis, mon maître, et que vous m'arracheriez les yeux pour vous avoir obéi dans un moment où vous n'aviez plus votre tête. Pendant que mon serviteur parlait, je me suis souvenu de notre dernier jour et j'ai essayé d'éloigner cette pensée. Car on ne doit pas se souvenir de la dernière fois, mais de la première.

La première fois, qui est pour toujours. Ce n'est pas grave, Crabelet, je te pardonne.

Au grenier, parmi ces armoires bancales et ces hardes poussiéreuses, il s'est passé quelque chose. Je n'ai jamais souffert de vertige – j'ai grimpé sur des centaines d'échafaudages et, pour peindre, me suis souvent balancé au bout d'une corde comme une araignée –, mais ce jour-là, j'ai eu la sensation d'être aspiré dans un gouffre, comme si je tombais d'une hauteur incommensurable. J'ai dû m'agripper à Nastasio.

Mon estomac secoué de crampes s'est crispé comme un poing. J'ai vomi mon petit déjeuner, puis le dîner de la veille et pour finir, mes boyaux. Penché sur le seau que Crabelet me tendait, je me suis entièrement vidé. Mes entrailles étaient en révolution. Quelque chose se tordait dans ma chair, comme pour sortir, et se tord encore. Depuis ce matin, j'accuse une légère fièvre et mes membres sont agités d'un tremblement incontrôlable. Je n'ai pas pu aller à San Giorgio Maggiore livrer *La Mise au tombeau* : nous irons demain, après-demain, ai-je averti mes fils, qui m'attendaient déjà sur la berge avec le batelier. Les moines ont patienté pendant des années, ils patienteront un jour de plus.

Je me suis jeté sur mon lit. Calme-toi, c'est quelque embarras de saison, me répétais-je, ça va passer. En réalité, depuis, je n'ai pas pu avaler une seule bouchée ni retenir la moindre forme d'aliment. Le médecin parle de langueur d'estomac. Mais je n'ai pas confiance dans le savoir des médecins, ils n'ont jamais compris mon corps mieux que moi. À la rigueur, ils perçoivent ses froissements et ses fêlures, mais pas ses secrets, qui m'appartiennent. Parce que je sais bien ce qui veut sortir, Seigneur. Tout a commencé avec son retour.

J'avais trente-six ans déjà à la naissance de Marietta. À cet âge, Michel-Ange était le plus grand artiste européen. Pour ma part, j'étais à peine devenu moi-même. Je vivais pour peindre. Rien d'autre ne m'importait et je progressais de jour en jour. Certes, personne n'en prenait acte, je n'ai même jamais autant souffert de l'hostilité de mon milieu qu'à cette époque-là. Je jetais par-dessus bord tout ce que j'avais appris : le désir d'émerveiller, la peur de déplaire et la nécessité de prouver de quoi j'étais capable en citant les chefs-d'œuvre de mes prédécesseurs. J'émergeais peu à peu, telle la sculpture se dégageant du bloc de marbre. J'allais atteindre ce moment de grâce que nous désignons, une fois qu'il est passé, comme l'apogée de notre vie. À croire qu'une roue, un très court instant, nous emporte vers le haut, toujours plus haut, où nous sommes hors de toute atteinte. Puis elle nous replonge dans la nuit, l'anonymat, le silence.

À trente-six ans, l'idée de réaliser mes rêves par la peinture m'était devenue familière et cette conviction m'enivrait à l'époque. Pardonne-moi, Seigneur. Pardonne-moi, s'il m'a semblé un moment tenir mon avenir entre mes mains, si je me suis cru tout-puissant et heureux. Mon seul souci était de trouver où et comment donner corps à ce qui bouillonnait en moi. C'est pour cette raison que je m'entraînais à être rapide comme l'éclair, prêt à saisir toutes les occasions, tous les instants. Cet état de joie créatrice est ce que nous appelons liberté.

Me marier était un devoir envers ma famille et le genre humain. C'est-à-dire envers son Créateur. Mais c'était un devoir que j'avais différé. Pour un homme, le mariage peut signifier la vie, mais aussi la mort. Avec une bonne épouse, ce lien est une chance pour le mari, avec une mauvaise, c'est une mort permanente, qui le ronge jour après jour et à jamais. Je m'étais promis à la fille de Marco Episcopi, mon meilleur ami, et elle m'avait été promise. C'était encore une enfant. Il fallait qu'elle grandisse, j'avais donc du temps devant moi. Je m'offrais le plaisir sans en subir les conséquences. Et je n'avais aucune hâte de me perpétuer, je savais que cela arriverait tôt ou tard, comme pour les arbres, les insectes et les fleurs. Par la force des choses. La vanité de créer un autre moi-même ne m'a jamais tourmenté. Je voulais laisser la trace de mon passage sur cette terre, mais j'avais choisi la création, pas la procréation. Je voulais engendrer par mon talent, non par ma semence, un monde de lumières et de formes, auxquelles je conférerais une vie qui ne serait pas éphémère et n'aurait nul besoin d'être élevée au quotidien, nourrie, protégée, entourée de tous mes soins. J'avais sous les yeux l'exemple de mon père. Le souci de sa progéniture l'avait d'abord ligoté, puis anéanti. Je ne reconnaissais pas en cet homme obligé de travailler comme un bœuf et de se lancer dans des voyages périlleux pour asseoir une stabilité économique toujours menacée, en cet homme éteint, précocement

organisées, ainsi qu'aux sages chorégraphies tout aussi officielles des Scuole. Pour autant je n'ai jamais boudé les réjouissances populaires de Cannaregio. Jeune, j'ai coursé ours et taureaux, fait tournoyer dans les batailles de ponts une canne en bambou pointue comme une broche trempée dans l'huile bouillante, tiré un rat au ciel dans une fusée bourrée de poudre à canon et tordu le cou à des canards. La fête sauvage de San Felice s'annonçait par une odeur de sole frite en sauce à l'oignon avec pignons, vinaigre et raisins secs, vendue à bord de barques alignées le long des canaux, parmi les processions de nobles en gondole à qui les pauvres de la paroisse louaient leurs fenêtres, leurs balcons et leurs toits pour qu'ils puissent jouir de la course sans se mêler au petit peuple. Le tout sur fond de pétards et feux d'artifice, pendant que la jeunesse des quartiers rivaux se lançait des provocations à la tête dans l'espoir de déclencher une bagarre, où leur courage pourrait se manifester. Plus l'heure de la course approchait, plus la tension montait, jusqu'au moment où hommes et bêtes émettaient une odeur âcre de fièvre et de sang.

Elle était habillée en homme : chausses, pourpoint moulant et chapeau de velours à plume jaune, qu'elle avait coiffé de guingois. Elle le portait incliné sur l'oreille, les fausses perles sur ses bords scintillant comme une couronne. Elle me dit qu'elle voulait partir, elle ne supportait pas ce spectacle. Tourmenter des animaux était un crime pire que maltraiter des hommes, car les bêtes sont toujours innocentes. Et puis, la cohue était trop grande, chaque année des gens mouraient piétinés. Elle avait une voix gutturale, profonde. Elle parlait vénitien avec un fort accent étranger, qui n'était pas dénué de charme. Je lui demandai pourquoi elle était venue, dans ce cas. Et pourquoi elle s'était habillée en homme. Je voudrais te répondre que c'est pour mieux regarder et ne pas être regardée, comme toi en ce moment, répliqua-t-elle du tac au tac, en me dévisageant d'un regard pénétrant, un regard d'aigle. Mais non, c'est pour mon travail.

La foule nous arracha à la balustrade et nous repoussa vers l'arène. Je ne voulais pas la perdre. Je la retins par son pourpoint. Tu me plais, me dit-elle. Tes cheveux et ta barbe ont la couleur de ta ville. Ils sont roux comme la rouille. Mais ce n'est pas la même rouille que dans mon pays. La rouille est plus forte que la pierre. Le taureau chargea à nouveau dans notre direction, la foule ondoya, nous nous élançâmes, courant à l'aveuglette, heurtant des genoux, des coudes et des dos en travers de notre route pour nous retrouver hors d'haleine sous des arcades sombres qui menaient à un canal. Je l'embrassai. Tes yeux ont la couleur de l'eau dans les canaux, me dit-elle. Ils sont troubles et inquiets. Impossible d'en deviner le fond. Si tu viens avec moi, j'aurai l'impression de coucher avec Venise.

Je la suivis. Elle habitait avec une amie blonde au visage piqué de taches de rousseur dans un appartement donnant sur une cour sans lumière, perdu dans le dédale des ruelles derrière l'église San Bartolomeo. Elle se faisait appeler Cornelia, mais je n'ai jamais su si c'était son vrai nom. Elle venait d'Allemagne. Elle me précisa le nom de sa ville, que je ne connaissais pas. Je l'écoutai d'une oreille distraite et l'oubliai. Plusieurs mois après, quand je le lui redemandai, elle me répondit que cela n'avait plus d'importance. Quand elle était partie, elle s'était promis de ne rester à Venise que le temps nécessaire pour se constituer un petit pécule et rentrer dans son pays vivre bourgeoisement. Épouser un brave homme, acheter une maison à façade en bois dans la rue principale de sa ville, avoir beaucoup d'enfants et ouvrir une imprimerie, une boutique d'antiquités ou une auberge. Mais, maintenant qu'elle m'avait trouvé, elle ne voulait plus repartir. Sa patrie, c'était Venise. Quand je lui demandai à combien d'autres Vénitiens elle avait tenu ce genre de discours, elle me jura que c'était la première fois. Mais j'avais dépassé trente ans : je ne croyais plus personne, moi moins que quiconque. Pour ma part, je ne jurais jamais.

Cornelia était la fille d'un imprimeur qui, malheureusement pour elle, était mort avant d'avoir pu lui constituer une dot ou lui trouver un mari. Pendant quelque temps, elle avait essayé de prendre la relève de son père, mais elle manquait d'expérience et, en l'espace de deux ans, les créanciers avaient tout mangé. Elle avait sauvé in extremis une trentaine de volumes, avec lesquels elle avait émigré à Venise, capitale du livre, comme lui avait expliqué son père. Elle espérait trouver un travail dans cette industrie éditoriale prospère. Les typographies se comptaient par dizaines. Pourtant elle avait échoué. Elle était seule, étrangère et femme. À Venise, une femme seule et étrangère peut faire fortune, mais par un autre biais. Cornelia savait tenir une conversation, chanter, faire l'amour. Elle savait agrémenter la vie d'un homme. Elle ne me demanda jamais rien et je ne lui posai aucune question. Nous nous aimions comme deux amis. Chacun respectait la liberté et le talent de l'autre.

Je ne gagnais pas assez pour prétendre être son seul amant. Elle me réserva la nuit du samedi et jamais ne m'éconduisit, de même que j'honorai toujours notre rendez-vous. Mais je rongeais mon frein et rien au monde ne me causait de plus grande douleur que la lueur filtrant à travers ses volets fermés quand, aiguillonné par le désir, je venais à l'improviste et que je la trouvais occupée au lit avec son client du moment. Longtemps, je ne soufflai mot de Cornelia à mes amis. Cornelia était mon secret et, par là, le bien le plus précieux que j'aie jamais possédé. Même si elle ne m'appartenait pas, ou peut-être justement parce qu'elle ne m'appartenait pas.

Au bout de deux ans et trente portraits, je fus en mesure de louer pour elle un logis derrière l'église Santa Caterina : loin de son amie blonde aux taches de rousseur dont j'étais, pardonne-moi Seigneur, plus jaloux que de tous ses amants. C'était un entresol bas de plafond dans le palais d'un patricien dont j'avais peint le portrait. Il figurait parmi les premiers clients haut placés m'ayant rétribué, car je travaillais gratuitement pour les autres, dans l'espoir qu'ils vantent mon habileté. Quand je lui expliquai que j'y installais ma maîtresse, il me souhaita bonne chance et me mit en garde. Les Allemandes sont sans cœur, me dit-il, dures comme la pierre. Ne t'entiche jamais d'une Allemande, Tintoret.

Je la meublai : coffres en noyer pour le linge, lit à baldaquin et colonnes torsadées en bois doré, rideaux de velours, vitraux sur les fenêtres, chandeliers en argent, vaisselle en étain, draps en soie et même les ustensiles pour le feu. Je lui achetai des vêtements et une viole pour jouer avec moi. Je peignis des toiles pour les murs et le plafond. Chaque fois que j'arrivais chez elle avec un cadeau, Cornelia me dévisageait d'un air amusé et disait : tu ne serais pas en train de m'acheter, petit homme ? Je riais et répondais : quand tu seras la femme la plus riche de Venise, c'est toi qui m'achèteras, fleur d'Allemagne.

Un peu plus tard, je lui annonçai que je voulais lui donner ce que je possédais de plus précieux. Tu veux peindre mon portrait ? demanda Cornelia, étonnée parce qu'elle savait que je n'aimais pas peindre les femmes d'après modèle vivant. Avant de la rencontrer, j'en étais même incapable et n'en avais jamais peint. Ma liberté, lui répondis-je. Que veux-tu en échange ? me demanda-t-elle en caressant les poils de ma poitrine. Mon Allemande me chevauchait pendant des heures, disant que j'étais son destrier et qu'à tant galoper nous arriverions jusqu'en Crimée. Elle avait lu quelque part que cette contrée était encore habitée par les Amazones. Ton bonheur, répondis-je, dis-moi en quoi il réside et je te le donnerai. Mon bonheur, c'est toi, dit Cornelia, prends-moi pour vivre à tes côtés. Mais c'était impossible, Seigneur. Ou peut-être si, c'était possible, mais je n'en avais pas été capable. Cornelia ne me l'avait jamais redemandé. Je ne l'avais pas épousée, ne lui avais pas donné ma main, n'avais pas promis de la lui accorder un jour. Mais je la considérais comme la femme de ma vie et devins son compagnon.

Je la retrouvais tous les soirs après le travail. Je dormais chez elle. Je repartais à l'aube, sans bruit, pour ne pas la réveiller. Je ne lui ai jamais demandé comment elle occupait ses journées, tout comme elle ne m'a jamais interrogé sur les miennes. Si je voulais qu'elle me respecte, il fallait que je la respecte de mon côté. Et je m'y suis tenu. Cornelia m'attendait à la fenêtre qui donnait sur le rio Misericordia. Elle reconnaissait mon pas quand j'étais encore derrière la maison d'en face. Je reconnaîtrais la chanson de tes semelles, disait-elle, même si on me coupait les oreilles et l'odeur de ta peau même si on me coupait le nez. Place Saint-Marc, Cornelia avait vu trancher les oreilles et le nez d'une prostituée accusée d'avoir appâté la victime d'un assassinat, et cette punition sanglante l'avait impressionnée. Moi aussi j'aurais reconnu sa haute silhouette même si on m'avait arraché les yeux. Avec ses cheveux roux et sa carrure de guerrier, Cornelia ressortait dans la foule comme une goutte de feu.

Nous ne parlions jamais de l'avenir. Seules nos nuits existaient, entre les jours que nous passions séparés, longues heures où pourtant elle ne me manquait pas, car je les vivais en compagnie de mes couleurs, de mes idées, de mes tableaux. Toutefois, le crépuscule venu, je franchissais la distance qui séparait nos maisons comme si j'avais eu des ailes. Je ne me lassais pas d'elle, ni elle de moi.

Nous étions au Lido, un dimanche d'automne, nous promenant pieds nus sur le sable à la lisière des vagues quand elle m'annonça qu'elle était enceinte. Elle dit qu'elle avait beaucoup attendu avant de m'en parler, parce qu'elle redoutait que je l'oblige à se débarrasser du bébé. Tous ses hommes dans le passé le lui avaient demandé. Et elle avait toujours obtempéré. Mais ce bébé était de moi et elle le garderait même si je la quittais à l'instant. Tu connais bien mal ton ami, répondis-je, amer. Je voudrais que l'enfant de Cornelia naisse même s'il n'est pas de moi. Cornelia tomba à genoux sur le sable, sanglotant comme une petite fille. Qu'elle n'était pas. Elle avait passé la trentaine. Je ne l'avais jamais vue pleurer.

Pendant qu'elle accouchait, j'étais dans son antichambre et je souffrais comme un damné. Ses cris déchiraient ma chair. Son amie Christina était avec moi. Elle me dit que je m'habituerais pour les autres. Mais qu'un premier enfant est un clou enfoncé en plein cœur. Si tu devais l'arracher, il resterait un trou par où tu te viderais mortellement de ton sang. Et ce clou allait changer ma vie. Espérons que non, répondis-je en plaisantant. Ma vie commençait à me plaire. Enfin le hurlement de Cornelia fut suivi de pleurs haut perchés semblables à une clochette. Quand je fus à son chevet, elle secoua la tête, comme si elle devait me communiquer une mauvaise nouvelle. C'est une fille, Jacomo, je suis désolée. Je souris et me hâtai de protester que non seulement je n'étais pas déçu, mais ravi. Sa fille serait grande et forte comme sa mère. Tu ne comprends pas, dit Cornelia, je suis désolée *pour elle*.

Ce jour-là, j'allai à l'église et me confessai. La dernière fois remontait à si loin que je ne m'en souvenais plus. Je dis au prêtre que j'avais péché. Mais que ma fille n'en portait pas la faute. Par conséquent je voulais la baptiser et la reconnaître, bref, lui donner mon nom. Ce n'est pas l'enfant de la loi, mon fils, mais celle de la fornication. Tu peux la reconnaître si tu le souhaites, mais sache qu'elle n'aura jamais aucun droit si tu n'épouses pas sa mère. Quels droits ? demandai-je. Ton héritage, m'expliqua benoîtement le curé. Elle l'aura, répondis-je. Mais l'héritage de ma fille n'aura rien à voir avec un tas de ducats crasseux.

Cornelia ne voulait pas la baptiser. Je ne suis pas catholique, dit-elle, je ne crois pas qu'on puisse racheter ma fille du péché en l'aspergeant d'un peu d'eau. Dieu l'aimera si elle vit selon le bien, si elle a la foi. Mais moi, je suis catholique, dis-je, et j'y crois. Je la présenterai à Dieu dans mon église et ce sera une grande fête pour elle et pour moi. L'eau bénite ne saurait lui nuire, elle la protégera au contraire. Ton Dieu te pardonnera, et le mien t'a déjà pardonné. Mon Amazone n'eut pas le cœur de nous priver de notre fête. Elle dit que, devenue grande, notre fille comprendrait toute seule de quel côté est Dieu.

J'invitai mes meilleurs amis au baptême. Ils se gaussèrent de moi pendant des semaines. Ton pinceau fulgurant a bavé, raillaient-ils. Il t'aura fallu quarante ans, Jacomo, pour barbouiller une minuscule souris. Mon pinceau fulgurant a le trait sûr, rétorquai-je, occupez-vous plutôt de vos gouges ramollies rongées par la vérole. J'avais une Amazone, maintenant j'en ai deux.

Je ne pouvais imaginer ce qu'allait signifier pour moi cette nouveau-née au crâne doré d'un tendre duvet. Elle me dévisageait de ses yeux clairs et, quand je la pris dans mes bras, referma ses doigts minuscules sur mon auriculaire qu'elle serra avec une force inimaginable. Je me souviens d'avoir pensé avec étonnement : elle ne sait même pas qui je suis et refuse déjà de me quitter. Cornelia la mit au sein. Elle mord comme un chien ! gémit-elle sous la douleur, cette gamine nous en fera voir de toutes les couleurs.

Je l'appelai Marietta. Quel autre nom aurais-je pu lui donner ? Marietta, c'est-à-dire petite Marie. Elle ne serait pas comme les autres femmes. Elle serait à part. Je ne lui promettrais pas un destin banal et médiocre. Je ferais d'elle quelqu'un. Elle m'appartenait.

Marietta grandissait. Faustina, ma fiancée, aussi. Mes deux fillettes étaient charmantes, chacune à sa façon. Faustina raconte encore qu'elle m'avait ensorcelé avec un philtre magique. À notre premier rendez-vous, elle m'avait fait lécher un aimant placé sous sa langue. Sinon elle n'aurait jamais réussi à me passer la corde au cou ni à retenir un lunatique de mon espèce pendant tant d'années. Mais elle n'avait eu besoin ni de philtre ni d'aimant.

Je peignis le portrait de Gerolima Episcopi, la mère de Faustina, une blonde à l'air rêveur, princesse condamnée par le destin à naître dans une banale maison bourgeoise de Venise. Puis je fis le sien. Elle n'avait pas sept ans. Pendant qu'elle posait debout près d'une colonne dans la galerie de leur maison, en grande toilette et un chien coiffé d'un nœud dans les bras, Faustina me demanda d'un air ingénu : messire Jacomo, pourquoi n'êtes-vous pas marié, à votre âge ? Vous n'êtes pas si laid. Vous êtes trop petit, c'est tout. J'ai sept épouses recluses dans mon grenier, une pour chaque soir de la semaine, répondis-je. Ce sont mes prisonnières et je leur ai coupé la langue pour qu'elles m'épargnent leurs questions.

À cette époque, je fréquentais sa famille. Le père de Faustina a été mon ami et mon allié quand personne n'était disposé à m'aider et que mon avenir était aussi incertain qu'une journée brumeuse. La mère de Faustina était plus jeune que moi. Si je n'avais pas été peintre, mais marin ou batelier, si je n'avais pas dû retarder sans cesse le moment de fonder une famille, j'aurais pu être son père. Faustina a grandi à côté de moi. Mais je ne la voyais même pas. Ou plutôt je savais que je l'épouserais un jour, mais ce jour me semblait encore infiniment loin.

L'année de la naissance de Marietta, Gerolima m'invita à participer à la fête de l'Ascension sur leur bateau. Episcopi avait obtenu une place dans le cortège escortant le Bucentaure, derrière les bateaux couverts des sénateurs et les gondoles des nobles, mais devant les embarcations des marchands, les équipages de l'Arsenal et les barques des pêcheurs et des marins. Nous pourrions jouir d'un point de vue privilégié et, à l'aide de lentilles spéciales fabriquées à Murano, observer tous les menus détails de la cérémonie qui échappent si l'on reste à la queue dans une coquille de noix minable. Nous jetterions l'ancre au Lido et quand le navire du doge sortirait en haute mer pour les épousailles, nous débarquerions sur la plage pour déjeuner en plein air. Je serais heureuse que tu participes à ces réjouissances avec notre famille, qui est la tienne, m'avait dit Gerolima en souriant.

La proposition était courtoise, mais je n'entendais pas l'accepter, car en ces jours rien ne m'attirait davantage que la chambre de Cornelia où je m'attardais volontiers, oubliant tout. En silence, penchés sur le berceau, nous contemplions notre fille. Nous la regardions respirer, rendre son lait ou faire des bulles avec sa salive, nous admirions ses pieds minuscules et le bleu laiteux de ses yeux. Nous voulions que ses premières impressions du monde soient sereines, qu'elle voie toujours autour d'elle les personnes qui l'aimaient et la protégeaient, et qui empêcheraient qu'on lui fasse du mal. Viens, Jacomo, m'exhorta Episcopi, c'est ta dernière occasion de porter les yeux sur ta fiancée. Faustina vient d'avoir neuf ans. Elle a trop grandi et la ville est trop peu sûre. Je ne courrai pas le risque qu'elle se compromette. Je ne la laisserai plus sortir. Pour la revoir, il te faudra l'épouser.

C'était une merveilleuse journée de mai. Cent, peut-être deux cent mille personnes venues de toute la ville et des environs se pressaient sur l'eau et au bord de l'eau. Brigantins, chaloupes, péottes et gondoles voguaient vers le Lido dans le sillage de l'énorme navire du doge qui resplendissait de toutes ses dorures au soleil, tel un monstrueux et irréel dragon cuirassé. Le canal et la lagune fourmillaient de bateaux, aussi nombreux que des puces sur une couverture. La fille d'Episcopi avait le nez retroussé et les yeux vifs. Elle me sembla mignonne, sans plus. Je m'assis à la proue et essayai de l'éviter. Mais Faustina s'arrangea pour se rapprocher et me heurter, dans un froufrou de dentelles et des effluves de fleur d'oranger. Il y a du monde partout, mais tu es toujours à côté de moi, insinua-t-elle, perfide. Me suivrais-tu, par hasard, messire Jacomo ?

Il fallait que je me débarrasse d'elle avant qu'il ne soit trop tard. Je n'avais signé aucun contrat de mariage : j'avais promis au père de Faustina et je m'étais promis que je me marierais quand je pourrais compter sur des revenus fixes et sûrs. Un salaire régulier, peut-être versé par la république pour une charge à vie. Sinon, tributaire des aléas de la fortune, un peintre ne peut pas se permettre de fonder une famille. Pour l'heure, je n'avais pas de rentrées stables et rien ne laissait présager que j'en trouverais bientôt. Mes gains étaient trop modestes pour que j'entretienne une épouse et des enfants. Notre pacte était un accord privé, entre deux amis. Tout le monde l'ignorait et par conséquent sa révocation n'entraînerait de déshonneur ni pour elle, ni pour son père, ni pour moi. En outre, Episcopi n'avait que cette fille et il pourrait jouer plus avantageusement sa carte sur le marché matrimonial : la marier à un haut fonctionnaire d'État, un armateur ou un négociant. C'était parce qu'il m'estimait et nourrissait pour moi une amitié sincère qu'il était prêt à prendre un peintre pour gendre. Mais je n'étais pas un ingrat et je le prouverais en lui rendant sa fille. Je ne la voulais pas. J'avais vingt-six ans de plus qu'elle. Faustina serait beaucoup mieux traitée par un autre époux. C'était une enfant gâtée, à qui je serais incapable de jamais offrir la vie aisée dont elle rêvait. Les seules femmes qui m'étaient nécessaires se trouvaient dans la maison derrière Santa Caterina. Je n'avais pas besoin d'elle. Il me restait à en informer son père. Quant à Faustina, je ne la prenais même pas en considération. Pour moi, c'était à peine plus qu'une poupée.

Nous étions déjà aux abords du Lido. Les cloches des paroisses de Venise sonnaient à toute volée, couvrant les trompettes, les timbales, les cors et les tambours qui accompagnaient la procession depuis son départ de la place Saint-Marc. Le canon du fort tira plusieurs salves, le Bucentaure vira et sortit du port, pointant son énorme proue vers la haute mer. Que va-t-il se passer maintenant ? demanda Episcopi à ses enfants. Piero et Faustina soupirèrent sans même se retourner pour regarder mon ami, qui tentait de leur prodiguer sa leçon de patriotisme annuelle. Le patriarche verse l'eau bénite dans la mer ! déclara avec emphase Episcopi. Et quelle est la formule, Piero ? Quelle est l'ancienne formule des noces du Sérénissime de Venise ? *Desponsamus te, mare, in signum veri perpetuique dominii*, marmonna le gamin. Et qu'est-ce que cela signifie ? insista le père sans obtenir de réponse. Nous t'épousons, ô mer, en signe de véritable et perpétuelle domination, lâcha-t-il, découragé. C'est un moment très solennel, qui rappelle l'histoire de notre pays, quand le pape nous a accordé la suprématie dans l'Adriatique.

Piero et Faustina firent la sourde oreille. Le latin les ennuyait, l'histoire aussi. On la leur rabâchait chaque année depuis leur naissance. Ils préféraient applaudir au passage des embarcations patriciennes qui mouillaient dans le port et commenter la richesse stupéfiante des habits brodés d'or et incrustés de pierres précieuses. Faustina se pencha par-dessus le bastingage, tendue vers l'eau, mains jointes autour d'un objet doré et brillant. Comme son buste ployait dangereusement, j'eus peur qu'elle ne passe par-dessus bord et l'attrapai par la manche. *Desponsamus te, Jacomo, in signum veri perpetuique dominii*, dit-elle. Elle sépara ses paumes et laissa tomber dans l'eau l'objet en or qu'elles tenaient. Je ne comprends pas le latin, bougonnai-je. J'ai jeté l'anneau à la mer, m'avertit-elle. L'artillerie tira et une clameur enthousiaste monta de la foule. Pour tout le monde commençait une grande journée de fête. Les noces sont faites, messire Jacomo, dit Faustina. Je préférerais épouser une vipère, rétorquai-je.

Cette gamine était impertinente, intelligente et, Seigneur, ravissante. Elle avait tout ce que je pouvais désirer chez une épouse. Elle était jeune et inexpérimentée : je pourrais l'éduquer, la modeler, tout lui apprendre, la soumettre à ma volonté et à mon caractère, être son père et son guide, son seigneur et sa loi. Elle plierait comme un jeune arbre, se soumettant à mes besoins et acceptant de vivre selon mes désirs et mes inclinations. Elle était d'une complexion robuste et jouissait d'une excellente santé : elle me donnerait des enfants sains, au physique harmonieux. Et ce qu'elle m'apportait – dot, famille, relations – répondait exactement à mes besoins. Il aurait fallu être un idiot pour la refuser. Je n'eus pas de conversation avec son père.

Marietta m'a conquis peu à peu, comme toutes les femmes qui veulent durer dans la vie d'un homme. Elle ne savait pas encore tenir sur ses jambes que déjà elle venait me chercher en marchant à quatre pattes. Certains matins, quand je quittais le lit de mon amie et que la petite s'agrippait à ma cheville et se laissait traîner jusqu'à la porte pour m'empêcher de partir, je n'arrivais pas à l'abandonner et l'emmenais avec moi. Elle était si minuscule, si émouvante dans son petit vêtement blanc, et j'étais si fier qu'elle soit à moi que je trouvais criminel de ne pas la voir pendant toutes ces heures. Un seul jour est une éternité dans la vie d'un enfant.

Elle tirait sur mon pantalon, me faisait des grimaces, me souriait en battant des cils, fascinée. C'est bouleversant de découvrir le pouvoir de séduction d'une enfant qui ne sait pas encore parler ni même prononcer son nom, mais possède déjà l'art de capter l'attention d'un homme. Cette petite créature malicieuse et innocente m'amusait infiniment. Avec elle, tout était nouveau, étonnant, unique. Moi-même je devenais quelqu'un de nouveau, je trouvais en moi des qualités insoupçonnées. Je découvrais la patience, la disponibilité, la tendresse. J'étais capable de glisser ce petit paquet chaud fleurant le savon dans ma blouse et de le bercer, alors que, pour peindre mes grandes toiles, j'étais accroché au plafond dans mon harnais de cordes, jambes pendant dans le vide. Le balancement la calmait. Le paquet dormait contre mon cœur. Vous allez vous écraser au sol, disait mon serviteur, observant avec méfiance l'usure des cordes accrochées à des poutres elles aussi fatiguées, qu'on entendait craquer. Pas de risque, répondais-je, nous savons voler.

J'ai fabriqué son berceau. Teint de mes mains les draps en soie où elle dormait. C'était la première fois. Je fis bouillir l'indigo dans la chaudière. Je préparai moi-même la barque à teinture en bois dans l'atelier de mon père, remuai moi-même le bain avec le bâton, étendis moi-même les draps sur le séchoir : les ouvriers me regardaient, abasourdis. Je choisis pour elle l'azur le plus profond. La beauté du coloris éveilla les regrets de mon père. J'aurais fait un remarquable teinturier si j'avais repris son métier. C'est moi qui ai fondu la cire pour sa première poupée. Mes doigts ont modelé ses jambes, ses bras, sa bouche et ses cheveux. Je lui ai façonné tout un zoo en cire : lions, girafes, chameaux, zèbres, hippogriffes, licornes. La fille du doge elle-même n'a jamais possédé semblable ménagerie.

J'ai eu d'autres enfants. Je crains même de ne pouvoir les compter. Aucun d'eux ne m'a donné les joies que j'ai connues avec l'aînée : quand elle prononça mon nom pour la première fois, quand elle eut sa première dent, quand elle éplucha sa première pomme, quand elle récita son premier Pater, quand elle commença à babiller sans que je la comprenne parce que sa mère lui parlait en allemand, que la petite en usait de même avec moi et que ce flot de paroles semblait contenir autant de promesses qu'une formule magique inconnue, quand elle grimpait sur mes genoux, qu'elle me suçait les cheveux et que ses lèvres humides embrassaient ma barbe et ma bouche. Ta fille est enjôleuse comme une catin, plaisantait Cornelia, amusée de me voir conquis par les minauderies de Marietta. Elle tient donc de toi, répondais-je du tac au tac.

Pendant trois ans, j'ai vécu une double vie, Seigneur. Au grand jour, j'avais une existence rangée faite de travail, encore de travail, toujours de travail. Surtout des portraits de gens arrogants dont les traits disaient leur frayeur de se savoir mortels, des retables pour des autels secondaires dépourvus de tout éclairage, des panneaux d'orgue dans des églises reculées. J'acceptais même de peindre des étendards de procession et des enseignes d'auberge. Mon existence publique me procurait de rares satisfactions, de nombreuses déceptions et d'innombrables colères d'où je sortais endolori comme si on m'avait roué de coups. D'un autre côté, le crépuscule venu, une vie heureuse commençait pour moi dans l'entresol de Santa Caterina. J'étais fier de Cornelia, fier de Marietta. Je voulais le leur dire, l'exprimer de telle façon qu'elles ne l'oublieraient pas et le clamer aussi à la face du monde, pour qu'elles n'aient jamais honte de moi.

Je devais aux pères célestins de la Madonna dell'Orto un de mes premiers contrats. Les panneaux d'orgue de leur église : deux tableaux sur quatre compartiments. C'était un contrat peu rémunérateur et de grande envergure, car il s'agissait de peindre l'équivalent d'une pièce. Déduction faite du coût de la toile et de la peinture, ainsi que des heures de travail requises par de telles dimensions, il me resterait à peine de quoi m'acheter une paire de chaussures et un nouvel habit. Après quatre ans de vaine attente, j'avais apaisé leurs protestations en livrant deux apôtres – de toute beauté, soit dit sans me vanter –, mais ils attendaient toujours ma *Présentation de Marie* pour l'extérieur des battants. Les pères finirent par me convoquer au monastère : leur intendant, un frère chétif et bavard, qui s'appelait Daniele, exigeait des explications sur mon retard qu'il qualifia de sacrilège et indécent.

L'entrevue fut pénible. J'ai trop de travail, avançai-je maladroitement pour me justifier, je suis submergé, je cherche un assistant pour m'aider, mais il n'est pas facile d'en trouver un bon par les temps qui courent, les jeunes ne pensent qu'à vous lâcher pour voler de leurs propres ailes. La mine de mes commanditaires s'assombrissait à vue d'œil. J'enfonçai le clou. J'avais dû livrer une toile monumentale pour la salle du grand conseil au Palais des Doges, que les bons pères veuillent bien me comprendre, j'avais dû me concentrer sur cette œuvre gigantesque, un tableau historique très exigeant, qui m'avait demandé d'étudier les chroniques et les costumes de l'époque pour ne pas risquer la bourde, c'était la première fois que je décrochais une telle commande de la république, travailler au Palais Ducal était une occasion exceptionnelle, je pourrais me faire un nom, mon succès rejaillirait sur les pères de la Madonna dell'Orto qui, dans leur clairvoyance, s'étaient assuré un contrat avec moi à un prix très modeste, je ne demandais qu'un petit surcroît de patience.

Mais nous en avons déjà manifesté beaucoup, observa le père Massimo, nous attendons depuis huit ans, pas moins ! En huit ans, on en fait des choses ! On construit un palais, on fait le tour du globe, on écrit un poème de dix mille vers. Il faut donc si longtemps pour peindre un simple tableau ? Nous vous avons déjà payé cinq écus d'or, intervint froidement le frère économe, si vous n'êtes pas capable de réaliser la Présentation, dites-le franchement et rendez cet argent : nous nous adresserons à quelqu'un d'autre. À Venise, des dizaines d'excellents peintres seraient honorés de travailler pour nous. Le prieur avait raison. J'avais épuisé tous les prétextes. Mais je n'arrivais pas à imaginer cette toile. Le personnage central – la Vierge Marie – devait être une petite de trois ans. Les soldats en armure, les nobles en long manteau de fourrure, les saints, je savais faire, mais comment peindre une gamine ? À mes yeux toutes les fillettes se ressemblaient. Pour éviter de devoir rembourser ce que j'avais déjà touché et même pour arracher une nouvelle avance, je changeai soudain de tactique. Je déclarai que, s'ils voulaient, ils pouvaient confier cette commande à un autre peintre, peut-être plus réputé et plus ponctuel que moi, mais que c'était dommage parce que j'avais bien avancé. Je mentais : je n'avais même pas acheté la toile.

Je ressortis de la sacristie satisfait comme un voleur à la tire qui a escamoté une bourse : j'avais soutiré dix ducats à la patience des moines. Le prieur observa que ce serait magnifique si je livrais la toile pour Pâques. À l'occasion des cérémonies solennelles de la Semaine sainte, un prédicateur arriverait de l'étranger et tous les habitants de Cannaregio, même ceux qu'on voyait rarement à l'église, pourraient admirer mon travail. Mais je ne l'écoutais plus. Sur le campo, se découpant dans le contrejour du crépuscule, j'aperçus la silhouette majestueuse d'une femme en manteau violet, qui levait le bras pour appeler quelqu'un. C'était Cornelia.

Depuis des mois, je ne la voyais plus à la lumière du jour. À cette époque, je travaillais comme un damné et me rendais chez ma compagne de plus en plus tard. Et pas tous les jours. Je me détachais d'elle, Seigneur. Un gamin en culotte grise, coiffé d'un bonnet vert, poursuivait un chaton qu'il réussit à attraper par la queue. Il me fallut un certain temps pour comprendre que ce gamin était Marietta. Elle approcha l'animal de son visage et lui gratta la tête : le chaton, qui avait d'abord essayé de la griffer, capitula et lui offrit sa gorge. Triomphante, Marietta se tourna vers sa mère et m'aperçut. Instinctivement, je reculai d'un pas pour me dissimuler dans l'ombre du porche.

Mais elle m'avait reconnu et courait déjà vers moi en serrant le chaton contre sa poitrine. Il y avait des gens sur le campo devant l'église. Sans compter que je conversais encore avec les deux moines. Père Massimo m'expliquait qu'il n'était guère vaillant : si j'attendais de nouveau huit ans pour livrer mon tableau, il ne serait plus là pour le voir. Cornelia tenta de retenir Marietta, mais elle lui glissa entre les mains, traversa le campo, me rejoignit et se blottit contre mes genoux. Qui est ce gosse, le connaissez-vous ? me demanda le prieur. Non, répondis-je, rouge comme une tomate, enfin, si : c'est la fille d'une Allemande, j'ai oublié son nom.

Jacomo ! Jakob ! appelait Marietta en se hissant sur la pointe des pieds et en tendant l'animal vers moi, je peux garder le chat ? J'essayai de l'ignorer. Mais la fillette ne comprenait pas – comment aurait-elle pu ? – elle tirait sur ma jambe de pantalon en répétant : tu veux bien que je garde le chat ? Dis ? Nous n'avions pas prévu de venir ici, intervint Cornelia, je regrette. Les marais de Santa Caterina sont infestés de moustiques et aux Crociferi, la marmaille du quartier joue au ballon, ce campo est le seul endroit des environs où je peux l'emmener jouer. La petite a besoin de prendre l'air. Elle tombe malade confinée à la maison. Elle adressa un rapide sourire à mes interlocuteurs, puis, prenant Marietta par le poignet, l'arracha à moi. Elle se dirigea vers la rive. Je ne l'arrêtai pas, ne lui parlai pas. Marietta s'arc-boutait, se laissant traîner comme un poids mort, et se retournait sans cesse vers moi, incrédule.

C'était mon campo, ma paroisse, mon église. Cornelia ne devait pas y mettre les pieds. Mais cette enfant stupéfaite aux yeux noyés de larmes, dont je ne savais si elle était plus désespérée parce que sa mère l'avait obligée à relâcher le chaton ou parce que je l'avais repoussée, c'était ma Marietta. Mon âme saignait de cette lâcheté. J'ignorai le procurateur revêche, ne saluai même pas ce bon vieux père Massimo et m'élançai à la poursuite du stupide chaton à travers tout le campo, jusqu'au moment où je réussis à le choper par la queue. Je rattrapai mes deux femmes qui avaient déjà retraversé le pont, englouties par l'obscurité de la calle d'en face. Voici ton chat, dis-je à Marietta, qui me dévisageait avec méfiance. Elle le voulait, donc il le lui fallait. Sinon, quel père aurais-je été, incapable de satisfaire les désirs de ma fille ?

Je regrette, répéta Cornelia. Pourquoi l'habilles-tu en garçon ? lui dis-je sur un ton de reproche. Parce que c'est ma fille, répondit Cornelia. Et alors ? dis-je, en prenant dans mes bras la fillette et son chaton – je ne voulais pas que sa mère le lui enlève. Alors, ça vaut mieux. Je ne comprends pas, dis-je en me rangeant sur le côté, car un porteur s'engageait dans l'étroite calle, tirant une charrette chargée de bûches dont je redoutais qu'elle ne nous écrase. Tu veux vraiment savoir ? me demanda Cornelia les yeux rivés sur la petite qui tétait ma barbe en lissant de sa petite main la gorge du chaton rayonnant. Bien sûr que je veux savoir, répondis-je. On m'a déjà offert cinquante ducats pour elle. Mais elle n'a que trois ans ! m'écriai-je, bouleversé. Justement, dit Cornelia. C'est ma fille. On ne le lui pardonnera jamais. Il vaut mieux que les gens qui me connaissent la prennent pour un garçon, ils la laisseront grandir en paix. Non, dis-je, c'est ma fille.

Je célébrai la naissance de ma petite et la protectrice dont elle portait le nom, la Vierge Marie, en la peignant sur les battants d'orgue de la Madonna dell'Orto. Je peignis aussi sa mère, de dos, avec ses imposantes épaules nues. J'ai peint en quelques jours cette grande toile que pendant huit ans j'avais été incapable de seulement imaginer. J'utilisai les couleurs les plus précieuses, les plus rares. Pour le bleu, j'achetai de l'outremer. Il coûtait soixante écus le bol, l'équivalent de cinq mois de travail. Pour finir, je saupoudrai la toile d'une poussière d'or pur. Ces parcelles dorées brillaient à vingt pas. Ma petite fille montait l'escalier du temple nimbée de lumière.

Ce fut un succès. Tout le monde trouvait cette œuvre d'une spiritualité étonnante. Contrairement à mes autres tableaux, on la jugea achevée, raffinée et élégante. Ma rugosité habituelle s'était adoucie ou transfigurée. Quand la toile fut tendue sur son cadre, montée sur gonds et intégrée au meuble qui abritait l'orgue, j'envoyai Crabelet chez Episcopi chercher Faustina. Elle arriva à la Madonna dell'Orto escortée de sa nourrice, excitée comme une potée de souris : c'était la première fois qu'un homme lui donnait un rendez-vous clandestin. Je la conduisis au pied de l'orgue. Tu vois ? lui demandai-je en désignant les battants. Et alors ? répondit

Faustina. Que veux-tu que je te dise, je n'aime pas tes tableaux, tes femmes sont trop musclées et tes hommes contrefaits. De toute façon, tu ne m'as pas fait venir pour prendre mon avis. Non, en effet, dis-je, c'est pour la fillette.

Ma nounou m'a dit que tu as une fille allemande, commenta Faustina. Son calme me confondait, je ne m'attendais pas à un tel bon sens. Elle n'avait que douze ans. Nous aussi, continua Faustina, nous aurons des filles, et elles seront vénitiennes. Le sujet est clos, n'en parlons plus. Mais tu dois me faire une promesse. Que tu peindras aussi nos filles dans une église. Belles et vêtues de lumière, ainsi tout le monde saura combien tu les aimes. Un silence suivit. Je ne savais plus quoi dire. Dans la pénombre de la nef, Faustina me prit la main, la posa sur son cœur et, sans crier gare, me poussa derrière une colonne, se jeta à mon cou et colla ses lèvres sur les miennes. Sa bouche contenait un objet métallique qu'elle frotta contre mes dents. Je me libérai aussitôt de son étreinte et m'esquivai entre les bancs. L'aimant rebondit sur le sol en résonnant. Ce genre de facétie pouvait me valoir la prison ou le banc de rame. Venise grouillait d'espions – quelqu'un aurait pu me dénoncer, empochant ainsi une forte somme. À Venise, l'argent démasque le crime. Sans ce système de récompenses, il n'y aurait ni procès ni coupables. Vous êtes folle ? m'écriai-je. Faustina éclata de rire et répondit : pour être tombée amoureuse de vous, assurément ! Si vous êtes dépourvue de cervelle, allez en chercher une à vous fourrer sous le crâne, maugréai-je. La vôtre me suffit, Jacomo.

Je n'ai jamais quitté Cornelia, Seigneur. Tu le sais. Je suis resté son ami jusqu'à la fin. Mais il est vrai que ce n'était plus elle que je voulais quand j'allais la voir, mais la petite. C'était sa fille qui grimpait sur mes genoux, c'était Marietta qui déposait des baisers mouillés de salive sur ma nuque pendant que je mangeais, elle qui me souriait par la fenêtre quand je rentrais à la maison, elle qui m'attendait dans le lit allongée sur le dos, pour le baiser de bonne nuit sans lequel elle refusait de s'endormir. Elle dormait entre nous deux, son petit corps chaud collé contre mon dos dans la canicule des nuits d'été, ses petits pieds froids entre mes jambes en hiver. Nous écoutions son souffle s'apaiser dans le sommeil quand nous nous cherchions dans le noir, sa mère et moi, et que je prenais Cornelia en silence pour ne pas la réveiller. Le temps passant, quand nous ne fûmes plus amants, notre fille était entre nous non plus pour nous séparer, mais pour nous unir. Elle était la preuve vivante de l'amour donné par l'un à l'autre. Quand Marietta prononçait mon nom – Jacomo, parce qu'elle m'appelait par le prénom qu'employait sa mère –, je fondais comme cire au soleil.

Une nuit, Cornelia me dit qu'elle rentrait en Allemagne. Elle partirait sans tarder, dans les prochains jours, avant que la neige n'interdise aux voitures de franchir les cols alpins. C'était me planter un poignard dans le poumon : j'en eus le souffle coupé. Mais Cornelia précisa qu'elle ne voulait pas me priver de la petite. Si je souhaitais la garder, elle me la laisserait. Je lui donnerais une éducation qui lui garantirait une vie meilleure que la sienne. Pour sa part, elle refusait de m'expliquer pourquoi et quand elle avait pris cette décision. C'était décidé, voilà tout. Elle avait déjà résilié le bail du loyer que je payais pour elle depuis trop longtemps. Cornelia était une femme laconique, c'était une des raisons pour lesquelles je l'avais aimée.

Je ne peux pas garder Marietta, dis-je, je suis un célibataire de quarante-deux ans, je n'ai pas de servante, mais un jeune valet sexuellement actif, j'habite une maison humide et décrépie qui empeste l'huile et la peinture, je n'ai jamais trouvé le temps d'acheter une table de cuisine, je n'ai pas de vaisselle, je travaille toute la journée et je ne pense pas toujours à manger.

Tu ne resteras pas célibataire longtemps, objecta Cornelia. Elle avait tout compris alors que je ne lui avais rien dit. Nous avions fêté ensemble la nouvelle cet été-là : le Palais Ducal m'invitait à remplacer Tiziano Vecellio dans la charge de portraitiste du prince et du gouvernement. Or, comme les doges et les procurateurs avaient tous au moins soixante-dix ans, ils mouraient souvent, pour être remplacés par d'autres dont l'espérance de vie était tout aussi réduite, de sorte que cette charge garantissait un salaire modeste, mais régulier. Et Cornelia savait où un salaire régulier mène un homme qui a franchi le cap des quarante ans.

Ta fiancée a l'habitude d'être servie, observa-t-elle, par conséquent elle viendra avec au moins une femme de chambre. Sa dot te permettra de faire des réparations. Et puis, Marietta me ressemble, elle est libre et indépendante, elle a déjà six ans et n'aura bientôt plus besoin de personne. Elle aura toujours besoin d'une mère, dis-je en haussant la voix, sans plus me soucier de réveiller la petite. Elle aura un père, répliqua Cornelia. Il lui suffira. Je m'en vais, Jacomo. Dans la nuit, je discernais à peine ses cheveux étalés en corolle sur l'oreiller. On aurait dit qu'une vague de feu allait la submerger.

Non, protestai-je. Tu ne partiras pas et je ne peux pas garder la petite. Un jour, tu m'avais demandé ce qui ferait mon bonheur, parce que tu voulais me le donner, petit homme, dit Cornelia, l'aurais-tu oublié ? Marietta, qui dormait entre nous, se réveilla confusément à nos voix altérées, murmurant de nous taire parce qu'elle était en plein rêve. Je ne l'ai pas oublié, dis-je. Je remontai la couverture de fourrure sur la tête de notre fillette, parce qu'il faisait déjà froid cet automne-là. Marietta est ce qui m'est arrivé de plus beau dans la vie, et c'est toi qui me l'as donnée, dit Cornelia. Assure-lui l'existence que tu aurais voulu m'assurer. Voilà le bonheur que je te demande.

Cornelia partit en novembre, et j'épousai Faustina Episcopi début février. Je n'ai jamais revu mon Amazone. Quelques années après son départ, son amie Christina vint me voir. Elle m'annonça qu'elle agissait contre le désir et la volonté expresse de Cornelia, mais qu'elle y avait réfléchi et comme aucun de nous n'aurait souhaité vivre dans le mensonge, elle estimait qu'il était juste que la petite sache la vérité. Je fis appeler Marietta. Christina révéla que Cornelia n'était jamais repartie en Allemagne. Du reste, elle n'aurait pas été en état d'affronter un voyage aussi long. Elle avait découvert qu'elle avait contracté la syphilis. Je connaissais cette maladie. Elle aussi. Elle était morte à l'hôpital, trois jours plus tôt. Elle avait demandé à être inhumée à Venise. Quel hôpital ? demanda Marietta. Christina alla à la fenêtre et tendit le bras vers la silhouette sombre et massive de la Misericordia, de l'autre côté du canal. Mon Amazone était morte à deux pas de chez moi.

J'emmenai Marietta vivre dans mon logis décrépi du Palazzo del Cammello, un appartement que j'avais loué en quittant l'entrepôt de Rialto. À l'époque, j'avais trente ans et l'impression de gagner nettement en respectabilité grâce à ce déménagement. Mais le bâtiment avait révélé ce que sa façade présomptueuse dissimulait : des murs tachés d'humidité et des milliards d'insectes proliférant dans le bois pourri du plancher, des cloisons et des plafonds.

Une maison qui semblait marcher, en craquant à chaque pas. Il n'y avait qu'un lit. Marietta dormait avec moi.

Quand ma toute jeune épouse arriva, les travaux que j'avais entrepris pour l'accueillir n'étaient pas encore finis. Pour dissimuler la modestie de la chambre et du mobilier, j'avais tendu l'alcôve de rideaux où étaient peints des angelots joufflus. Les Amours étaient nus et dotés de tout le nécessaire. Faustina les trouva aussi amusants que scandaleux : elle n'avait jamais vu de sexe masculin. C'était vraiment une fille de bonne famille. Puis elle tira le rideau et vit Marietta, allongée sous les couvertures. Faustina dit seulement qu'elle préférait dormir du côté de la porte, parce qu'elle se levait parfois la nuit. Marietta se poussa contre le mur et dit qu'elle ne nous dérangerait pas. C'est bizarre, je croyais que tu avais l'accent allemand, commenta Faustina, amusée, en réalité tu parles comme moi. Je suis vénitienne, protesta Marietta. Tu es allemande, répliqua Faustina en riant, mais ne t'inquiète pas, ce n'est pas de ta faute. Mes petites échangèrent un baiser de bonne nuit, puis elles m'embrassèrent, et nous nous endormîmes aussitôt tous les trois.

18 mai 1594

Deuxième jour de fièvre

Ma femme me secouait faiblement par le bras. Les Allemands – c'est ainsi que Faustina a toujours appelé, indépendamment de leur pays d'origine, ceux qui n'ont pas eu la chance de naître en Italie – frappent à la porte depuis un quart d'heure. Si je suis là, je ne veux pas y être et si je n'y suis pas, pourquoi frappe-t-on ? ai-je murmuré en me tournant de l'autre côté. J'étais couché dans ce lit sans dormir depuis Dieu sait combien d'heures. J'ignorais si on était encore le soir ou déjà le matin, et me moquais de le savoir. Faustina rit de bonne grâce, pourtant j'ai dû lui répéter cette boutade mille fois, elle m'a servi de bouclier pendant des années. Les curieux se pressent chez les artistes. Ils essaient de découvrir leur secret. Ils regardent nos humbles instruments de travail – qui se résument au fond à de simples baguettes de bois, des étoffes rêches, des poils fournis par les naseaux, les oreilles et le cul d'animaux fort sales – et nous questionnent sur nos manies, nos rites : comme si, en nous imitant, ils pouvaient s'approprier aussi notre capacité de créer. Ils s'asseyent et nous demandent d'où viennent nos idées, nos inventions, comment, par quel mystère des corps et des silhouettes, des couleurs et des ombres s'épanouissent soudain là où il n'y avait que du lin, une toile grossière, rien. Pendant ce temps, à la fois étonnés et déçus, ils nous observent peindre. Mais ils ne voient que des hommes quelconques – un jeune homme impudent, parfois étourdi et ignorant, voire grossier, ou un vieillard valétudinaire – et ils ne nous le pardonnent pas.

Alors on les laisse repartir, Jacomo ? murmurait Faustina, déçue. Tu leur avais donné rendez-vous. Otto et Kini t'ont amené un saint homme, un évêque il me semble, un gros bonnet en tout cas, il porte des bagues dont certaines doivent peser une livre, ne fais pas ta tête de mule, parce qu'on n'a rien de trop, je sais ce que ça coûte de pourvoir à un ménage comme le nôtre et de tenir un certain rang. Ma femme espère toujours que les marchands trouvent quelque affaire à conclure. Une vente, une restauration, une commande – peu importe quoi et à quel prix. Dix-sept ans de précarité lui ont appris à ronger tous les os. Dix-sept ans de bien-être ne l'ont pas convaincue de changer de réflexes. Pour ma femme, uniquement pour elle, je suis descendu accueillir les visiteurs.

Je connais depuis des années Gerolamo Ott et Hans Jacob König, qu'à la maison nous appelons Otto et Kini : à Venise, si vous bénéficiez de leur confiance, votre fortune est faite. Ils ne se déplacent jamais pour un peintre médiocre. Le troisième personnage, en revanche, avec sa grande barbe rousse, m'était inconnu. Ils me l'ont présenté comme un haut prélat bavarois, dont j'ai oublié le nom. Trop de gens défilent ici. Les titres ne m'impressionnent guère. Ambassadeurs, cardinaux, princes ne sont toujours que des hommes pour moi qui dois les peindre. Ils ont tous un nez, des sourcils, un menton. Parfois leur laideur me préoccupe parce qu'ils ne s'aimeront pas sur le portrait que je leur livrerai – avec pour conséquence que je n'aurai pas gagné un autre client, au contraire, j'en aurai perdu au moins dix, car les gens puissants connaissent beaucoup de monde et parlent trop.

Mais tout ceci est derrière maintenant. Sa barbe rousse et l'inexpressivité vitreuse de ses yeux bleu clair sont tout ce que j'ai noté chez mon visiteur. Je me suis habitué à considérer les êtres humains sous un angle technique. Leurs cernes, prognathisme, double menton ou strabisme. Ou au contraire leur insignifiance : un visage qui pourrait être celui de n'importe qui. Cet homme n'avait aucun autre signe caractéristique. En fin de compte, chacun de nous est vraiment peu de chose : tout ce qui le distingue de millions d'autres êtres humains se résume à une grimace, un froncement de sourcils, une verrue sur le nez. Il se pourrait que moi aussi je ne sois rien de plus que le gris cendré de ma barbe inculte, les trois profondes rides horizontales qui creusent mon front et l'obscurité tapie au fond de mes prunelles.

Notre illustre Barbe Rousse achevait son séjour et voulait ramener chez lui un souvenir de Venise. Or je suis une gloire de cette ville : on m'emporte au même titre qu'un moignon de statue rongée par le temps, une monnaie de l'Antiquité ou un fragment de vase. Otto est l'agent à Venise des banquiers des papes et des rois : les Fugger. On dit qu'il leur suffirait d'exiger le remboursement des dettes de Philipe II pour déclencher une guerre en Europe. Mais je m'y entends en ce domaine comme une truie en épices. Je ne me suis jamais mêlé de politique. N'ai jamais fait la guerre. N'étais pas à la bataille de Lépante. N'ai jamais pris les armes pour défendre mon pays. Mon sang n'a pas été nécessaire. J'ai toujours souhaité être un bon citoyen, mais j'ai payé autrement ma dette envers ma ville.

Kini est son beau-père. Il est orfèvre, joaillier, marchand d'art. Beaucoup de princes recourent à ses bons offices d'intermédiaire, car il est meilleur connaisseur qu'eux en peinture. Rodolphe II l'a appelé à la cour. Il vient de moins en moins souvent à Venise, où, explique-t-il en minimisant, il effectue de petites tractations pour le compte de son maître. Kini m'apprécie ou, disons, ne me méprise pas : il m'a passé commande d'une bonne dizaine de portraits de gens célèbres que je n'avais jamais vus et que j'ai dû imaginer sur la base de mauvaises estampes noircies. Mais l'imagination ne m'a jamais manqué. C'est Kini qui a convaincu l'empereur de m'acheter les tableaux historiques qui ornent son château de Prague. Maintenant que je suis une antiquaille, une pièce de monnaie qui n'a plus cours, maintenant que je ne peins plus, je prends de la valeur sur le marché européen. Il me suffit de savoir que mes christs et mes déesses ont franchi le seuil des palais de Madrid, Augsbourg, Anvers, Prague. Où, pour ma part, je n'ai jamais souhaité pénétrer.

Regardez ces nus, ces raccourcis, ces lumières, l'incitait Kini, ils constituent à eux seuls une académie de peinture, car un grand maître doit exceller avant tout dans trois domaines : composer les personnages, imaginer la perspective, introduire la lumière. Et personne n'y réussit mieux que notre Tintoret. Barbe Rousse opinait du chef tout en tripotant mes pinceaux, et il a exigé que je lui explique comment je choisissais entre les larges et les fins et lesquels conviennent pour la gouache ou pour la peinture à l'huile. Il n'avait pas imaginé qu'un peintre devait se doter d'un tel attirail, a-t-il déclaré, puis il a fureté parmi les toiles éparses dans l'atelier. Des œuvres sèches depuis des mois, parce que depuis des mois je ne les retouche pas. Dominico avait déjà emballé *La Mise au tombeau* dans une caisse en bois, prête pour le transport à San Giorgio Maggiore. Le visiteur a écarté des moulages, contourné des statues et évalué d'un air dubitatif les portraits inachevés de doges et procurateurs morts depuis belle lurette.

Avec tout le respect dû à mon indiscutable maestria, a-t-il commenté, il préfère les portraits de Titien et de Véronèse, plus solennels. Tandis qu'il lui semble que je ne m'intéresse qu'aux yeux et aux visages de ces grands hommes. À son avis, je ne mets pas suffisamment leur rang en valeur. Le résultat est trop intime à son goût, une sorte de conversation privée entre mes modèles et moi. C'est comme si je regardais ces personnes de trop près, par le trou de la serrure, sans déférence ni respect. Il ne souhaiterait en aucun cas qu'on regarde aussi loin en lui. On ne devrait peut-être plonger ainsi en personne.

Pour être sincère, ces visages pénétrants et âpres le mettent mal à l'aise. Ces portraits sont tellement bizarres, torturés, pourrait-on dire. Je dois être bizarre et torturé moi aussi. J'ai répliqué que c'est là l'opinion d'une personne qui ne sait pas peindre. Si le peintre représente la beauté d'un ange, l'indifférence d'un soldat ou l'âpreté d'un doge, il ne représente pas sa propre beauté, sa propre indifférence, sa propre âpreté, il essaie d'approcher la vérité. Et la vérité des choses se niche dans leur apparence, elle est peut-être même leur apparence. Mais mon visiteur n'a pas tort, je regarde les êtres de trop près, sans respect. Parce que c'est ainsi que je me regarde.

Kini m'a murmuré que le très illustre prélat est venu me commander un retable pour leur chapelle de famille dans la cathédrale de sa ville, il comprend que je sois trop fatigué et occupé pour produire une œuvre originale et se contenterait par conséquent d'une copie. Je n'accepte aucune commande, ai-je répondu. J'ai cessé de peindre.

Mais mes derniers tableaux n'ont pas enthousiasmé les trois hommes. Trop sombres, a lâché Otto d'un air négligent. Ils ne le sont pas encore assez, ai-je répliqué. La voici, la différence entre un artiste et un marchand. Le marchand arrive et tranche : trop de personnages, trop de visages, trop de flou, trop de lumière ou pas assez. Il évalue sur la base du goût moyen. Il s'inquiète ou rechigne devant une œuvre qui s'éloigne de ce qui plaît, de ce qui a déjà été fait et a plu. L'artiste évalue en proportion du risque. Il n'y a jamais assez de lumière ou de ténèbres, jamais trop de personnages ou trop peu. *Trop* est le seul adverbe qu'il connaît.

Les gens veulent de belles couleurs, a observé Kini d'un air soucieux. Toi, tu en es arrivé à ne plus rien offrir au regard. D'abord tu as privilégié les nuances de gris, brun, blanc. Mais ce tableau-ci est tout noir. Je me demande jusqu'où tu vas aller. Nulle part, car cette réduction à l'essentiel qui te déçoit est l'aboutissement d'une longue recherche : tout ce que je veux maintenant, c'est peindre avec la lumière, aurais-je dû répondre. Mais les théories ne m'intéressent plus depuis que je n'ai plus le temps d'en échafauder. On a besoin d'une vie entière pour simplifier. Avant, il me fallait représenter la foule, l'excitation, le paysage, le mouvement. À présent, je ne recours à rien. Pas même au corps. Une pupille, le pli d'une bouche me suffisent pour raconter un homme. La phosphorescence d'une feuille dit le monde. J'ai mis presque quatre-vingts ans pour en arriver là. Et si j'ai quelque amertume, ce n'est pas à cause de la perplexité des marchands ou de mes clients, mais parce que je sais que tout ce que j'ai appris disparaîtra avec moi.

Moi aussi, j'ai aimé les couleurs, le bleu du ciel de mai, le reflet de la lumière sur une manche en soie écarlate, le rose du soleil couchant sur la mousse verte d'une fabrique de gondoles. C'est la première leçon que j'ai reçue de mon père : veiller à m'entourer de belles choses aux couleurs éclatantes et précieuses et me salir les mains pour les obtenir. Nous habitions une maison basse, donnant sur un canal étroit, toujours sombre. Les bâtiments qui nous entouraient étaient si hauts que le soleil n'arrivait jamais chez nous. Mais l'atelier de mon père se trouvait à la limite de la ville, dans cette zone de Cannaregio qui regarde vers la terre ferme – archipel d'îlots qui n'abritait que des chantiers, des fabriques et des tanneries toujours plongés dans des nuages de fumée rougeâtre, jaune ou noire sentant l'ammoniac et le soufre et où l'eau des canaux elle-même rougissait ou noircissait.

Ce n'était guère qu'un vaste auvent de tuiles ouvert sur trois côtés, et ses murs d'air capturaient toute la lumière du jour qui nous était refusée. Il abritait une enfilade de cuves rectangulaires, toujours pleines à ras bord. On les appelait des barques. Il ne s'agissait pas de baignoires. Dans l'une, l'eau était grenat et dans une autre jaune citron, il y avait la barque émeraude et la barque bleu nuit. Toutes les couleurs que la pénombre étouffante de notre quartier nous refusait semblaient y être tombées et restées prisonnières. Mon père plongeait les pièces de tissu dans ces barques estampillées du R des Robusti, l'emblème de notre teinturerie. Non pas du lin, du coton ou du velours : de la soie.

Les ouvriers enfonçaient les tissus dans le bain au moyen de grandes perches en verre et les laissaient tremper, soit le temps requis pour que le sable s'écoule dans l'entonnoir de la clepsydre, soit une nuit entière. La soie s'imprégnait de couleur comme si elle en avait soif. Puis ces grandes étoffes qui ressemblaient à des draps de géant, aussi impalpables que l'air, étaient lavées dans le canal et étendues à sécher. Comme les pièces bleu ciel et jaune safran devaient sécher au soleil, on les clouait à des cadres installés en plein air sur des poteaux fichés dans le sol. Les pièces rouges, grises et violettes séchaient à l'ombre et c'est alors qu'une pluie magique tombait des poutres du plafond. Enfant, je m'étendais parfois sur le sol de l'atelier et je voyais ma peau se colorer de rouge, d'écarlate, de violet. Aujourd'hui encore, quand je regarde mes mains, j'ai l'impression que mes pores ont gardé quelques gouttes de teinture.

Quand je repense à mon enfance, désormais aussi éloignée de moi que toute autre enfance, je ne revois pas notre maison, la chambre où j'ai dormi pendant presque dix-huit ans, le lit que j'ai partagé avec mon frère Domenico, mon compagnon de jeu et d'équipée, mon premier ami. Je ne revois pas le visage émacié et soupçonneux de ma mère aux sourcils toujours froncés, fâchée contre moi, contre elle-même et contre son destin. Ni les visages de mes dix frères et de mes onze sœurs, qui se confondent comme une foule d'inconnus. Du reste ils sont tous morts depuis longtemps : bien qu'étant l'aîné, je les ai tous laissés derrière moi, car aucun d'entre eux n'a résisté à la vie. Je ne revois pas mon père non plus, alors même qu'il a été le héros de mes premières années : un petit bonhomme vif comme une belette, bavard comme une pie et joyeux comme un pinson, capable de calmer d'un regard la foule effervescente de ses enfants et de vous labourer le dos d'un coup de fouet. Quand je repense à mon enfance, je revois la teinturerie de mon père.

Les locaux immenses baignés de lumière. Les chaudières, les feux entourés de vapeurs âcres et enivrantes où bouillonnaient les chaudrons et se dissolvaient des poudres mystérieuses. Les entrepôts où s'alignaient les barils étiquetés de noms excitants comme garance, sumac, écorce de chêne, vitriol romain, brésil, noix de galle, guède, indigo, grenadier, écorce d'orange, kermès. Les barques où les pièces de tissu trempaient des heures, des jours ou le temps d'un Pater, les perches en verre, la pluie colorée sur mon visage et mes mains, les draps de géant, les étendoirs le long des canaux, ces toiles fragiles, tels de grands tableaux monochromes tournés vers le ciel, le soleil, la lumière.

J'apprenais à lire, écrire et compter, la vaste salle de classe était lugubre, mes camarades crachaient les uns sur les autres et collaient leurs crottes de nez sous les tables, n'ayant cure d'étudier, puisque d'ici quelques années ils travailleraient avec leurs pères pour devenir capitaines de bateau, vendeurs de bougies, de bonnets ou de fromage, fourreurs ou souffleurs de verre coloré. Moi aussi je m'ennuyais à mon pupitre et je n'ai pas volé les coups de baguette du maître qui, pour me punir de mon inattention, a failli un jour me casser les doigts. Je piaffais d'envie de revenir à l'atelier aider les ouvriers de mon père à alimenter les feux sous les chaudières et à tourner les longues perches en verre dans les barques. Elles aussi se teintaient de rouge, de noir, de bleu. Écrasés et étouffés comme nous l'étions par les murs, les palais et la pénombre, nos vies étaient sombres. Mais à la teinturerie, tout n'était que couleur.

Les couleurs avaient une odeur, ainsi qu'un goût. Certaines sentaient le minéral, la terre et les plages lointaines, d'autres la bête, le bois brûlé ou les profondeurs marines. Une magie opérait dans la teinturerie de mon père. Et je voulais comprendre l'alchimie de la métamorphose. Car tout se tient, tout se transforme, chaque être, chaque vie engendre une chaîne de transformations, dont le terme nous échappe. La matière a beau être ce que la terre porte de plus vil, elle est immortelle.

Mon père avait été le premier teinturier de Venise à importer des Indes du kermès pour obtenir l'écarlate. Du kermès ? Je ne voyais que des granulés que les ouvriers faisaient fondre dans l'eau bouillante. Mais ces granulés venaient d'une résine, et cette résine était produite par des insectes minuscules qui infestent les troncs des arbres en ces contrées des Amériques, les couvrant de leurs sécrétions rouges. Derrière chaque couleur se trouve un processus, derrière chaque processus une cause. Ce qui distingue l'homme des autres créatures, c'est sa capacité à manipuler les éléments, à inventer et à créer, qui va jusqu'à transformer un insecte minuscule en une goutte d'une teinte stupéfiante, en une substance précieuse. J'avoue ma faute : c'était là pour moi un mystère plus fascinant que celui de l'incarnation ou de l'alphabet. Dès que possible, je fuyais l'école, l'église, les leçons de musique, les obligations et la discipline et je me faufilais dans la teinturerie.

Les ouvriers de mon père me trouvaient toujours une occupation. Très jaloux de leur savoir-faire, ils ne voulaient pas que d'autres puissent s'approcher et surprendre leurs procédés, alors ils me demandaient de faire le guet le long du canal pour tenir à distance les éventuels curieux. Mais j'en rajoutais. Je montais sur le toit et, sans me montrer, bombardais de boules de boue les bateaux qui passaient. Au crépuscule, je me barbouillais le visage et m'enveloppais dans un manteau noir, me munissais d'une lanterne et courais en long et en large sur la berge en hululant, de sorte que tout Venise disait que la teinturerie Robusti jouissait d'une protection diabolique.

À neuf ans, j'aidais les ouvriers à faire bouillir le vitriol, l'indigo et l'alun de roche dans la chaudière. Des poisons capables de décimer une armée ennemie m'apparaissaient comme autant de baumes édéniques. Les jours de fermeture, je restais à l'atelier, plongé dans mes rêveries. Sur les châssis, les pièces de soie gris cendré, rouges et violettes se balançaient mollement au vent qui circulait sans entrave par les immenses ouvertures. Elles devenaient mes voiles. Je rêvais que j'étais le capitaine d'une flotte de galères en route vers les Indes lointaines, où j'abattrais une forêt entière et arracherais aux arbres les millions de parasites nécessaires pour teindre d'écarlate Venise tout entière. Ou bien je partais pour la Chine ou les Amériques, acheter le bois rouge du Brésil ou l'indigo du Guatemala et inventer un nouveau bleu d'azur. J'ai sillonné tous les océans de la terre en courant entre ces draps. C'est pourquoi je n'ai jamais éprouvé le besoin de m'embarquer pour de bon.

Quand les ouvriers de mon père quittaient la teinturerie, leur journée finie, ils plongeaient leurs perches en verre dans un bassin, et moi, les utilisant comme des crayons, je dessinais sur le sol et les murs des forêts orientales, des silhouettes de marins et des mâtures de bateau. Les murs de la teinturerie ont été mes premières toiles.

J'avais onze ans quand le négociant associé de mon père à la teinturerie me proposa de l'accompagner à Smyrne, puis à Bagdad, où il se rendait pour ravitailler notre entrepôt en barils de poudres, grains et cristaux, que mon père transformait en couleurs. Mon père, à qui on avait rapporté mon manège avec les perches en verre, me demanda si je voulais être du voyage. En réalité, ce n'étaient pas les pays d'où venaient les couleurs qui m'intéressaient, mais les couleurs elles-mêmes. Et encore, pas de la même façon qu'elles intéressaient mon père. Pour ma part, je me souciais comme d'une guigne de la soie et de l'argent qu'on gagnait en la teignant et revendant.

Battista Robusti était un homme aisé. Il avait quitté son village aux frontières nord de la république, sur la rive d'un lac de montagne, avec pour tout viatique son corps, son intelligence et son courage, et il avait obtenu la citoyenneté vénitienne en quelques années. Il avait épousé une fille de la bonne société. Bref, il avait su devenir quelqu'un : tout le monde le respectait, ce qui forçait mon admiration. Moi aussi, je voulais devenir quelqu'un. Mais plus qu'un teinturier. Ce n'était pas du tissu que je voulais teindre en rouge, bleu ou noir, mais un mur. Et je m'y étais essayé. De retour chez nous, mon père s'aperçut que je m'étais fabriqué une spatule grâce à laquelle j'avais étalé sur les murs une couche de peinture bleu clair. Dans cette maison qui ne voyait jamais le soleil, j'avais introduit rien moins que le ciel.

Alors, bien à contrecœur, car j'étais l'aîné qu'il destinait à prendre sa relève, mon père se résigna à m'envoyer étudier le dessin. Mais, comme il pensait encore pouvoir me plier à sa volonté et faire de moi un autre lui-même, il me trouva pour professeur un Grec, peintre d'images pieuses, qui vivotait de son art. Pour cet homme, la peinture était un métier ingrat, éreintant et mal payé. Mon père considérait que c'était le lot commun des peintres. Seuls quelques-uns réussissaient à en vivre décemment et très peu à en tirer gloire et honneur. Pour les autres, la peinture était synonyme de souffrance, parfois de misère, et toujours d'austérité, de frustration, d'incertitude et de labeur. Comme j'étais son préféré, il souhaitait me l'épargner. Il espérait que la fréquentation de ce peintre de madones refroidirait ma vocation.

À force de jouer les diablotins pour éloigner les importuns superstitieux, Jacomo est devenu un vrai petit démon, lui dit-il. Si vous réussissez à tenir la bride haute à ce garnement et à lui enseigner une façon plus profitable d'utiliser des couleurs trop coûteuses pour qu'on les gaspille sur les murs, je vous donnerai cent brasses de soie. C'était beaucoup plus que n'escomptait le pauvre homme.

Trois jours plus tard, le peintre lui annonçait humblement qu'il n'avait rien à m'apprendre ni à me faire oublier. Ce n'était pas à lui que monsieur Robusti devait m'adresser, mais à un vrai peintre. Il conseilla à mon père de chercher instamment une recommandation afin qu'on m'admette dans l'atelier du peintre vénitien le plus renommé. À savoir ? s'informa mon père, qui dans ce domaine en était resté à Giorgione et Carpaccio. Il s'appelle Titien, il vient du Cadore, répondit le peintre de madones. Je n'étais peut-être qu'un gamin infernal pas plus haut que le bouchon en bois de nos barils de colorants, mais les couleurs n'avaient déjà plus de secret pour moi. Mon père récompensa cette honnêteté et le peintre d'images pieuses chargea sur son dos une balle de soie écarlate.

À présent, le moindre avocat, médecin ou marchand en possession de cinquante ducats sonnants et trébuchants considère comme un affront de ne pas posséder un tableau de moi. Ils spéculent sur mon nom comme sur un bon du Trésor. J'apprécie la féroce ironie de la vie, Seigneur, parce que rien n'a été facile pour le fils du teinturier. Pendant cinquante ans, on m'a considéré comme un intrus insolent. J'ai cherché mon maître comme un chien errant veut retrouver le sien, mais le grand artiste n'a pas voulu de moi. Celui qui pour moi était l'incarnation de la peinture

– Titien – ne m'a pas permis de l'approcher : il m'a repoussé comme on chasse un bâtard ou un chien enragé, de peur que sa morsure ne soit mortelle. Je me suis lié à l'un ou à l'autre au fil du courant, au gré des opportunités. J'ai eu trop de maîtres, pourtant leurs enseignements discordants et opposés ne se sont jamais annulés en moi, au contraire, ils se sont confrontés, superposés et, pour finir, mélangés comme l'eau au confluent de deux rivières. Aujourd'hui je suis mon propre fils et disciple. Je me suis mis au monde tout seul.

J'ai dû gagner le droit de survivre à la façon du plus faible de la portée, destiné à être écarté, affamé et dévoré par ses congénères. J'ai toujours étudié et travaillé plus que les autres. Quand j'ai pu acheter une maison, j'ai choisi une statue d'Hercule pour la patère de la façade qui identifie le propriétaire. Lutteur et pèlerin, voyageur et combattant, il me représente. Parce que ses travaux sont les miens, que telle est la condition de l'artiste.

Souviens-toi de moi à treize ans. Assoiffé de peinture, brûlant d'apprendre, rêvant de me lancer, assez humble pour comprendre qu'il me fallait sillonner Venise en copiant les œuvres de ceux qui auraient pu être mes pères et mes grands-pères, assez présomptueux pour imaginer les égaler, les dépasser un jour. Qui aurait voulu d'un pareil élève entre les pattes ? Ils me perçaient à jour dès que je franchissais le seuil de leur atelier en expliquant que je cherchais une place d'apprenti et en montrant mes dessins. Je voulais aller à l'école de tous les peintres susceptibles de m'enseigner quelque chose. Je n'ai pas besoin d'un apprenti, me répondait chaque fois le maître circonspect, j'en ai déjà. Je voyais des garçons de mon âge s'affairer autour de leur enseignant. Cet homme était pour eux un père, un patron, un maître. Oui maître, disaient-ils, oui maître. J'aurais aimé pouvoir le dire, moi aussi, à ceux que je vénérais.

Je m'appelle Jacomo, je suis le fils de Battista le teinturier, voilà ce que je sais faire, annonçais-je hardiment en exhibant mes dessins, je voudrais tellement travailler pour vous, maître. Bravo gamin, tu es bien avancé, presque trop, mais j'ai déjà mes assistants, je n'ai besoin de personne, se hâtait-on de me répondre en me rendant mes feuilles. Vous savez, je ne cherche pas un contrat, expliquais-je, je voudrais m'exercer, je peux travailler sans être payé. Petit, répliquait le maître alarmé, j'encourrais une amende, c'est un risque dont je ne veux pas. Prenez-moi à l'essai, je vous en prie, vous n'aurez à fournir ni repas ni vêtements, j'ai déjà une famille qui subvient à mes besoins, je ne vous serai d'aucun poids. Tout ce que je veux, c'est apprendre et vous servir de mon mieux.

J'ai débuté ainsi. Sans contrat, sans paie, sans nom. Les peintres qui avaient beaucoup de travail et peu de notoriété m'ont accueilli. Ils m'ont enseigné tout ce qu'ils savaient, ce qui parfois était beaucoup, parfois presque rien. J'ai appris à peindre à leur manière. J'ai appris d'abord à être eux, ensuite à être moi. Avec le temps, j'ai compris que je n'irais pas loin en imitant des maîtres que je méprisais. Alors j'ai adopté la manière des peintres les plus célèbres de la ville, ceux que sollicitaient le gouvernement et les familles aristocratiques influentes. J'admets avoir peint plusieurs Pordenone, Salviati et Titien, c'est une propension dont je ne me suis pas débarrassé et, beaucoup plus tard, j'ai peint des Véronèse et des Jacopo da Bassano. Car, comme chacun de nous, je suis tout le monde et personne : nous sommes tout et rien, début et fin de la même chaîne, c'est la seule leçon que je me sens d'impartir. Pour ces larcins dont je suis coupable, on ne tranche ni les oreilles ni la main. J'ai volé quelque chose à chacun – à l'un une perspective, à l'autre une couleur de ciel, à un autre encore un visage de Madone ou un modèle de chien. J'ai volé à l'art et aussi à la nature : j'ai appointé des débardeurs musclés pour qu'ils posent nus devant moi, encaissant leur mépris et parfois leurs coups. On a du mal à imaginer le degré de vulnérabilité d'un homme nu. Ils s'affolaient tout de suite, perdaient la tête parce que je les regardais. J'ai acheté des cadavres au lazaret pour étudier le secret des muscles et des articulations. J'ai analysé les œuvres des grands peintres et des grands sculpteurs. Je les copiais et recopiais aussi longtemps que je n'avais pas trouvé la clé de leur génie. J'ai appris grâce à ces découvertes, car je n'ai jamais eu l'arrogance de croire que je pouvais exister sans mes prédécesseurs.

Le soir, je retrouvais le brouhaha de la maison familiale et, en avalant ma soupe sur le petit coin de table qu'il me fallait disputer à mes dix frères et mes onze sœurs, je me répétais : tu ne seras pas toute ta vie un obscur apprenti. Tu ne seras pas un artisan anonyme, un copiste gagne-petit. Tu ne seras pas le contrebandier des découvertes des autres. Tu seras toi-même, Jacomo. Dans le lit, mon frère Domenico me griffait le visage avec les ongles de ses orteils. C'est à lui que je montrais mes dessins, expliquais mes progrès, confiais mes rêves. Tu as du talent, satané pousse-bot, disait-il en riant, prends-moi chez toi si tu deviens riche.

À dix-huit ans, j'ai vendu mes premiers portraits dans la rue : je tenais un étal dans le quartier marchand des Mercerie. Je n'avais pas pour collègues les peintres de salon, mais les peintres ambulants. C'étaient des gars au sang chaud et à la langue bien pendue. Le poignard jamais loin et l'injure prompte. Je les ai vus rossés à coups de bâton par les sbires qu'on avait mandés les arrêter. Je les ai vus cloués au pilori place Saint-Marc, la bouche ouverte de force dégoulinante de salive. J'ai vu le bourreau leur trancher la langue au couteau et la jeter dans un panier alors qu'elle remuait encore. Je les ai vus partir, les fers aux pieds, condamnés à ramer aux galères. Je les ai vus revenir morts ou bien méconnaissables, chauves, estropiés, haineux, le dos marqueté par les cicatrices du fouet. J'ai renié ces amitiés. Mais les Vénitiens ne m'ont pas permis de les oublier.

On dit maintenant que je me comportais comme un missionnaire qui refile sa verroterie aux sauvages en la donnant pour plus précieuse que de l'or ou comme un charlatan qui attire les sceptiques avec ses prodiges. On dit aussi qu'il m'en est resté le goût de surprendre, déconcerter, étonner et provoquer. Ce besoin plébéien de me faire remarquer, d'attirer les compliments. Mais je n'étais ni un missionnaire ni un charlatan, je ne vendais ni prodiges mensongers ni perles multicolores. Ma marchandise avait de la valeur, je le savais. Mais il est vrai que j'appâtais moi-même mes clients, comme une putain. C'est le lot du peintre de rue. J'avais retenu la leçon de ténacité d'une vieille ribaude que même un chien n'aurait pas voulu embourrer. Du moins à première vue. Mon joli, disait-elle en accostant le badaud, je te ferai goûter le plus sucré des miels, et si tu n'aimes pas, tu ne me devras rien, je te l'offre. Viens, suis-moi, n'aie pas peur, je te ferai jouir. Elle insistait jusqu'à s'enrouer : elle lui montrerait, disait-elle en multipliant les allusions salaces, le meilleur endroit pour abreuver son roussin. Elle forçait l'attention, j'en pris de la graine.

« Holà l'ami ! clamais-je, racolant les passants devant mon étal. Je connais un gars qui peint vite et bien. / Une sorte de Colomb le marin / qui crée un nouveau monde de ses mains. / N'écoute donc pas ceux qui le décrient. / Mais viens plutôt voir si tu es séduit / par ce peintre au trait si sûr et hardi / qu'il n'a pas peur d'inventer sans répit. / De ses portraits la qualité est telle / que jamais on n'en vit de plus réels. » Les grands peintres considéraient que mon travail était indigne : je rabaissais l'art, en le vendant à la criée dans la rue. Mais que devient l'art s'il n'est qu'une chimère dans la tête de celui qui le rêve ? Dans mon cerveau, des mondes se bousculaient, et je cherchais l'occasion de les expulser, de les jeter sur une toile, de les peindre sur un mur.

Je me suis offert la liberté, alors qu'elle était au-dessus de mes moyens. De toute façon la liberté n'a pas de prix. Au premier tableau vendu, j'ai renoncé au confort du toit familial. La fortune sourit aux audacieux, me suis-je dit. Je ne reviendrai jamais. Ne serai jamais teinturier. Ne chercherai pas un emploi. Ne collerai pas mon cul sur une chaise de gratte-papier. Je vivrai de ma peinture, quitte à crever au fond d'un canal.

J'habitais avec un ami dans un entrepôt au niveau de l'eau, un édifice lépreux à Rialto. J'avais choisi le côté de la lucarne, parce que j'avais besoin d'un rayon de lumière pour peindre, tandis que Wolfram investissait l'angle aveugle, en quête d'obscurité pour tailler ses diamants achetés en contrebande au mépris de la taxe d'importation. Il lui fallait le noir ou une lumière de bougie pour étudier les reflets des pierres et contrôler que les marins ne l'avaient pas escroqué. Les faux en effet ne brillent pas. Je n'avais pas encore été admis dans la confrérie des peintres, ni Wolfram dans celle des orfèvres et diamantaires. Il était étranger. Mais moi aussi je me suis toujours senti un étranger. Et j'ai toujours aimé les étrangers.

Nous mangions sur notre porte, convertie en table au moment des repas. Parfois à l'aube, les jours de sirocco, l'eau montait et nos lits devenaient des écueils en pleine mer. Les verres, les assiettes, les chaussures que nous avions oubliés par terre flottaient dans la boue, et l'eau en se retirant déposait des épluchures, des trognons et des cadavres de rats. Wolfram découvrit rapidement qu'il se constituerait un capital non pas en vendant des bijoux, mais en les louant à ces femmes qui, d'après les lois de notre gouvernement, n'avaient pas le droit d'en posséder : celles qui faisaient commerce de leur corps. Ses clientes devinrent les miennes. Ou moi le leur.

Pendant des années, j'ai peint des coffres de mariage et des tableaux si petits que je craignais d'y laisser mes yeux. J'avais l'impression d'être devenu un enlumineur. Mais je n'étais pas porté sur la miniature. Je pensais en grand. Des tableaux immenses, des pans de murs entiers, des palais. Alors que les peintres de salon et d'église ne jouissent d'aucune estime auprès des maçons, ces derniers respectent les peintres de rue. Ils leur soufflent tout de suite le nom de celui qui les a embauchés. J'ornais ainsi de fresques les façades des palais qu'ils construisaient ou restauraient, je peignais des histoires que les propriétaires n'avaient pas demandées et qu'ils finissaient par accepter. D'abord à contrecœur, puis avec une certaine admiration, parce que somme toute je connaissais mon affaire. J'ai étendu mon intervention aux plafonds et aux chambres, peignant jusqu'aux meubles et aux cheminées, préparant des pièces magnifiques où j'aurais voulu vivre et ne vivrais jamais. J'ai offert mes tableaux à des dizaines de gens qui ne les appréciaient pas, afin qu'un jour ils soient remarqués par quelqu'un qui, lui, pourrait me proposer son palais ou l'autel de sa chapelle. Ce nain sorti d'une teinturerie, protestaient les autres peintres, ce bouffon arrogant et fanfaron qui se pousse du col gâche le métier. Pour qui se prend-il ?

Pour personne. *Personne.* Pourtant un artiste connaît le vrai succès quand le public l'appelle par son prénom. Cette familiarité n'est pas une marque d'intimité, mais au contraire de respect. On ne l'appelle pas par son prénom comme un frère ou un ami, parce qu'on a l'impression de le connaître, mais comme un roi. Les plus grands artistes n'ont pas besoin de nom de famille, encore moins de surnom. Je rêvais du jour où les gens diraient Jacomo comme ils disaient Raphaël, Titien, Michel-Ange.

Andrea, un ami teinturier pendant l'année et comédien pendant le Carnaval, m'expliqua que mes difficultés étaient plutôt sociales qu'esthétiques : je manquais de relations. À quoi bon peindre le plafond de la chambre d'un érudit où personne n'entrera jamais ou un retable pour une confrérie de tailleurs dévots ? Personne ne te remarquera. Tu perds ton temps. Tu dois peindre pour les écrivains célèbres : tu gagneras plus à être cité dans une seule de leurs pages qu'à peindre dix madones pour des artisans. Tu dois peindre pour la république. Et à cette fin, tu dois connaître les gens au pouvoir et t'attirer leur sympathie. Tu dois peindre pour les familles qui comptent, pour les églises riches, pour les amateurs en quête de nouveaux talents, pour les Scuole gérées par de pieux citoyens qui tentent de sauver leur âme après s'être empli les poches. À cette époque, les peintres qui n'avaient pas le privilège de travailler pour l'État – ce qui était mon cas, parce que je n'ai jamais su flatter les puissants, me les concilier ni garder leur faveur – dépendaient des Scuole pour sortir du lot, pour ne pas rester au nombre des exclus qui se morfondaient dans l'anonymat du métier. Si tu veux peindre pour les Scuole, insistait Andrea, tu dois partager les idées de ces bons citoyens, leur façon de vivre et leur dévotion. Tu dois apparaître comme digne de les représenter, tu comprends ? Tu parles d'or, répondais-je, mais comment les conquérir ? Viens avec moi, répliquait Andrea en riant.

À Carnaval, il jouait devant les bourgeois les plus compassés de la république, qui auraient tout donné pour qu'on les fasse rire. Et Andrea y parvenait : il les faisait même pleurer de rire. J'ai dessiné des masques et des costumes pour sa troupe, peint des décors, imaginé des machines à fumée et à pluie. Mes inventions connues, j'ai été embauché par des troupes de nobles, des comédiens d'une nuit qui jouaient pour leur plaisir car, mendiant, teinturier ou prince, tout le monde rêve d'être un autre, de bénéficier d'une autre chance, d'une autre identité, d'une autre vie, dont en réalité seuls les artistes jouissent.

Pourquoi ne pas te lancer dans le théâtre ? me suggéraient ces aristocrates. Mais c'est le cas, répondais-je. Sauf que, dans mon théâtre, le comédien, l'auteur, le metteur en scène, le décorateur, le costumier et le spectateur ne font qu'un : moi-même. Pour leurs fêtes, j'ai joué de la musique avec mon frère, qui par la suite est devenu musicien de métier. Je fabriquais de mes mains des instruments que ce public de belles dames et gentilshommes n'avait jamais imaginés : des luths à quarante cordes, des flûtes en verre soufflé à embouchure de corne, des mandores dont on pouvait jouer avec les pieds ou les dents. Je coiffais le bonnet à grelots du fou des tarots et je jouais. Les fous peuvent interpréter la musique du diable et clamer ce qu'ils pensent, personne pour autant ne les pend haut et court place Saint-Marc. Comme le fils du teinturier est amusant, disaient-ils, dommage qu'il cultive cet orgueil de roi. Plusieurs de ces jeunes gens ont fait carrière. Je les ai connus quand ils avaient encore des têtes chevelues, un physique de soldats et un appétit sexuel de loups. Quand vingt ou trente ans plus tard, on les appela au Sénat, au gouvernement, au pouvoir, ils se souvinrent de moi.

J'ai converti mes premiers gains en estampes et copies en plâtre des chefs-d'œuvre de grands maîtres. Te voilà bien avancé, me disait-on, achète-toi plutôt un manteau en laine et loue un atelier digne de ce nom, tu vis comme un pêcheur. Ces reproductions m'alimentent, répondais-je. Les autres mangent de la viande de bœuf. Moi, je me nourris d'œuvres. Je les digère, elles me rassasient. Je les recherchais avec une fébrilité de luthérien diffusant la Bible sous le manteau.

Alors que mes clients dormaient dans des chambres embellies par mes soins, que mes amis sculpteurs, tailleurs de pierre ou peintres de coffres déjà installés dormaient avec leurs épouses, mettant au monde des enfants qu'on me donnait en filleuls, moi je dormais encore dans mon entrepôt à Rialto, la tête sur un oreiller de moisissure, me contentant de la compagnie des prostituées, des servantes ou des femmes des autres. Les écrivains à la mode me trouvaient plein d'avenir, leurs maîtresses aimable, les nobles intéressant parce que je ne coûtais pas cher. Les bourgeois en revanche se méfiaient de moi. Ils vénèrent l'argent et craignent ceux qui le méprisent. J'avais demandé à être admis dans leurs Scuole. Ils m'avaient toujours rejeté. J'approchais de la trentaine. Ma vie n'avançait pas, ma carrière était bancale, j'étais un diamant brut piégé dans sa gangue d'obscurité, que personne ne remarquait.

J'ai fini par abattre le mur. J'ai eu de la patience ou simplement de la chance. Laquelle porte peut-être un nom : mon ami Marco Episcopi, surnommé Siffre, parce qu'il souffrait d'un défaut de prononciation et qu'il proférait parfois des phrases si incompréhensibles qu'elles semblaient chiffrées. Ce garçon bigle, poilu comme un bouc et légèrement bègue, qui n'était pas riche de famille puisque son pharmacien de père avait fini aux galères pour vol et dettes, avait épousé Gerolima, une femme belle et riche qui l'aimait par-dessus le marché, ce qui lui avait conféré un indiscutable prestige parmi les hommes de sa génération. Ami intime de mon ami Andrea, il devint le mien aussi. Siffre rêvait de devenir haut fonctionnaire, mais il n'était que modeste commis aux écritures. Son élocution laborieuse limita sa carrière aux Scuole. Mais il y connut un plein succès. À trente-cinq ans, il était déjà membre du comité directeur : il occupait la troisième charge à la Scuola di San Marco au moment où cette confrérie cherchait un artiste pour le tableau de sa salle capitulaire, et il multiplia intrigues et manœuvres pour que je sois l'élu.

Ou peut-être ma chance porte-t-elle le nom de mon ennemi : Titien, que le succès appela hors de Venise et qui s'absenta trop longtemps, s'enlisant à la cour de l'empereur, à Augsbourg. Ou bien ce fut le destin. Ou un hasard, un coup de dés. Mais j'aime à penser que ce fut un miracle. J'ai toujours cru aux miracles. En effet, c'est *Le Miracle de l'esclave* qui a changé ma vie.

Ma toile fut refusée. Des membres de la confrérie l'avaient trouvée affreuse. Ils clamèrent leur désaccord haut et fort. Ces couleurs acides, froides. Rien à voir avec la suave élégance de Titien. Ces corps saisis dans des positions contre nature, forcées, anormales. On aurait dit de la sculpture à une seule dimension. Cette place bondée, en effervescence. Ce manque de tenue. Une femme aux pieds sales. Un saint la tête en bas, tel un gros oiseau. On n'avait jamais rien vu de semblable à Venise. Le peintre n'était qu'un prétentieux qui voulait jeter son talent au visage du public. On ne lui demandait pas d'avoir du talent : on le payait pour célébrer saint Marc protecteur de la Sérénissime. Qui était ce petit teinturier de trois sous qui se prenait pour Michel-Ange ? Qu'il retourne donc barbouiller ses tissus dans la teinturerie paternelle !

J'étais anéanti. On m'avait donné ma chance et j'avais échoué. Bien, messieurs, dis-je en feignant l'indifférence alors qu'ils me poignardaient en plein cœur, si elle ne vous convient pas, je la reprends. J'espérais qu'on m'arrête, que quelqu'un ouvre la bouche pour la défendre. Mais tous se rangèrent à cet avis et la défense de Siffre se perdit dans un gargouillis incohérent. Je déclouai la toile de son châssis dans un silence où grondaient la désapprobation et la satisfaction pour mon échec. Je partis, mon *Miracle* roulé sous le bras.

Mais le scandale alimenta la rumeur et la rumeur nourrit ma réputation. Pour une fois, les écrivains prirent mon parti. Ces gens aiment défendre des inconnus contre l'opinion générale. Ce qu'ils ne supportent pas, c'est que l'inconnu devenu célèbre n'ait plus besoin de leur aval. Que t'importe le couperet de ces trente marchands ? m'encouragea Pietro l'Arétin, lequel par la suite me renierait et me cinglerait d'un silence méprisant. Les braves bourgeois sont toujours à la traîne, tandis que tu représentes l'avenir. Va de l'avant, ils te courront après.

C'est ainsi qu'au bout du compte tout le monde remarqua ce tableau. Pas un salon où l'on n'en parlât. Ceux qui ne le comprenaient pas étaient considérés comme rétrogrades, incompétents et obtus. J'avais été découvert, mon nom courait sur les lèvres des connaisseurs. Ils m'acclamaient à présent. Les membres de la confrérie de la Scuola di San Marco qui avaient été si hautains durent venir me supplier de rapporter le tableau. Soudain, au moment où je n'y croyais plus, j'étais devenu quelqu'un.

Ce triomphe eut un goût amer. Ma ville me célébrait, mais à contrecœur. Elle m'accordait mon heure de gloire en toute confiance, parce qu'elle savait qu'elle ne durerait pas. Quand la curiosité autour de mon *Miracle* retomba, j'étais célèbre, mais sans travail. Aveuglé par les compliments et la qualité de mes défenseurs, fort d'un avenir lumineux, je m'étais hâté de quitter mon entrepôt humide à Rialto pour emménager à Cannaregio, un quartier plus paisible, où habitaient tous les grands peintres de Venise. J'avais appris que l'adresse compte. Fini les prostituées et les vendeurs ambulants, les livreurs de pain et les porteurs de vin, je rejoignais le petit groupe des élus. Mes voisins s'appelaient Titien, Paris Bordone, Bonifacio Véronèse, Andrea Schiavone. Je m'installai en face de la Madonna dell'Orto, dans un appartement de l'ancien Palazzo del Cammello : quelques pièces d'habitation exiguës, mais un atelier aussi spacieux qu'un gymnase, prêt à recevoir les commandes prestigieuses qu'on ne tarderait pas à me confier.

Mais personne ne me donna d'ouvrage, Seigneur. Je refusais d'y croire, et j'attendis plus d'un an. En vain. Je ne recevais que des propositions médiocres, presque nulles en termes de notoriété et mal rétribuées. Le temps passant, les éloges devenaient caustiques, on doutait de mes capacités effectives, de mon caractère, de mon style, bref de moi. J'étais suspect. Comme un criminel gardé à vue, voué tôt ou tard à commettre l'erreur qui le perdra. La marée du succès refluait, m'abandonnant telle une algue morte sur le rivage. Je compris alors que Venise pouvait me tuer. J'envisageai de fuir, de chercher par le vaste monde – en Italie, en Europe, ailleurs – la patrie digne de moi. Je ne pouvais pas être celui que Venise voulait. J'étais moi, je ne pouvais changer. Au contraire, je devais me trouver, et me trouver tout seul. Mais

Venise est la ville que j'ai toujours aimée. Et toujours haïe. Venise était mon ennemie et mon destin. Chacun a son champ de bataille, Venise était le mien.

Je suis resté et j'ai relevé le défi. De jour en jour, d'année en année, j'ai dû éviter tirs de barrage, coups bas et autres guet-apens que Titien et sa clique de plumitifs déployaient contre moi, semant ma route d'embûches. Ils ne m'ont pas laissé de répit. J'ai dû les combattre par tous les moyens et jeter une grande part de moi, trop grande peut-être, dans la bataille. Imagine une armée en tout supérieure, effectifs, armement, position, et imagine-moi assiégé, tandis que les vivres viennent à manquer et que l'ennemi empoisonne l'eau des puits. Alors je sors à la faveur des ténèbres et je frappe. Je frappe dans le dos, en traître, avec des armes illicites. Parfois toxiques. Aucun antidote ne pourra neutraliser le venin que j'ai inoculé.

Les étrangers non plus ne m'ont pas compris, comme ce dignitaire à la barbe rousse qui voulait être mon dernier client. Je suis resté à Venise, un peintre parmi tant d'autres. On me plaçait derrière Titien tant qu'il a été vivant, derrière Jacopo da Bassano et Véronèse, et même, plus tard, derrière Palma, qui pourrait être mon fils. Or les rois, les empereurs, les négociants étrangers et les ambassadeurs suivent la mode. Ils m'ont toujours sollicité en dernier, et jamais pour un travail important. Ils doutaient chaque fois que je puisse les satisfaire, ils me prenaient toujours à l'essai, comme s'il fallait que je fasse encore mes preuves ! Toute leur richesse ne leur apprenait pas à voir. En revanche, j'ai été adopté par les peintres nés au-delà des Alpes et sur l'autre rivage de la mer. Je n'ai pas plus vu leurs patries que celles-ci ne m'ont vu. De jeunes peintres flamands, grecs et allemands ont traversé des royaumes en proie à la peste et à la guerre pour venir m'offrir leurs services. Ils se sont contentés d'un seul repas par jour pour bénéficier de mon enseignement. Des graveurs italiens, suisses et français ont reproduit mes œuvres et les ont diffusées chez eux, répercutant mon nom à l'infini. Mes tableaux ont franchi les montagnes et traversé la Méditerranée. J'ai fini par devenir le maître que je rêvais d'être.

Il m'a fallu trente ans pour comprendre que la voie était libre devant moi. Personne ne me précédait ni ne me suivait. Mais à ce moment-là, ma vie avait amorcé sa pente descendante, et mon bien le plus précieux, le temps, me glissait entre les doigts. J'ai travaillé énormément, trop peut-être. Mais c'était la seule façon de me donner l'illusion que je retenais la roue, que je bloquais les engrenages, que je disais à la vie : arrête-toi. Il n'y avait qu'en peignant que je croyais vivre, Seigneur.

Mon étoile maintenant brille au firmament et ne pâlit pas. Le passé avec ses difficultés, ses obstacles, ses malveillances, ses subterfuges s'est éloigné si vite qu'il semble inventé, que déjà il est légende et mensonge. Quand on vieillit, le passé derrière nous devient un pays où l'on ne peut pas retourner, dont on nous a bannis pour toujours et, en exil dans le présent, on peut le regretter, mais pas le rattraper. Il n'existe même plus dans la mémoire : il s'éloigne, change de forme et de position comme certaines îles perdues au milieu des cartes de géographie, que les marins cherchent en vain sur les océans. Si c'était l'histoire d'une guerre, je célébrerais une victoire. La passion pour la victoire a dominé mon enfance, éclairé mon adolescence, guidé ma maturité. Mais désormais, seule la défaite me passionne, Seigneur. Je ne reconnais de grandeur et de noblesse qu'en elle. Que ce soit celle des hommes ou la tienne. Je me passionne pour ceux qui ont vu leurs rêves crever comme autant de bulles de savon et les personnes chéries se disperser comme grains de poussière. Pour les victimes de l'histoire et du hasard, pour ceux qui ont raté leur vie ou sont arrivés à son terme et qui le savent. Pour le Dieu destiné comme nous à subir la trahison et la mort. Je ne pouvais rien peindre d'autre désormais.

Même l'orgueil à présent me semble vain. Maintenant que tout le monde m'encense, je ne vois plus que mes défaillances, ce que je n'ai pas touché et ne toucherai jamais : la vérité, qui toujours nous échappe derrière un sourire évasif de vieil homme, derrière les pattes d'oie de ses yeux, derrière le teint inimitable d'un mort, derrière la dernière colline, la vérité toujours cachée derrière un autre horizon.

Tu ne veux vraiment rien peindre pour notre illustre visiteur ? Cinquante ducats te convaincraient-ils de changer d'avis ? a offert Kini, tentateur. Barbe Rousse essayait d'oublier sa déception à me savoir l'unique survivant des grands maîtres vénitiens : il lui fallait se contenter de moi, et me supplier par-dessus le marché. J'ai eu l'impression que ces hommes me bourdonnaient autour comme une nuée de guêpes sur un cadavre, qu'ils voulaient se partager ma dépouille. J'ai peint six cent cinquante toiles en plus de soixante ans, chacune est un os de mon corps, certaines sont essentielles, comme un fémur ou une vertèbre, d'autres fondamentales comme un tibia ou une astragale, d'autres enfin négligeables comme un os de petit doigt. Mais toutes font partie de moi, y compris celles, nombreuses, que je n'ai pas peintes de ma main. Et puis, j'ai toujours éprouvé de l'embarras à transformer en or ce que j'ai peint dans le seul but de le peindre. Ce n'est pas cette transmutation qui m'a fasciné. Dans la matière, ce sont de tout autres secrets que j'ai voulu percer. Mais sous mon pinceau la matière est restée inerte, et si elle a su imiter la vie, jamais elle n'a pu la retrouver.

Non, mon ami, ai-je répondu, plus je vieillis et moins je produis. J'ai remisé mes pinceaux. Si tu veux un bon Tintoret, adresse-toi à Dominico. Vends-moi une œuvre déjà faite, alors, a insisté Kini. Tu dois bien avoir un tableau qui ne t'intéresse plus, qu'on t'a refusé ou qui a été oublié. Ou qui ne répondait pas à ton attente et que tu n'as pas achevé. Vends-moi n'importe quoi. Je n'ai plus rien à vendre, ai-je répondu, j'ai déjà vendu mon âme et cette carcasse ne vaut même pas les clous de son cercueil. Tu n'as pas changé d'un iota, a rétorqué Kini en riant, tu te hérisses toujours aussi vite, alors j'insiste. Mon client ne quittera pas Venise sans son Tintoret.

Otto m'a proposé le double de ce que le visiteur semblait disposé à débourser. Il s'est hâté de préciser qu'il était bien compréhensible que je ne veuille pas m'atteler à un portrait : j'en ai produit des centaines pour me nourrir et nourrir ma famille, et à présent, je n'en ai plus besoin. Mais je peux donner toute œuvre de mon choix au très illustre prélat à la barbe rousse : un Christ mort, un saint Michel combattant le dragon, un martyre de saint Laurent, un couronnement d'épines, les scènes sombres et dramatiques que j'ai si bien réussies ces dernières années. Une esquisse même fera l'affaire. J'ai répété que je ne peindrais plus jamais. Je n'ai rien à ajouter. J'ai déjà dit tout ce que j'avais à dire.

Je les ai raccompagnés à la porte. Ils m'ont suivi en silence, soucieux. Ils n'arrivaient pas à croire tarie ma fécondité légendaire. Comme ils me savent roué, ils ont craint une manœuvre pour leur extorquer plus d'argent. Ou peut-être m'ont-ils cru vraiment malade. Dans ce cas, pas de risque qu'ils répandent la nouvelle : si ma maladie est grave et qu'elle a une issue fatale, ils veulent être les premiers à le savoir, pour acheter avant que les prix de mes tableaux ne deviennent prohibitifs, y compris pour le courtier de l'empereur.

Mon bon Dominico, qui avait assisté à la négociation, m'a murmuré à l'oreille : accepte, papa, engage-toi pour un portrait, une demi-heure de pose te suffira, puis c'est moi qui le finirai, nous avons des besoins d'argent pressants. Je lui ai répondu que dès que je me sentirais mieux, nous livrerions *La Mise au tombeau* aux bénédictins de San Giorgio Maggiore et empocherions notre dû en belles pièces d'argent. Le gain est assuré.

Dans ce silence, son nom soudain a retenti. J'ai cru que je l'avais imaginé. Marietta est toujours à mes côtés, même si les autres l'ignorent. Je voudrais pouvoir dire qu'elle est mon ange gardien, mais elle ne garde que son secret. En réalité, Kini disait que l'empereur désirerait une œuvre de Marietta. Souvenez-vous, maître, combien son père appréciait votre remarquable fille. Feu Maximilien II gardait son portrait dans sa chambre et disait à toutes les dames qui le regardaient : *voilà ce que pourrait être une femme.* La Tintorette est la preuve que si les pères élevaient leurs filles comme des garçons, s'ils leur offraient la même éducation, les mêmes possibilités, les femmes ne seraient en rien inférieures aux hommes. L'empereur Rodolphe n'est pas du tout d'accord ! Il est d'un naturel sceptique, et sa sympathie pour les femmes est nulle. Il a confié une grosse somme à Kini pour qu'il acquière à Venise des œuvres de Marietta. Mais Kini n'en a pas trouvé. Ceux qui en possèdent refusent de les vendre et les autres ignorent même qu'ils en détiennent. Aucun catalogue n'a jamais été dressé, et il est trop tard maintenant. Marietta n'avait pas pour habitude de signer ses toiles, dommage. Dommage aussi que beaucoup de gens aujourd'hui préfèrent affirmer qu'ils ont acheté une œuvre du Tintoret plutôt que de la Tintorette, dommage qu'elle ait peint à ma manière et non à la sienne. J'ai coupé court en disant qu'il n'y avait rien de Marietta ici.

Mais la porte de mon atelier était entrouverte et sur le mur du fond, entre le tableau de Titien et un moulage de nu de Michel-Ange, la jeune femme en blanc était parfaitement visible. Sa robe dégageait une clarté aveuglante. J'avais moi-même retourné le tableau à l'endroit dans la nuit. J'avais désiré croiser son regard encore une fois. Je voulais en effet m'assurer qu'elle était toujours là, et non en robe rouge dans l'armoire, prisonnière des toiles d'araignée. Mais sur ce portrait, Marietta fuyante et impénétrable ne regarde rien et ne nous remarque pas.

Attiré, Kini s'est approché. Aucun étranger n'a jamais eu la permission d'entrer dans mon royaume : mais désormais je l'avais déserté. Il a observé attentivement la jeune fille blonde au collier de perles, une partition à la main. Il a reculé de quelques pas, puis s'est approché à nouveau, a effleuré la robe du bout des doigts. Elle est rendue avec une telle maestria qu'on dirait de la soie et pas de la peinture. N'est-ce pas ta fille ? m'a-t-il demandé en souriant. Je lui ai répondu que non.

Pourtant Kini était ici quand Marietta dessinait à cette table. Il ne peut lui échapper que cette jeune fille blonde est Marietta. Il est resté un moment immobile devant son image, absorbé. Il se demandait peut-être si ce portrait est ressemblant ou si sa mémoire la lui représente plus mûre, plus charnelle, plus femme. Sur le portrait, c'est encore une enfant prudente, comme ensevelie dans les plis de sa robe. On lit dans son regard une inquiétude à peine voilée.

Kini s'est hâté de me rejoindre dans l'entrée. Il a offert un très bon prix. Il paierait pour cet autoportrait de jeunesse autant qu'il avait payé pour le mien. Cela ne m'intéresse pas, ai-je tranché. Dominico a pâli. Il a murmuré de nouveau à mon oreille : accepte, père, je t'en supplie, nous avons besoin d'argent, de façon urgente. Je le copierai en un après-midi, nous lui vendrons la copie. J'ai ouvert la porte et, immobile sur le seuil, j'ai signifié aux Allemands qu'il était temps de partir. J'ai répété sans les regarder : ce n'est pas ma fille.

19 mai 1594

Troisième jour de fièvre

Faustina ne s'est jamais intéressée à la peinture. Ça sent mauvais, ça tache, ça graisse, ça déteint, ça abîme les vêtements, disait-elle. Ta peau sent la laque. Le pinceau te donne des cals aux mains. Tu te déformes le dos à rester debout des heures devant le chevalet. Tu finiras bossu, bancroche, aveugle. Elle était jalouse de mes tableaux et du temps que je leur accordais. Si je la négligeais trop longtemps, elle ouvrait la porte de mon atelier et me bombardait de grains de raisin ou de boulettes de pain. Tu as fini ? Le dîner est servi, la soupe va être froide, se plaignait-elle, boudeuse, comme si je m'amusais à un jeu dont je l'excluais. Sinon, elle se tenait à distance de mon atelier, comme d'un campement ennemi. J'aimais la peindre, car Faustina jeune était une beauté, mais en posant aussi elle s'ennuyait. Maintenant je sais qu'elle n'avait peut-être tout simplement pas le temps. Dans les huit premières années de notre mariage, nous eûmes cinq enfants : le lait des nourrices que Faustina engageait aigrissait vite et les servantes ne restaient jamais longtemps chez nous, parce qu'elle les accusait toujours de voler, craignant peut-être que ce ne soit moi qu'on lui vole. Ainsi Faustina était-elle toujours débordée par les enfants, celui qu'elle sustentait dans son ventre, celui qui courait partout en s'écorchant les genoux, celui dont le caca poissait les tapis, celui qui faisait une grosse fièvre ou une éruption de points rouges. Marietta comprit tout de suite que c'était dans mon royaume, entre ces quatre murs où je me terrais toute la journée, qu'elle devait me conquérir. Et je fus conquis.

Elle était toujours collée à mes basques. Je devais l'éloigner de force, l'attraper par la peau du cou, comme un chaton, pour la flanquer à la porte de l'atelier. Elle ne m'obéissait pas. Elle se faufilait parmi les toiles et les statues dès que je laissais la porte ouverte, se tapissait derrière les coupons de lin et était capable de m'épier des heures durant, en respirant doucement, en silence, immobile comme un modèle en carton-pâte, au point que je ne soupçonnais pas sa présence tant qu'un de mes aides ne tombait pas sur elle. Elle dérobait mes pinceaux, se glissait dans ma blouse, m'imitait. Elle savait reproduire mes grimaces, ma voix, et répétait mes calembours en faisant rire tout le monde. Elle avait le même talent que moi pour la parodie et la mystification. À trois ans, elle gribouillait déjà sur les murs, les mains maculées de peinture. Elle voulait faire tout ce que je faisais. Elle réclamait mon attention et savait l'attirer. Par la douceur, mais aussi par la rébellion. Un jour où, sa mère étant malade, je l'avais gardée plusieurs semaines chez moi, elle peinturlura le corps blanc de Suzanne. Je lui ordonnai de tendre les mains et lui tapai sur les doigts avec le pinceau. Marietta, si je te surprends encore une fois dans mon atelier, je me fâche pour de bon. Il faudrait déjà que tu me trouves, répondit-elle en levant vers moi une mine friponne.

J'avais installé mon atelier dans la partie la plus isolée de la maison, derrière l'escalier. Le plafond en bois grinçait de façon sinistre chaque fois que les habitants de l'étage supérieur marchaient. J'avais tapissé les murs de planches qui me servaient de tableau noir et de cahier. J'y accrochais mes dessins, j'improvisais une esquisse, un effet de perspective qui me serait utile tôt ou tard. Mais ces planches me servaient aussi à atténuer le bruit. Les pleurs incessants de Dominico, puis le chœur Dominico et Marco, et ensuite Dominico, Marco et Gerolima, me gênaient, me distrayaient, me déconcentraient, me rendaient fou. J'ai tout essayé pour les oublier, y compris de m'enfoncer du coton dans les oreilles. L'atelier avait des airs d'entrepôt, rempli jusqu'au plafond d'objets insensés et extravagants. On avait du mal à s'y retourner. Il était encombré de moulages en plâtre, de statues et fragments de statue, de pieds de colosse, de bustes acéphales, de jambes de chevaux abandonnées par leur sculpteur et mises au rebut, de toiles roulées ou clouées sur des châssis provisoires, d'ébauches en terre cuite et en cire, de casques, de cuirasses du siècle dernier, de mannequins portant toge et manteau de fourrure, crosse à la main ou vêtus d'une armure métallique. J'avais construit au milieu, en clouant quatre planches de châtaignier, une maison miniature, habitée par des pantins en carton-pâte. Je passais des heures à les déplacer et les éclairer avec des lanternes, pour étudier les jeux de lumière sur les corps et les ombres qu'ils projetaient. Du plafond, tête en bas, oscillant au moindre courant d'air, pendait le modèle en cire grandeur nature dont je m'étais servi pour saint Marc à l'époque du *Miracle* et qui, ayant gagné des ailes pour un autre tableau, était devenu notre ange. Il faisait désormais partie de la famille. Il nous arrivait même de lui adresser la parole.

Cette pièce toujours sombre, peuplée de personnages mystérieux, vêtus des oripeaux les plus étranges, exerçait sur ma petite fille une attraction irrésistible. Comme elle était toujours entre mes jambes, j'avais fini par poser un verrou à la porte pour m'enfermer de l'intérieur. Un soir, je la surpris alors qu'elle jouait dans la maison miniature des modèles. Elle les préférait à ses poupées. Comme elle m'imitait en tout, elle les manipulait en tirant leurs fils, leur donnant les attitudes les plus extrêmes et, pour les éclairer, tripotait les lanternes au risque de se brûler et de mettre le feu à l'atelier, à la maison, à nous tous. Ce n'était pas la première fois, et la colère m'aveugla. Marietta était incorrigible. Elle avait déjà sept ans. J'étais trop indulgent avec elle depuis le début. Si je ne la punissais pas à ce moment-là, je ne pourrais plus jamais sévir. Je me demandais ce qui pourrait flanquer une peur salutaire à cette enfant aussi curieuse que désobéissante.

La main de notre ange m'effleura les cheveux et ce contact me donna une idée regrettable. Je pris une corde. Marietta essaya de se protéger le visage, mais jamais je ne l'aurais fouettée. Je la nouai autour de sa taille. Je la traînai en haut de l'escalier, comme un sac de blé. Ma fille ne protestait pas. Elle s'attendait à être punie. Je l'accrochai à une poutre du plafond, à côté de notre ange. Je la lâchai et elle oscilla dans le vide. Vole maintenant et fais un miracle si tu en es capable, dis-je.

Je descendis l'escalier. La petite tenta de s'agripper à mes cheveux, en vain. Plus elle tentait de m'atteindre, plus elle se balançait, tournoyant au bout de la corde qui s'entortillait sur elle. Elle agitait bras et jambes comme si elle était tombée dans l'eau. Je m'agenouillai, remis à leur place modèles en carton-pâte et lanternes. Son ombre fluette léchait les murs, passait sur la maison des pantins, effleurait ma main. L'ombre volait vraiment. Elle était suspendue au-dessus de moi. *Marieta,* lui dis-je d'un air sérieux, tu ne peux pas rester ici. Si tu étais un garçon, je t'apprendrais à peindre et t'emmènerais avec moi. Mais tu es une fille. Et ça ne changera pas. Tu n'y peux rien, moi non plus. Il faut accepter ce qu'on ne peut pas changer. Pourquoi ne peut-on pas changer ce qu'on ne peut pas accepter ? murmura-t-elle d'une toute petite voix. J'étais déconcerté. Tu dois rester avec Faustina. Tu peux jouer avec Dominico. Je te fabriquerai d'autres poupées en carton-pâte, autant que tu en veux. Mais ne touche plus mes pantins. Ce n'est pas pour toi. Je te redescends si tu me promets que tu n'entreras plus jamais ici. Marietta cria : non !

Je levai les yeux. Elle était terrorisée. Il faut être raisonnable, mon cœur, lui dis-je. Peine perdue. Elle ne promit rien, ne supplia pas. Sans un mot elle me dévisageait de ses yeux clairs et brillants. Je décidai de tenir bon. Un père ne doit pas manifester d'hésitation ni afficher de doute. Il doit se montrer résolu. *Être* résolu. Je me désintéressai de son sort. Je suspendis la lanterne à son clou. Et retournai à ma toile. J'étais aux prises de nouveau avec un saint Marc volant. Après treize années de polémiques et de disputes, les membres de la confrérie s'étaient enfin décidés à me confier la suite des histoires de l'évangéliste. Le sujet qu'ils m'avaient expliqué était simple : saint Marc apparaissant à des naufragés au plus fort d'une tempête en pleine mer et sauvant miraculeusement un Sarrasin. Il y fallait des eaux bouillonnantes, des épaves, des corps noyés et de hautes vagues. J'avais imaginé une composition percutante, apte à séduire le président qui me l'avait commandée et la paierait de sa poche. Mais je percevais un déséquilibre, un vide dans la partie supérieure gauche. Je caressais l'idée de le combler par un nuage, mais pas n'importe quel nuage : j'y représenterais, un peu floue comme dans une illusion d'optique, la présence divine. Non pas un Dieu au visage de vieillard, de père, d'homme, mais le Dieu sans visage et sans corps, le Dieu du mystère, de la transcendance et de la vengeance. Le Dieu qui décide du sort des batailles et des États, des commandants et des marins, des princes et des esclaves, de notre sort à tous.

L'intuition était bonne, mais je n'arrivais pas à me concentrer. Mes idées étaient confuses, Seigneur. J'étais incapable d'oublier ma fille. Quant à elle, dans l'impossibilité de garder plus longtemps l'équilibre en suspens dans le vide, elle s'était laissée basculer en avant et le sang lui montait à la tête. Son visage était aussi écarlate que sa robe. Soudain, quelque chose tomba sur ma main. C'était chaud comme une goutte de cire. Ma petite fille pleurait. Elle ne me demanda pas de la détacher.

Je l'emmenai à la cuisine. Nous marchions comme des ombres, car personne ne devait nous surprendre. Je hissai Marietta sur une chaise. J'enlevai les épingles qui tenaient ses cheveux relevés derrière ses oreilles. Deux lourdes tresses roulèrent sur ses épaules. Cornelia disait que sa fille lui ressemblait trop pour devenir une vraie beauté, qu'elle avait le nez trop long et les yeux trop grands. Non, la splendeur de Marietta résidait dans sa chevelure. Épaisse et souple, elle n'avait ni le roux flamboyant de sa mère, ni ma couleur rouille, mais la blondeur des blés de juin. Ni Cornelia ni Faustina ne lui avaient jamais coupé les cheveux. Je fouillai dans le tiroir et, ne retrouvant pas les ciseaux dans le noir, j'empoignai le couteau à pain. Marietta comprit. Elle ne souffla mot. Je sectionnai à la hauteur des oreilles.

Je t'ai embauchée, dorénavant tu es mon apprenti. Je t'apprendrai ce que je sais, en échange, j'attends que tu ranges l'atelier, nettoies mes pinceaux, grattes les palettes pour faire bouillir les restes de peinture à l'huile, balaies, tailles mes plumes et mes crayons, prépares l'encre, portes les fusains et les craies quand nous sortons. Si tu viens pleurnicher dans mes jambes que l'odeur de peinture te monte à la tête ou si tu te plains d'être fatiguée ou de t'ennuyer, je te chasse. Ai-je été clair ? Oui, maître, répondit-elle en souriant. Avec ses cheveux grossièrement taillés, elle avait l'air d'un poussin. Elle s'approcha de moi dans l'intention de m'embrasser. Je la giflai. Mon apprenti ne m'embrasse pas, la chapitrai-je. Et Marietta riposta du tac au tac : dommage.

Comment t'es-tu arrangée ? s'indigna Faustina, quand elle la vit le lendemain matin. Marietta avait enfilé un pourpoint ajusté et des chausses moulantes en velours cramoisi dotées de la coque rembourrée servant à protéger le sexe des heurts éventuels ou à le mettre en évidence. Cette tenue appartenait à Crabelet, à peine plus grand qu'elle. Faustina l'attrapa par une oreille et lui ordonna – petite dévergondée – d'aller se changer sur-le-champ et de couvrir d'un foulard sa caboche vide. Je lui expliquai que l'idée ne venait pas de la petite : j'avais décidé que Marietta travaillerait avec moi.

Mais tu bats la breloque ! s'exclama en riant ma toute jeune épouse. Tu veux apprendre à peindre à une fille ? À quoi cela lui servira-t-il ? C'est du temps perdu. Tu es bien ingrat. Ne t'ai-je pas donné tout de suite un fils ? Attends quelques années et tu prendras Dominico pour élève. L'horoscope me promet que le prochain aussi sera un garçon, ajouta-t-elle, en me prenant la main pour la poser sur son ventre. Nous attendions notre deuxième enfant d'un jour à l'autre. Un des deux au moins comblera tes attentes et perpétuera ton nom. Détrompe-toi, répliquai-je, dorénavant, mon garçon, c'est elle.

Nous avons été inséparables. Pas un jour ne passa sans qu'elle soit à mes côtés. Je l'emmenais partout. Elle me suivait comme mon ombre, me doublait comme l'écho, me reflétait comme un miroir. Les années que j'ai vécues ainsi talonné, observé et sauvagement aimé par Marietta ont été les plus fertiles de mon existence. C'est pour cette raison que je l'appelais Étincelle : elle m'a apporté le feu. En y repensant aujourd'hui, il me semble que ces années se sont étirées. L'été de ma vie : éternelle journée de juillet aux heures interminables, quand la lumière refuse de décliner. Tout ce que j'avais dû tempérer et refréner si longtemps avait explosé dans une grande déflagration. Alors que jusque-là je devais courir après le travail, à présent il venait à moi. J'acceptais tout. Marietta était avec moi.

Elle me suivait quand j'allais acheter mes toiles et que j'arpentais les entrepôts des fabricants, tâtant l'épaisseur de la trame et la résistance de la chaîne. Touche tout, lui disais-je, il faut que tu éprouves le support, sinon tu ne sauras jamais quelle quantité de peinture il absorbe. Et Marietta touchait. Ses empreintes sont restées sur chaque pièce de chanvre et de lin que j'ai peinte. Mon pinceau les a parfois à peine effleurées pour ne pas les effacer.

Elle trottait avec moi dans les couloirs du Palais des Doges, puisque nos dirigeants trop affairés ne trouvaient pas le temps de poser pour le portrait officiel que la république accordait à ses serviteurs, et je les étudiais pendant qu'ils marchandaient des bulletins de vote ou discutaient avec leurs secrétaires des graves affaires de l'État. Toi aussi tu peux devenir juge ? s'informait ensuite Marietta. Non. Et magistrat d'appel ? Non. Et chef de quartier ? Non. Et procurateur ? Non. Et commandant de la flotte ? Non. Et inquisiteur ? Non. Et maire ? Non. Et sénateur ? Non. Et doge ? Non. Mais pourquoi ? Je ne suis pas né noble, expliquais-je. Qu'est-ce que ça signifie, naître noble ? Seuls ceux qui portent certains noms de famille naissent nobles. Et puis ? Et puis, rien, mon étincelle, c'est tout.

Je l'emmenais aussi quand j'allais à l'abattoir. Dès l'île voisine, une odeur âcre de sang, de viscères et d'abats empestait l'air. Des nuages de mouches voltigeaient au-dessus des flaques, les tachant de noir. Si tu vomis, tu n'es qu'une fille, lui disais-je en guise d'avertissement quand nous franchissions la porte. Elle pressait sa main sur sa bouche. On débarquait les animaux, parfois dans des cages métalliques que manœuvraient les débardeurs. Cochons, bœufs, veaux, chèvres disparaissaient dans l'édifice bas construit au bout de la ville, parmi les cannaies, parce que les Vénitiens préféraient ne pas avoir cette boucherie sous les yeux toute la journée. Je voudrais louer un cheval blanc, dis-je un jour à l'employé de garde. J'en aurai besoin quelque temps. On me céda un cheval aveugle, tellement vieux que sa tête pendait entre ses jambes. Mais il avait été robuste et pouvait encore ressembler à une monture de guerrier. Quand tu auras fini de le dessiner, on le gardera, papa ? me demanda Marietta tandis que Crabelet le conduisait chez nous. Pour qui te prends-tu ? Une princesse ? Non, quand j'aurai fini de le dessiner, quelqu'un le mangera, sa viande est tendre et fortifie le sang.

Pendant que je dessinais le cheval, Marietta caressait l'étoile sur son front et la bête avait levé vers elle ses yeux aveugles. Tu ne vas pas me croire, Seigneur, mais les yeux de ce cheval se remplissaient de larmes. À son entrée bruyamment ponctuée de crottin, Faustina avait frémi de dégoût. Des étrangers, des chiens, des portefaix, des peineux, des singes, des animaux et leurs ordures… L'atelier d'un peintre est pire qu'une foire, avait-elle gémi, en voyant les deux boules brunes encore fumantes par terre. Je ne serais pas surprise si un jour tu apportais ici un cadavre. Je l'ai déjà fait, ma femme, répondis-je, et d'un geste badin elle me souffleta avec son mouchoir. Mais j'ai toujours respecté notre pacte : à l'atelier, tout peut entrer ; à la maison, personne. Ma très jeune épouse et mes enfants n'étaient que pour moi.

Quand j'eus fini de dessiner le cheval, Crabelet le prit par la bride et nous le ramenâmes à l'abattoir. Marietta nous suivait, sombre, de temps en temps elle lui grattait la tête. Les animaux ne comprennent pas toujours qu'ils vont mourir. Ce jour-là, à deux pas de l'endroit où on allait l'écarteler, le cheval remuait joyeusement la queue sous ses caresses. Puis les employés le poussèrent derrière une cloison et une minute plus tard, le sang inonda le sol. Marietta pressait encore ses mains sur ses oreilles. Les chevaux vont-ils au paradis ? s'informa-t-elle d'un air contrit, déclenchant un gros fou rire chez les bouchers. Non, c'est déjà plein de monde, il n'y a pas de place pour eux, répondis-je en la prenant par la main et en l'entraînant. J'étais soudain abattu, parce que j'aurais voulu offrir un cheval blanc à mon étincelle. Mais où est le paradis ? insistait Marietta. Très loin, dis-je pour couper court, parce que je ne voulais pas que ma petite fille ait des pensées tristes. Plus loin que l'Allemagne ? murmura-t-elle. Sa question me terrassa. Nous ne parlions jamais de Cornelia.

Je l'emmenais dans les églises, les oratoires et les demeures où l'on installerait un de mes tableaux, parce qu'il me fallait vérifier si leur exposition laisserait certaines parties dans l'ombre, ce qui me permettrait d'employer moins de couleur pour ces surfaces, ou si au contraire une exposition en pleine lumière justifiait l'utilisation de couleurs coûteuses. Nous sommes allés des dizaines de fois à la Scuola di San Marco. Inconfortablement assis sur le marbre de l'escalier, nous suivions la trajectoire du soleil à travers les fenêtres de l'édifice. Pendant ces séances d'observation dans la salle dell'Albergo où j'évaluais le temps d'ensoleillement du mur, des dizaines d'hommes bien vêtus entre dix-huit et quatre-vingt-dix ans défilaient près de nous. Parmi eux on comptait parfois mon beau-père. Papa, chuchotait Marietta au bout d'un moment, mais où sont les femmes ? Pourquoi n'y en a-t-il pas une seule ? Les femmes n'entrent ici que pour demander l'aumône, répondais-je. Elle apprit ainsi qu'à Venise, il n'était pas avantageux d'être une femme.

Marietta était avec moi la nuit où je me suis introduit dans la Scuola di San Rocco. Nous sommes sortis alors que la ville dormait, dans une obscurité qui semblait impénétrable. La flamme de la lanterne à la pointe de la gondole brillait comme une luciole. Je pensais, tenaillé par cette légère angoisse qui vous saisit au moment d'agir après avoir longtemps ruminé : cette nuit, en cet instant même, quelqu'un meurt, quelqu'un jouit, quelqu'un naît, quelqu'un voudrait que demain n'arrive jamais, quelqu'un a hâte que l'aube pointe, et moi, en cette même nuit, je dompterai le destin. Ou le destin me domptera. Dans ce cas, je serai l'objet des risées, humilié, anéanti. Qui oserait se compromettre ainsi ? Qui risquerait de tout perdre, peut-être pour rien ? Moi.

Le clocher des Frari renforçait la densité de la nuit en projetant une ombre épaisse sur le petit campo derrière l'église. Du couvent venait une litanie discordante. Tout près montaient des ronflements. Ils sortaient d'un amas de couvertures et de cartons : des mendiants dormaient sur les marches de l'église San Rocco. La façade en marbre flambant neuve de la Scuola dessinait un halo blanc dans la nuit. La Scuola di San Rocco était plus récente que la Scuola di San Marco, mais elle était fréquentée par des gens plus puissants et ambitieux. La construction de son nouveau siège, qui avait coûté une somme ahurissante, éveillait les jalousies et agaçait. Des nouveaux riches, des parvenus, se défendaient les nobles, se sentant mis au défi et supplantés par ce ramassis de bourgeois. De bonnes âmes, se réjouissaient les pauvres, se sentant secourus et protégés par ce même ramassis de bourgeois. En tout cas leur nouveau siège se dressait au cœur de Venise, imposant, presque blessant par son faste. Le portail massif était fermé. Qu'est-ce que c'est ? murmura ma petite fille en me tirant par la manche, impressionnée par la magnificence du bâtiment. C'est un endroit où l'on aide les pauvres à vivre dignement, où les riches gagnent leur entrée au royaume des cieux et où les peintres peuvent tenter de conquérir la gloire, répondis-je.

Tu as peur ? m'enquis-je en la voyant trembler. Oui, parce que toi, tu as peur, papa. C'était vrai. Je commettais un délit. Et même plusieurs. Quand je sifflai l'appel de la huppe, le gardien entrouvrit la lourde porte. J'avais acheté sa complicité. Vite, je poussai Marietta et Crabelet à l'intérieur et refermai derrière moi. Dépêchez-vous, m'avertit le gardien, ils se doutent de quelque chose, ils nous ont surveillés toute la journée, ils ont dit à la réunion du conseil que le secret a été trahi, qu'un peintre a été informé, on citait votre nom.

Le gardien avait introduit dans les lieux plusieurs de ces échelles immenses que les marins utilisent au flanc des galères, ainsi que des cordages et des madriers pour les arrimer, des clous et tout ce que je lui avais demandé. Je craignais pourtant de ne pas arriver à mes fins. Je craignais que mon plan n'échoue misérablement, balayant à la fois mon rêve et ce qui restait de ma réputation. Nous gravîmes l'escalier d'honneur dans l'obscurité la plus totale, en suivant le mur à tâtons. Au premier étage, nos pas résonnèrent dans l'immense salon vide. Crabelet heurta le mur avec l'échelle et le bruit nous fit sursauter. Une masse flasque tomba sur le sol. J'allumai la lanterne. C'étaient les toiles et les étendards dont le mur était tendu. Ils sentaient la cire et l'huile brûlée. Ils étaient décolorés et sans âge. C'était une honte, pensai-je, que la confrérie la plus riche de la ville orne de telles chiffes son salon d'apparat. Il fallait les remplacer. Il fallait qu'un peintre en réalise de nouveaux. Et je voulais être ce peintre. Crabelet ramassa ces loques et nous perdîmes du temps à les réinstaller. Je sentais mon cœur battre comme un fou dans ma poitrine.

Dans la salle dell'Albergo, je posai la lanterne par terre pour que la lumière ne filtre pas aux fenêtres, dénonçant notre présence. Tandis que Crabelet et le gardien installaient les échelles, je montrai à Marietta l'emplacement vide entre les lambris dorés du plafond. Il avait une douce forme ovoïdale. Tu vois, Étincelle, il y aura un tableau là-haut. Un concours est prévu pour choisir le peintre qui l'exécutera. C'est toi qui le remporteras ! s'écria Marietta. Je ne participerai pas au concours, répliquai-je.

J'ouvris le sac et en sortis un paquet enveloppé dans un tissu de chanvre. Voilà le tableau. C'était vrai, j'avais été informé. Je connaissais des gens au conseil, ils m'avaient soufflé le sujet du tableau et ses dimensions. J'avais disposé d'une petite semaine. Je m'y étais consacré jour et nuit. Monte sur mes épaules, dis-je à Marietta en m'agenouillant. Elle grimpa sur mon dos le cœur battant. Maintenant, lève les bras, comme si tu devais tendre un plateau à Dieu. Elle obtempéra. Sur ses mains instables, Crabelet déposa le lourd carton. Ainsi chargé, je montai prudemment l'échelle que Crabelet bloquait de son mieux, mais qui oscillait dangereusement. Je n'étais pas assez grand, sans elle je n'aurais jamais atteint le plafond.

Sur le dernier échelon, j'étais à dix coudées de haut. Mais pas plus que moi, Marietta ne souffrait de vertige. Elle grimpait avec une agilité d'écureuil aux échafaudages qui s'élevaient sous les hautes voûtes des églises et sur les passerelles qui grinçaient et branlaient à chaque pas. Un jour où elle était en haut d'une échelle avec moi et que nous regardions les ouvriers s'affairer en dessous de nous, je lui avais proposé de construire une cabane dans un arbre. D'en haut, nous serions les aigles et eux les fourmis. Elle savait combien j'étais mortifié par ma petite stature. Elle disait toujours qu'elle grandirait juste assez pour ne pas me dépasser. J'aurais préféré qu'elle devienne une Amazone comme sa mère, mais ce ne fut pas le cas. En restant petite de taille, elle me donnait l'impression que le temps s'était miraculeusement arrêté. Que mon été durerait toujours.

Voilà, Seigneur, à quarante-cinq ans passés, marié et père de famille, artiste d'un certain renom, j'étais perché en pleine nuit sur une échelle, coltinant ma complice dans l'obscurité comme un malfaiteur. Marietta encastrait la toile sous les moulures en bois doré, poussant et pressant de ses ongles, plantant les coins minuscules qui l'empêcheraient de tomber. Nous étions là, dans le plus grand silence, respirant doucement pour ne pas faire de bruit : ma petite fille, Crabelet et moi. Je n'aurais pu me fier à personne d'autre au monde. Le carton en frottant sur la toile émettait une sorte de soupir. Papa, murmura soudain Marietta, pourquoi on fait ça ?

J'aurais préféré ne pas lui répondre. Mais on ne peut pas mentir à son enfant. Il n'y a pas de péché plus honteux que d'abuser ceux qui croient en vous. Parce que Jacomo Robusti n'a jamais gagné de concours, *Marieta*, et que cette fois il veut être chargé du tableau. C'est pourquoi demain, quand les autres peintres apporteront des esquisses, ton père présentera une œuvre achevée. Il en fera cadeau. Le concours sera annulé. Parce que ton père a un rêve, qui est de peindre pour cette Scuola et de se faire un nom. Et quand on a un rêve, on doit tout faire pour le réaliser. Même si c'est interdit ? demanda-t-elle à mi-voix. Oui, même si c'est interdit.

Je ne l'ai jamais envoyée à l'école. Marietta n'a pas eu d'autre professeur que moi. Je ne lui ai pas appris à écrire son nom au crayon, mais au pinceau. Je ne lui ai pas appris à compter en pieds, pas, coudées et empans, mais dans une unité de mesure en usage dans notre pays à nous deux : le tintoret. Un tintoret valait cinq coudées, je ne voulais rien peindre de plus petit. Quand on me proposait un travail, elle mesurait le mur avec sa cordelette et s'écriait : deux tintorets et quart, maître, nous prenons la commande ! Il paraît que c'est une façon extravagante d'enseigner les mathématiques à une fillette. Mais je n'ai aucune confiance en l'école. Je m'y suis trop ennuyé à écouter un enseignant qui n'avait à m'apprendre que son envie désespérée de ne pas être là où il était. Marietta ne s'est jamais ennuyée avec moi. Ni moi avec elle.

Je trouve les enfants casse-pieds. Leurs caprices, leur cruauté, leur lâcheté et leur impuissance me dépriment. Ce n'est pas sans mal que j'ai appris à les peindre car, au fond, tous les enfants se ressemblent. Les adultes sont de loin plus intéressants. C'est la vie écoulée qui rend les personnes uniques. C'est à travers l'expérience, la douleur, la joie perdue, le désenchantement que chaque être humain devient inimitable, et donc précieux. Mais Marietta était différente. Peut-être parce qu'elle n'avait jamais été une enfant. Sa mère ne le lui a pas permis, et moi non plus. Elle trottinait à mes côtés, son bonnet sur la tête et la lourde boîte en bois contenant les fusains et les craies serrée contre sa poitrine. Si Marietta a souffert de l'abandon de sa mère, si elle en a senti le manque aigu, elle ne l'a jamais montré.

Bien des années plus tard, quand Marietta ne fut plus là, Faustina m'a raconté qu'un jour elle lui avait demandé où l'on enterre les pauvres. Prise de court et ignorant pourquoi la petite lui posait cette question, Faustina avait fini par lui répondre de ne pas s'inquiéter parce que si nous n'étions pas riches, nous n'étions pas pauvres non plus. Alors Marietta lui avait demandé où l'on enterrait les malades, et de nouveau Faustina l'avait incitée à ne pas se tracasser parce que nous n'étions pas malades et qu'elle en particulier, toute frêle et pâlichonne qu'elle était, jouissait d'une forte constitution et n'avait jamais attrapé ni la rougeole ni la variole. Mais Marietta avait sans doute reposé sa question à quelqu'un d'autre, qui lui avait répondu qu'à Venise on enterre les malades pauvres dans les terrains derrière les églises, car elle prit l'habitude d'y cueillir des fleurs, de les mettre dans un bocal d'eau ou de les faire sécher entre les pages d'une Bible. Marietta avait une passion pour les fleurs, observa mon épouse, m'en étais-je aperçu ? Elle en peignait toujours. Pourquoi ne me l'as-tu jamais dit ? lui demandai-je. Parce que Marietta et moi avions nos secrets, me répondit-elle. Mais Marietta m'a toujours et exclusivement donné sa gaieté, elle a été pour moi une perpétuelle source de contentement.

Moi aussi, au lieu de lui apprendre à regretter ce qu'elle avait perdu ou ce dont elle avait été privée, j'ai essayé de lui transmettre l'amour de la vie. Je l'invitais à oublier ou évacuer ce qui lui causait une douleur. Si une orange était trop amère, il fallait qu'elle la recrache, si une personne avait le fiel à la bouche ou dans le cœur, il fallait qu'elle l'évite. Je l'invitais en revanche à apprécier la beauté de toute chose créée et, sur tout le trajet pour aller à un rendez-vous, Marietta enthousiaste m'indiquait le peigne doré d'une gondole, le chapiteau sculpté d'une colonne, l'ourlet d'un nuage, les fesses massives d'un portefaix. Elle avait un caractère lumineux. Ses questions étaient judicieuses et son sens de l'observation aigu. As-tu remarqué, maître, me dit-elle un jour en se hissant sur la pointe des pieds pour caresser une rose en bouton qui pointait solitaire à la grille d'un jardin, as-tu remarqué que les fleurs dorment, elles aussi ? Quand arrive le matin, elles s'étirent de tous leurs pétales. La rose se réveillait entre ses doigts. Les fleurs ressemblent aux femmes, observa-t-elle, les fleurs ne travaillent pas, ne s'échinent pas, elles dansent dans le vent avec pour seule tâche d'être belles. Tu vois, Seigneur, Marietta avait un don précieux. Ce n'était ni l'intelligence, ni la volonté, dont tu l'avais pourtant dotée généreusement. C'était sa capacité de planer au-dessus de l'opacité des choses. Quand je pense à elle, j'ai l'impression de voir une libellule effleurer le miroir de l'eau et s'y poser avec une telle légèreté qu'il n'en est pas troublé.

Tu vois, moi qui n'ai jamais supporté les bavardages des enfants, moi que la monotonie de leurs questions irrite, je répondais volontiers aux siennes, y compris les plus farfelues. Où vivent les personnes qu'on rencontre dans nos rêves ? Les chats rient-ils ? Les mots guérissent-ils ? Dans ce cas, pourquoi les gens parlent-ils autant ? Pourquoi en parlant avec les gens ne dis-tu pas ce que tu penses et dis-tu ce que tu ne penses pas ? À quoi servent les poils et pourquoi les hommes se laissent-ils pousser la barbe ? Pourquoi dit-on que pères et enfants sont du même sang ? Marietta n'acceptait pas toujours mes réponses. Mais elle apprenait instantanément et n'était jamais lasse d'étudier. Elle était capable de rester des heures assise par terre, jambes croisées, dessinant un profil, une chute de reins. Mais aussi une fourmi ou des nervures de feuille, car je lui avais appris que les choses minuscules contiennent l'univers.

Marietta comprenait mes plaisanteries et jouait à me donner la réplique. Nous nous sommes bien amusés, tous les deux. Si nous allions croiser dans la rue quelqu'un que je détestais, nous faisions semblant de parler croate, grec ou illyrien, bifurquions précipitamment dans les galeries les plus sombres ou sautions dans le bateau des porteurs de vin ou sur un traghetto qui avait déjà largué ses amarres. Mais elle comprenait aussi ma nervosité et subissait mes explosions de colère sans se démonter, comme le sable qui, sous l'orage d'été, se mouille à peine et sèche aussitôt. Elle comprenait mes mélancolies, mes chutes d'humeur, mes aversions. Elle flairait mes antagonismes sans que j'aie à les lui signaler.

Elle me suivait chez les marchands de couleurs où je me ravitaillais. Je lui apprenais à reconnaître l'émail fin, la terre d'ombre, le cinabre, le sang de dragon, le plomb et les résines pour vernir les tableaux. Dans ces échoppes, entre les étagères et les bocaux, je rencontrais des collègues, que j'évitais le reste du temps, qui ne fréquentaient pas ma maison. Je ne m'arrêtais discuter avec personne. Je gardais mes distances, flanqué de mon apprenti miniature. Leur hostilité me hérissait, et Marietta en avait conscience. Mais elle ne me montra jamais qu'elle le percevait. Puis il y eut ce jour où je poussai la porte de la boutique derrière l'Aquila Nera. Je tombai sur Zuccari. Il ne m'avait jamais pardonné l'entourloupe de la Scuola di San Rocco. Il s'était d'ailleurs largement vengé. Je l'ignorai et m'approchai du comptoir. Dès qu'il me remarqua, il appela ses amis et, d'une voix forte, leur conseilla de sortir, parce qu'un voleur bien connu venait d'entrer, un gars assez malin pour que ses forfaits ne soient jamais punis. Cinq jeunes gens bien habillés se retournèrent vers moi. Marietta, elle, se tourna vers la porte, cherchant le voleur. Mais il n'y avait personne d'autre dans la boutique.

J'aurais dû avaler l'affront, parce que la petite était là et qu'il ne fallait pas qu'elle comprenne. Mais je n'ai jamais été capable de tenir ma langue et la moutarde me monta au nez. Toujours à Venise, Zuccari ? Je croyais que tu avais compris que les moutons ici n'avaient plus rien à paître et que tu étais retourné brouter à Rome. Tu es un bel enfant de salaud, Tintoret, renchérit Zuccari en passant devant moi. Il prit Marietta par le menton et l'obligea à le regarder. Pourquoi t'accroches-tu aux basques de cette crapule ? C'est un corsaire sans foi ni loi. Il ne t'enseignera que des vilenies. Puis il disparut avec ses satellites dans l'ombre de la calle. Pourquoi t'en veut-il ? murmura Marietta.

Les autres peintres m'accusent de travailler trop vite. De livrer des tableaux inachevés en économisant sur la peinture et en laissant affleurer le lin de la toile, répondis-je. D'avoir berné amis et collègues. D'avoir volé une commande déjà attribuée à un autre pour me l'accaparer. D'avoir proposé de travailler gratuitement. C'est vrai ? me demanda-t-elle. Tu l'as fait ? Tu as trompé tes amis et tes collègues ? Tu as volé le travail d'un autre ?

Marietta était rouge de honte, elle espérait un démenti. J'aurais voulu répondre qu'une juste cause appelle parfois des actes injustes. Que je n'avais pas eu le choix. Pourquoi aurais-je dû accepter les règles d'un jeu qui était toujours truqué en ma défaveur ? L'insolence m'incitait à subvertir l'ordre et la hiérarchie, la conviction de mes moyens me donnait le courage d'agir. Si ton ennemi possède une flotte de cent galères, et toi un seul navire rafistolé, l'attaque corsaire est ta seule arme et la guérilla ta seule stratégie. Je me battais pour défendre ma place, mon nom. Je voulais exercer mon art, c'était tout. Pour cela, pour obtenir les surfaces à peindre, les cycles à représenter et les salles où exposer, il me fallait escroquer, simuler, mentir. Et pas seulement avec mes collègues. Il fallait que je devienne membre des confréries, que j'entre dans les Scuole : il fallait que je sois l'un d'eux. Ou, du moins, que je *semble* l'être. Rester à l'écart signifiait disparaître. Peindre : rien d'autre n'a jamais existé pour moi.

Mais les yeux limpides de Marietta fouillèrent mon cœur et m'empêchèrent d'articuler un seul mot. Je réglai mes achats et nous sortîmes. Zuccari et ses amis s'étaient arrêtés discuter au pied du pont. Marietta me prit par la main. Et la serra fort. Nous passâmes devant eux ainsi, sans nous retourner.

Un matin de printemps, l'année suivante, l'acqua alta nous surprit à Rialto. Pour une fillette, un rhume banal peut se révéler mortel, alors je la portai sur mon dos. Ainsi pataugeant et barbotant, je tombai nez à nez avec cette calamité de Giorgio Vasari qui arpentait Venise à califourchon sur son serviteur, en quête des dernières nouveautés artistiques pour la réédition de son livre. Il le dirigeait en frappant énergiquement son épaule, tel un prince oriental monté sur son chameau. Vu la piètre estime où nous nous tenions, nous aurions aisément passé notre chemin, mais l'exiguïté du lieu nous obligea à nous saluer. Lui, juché sur son domestique, me frottait la barbe de ses chaussures. Quelle erreur, ô Vénitien présomptueux, me dit-il amusé, de te charger d'enfants plutôt que d'élèves. Un élève te portera toujours plus haut, tandis qu'un enfant restera un nain pesant sur ta croupe. Tu n'es qu'un pisse-froid, rétorqua Marietta, mon père est un géant, et il n'a besoin de se hisser sur l'échine de personne. Tu vois, Seigneur, Marietta était fière de moi.

Mes ennemis prétendent que j'ai fait d'elle un petit singe dressé, mon bouffon. Mais c'est faux, elle était mon compagnon. Elle me suivait au milieu des sénateurs en toge, des prêtres et des moines, mais aussi parmi les maçons, les menuisiers et les ouvriers. Quand elle avait huit ou neuf ans, les gens ne remarquaient pas qu'elle n'était pas un garçon, comme elle donnait à le croire. On lui lançait des ordres, on l'ignorait, on la traitait sans ménagements, comme un vrai apprenti. J'aurais voulu la présenter comme mon fils aîné, mais je savais qu'on gâte le fils du maître : Marietta n'aurait rien appris si on l'avait considérée comme mon fils. Alors je disais qu'elle s'appelait Gabriel et qu'elle était mon apprenti allemand. Un jour, une veuve de sénateur fort imbue de sa personne voulut poser seule avec moi. En effet, ma réputation – pas seulement artistique – m'a souvent valu ce genre de complications dont il était malaisé, et pourtant nécessaire, de me dépêtrer sans offense. Elle expédia Marietta aider ses domestiques, qui étaient tous des esclaves noirs importés d'Afrique. Marietta s'inclina, nous laissa seuls et ne se trahit pas. Au coude à coude avec ces hommes exotiques qui entre eux parlaient une langue incompréhensible, elle déchargea la gondole amarrée au quai du palais, qui regorgeait de marchandises fraîchement arrivées de l'île de Candie. Le poids des caisses lui sciait l'échine, mais les Maures ne s'attendrirent pas, de même que personne ne s'attendrissait sur eux, et le gondolier, craignant de salir sa livrée, ne l'aida pas davantage.

Sur le chemin du retour, elle me demanda ingénument ce que signifiait le mot chibre. Le gondolier du sénateur lui avait proposé – pire, avait proposé à Gabriel l'apprenti – deux piécettes pour lui fourrer son chibre dans l'oignon. Marietta – c'est-à-dire Gabriel l'apprenti – avait répondu qu'il préférait ne pas et que de toute façon il devait demander la permission à son maître. Ce qui nous fit beaucoup rire. Je jurai de faire rosser d'importance ce maudit gondolier par notre fidèle Crabelet, qu'elle veille seulement à ne pas oublier son visage. À vilain, vilain et demi. Sans compter que la vengeance est un plat qui se mange froid. Je lui recommandai de ne pas raconter cette histoire à mon épouse. Pour qui me prends-tu ? observa-t-elle avec sagesse, elle expédierait Marietta au couvent, or Gabriel veut rester avec toi.

Le temps passant, le plaisir de sortir avec elle se changea en désagrément, puis en épreuve. Marietta était menue, elle avait de petits pieds, de petites oreilles, de petites mains et la peau très pâle. Quand nous passions sous les arcades des Procuratie, je surprenais de plus en plus souvent des passants – marins, mais aussi avocats ou gentilshommes – qui lorgnaient d'un regard salace les rondeurs de ses fesses soulignées par les chausses moulantes et les trois boutons de son pourpoint qu'elle n'arrivait plus à fermer. Il fallait que je plante mes ongles dans mes paumes pour me retenir de corriger celui qui osait la regarder de la sorte. Un jour, sur le traghetto de l'Anconetta, j'ai sauté sur le râble d'un batelier que j'avais surpris à sa rame passant sa langue sur ses lèvres d'un air obscène en lui clignant de l'œil. Je l'ai carrément flanqué à l'eau, et il valait mieux, sinon je l'aurais étripé. Pourquoi l'as-tu frappé ? me demanda Marietta sur le chemin du retour. Il voulait te voler, répondis-je de façon évasive. Me voler ! s'exclama-t-elle, surprise. Qu'aurait-il fait de moi, je ne suis pas une pièce d'or !

Mais pouvais-je lui expliquer ce que veulent les hommes ? Comment aurait-elle réagi si elle l'avait su ? J'aurais perdu la paix pour toujours. À Venise, il n'y avait pas d'autres femmes en chausses. Excepté les filles publiques. Elles en portaient pour traverser la ville sans être inquiétées, se poster sous les arcades, rôder sur les jetées et les marchés, racoler les étrangers qui affluaient à Venise, attirés par la réputation de ses prostituées et par la liberté mythique dont nous nous vantions de jouir encore, quand ailleurs en Italie et en Europe elle était à l'agonie. On peut s'offusquer et se scandaliser, mais Marietta aussi recourait aux chausses pour se déplacer librement. Les fillettes de son âge ne pouvaient pas sortir, les pères les gardaient comme des bons du Trésor et ne les montraient jamais. Moi, j'ai montré ma fille à tout le monde, comme une pierre précieuse. Ce qu'elle était. Tu habilles ta fille comme une courtisane, observa Faustina un jour. Que pensera-t-on d'elle, et de toi ?

Que pouvait-on penser ? Les gens n'ont aucune imagination. Nous avons fourni un sujet de commérage aux Vénitiens pendant des années. Les protestations de ma famille m'affligeaient jusqu'à la nausée. Que veux-tu faire de Marietta, Jacomo ? Un garçon ou une putain ? Ou les deux ? me demandait Piero, mon beau-frère imberbe qui, à vingt ans, était plus vieux que son père. Tu es un grand lunatique, se lamentait ma mère qui se lamente toujours, et Marietta est pire que toi. C'est vrai, lui accordais-je. Toi, tu peux te le permettre, observait ma tendre belle-mère, mais pas Marietta. Tu la compromets. Si vous n'arrêtez pas tous les deux, vous allez finir comme ces fous qui se prennent pour ce qu'ils ne sont pas.

J'adore venir chez vous ! disait souvent non sans malice Serena, la marraine de Faustina qui était mère-sage et avait mis au monde tous mes enfants. Chez les Tintoret, c'est Carnaval tous les jours. Des années plus tard encore, quand les Vénitiens surent que non seulement mon apprenti était une fillette, mais que des hommes posaient nus pour mes personnages de femme, ils diraient que cet original de Tintoret n'était qu'un païen persuadé qu'une créature pouvait se transformer en une autre et qu'il reproduisait dans son atelier les mythes d'Ovide, avec nymphes et bergers changeant de sexe pour satisfaire la lubricité des dieux. Mais Faustina ne s'est jamais immiscée dans ce qu'elle appelait nos mascarades. Elle était plutôt soulagée d'être débarrassée de ma fille. Elle préférait penser qu'elle était mon unique femme.

Marietta avait-elle du talent ? C'est une question que je ne me suis jamais posée. Et je ne me la pose pas davantage maintenant. Elle dessinait avec aisance, copiait vite, savait marier les couleurs.

Et dans mon atelier, ses mérites ont compté davantage que son sexe. Peu m'importe si les autres en jugent différemment. Je ne suis pas comme les autres, et elle non plus. Mes enfants ont dû s'en accommoder. Pourtant, même si Marietta se coupait toujours les cheveux en brosse et s'habillait en garçon, elle n'en était pas un et ne voulait pas l'être. Je n'ai jamais pensé qu'elle l'était, et les autres non plus. Et j'ai toujours cru qu'elle-même ne l'avait jamais pensé.

Les filles de son âge se sanglaient dans des corsets et des prisons en os de baleine qui leur comprimaient l'estomac et mettaient leur poitrine en valeur. Elles chaussaient des socques peintes à semelle épaisse et, ainsi perchées, roulaient des hanches comme des danseuses. Marietta portait mes vieilles chaussures et mes chemises. Ma femme passait des journées entières d'abord avec des marchands venus vanter leurs pièces de tissu qui transformaient notre maison en bazar, puis avec le couturier pour les essayages et, même si les grossesses ont alourdi sa silhouette autrefois svelte, elle a toujours voulu s'habiller à la dernière mode. Marietta passait ses matinées à l'atelier dans une blouse constellée de taches, les joues barbouillées de peinture et les mains poisseuses de laque, parce que je la chargeais de l'apprêt des toiles. Faustina aimait plaire, elle privilégiait les étoffes vaporeuses, elle enduisait de carmin ses bouts de sein pour qu'ils attirent mon regard sous ses voiles, car, ne l'autorisant pas à sortir, j'étais l'unique spectateur de ses séductions. Marietta n'avait pas une seule robe. Je ne me suis pas aperçu qu'elle changeait, qu'elle avait atteint l'âge auquel Faustina m'avait embrassé dans la pénombre de la Madonna dell'Orto. Mais parfois, quand je me penchais pour rectifier un de ses dessins, que ses cheveux courts me chatouillaient la bouche et que je rencontrais la surface douce de sa veste, un frisson me parcourait l'échine et il me fallait la repousser d'une bourrade. Marietta s'en étonnait. Avant de passer à table, je ne lui permettais plus de nettoyer avec sa langue les éclaboussures de peinture sur mes joues. Je ne la touchais jamais. J'aurais dû l'éloigner à ce moment-là. Je ne l'ai pas fait.

Je préférais sa compagnie à toute autre. Aucun autre être humain, pas même mon Amazone ni mon épouse, n'a été plus proche de moi. Nous faisions tout ensemble, il n'y a rien de moi que Marietta n'ait connu. Son esprit caustique me ravissait. Ses progrès m'émouvaient comme s'ils avaient été les miens. J'aimais tout chez elle. Son obstination, sa volonté féroce, son courage, son anticonformisme, sa grâce délicate, sa vivacité. Et aussi sa beauté fragile, imparfaite. Son sourire hésitant, sa peur de mal faire, de ne pas me satisfaire, de décevoir les attentes. Quand elle peignit son premier vrai tableau – de pauvres objets inanimés qui représentaient notre repas : une pêche, une friture de petits poissons, deux verres et une tranche de pain –, elle n'eut pas le courage de me le montrer. Elle le déposa une nuit dans mon atelier, au pied de mon chevalet. Elle voulait que je le regarde seul. Et je le contemplai une matinée entière, les yeux humides. Je n'aurais pas su peindre de cette façon à douze ans.

Marietta est un prodige, disais-je. J'invitais les incrédules à venir voir par eux-mêmes. Je leur montrais ses premières tentatives naïves de reproduire des éléments de notre environnement – notre table et sa corbeille de fruits, le berceau de son frère, la fenêtre de l'atelier, le coin de la cheminée – et j'attendais l'avis des visiteurs avec la même anxiété que s'ils avaient jugé mes propres œuvres. Qu'a dit celui-là ? s'enquérait aussitôt Marietta quand nous nous retrouvions seuls. Que tu es un monstre. Un monstre ? disait-elle, étonnée et déçue. Ce mot évoquait pour elle les animaux pétrifiés, séchés ou embaumés que mon beau-père collectionnait dans son cabinet des merveilles, son « petit musée de bagatelles extravagantes » comme il les appelait. Des caméléons à deux têtes. Des becs doubles d'oiseaux tropicaux improbables. Une peau d'élan malheureusement rongée de teigne. Des crabes du Nouveau Monde avec quatre pinces. Des carapaces de tatous bossus, des molaires de dauphin. Des œufs d'autruche marmorisés. Des crocodiles à corne, des coquillages munis de doigts. Un monstre est un miracle, Marietta. Une merveille.

Je la fis peindre les yeux fermés. Jusque-là elle avait appris à peindre en regardant, maintenant elle devait apprendre à utiliser sa mémoire. Elle devait reconstituer les formes, les gestes, les couleurs dans son esprit. Tous les élèves peuvent apprendre à peindre d'après un modèle, et c'est nécessaire, mais ensuite ils doivent retrouver en eux la vérité et la beauté. Car l'art n'imite pas la nature, il la crée. La vérité et la beauté ne résident pas dans les choses, ni dans le monde, mais au fond de nous, dans cette partie cachée qu'on ne connaîtra jamais, mais à laquelle il faut laisser libre cours. Peindre, peindre vraiment, pas pour satisfaire un client ni pour gagner son pain, c'est comme rêver. Tout est semblable au monde là-dehors, presque identique, mais sans l'être. C'est dans ce glissement que se trouvent la vérité et la beauté, ainsi que le sens de toute recherche et de toute représentation. Il faut réussir à rêver ses souvenirs. Voilà ce que signifie créer. Alors le crayon, le pinceau, les yeux, tout devient secondaire. Pour illustrer ce que je voulais dire, je soufflai la bougie et l'atelier sombra dans l'obscurité. Je l'entendais respirer doucement à côté de moi, mais je ne la voyais plus. Ma plume grinçait sur le papier.

Quand je l'autorisai à rallumer, elle découvrit avec stupeur que j'avais tracé une esquisse de notre maison. Il y avait le Rio della Sensa, avec la barque à fond plat d'un pêcheur de passage. Le terrain en jachère du campo dei Mori, où mes enfants se poursuivaient en se lançant des boules de boue, parmi les herbes folles et les blocs de marbre que le sculpteur qui habitait là avant n'avait jamais achevé de dégrossir et qu'il avait abandonnés aux intempéries. La demeure de notre propriétaire avec, encastrée dans l'angle, sa statue en marbre du sieur Rioba, un marchand coiffé d'un turban au nez en fer, la lessive étendue aux fenêtres et ma femme au puits. Dans une échappée entre les maisons, on apercevait la façade de la Madonna dell'Orto. Nous y étions aussi tous les deux, sur le pont, rentrant à la maison. Tu vois, c'est ce que j'ai de plus cher au monde. Un morceau de papier et une bouteille d'encre suffisent à le contenir.

La première fois que je lui bandai les yeux, elle ne produisit qu'un gribouillis. Mais, peu à peu, elle laissa aller sa main et découvrit que peindre, c'est se souvenir d'un rêve. Les personnages émergeaient de l'obscurité, se disposant sur le papier d'abord, sur la toile ensuite, exactement comme son imagination les lui présentait. Quand, après le crépuscule, l'atelier s'enfonçait dans la pénombre, nous prîmes l'habitude de ne pas allumer et de continuer à peindre à la lumière qui déclinait. Au début, nous distinguions les bols contenant les pigments, les pinceaux dans les verres, l'encrier, les taches colorées de nos vêtements, la clarté de nos mains, le bleu pâle du papier à dessin. Peu à peu l'ombre gagnait du terrain, les contours des objets s'émoussaient, jusqu'au moment où ils se confondaient avec la nuit. Nos corps eux-mêmes s'évanouissaient, nous évoluions comme dans un rêve, inconsistants, audacieux, libres comme la fumée. Nous entendions les bruits de la maison à travers la porte. Les pleurs de la petite Gerolima, les aboiements du chien enfermé dans le bûcher, la litanie aiguë de Dominico qui déchiffrait ses premières pages de lecture avec sa mère. C'était comme flotter sur une bulle d'air, loin de tout, avec pour seule trace de notre présence le frottement ténu du pinceau sur la toile, sa respiration, la mienne.

Que faites-vous ? s'écria un soir Faustina en pénétrant dans l'atelier. Nous rêvons avec notre pinceau, répondit Marietta. Des leçons de peinture, dis-je à mon tour. Faustina trébucha dans l'escalier, renversa la lampe, nous l'entendîmes errer à tâtons dans le noir. L'atelier n'avait pas de fenêtre : seul le filet de lumière qui passait par la porte entrouverte coupait l'obscurité telle une lame d'épée. Qu'as-tu encore inventé, Jacomo ? À quoi jouez-vous ? dit Faustina. Sa voix tremblait. Elle heurta un obstacle. Une statuette en terre tomba, se rompant sans doute un membre, car une forme contondante rebondit sur mes chaussures. Allume ! cria mon épouse. Allume donc, grand méchant ! Je ne sais pourquoi, je ne trouvai rien à répondre.

Marietta frotta une allumette sur le phosphore. Elle l'abrita au creux de sa main. La lumière jaune dessinait un halo magique sur son visage. Sa peau semblait transparente comme de la porcelaine. À ce moment-là, j'ai pensé qu'elle était vraiment Gabriel, l'ange venu dans la grotte d'un ermite lui montrer la route du ciel. Mais c'était peut-être un diable venu l'entraîner en enfer.

Mon épouse la gifla. Quand elle perdait patience, Faustina donnait souvent des claques à Gerolima, mais elle n'avait jamais osé lever la main sur ma fille. Parfois, je la surprenais à épier Marietta, une expression indéchiffrable sur les lèvres : mais elle n'avait jamais avoué ses soupçons et ses craintes ni à elle-même ni à moi. Elle saisit la lance de l'armure qui rouillait dans un coin depuis des années et frappa Marietta aux jambes avec une violence insensée. Hors d'ici, petite putain allemande, cria-t-elle, va-t'en ! Je ne veux plus te voir chez moi ! Ah ! tu le dis enfin ! s'exclama Marietta. Pourquoi les gens ne disent-ils ce qu'ils pensent que lorsqu'ils se fâchent ? Elle souffla sur l'allumette et l'atelier fut à nouveau plongé dans le noir. Trouve-moi, madame, si tu y arrives, la défia-t-elle. Faustina brandit la lance, qui heurta les murs, renversa un

pot, puis le chevalet. Mais elle ne réussit pas à atteindre ma fille. Marietta lui avait échappé. Dans le noir, mon épouse était aveugle.

Quand elle eut enfin rallumé les bougies, elle s'empara du dessin que Marietta retouchait. Il représentait un homme d'une trentaine d'années, mince, une barbiche couleur rouille, des yeux clairs et vifs, une moustache tombant devant sa bouche comme pour l'empêcher de parler, les cheveux en bataille sur le front et les tempes. C'était sans équivoque possible mon portrait. Mais mon front était chauve et mes tempes dégarnies. Sans compter que je n'avais pas trente, mais quarante-neuf ans. Faustina le déchira en mille morceaux, et je dis à Marietta qu'elle avait bien fait, car je n'étais pas cet homme. J'étais peut-être ainsi voilà vingt ans, mais elle ne pouvait pas le savoir. Si, c'est toi, répliqua Marietta, et pas il y a vingt ans, maintenant. Ma main te voit ainsi parce que mon cœur te voit ainsi. Nous n'avons plus jamais peint dans le noir.

Le soir, après une journée entière à travailler, j'étais épuisé. J'avais mal au dos, aux mains, aux bras, aux pieds, aux yeux et jusque dans les os. Nous emportions les instruments dans l'atelier et nous jouions tous les deux. C'est avec moi qu'elle a appris. Aujourd'hui je serais incapable de me souvenir de cette musique. Nous abandonnâmes vite les partitions écrites par d'autres pour inventer notre propre musique en improvisant. C'était un dialogue codé, dont seuls elle et moi détenions la clé. Les notes disaient ce que les mots taisaient. Je pinçais un accord sur le luth et Marietta me suivait à la viole, nous nous aventurions dans des harmonies inconnues, sans même nous regarder. Pendant des années, j'ai rêvé de cette musique, et chaque note revenait, s'écrivait dans la nuit de mon inconscience exactement comme à l'époque. Mais au réveil, je ne la retrouvais jamais.

Seigneur, j'ai partagé avec Marietta une impardonnable béatitude. J'ai tout payé. Mais, vois-tu, je l'avais créée, je l'avais façonnée à mon image, et maintenant elle était un rêve devenu réalité. Tu connais cette sensation enivrante, vertigineuse, d'avoir pétri une vie à partir de rien, de la matière inerte, d'avoir une créature et d'être son Dieu.

Fin novembre nous partîmes dans les collines. Pour la première fois, et la dernière pensais-je, je sortais Marietta de Venise. J'avais rencontré quelque temps auparavant à l'occasion de son portrait le chevalier Morosini, qui devint ensuite inquisiteur et l'un des hommes les plus puissants de Venise. Pendant la pause, nous parlâmes de chiens. Les hommes au pouvoir et les peintres n'ont guère d'occasions de converser librement. Une méfiance réciproque, mêlée d'admiration et de mépris, les tient à distance. Morosini était très affecté par la mort de son chien, il me confia qu'avoir dû enterrer cet animal avait été la plus grande douleur de son existence. Et dire qu'il avait perdu tant de personnes chères, qu'il avait été membre du tribunal spécial et avait condamné à mort des êtres humains. Mais ce chien avait peur des ombres et la pensée qu'il était sous terre désolait son maître. Pour le tirer de sa prostration, je lui racontai qu'enfant j'avais eu un chien qui au contraire était fasciné par les ombres. Il les croyait réelles, dotées d'une vie propre. Ainsi, en observant mon chien, je m'aperçus qu'il avait raison, car les ombres ne dépendent pas seulement du sujet qui les projette. Mais aussi de la densité de l'air et de l'inclinaison du soleil, par exemple. Une ombre peut être profonde ou diaphane, épaisse ou brumeuse. Bref, elle est libre, variable, vivante. De même qu'on ne peut jamais attraper une ombre, rien n'est plus difficile que de la peindre. En toute modestie, je suis devenu les années passant un chasseur d'ombres assez habile.

Morosini se dit désolé de m'avoir connu trop tard, car il m'aurait commandé un portrait de son chien. Je lui répondis que les chiens sont de bons modèles, parce qu'ils ne parlent pas pendant la pose, et enfin il éclata de rire. La séance terminée, il observa que les peintres connus se donnaient de grands airs, alors que moi, pas du tout, et il ne comprenait pas si c'était parce que j'étais très sûr de moi ou au contraire parce que je doutais beaucoup. Je lui répondis en riant qu'une mouche a beau ignorer pourquoi elle vole, cela ne l'empêche pas de voler.

Bref, j'eus l'heur de lui plaire. Si bien que, lorsqu'il se fit construire une nouvelle villa à la campagne et qu'il lui fallut des cartons pour les futures fresques de son salon, il me sollicita. Il voulait des scènes mythologiques, des nymphes nues, des cuisses à l'air, des dieux banquetant sur l'Olympe, ce genre de tableau agréable à l'œil quand on est en vacances. Il proposait un bon prix. Je livrai la commande avec à peine six mois de retard.

Les fresques seraient exécutées par Pieter et Hans, des jeunes gens venus du Nord qui à cette époque étaient mes assistants. Leur travail me donnait toute satisfaction. Le plus cher désir de Pieter et Hans était de descendre à Rome, mais je les payais peu et ils dilapidaient tout en amusements, de sorte qu'ils s'étaient enlisés à Venise. Je leur offris ce travail à la villa pour me débarrasser d'eux, car je n'aime pas m'attacher ni accorder trop de familiarité. Pieter et Hans acceptèrent. Morosini me demanda comme un privilège – peu rémunéré – de me charger en personne du début du chantier, afin de prendre la mesure sur place de l'état des pièces et de l'éclairage et de modifier éventuellement les cartons avant qu'on n'en commence la réalisation. Comme je me vantais de ne rien laisser au hasard et d'effectuer toujours des repérages précis, j'acceptai.

Il n'était pas dans mes habitudes de quitter Venise, même pour la journée. En outre j'avais beaucoup à faire. Je devais participer à la réunion annuelle de la Scuola di San Rocco, dont j'étais enfin devenu membre. On devait renouveler le conseil et j'avais promis ma voix à mes partisans. Grâce à eux, l'occasion que je guettais depuis quinze ans se présentait enfin : quelque temps auparavant, on m'avait confié une gigantesque Crucifixion pour la salle dell'Albergo, puis, dans l'enthousiasme que le résultat avait suscité, trois autres tableaux pour les autres murs. Sans compter que Faustina était sur le point d'accoucher, notre quatrième enfant serait là d'un jour à l'autre. Mais peut-être acceptai-je précisément pour cette raison. Pour ne pas être obligé de revaloir à des marchands ambitieux la faveur d'une commande qui à mon sens m'était due. Pour ne pas entendre une fois de plus les vagissements d'un nouveau-né que j'avais engendré et dont j'allais devoir m'occuper à jamais.

Nous partîmes au crépuscule. L'humidité montait de la lagune pour retomber en gouttelettes, si bien qu'eau et ciel se confondaient. Tout était gris, froid, mouillé. Sur le bateau, nous nous étions blottis tous les quatre – Pieter, Hans, Marietta et moi – sous une bâche en toile cirée. Je ne veux pas dormir, protesta Marietta quand je l'incitai à rentrer dans la cabine, je veux regarder les villas des riches sur les berges de la Brenta. Mais il faisait déjà nuit et tandis que nous glissions devant les embarcadères dépeuplés par la mauvaise saison, je ne distinguais que la réverbération blanche des marbres. Quand nous nous réveillâmes à l'aube, nous étions déjà à Padoue.

Le relais de poste sentait le fumier, l'urine et la sueur : murs noirs de suie, tables graisseuses, une clientèle de charretiers ivres et de soldats qui ne se lavaient pas depuis des semaines et puaient comme des chiens crevés. Mais Marietta qui n'avait jamais quitté Venise regardait autour d'elle enchantée. Tout lui semblait magnifique : la morne plaine qui s'étendait à perte de vue, les mottes de terre compactes qui ridaient la surface de la terre comme des vagues, les mares troubles, les bœufs crottés qui tiraient la charrue dans les champs et, plus que tout, la route, sillon de boue entre des rangées filiformes de peupliers. Deux courriers, qui déchiraient à belles dents un gigot d'agneau dans le coin près de la cheminée, nous déconseillèrent de continuer. En cette saison, il valait mieux voyager en compagnie d'hommes armés. Eux-mêmes attendaient une escorte. Ils partaient le lendemain, nous pouvions effectuer une partie du trajet avec eux. Peut-être, répondis-je en enfonçant son bonnet en fourrure sur le front de Marietta, mais quatre hommes sans argent comme nous ne transportent rien qui puisse attiser les convoitises. Les brigands seraient bien embarrassés d'une poignée de cartons.

Le chariot traversa une interminable étendue de boue. Des arbres, des fermes et des animaux émergeaient de temps en temps du brouillard, venant à notre rencontre comme des apparitions. La république est donc si grande ! s'écria Marietta au bout de deux heures. Elle est beaucoup plus vaste que tu ne l'imagines, affirma Hans. Il m'a fallu un mois après la douane au pied des Alpes pour arriver à Venise. Marietta ne cessait de s'étonner et de questionner. Où la rivière que nous avions remontée prenait-elle sa source ? Qu'y avait-il derrière ces montagnes ? Où allaient les soldats qui nous avaient dépassés en galopant ? Que faisaient ces paysans, la fourche à la main ? Et cet animal aux pattes comme des bâtons qui broutait l'herbe, c'était vraiment une brebis ? Une brebis comme celle de l'adoration des bergers, vivante !

Trois heures plus tard, le ballottement et les cahots du chariot nous avaient essoré la cervelle et rompu les os, et l'envie lui passa de poser des questions. Mais elle regardait le paysage, songeuse, submergée par la révélation de l'espace, par la découverte de l'horizon qui à Venise est toujours bouché par un mur, indifférente à la boue dont ses mains, son manteau et ses belles chausses de velours écarlate étaient tachés. Elle avait des éclaboussures jusque sur les joues. Jacomo ! s'écria-t-elle en montrant un nid suspendu à quarante ou cinquante coudées du sol, dans les branches dépouillées d'un peuplier. Notre maison dans le ciel, regarde ! Sa capacité d'émerveillement intacte m'attendrissait. Je me dis que je devrais lui permettre de découvrir le monde. Je devrais décrocher des commandes dans une ville étrangère. L'emmener voir, que sais-je, le château de Mantoue, le Dôme de Milan, le palais du duc de Florence, Saint-Pierre, le Vatican.

En contemplant le sourire de Marietta, son étonnement, sa soif ardente de découverte, pour la première fois depuis de nombreuses années, j'eus envie de partir moi aussi. Accepter le défi de l'inconnu, voyager vers d'autres pays, d'autres horizons. Mes ancêtres avaient rêvé sur des noms comme Smyrne, Bagdad, Calicut. Enfant, j'ai rêvé sur le nom de Michel-Ange. Et sur celui de ses disciples aussi : il me suffisait de savoir qu'un peintre avait étudié avec lui ou avait œuvré à ses côtés pour l'apprécier. Avec mes premières économies, j'avais sauté le pas. J'avais traversé la plaine, travaillé à Padoue, Brescia et d'autres petites villes de la terre ferme, puis franchi les frontières de la république, mais sans jamais dépasser Mantoue. Toutefois, après le *Miracle*, quand je m'étais retrouvé sans ouvrage dans mon nouvel atelier de la Madonna dell'Orto, j'avais sérieusement caressé l'idée de tout abandonner. Venise n'avait pas d'avenir. Ma ville tant aimée, tant détestée, qu'était-elle au fond ?

Une petite république, entourée d'États beaucoup plus grands et puissants, dont elle devait toujours se concilier la faveur ou au moins la condescendance, de sorte que son indépendance était toujours, elle aussi, le fruit d'un compromis et une convention. On y vivait bien, c'était un bel endroit, magnifique même, peut-être unique au monde. Elle jouissait d'un passé glorieux et avait enseigné aux nations ce que sont la politique, la diplomatie, le commerce, l'industrie, le luxe, la mode. Mais, en ce temps présent de conflits et de bouleversements, était-ce suffisant ? Elle n'était plus ce qu'elle avait été. Les affairistes habiles à l'origine de sa grandeur étaient rassasiés de richesses et, redoutant de les perdre, se consacraient davantage à la conservation de leurs biens qu'à leur augmentation. Ver dans la pomme, la corruption rongeait peu à peu les institutions qui se délitaient. Une république administrée par une vingtaine de familles, toujours les mêmes, chacune se consacrant exclusivement à son profit personnel et à la défense de ses privilèges. Où l'on trouve une poignée de gens très riches, cultivés, heureux, et une majorité, presque la population entière, pauvre, ignorante, sans perspectives, bref, privée de tout. Abrutie par les jeux le dimanche, affaiblie par l'instabilité du travail, consolée par le laxisme de la loi et la clémence bienveillante de la religion. Où la naissance plus que le talent décidait de votre avenir. Où les vieux contrecarraient les jeunes, les enivrant d'occasions de jouir et s'amuser pour qu'ils oublient de grandir et de les supplanter. Où à trente ans on vous considérait encore comme un jeune espoir et où l'on ne vous respectait que lorsque vous montriez des cheveux blancs. Où, pendant que le monde changeait à toute vitesse et que l'Europe se réformait et se transformait, tout était organisé de façon à neutraliser la nouveauté, afin que tout reste comme avant. Je n'avais que trente ans. Il fallait que je parte avant de me laisser piéger par les agréments qui avaient amolli mes compatriotes. Adieu Venise. Je pouvais recommencer à zéro ailleurs, l'avenir m'appartenait.

Je connaissais le secrétaire de l'ambassadeur Nicolò da Ponte, qui s'apprêtait à partir pour Rome. Il s'appelait Antonio Milledonne. Il avait mon âge : jeune, ambitieux et intelligent, comme moi. L'entente fut immédiate. Je le priai de me trouver une place dans son entourage. L'ambassadeur, qui trente ans plus tard serait élu doge, me demanda pourquoi je voulais tant aller à Rome. C'était le plus antipapiste des dirigeants vénitiens, un défenseur acharné de l'autonomie de Venise contre les ingérences du Vatican. Rome n'est pas et ne sera jamais un État moderne, observa-t-il, et un État qui n'est pas moderne est destiné à succomber. Elle ne vit ni du commerce, ni des échanges, ni de l'industrie, ni des conquêtes. Rome n'a pas d'empire et s'appuie sur une armée à gages. Mais elle ne vit pas non plus de spiritualité et son pouvoir temporel sape son autorité morale. Les papes ont été de grands mécènes et ils le seront encore, mais en échange ils vous demandent d'obéir et de vous taire, tandis que les rois et les princes d'Europe, qui deviendront de plus en plus puissants, voudront enrichir leurs collections et s'arracheront les meilleurs peintres à prix d'or. À Rome, il n'y a que des prêtres, des femmes publiques et des criminels. Un jeune homme comme toi, Jacomo, ferait mieux de quitter l'Italie. De tenter sa chance à Munich, Vienne, Londres, Paris, Anvers…

Je lui expliquai que la politique n'avait rien à voir avec mon rêve. Je voulais rencontrer Michel-Ange. Il avait déjà soixante-quatorze ans, je craignais qu'il ne meure avant que j'aie pu faire sa connaissance. J'étais fier d'être né dans la même époque que lui – une chance incroyable au regard de l'infinie extension de l'éternité – et il me semblait désolant de manquer ce rendez-vous.

Milledonne me décrivit un voyage rude et interminable : le bateau jusqu'à Ancône, puis les méchantes routes des Apennins criblées de trous profonds comme des cratères, entre des montagnes inaccessibles, dans des voitures crasseuses, où l'on doit supporter l'odeur pouacre des chevaux, tandis que la mauvaise nourriture des relais de poste vous pèse autant sur l'estomac que sur le sphincter. Cela dit, l'ambassadeur avait fini par accepter et m'avait accordé une place à sa suite. Milledonne m'avertit de l'imminence du départ. Il s'agissait de dépenser tout ce que j'avais gagné en seize ans d'obscur travail pour me mettre en route. Pèlerin moi aussi, donc, comme ceux qui affluaient à Rome pour visiter les basiliques et vénérer les saintes reliques. Mais je partais solliciter un autre type d'indulgence : celle de mon maître.

Michel-Ange ignorait jusqu'à mon existence. Je ne l'avais vu qu'une fois, au moment où la république florentine assiégée par les Médicis vacillait et où il avait fui peu glorieusement Florence pour se réfugier à Venise. Je n'avais pas dix ans. Je l'avais croisé aux Mercerie. Il avait trébuché sur moi, gamin insignifiant, sans me voir. Je l'avais regardé comme j'aurais regardé un dieu. Je fus ébahi. Le maître du David, du Moïse et de la Pietà, le maître des Prophètes et des Sybilles, l'artiste le plus célèbre de notre siècle, portait un manteau loqueteux à l'instar d'un portefaix et se déplaçait sans domestique. Quelle inoubliable leçon de noblesse et de grandeur. C'est le célèbre sculpteur, architecte et peintre, dit mon père en me poussant du coude, il est en exil parce qu'il s'est dressé contre son souverain et ses concitoyens. Les peintres se mêlent de politique, père ? lui demandai-je, surpris. Toujours. Qui en effet sinon les princes et les dirigeants des nations décide de leur destin ? Seuls les peintres de cartes à jouer et les peintres en bâtiment peuvent se désintéresser de ceux qui les gouvernent, répondit mon père. C'est pour cette raison que tu seras teinturier comme moi, ainsi tu n'auras pas à te soucier de savoir qui est doge ou roi.

À Rome, je pourrais enfin révéler à Michel-Ange que, sans les avoir jamais vus de mes yeux, j'avais étudié chacun de ses personnages avec une dévotion que j'ai ensuite réservée à Dieu. Que, pour me proclamer son disciple, j'avais reproduit ses sculptures sur la façade d'un palais vénitien. Et comme cette façade regardait le Grand Canal, parcouru chaque jour par des milliers de personnes, cela revenait à le crier à la terre entière. Que je gardais dans mon atelier les copies en terre de ses plus belles statues, qu'elles étaient ce que je possédais de plus beau, qu'ainsi il avait vécu et vivait dans ma maison et qu'il faisait partie de moi. J'aurais voulu le remercier de m'avoir illuminé, d'avoir changé ma vie.

Mais, à la veille du voyage, je compris que ma situation à Venise était si incertaine qu'un départ serait définitif. Mes ennemis profiteraient de mon absence pour me discréditer, me calomnier, m'effacer : ils m'oublieraient et m'excluraient, et je perdrais la modeste position si durement conquise. Ce départ était un bannissement et un exil. Je décidai d'attendre une meilleure occasion. Je ne partirai pas à l'aventure comme un pèlerin, ni mêlé à un cortège de diplomates comme un officier quelconque, mais invité à peindre comme un artiste. Cette opportunité ne s'est jamais présentée. Peu à peu mon travail m'avait rivé à mon atelier de la Madonna dell'Orto. Entre-temps j'avais rencontré Cornelia, Marietta était arrivée, je m'étais marié, avais eu trois enfants, et Michel-Ange maintenant était mort, Rome ne gardait même pas sa tombe et, ce voyage toujours repoussé, tout voyage, toute fuite étaient devenus impossibles.

Mais à ce moment-là, tandis que Marietta contemplait les collines, les arbres et les fermes, tentant d'imprimer chaque détail dans sa mémoire, je me vis en voyage avec elle. Je vis nos malles chargées sur le toit de la voiture, je nous vis assis l'un en face de l'autre dans l'habitacle, ballottés sur les routes d'Italie. Je me vis avec elle dans un paysage de soleil, parmi les pins et les cyprès de la campagne romaine, parmi les ruines de l'Antiquité, parmi les statues mutilées, les colonnes abattues et les sarcophages en marbre. Et je nous vis franchir les Alpes couronnées de neige, accueillis en terre étrangère dans des palais inconnus. Oui, pensai-je, je l'emmènerai loin. Venise nous empêche de respirer. Elle devient étouffante comme un jour sans vent. Je ne dois pas me laisser séquestrer par ma ville, le monde est vaste. Nous avons besoin d'espace.

Les pâturages se firent plus rares, les arbres se multiplièrent, devinrent une forêt. Je regardai avec inquiétude la route qui montait de plus en plus raide devant nous, serpentant en virages serrés sans visibilité. Après tout, je voyageais avec un bien qu'on aurait pu me voler. Je scrutai le profil délicat de Marietta, son nez fin où roulaient des gouttes de pluie, ses joues rougies par le froid, sa fossette au menton, ses cheveux frisés qui s'échappaient de son bonnet, ses belles lèvres qui souriaient. Je me rendis compte soudain que même un bandit borgne ne la prendrait jamais pour un garçon. Parfois je me surprenais à la dévisager en cherchant en elle quelque chose de moi. En vain.

C'était déjà le crépuscule quand nous arrivâmes au portail de la propriété. La villa de Morosini était nichée au cœur d'un bois, sur une hauteur abrupte. Elle clignotait dans le brouillard comme une comète. À ma grande surprise, je m'aperçus qu'elle était encore en construction, parce qu'elle était couverte de robustes échafaudages en bois. Accroupis sous un auvent, les ouvriers disputaient une partie de dés acharnée. Le gardien dit qu'il y avait eu des problèmes. Un effondrement. Le chef de chantier avait été renvoyé un mois plus tôt. Celui qui l'avait remplacé avait dû rehausser l'escalier d'honneur et abaisser le toit. Je n'avais pas été informé de cet incident ? Cela étant, le salon qui devait accueillir les fresques était achevé, de sorte que les peintres pouvaient commencer leur ouvrage. Votre cher patron pense peut-être que nous sommes des plâtriers peintres venus crépir les murs, grommelai-je. Est-ce qu'il se trompe ? demanda l'architecte.

J'étais courbatu, furieux qu'on m'ait attiré aussi loin avec si peu de respect pour mon travail. J'ai toujours été trop susceptible. Ou peut-être cherchais-je un prétexte pour épancher la mauvaise humeur sourde qui m'avait envahi. Quelle incroyable beauté, Jacomo, soupira Marietta en admirant le fronton de temple grec de la villa, bien visible sous l'échafaudage. Il faut que toi aussi un jour tu construises une villa comme celle-ci. Bien sûr, Étincelle, mais laisse-moi un peu de temps. Comment la décevoir ? Lui avouer que je ne pourrais jamais me permettre une telle propriété ?

Renoncer à ce que ma fille me considère comme son héros invincible promis à toutes les victoires ?

En franchissant le seuil, je m'aperçus qu'il manquait les portes et les fenêtres. Le vent rageur des montagnes s'insinuait dans les couloirs en sifflant. L'humidité stagnait dans les pièces, s'accrochant aux murs, comme pour se mettre à l'abri. Je parcourus les salles vides avec mes assistants, jusqu'au moment où nous débouchâmes dans le salon de réception. C'est plus grand que le campo dei Mori, commenta Marietta, impressionnée. Nous mesurâmes les murs et les fenêtres avec nos équerres et nos perches. Nous comparâmes avec le plan. Elles correspondaient plus ou moins. Nous posâmes les cartons contre les murs. L'effet était réussi. Agrandis la frise, dis-je à Hans, complète avec quelques arbres au fond. Si ça ne suffit pas, ajoute des personnages. Mais, dans ce cas, demande qu'on te les paie en plus, parce que notre contrat n'en prévoit que trente. Quels personnages, maître ? demanda Hans, déférent. À toi de choisir, répondis-je. Pour rien au monde je n'aurais gaspillé une minute de plus pour ces cartons. Un malaise qui d'heure en heure devenait plus aigu me poussait à m'éloigner au plus vite.

Bien, jeunes gens, dis-je à Hans, souvenez-vous de ce que je vous ai appris et montrez-vous dignes d'admiration. Bonne chance. Adieu, Gabriel, dit Pieter en lui serrant la main. Ou plutôt, permets-moi de prononcer ton vrai nom : Marietta. Pourquoi adieu ? Vous ne rentrerez pas à Venise quand vous aurez fini ? s'étonna-t-elle. Quand tu seras dans l'atelier du maître, dessinant près du feu, répondit Peter évasif, pense à nous qui passons l'hiver ici et remercie Dieu d'être une femme, car ainsi tu n'auras jamais à peindre de fresques.

Mais le charretier refusa tout net de repartir alors que le soir était tombé. La nuit précédente, les brigands avaient attaqué le domaine voisin des Soranzo. Les gardiens de la villa avaient été assassinés. Argenterie, meubles, armes, tout avait été volé. Le mauvais temps, l'absence de visibilité due au brouillard avaient permis à la bande de s'évanouir dans la nature. Elle rôdait sûrement encore dans les parages. Je lui demandai de me ramener au moins dans la vallée. Sur la route de Padoue, il y avait une auberge. Nous y passerions la nuit. Le charretier fut sourd à toutes mes demandes. Il était terrorisé.

Nous dînâmes dans la maisonnette du gardien. La cuisine empestait la présure et le lait tourné. Pendant que nous avalions la soupe de choux et haricots, des oies crottées et des poules galeuses se promenaient dans la pièce. Le gardien proposa aux peintres de dormir dans les cabanes des ouvriers, mais Pieter et Hans expliquèrent qu'ils préféraient s'installer dans l'étable. Le souffle des animaux réchauffe comme un brasero. Chez lui, dans les dunes de la mer du Nord, Hans dormait souvent avec les animaux. Mis à part le fait qu'ils ronflent quand ils rêvent, ce sont de meilleurs compagnons que les hommes. Alors l'apprenti... lui aussi... dormira dans l'étable, dit le gardien en lançant un regard perplexe à Marietta. Monsieur le chevalier Morosini a beaucoup insisté pour que Tintoret, le maître, dorme confortablement dans le lit de camp qu'il utilise lui-même quand il nous fait l'honneur de venir sur ses terres. Je ne m'appelle pas Tintoret, mais Jacomo Robusti, précisai-je. Et l'apprenti est mon fils, il dormira avec moi.

Un serviteur vêtu de noir, en pourpoint ajusté où brillait une rangée de boutons dorés, nous guida à travers un labyrinthe blanc de pièces vides. Le lit de camp était en réalité une simple litière posée sur deux tréteaux en bois. Il supporterait tout juste le poids d'un homme. Mais les deux tréteaux arboraient un blason en porcelaine peinte. Le serviteur dit d'un air pénétré que ce lit de camp avait suivi son maître dans ses campagnes militaires. Son maître était un héros. Il avait toujours vaincu l'ennemi. Mon père aussi a toujours vaincu ses ennemis, dit Marietta. Le serviteur fit la moue, mais il n'avait pas le droit d'en remontrer aux hôtes de son maître. Il posa sur le lit fourrures et oreiller, ranima le feu dans l'âtre et souffla sur la grille du brasero. Il laissa une clochette par terre au cas où nous aurions besoin de lui et nous souhaita bonne nuit. Quand le serviteur disparut avec la lampe, l'obscurité engloutit la salle, et nous avec. Jacomo, chantonna Marietta, en pirouettant dans ce vaste espace, quand tu feras construire une villa avec fronton, nous aurons un serviteur à boutons dorés, nous aussi.

J'étais las, nerveux et irrité. Je souhaitai que Faustina n'ait pas la malencontreuse idée d'accoucher cette nuit. Elle ne me le pardonnerait jamais. Tu passes ton temps à peindre dans l'atelier, courir les contrats ou manipuler tes toiles, disait-elle, mais j'exige qu'au moins tu sois à mes côtés quand je souffre pour mettre nos enfants au monde.

Je m'assis sur le tas de fourrures et me déchaussai. Marietta, qui flairait ma mauvaise humeur, ne pipa mot et en fit autant. Le petit lit grinça et pencha de mon côté. Bonne nuit, Étincelle. Tu veux déjà dormir ? me dit-elle tout étonnée. On ne reste pas un peu réveillés pour profiter de cette magnifique villa rien que pour nous ? Nous partons à l'aube demain, répondis-je. Je m'allongeai sur le dos et Marietta m'imita. Le lit faisait la cuvette. Nous roulâmes au milieu tous les deux. La hanche de Marietta m'entra dans le flanc. Je remontai péniblement vers le bord, mais redescendis aussitôt. J'envisageai de coucher par terre, mais renonçai parce qu'il faisait trop froid. Les murs émettaient une clarté réconfortante et la cheminée une lumière qui crépitait. Mais impossible de dormir. Non seulement je n'avais pas sommeil, mais mes vêtements étaient humides comme de la mousse. Je les enlevai. Dans la réverbération de la braise, j'aperçus les yeux perçants de Marietta qui m'observaient. Je te conseille d'en faire autant, lui dis-je, sinon tu vas prendre mal. Puis je me tournai vers le mur et tirai la couverture sur ma tête. J'entendis la chute molle des vêtements de Marietta par terre.

À la campagne, le silence est une chimère. J'ai toujours détesté la campagne. À cette époque, je ne comprenais pas pourquoi les riches, ou les pauvres qui s'étaient enrichis, voulaient acheter une maison à la campagne. Je ne comprenais pas pourquoi dépenser autant d'argent pour s'exposer au froid, à la peur, à l'ennui et à la solitude, alors que la ville est si agréable. Dehors, perché sur le toit ou dans un tronc d'arbre, un oiseau sinistre répétait son cri de façon obsédante. Trois notes seulement, à l'infini. Une monotonie qui vous ferait perdre la raison. Par les fenêtres grandes ouvertes, j'entendais le frottement des branches contre les échafaudages. Sur le sol couraient des insectes mystérieux dotés de pattes velues et de cuirasses luisantes dont je préférais ne pas connaître le nom. Dans mon dos, j'entendais la respiration de Marietta. Elle ne dormait pas. De temps en temps, elle bougeait une jambe, puis l'autre. Puis une main. Ses cheveux dégageaient une odeur de feuilles et de pluie.

J'ai froid, Jacomo, murmura-t-elle après ce qui sembla, ou fut, une éternité. Pas moi, grommelai-je, au contraire, j'ai chaud. Je mentais, et pourtant je disais la vérité. J'avais froid et chaud en même temps, mes mains étaient glacées et des bouffées de chaleur montaient de mes viscères. Jacomo, je t'en prie, réchauffe-moi. Prends-moi dans tes bras. Non. Qu'est-ce qui te prend ? Je devrais t'emmener avec moi alors que tu ne supportes pas un peu d'inconfort ? Prends ce qu'on te donne et laisse-moi dormir. Silence. Une ombre volante passa devant la découpe plus claire que la fenêtre projetait sur la paroi, dessinant un triangle noir, puis disparut Dieu sait où. La nuit grésillante, la nuit animée, la nuit vivante. Sang qui cogne, sommeil qui tarde. Je peux me rapprocher ? insista Marietta. Non, répondis-je. Le sinistre volatile perforait toujours l'air de ses trois misérables notes. Les branches frottaient toujours contre les échafaudages. Soudain éclata, épouvantable, un braiement d'âne : on aurait dit qu'on l'égorgeait, alors que c'était une explosion d'orgasme. Une jouissance si forte qu'elle le rendait fou.

Peu après, je sentis quelque chose contre mon mollet. C'était son pied. Il était glacé et je n'eus pas le cœur de l'écarter. Je restai immobile, blotti contre le mur. Mon nez frôlait le crépi. Le pied fut suivi d'une jambe, puis l'autre. Je sentais battre son pouls à l'artère fémorale. Un bras rejoignit les jambes, une épaule et tout le reste. Marietta s'était glissée contre mon corps, comme une couverture. Je fis semblant de dormir.

Elle aussi. Mais sa respiration rapide la trahissait. La poussière impalpable du crépi me chatouillait les narines. Ses cheveux courts et drus me piquaient le cou. Elle sentait les feuilles et la pluie. Tu ne voudrais pas te tourner ? murmura soudain Marietta. Je me réchaufferais si tu me serrais dans tes bras. Non, grognai-je. Je regardai obstinément le mur. Une blancheur laiteuse flottait devant mes yeux. Elle était collée contre moi. De la chair, des tendons, des muscles, des os pressaient contre ma chair, mes tendons, mes muscles, mes os. Je ne m'étais jamais rendu compte qu'elle avait un corps. Qu'elle avait les jambes bien galbées, les bras fins, couverts d'un duvet velouté, que ses seins avaient poussé, et maintenant deux clous pointus me transperçaient le dos et une ferme et dense gélatine tremblait contre mes omoplates. Je ne m'en étais pas aperçu. Depuis treize ans que je vivais près d'elle, je ne l'avais jamais regardée.

Tu ne voudrais pas souffler sur mon visage comme le bœuf de la crèche ? susurra-t-elle en me léchant l'oreille comme elle faisait, enfant, parce qu'elle disait que j'avais bon goût, un goût d'huile et de peinture qui n'était qu'à moi. Non, Marietta. Le sinistre volatile, les branches, les insectes, l'âne en rut, le vent par les fenêtres ouvertes, l'odeur de feuilles et de pluie, les clous et la ferme gélatine, tout était comme avant, mais plus aigu, plus intense, comme dans un rêve. Sauf que ce n'était pas un rêve. Je n'avais jamais été aussi conscient de mon corps. Torture sans bornes. Mille épingles de froid, ou d'autre chose, hérissent la peau, la transforment en râpe. Elle, si cruellement innocente. Elle ignore même qu'elle est une femme. Elle ignore ce que cela signifie. Je ne le lui ai pas appris. Je lui ai tout appris, mais pas ça. Pas ça. Alors que je la croyais enfin endormie et que la tension qui me paralysait allait se dénouer, le bras délicat qui entourait ma gorge glissa sur ma poitrine. La petite main impudente joua avec les touffes de poil autour de mes seins, puis ses doigts suivirent la ligne de poils qui descendait vers le nombril, et plus bas. Alors je me tournai.

À la lueur de la braise, j'entrevis le scintillement de ses yeux. Elle était si ignorante, si heureuse, je me laissais étreindre. Nous roulâmes au milieu du lit. Un instant, clous, peau, duvet de poils, gélatine adhérèrent sur moi. Ses os tendres sur les miens. Mais au même instant, je perdis mon ignorance. Je bondis hors du lit. La clochette posée par terre tinta. Je m'étais planté le battant dans le talon. Blessé, je laissai derrière moi des taches de sang sur le sol, comme un assassin. Où vas-tu, Jacomo ? demanda-t-elle éberluée. Ça ne te regarde pas. Ne me suis pas. Si tu sors de ce lit, *Marieta*, tu n'es plus ma fille. Je saisis une couverture et sortis, nu, dans le couloir sombre. Au froid glacial de la campagne, sous un ciel palpitant d'étoiles, je plongeai dans un buisson d'orties.

Pendant tout le voyage de retour, sur le chariot qui bringuebalait et cahotait sous la pluie, je restais recroquevillé sous la toile cirée, feignant le sommeil. Dès que j'étirais une jambe ou entrouvrais une paupière, Marietta me demandait ce qui m'avait pris et pourquoi j'étais de mauvaise humeur. Étais-je triste parce que Hans et Pieter nous quittaient et ne reviendraient jamais ? Ou parce qu'elle m'avait offensé de quelque manière ? Mais elle ne l'avait pas fait exprès, elle mourait de froid cette nuit, à Venise en hiver elle dormait ainsi avec Faustina, et elles se serraient l'une contre l'autre, cœur contre cœur, pour ne pas gaspiller le bois de la cheminée. Je le savais, et je n'y voyais rien à redire, au contraire, c'était moi qui voulais qu'elles dorment ensemble et partagent le même lit pour économiser et ne chauffer qu'une pièce. Tais-toi, répondais-je, en tirant la toile cirée sur mes yeux, j'ai la tête qui explose. Je lui tournais le dos et fixais la route devant nous, grise, émaillée de flaques d'eau. Elles ne reflétaient que le vide du ciel.

Marietta murmura qu'elle avait eu peur, seule dans cette villa immense, alors que les cabanes étaient peuplées d'hommes inconnus et la forêt de bandits. Elle avait eu peur de ces hommes, mais, surtout, elle avait eu peur de ne jamais me revoir. Que je l'aie abandonnée. Que je l'aie emmenée jusque dans cette villa au milieu de la forêt pour me débarrasser d'elle. Elle n'avait pas dormi une minute et sa peur augmentait, car elle ne pourrait jamais vivre sans moi. Jacomo, père bien-aimé, répétait-elle, reviens, je t'en prie, mais je n'étais pas revenu, et la nuit était éternelle, l'obscurité de plus en plus épaisse, je n'étais pas revenu, et elle avait compris que, de la même façon que je l'avais abandonnée cette nuit-là, j'aurais pu l'abandonner par la suite, à tout moment, et elle ne réussirait plus jamais à s'endormir dans le bonheur et l'insouciance que j'avais emportés cette nuit-là. Tais-toi, j'ai la tête qui explose, répétais-je jusqu'au moment où le bateau nous déposa en bas de chez nous.

Dominico trottina à ma rencontre pour m'informer que, cette nuit-là, la cigogne avait laissé un petit frère dans la corbeille du puits et qu'il s'appelait Giovanni Battista en souvenir de feu notre pauvre grand-père. Il était roux, avait le visage tout rouge et tétait comme une carpe. Marietta avait fini par s'endormir, blottie contre la coque, les bras enserrant ses genoux. Dans le sommeil et l'épuisement, son visage d'une grande pâleur gardait une expression désolée. Comme si elle se demandait toujours pourquoi je l'avais abandonnée. Innocente Marietta. Marietta qui se cachait derrière son innocence pour ne pas découvrir, pour ne pas se découvrir. Mais il n'y avait plus d'innocence pour moi. Notre été s'était achevé dans la villa des Morosini. Je me surpris à chercher encore sur son visage, dans son sommeil, quelque chose de moi. Mais elle ne ressemblait qu'à elle-même.

Menegheto, dis-je à mon fils en l'appelant par son diminutif et en grattant sa petite tête brune. Te voilà grand. Mon garçon me regarda tout fier, ses yeux noirs écarquillés. Il avait sept ans. Je ne m'étais jamais occupé de lui. Il était si timide et si poli que parfois j'oubliais jusqu'à son existence. C'est un jour important pour toi, lui dis-je en le prenant par la main et en me laissant entraîner vers la maison. À partir de demain, je t'admets à l'atelier. Tu devras suivre Marietta, pas à pas. Tu regarderas ce qu'elle fait, sans jamais la laisser seule. En réalité, je demandais à mon enfant innocent de ne jamais nous laisser seuls. Oui, papa, promit Dominico rayonnant. Pour moi, il était prêt à tout.

20 mai 1594

Quatrième jour de fièvre

Depuis des années, je pense à mes filles religieuses comme à des citoyennes d'un autre pays. Le chemin qui sépare mon atelier des murs lézardés du couvent de Sant'Anna est devenu dans mon esprit de moins en moins praticable et je l'ai parcouru de moins en moins souvent. Aux yeux du monde, la vieillesse justifie l'aridité de cœur. Mais je n'ai jamais cessé de pourvoir aux besoins de mes religieuses. J'ai payé régulièrement leur pension, et au-delà quand il s'agissait d'améliorer un peu leur confort, je ne les ai jamais laissées manquer de rien. Elles ont eu un lit, une écritoire, des serviettes, un trousseau, des pièces de tissu à coudre et même des chenets pour leur cheminée. Chaque année, elles reçoivent une dame-jeanne de vin de notre vigne, un sac de notre farine, des paniers de fruits. J'ai peint pour leur cellule un petit tableau pieux représentant la Vierge Marie, pour qu'elle les garde toujours sous sa protection. Je sais qu'elles sont heureuses, et penser à elles me rassérène. Je suis content de savoir qu'elles prient pour moi. Qui oserait m'accuser de les avoir oubliées ? Je me suis privé d'elles pour te les donner. Je les ai ôtées à une famille mortelle pour les introduire dans la seule famille qui leur donnera la vie éternelle. Je les ai soustraites aux malheurs quotidiens, aux devoirs conjugaux, aux dangers de l'accouchement, à l'existence mesquine qui aurait été leur lot. Mais tu sauras juger mes actions, Seigneur.

J'ai quitté la maison sur la pointe des pieds avant le jour, après une nuit exténuante pendant laquelle j'avais eu plusieurs fois la sensation que, dans un coin de la pièce, là où l'ombre devenait impénétrable, Marietta et Gabriel – Marietta adulte et Marietta enfant – complotaient assis côte à côte, murmurant Dieu sait quoi et riant doucement. La façade de la Madonna dell'Orto – avec ses couleurs, le rouge de ses briques, le blanc de sa pierre – émergeait peu à peu de la mer gris-bleu de l'aube. C'est une consolation de savoir qu'il en sera toujours ainsi, même quand je ne pourrai plus la voir. La persistance des choses et des lieux que nous avons aimés me donne l'illusion qu'en eux aussi persistera une part de nous. Déjà les moines s'affairaient dans le cloître, vêtus de leurs frocs bleu ciel, baignés d'une lumière du même bleu ciel, qui était celle du jour naissant. Certains arrosaient les plantes médicinales, d'autres binaient les rosiers. Ces derniers temps, j'ai pris l'habitude de converser des choses ultimes avec les bons frères. Rien d'autre désormais ne me semble digne d'intérêt. Ce sont mes exercices spirituels pour garder l'intelligence en éveil et l'esprit vif. Et apaiser l'inquiétude qui me ronge comme l'eau sape les piliers de Venise, de ma maison, de toute chose.

Mardi dernier, leur ai-je dit, j'ai peut-être rêvé de ma mort, mais dans cette mort, j'avais à nouveau trente ans, un corps jeune, des forces intactes. Dites-moi, au jour du jugement, retrouverons-nous nos corps avec notre jeunesse, notre beauté et notre fougue ou bien serons-nous condamnés à revêtir pour l'éternité notre charogne défigurée par le temps ? Si je suis sauvé, mon corps ressentira-t-il la même béatitude que mon âme ? Mon sexe me sera-t-il redonné pour l'éternité ? Aurai-je de nouveau du plaisir, et pour toujours ? Dans la fusion retrouvée avec la source universelle, comment pourrai-je connaître une parfaite félicité si mon corps ne m'est pas redonné dans son intégrité ? C'est le corps, et pas la conscience, qui m'a procuré l'extase et la certitude de me fondre dans l'infini. Vous m'avez appris que l'incarnation – l'esprit qui se fait chair – est le sens ultime du christianisme et de son éternel scandale. Comment peut-on alors séparer dans l'éternité de la résurrection la chair de l'esprit ? Mon corps est partie intégrante de moi.

Les moines troublés m'ont répondu que je cherche à expliquer le surnaturel et la transcendance avec le réalisme d'une raison trop humaine, limitée et caduque, et qu'ainsi je sombre dans l'angoisse sans pouvoir m'abandonner à la vérité abyssale de la foi. Car la vérité n'a pas raison, et la raison ne trouve pas la vérité. Toutefois je n'ai pas parlé de la robe rouge de Marietta. Ni de la fièvre qui me dévore, de l'insomnie et du jeûne prolongé. Je me sentais bien. Léger, comme en proie à une douce ivresse. Les moines affirment que les cauchemars et les mauvaises pensées naissent d'un désordre de l'âme, et ils m'ont suggéré de me livrer à un examen de conscience. Quand j'aurai demandé pardon de mes péchés au Créateur de l'univers, pas avant, je pourrai trouver le réconfort du sommeil et me reposer à nouveau. Mais je ne veux pas dormir ni me reposer. Je redoute la larve que je deviens pendant l'éclipse de la conscience. Je veux être présent à moi-même.

En débattant avec les moines, j'ai senti que mes filles me manquaient. Car j'ai eu plusieurs filles, Seigneur. Ce n'est pas dans ce couvent que j'aurais dû me trouver, mais dans le leur, de l'autre côté de Venise. Au sein de notre famille, leur absence est passée inaperçue. Elles sont parties sans fracas. Un jour, en m'asseyant à table, j'ai remarqué que leur couvert n'était pas mis. Ce fut vraiment tout.

Je suis rentré aussitôt chez moi. J'ai ordonné à la domestique de préparer une grande corbeille de gâteaux à la pâte d'amande, reste du repas de la veille, et des cerises dont les religieuses sont friandes, pour les faire porter au monastère de Sant'Anna. Puis j'ai demandé qu'on remplisse le baquet et j'ai pris un long bain chaud. Suant, transpirant, désertant mes souvenirs, je souhaitais me libérer de la fièvre. Je réussissais encore à minimiser mon mal. L'insomnie n'éveille pas de soupçon ni d'alarme, c'est un fléau de l'âge fréquent. Seuls les jeunes sombrent sans heurt dans l'inconscience : ils ne redoutent pas de ne pas se réveiller le lendemain.

Mon épouse m'a observé pendant que je me frottais le dos avec la brosse et me savonnais barbe et moustache. Le droit de propriété qu'elle exerce sur mon corps fait d'elle une gardienne vigilante et soupçonneuse. Elle craint encore que je puisse lui échapper. Elle voit toujours en moi l'homme que j'ai été, la vigueur et l'énergie que je manifeste pourtant de plus en plus rarement avec elle. Je ne lui ai pas expliqué où je comptais aller, parce que je ne voulais pas qu'elle m'accompagne. Je voulais parler avec les religieuses de sujets que, me semblait-il, Faustina ne comprendrait pas. Je n'ai jamais exploré l'esprit de ma femme avec la passion que j'ai mise à explorer son corps. Je ne me suis pas soucié de ses pensées et pendant des années j'ai même souhaité qu'elle n'en ait aucune. Selon un vieil adage vénitien, une femme doit posséder trois qualités : plaire, se taire, être casanière. La mienne en avait deux, cela me suffisait, je n'ai jamais pensé à la faire taire. Son bavardage incessant a été le bruit de fond de mon existence et, avec le temps, il est devenu aussi agréable qu'une chanson. Je la jugeais apte à s'occuper des aspects pratiques de l'existence, pour lesquels j'avoue ma totale incompétence. Je n'ai jamais parlé avec Faustina de technique picturale, des secrets de la couleur, de la possession et de l'euphorie qui accompagnent toute création. Encore moins de la grâce, de la foi ou de l'immortalité de l'âme. Nous avons toujours et uniquement parlé de l'amour et des façons d'aimer, puis de ses conséquences : retards, gros ventre, invasion de langes empestant le caca, dentition, abstinence à proximité des accouchements. J'ignore si elle m'en sera reconnaissante ou s'il lui sera impossible de jamais me pardonner.

Tandis que je taillais soigneusement ma barbe, Faustina m'observait, de plus en plus inquiète. Mais où croit aller ce vieux hibou pelé, blanc comme un gnocco enfariné ? a-t-elle lancé d'un ton moqueur. Il ferait mieux de rester dans son lit car si le vent souffle trop fort, il ne tiendra pas sur ses deux jambes.

Les amis de ma jeunesse, dont la gouaille savait fustiger mes défauts, mes vices et mes manies, sont tous morts. Mort, Francesco le typographe, mort, Andrea le comédien, mort, Domenico le musicien. Et l'amitié ne renaît pas, elle a besoin de temps pour s'enraciner, comme un arbre. Les vieux n'ont pas d'amis. Ma femme est restée le seul être au monde qui puisse se gausser de moi. Le bénéfice d'un mariage long et heureux comme le nôtre est cette intimité frugale et dépouillée, nue comme une pièce après un déménagement. Je ne peux même pas imaginer comment j'aurais pu vivre sans elle. Parfois je me demande ce qu'il en sera de ma Faustina. Elle n'a pas cinquante ans encore. Elle sera ma veuve fidèle. Je me le redis souvent.

Elle a continué à dégoiser qu'il fallait que je me calme, que j'ai l'air d'une goutte de mercure qui roule sans trêve d'un côté ou de l'autre, toujours à m'inventer une raison de m'agiter, pourquoi ne puis-je me tenir tranquille en bon petit vieux qui manœuvre son outil la nuit pour en sortir trois gouttes ? Ses paroles piquaient comme l'ortie. Ma femme a été une beauté, vive et pétillante comme le vin blanc de nos collines. Ce n'est pas de sa faute si elle ne l'est plus.

Je l'ai laissée récriminer. J'aurais voulu me montrer à mes filles cloîtrées sous mon meilleur jour, brillant comme un sou neuf. Elles me voient si rarement que l'événement chaque fois est mémorable pour elles. Pendant des jours ensuite, elles dissèquent nos entretiens : de quel animal était ma fourrure, renard, lynx ou martre ? Avais-je mis ma toge de noble, que je ne peux pas revêtir de naissance, mais que je m'autorise à porter par mérite ? Ai-je coupé ma barbe d'argent de prophète ou l'ai-je laissée pousser ? Voilà qui les occupe davantage que moi une rencontre avec le doge. Mais je ne voulais pas remonter au grenier. J'étais incapable de rouvrir l'armoire de Marietta, de revoir la robe rouge et le cheveu blond pris dans les lacets dorés et de respirer son parfum si ténu désormais, sur le point de s'évanouir pour toujours. J'ai enfilé le premier pantalon constellé de peinture que j'ai trouvé et la chemise au col élimé que j'avais posée sur la chaise. Je me suis coiffé d'un chapeau de paille et suis sorti.

Ma femme a enfilé la simarre en soie que les barons du royaume de Fiunga avaient offerte à Marietta, au dos rehaussé d'arbres enchevêtrés et d'une nuée d'oiseaux exotiques aux couleurs chatoyantes. Elle a pris ses gants et l'éventail en plumes à manche d'ivoire et m'a suivi, outrée. Tu ne peux pas sortir ainsi ! criait-elle, attends ! Je ne me suis pas arrêté. La forte marée recouvrait toujours le quai du canal. L'eau submergeait le campo, clapotait contre les cloisons en bois que les propriétaires des échoppes avaient dressées au plus vite devant leur entrée, insinuait ses tentacules troubles dans les calli et jusqu'à l'intérieur de la maison. Tu as de la fièvre, tu ne dois pas t'exposer à l'humidité, maudite tête de bois ! s'est écriée Faustina qui me suivait, pataugeant dans la boue glissante. Qu'as-tu à bramer, femme ? Ne t'époumone donc pas, mon hameçon sait encore attraper le poisson, ai-je répondu sans me retourner. Les jeunes traitent les vieux comme des enfants. Ils ne savent pas que les vieux sont infiniment plus forts qu'eux. Ce sont des survivants. Rentre, Jacomo, attends ! L'eau a monté, elle se retirera. Ce ne sera pas long. Aie un brin de patience pour une fois. Mais j'ai continué ma route sans l'attendre, les chaussures empautrées de fange visqueuse. Je ne pensais qu'à me hâter. Je sentais que j'avais un rendez-vous avec les religieuses de Sant'Anna, auquel je ne devais pas me dérober. Il en allait de mon salut.

Je négociais une barque devant la Scuola di San Marco quand se sont approchés le président et l'administrateur de la confrérie qui attendaient les membres du conseil pour une réunion. Avec tact, ils se sont informés de mon état de santé : le bruit s'est déjà répandu que, après de nombreuses années sans qu'un seul tableau de ma main sorte de mon atelier, j'ai achevé *La Mise au tombeau* pour les bénédictins de San Giorgio Maggiore. Dans ce cas, pourrais-je enfin travailler au retable que j'ai promis à la Scuola voilà neuf ans ? L'espoir leur est-il permis ? Il ne coûte rien d'espérer, ai-je répondu, mais on n'y gagne pas grand-chose non plus. Quand nous nous sommes retrouvés seuls, Faustina a explosé comme un baril de poudre. Voyez-moi ça, s'est-elle exclamée d'un ton mordant et d'une voix si forte que les passants se sont retournés, tu es plus cochonné qu'un torche-cul ! On dirait un chien qui vient de fouiller les ordures ! Tu es l'homme le plus célèbre de Venise et tu t'habilles comme un pouilleux. Tu me fais honte, Jacomo, on dirait que nous sommes pauvres.

Je m'en bats les joues, ai-je répondu en essuyant mes pieds avec un chiffon maculé de peinture que j'avais pêché dans ma poche. D'ailleurs si la richesse se mesure en propriétés, titres et rentes, nous sommes effectivement pauvres. Pourtant je me sens plus riche que le doge. Tu voudrais ma mort que tu ne t'y prendrais pas autrement, a clamé Faustina les yeux étincelants. En effet, mon épouse avait honte, mais de quoi, cela m'échappait. Elle m'a attrapé par les manches de ma chemise et m'a secoué comme un prunier. J'aurais voulu qu'elle s'abstienne de cet amer chapelet de reproches, qu'elle réussisse à se contrôler. Pauvre Faustina, c'est elle qui toutes ces années a dû prendre soin de nous. C'est moi qui l'ai rendue ainsi. J'aimerais qu'elle soit élégante, frivole et hautaine comme les femmes de mes clients. J'aimerais qu'elle passe son temps à jouer de l'épinette, s'occuper des pauvres et partager les jeux de nos petits-enfants. Mais ma femme n'a pas de petits-enfants. J'ai honte pour elle et pour moi quand elle accuse la servante de voler, quand elle paie la coiffeuse d'un air revêche parce qu'elle la trouve trop chère, quand elle me demande des comptes sur chaque sou que je dépense, m'obligeant à lui mentir sans vergogne – j'ai donné une aumône, dis-je alors qu'avec cet argent j'ai joué, bu ou couru la gueuse –, quand elle reproche à nos enfants d'avoir osé lui demander un prêt.

J'aurais voulu ne pas me testicoter avec mon épouse en pleine rue, comme un rustre. Mais je l'ai fait. Elle m'a traité de débris catarrheux, de vieil avare qui écorcherait un pou pour en avoir la peau, et moi je l'ai appelée sorcière décatie et garce à chiens. Je suis peut-être frappé d'une maladie mortelle et Faustina ne mesure pas qu'il nous manquera sans doute le temps de nous réconcilier, si bien que nous ne devrions pas gaspiller celui qui nous reste en récriminations pour des broquilles. Mais ce ne sont peut-être pas des broquilles, Seigneur, c'est notre vie, et nous n'en avons pas d'autre. Si la vie éternelle nous attend, je ne crois pas que je la passerai avec elle. Nous ne nous rencontrerons plus jamais. Elle verra le paradis, tandis qu'il me sera refusé. J'aurai pour l'éternité une nostalgie poignante d'elle. Et je sais ce que c'est, je l'ai déjà éprouvée sur terre.

Ma femme me secouait, mais je la secouais moi aussi et, sans le vouloir, j'ai déchiré sa manche qui m'est restée entre les mains. À cet instant, j'ai vu rouge. J'ai hurlé qu'elle l'avait bien cherché, parce qu'elle n'aurait pas dû porter cette simarre qui ne lui appartient pas, en effet ce n'était pas à elle que les barons de Fiunga l'avaient offerte. Faustina, la mine terreuse, a soudain lâché mon bras. Nous étions sur la berge, au pont delle Erbe, devant une boutique de charcutier. Les saucisses de porc suspendues aux crochets fleuraient le poivre. Ma femme m'a atousé une gifle d'une telle violence que, pour ne pas tomber à l'eau, j'ai dû reculer et, vacillant, me raccrocher aux saucisses, tandis que la barre s'écroulait sur ma tête. Pendant que j'essayais de me dépêtrer des colliers de saucisses entortillés autour de moi comme des guirlandes et que le charcutier se répandait en imprécations – mais d'où sort ce branquignol, tu vas me payer ma marchandise, sale outil, et que le diable t'emporte –, ma gente épouse me giflait sauvagement, m'accusant d'être un vieux fou inconséquent et égoïste. Je ne pense pas à elle, je ne pense pas à nos filles, j'expose ma famille au ridicule et la condamne à vivre comme l'oiseau sur la branche. Je pense à ceux qui n'ont plus besoin de rien, et pas à ceux qui ont besoin de tout. Ottavia et Laura aussi sont mes enfants. Que m'ont-elles fait ? Quelle faute ont-elles commise ? Mon cœur doit être de pierre pour les ignorer de façon si outrageante. Elles sont en âge d'épouser Jésus-Christ ou un brave homme. Les religieuses ne veulent plus les garder. Je dois penser à leur avenir. À l'âge d'Olivia, elle-même avait déjà trois enfants. Comment expliquer que je trouve le temps de faire le portrait d'une vieille baderne qui m'est un parfait inconnu et pas celui de penser à l'avenir du sang de mon sang ? Aucun lien ne devrait l'emporter sur celui du sang. Pourquoi ai-je dépensé autant de bon argent pour obtenir les couleurs de ce Christ mort destiné à moisir dans une église sombre et ne l'ai-je pas économisé pour la dot de mes filles ? Les gentilshommes ne prennent pas de fille sans dot, et moi le premier, qui me pose tant en esprit artiste et excentrique, ne m'y suis pas risqué. J'ai épousé la fille d'un citoyen de la Sérénissime, d'un fonctionnaire d'État, pas la fille d'un saigneur de cochons. Pas une couche-toute-nue allemande. Pauvre Ottavia, pauvre Laura, ce père égoïste insulte les vivants et honore les morts. Parce que les morts ne risquent pas de l'importuner, ils ne bronchent pas, ils sont toujours d'accord. Honte à toi, Jacomo, honte à toi.

À cet instant, j'ai eu honte, en effet, Seigneur. Honte de ma corbeille de restes de gâteaux et de cerises bien mûres que j'avais envoyée à mes religieuses, honte de ce que j'y avais dissimulé, honte du visage écarlate et enlaidi de ma femme, honte de savoir que chacun de ses mots était vrai. Vrai le rang de son père et vraie sa dot, sans laquelle nous n'aurions jamais pu fonder notre famille. Je me suis demandé si je méritais ses reproches. Si je l'ai choisie pour ces raisons.

Ainsi, devant la boutique, entre le charcutier qui fulminait, son garçon qui époussetait les saucisses de porc avec un plumeau et le batelier qui enlevait l'amarre de la bitte en protestant que nous lui faisions perdre son temps et exigeait par conséquent double tarif, nous nous battions comme des chiffonniers et une pensée amère a jailli, Seigneur. Je suis marié avec cette femme depuis trente-quatre ans. Faustina est une partie de mon corps, mon troisième bras, mon deuxième cœur. Je ne peux même pas imaginer ce qu'aurait été ma vie si je ne l'avais pas partagée avec elle. Elle a donné de l'ordre à mes jours, un but concret à mon travail, un sens à mes efforts, une descendance à mon nom. Elle n'est pas seulement mon épouse, elle est ma compagne, ma petite fille qui a mûri à mes côtés. Mais elle ne m'a peut-être jamais compris. Elle m'aime, elle ne m'a jamais trahi, pourtant les occasions n'ont pas dû manquer, elle était si jeune, Seigneur. Elle a vécu pour moi. Et pour moi, à chaque accouchement, elle a frôlé la mort. Pourtant elle n'a jamais compris qui je suis. Tout ce qui a donné du prix à ma vie, qui a été ma raison de vivre, pour elle n'est rien. Si elle pouvait, elle troquerait un de mes tableaux contre une fourrure, mon métier contre un titre, mon nom contre un blason. Je rougis encore de ce qu'elle a pu dire de mes tableaux. Ils grouillent tellement de personnages, Jacomo, qu'on en a la tête qui tourne, on se croirait sur le campo San Polo un jour de marché. Il leur manque un centre. Je me sens menacée quand je les regarde. Pourquoi ne peins-tu pas, comme les autres, des œuvres gracieuses ?

La sœur tourière du monastère di Sant'Anna est un être boiteux qui semble ne jamais avoir été une femme, yeux enfoncés dans les orbites, mains crochues refermées comme des serres sur son énorme trousseau de clés. Le vaste parloir empestant le fer rouillé où j'attendais la venue de mes religieuses m'a semblé bien décrépi, lui aussi. Les coussins sur les bancs étaient délavés et sur les murs les peintures décolorées, vieilles fresques qu'on devine à peine. Défraîchi le crucifix en bois tragique dont le christ baisse la tête, comme pour éviter pudiquement le regard des visiteurs. J'étais étourdi. Sur le moment, je ne voyais que les fissures dans les murs, la poussière par terre, les toiles d'araignée au plafond, la décadence autour de moi et en moi. Cette ville a vieilli avec moi.

Les religieuses recevaient la visite de leurs amis et parents. Certaines déjeunaient de gourmandises apportées de la maison. Égayée par les biscuits et le vin, l'atmosphère était assez relâchée. Mais seuls les hypocrites crient au scandale. Les religieuses sont des femmes comme les autres, ni meilleures ni pires que celles qui ne t'ont pas rencontré, Seigneur. Certaines croient et d'autres doutent, certaines cèdent aux passions et à la soif de pouvoir et d'autres pratiquent la charité et se dépouillent de toute vanité terrestre, d'autres encore sont furieusement jalouses de leur rang. Certaines religieuses prennent un amant ou se vendent à qui veut bien payer. Mais les bénédictines de Sant'Anna sont les plus vertueuses de Venise. Je ne leur aurais pas confié mes filles sinon. Pour elles, j'ai voulu la pureté.

Père ! me suis-je entendu appeler. Mes religieuses hésitaient dans la pénombre. Nous étions séparés par une grille dorée et ouvragée comme de la dentelle. Je voyais mal leurs traits, et n'étais pas certain de les distinguer l'une de l'autre. Elles portent le même habit noir, leurs gestes sont identiques, le ton de leur voix aussi est devenu uniforme. Leur peau a la couleur des murs et de la poussière. Je dois avouer que je les ai reconnues uniquement parce que l'aînée porte un voile noir et la plus jeune le voile blanc des novices. La plus rondouillette est sœur Perina et la plus maigrichonne, tout en os, Lucrezia. Je n'ai jamais pu m'empêcher de penser en la regardant que les problèmes arrivent en voiture et repartent à pied, et que, pardonne-moi, Seigneur, tout a commencé avec sa naissance.

Ce fut l'été le plus difficile pour Venise et pour moi. Ce jour d'août étouffant, j'avais erré de bureau en bureau chez les trésoriers des procurateurs : j'essayais de me faire payer les neuf philosophes que j'avais peints pour la Libreria Marciana et livrés depuis longtemps. Quand l'appel d'offres avait été lancé, bien des années plus tôt, j'avais espéré décrocher un engagement, mais celui qui les distribuait – le grand Titien – avait voulu exprimer publiquement sa piètre estime de moi et m'avait exclu. Il avait appelé sept peintres : tous les maîtres qui comptaient à Venise, plus d'illustres inconnus. Je n'en étais pas. Ce fut comme un coup de pied en plein visage. Ma réputation fut brisée. Pendant des années, je dus travailler à prix coûtant. Personne ne voulait de celui que Titien avait rangé au nombre des incapables. Quand, dix ans plus tard, pour me dédommager de cette offense, les procurateurs me proposèrent de peindre les neuf philosophes, j'aurais aimé refuser. Mais je n'ai jamais pu me le permettre. Cela étant, la république en ce mois d'août avait bien d'autres préoccupations que mon salaire : nous étions de nouveau en guerre.

Ma vie a été une guerre et la guerre l'a accompagnée. Nous étions en guerre quand je suis né, en guerre pendant mon enfance, en guerre pendant mon adolescence, en guerre quand j'ai débuté ma carrière. Mais au moins Venise a connu trente ans de paix ininterrompue, cette dernière guerre n'ayant été qu'une parenthèse sanglante, tandis que pour moi la paix est arrivée trop tard.

Cet été-là, la guerre était déclarée contre le croissant, auquel nous liaient des traités commerciaux essentiels pour la survie de notre république. Là était la source de nos approvisionnements et de nos matières premières. C'est par là que transitaient le blé, le poisson salé, les fourrures, mais surtout le poivre et les épices, le coton et la soie que nos manufactures exportaient ensuite dans le monde entier. Ce conflit était un véritable suicide, auquel nos sénateurs étaient opposés, et le doge Alvise Mocenigo en personne avait tenté de l'empêcher en œuvrant pour la paix jusqu'au bout. Pourtant, quand le pape institua la Sainte Ligue et que toutes les puissances chrétiennes s'y rallièrent, nous partîmes en guerre, nous aussi. Les prétextes ne manquaient pas. Les Ottomans ne respectaient plus la paix commerciale. Ils nous avaient agressés. Ils avaient rongé notre empire maritime une île après l'autre. Ils écumaient l'Adriatique. Ils venaient de faire main basse sur Chypre, s'emparant des forteresses et massacrant les habitants sans défense. Les bateaux corsaires de Kara Hoxha avaient poussé leurs incursions jusque dans les eaux vénitiennes, à l'intérieur de la lagune, pillant et réduisant la population en esclavage. Ils voulaient nous faire croire que l'invasion finale était imminente. Des patrouilles de citoyens en armes arpentaient la ville. Moi aussi j'affilais tous les jours la lame de mon poignard.

Pour la première fois de ma vie, je me sentais appartenir à une communauté. J'avais toujours vécu jusque-là comme si les grands événements de mon époque ne me concernaient pas. Quand j'étais enfant, les guerres d'Italie avaient signifié des foules de paysans affamés, d'orphelins et de femmes en haillons qui, les yeux emplis d'horreur, affluaient à Venise en quête d'asile et de protection. Massacres lointains et boucheries perpétrées au nom de Dieu n'étaient que des nouvelles que je lisais affichées au pied du pont Rialto. Je les commentais avec Episcopi ou mes amis, mais elles ne me touchaient que si elles avaient des répercussions soit sur mon travail – un général dont j'avais fait le portrait mourait au combat, un ami sénateur partait pour l'Orient, un mécène jugé pour hérésie et devenu soudain suspect était mis au ban de la bonne société – soit sur ma famille – les prix augmentaient, la monnaie se dévaluait, les impôts se multipliaient. C'était comme s'il m'était accordé de vivre heureux, *en dépit de* la guerre, de la politique, de l'histoire. Mais, cet été-là, la guerre me concernait aussi. Si la république était anéantie, si nous perdions notre indépendance et la liberté, qu'en serait-il de nous ? Quel sens y avait-il à peindre un monde détruit ?

Au crépuscule, alors que je rentrais en proie à ces sombres pensées, poursuivi par les cloches de toutes les églises de Venise qui entonnaient l'Ave Maria et libéraient les ouvriers du travail, me rappelant qu'une fois de plus la journée finissait sans que je rapporte un sou, Crabelet courut à ma rencontre sur le pont et m'annonça d'un air solennel : maître, c'est une fille. Ma seule pensée a été : *encore*. Voilà ce que j'ai pensé, Seigneur.

En ouvrant la porte, je tombai sur un charivari indescriptible. Mes enfants se poursuivaient d'une pièce à l'autre, braillant et bondissant comme des farfadets. Dominico corrigeait Gerolima à coups de tapette pour battre les tapis, intraitable parce que sa dodue petite sœur avait arraché le frontispice de son Pétrarque. Marco jouait avec une souris, s'amusant à la renvoyer d'un coup de pied contre le mur comme un ballon chaque fois que la bestiole folle de peur rebondissait vers lui. Giovanni s'entêtait à jouer de la musique sur une rangée de bonbonnes vides qu'il frappait avec une baguette, produisant une marche assourdissante. Ottavio mâchouillait une feuille de papier bleu clair où je reconnus mon esquisse des Rois Mages. Marietta la lui retira aussitôt de la bouche, mais la salive avait déjà effacé les traits de craie blanche et de fusain, et ce dessin était perdu.

Accablé, je me frayai un chemin vers la chambre de l'accouchée. C'était presque l'heure de dîner. Bientôt tous ces mioches allaient vouloir manger. Et pas seulement une croûte de pain et un bol de soupe. Pour ma part, je n'ai jamais eu besoin de rien, je préfère peindre l'estomac vide, la légèreté et l'étourdissement m'aident, m'inspirent presque, il m'arrive de ne me souvenir de manger qu'après deux jours entiers enfermé dans mon atelier. Mais pas eux. Ils veulent manger matin, midi et soir dès que sonne la cloche de Saint-Marc, et ils ne se contentent pas de pain de millet et de raviolis à la farine de sorgho, aliments de pauvres, ils exigent des maccheroni au fromage, de la viande bouillie au safran et de la pignoccata au miel et aux pignons, ils veulent des horaires et des règles dont je n'ai nul besoin, qui au contraire m'entravent. Ils pleureraient la nuit quand je voudrais dormir et m'empêcheraient de me reposer quand j'en aurais besoin.

Papa, papa, papa, piaillaient les enfants en s'accrochant à mes jambes, montre-nous la poupette. Cette nuit aussi, ils pleureraient, crieraient, mouilleraient leurs matelas, alors que je devrais travailler dans mon atelier et me concentrer pour trouver la façon de représenter une Vierge en gloire sans me répéter, sans être trop banal ni trop novateur, sans décevoir mes commanditaires ni me décevoir moi-même. Ils essaieraient de forcer la porte de mon atelier, pleurnicheraient parce que je les tiens à distance, se disputeraient si j'en favorisais un. Et j'étais responsable de ces créatures. J'étais leur tyran et leur esclave. Où étais-tu ? gémit Faustina, pâle comme un linge dans son lit. Je t'ai envoyé chercher il y a dix heures. À la basilique, on m'a proposé un carton pour les mosaïques de la coupole, je suis allé repérer les lieux, répondis-je. J'ai failli mourir, me reprocha-t-elle avec un filet de voix, en retombant sur ses oreillers. La plus petite tesselle de mosaïque compte davantage pour toi que ta femme. Marietta me tira par la manche, me conduisit près du berceau et posa la nouveau-née dans mes bras.

C'était le 14 août. Une chaleur étouffante écrasait Venise et nous oppressait dans notre maison bondée, trop petite pour une famille aussi nombreuse. J'aurais dû déménager depuis des années, mais je différais sans cesse. J'avais un rêve et n'admettais pas de me découvrir incapable de le réaliser. J'avais trouvé la maison que je voulais. Je la voyais tous les jours parce qu'elle jouxtait la mienne, de l'autre côté de la cour, derrière les entrepôts et la savonnerie. Le propriétaire la vendrait volontiers parce qu'elle tombait en ruine, le toit s'était effondré et il n'avait pas les moyens de le réparer. Elle était parfaite pour nous. Mais si je ne parvenais pas à occuper la maison de mes rêves, alors je resterais où j'étais, et tant pis pour moi et pour eux. Dans cette maison en location, j'avais vécu seul, puis avec Marietta, puis avec Marietta et Faustina, et peu à peu nous étions devenus une tribu, mais les pièces ne s'étaient pas multipliées pour autant. Les domestiques partaient au crépuscule. Mes enfants s'entassaient dans les lits, les garçons ensemble, les filles avec ma femme. La vieille nourrice dormait à la cuisine, mon serviteur dans le cellier, deux assistants que j'avais engagés pour finir un travail avant l'été par terre dans l'atelier du rez-de-chaussée, au milieu des vapeurs de peinture toxiques. Je m'étais réfugié dans mon propre atelier comme un naufragé.

Mais même à l'intérieur, porte fermée, il m'était impossible de les oublier. J'avais déjà six enfants : l'aînée, Marietta, avait dix-sept ans et le plus jeune, Ottavio, trois. Mes commanditaires ne me payaient pas. En offrant parfois de travailler pour rien, je leur avais moi-même donné un prétexte pour me faire travailler toujours gratuitement. Le doge m'avait promis une commande prestigieuse au Palais Ducal : je pourrais enfin mettre mon talent au service de la république de Venise. Mais les procurateurs agitaient le contrat sous mon nez comme un geôlier les clés de sa cellule sous le nez de son prisonnier : ils ne souhaitaient pas vraiment arriver à la signature, mais seulement m'inciter à produire encore plus, plus vite et à moindre coût dans l'espoir d'obtenir ce contrat un jour, Dieu sait quand. J'étais obligé d'importuner les gens en place, d'étaler mon indigence comme un lépreux exhibe ses moignons et un blessé de guerre ses cicatrices. D'aller jusqu'à les supplier à genoux en les flattant bassement. Les gens trouvent normal de payer un batelier pour conduire une barque ou le menuisier qui répare leur table, pas un artiste qui embellit leur salon, un palais ou l'État et qui peut-être les fera vivre quand leurs os ne seront plus que cendre. Il n'y a rien de plus humiliant que de quémander un dû, Seigneur.

Pour élever décemment mes trop nombreux enfants, j'étais obligé d'accepter n'importe quel travail : un retable pour l'église d'une île dalmate perdue dans l'Adriatique, le portrait d'un négociant en bois lourdaud, allemand et luthérien par-dessus le marché. À gaspiller mon talent pour des œuvres qui ne me méritaient pas et ne m'apporteraient aucune gloire. Je travaillais dix-huit heures par jour, comme un forçat enchaîné au banc de la galère. Malgré tout, chaque journée était une bataille perdue. La guerre qui vidait les caisses de l'État avait fait monter les prix et la vente d'un portrait ne suffisait plus à nous faire vivre pendant un mois. La famine qui ravageait les campagnes transformait en or la moindre feuille de salade et le moindre fruit. Assurer chaque jour déjeuner et dîner à ma tribu était une tâche qui exigeait toutes mes forces.

Et le pain n'était pas tout. Un des enfants avait besoin du chirurgien-barbier pour se faire arracher une dent cariée, puis de médicaments pour calmer la douleur et un autre de chaussures neuves parce que les vieilles, déjà héritées d'un aîné, avaient lâché. Gerolima avait besoin d'une belle robe parce qu'elle allait faire sa première communion, Dominico s'était entiché de littérature et il fallait lui payer un précepteur, Marco voulait fréquenter la salle d'armes pour devenir un habile bretteur, Giovanni s'entêtait à vouloir un arpicorde parce que son grand-père Episcopi lui avait fourré dans la tête que le luth, c'était tout juste bon pour les filles. Sans compter que le professeur d'orgue qui enseignait la musique à Marietta ne lui apprenait pas à chanter pour sa belle voix, mais réclamait en paiement de ses deux heures de cours ce que je gagnais en une semaine de travail. Je donnais à mes enfants tout ce qu'ils voulaient, pour qu'ils ne regrettent pas de m'avoir pour père. Pour qu'ils ne pensent jamais qu'un autre homme aurait été meilleur que moi.

Je n'ai reçu d'aide pendant ces années que de mon beau-père. Je veux saluer sa mémoire en rappelant qu'Episcopi a aimé ses petits-enfants et n'a jamais lésiné sur son soutien ni à eux ni à moi. Il a englobé Marietta dans cet amour. Ce n'était pas acquis. Episcopi a été le premier à qui j'ai dit que je voulais reconnaître Marietta. C'était mon futur beau-père, mais aussi Siffre, mon ami. J'aurais trouvé lâche de le lui cacher. Episcopi s'en étonna fort. Comment peux-tu savoir que c'est ta fille ? insinua-t-il. C'est ma fille, répondis-je. Le mariage a justement été inventé pour donner à l'homme la garantie que la femme avec laquelle il fornique n'est qu'à lui. Tu ne peux pas en dire autant d'une amie. C'est ma fille, insistai-je. Tu ne pourras jamais le savoir, Jacomo, dit-il, me mettant en garde. Et si la passion rend ton cœur généreux maintenant, un jour tu pourrais t'en repentir. Cela n'arrivera pas, répondis-je. Malgré toi, insista Episcopi, tu te surprendras à épier la couleur de ses yeux, la forme de son nez, la largeur de son front, le timbre de sa voix, la façon dont elle marche, parle et sourit. Et tu ne trouveras plus la paix. Je haussai les épaules. À trente-six ans, j'avais tendance à croire que j'avais toujours raison. Mon ami et futur beau-père était un homme de loi, de procédure et de chicane. Je supposais que la variable humaine de la vie lui échapperait toujours. Qu'elle soit ma fille ou non n'a pas grande importance, puisqu'elle sera toujours ma fille.

Mais quand six ans plus tard, je lui signalai que je prenais la petite chez moi, Episcopi protesta violemment, disant que je violais les règles. Il ne me reprochait pas d'avoir déjà une fille hors des liens du mariage, car la moitié des Vénitiens partageait ma situation. Ni de subvenir à ses besoins, la moitié de la moitié des Vénitiens faisait de même. Mais *l'élever* sortait du cadre. La moitié de la moitié de la moitié des Vénitiens élevait un fils naturel. Personne en revanche n'élevait une fille née hors du mariage d'une femme qui avait couché avec tout le monde et pouvait faire croire à n'importe qui qu'il était le père. C'était pure folie.

Je pensais qu'il regrettait de m'avoir promis Faustina et qu'il tirait un trait sur le projet de mariage. Mais Episcopi me désarçonna. Tu es mon frère, soupira-t-il. Ta fille est ma nièce. La famille est sacrée, même quand elle est bancale : Dieu voit tout. Il lissa sa barbe et déclara : on n'aime pas la peinture si on n'aime pas aussi les peintres. Nous n'avons pas le droit d'exalter les œuvres sans accepter les artistes. Que Dieu vous bénisse, Jacomo et Faustina. Puisse votre mariage être aussi heureux que le mien.

Mais, cet été-là, mon beau-père n'y alla pas par quatre chemins : il entra en repoussant une Gerolima en sanglots et un Ottavio braillant qui avait décoré de morve et de salive sa chemise de Reims immaculée. Fichtre, vous avez le sang en ébullition, lança-t-il d'emblée, tu pourras bientôt monter une chorale ! Si tu ne peux pas résister aux tentations de la chair avec ta femme, ajouta-t-il en soulignant son conseil d'un petit sourire débonnaire, trouve un travail loin de Venise, Jacomo, pars à la cour de l'empereur ou auprès du pape, mais reste à distance quelques années. Votre maison ressemble à une école. Vous ne pouvez pas continuer ainsi. Faustina n'a que vingt-six ans. Vous pourriez avoir une quinzaine d'autres enfants. En entendant cet oiseau de mauvais augure, je lui souhaitai une mort immédiate, et je fus hélas exaucé, car mon beau-père eut une attaque et passa dans un monde meilleur moins de deux mois plus tard. Il n'eut pas la satisfaction de voir sa fille affranchie des angoisses de la pauvreté. Il ne vit pas ma tribu d'Indiens sauvages, comme il nous appelait, mieux logée que lui-même n'avait jamais logé Faustina.

Episcopi examinait d'un air perplexe Marietta qui écartait les langes du bébé. Il examinait d'un air perplexe ses chausses d'homme, sa chemise de femme scintillante de fausses perles et fort peu boutonnée. Tu devrais mettre un peu d'ordre dans cette maison, Jacomo, observa-t-il. Tu frises l'inconvenance. Marietta court avec toi par toute la ville. Marietta est trop libre. On jase.

Crénom, explosai-je, laisse-moi m'occuper de ma fille et occupe-toi plutôt de la tienne.

Tu devrais trouver un parti pour Marietta et, de ton côté, pratiquer un minimum d'abstinence, insista Episcopi. Ignorant que ce serait notre dernière conversation, excédé parce que le beau-père moralisateur s'ingérait dans notre ménage, se glissait dans mon lit et entamait par ses scrupules la liberté de Marietta et la mienne, je lui répondis sur un ton sarcastique que c'était l'hôpital qui se foutait de la charité. C'était lui qui venait me donner des leçons en matière d'honneur ? Lui qui était poursuivi pour détournement de fonds et qui risquait d'engraisser les punaises dans les geôles du Palais Ducal ? Je suis innocent ! m'interrompit Episcopi. D'accord, d'accord, dis-je en coupant court. Tu ne me crois pas ? cria-t-il. Nous sommes amis et frères depuis trente ans et tu ne me crois pas ? C'est cela l'amitié pour toi, Jacomo ? Je t'ai toujours défendu quand c'était toi l'accusé, toi par qui le scandale arrivait. Je me suis battu pour toi, t'ai donné ma fille unique, et maintenant tu me tournes le dos et tu hurles avec les loups ?

Écoute, Siffre, dis-je en recourant à l'ancien surnom de notre jeunesse, j'ignore ce que tu as fabriqué avec cet argent et je ne veux pas le savoir. Ce n'est pas mon problème. Le visage de mon vieil ami était une fontaine de sueur. Sa barbe même dégoulinait. Quant à mes filles, ajoutai-je, tu as raison, j'en ai assez. Celle-ci sera la dernière ! Je prendrai plutôt une maîtresse !

Si l'histoire n'est pas vraie, la bourde est belle ! s'exclama Episcopi d'un ton goguenard. Dans trois mois, tu auras de nouveau engrossé Faustina et ta maîtresse avec si tu en prends une. Avant que nous ayons pu prononcer d'autres paroles dont nous aurions eu honte, la mère-sage nous interrompit en nous annonçant que Lucrezia pesait moins de sept livres. L'état de santé de mon épouse n'était pas bon. Notre plus jeune garçon, Ottavio, était un enfant de la nuit. Il dormait le jour et pleurait la nuit, un couinement ininterrompu dont seuls l'aube et l'épuisement venaient à bout. Il avait trois ans maintenant. Depuis sa naissance, Faustina ne s'était plus reposée. Ce qui expliquait deux fausses couches. Et l'année qui venait de s'écouler avait été particulièrement dure. En mars, ses alarmes pour notre cadet s'étaient compliquées d'une inquiétude pour son père accusé de corruption et de vol. Un scandale colossal, qui avait éclaté au sein de la Scuola di San Marco, orchestré par ses ennemis qui voulaient évincer Episcopi de la charge enviée de trésorier. C'est-à-dire de celui qui administrait avec une désinvolture scélérate les entrées faramineuses de la confrérie. Les accusations n'avaient jamais été prouvées. Mais le soupçon avait ruiné la réputation d'Episcopi, et Faustina ne s'y résignait pas. La réputation, disait-elle les larmes aux yeux, est la seule richesse des gens de bien. C'est un coup mortel que de nous la retirer. La mère-sage expliqua que le bébé avait été peu nourri par une mère épuisée. C'est pour cette raison qu'elle était aussi chétive et minçolette. Je me penchai sur la petite. Lucrezia était un petit animal cyanotique, ridé et souffreteux. Je pensai : elle va mourir rapidement, je n'aurai pas à me soucier d'elle. Voilà ce que j'ai pensé, Seigneur.

Et puis non, elle n'est pas morte. Mais sa naissance a marqué la mort de Gabriel. Cet été-là, j'avais trouvé un maître de musique pour Marietta. Mon épouse et mon beau-père s'y étaient opposés, parce qu'ils considéraient que l'apprentissage de la musique ne seyait pas à une femme honorable. Certes, si Marietta avait été une aristocrate, elle aurait bénéficié de leçons particulières, mais elle ne l'était que dans le monde de mes rêves. Dans le monde réel, seules les femmes galantes étudiaient la musique, bref mon idée était saugrenue et dangereuse. Mais je voulais que ma fille reçoive une véritable éducation, Seigneur : celle que ni sa mère ni ma femme ni moi n'avions reçue. Comme si elle était la fille d'un prince, de l'homme qu'elle croyait que j'étais. Marietta avait la voix bien placée et possédait le don premier en musique, le sens du rythme, or j'étais arrivé au bout de ce que je pouvais lui enseigner.

Les musiciens de valeur ne manquaient pas à Venise. Il s'en trouvait même parmi mes amis. Mais les Vénitiens ne me faisaient pas confiance, alors je ne leur faisais pas confiance non plus. Je choisis un étranger. Il avait été engagé récemment comme organiste à San Giorgio Maggiore. Il avait vite assis une réputation de virtuose. Cet homme avait les mains les plus légères et le toucher le plus délicat que j'eusse jamais entendus. L'écouter jouer la musique divine qu'il composait signifiait s'élever au-dessus de la chair, de la douleur, de la vulgarité de l'existence. Musique céleste, musique transcendante : seuls les anges peuvent jouer ainsi. Ses concerts à San Giorgio attiraient les foules comme au théâtre et les nobles lui demandèrent de donner des leçons à leurs enfants. C'est à cet ange, que se disputait la meilleure société de Venise, que j'ai confié en toute sérénité mon étincelle.

Le maestro venait de Naples, la plus grande ville d'Europe, si lointaine et si fabuleuse pour nous. Son accent aussi était harmonieux et musical. Il s'appelait Zacchini, mais comme il avait un goût certain pour l'argent et que les leçons qu'il donnait à Marietta me coûtaient fort cher, la famille l'avait rebaptisé Sequin. C'était une grande perche d'une maigreur ascétique, au nez crochu, aux yeux en tête d'épingle et aux cheveux raides comme des branches de corail. Je n'aurais su quel âge lui donner. Je ne le considérais même pas comme un homme. Il n'avait que la peau sur les os. On aurait dit un pur esprit. Je lui proposai d'enseigner à Marietta la théorie musicale, la composition, le chant sacré et, bien sûr, l'orgue.

Le maestro n'avait jamais eu d'élève fille et n'en voulait pas, car les femmes sèment le désordre, n'ont pas de dispositions pour la musique, bref, sont une perte de temps. Mais je lui expliquai que ma Marietta n'était pas comme les autres, qu'elle était à part, qu'elle s'habillait en garçon et qu'elle en avait toutes les qualités sans en avoir les défauts. Quand, pour finir, je me montrai disposé à le payer aussi cher que les membres du gouvernement pour leurs fils, il accepta. En général, il donnait ses cours chez lui, à trois ponts de chez moi, ou chez les parents de l'élève : mais nous n'avions pas d'orgue et, à ce moment-là, je ne pouvais pas me permettre d'en acheter un, sans compter que je n'aurais pas eu la place pour le caser. De sorte que, par respect des conventions et de la réputation des deux parties, il sembla plus indiqué que la jeune élève bien qu'habillée en garçon prenne ses cours à l'église.

C'est ainsi que Marietta allait étudier à San Giorgio Maggiore. Elle était accompagnée par Dominico qui depuis des années ne quittait pas sa sœur et me rapportait ses faits et gestes quand ils échappaient à ma vue. À son retour, j'interrogeais Marietta sur sa leçon et elle répétait docilement les titres des chants qu'elle venait d'apprendre. *Ave Regina coelorum. Liberator animarum. Sicut lilium inter spinas. Hodie beata Virgo Maria. Inviolata, integra et casta.* Elle citait des morceaux, entonnait des passages, pour exercer ses doigts, elle jouait sur le faux clavier que j'avais peint pour elle sur une planche de cyprès. J'avais l'impression qu'elle progressait rapidement et j'étais très content.

Le 19 octobre, la ville fut frappée par la nouvelle inopinée de la fin de la guerre. À Lépante, la Sainte Ligue avait écrasé la flotte turque. Le péril mahométan s'éloignait, tel un cyclone qui a changé de route. Venise exultait. La messe solennelle de *Te Deum* à la basilique Saint-Marc attira cent mille personnes. Pendant trois jours, les cloches sonnèrent, les boutiques restèrent fermées, les clochers gardèrent leurs lumières, le ciel retentit de feux d'artifice et sur tous les campi brûlèrent d'énormes feux de joie. Les armées défilèrent, soldats, capitaines, drapeaux arrachés aux vaisseaux ennemis. On composa des poèmes épiques, des oraisons, des cantates et des chœurs. On donna des centaines de messes de remerciement et d'offices à la mémoire de nos cinq mille concitoyens tués. Ce fut une fièvre. Le soulagement collectif d'un peuple qui avait redouté de se voir anéanti, de perdre à la fois Dieu, la liberté et ses mœurs allègres. Ce délire s'empara de tout le monde, et le gouvernement l'encouragea. Après la famine, après la menace corsaire à l'embouchure de la lagune et aux portes de nos maisons, après que l'État avait frôlé la banqueroute, il nous fallait accomplir un acte inouï. Pour rendre la victoire réelle, comprends-tu ?

Piero, mon ambitieux beau-frère, qui voulait réhabiliter la mémoire de son père, me signala la proposition de ses amis bijoutiers et merciers de la Scuola. Ils voulaient organiser le dernier dimanche de Carnaval un défilé en musique pour raviver le souvenir de la victoire. Si le spectacle s'avérait fastueux, imaginatif et triomphal, la Scuola, actuellement dans l'ombre et presque en disgrâce à cause de scandales répétés, retrouverait du crédit auprès du peuple comme du gouvernement. L'idée me séduisit. Moi aussi je cherchais à acquérir du crédit auprès du gouvernement. Sans compter que je voulais à tout prix décrocher la commande du tableau de la victoire destiné au Palais des Doges, qu'on avait confié à Titien, lequel toutefois, à quatre-vingts ans passés, ne se montrait guère enthousiaste. Je ne pouvais rater l'événement du siècle. Quelle meilleure occasion de peindre un tableau vivant, de travailler avec le corps de la foule ? Il faut dire qu'en novembre, quand les drapiers avaient organisé la fête de la victoire, on avait pavoisé les arcades à Rialto de toiles des grands maîtres vénitiens :

mais personne ne m'avait réclamé d'œuvre et mon absence avait été remarquée.

Je fus nommé ordonnateur du défilé en costumes. On me doit l'idée d'impliquer la population du quartier, en faisant partir le cortège de la Madonna dell'Orto. Et aussi celle de construire treize chars triomphaux animés de figures allégoriques. Et encore celle de raconter en ballet l'abordage des navires turcs et la capture des ennemis. Au fil des semaines, le projet prit de l'ampleur, croissant en même temps que l'enthousiasme populaire, et proliféra comme une tumeur. Il s'agissait désormais de diriger trois cent cinquante personnes et cent quatre-vingts musiciens, de distribuer les rôles, de faire interpréter les vaincus par cent quarante citoyens. Je finis cet hiver-là par ne m'occuper de rien d'autre.

Je n'interrogeais plus Dominico sur le comportement de sa sœur pendant les leçons ni Marietta sur ses progrès en musique. Quand elle me signala qu'elle répétait *Veni dilecta mea* et *Tota pulchra es amica mea*, je fronçai le nez, mais elle m'expliqua que Sequin avait mis en musique le *Cantique des cantiques* quelques années plus tôt pour le mariage du fils de l'archiduc Ferdinand de Bavière, et qu'il s'agissait de cette composition. Je rencontrais Sequin souvent, car nous lui avions commandé la cantate pour la victoire. Nos rapports étaient tout à fait cordiaux. J'avais confiance en ce maestro napolitain. Et en elle.

D'ailleurs Marietta affirmait qu'elle n'allait à ces cours que pour me complaire. Elle aurait préféré rester dessiner, accroupie dans mon atelier, car elle ne se sentait en sécurité et heureuse qu'à côté de moi. Elle n'aimait pas étudier, pas plus la musique que le reste. Elle se plaignait toujours que les leçons étaient exigeantes et le maestro sévère et, quand elle rentrait, elle n'avait pas faim, elle se sentait l'estomac noué et allait se coucher tout de suite. Durant ces mois, de semaine en semaine, Marietta se métamorphosait. Un jour, elle enleva son bonnet, libérant une mince tresse. Elle avait laissé repousser ses cheveux et les attachait sur la nuque ou les enroulait sur ses oreilles, tressés avec un ruban de velours noir. Elle remplaça son bonnet masculin par un voile, comme les filles à marier. Un autre jour, elle abandonna le pourpoint pour une cape en damas. Un autre encore, elle chaussa des socques à haut talon, parce que désormais sa petite taille la contrariait. Et un autre encore, elle demanda à Faustina de lui prêter une chemise en soie. Cette transformation à la fois me déplut et me remplit d'aise, car la nature suivait son cours. Le temps faisait son œuvre. Gabriel n'existait plus. Marietta avait dix-sept ans.

Comment se passent les leçons de musique ? demandai-je à Dominico quand je réussis enfin à me rapprocher de lui. Je n'aurais pu choisir pire moment. Le défilé masqué allait commencer et nous étions dans la salle principale d'un édifice jouxtant la Madonna dell'Orto, une savonnerie abandonnée, plus encombrée d'accessoires et de costumes qu'un magasin de théâtre. Mon fils vêtu à l'orientale portait un turban de page et se frottait le visage avec du noir de fumée de bougie. Nous nous entendions à peine, car un vacarme assourdissant montait du campo. Des grêlons durs comme des balles bombardaient les milliers de personnes qui attendaient en plein air devant l'église. Tout était prêt, mais l'averse de grêle, qui se transforma en un violent déluge, retardait nos plans, énervait les chevaux. Le désordre allait croissant. Sequin dit que c'est une élève très douée, répondit Dominico, et s'il le dit ce doit être vrai, mais Marietta s'arrête souvent, quand elle joue elle enfonce les mauvaises touches et parfois on dirait qu'elle joue au petit bonheur la chance.

Et que dit encore Sequin ? m'informai-je. Qu'il ne se lasserait jamais de lui apprendre parce qu'elle a des lèvres de soie et une voix d'ange. En effet, précisa Dominico, quand le clocher sonne, le maestro s'arrête toujours à contrecœur. Et Marietta aussi supporte mal que la leçon soit finie, car lorsque nous montons sur la gondole, elle se retourne toujours vers San Giorgio et soupire. Que chante Marietta ? lui demandai-je, parce que je n'aimais pas du tout ces simagrées. Dominico me regarda, hésitant. Des madrigaux acrobatiques, je crois.

Tu veux dire des madrigaux chromatiques, rectifiai-je, traversé d'une inquiétude soudaine. Le maestro dit qu'il se sent possédé par l'esprit de l'inspiration et qu'il compose des chansons profanes, m'expliqua Dominico. Quelles chansons profanes peut bien composer un moine ? m'exclamai-je. Tu te trompes, se hâta de préciser Dominico, le maestro n'a jamais prononcé ses vœux parce qu'il préfère vivre dans le monde, et ses chansons sont vraiment très belles, à fendre le cœur. *Si votre blanche et noble main. Que ne voyez votre beauté. Ma seule étoile. Cueillez, madame, les roses de votre beauté. Je me consume pour toi. Vous savez que je vous aime.*

Dans le brasier d'amour. Ardent désir d'amour. Nuit de soupirs. Donne-moi un baiser. Toi qui es ma vie. Amoureuse vallée de vos seins.

Amoureuse vallée de vos seins. Et Marietta chante ces chansons à San Giorgio ? dis-je dans un souffle. Mon cœur battait comme un fou dans ma poitrine. Si Sequin l'avait dévoré à petites bouchées, ma douleur n'aurait pas été plus forte. Je connais les hommes, Seigneur. Enfin, elle les entonne, expliqua Dominico un peu surpris. Ils s'asseyent sur le banc devant l'orgue et ils jouent, Marietta commence à chanter puis elle se trompe, elle arrête et le maestro lui apprend la partition. La partition ? m'écriai-je. Je pense qu'il lui explique les notes sur la partition, dit Dominico, mais je ne les vois pas, parce que quand la leçon commence, le maestro m'envoie au fond de l'église. Et tu y vas ? hurlai-je, hors de moi. Bien sûr, le maestro dit qu'en bas on entend mieux le son de l'orgue.

Seigneur, j'étais assommé comme si j'avais reçu un coup de massue sur la tête. À cet instant, les tambours roulèrent et les trompettes pétaradèrent, et deux garçons habillés en nymphes franchirent les portes de la Madonna dell'Orto pour prendre place devant le premier char où, toute mouillée de pluie et transie jusqu'à l'os, la vertu de la Foi foulait aux pieds un serpent de stuc censé représenter l'ennemi. Vierge vêtue de blanc. Beauté de vierge au corps intact. Vertu. Dominico s'échappa pour rejoindre son oncle, mon beau-frère Piero qui coulait une existence ennuyeuse de notaire appointé par le gouvernement, avec pour seule tâche d'enregistrer les infractions à la loi et de punir les contrevenants, et que ce défilé en costumes amusait autant que mon fils de onze ans. Alors que ses pairs se contentaient de défiler à côté des chars, parés d'une étole d'or, Piero Episcopi coiffé d'une perruque blonde et ses grosses lèvres fardées de rouge incarnait la Prudence, une femme. J'essayai de retenir Dominico en l'attrapant au vol, mais en vain. Les premiers chars triomphaux s'étaient déjà ébranlés en grinçant et parmi les éclaboussures de boue traversaient le pont conduisant au Palazzo del Cammello. À grand renfort de coups de pied et de bourrades, je me frayai un chemin jusqu'à l'intérieur de l'église, où les musiciens accordaient leurs instruments.

Je me trouvai nez à nez avec Sequin, vêtu de noir, maigre comme un clou. *Si votre blanche et noble main* ! *Amoureuse vallée de vos seins* ! Il me salua avec emphase, puis découvrit l'expression de mon visage et se décomposa. Les gens ont peur de moi, Seigneur. Sequin a quitté Venise sur-le-champ. Il a disparu pendant des années. Il n'a plus jamais composé une seule chanson. Sa carrière s'est arrêtée là. Comme s'il était mort. Un squelette, nez crochu, bouche fine, dents de cheval. Laid. Personne n'aurait vu l'homme en lui. Lâche, abominable traître. Il a profané mon étincelle. Elle qui était l'innocence même. On ne peut concevoir plus grande douleur. Pendant plusieurs minutes, en pleine confusion, je ne pus apercevoir Marietta dans le chœur des vierges.

La parade se dirigea vers la place Saint-Marc. Tout alla de travers. Les feux d'artifice imprégnés de pluie ne partirent pas. Les porte-drapeaux en charge des enseignes de la victoire faillirent mettre le feu aux étendards, aux bannières et aux baldaquins. Le char triomphal où était assise Venetia parée de bijoux fut pris d'assaut par une foule en liesse, qui était en réalité une bande de voleurs déterminés à arracher les pierres précieuses de sa robe. Il reste que les spectateurs qui suivaient le défilé ne moururent pas écrasés dans la cohue. Que les comédiens d'un jour interprétèrent leur rôle sans se tromper. Que les musiciens suivirent impeccablement la partition et que les chanteurs ne commirent pas une seule fausse note. Mais je n'en ai rien vu. Je n'ai même pas assisté au grand finale, quand, le soir venu, à la lumière inquiète des torches, arriva au galop le dernier cavalier : une Mort triomphante brandissant sa faux. Car, si la vertu nous conduit à la victoire, pour finir c'est la mort qui nous dévore tous, la vie et la victoire ne sont qu'un court et ridicule interlude. Je n'assistai pas à ce cortège costumé pour lequel j'avais travaillé tout l'hiver, négligeant mon travail, ma famille et moi-même. J'avais réussi à me glisser dans le chœur des vierges avant qu'elles ne sortent de la Madonna dell'Orto. Effrayées, elles s'étaient écartées devant moi, se dispersant comme une poignée de plumes.

Elles étaient toutes vêtues de blanc, couronnées de fleurs d'oranger en soie, un cierge d'un blanc très pur à la main. Marietta m'apparut rayonnante, sa petite tresse dorée brillant sous sa couronne. Sur son visage, une félicité si contagieuse et irrépressible qu'elle était déjà une confession. Je n'avais pas besoin d'en savoir plus. Jacomo ! cria Marietta en venant à ma rencontre. Naïvement heureuse de me voir, de se sentir belle, de se montrer à moi radieuse dans sa petite robe transparente. Je la giflai avec force. Son cierge lui tomba des mains.

Les notes résonnaient sous la nef, rebondissaient contre les voûtes, des centaines de voix se fondaient, se liquéfiant dans le creuset de la musique. Musique céleste. Musique sans péché. Qu'y a-t-il de plus éthéré que la musique ? Elle allait s'atténuant, se réduisait à une vibration de l'âme : car le chœur, les musiciens, les acteurs, les porteurs de fanions et les porteurs de cierges, les vierges vêtues de blanc, tous étaient partis. Jacomo, balbutia Marietta en palpant sa joue, sa bouche, son nez qui saignait, papa. Des petites flammes par centaines agonisaient sur les monticules de cire des bougies consumées. Dans les nefs et les chapelles, des nuages d'encens flottaient encore entre les colonnes. Mon église, mon quartier, mon étincelle. Vertu et victoire : mascarade de carnaval. Tout brisé. Dix-sept années pulvérisées comme du verre. Et elle, lumière contaminée. Dégoût. Horreur. Taches pourpres qui semblaient palpiter dans la pénombre. Gouttes de sang qui coulaient sur la robe blanche. Papa, répétait Marietta en sanglotant, je regrette.

Je vais lui démonter la tête, dis-je, lui arracher les couilles avec mes dents. Si tu as quelque chose à dire pour ta défense, vas-y parce que c'est ta dernière chance. Je ne le traînerai pas devant les tribunaux, j'en ferai de la chair à pâté. Dis-moi qu'il a usé de violence, et Dieu qui est notre père très clément me donnera la force de te pardonner. Ce n'est pas de sa faute, bredouilla-t-elle sans lever les yeux vers moi, essayant d'arrêter l'hémorragie avec ses doigts. Il n'a exercé aucune violence, c'est de ma faute, je suis faite de travers, j'ai tellement honte, je n'arrive pas à rester indifférente, les notes se plantent en moi comme des épines, la musique est inséparable de l'amour, qu'y a-t-il de plus séduisant que la musique ? Je ne voulais pas aller étudier la musique, j'avais plaidé ma cause auprès de toi. Pourquoi ? À quoi me sert de jouer ? J'ai déjà un métier, je veux être peintre, je n'aurai jamais de salon, je ne serai jamais une dame. J'y suis allée pour toi, pour te faire plaisir. Dans cette église, il faisait un froid mortel. Mes mains étaient glacées, mon cœur se fendait de voir ma petite fille pleurer désespérément. Rien de plus vrai : c'était moi qui l'avais envoyée à San Giorgio.

Tu commets une grosse erreur, Jacomo, m'avait dit Episcopi ce jour de malheur où naquit Lucrezia, tu te targues d'élever Marietta comme un prince, tu l'habilles en garçon et tu crois que cela suffit pour la préserver des hommes et d'elle-même. En réalité, tu ne fais que l'habituer à vivre au milieu des hommes et à leur plaire, pour le moment elle ne s'en aperçoit pas, elle est franche et spontanée comme un jeune garçon, elle ignore les artifices des femmes, aucune coquetterie, aucune parure, mais pour cette raison même, elle est irrésistible. À sa manière, mon beau-père – paix à son âme – avait raison. Car je voulais que Marietta devienne une femme séduisante, Seigneur. La jeune fille la plus raffinée, la plus accomplie et la plus exquise de Venise. Pour moi. Tout ceci devait être pour moi. Maintenant la plus exquise des jeunes Vénitiennes se tenait devant moi, appuyée contre une colonne, sa couronne de guingois, les yeux gonflés de larmes dans une robe maculée de sang. Tu me fuis comme la peste, Jacomo, murmurait-elle, effondrée. Si je te touche, tu t'éloignes. Si je rentre dans une pièce, tu en sors. Si je te regarde, tu détournes les yeux. Je croyais que tu ne m'aimais plus.

Au-dessus de nous, la bâche qui recouvrait l'orgue renvoyait les derniers éclats de lumière. De la poussière d'or pour ma petite fille, pour l'élue de mon cœur. Vaste souillure. Le portillon d'accès à l'étage supérieur était resté ouvert. L'encens se dissipait en volutes spiralées, laissant derrière lui une odeur âcre. Mon église déserte. Seuls témoins de ma défaite, les morts sous les dalles, les statues, les tableaux. Tu vas me tuer ? me demanda-t-elle après un silence interminable, en me lançant un regard oblique. Non, parce que tu partiras avant, répondis-je, les yeux rivés sur le filet de sang qui coulait de sa bouche et tombait sur le sol comme des gouttes de pluie. Tu me chasses ? murmura-t-elle. Oui, dis-je parce que je ne pouvais plus faire autrement. Tu dois suivre ton chemin. Je ne peux plus être ton père. *Toi qui es ma vie. Ma seule étoile.*

Mais je m'en sortirai, dit-elle en reniflant pour reprendre courage. Tu m'as appris que l'important est ce que nous sommes, pas ce que les autres pensent que nous sommes. Toi aussi à dix-sept ans tu es parti de chez tes parents. Tu dis toujours que mes portraits sont d'une certaine qualité, il se trouvera bien des gens pour m'acheter un tableau. Je deviendrai peintre, je m'inscrirai à la corporation. Et si je ne suis pas assez douée, je dessinerai des couvertures de livres et des motifs d'étoffe. Je sais aussi jouer de la musique, parce que j'ai appris malgré tout, j'aime vraiment la musique, elle est en moi, cela n'a pas été en vain. Étincelle, murmurai-je, pourquoi as-tu tout saccagé ? Pourquoi ? Je veux jouer pour toi, au moins une fois, Jacomo, répondit-elle. Elle monta l'escalier qui conduisait à l'estrade de l'orgue, légère dans le bruissement de sa fine robe blanche et, j'ignore pourquoi, je la suivis.

Le banc était court, comme celui de San Giorgio. Il fallait s'y asseoir épaule contre épaule, coude contre coude, hanche contre hanche, et respirer côte à côte. Le clavier semblait trop long pour ses mains. *Si votre blanche et noble main.* Sa petite main qu'un autre… Mon âme réduite en lambeaux dans une église, par la musique que nous aimons tant tous les deux, la musique inséparable de l'amour qui a toujours été notre langue et notre voix, qui a toujours été à nous. À nous. Mon étincelle qui ignore qu'elle allume un brasier dans la chair d'un homme. Et qui pourtant semble née pour cela. Une jeune femme *attirante*, Seigneur.

Je vais te jouer l'*Exultet*, susurra-t-elle. Aucune musique sacrée ne me touche davantage que cet hymne joyeux au salut. Et elle le savait. Les larmes de Marietta pleuvaient sur le clavier, se mêlant aux gouttes de sang qui tombaient toujours de son nez. La musique de l'orgue couvrait ses sanglots et les paroles que je n'ai pas su prononcer. C'est pour toi, répétait-elle, chaque note est pour toi. Je suivais du regard les spirales d'encens, le crépuscule tumultueux qui incendiait les vitraux et ses doigts fins, et je me pris la tête entre les mains. Pas de plus grande douleur. Mais les chansons d'amour, murmura-t-elle soudain en s'interrompant, c'est pour toi que je les ai apprises. Et elle se mit à chanter, là, dans mon église, sur la tombe de mon beau-père dont les joints étaient encore frais, tandis que Venise tout entière fêtait la victoire et la fin de la guerre. Moi, j'avais perdu la mienne, de guerre. *Donne-moi un baiser. Amour quelle douceur. Vous savez que je vous aime. Ma seule étoile.*

Mes religieuses pressaient le visage contre la grille. Deux faces de cendre parmi les ombres noires des habits et les reflets du soleil sur les murs grisâtres. Il faisait chaud dans le parloir. D'un geste discret et gracieux, elles s'épongeaient avec un mouchoir fin. J'ai compris alors qu'elles devaient étouffer, engoncées dans leur habit de laine. Moi qui ne portais qu'une chemise en coton, j'étais en nage. Je manquais d'air. La fièvre et le jeûne m'ébranlaient. La fatigue des nuits sans sommeil embrumait mon esprit. J'avais du mal à suivre le fil de mes pensées. Je me demandais si mes religieuses ont vraiment été nos anges gardiens, et je me le demande toujours. Et pourquoi, dans ce cas, elles n'ont pas su nous protéger. Leur foi est solide, elle ressemble à celle que j'ai toujours désirée pour moi. Mes filles te voient, te parlent, Seigneur, te touchent même. Pour elles tu es plus réel que nous, que moi.

Faustina jouait de l'éventail pour se rafraîchir et vantait avec entrain une nouvelle mixture épilatoire achetée à des matrones, à base de chaux vive, gomme arabique et œufs de fourmi, qui rend jambes, aisselles et moustache lisses comme une gousse d'ail fraîchement épluchée et qu'elle avait apportée en cadeau à nos filles, parce que, dame, il ne sera pas dit qu'elle vient les mains vides. Elle s'efforçait de cacher son inquiétude pour notre stupide scène de ménage. Contrite, elle me heurtait du coude de temps en temps, me passait les plumes de son éventail sous le nez, cherchait mon regard, mon pardon, mais je n'ai rien à lui pardonner, Seigneur.

Quand elle vient voir nos filles, pas moins d'une fois par semaine, Faustina leur communique uniquement les bonnes nouvelles. Sœur Perina et sœur Lucrezia croient que nous sommes l'exemple parfait de la famille chrétienne fondée sur le respect réciproque et l'amour. J'ignore même si mon épouse leur a parlé de Zuane ou si, pour nos religieuses, il est toujours simplement en voyage. Depuis leur prise d'habit, elles sont soumises à la clôture. Elles n'ont partagé avec nous ni les jours heureux ni les moments terribles. Tout ce que nous avons vécu les a lointainement effleurées, et c'est juste ainsi car en un certain sens nous ne sommes plus leur famille. Nos récits leur arrivent dépouillés de toute aspérité. En vérité, nous n'avons pas le courage de leur infliger la moindre douleur. Mon épouse et moi ne nous le sommes jamais dit, mais nous avons la sensation qu'elles ont déjà payé, le reste de la dette nous revient, c'est à nous de l'honorer.

Du reste, on se trompe si on imagine que deux jeunes femmes vouées à la contemplation et à la méditation des trésors de l'esprit souhaitent parler avec leur vieux père, que sais-je, du péché ou de la providence. Elles voulaient savoir quand nous partons pour Carpenedo, si la truie du métayer a mis bas, s'il est vrai que nous avons loué le belvédère du voisin, de sorte que maintenant nous pouvons y installer des plantes en pot et avoir du basilic frais toute l'année. Ce genre de préoccupations, Seigneur. Les détails terre à terre de notre existence. Car mes religieuses n'ont pas de vie. Elles se nourrissent des miettes de la nôtre, des restes de notre table. Que signifie le temps pour elles ? Rien d'autre que la répétition identique des saisons. Et pendant que j'étais là assis et que je les regardais, j'ai vu pour la première fois les saisons que mes filles ont vécues sans moi à Sant'Anna.

La pluie en automne, qui tombe et s'infiltre par les murs moisis et les plafonds humides, dessinant sur les parois de leur cellule des grimoires et des paysages qu'elles ne se lassent pas d'explorer, tandis qu'en ces journées trop courtes, à la nuit trop vite venue, la lumière tremblotante de la bougie se consume près du lit, jusqu'au moment où il devient pénible de lire et où les yeux brûlent comme si on y avait soufflé une étincelle. La chaleur en été, qui coupe la respiration, transformant le dortoir en un brasier ardent et la laine de la robe en une chemise de feu, dans laquelle la peau brûle et saigne. Le froid en hiver, qui congèle les doigts et les noircit quand, au cœur de la nuit, elles se lèvent pour chanter matines dans l'église froide comme une maison de glace. Le soleil au début du printemps, qui revient illuminer les murs de la cellule, les églantines écloses au jardin et les cigognes de retour de migration perchées sur le cèdre du potager pour une courte halte. Un temps sans direction ni surprises. Qu'est-ce qui les attend ? La vie est comme le rêve de quelqu'un d'autre. Et elle leur semble meilleure qu'elle n'est.

J'aurais voulu parler avec sœur Perina et sœur Lucrezia de l'âme, de la mort, de l'éternité. Parce qu'elles savent. Mes filles étudient. Elles lisent des livres dont je ne sais rien, elles connaissent des vérités que je ne soupçonne même pas. Chacun de mes jours m'égare, tandis qu'elles marchent dans le droit chemin vers le seul but : toi. C'est pour cette raison que je m'étais risqué à l'autre bout de Venise. Parce que je voulais qu'elles m'aident à retrouver la route qui mène vers toi. Je voulais qu'elles m'accompagnent, parce que mon corps cédait, m'abandonnait, et que j'avais peur,

Seigneur. Je voulais que, de sa voix posée et affectueuse, Perina m'entretienne encore de la résurrection et du réveil dans l'infini, car lorsqu'elle m'en parle, je la crois, oui, je la crois, et je n'ai plus peur.

Mais mes filles voulaient s'entretenir de nous, de nos passe-temps stupides... Elles voulaient que je sois brillant et pénétrant comme elles se rappellent ou s'imaginent que je l'étais. Alors j'ai rassemblé mes dernières forces et j'ai essayé de les amuser. J'ai raconté que la nuit dernière Marco a failli se noyer, il avait bu comme un chantre et, en sortant d'une maison où il n'aurait jamais dû entrer, il était tombé dans l'eau du haut du fameux pont des Nichons. Oh ! s'est écriée sœur Perina en rougissant à ce nom et en protestant faiblement que je ne devrais pas employer des mots aussi osés. Notre fougueux Marco a été repêché par deux janissaires, qui nous l'ont ramené inconscient. Ils portaient une plume d'autruche fichée dans leur turban, le cimeterre au côté et des moustaches drues comme un balai-brosse, et votre frère Dominico les a aussitôt dessinés, pendant qu'ils protestaient d'un air menaçant, disant qu'ils ne l'autorisaient pas à voler leur visage et que moi, pour les dédommager, je leur offrais de la malvoisie, dont ils n'avaient jamais bu, si bien qu'eux aussi ont eu leur plumet, qu'ils ont roulé par terre et qu'au bout du compte, pour qu'ils ne tombent pas dans le canal, j'ai dû les raccompagner chez eux. Mes religieuses riaient en mettant la main devant la bouche.

Raconte-nous une autre histoire, cher père, m'a sollicité sœur Perina. Mais, oppressé par une mélancolie sans limites, j'étais incapable de me souvenir d'aucune scène amusante et j'ai gardé le silence. Quand les visiteurs se taisent et que les cloches de la cathédrale San Pietro toute proche s'arrêtent, le parloir du couvent sombre dans un profond silence, Seigneur. Tous les bruits et les cris de Venise arrivent assourdis. Un appel de batelier, des coups sur l'enclume dans une forge, un grincement de poulie, un heurt de rames sur l'eau résonnent contre les murs et s'éteignent, sourds, infiniment distants. Seul de temps à autre, un cri de mouette en sentinelle sur le toit de la mansarde rappelle encore que nous sommes dans cette ville. Un jour Lucrezia m'a raconté que, par la large fenêtre de sa cellule, on voit les maisons de la rive en face avec leurs occupants – dînant autour de la table, travaillant, dormant, vivant – ainsi qu'une tranche de ciel, bleu le jour et noir comme la poix la nuit. Il n'y a qu'une étoile dans cette portion de firmament. Elle est pâle et voilée, peut-être est-elle très loin de la Terre.

Mes filles ne quitteront jamais Sant'Anna. Elles ne verront rien d'autre que leur cellule aux murs blancs, le cloître, le réfectoire, le jardin, le potager, leurs consœurs, les mêmes visages jour après jour jusqu'à ce que la mort en efface un, le chœur de l'église, le monde derrière la grille et, au loin, leur étoile. Assis sur ce banc de parloir, devant mes filles invisibles, sans corps, devenues de pures voix, je me suis parfois demandé ce que j'aurais fait si j'avais été enfermé dans la geôle d'un couvent en sachant que je n'en sortirais jamais, pas même mort, si seul mon esprit avait joui de sa liberté à l'intérieur d'un corps prisonnier de la bure et de quatre murs. Je m'étais toujours répondu que je creuserais un tunnel sous le sol, que je grimperais sur le toit, que je vaincrais ma terreur de l'eau et me jetterais dans le canal. Je m'élancerais à la poursuite de la liberté, Seigneur, prêt à la payer de ma vie. C'est le prix. J'ai besoin de bruit, de mouvement, de conflit et de bataille. Mais je ne suis pas une femme. Le matin de cette dernière visite, je me suis aperçu qu'en réalité je connais parfaitement la réclusion. Chacun de nous la connaît. Tous nos corps sont prisonniers d'un vêtement, d'un rôle et de quatre murs. Ma prison à moi, c'était Venise, ma vie et mon nom.

Merci pour les cerises, cher père, mais tu n'aurais pas dû affronter tout ce chemin, tu as l'air si las, a murmuré sœur Perina. Elle a approché son visage de la grille, a voulu que je la caresse et j'ai introduit mes doigts dans les interstices. À leur contact sur ses joues, elle a fermé les yeux. Elle a presque trente ans, mais pour moi elle est restée l'adolescente de quatorze que j'ai écartée de moi sans effort, comme on déracine une tige de la terre grasse. Depuis le matin de cette dernière visite, je ne cesse de repenser à son sourire, sous mes doigts qui effleuraient son visage. Pendant des années, chaque fois que je venais la voir, je me réjouissais parce que Perina a toujours été la plus dévote de mes filles, la plus éprise de Jésus et qu'elle était à présent une religieuse heureuse. C'était la première fille de mon mariage avec Faustina. Elle n'avait aucun défaut physique. N'était pas de santé fragile. Si je lui avais constitué une dot, tous les hommes l'auraient voulue, parce qu'elle était soumise et franche. Si j'essaie de me souvenir des jours désormais lointains où sœur Perina s'appelait encore Gerolima et vivait avec nous, je ne revois qu'une fillette dodue au visage rond comme la lune, guidant en mère poule la bande de ses jeunes frères et sœurs. Elle était douce, je m'en souviens avec certitude, et sage. Je devrais peut-être reconnaître tout simplement qu'elle était bonne. Une qualité qu'aucun de nous n'a jamais possédée.

Je n'ai jamais appris le dessin à Gerolima. Elle copiait mes esquisses en cachette. J'avais fait une exception, je ne pouvais pas en faire deux. Il ne peut y avoir qu'une élue, n'est-ce pas ? La capricieuse iniquité du privilège n'est-elle pas le signe même de l'autorité qui l'accorde ? N'est-elle pas ton signe même, Seigneur ? Quand elle vint me montrer ses dessins, je ne lui dis ni qu'ils étaient bons (et ils l'étaient) ni qu'ils étaient mauvais. Je les chiffonnai et les jetai dans la cheminée. Pourquoi je ne peux pas peindre ? me demanda-t-elle, déçue. Parce que chacun a son destin, lui répondis-je. J'ai déjà trois garçons, je n'ai pas besoin que ma fille devienne peintre. Et *elle* ? murmura-t-elle sans me regarder. Marietta n'a pas de mère, elle n'a que moi, la peinture est la seule dot que je puisse lui offrir. Dommage, me dit-elle d'une voix brisée, mais je ferai ce que tu veux, papa. Je te ferai toujours honneur. Gerolima a supporté en chrétienne la renonciation, elle n'a jamais blâmé Marietta. Elle était peut-être trop bonne pour concevoir de l'envie.

Tu vas te marier, lui annonçai-je un après-midi où elle était venue m'apporter une citronnade glacée dans mon atelier – avec brusquerie, pour ne pas lui donner le temps de se préparer. Gerolima devait être fière : son époux dépassait en beauté, bonté et richesse ce que ses rêves d'enfant pouvaient imaginer, car son époux était Jésus-Christ. J'avais déposé une demande pour elle à Sant'Anna. Comme Gerolima le savait, être admise dans ce monastère qui n'était fréquenté que par des filles de bonne famille triées sur le volet constituait une grande reconnaissance de mes efforts. Le montant de la dot exigée à l'entrée était important, mais je la fournissais volontiers pour que tout Venise sache que j'avais l'honneur de voir une de mes filles devenir servante de Dieu. Ma demande avait été acceptée.

Ma fille me regarda, effrayée. Mais je ne veux pas aller à Sant'Anna, protesta-t-elle. Je ne t'ai pas demandé ton avis, répliquai-je. Une religieuse perd sa famille, perd sa ville, perd son corps, perd aussi son nom, murmura-t-elle. Tes considérations me déçoivent profondément, Gerolima, déplorai-je en m'essuyant la bouche et en lui rendant le verre, parce que je croyais te donner une grande joie. Je croyais que tu serais heureuse que je t'aie choisie pour avoir l'honneur de représenter notre famille dans l'armée des serviteurs de Dieu. Oui, en effet, balbutia-t-elle, mais je sers déjà Dieu dans cette maison. Et puis, Sant'Anna est trop loin. Je ne peux pas vivre sans vous. Tu me briserais le cœur, je mourrais de nostalgie. Les novices entrent en septembre, dis-je en guise de conclusion. Ta mère prépare déjà ton trousseau. Épargne-moi la corvée de te consoler et le désagrément de t'entendre pleurer. Fais confiance à ton père. Je ne veux que le bien de mes enfants. Pourrais-je jamais vous trahir ?

En disant ces mots, je la regardais droit dans les yeux. Ma fille ne soutint pas mon regard. Elle clignait les paupières à toute vitesse. Elle s'essuya les yeux du poignet de sa chemise. Elle ne souffla mot. J'installai mon chevalet entre son tourment et moi. Silence. À part les mouches qui cognaient contre la vitre fermée. Attirées par la clarté de l'après-midi, elles essayaient de sortir et s'écrasaient sur la fenêtre, assommées. J'apprécie ton obéissance, dis-je. C'est justement la vertu indispensable pour une religieuse. Tu seras bien au couvent, Gerolima. Tu seras ma fierté, ma gloire, ma réussite. Et comme je nouai mon tablier, me tournant pour me remettre au travail, Gerolima ébaucha une révérence et sortit. Elle tremblait, la carafe et le verre tintèrent sur le plateau.

Je l'ai vue de près pour la dernière fois à l'église Sant'Anna, le jour de sa prise d'habit. Elle avait seize ans. Agenouillée devant le patriarche, tache blanche sur le sol, pieds nus et cheveux défaits sur les épaules. Monseigneur lui remit une croix et lui posa une couronne sur la tête. La procession des jeunes filles en blanc défila dans l'église, toutes étaient concentrées, hagardes, émues. Gerolima frappa à la porte du monastère qui avait été refermée derrière elle. Les chantres élevèrent la voix. La porte s'ouvrit. Votre entrée est-elle pacifique ? demanda l'abbesse. Elle est pacifique, répondit-elle d'une voix sonore, je suis venue m'immoler au Seigneur. Elle tenait la croix. *Gerolima saecularis recedat, et soror Perina sponsa Christi ingrediatur*, déclara l'abbesse.

Mais, avant de franchir le seuil, d'un mouvement rapide, ma fille se retourna. Elle me chercha du regard pour me dire adieu. Je ne voyais pas distinctement son visage brouillé par la fumée épaisse des torches et de l'encens qui brûlait dans les coupes d'argent. Il me semble qu'elle souriait, Seigneur. Je l'avais élue pour la vraie vie et elle m'était reconnaissante du privilège que je lui accordais. Puis elle disparut de l'autre côté. Gerolima n'existait plus et maintenant il me semble qu'elle n'a jamais existé. Comme si cette fillette n'avait vécu que pour devenir sœur Perina.

Au moment culminant de la cérémonie, l'abbesse avait coupé une mèche de ses cheveux avec les ciseaux. Puis une autre religieuse l'avait rasée. Les cheveux tombaient sur le sol du monastère avec un son doux, comme de la neige. Plus tard, Perina me raconta avoir pleuré pendant des heures, cette nuit-là, inconsolable. Puis elle me demanda si Marietta aussi avait pleuré quand je l'avais rasée. Non, lui répondis-je, parce qu'elle voulait devenir ce qu'elle était, et que c'était impossible avec des cheveux longs. Alors moi non plus, je ne pleurerai plus, dit Perina. Et elle n'a plus jamais pleuré.

Dans la clôture du monastère, Perina a conquis ce dont je l'avais privée. La prieure dit que ma fille peint avec son aiguille et que, armée en tout et pour tout d'une minuscule pointe métallique et d'une poignée d'écheveaux de fil, elle est capable de reproduire n'importe lequel de mes tableaux : elle peint, enfin elle brode, des bannières pour les cérémonies et des images pieuses pour ses sœurs. En quelque sorte, elle défend ma réputation. On l'appelle la Tintorette, elle aussi. Depuis des années, invariablement, elle nous envoie des écharpes, des gants, des cols, des chaussettes en laine et des bonnets de nuit tricotés ou brodés par ses soins. Elle se souvient de tous nos anniversaires, de nos fêtes, des dates de deuil. Dans ces cas, elle brode un bouquet de fleurs de soie et nous prie de le déposer à la Madonna dell'Orto, sur notre tombe de famille. L'amour qu'elle nous porte n'a jamais été partagé. Si l'un de nous va au paradis, ce sera Perina.

Il se faisait tard : sur le seuil l'abbesse avait paru. Des visiteurs prenaient déjà congé, promettant de revenir bientôt. Mais les séparations étaient laborieuses, car ces rencontres éphémères et privées d'intimité laissaient insatisfaits autant les visiteurs que les religieuses derrière leur grille. Les miennes ne bougeaient pas, attendant d'autres nouvelles, de bonnes nouvelles. Pas de mort, pas de maladie, aucune douleur. Je les ai invitées à regarder dans la corbeille. Les cerises bien rouges de notre petit domaine débordaient. Mais la corbeille n'était pas remplie que de cerises. Perina a soulevé le torchon, et elle a pâli. Les larmes ont rempli ses yeux et coulé le long de ses joues.

Mes filles m'ont souvent répété qu'il est aisé d'introduire au couvent ce qu'elles désirent, en contrebande. Il suffit de le cacher dans une corbeille et de donner la pièce pour sa peine à la femme qui s'occupe des tâches domestiques. Les religieuses sont jalouses d'un saucisson, d'une charge qui les élève au-dessus des autres, d'un miroir au manche d'argent ou d'un soupirant, et capables de vous dénoncer au patriarche pour cela. Mais elles ne sont pas jalouses d'un dessin ou d'un livre. Et mes religieuses ne désiraient rien d'autre. Néanmoins je n'avais jamais rien introduit en cachette. Virginité, obéissance, pauvreté, respect zélé pour la règle de saint Benoît. Les filles de Tintoret devaient être exemplaires.

Mais ce matin-là au milieu des cerises, Perina a trouvé un cahier de dessins rempli d'esquisses. En piteux état, car trois générations de gamins s'étaient exercées sur ces pages. Les taches d'encre, de fusain, de peinture, de sauce et de laque ont accueilli ses larmes. Elle le serrait sur son cœur comme une relique. Lucrezia a trouvé un livre. Je lui ai rendu le billet couvert de pattes de mouche qu'elle m'avait donné elle-même, la dernière fois que je suis venu ici. Lucrezia l'a aussitôt mâché et avalé.

Qu'est-ce que c'est ? a demandé Faustina, alarmée. Une liste de livres, a expliqué avec condescendance Lucrezia à sa mère. Ce monastère néglige nos facultés intellectuelles et ne possède pas de bibliothèque. Mes compagnes sont soit des coquettes trop frivoles et stupides pour comprendre la valeur d'un livre, soit des ambitieuses trop préoccupées de faire carrière pour se risquer à lire un ouvrage que n'autorise pas le vicaire du patriarche. J'avais prié monsieur mon père de me procurer certains livres. Quand je les lui ai demandés, ils venaient de sortir et tous les érudits de Venise en débattaient. J'essaie de me tenir au courant comme je peux, mais le savoir progresse vite, et mon ignorance est affligeante : les nouveautés mettent des mois à pénétrer entre les murs de Sant'Anna.

Mais nous n'en avions pas chez nous que nous pouvions t'apporter ? l'a interrompue Faustina, craignant que je lui aie caché une dépense phénoménale. Chez *vous*, a répondu Lucrezia, il y a des livres pour sauver son âme et pour disséquer un cadavre, mais monsieur mon père sait que mon esprit est une abeille attirée par des fleurs plus rares.

Lucrezia a raison. Pendant trop d'années, les seules connaissances dont j'ai essayé de me doter étaient techniques et pratiques, dans le but d'améliorer ma vie et mon métier. Dans mon atelier, je n'ai que des manuels, des planches anatomiques de chirurgien-barbier, le traité d'architecture de Serlio et le *De humani corporis fabrica* de Vésale, que je n'ai toutefois jamais été capable de lire. Je croyais ne pas avoir de temps pour autre chose. Et aujourd'hui encore, pour moi, la poésie s'écoute. Quant à la Bible, j'ai toujours préféré la regarder. Et si j'ai eu le désir d'écrire, mes pages ont été les murs et la toile. Mon livre préféré, c'est le monde qui m'entoure.

Jadis pourtant, quand j'étais un jeune homme inculte, les livres exerçaient sur moi une fascination puissante. Lire me demandait des efforts, j'avançais lentement ou ne finissais pas : mais je voulais que les autres croient que je les avais lus. Sur la cheminée de Cornelia trônait un exemplaire neuf de l'Arioste. Un jour elle m'avait dit que les hommes, y compris les plus puissants, les plus arrogants, respectent davantage les gens instruits. Et les paient mieux. Je me constituai alors une bibliothèque respectable. Dans mon atelier, j'exposai des livres de poésie et d'histoire naturelle, les épopées des guerres d'Italie, les traités des institutions morales, les conseils aux princes, les enseignements des maquerelles, les interprétations des rêves, les métamorphoses des dieux… C'étaient de beaux livres grand format, certains illustrés. Je ne les ai plus, ils ont été détruits. Maintenant un seul rayon suffit à contenir toute ma bibliothèque. Il accueille la Bible, les psaumes, les exercices spirituels et l'Évangile selon saint Jean.

Je ne connaissais pas les livres que ma fille convoitait. Ils ne parlaient pas de toi, Seigneur, et je ne les lui avais pas envoyés. C'est une folie, Jacomo ! a protesté Faustina en s'appuyant à la balustrade pour lorgner le frontispice du volume que Lucrezia serrait entre ses mains. Mais Lucrezia le tenait contre elle et on n'apercevait que *Francfort*, ville allemande qui plus est. Je sais ce que Faustina a pensé : par les temps qui courent, on risque gros avec les sbires de l'Inquisition à acheter des livres sous le manteau, par exemple finir la nuit au fond d'un canal, le cou lesté d'une pierre. Mais elle ne l'a pas dit.

Quelle mouche t'a piqué de lui apporter un livre ? m'a-t-elle reproché. Médecin piteux fait les gens boiteux. Lucrezia s'est gâté les yeux, ne vois-tu pas comme ils sont rouges et enflés ? On dirait des coquilles saint-jacques ! À tant lire, elle gagnera juste de devenir plus aveugle qu'une chauve-souris. Au lieu de lui apporter un livre, tu aurais dû lui faire promettre qu'elle n'en lira plus aucun. Lucrezia l'a ignorée. Elle a approché le titre de ses yeux, si près que j'ai craint qu'elle ne soit vraiment devenue aveugle. *De immenso et innumerabilibus* ! s'est-elle écriée. Oh ! Merci, merci, merci !

Mon épouse interdite lui a demandé de quoi il s'agissait, et Lucrezia a répondu de façon évasive que ce serait trop difficile à expliquer et qu'elle ne comprendrait pas, car l'auteur est un philosophe qui s'inspire de Lulle et Copernic. Ces noms lui disaient-ils quelque chose ? Non, bien sûr. En somme, pour simplifier, il s'agit d'un traité d'astronomie. Tandis que ma religieuse parlait avec ferveur, je me suis rendu compte que l'auteur est cet ancien frère dominicain en odeur d'excommunication qui a passé neuf mois dans les geôles du Saint-Office avant d'être extradé à Rome l'année dernière. Il s'appelait Giordano Bruno. Mais je ne voulais pas y penser. Lucrezia était heureuse.

Ébahie par l'intelligence de sa fille, Faustina lui a demandé à quoi lui sert un tel pavé d'astronomie. Lucrezia a répondu qu'étudier le cosmos et la nature des corps célestes lui permet d'accepter son insignifiance et de rester vivante. J'ignore ce qu'elle voulait dire. Et ne veux pas le savoir.

À cet instant, un rayon de soleil sur la corbeille a fait briller un objet, que ma religieuse a découvert être les lunettes de Marietta. Voilà peut-être, ai-je dit, qui guérira ton inflammation oculaire et améliorera ta vue. Surprise, Lucrezia a posé les lunettes sur son nez. Oh ! Elles sont parfaites pour voir les objets éloignés ! Ce sont les seuls que je veux voir, a-t-elle déclaré. Ma fille n'a que vingt-trois ans. Elle ignore que ne pas voir les objets éloignés est une maladie de jeunesse. Pour les vieilles gens, l'invisible est ce qui est proche. Les verres ont perdu leur patine verte, ils sont presque transparents. Mais les diamants enchâssés dans le coin supérieur de la monture sont encore là. Personne à Venise n'a une paire de lunettes pareille. Lucrezia ignore tout de ces lunettes. Elle ignore tout d'elle et de moi.

Laissez-moi vous regarder ! m'a-t-elle prié en s'approchant de la grille. Je n'ai pas voulu lui refuser ce plaisir. J'ai appuyé mon visage contre la grille. À travers les verres des lunettes, les pupilles de Lucrezia se sont attardées sur moi. Êtes-vous encore mon père ? Il a dû vous arriver un terrible malheur, s'est-elle exclamée avec une ironie étrange, je me rappelais de vous comme d'un guerrier invincible, je vous retrouve comme un condamné à mort. Qui vous a maltraité ainsi ?

Peut-être trouveras-tu dans ce livre le nom de ton étoile, Lucrezia, ai-je dit. Elle est celle de mes filles à qui je n'ai jamais su parler. Tu jugeras, Seigneur, si j'ai su parler aux autres. Ma religieuse ne m'enseignera jamais tout ce qu'elle a pu apprendre entre ces quatre murs, de même que je ne lui ai rien enseigné. Nous nous sommes manqués. Et maintenant il est tard.

La cloche sonnait déjà, les appelant à leurs tâches, et une vieille nonne acariâtre, qui espionnait sans doute les propos des jeunes sœurs, a pressé celles qui s'attardaient à la grille. Et Ottavia et Laura ? a couiné Faustina dans tous ses états. Que diront les petites quand elles sauront que tu es venu à Sant'Anna et que tu ne les as pas fait appeler ? Tu n'as même pas pris de leurs nouvelles.

Comment veux-tu qu'elles aillent, ai-je répondu, elles sont jeunes et en bonne santé, ces petites pernettes doivent s'amuser dans le cloître avec leurs compagnes, ce ne serait qu'une corvée pour elles de venir à la grille saluer leur vieux père. J'ai demandé à mes religieuses de prier pour moi souvent, tous les jours si possible. J'aurai besoin de leur intercession pour entrer au paradis. Oh ! Papa, a dit Perina en souriant timidement, mais tu entres au paradis quand tu veux, c'est toi qui l'as peint. Elle pensait que je plaisantais encore. Non, l'ai-je reprise, c'est Dominico qui l'a peint, j'en aurais été incapable, car j'ai connu le paradis, puis je l'ai perdu, et maintenant je n'arrive même plus à l'imaginer. Faustina m'a tapé sur les doigts avec son éventail, effrayée, comme si j'avais prononcé un blasphème. Mon sens de l'humour a toujours été pour elle une cause d'inquiétude. Mes religieuses étaient debout derrière la grille, tache noire sur les murs gris. Deux gouttes d'encre. Identiques. En réalité elles sont complètement différentes, encore faudrait-il que je trouve le temps de les connaître.

Revenez vite, cher père, a supplié Perina. Vous avez le pouvoir de transformer un siècle en une minute et une minute en un siècle. Révérendes mères, ai-je répondu – et je ne plaisantais pas, même si elles ne l'ont pas compris –, votre vieux père vous confie autre chose. J'ai montré mes paumes à mes filles. La poussière animée par la lumière dansait dans le rayon de soleil. Les religieuses me dévisageaient sans comprendre. Mon âme. C'est un grain de poussière, bien peu de chose en vérité.

21 mai 1594

Cinquième jour de fièvre

Puis je me suis effondré. La grande roue s'est emballée, elle grinçait, sifflait, craquait, et a fini par me happer, m'attirer au cœur du gouffre, me propulser au fond de l'abîme. Me voici allongé sur le seuil du parloir, les visiteurs faisant cercle autour de moi, tandis que l'officier des monastères repousse les curieux et que les novices se pressent à la porte de la clôture – enfin ouverte – pour ne pas rater le spectacle. Elles sont tout excitées parce qu'il s'est passé quelque chose qui nourrira les conversations de la journée.

C'est passé, Faustina, répétais-je pendant que la barque tanguait sur le courant. Ni la carcasse ni le cerveau n'ont subi de dommages. La première est juste cabossée, et pour le second une bonne nuit de sommeil suffira. Oui, Jacomo chéri, a acquiescé mon épouse, mais je ne l'avais pas convaincue. Elle continuait à m'éventer et, de temps en temps, pressait les plumes de son éventail sur mes joues. En m'appuyant sur mon brave Dominico, j'ai réussi à monter l'escalier et à gagner mon lit. J'aurais voulu m'arrêter dans mon atelier. La pensée de tout ce que je n'ai pas accompli me hantait. Je m'étais rendu compte, définitivement et sans remède, que je ne pourrais pas achever ce que j'avais commencé. Et que ce n'est donné à aucun de nous. Nous sommes l'esquisse grossière d'un peintre distrait. Tu ne nous as pas achevés, Seigneur.

Je ne trouverai pas de biais nouveau pour aborder mes dernières histoires. Je n'approfondirai pas mes toutes dernières intuitions.

Je ne pourrai pas non plus venir à bout de moi-même. Je me laisserai inachevé et tu ne répondras pas à mes questions, je ne rattraperai pas mes erreurs, je ne me donnerai pas la touche finale, je serai une œuvre éternellement imparfaite. J'ai eu le temps. Ce fut si bref, pourtant. Hier encore, j'étais un enfant, je découvrais que j'étais moi-même, j'apprenais à donner forme au monde et déjà tout est fini. Il faut devenir vieux pour comprendre combien la vie est courte.

Mon évanouissement a dû alarmer mes proches, car le lendemain à la première heure le médecin est venu. Il m'a réconforté avec ses paradoxes. Fabio Glissenti étudie de près l'athanatophilia, c'est-à-dire l'antipathie du genre humain pour la mort, en d'autres termes sa prédilection pour la vie. En effet, philosophes et théologiens ont beau nous démontrer par a plus b que la mort est inévitable, écrit Glissenti dans son traité, personne ne souhaite mourir. L'homme au contraire est convaincu qu'un jour, quand il aura chassé les ténèbres de la superstition, la science lui procurera l'immortalité. Mais, pour l'heure, les recherches traînent et on ne peut espérer qu'une saine décrépitude. Pour les animaux, la vieillesse est une calamité sans remède : quand ils ne peuvent plus engendrer ou combattre, on les abat pour les manger ou on les supprime tout bonnement. Mais la nourriture étant abondante en Europe, l'anthropophagie n'y est pas nécessaire.

Malgré ses conceptions plutôt macabres, ou peut-être grâce à elles, c'est un bon médecin. Je pourrais dire que c'est un ami, si tant est qu'on puisse être ami avec son médecin, lequel connaît nos petites misères les plus humiliantes et nos faiblesses les plus intimes. Le proverbe recommande : jeune épouse mais vieux médecin. Tu es venu m'assassiner, Fabio ! lui ai-je dit, en tendant le bras comme pour le repousser. Glissenti n'a que quarante ans. Laisse aux sots la sagesse rétrograde des proverbes, a répondu Glissenti d'un air complice, et garde ta jeune épouse et ton médecin athanatophile.

Il a voulu m'ausculter et je ne m'y suis pas opposé. Je voulais guérir et le voudrais encore. Je suis las de vivre, las de tout. Pourtant, je ne suis pas encore prêt. Je guette encore la respiration de ma femme quand elle rêve, le parfum du poivre fraîchement moulu, le visage sérieux de mon fils Dominico, le tambourinement de la pluie sur les carreaux. Tu peux y reconnaître de l'athanatophilie. Mais tu dois y voir aussi un amour sans bornes pour la vie. J'ai présenté à Glissenti mon poignet et ma poitrine, pour qu'il écoute les battements de mon cœur dans la cage thoracique, et mon pot de chambre, pour qu'il vérifie si je ne souffre pas de calculs. Je n'ai pas pu lui présenter mes rêves ni les ombres qui me tiennent compagnie dans les ténèbres de ma chambre. C'est un homme de science. Il dirait que le manque de sommeil me fait déraisonner. Or je ne déraisonne pas, Seigneur.

L'auscultation s'est révélée concluante. Les embarras gastriques, les vomissements et le manque d'appétit l'inquiètent, mais il compte y parer avec des cataplasmes, des bouillons et des saignées. Je ne souffre pas d'affection de la poitrine ni de phtisie. Je n'ai pas non plus de goutte ni de pétéchies. La fièvre qui me mine a pour cause l'épuisement. Je n'ai besoin que de repos. Me distraire, dormir, paresser. Le remède prescrit est un somnifère puissant. Trois fois par jour je dois boire un verre de vin où l'on aura dissous du suc de pavot séché et coagulé. Il convient que je m'éloigne au plus vite de Venise. Juin approche et la chaleur sera bientôt étouffante. Les moustiques sont déjà là en nuées et les mouches se multiplieront. Entre la chaleur, les insectes et la corruption de l'air, les maladies se réveillent. Il faut que je parte pour la campagne dès que possible. Je me referai une santé à Carpenedo. Après l'été, je pourrai peindre à nouveau. Mon mal n'est pas mortel.

Je suis resté alité toute la journée, sans forces. Ma femme a accompagné le médecin à la porte et lui a murmuré : fièvre, vomissements, inappétence, maux de tête, ce sont de bien mauvais symptômes… J'ai entendu distinctement Glissenti lui répondre d'un ton soulagé : faites-le dormir, qu'il boive son somnifère, mais n'ayez crainte, dame Faustina, ce n'est pas la peste.

Ainsi la peste ne reviendra pas dans cette maison. Elle connaît pourtant le chemin. Voilà de cela dix-huit ans, elle entra sans qu'on l'ait conviée, comme les fantômes. La maison venait d'être rénovée. Les murs sentaient le propre, les planchers fleuraient bon la forêt. Il n'y avait pas de rats. C'était une maison sans souvenirs. La peste frappa en traître, nous prenant au dépourvu. Nous qui vivions heureux.

Tu vois, Seigneur, ce terrible dimanche de Carnaval, je ne chassai pas Marietta. Au contraire, je la liai à moi pour toujours. Je me demande parfois ce qu'elle serait devenue si je l'avais laissée partir. Mais ce n'est que vaine spéculation. Je ne l'ai pas fait. Quand les dernières notes se furent évanouies dans l'immensité silencieuse de l'église, je la pris par les épaules et lui enjoignit de fermer les yeux et de ne poser aucune question. Elle me suivit dans l'escalier en s'agrippant à ma veste comme si elle redoutait de me perdre. Elle croyait encore que je voulais la chasser. Cette chanson – *Toi qui es ma vie* – s'était emparée de mon esprit, et je ne l'ai plus oubliée.

Je l'entraînai sur le pont del Cammello, puis le long du muret délabré du campo dei Mori. Je m'arrêtai devant chez nous et lui dis de compter ses pas. Son nez avait enflé, mais ne saignait plus. Toutes les blessures se referment. Mais sur sa robe blanche, à la hauteur de la poitrine, une fleur de sang était apparue. Tâtonnant du bout des doigts, d'un pas mal assuré, Marietta suivit le mur de la maison. C'est Rioba, dit-elle en reconnaissant la statue au turban familière, encastrée telle une cariatide à l'angle du pâté de maisons, et maintenant nous longeons le rio della Sensa. Je la poussai. Avance, tout droit, encore, encore, voilà, nous y sommes, dis-je. Combien de pas ? Trente seulement, répondit Marietta, étonnée. Elle trouvait que c'était peu.

Elle ouvrit les yeux. Elle ne pleurait plus. Rien ne sèche plus vite que les larmes. Nous étions devant un édifice vieux d'au moins deux cents ans, nanti au premier étage d'une loggia gothique et sur le toit de cheminées tarabiscotées comme des pinacles d'église, sans oublier un balcon en fer forgé et de hautes fenêtres rectangulaires qui donnaient sur le canal. Depuis que Venise est Venise, tous les Vénitiens et tous les étrangers qui viennent y travailler, y vivre ou y mourir nourrissent un rêve : habiter une maison donnant sur l'eau. Bien sûr, les gens de haut fessier habitent depuis leur naissance une maison sur l'eau. Pour tous les autres, atteindre ce but signifie qu'on a vaincu la misère, l'anonymat de la plèbe, l'obscurité du métier, qu'on s'est enrichi, affirmé et qu'on a désormais du pouvoir, qu'on est quelqu'un. C'est cela, la victoire, pour un homme.

Elle te plaît, Étincelle ? lui demandai-je. Marietta scruta attentivement les briques qui affleuraient sous le crépi rouge fendillé, la crevasse verticale qui défigurait la façade, les colonnes en marbre usées par le temps, l'arbuste qui poussait sur le toit entre les tuiles disjointes, les volets branlants qui battaient sur leurs gonds, la touffe de trèfle qui s'était nichée sous la gouttière. Pourquoi me poses-tu cette question ? s'enquit-elle, prudente. Puis ses yeux brillèrent et elle s'exclama : c'est ma prison ? C'est ici que tu veux m'enfermer ? Tu vois, Seigneur, elle avait raison, mais à cette époque, je ne le savais pas.

Tu vas la louer ? avança Marietta. Foin de loyer, dis-je avec impatience. Les loyers sont des dettes, et je ne veux plus de dette avec personne. Je me suis racheté. Je suis libre, Étincelle. Mais nous ne pourrons jamais nous permettre d'acheter une telle maison, Jacomo. Tu ne peux pas travailler plus que tu ne le fais déjà, il faudrait que tu remplisses de tableaux tous les palais et les églises de Venise, il faudrait que tu ne dormes plus la nuit et que tu ne te reposes plus le dimanche, il faudrait que tu demandes un prêt à ton beau-frère et à ton oncle, tu serais étranglé par les intérêts et tu te tuerais à la tâche avant de pouvoir verser ne serait-ce qu'un acompte. Écoute-moi, Marietta, dis-je en l'interrompant. Pas aujourd'hui ni demain, et peut-être pas l'année prochaine. Mais cette grande demeure sera à moi. À nous, Étincelle.

Je ne veux pas d'une grande demeure, protesta Marietta, j'habiterais dans une niche pourvu que tu m'accordes de rester avec toi. Je hochai la tête. Elle ne comprenait pas. Je veux faire baver d'envie tous ceux qui m'ont mis des bâtons dans les roues, parce que moi, le fils du teinturier, je les aurai dépassés de très loin. Je veux que tous ceux qui, comptant voler le cœur de Marietta, lui promettront la lune, en crèvent sur place, parce que je lui aurai déjà tout donné. Tu ne devras pas renoncer à la musique, au contraire tu auras une pièce pour toi, dis-je, je t'achèterai une épinette, mieux, un clavecin, ainsi tu n'auras plus à étudier à l'extérieur de la maison ni à triturer un faux clavier en bois, tu pourras t'exercer autant que tu le voudras, personne ne pourra t'empêcher de peindre et de jouer de la musique pour toi, et pour moi, si tu en as envie. Voici notre royaume, Étincelle. Je me suis mis cette idée dans le crâne et je ne serai plus jamais content de moi si je ne la réalise pas. Paie-moi de ton mépris si je manque à ma promesse. Jacomo ! gémit Marietta en s'élançant vers moi et en plongeant ses lèvres dans ma barbe, papa !

Il me fallut vingt-huit mois pour franchir ces trente pas. Quand j'ai honoré mon engagement, j'avais cinquante-six ans, la barbe grise, sept enfants, quatre filles et trois garçons, car le petit Ottavio était mort, un serviteur, une femme de charge, trois assistants, une chatte et un chien. Nous habitions cette demeure depuis quelques mois à peine quand les volets se fermèrent les uns après les autres dans notre quartier. Les premiers à tomber malades furent nos voisins. Ils avaient des invités, des gens qui venaient des provinces du Nord. Ils cessèrent de sortir, nous ne vîmes plus ni les uns ni les autres. Nous pensions qu'ils étaient partis. Mais le curé de San Marcilian informa Faustina que les invités, puis nos voisins, étaient morts de la peste. Personne ne le crut. Il s'agissait d'une intoxication ou d'une maladie vénérienne : ces défunts n'avaient craint ni Dieu ni diable. On sait que la maladie frappe de préférence les pécheurs.

Mais la peste arriva bel et bien. Sauf que, pendant plusieurs mois, on n'en parla pas, car à nommer les choses on finit par les rendre vraies, et nous ne voulions pas de la peste à Venise. Deux ans plus tôt, nous avions signé une paix séparée avec l'Empire ottoman : personne ne voulait affronter une nouvelle guerre. Nos anciens alliés de la Sainte Ligue nous accusaient d'avoir offensé les morts de Lépante et trahi la chrétienté, ils accusaient Venise de s'être prostituée aux musulmans. La paix nous coûtait une fortune, mais la république avait renoué avec la prospérité. Les échanges avaient beau battre de l'aile, les marchés orientaux nous être fermés et la concurrence étrangère nous étrangler, on continuait à réclamer partout nos vêtements, nos étoffes, notre verre, nos miroirs, bref ce que nous savions produire de beau. L'abondance d'argent engendrait une soif dévorante de luxe et aussi de tableaux. Aucun peintre ne chômait, moi moins que quiconque. Au fil des mois, ma position se consolidait. J'étais réputé pour n'être ni très fiable ni très recommandable, mais le doge Mocenigo m'appréciait. Son ami Nicolò da Ponte, une vieille connaissance à moi, dont la réputation ne valait pas mieux que la mienne, avait été élu procurateur et le chevalier Morosini provéditeur aux travaux du Palais Ducal : ils pesaient dans l'attribution des travaux financés par la république. Nous ne manquions de rien. Nous vivions bien et étions convaincus que tout irait de mieux en mieux. On parlait vaguement d'un foyer d'infection à Constantinople, à Trente ou à Milan : on se contentait de désinfecter les marchandises qui arrivaient de l'extérieur. Mais personne ne savait réellement ce qui se passait à l'intérieur de la ville. On tombait malade et on mourait de façon presque clandestine, pour ne pas faire de vagues. Nous connaissions bien les symptômes du mal. Mais fièvre, vomissements, soif, inappétence, maux de tête, taches sombres semblables à des bleus et zébrures rougeâtres sur la peau comme des coups de fouet n'étaient pas encore suffisants pour qu'on prononce le mot de peste.

Les morts disparaissaient, on les emportait à la faveur de la nuit. La famille était mise en quarantaine, laissée à demeure sous scellés si elle était riche, emmenée au lazaret si elle était pauvre ou sans appui parmi les magistrats de la ville. Mais le jour, tout continuait. L'Arsenal, les fabriques, les teintureries, les boutiques, les marchés, les abattoirs étaient en activité comme toujours. Mes enfants allaient à l'école tous les matins, comme toujours. On informait les ambassadeurs étrangers que tout était sous contrôle à Venise. Les gamins jouaient à la toupie sur les campi et les tricheurs aux dés dans les auberges. Tripots et bordels ne désemplissaient pas et les prêches du dimanche étaient toujours aussi courus. Le lendemain, des gens manquaient à l'appel.

Pour se protéger de la contagion, des médecins suggéraient de respirer en se couvrant la bouche d'un mouchoir imbibé de vinaigre ; d'autres de prendre tous les jours un bain de jus de mauve, origan, laurier et acore odorant ; d'autres encore de boire chaque matin un sirop de grains de genièvre, sauge, écorce de cédrat, basilic, marjolaine, noix de muscade, bourrache et poudre de corail rouge. Je ne saurais dire si nous leur prêtions foi. Mais un remède incertain était préférable à un mal certain. Les médecins ne comprenaient pas les causes de ce mal sans nom qui se propageait en ville depuis des mois : la volonté divine, l'influence néfaste des astres dans une conjonction défavorable, la sécheresse de l'année précédente qui avait tari les humeurs liquides du corps, l'empoisonnement des puits envahis d'eau salée pendant la dernière acqua alta, la corruption de l'air ou une piqûre d'insecte. Pour finir, tout ce qu'ils savaient faire était nous répéter ce que nous disaient déjà les prêtres : priez.

Priez, confessez-vous, abstenez-vous, faites pénitence, faites la charité, jeûnez, soyez purs de corps et d'esprit et Dieu remettra vos péchés, car Dieu ne frappe que ceux qui se vouent au mal, les pécheurs, et il a envoyé sur terre la peste comme punition parce que nous l'avons négligé et offensé et que nous méritons sa colère et sa vengeance. Quand nous l'aurons honoré à nouveau, il nous libérera du mal. Venise a péché par présomption et vanité. Venise était repue et contente d'elle, elle était trop heureuse, mais nous sommes poussière dans l'esprit de Dieu. Et Dieu peut nous anéantir sans préavis.

Présomption. Vanité. Avais-je péché moi aussi ? Je me le demandai tous les jours pendant cet automne tourmenté, alors que je rentrais chez moi. C'est-à-dire dans la demeure gothique aux fenêtres sur l'eau, sise Fondamenta dei Mori, qui m'appartenait enfin. Disons, presque. Je payais des traites tous les mois : il me faudrait vingt ans pour venir à bout de cette dette, je ne pouvais pas me permettre de tomber malade, me reposer ou mourir. Ma jolie famille. Mes enfants sains et solides, ma jeune et fidèle épouse, notre vie qui commençait à ressembler à ce qu'elle aurait dû être. J'avais obtenu beaucoup, autant qu'un homme est autorisé à demander, et pourtant si peu. Je refusais de croire que je pouvais tout perdre, que je pouvais être puni pour ce que je possédais. Pourtant, jour après jour, j'avais peur de me réveiller et de comprendre que j'avais rêvé. Peur que ma maison et ma famille ne soient que le reflet d'un désir, une image dans le miroir. Comme la Venise trompeuse qui tremble à la surface de l'eau et se disloque au vent. Une Venise sans existence qui vous apprend le doute, qui vous révèle la précarité des apparences, la précarité de tout. Alors je me surprenais à m'arrêter sur le pont dei Mori, à quelques pas de chez moi, le cœur battant la chamade, pour regarder anxieusement ma maison et la maison reflétée dans l'eau, en me demandant si l'une des deux au moins était réelle. Et si elle durerait.

Le printemps venu, on eut l'impression qu'on s'en sortirait à bon compte. Pas plus de quatre mille morts en neuf mois : moins qu'à Lépante en un seul jour. La mortalité était trop basse pour qu'on parle d'épidémie. Il ne s'agissait que d'un début de peste, et encore, plutôt de mauvaise alimentation, un de ces fléaux qu'apporte la misère. Les morts étaient pour la plupart de pauvres bougres, des gens de basse condition. La punition était bénigne. Nous avions été pardonnés.

Ce fut un sénateur qui m'alerta. Les pouvoirs publics restaient silencieux. Comme si admettre la présence de la maladie était déjà une défaite et une fuite. Et puis, ils ne voulaient pas nuire à notre économie. L'Argent est le seul et unique dieu de ma ville. Quelques milliers de vies humaines ne valent pas la santé d'un État. Je cherche aujourd'hui à me convaincre que nos dirigeants ont agi dans notre intérêt – pas immédiat, mais futur, comment savoir – et j'essaie de justifier ce qui s'est passé. S'ils avaient isolé la ville plus tôt, s'ils avaient bloqué les entrées et sorties de marchandises et la circulation des personnes, s'ils avaient décrété la quarantaine, s'ils nous avaient protégés des autres et de nous-mêmes – ce qu'ils n'ont pas fait –, les Turcs auraient pu profiter de notre faiblesse pour nous attaquer et nous anéantir, les Habsbourg ou les Anglais nous supplanter dans le commerce avec les ports d'Orient et nous évincer définitivement. Dans le portrait que j'avais fait du sénateur, j'avais gommé la paralysie qui le défigurait. Il m'en remerciait en m'avertissant.

Emmenez vos enfants loin d'ici, m'exhorta-t-il, la situation échappe à notre contrôle, toutes les paroisses sont frappées, l'épidémie se répand comme un raz-de-marée, personne ne parvient à l'endiguer, il n'y a pas de remède, la ville est infectée. Il n'y a plus un médecin à Venise. Ceux qui n'ont pas fui sont morts. Nobles et bourgeois ont déjà vidé les lieux depuis des semaines. Tout le monde est parti : sénateurs, avocats, juges, marchands, tous ceux qui possèdent un lieu de repli hors de la ville ou peuvent s'en payer un. Les pouvoirs publics menacent les fuyards d'amende et de punition et leur ordonnent de revenir, mais personne ne s'est présenté. Qui reste à Venise est perdu. Partez à la campagne, mettez-vous en sûreté, sauvez votre famille.

Je vous remercie pour ce conseil, monsieur le sénateur, lui dis-je, mais je ne partirai pas. Venise est ma ville, j'y suis né, je l'ai choisie quand j'aurais pu chercher fortune n'importe où ailleurs, je lui dois tout ce que je suis et je ne peux pas l'abandonner en un moment de crise. Je dois au contraire lui manifester ma loyauté. Les sénateurs, les nobles, les citoyens éminents et représentatifs que nous sommes doivent donner l'exemple. Nous ne pouvons pas fuir, ne penser qu'à nous sauver entre nous. Notre place est au milieu des nôtres, à Venise. Le sénateur me sourit, haussa les épaules, dit que j'avais raison, mais qu'on n'a qu'une vie. Il s'enfuit avec femme, enfants, parents et amis dans sa villa sur les contreforts de Bassano, où il passa trois mois en festivités, dans les chants et la musique, et où je crois qu'il est mort quand même de la peste.

Mais quelques jours après cette conversation, je me hâtai de chercher un refuge où la peste nous épargnerait. Depuis l'époque de mon voyage dans les collines de Padoue, j'avais souhaité acheter une propriété sur la terre ferme. Peut-être pas une somptueuse villa ornée d'un fronton de temple, mais du moins une maison spacieuse avec une vigne et une tonnelle. Ce n'était plus réservé aux patriciens, tous les écrivains et les peintres à succès de Venise en possédaient une désormais. Je ne pus rien m'offrir de mieux qu'une méchante ferme à Carpenedo, dans la plaine de Mestre, au beau milieu de huit champs où s'échinaient des paysans grinchus. Je pouvais emmener ma famille en lieu sûr. Je ne le fis pas.

J'aimerais dire que je ne suis pas parti pour les nobles raisons que j'avais exposées à mon sénateur. Mais tu sais, Seigneur – et je le sais aussi – qu'elles ne furent pas les seules à compter. À cette époque, les provéditeurs aux travaux du Palais Ducal m'avaient confié dans les appartements du doge la réfection de peintures abîmées par le temps. Ces pièces avaient hébergé tous les princes de Venise, les affaires d'État les plus secrètes y avaient été décidées. Et moi, fils de teinturier, j'étais admis dans cet endroit regorgeant de trésors, sur un pied d'égalité avec le sérénissime Alvise Mocenigo, l'homme qui avait guerroyé contre Selim, défié le pape, l'empereur et le roi d'Espagne et signé la paix avec l'ennemi musulman. Et Mocenigo, qui était vieux, veuf et solitaire, me regardait peindre de ses yeux de lézard enfoncés dans la boursouflure de leurs poches et déplorait d'une voix essoufflée : comme j'envie votre énergie indomptable, Tintoret. Dans cette catastrophe, vous êtes encore utile, alors que moi je ne peux rien pour sauver ma ville. Je ne gagnerai pas cette guerre et moi qui suis le doge de la victoire militaire la plus prodigieuse du siècle, le doge de la paix nécessaire et du bien-être retrouvé, je serai vaincu par un ennemi invisible. Votre Sérénité, protestai-je, Venise vaincra aussi la peste. Et Mocenigo répliqua, sombre : mais je n'y serai pas. Vous embellissez ces appartements pour mon successeur. Et nous restions en silence, lui contemplant mes couleurs éclatantes, moi l'insoupçonnable fragilité du pouvoir des hommes.

Alors que la ville était désormais fermée pour cause de peste et que personne ne voulait plus sortir de chez soi, j'avais accepté cette commande et pendant des semaines je vins travailler avec ponctualité. Au cœur de l'été, le Palais Ducal était désert, mes pas résonnaient dans les couloirs. Alors que se délitaient les liens sociaux, que s'évanouissait tout attachement à la république et aux institutions, je m'obstinais à prouver mon allégeance en escomptant convaincre le gouvernement de me confier une grosse commande pour le Palais Ducal. Un plafond, une salle entière à embellir. Je recommandai à mon épouse de ne pas toucher ni embrasser ses amies, de ne pas leur serrer la main, de se couvrir la bouche d'un mouchoir imbibé d'absinthe quand elle allait à l'église, de laver au vinaigre et au jus de citron les pièces de monnaie qu'on lui rendait, d'allumer des braseros d'encens dans toutes les pièces et de ne pas laisser sortir nos fillettes. Rien de plus.

Mais la mort sévissait. Ce fut comme dans l'*Apocalypse* de Jean. *Et je vis ; et voici un cheval verdâtre, et celui qui le montait s'appelait la Peste, et l'Hadès l'accompagnait.* La nuit, des barques blanchies glissaient en silence dans le noir ramassant les cadavres. Ils étaient chargés les uns sur les autres, empilés comme des troncs. On les brûlait. Et on brûlait les affaires des morts : lits, matelas, linge, ustensiles, tout ce que les pestiférés avaient touché ou possédé. Pour absurde que cela paraisse, on ne brûla jamais les chaussures, ni les vêtements précieux. Les tableaux non plus. Peut-être les objets rares ou précieux ne transmettent-ils pas la mort, allez savoir, au fond chaque artiste en est persuadé. Tout le reste finissait sur le bûcher. Le soir, sur les îles de la lagune, on voyait d'énormes feux et le vent apportait en ville une odeur âcre de cendre. Pendant des heures, des semaines, des mois, la lueur des flammes teinta le ciel de rouge. Parfois, ces flammes étaient noires et l'air sentait le tissu et la chair brûlés.

Le chaland qui embarquait les malades naviguait sous drapeau blanc. Le son métallique d'une cloche signalait son arrivée et aussitôt les canaux et les quais se vidaient. Venise semblait déserte. Pourtant nous étions là, et bien là. Terrés comme des rats au fond de nos maisons. Nous ne sortions plus que pour nous approvisionner : aucun de nous n'avait plus de domestique. Moi-même, j'avais renvoyé mon fidèle Crabelet qui ne voulait pas s'éloigner. Je l'avais obligé à partir en lui mettant de force dans la main l'argent pour rejoindre sa famille, sur les montagnes blanches d'Istrie. Le nain se serait fait tuer pour nous, mais je le redoutais comme je redoutais tout le monde. Nous ne parlions plus avec les étrangers. Nous n'avions que méfiance pour nos amis, nos proches. Si nous nous rencontrions, nous passions notre chemin sans nous arrêter, nous reniant les uns les autres comme des traîtres. Chacun d'entre nous pouvait être le sicaire de l'autre.

Les fêtes cessèrent. Les troupes de comédiens ambulants suspendirent les représentations. Même les charlatans et les bohémiennes qui demandaient l'aumône et lisaient les lignes de la main devant les églises, leurs enfants sur le dos, disparurent. Les pouvoirs publics avaient beau rechigner à admettre l'épidémie, tout s'effondra. La nourriture vint à manquer : le ravitaillement n'arrivait plus de l'arrière-pays. Les étrangers s'enfuirent. Les Allemands disparurent de l'autre côté de la frontière ou se barricadèrent dans le Fondaco. Les juifs du ghetto eux-mêmes suspendirent tout commerce. Nos galées restaient au mouillage, l'équipage décimé à fond de cale. Les marchandises pourrissaient dans les entrepôts. Personne n'achetait plus de soie de crainte qu'elle ne soit contaminée, car elle arrivait d'Orient. Tout ce qui était étranger devint suspect. Mais le mal – comme tout ce qui est étranger – s'était acclimaté à Venise et s'y était profondément enraciné. Un siècle durant, Venise avait été l'arche de Noé, la porte et la patrie des exilés et des réfugiés de toute provenance. Elle était maintenant la porte de la peste.

Il y eut des émeutes et des troubles. On cherchait désespérément le coupable d'un tel désastre : tour à tour, on incrimina les marchands de soie de Cordoue et d'Alger qui, pour supplanter les nôtres, avaient contaminé nos navires ; les vagabonds qui s'étaient multipliés ces dernières années, envahissant toutes nos galeries couvertes de leurs loques ; les malandrins venus de la campagne ; le blasphème, la sodomie et la luxure effrénée dont pas un foyer de cette ville corrompue n'était exempt ; le péché secret que chacun de nous au fond de son cœur savait avoir commis. Personne n'osa faire courir le bruit que c'était la faute des juifs, car on mourait dans le ghetto plus qu'ailleurs et que la peste ne faisait pas de différence entre juifs, hérétiques et bons chrétiens. Ni d'ailleurs entre vieillards et enfants, hommes et femmes, justes et pécheurs. Tout le monde mourait. Comme nous, Dieu était devenu aveugle.

Les échoppes fermèrent : vendeurs de pâtisseries, détaillants d'huile et de savon, diamantaires. Le marché de Rialto aussi, boucheries et poissonneries comprises, et même les banques. Les juridictions cessèrent de fonctionner, car les magistrats s'étaient enfuis. Le Sénat n'atteignait plus le quorum, des rangées entières de sièges restaient vides, les charges les plus importantes étaient vacantes, on ne jugeait plus les criminels. Tout s'arrêta. Je dus fermer moi aussi. Personne ne me commandait plus de tableaux, personne ne venait retirer ceux qui étaient prêts. Nous passions notre temps à la maison, claquemurés, comme les familles des malades et les malades eux-mêmes. C'était comme si la ville entière avait la peste.

Nous attendions avec impatience la fin de cet état de siège, prêts à recueillir la plus petite lueur d'espoir. Qui toutefois ne venait pas. Les semaines passaient et le cheval verdâtre monté par la Peste et suivi par la Mort galopait en toute liberté parmi nous. Un jour apparut sur la rive un inconnu vêtu de noir, une croix à la main. Il courait par toute la ville, criant qu'il était le Messager attendu : Dieu l'envoyait nous dire que la peste était finie. Les habitants terrés chez eux devaient sortir et les malades se lever, car l'ire du Seigneur était apaisée. Je retins de force chez nous mon épouse et mes enfants. Mais des centaines de Vénitiens suivirent l'inconnu, pleurant, priant et remerciant pour la grâce qui leur était faite. C'était faux : la peste régnait toujours à Venise et aucune mesure, aucun remède, aucun traitement ne semblait pouvoir l'endiguer. Ce messager n'était qu'un étranger à l'esprit dérangé. Personne n'a jamais su son nom. Je me demande parfois si ce n'était pas toi qui nous l'avais envoyé, Seigneur, et avec quel message.

Fin août mourut Titien. Nonagénaire, il prétendait avoir dépassé les cent ans. Sa mort surprit, parce que ce n'était plus un homme, un pauvre être mortel, mais un dieu inaccessible, vénéré, éternel. Mon oncle Antonio Comin avait commandé les rondes des Signori di Notte al Criminale sa vie durant : épée à la ceinture, dans un uniforme rutilant et la mine farouche, il avait surveillé les environs de Rialto. En dépit de ses quatre-vingt-quatre ans et d'une santé fragile qui l'avait contraint à abandonner sa charge, il avait dû reprendre du service avec le guet armé, arpentant la ville pour protéger les biens des absents et tenir la dragée haute aux agitateurs. C'est lui qui, de son bateau, cria l'incroyable nouvelle : le Comte (nous l'appelions entre nous de cette façon cavalière) est mort ! Seul, car sa domesticité avait fui quand Orazio, son fils préféré, avait été emmené au lazaret délirant et défiguré par les bubons. Un voisin l'avait dénoncé. Le nom de son père ne lui avait pas épargné cette infamie.

Titien est immense. Si des noms survivent à ce siècle, le sien en sera. Raphaël, Michel-Ange, Titien, peut-être un autre. J'aurais voulu être cet autre, et si ce n'est pas le cas, Seigneur, permets que je ne le sache jamais. Je lui dois tout, y compris le désir de devenir peintre. Enfant, j'aurais désiré par-dessus tout qu'il m'admette dans son atelier, et je tremblais d'émotion le jour où j'en franchis le seuil. J'eus aussitôt peur en croisant ses yeux. Ils étaient limpides, bleu clair, glaçants. D'emblée Titien me détesta. Il flaira mon ambition, moi son pouvoir. Il cherchait un élève, je me cherchais moi-même. Et voilà qu'il était mort. Enfin aurais-je pu dire, mais la disparition de mon ennemi ne me procura ni soulagement ni réconfort.

Son ombre s'est étendue sur toute ma génération. C'est bien, disait-on d'une de mes œuvres, mais ça ne vaut pas un Titien. Les peintres d'autrefois n'existent plus, la peinture actuelle n'est qu'une pâle copie de l'ancienne, l'âge d'or est terminé. Ce refrain a fini par me donner la nausée. Pour montrer que moi aussi je savais peindre comme Titien et que si je m'y prenais autrement, ce n'était pas par inaptitude mais par choix – car chaque génération est appelée à inventer –, je produisis mes propres Titien. Que tout le monde admira. Magnifique, disait-on. Tantôt j'avouais la vérité, tantôt je savourais la supercherie. Certains de ces Titien sortis de mes mains circulent encore par le monde.

Il m'a combattu avec un acharnement qui n'est pas à son honneur, repoussant le jeunot que j'étais, méprisant l'obscur artisan que je devins et, à mes premiers succès, montant mes protecteurs contre moi et les obligeant à me renier. J'ai dû revêtir la peau du renard et de la fouine, me montrer mille fois plus intelligent que lui, mille fois plus rusé. J'ai su profiter de son absence : quand Venise s'engoua de mon talent, il séjournait à la cour impériale d'Augsbourg, au service des Habsbourg, qui se mettaient au sien. Il rentra bouffi de gloire et de dépit et refusa toute trêve. Il continua à me mettre des bâtons dans les roues, me dénigrant et déchaînant contre moi les poètes et autres écrivains qui dictaient les règles du goût. Leurs abrégés me rabaissaient, leurs traités m'accusaient de facilité et de négligence. Ma seule consolation est la certitude que leurs livres pédants et malveillants dureront moins longtemps que ma peinture.

Cet homme avait tout, il était l'artiste phare du siècle et pourtant il ne supportait pas l'ombre d'une feuille. Il vieillissait en acquérant toujours plus de stature, devenait inimitable. Mais loin de diminuer, sa rancœur augmentait. Il adressait toujours aux autres peintres les clients à qui il refusait un portrait et qui lui demandaient vers qui se tourner. Si on l'interrogeait sur la nouvelle génération, il répondait que l'art vénitien périclitait et qu'aucun des nouveaux venus n'était digne des aînés. Quand il choisissait les artistes à qui confier les travaux dont le gouvernement lui confiait la charge, il appelait tout le monde sauf moi. Il m'avait disputé la moindre commande : parfois il se proposait pour un tableau tout en sachant pertinemment qu'il ne le ferait jamais, dans le seul but de m'empêcher de l'obtenir. Quand on lui parlait de moi, il faisait mine de ne pas se souvenir de mon nom. Qui ? Ce nain, ce drôle, ce fou… Ce Tintorin ? Tintoret ? Il se moquait de mon humble diminutif plébéien avec un sourire perfide. C'est lui avec sa clique qui a décidé que je ne serais jamais Jacomo ni pour mes contemporains ni pour la postérité, mais seulement le nabot fils de teinturier. Je reconnais sans honte que j'ai guetté sa mort avec cette patience qui, à en croire nos marchands, est l'apanage du Chinois assis sur la rive du fleuve, attendant que le courant lui apporte le cadavre de son ennemi. L'amiral Sebastiano Veniero, le capitaine de Lépante dont je peignis le portrait après la victoire, m'avoua un jour que le vainqueur de la guerre n'est pas celui qui gagne une bataille, mais celui qui survit un jour de plus que son ennemi.

Et voilà que Titien était mort. Il avait donc emporté avec lui son envie irraisonnée, son hostilité implacable, sa jalousie mesquine et injustifiée pour moi qui avais l'âge d'être son fils. Et même si, dans les derniers temps, il avait manifesté à mon endroit un respect prudent qui voulait sanctionner la fin de sa longue inimitié, jamais ne viendrait pour nous le jour de la réconciliation. Je n'entendrais jamais de sa bouche les paroles par lesquelles il me remettait son héritage artistique. D'ailleurs je ne suis pas né pour être l'héritier de quiconque, pas même de mon propre père. C'est pourquoi, quand mon oncle me communiqua la nouvelle de la mort du Comte, je lui criai qu'il se trompait. Titien ne mourrait jamais, parce qu'il était véritablement immortel. Mais je pensai aussi que la voie était enfin libre. Ma vie serait plus facile.

En dépit des risques de contagion, je suivis son enterrement. L'épidémie imposait de strictes mesures de sécurité que les pouvoirs publics entendaient voir respectées. Ainsi Titien Vecellio, chevalier et comte palatin, n'eut-il pas les funérailles solennelles qu'il aurait méritées. Quelques fantômes en ordre dispersé émergèrent des maisons barricadées pour s'enfoncer dans l'obscurité de la basilique des Frari où ils rendraient hommage à la mémoire de celui qui porta si haut l'honneur de Venise. La nuit était déjà tombée. La cérémonie fut bâclée. Dans l'immense église qui apparaissait misérablement vide, ni les vapeurs de l'encens ni les effluves de vinaigre ne parvenaient à supplanter l'odeur écœurante de la mort. Nous étions les survivants d'un cataclysme et d'une époque. Un silence de plomb assourdissait Venise en ce soir d'été finissant. Beaucoup pleuraient. C'était comme si Venise était morte en même temps que le symbole centenaire de sa gloire.

D'autres habitants remplaceraient les morts, leurs maisons vides se repeupleraient, leurs métiers continueraient. La république survivrait au fléau. Elle était à genoux, elle se relèverait, comme d'autres fois par le passé. Nous sortions d'un siècle terrible. Nous avions subi la famine et la crise économique, connu la défaite militaire et l'isolement politique, vu se retourner contre nous tous les États d'Europe et perdu nos territoires d'outre-mer, les îles, la mer, l'Orient même ou peu s'en fallait, le monde se refermait aux confins de notre lagune et pourtant nous étions encore libres et indépendants, nous existions encore. Mieux, nous résistions. La résistance était devenue notre loi, notre façon d'être. Mais cette fois Venise ne redeviendrait pas comme avant. Chacun de nous en avait conscience, et chacun de nous le pleurait. Je crois avoir pleuré moi aussi pour mon ennemi Titien.

La proposition m'arriva portée par un sbire à la peau grêlée comme une croûte de pain. Instruit de mon grand talent et de l'amour que je portais à son père, le révérend père Pomponio Vecellio souhaitait m'informer que des pillards se préparaient à dévaliser la riche demeure du comte Titien. Désormais ni les rondes du guet ni les milices de volontaires n'étaient plus en mesure de maintenir l'ordre public. Les voleurs s'introduisaient dans les maisons vidées par la peste, faisant main basse sur l'argenterie, les meubles, les tentures, les bijoux. Et contribuaient à répandre l'épidémie. La punition était sévère : la peine capitale. Mais la certitude du châtiment ne décourage pas un condamné à mort, et les Vénitiens se sentaient des condamnés à mort. Rien ne pouvait les arrêter. Il fallait donc mettre à l'abri les trésors de beauté dont regorgeait la maison de son père abandonnée par le bon Orazio, mort au lazaret, et par les fidèles assistants du maître, tous atteints de la peste. Pouvais-je avoir la *générosité* de l'aider ? Dans ce cas, que je me rende aux Biri cette nuit.

C'est ainsi que moi aussi je me rendis chez Titien, et peu importe si je suis le seul à l'admettre. Sa maison était séparée de la mienne par deux cents coups de rame ou mille trois cent trente-six pas. Des pas que je n'avais jamais parcourus. Lui non plus. Je trouvais grande ouverte la porte de derrière donnant sur la lagune et, au-delà, la terre ferme, dont l'horizon suivait le profil aigu des montagnes du Cadore. Je n'étais sûrement pas le premier, car la terre du jardin était piétinée, jonchée de plumes échappées des matelas et des oreillers, et parcourue de multiples empreintes, tandis qu'ici ou là des branches d'arbre étaient cassées. Dans un coin, recouvert à la diable d'une tenture à franges se trouvait un grand orgue : en pénétrant dans les tuyaux de plomb et d'étain, la brise émettait une mélodie mystérieuse. Je le contemplais bêtement quand un portefaix s'en empara et le chargea sur un bateau. Jacomo Robusti ? m'interpella un serviteur, d'une voix basse de conspirateur. Le révérend vous attend.

On aurait dit qu'une tempête s'était abattue sur le grand atelier du maître. Le désordre trahissait une recherche effrénée, cupide, aveugle. Cadres entassés contre les murs, chevalets renversés çà et là, bouquets de pinceaux secs. Traînées de peinture sur les vitres, taches de pourpre sur les murs, poussière d'or sur le sol. Sur les tables, pêle-mêle, des dessins, des esquisses, des maquettes. Une perte irréparable, dis-je, embarrassé. Nous sommes tous orphelins, commenta Pomponio avec un calme séraphique. Je lui tendis la main, mais il retira la sienne. Tout le temps où je restai dans l'atelier, il pressa contre ses narines un mouchoir aspergé de vinaigre.

Je vous remercie d'être venu à cette heure si peu chrétienne, me dit-il, en m'adressant un sourire apathique. Je savais que je pouvais compter sur vous. J'ai hâte de tout régler pour partir au plus vite. Il est risqué de rester à Venise. Vous n'avez pas d'explication à me donner, l'interrompis-je. Je montrai ma bourse pour qu'il voie que j'avais apporté l'argent. Pomponio n'avait peur ni de la contagion ni des bandits, mais du testament paternel. Pendant cinquante ans, ce père l'avait écrasé, humilié, réduit à néant sous son mépris implacable et ne l'aurait jamais laissé hériter, quitte à ce que des pillards dévalisent vraiment la maison. Nos admirateurs seraient capables de nous assassiner pour posséder une de nos œuvres : c'est un paradoxe qui restera toujours inexpliqué. Choisissez à votre guise, me dit le père Pomponio. Le choix n'est pas très vaste, hélas, mon père ne travaillait jamais pour son plaisir, il entendait être payé. C'est regrettable. Pour un peintre, répondis-je, gagner de l'argent grâce à son travail est une source de satisfaction sans égale. Mes paroles me surprirent, car je n'aurais jamais imaginé que je comprendrais et défendrais le comte Titien. Celui-ci est déjà vendu, se hâta de dire Pomponio, croyant que je lorgnais le portrait de la fille du maître, alors que je regardais ce qui se balançait au-dessus de son lit de mort.

Se sentant mourir, le terrible vieux l'avait peut-être accroché au pied du sofa, pour le contempler. Resté seul, n'ayant plus la force de monter dans sa chambre, le maître s'était installé dans son atelier, dormant sur cet étrange lit à la turque, contre le mur. C'était dans l'atelier qu'on l'avait retrouvé mort. Le sofa était encore là, avec les draps roulés en boule et les oreillers maculés d'une bave verdâtre. Le support avait cédé, le tableau pendait au mur comme un chiffon. On n'apercevait qu'un triangle de couleur sombre. C'était en réalité une grande toile. *Le Couronnement d'épines*.

Le Christ assis, vêtu de blanc, subissait de ses bourreaux l'offense de la bastonnade. Un instant, ce fils de Titien, ce Pomponio à la chair flasque et au crâne dégarni, précocement vieilli et désespérément malheureux qui planait comme un corbeau au-dessus des restes de la grandeur de son père sans oser les toucher, ne m'apparut pas moins sinistre que ces brutes. Et cette tractation me sembla un outrage et une profanation, que commettaient ensemble le fils de sang et le fils en art, tous deux reniés. Une sorte de péché terrible et inavouable qui retomberait sur nous et nous anéantirait. Mais je chassai aussitôt cette pensée. Je le prends, dis-je sans autre considération. N'importe quel prince d'Europe aurait aimé posséder ce tableau qu'il avait refusé de vendre. Qu'il avait gardé pour lui, pour ses derniers jours. Mon père vous l'a donné en signe d'amitié, m'informa Pomponio en comptant les pièces et les rangeant dans un tiroir. L'argent en débordait et il ne parvint pas à le refermer. Je roulai la toile sans me retourner.

Six mois plus tard, le révérend Pomponio revint en ville et, pour justifier la vente clandestine des biens de son père qui ne lui revenaient pas, porta plainte contre les inconnus qui avaient dévalisé la maison des Biri. Parmi les objets disparus, il ne cita aucun tableau. Il en avait pourtant vendu beaucoup. Mais cette montagne d'argent ne suffit pas à éponger ses dettes. La mort de son père ne l'avait pas tiré du besoin et ne l'affranchit jamais. Bien qu'il n'existe pas de juste prix pour un chef-d'œuvre, j'ai payé ce qu'il me demandait : plus que je pouvais et aurais dû payer.

Il était hors de question bien entendu de jamais le restituer. Cette toile, peut-être inachevée, était parfaite, Seigneur. La violence barbare, obtuse et gratuite des bourreaux, le détachement serein et résigné du Christ, la nuit spectrale qui baigne la scène, la lueur du candélabre, les reflets dans la nuit esquissés de la pointe du pinceau m'ont toujours ému par-dessus tout. Cette toile qui est à la fois un souvenir, une prophétie et une vision parle du fils de Dieu et parle de nous. C'est une leçon de peinture, de simplicité et d'économie. Il suffisait désormais de très peu au maître pour tout dire. Personne ne pouvait l'apprécier mieux que moi. Un autre l'aurait vendue, en aurait fait un moyen, non une fin. Moi, je l'ai accrochée dans mon atelier. Elle y est encore. Depuis vingt ans, chaque jour, je la contemple. Et chaque jour, je me suis répété : ou tu atteindras cette stature, ou tu ne seras rien.

C'est alors que la peste fit irruption chez moi. La forteresse s'écroula du jour au lendemain. C'était moi qui aurais dû contracter le mal. J'avais participé à l'enterrement d'un pestiféré, étais entré dans une maison infectée, avais touché ce que je n'aurais jamais dû toucher et l'avais même emporté avec moi. Mais non, la maladie frappa la plus jeune d'entre nous, ma fille cadette. Ottavia avait deux ans.

Mes filles l'adoraient, parce qu'elle souriait toujours, heureuse de naissance. Elles lui avaient brodé des robes et des petites chaussures en soie, elles l'habillaient comme un chérubin. C'est Perina qui m'avertit qu'Ottavia avait une forte fièvre et une tache bleue sur la cuisse. Mais elle n'est pas plus grosse qu'un pétale, papa. C'est peut-être un bleu, elle a dû se cogner contre un meuble. Je lui ordonnai de ne pas la toucher. De ne rien dire à leur mère. Je craignais que Faustina ne veuille cacher son mal, nous condamnant tous. Je me penchai sur l'enfant endormie et soulevai la petite chemise blanche. Quand je vis le signe sur sa cuisse, une pensée terrible me traversa, Seigneur.

Un jour, mon ami Ramusio m'avait parlé d'un peuple d'Afrique qui tient les enfants en bas âge loin à l'écart des pères. Avant l'âge de cinq ans, ce sont les femmes qui s'occupent d'eux, les élèvent et, souvent, les enterrent. Quand ils atteignent cinq ans, qu'on est certain qu'ils vivront, les mères les présentent aux hommes qui les ont engendrés, pas avant. Tout le monde trouve cet usage barbare et cruel. Je l'ai toujours trouvé charitable. Pourquoi s'attacher à un être qui va mourir ?

Ainsi, en ce jour de septembre, penché sur ma petite endormie, je priai : Seigneur, prends-la, elle. Si tu réclames l'un de nous, prends la plus jeune. Nous la connaissons à peine. Sa personne est à peine ébauchée, elle n'a pas encore de caractère, ni d'inclinations, ni de souvenirs. Elle ne peut pas redouter la mort, car c'est quand on a vécu qu'on regrette de mourir. Elle ne peut pas s'être déjà attachée à la vie, elle ne connaît pas la beauté du monde. Il ne peut pas lui être pénible de s'en séparer. Ni pour nous. Elle ne nous a rien dit dont nous nous souviendrons toujours. Ne nous a rien promis. Son passage ne laissera qu'un léger sillon en nous, comme une trace de doigt dans la poussière. Prends-la, elle. Comme j'ai payé cher cette pensée, Seigneur.

Nous attendîmes dans une angoisse indicible l'arrivée des croque-morts. Le vieux lazaret ne suffisait plus pour les malades ni le nouveau pour les personnes suspectes. Les pouvoirs publics avaient réquisitionné les navires au mouillage et les galées pour y faire construire des baraquements en bois. Ils avaient créé un lazaret flottant, une ville de bateaux entourée de gardes armés, grouillant de gens en quarantaine, en suspens entre la vie et la mort. Ces bateaux émergeaient de la brume au large de Venise, sinistres formes oscillantes sur la lagune. Les barques faisaient la navette entre les îles et les navires, entre les navires et les lazarets. La lagune était devenue le marécage du Styx, les bateliers des Charon et chacun de nous une âme incertaine de sa destination. À cette époque, les premiers chiffres circulèrent. D'abord susurrés, puis criés d'une fenêtre à l'autre, avec terreur. Des chiffres épouvantables, incontrôlables, dévastateurs. Dix mille morts, vingt mille, trente mille. Ma ville était en train de mourir.

Désormais les navires hôpitaux à l'ancre dans la lagune étaient tellement bondés qu'on n'y déportait même plus les familles des personnes soupçonnées d'être contagieuses. Perina s'offrit pour accompagner sa sœur. Faustina ne pouvait pas abandonner les autres enfants, ni moi notre famille, Marietta deviendrait une artiste, la grande peintre que Venise et l'Italie n'avaient jamais eue et les garçons un jour travailleraient pour moi, m'assistant dans ma vieillesse et m'assurant une existence digne. Perina en définitive n'avait que douze ans et était la plus inutile de nous tous. Tu vas mourir, l'avertit Marco, consterné. Si le Seigneur le veut, répondit Perina, Lui seul sait ce qu'Il nous réserve, mais au moins Ottavia aura quelqu'un à ses côtés et je ne serai pas née pour rien.

Perina enveloppa la petite dans un châle en soie où elle avait brodé son nom en grand : Ottavia Tintoretta. L'air est si infecté, nous expliqua-t-elle, le véhicule de la contagion si mystérieux, les morts si nombreux qu'on n'a même plus le temps de brûler les cadavres. On les enterre recouverts de chaux vive dans des fosses communes au Lido et ils n'ont pas droit à une croix. Mais il faut qu'Ottavia sache qu'elle est ta fille. Elle plaça un pinceau entre ses mains. Elle aussi pourrait devenir une peintre célèbre comme Timarete, déclara-t-elle. Si nous devions ne pas revenir, il faut qu'elle puisse s'exercer au paradis. Entre les doigts minuscules, ce pinceau ressemblait à une arme pointée contre nous.

Puis la cloche tinta et le chaland blanchi apparut sur le rio. Je me penchai à la loggia et n'aperçut à son bord que des hommes de peine musclés. Les premiers mois, des médecins le nez dans une éponge imbibée de vinaigre auscultaient sommairement les malades et des barbiers incisaient les bubons. Mais les médecins avaient disparu dans la nature et leurs confrères renoncé à intervenir. Seuls quatre éboueurs à la mine patibulaire sautèrent sur le quai, car il ne restait plus qu'eux pour tirer un profit de l'hécatombe. Le gouvernement offrait un salaire mirobolant et deux cents ducats de prime à qui récupérerait les cadavres et les pestiférés, mais personne n'avait répondu à l'appel, les offres étaient restées lettre morte. Même les condamnés à une longue peine, les galériens et les bandits avaient refusé. C'est ainsi que, descendus de leurs montagnes et de leurs vallées, des bandes d'aventuriers et de criminels décidées à piller et razzier avaient fondu sur la ville et, vu l'absence de choix, avaient été enrôlées.

Ces éboueurs croque-morts régnaient en maîtres sur Venise. Dans les petites calli désertes, ils dévalisaient les maisons, on disait même qu'ils lançaient par les fenêtres ouvertes à l'intérieur des maisons saines des chiffons infectés, enduisaient avec les sécrétions qui s'écoulaient des bubons des cadavres les portes et les heurtoirs pour les contaminer, afin de poursuivre leurs trafics en toute impunité. Sur ordre du gouvernement, nous avions démonté anneaux et heurtoirs sur tous les battants et cloué les fenêtres, alors que l'été embrasait les pièces et que la chaleur nous coupait le souffle, mais l'épidémie n'avait pas été stoppée. Nous avions exterminé tous les chats et les chiens de Venise, car certains disaient qu'ils étaient des véhicules de contagion. J'avais tué moi-même à coups de tisonnier la chatte rousse qui pendant des années avait débarrassé notre maison des souris et qui, désormais aveugle et paralysée, jouissait d'un repos bien mérité en ronronnant dans les bras de mes filles. N'écoutant ni les cris ni les pleurs, je dus supprimer aussi le chien de Marco, un animal pacifique au pelage noir, que mon fils avait trouvé pendu au pont dei Mori par des garnements du quartier. Il l'avait sauvé, nourri, apprivoisé et c'était le seul être au monde dont Marco s'était jamais occupé avec dévouement et amour. Je l'enfermai dans un sac et le noyai dans le bassin della Misericordia.

C'est-y vous la maison emboconnée ? cria un de ces individus sans aveu. De la loggia, nous lui fîmes signe d'entrer. Pour toute réponse il nous adressa un geste obscène. Envoyez le pestiféré ! ordonna-t-il. Un deuxième déchargea du chaland un seau où clapotait un liquide blanc comme du lait. Ils vont nous marquer de la croix, dit Dominico. Toutes les maisons d'en face portaient de lugubres croix blanches. Le deuxième éboueur jeta le contenu du seau contre notre façade et le troisième étala la chaux sur le mur avec une spatule. Notre belle façade ornée de fresques donnant sur le rio. Ma demeure, le rêve de ma vie, cinquante-sept ans pour en arriver là. Ma maison passée à la chaux. Marquée de la croix. Perdue peut-être.

Alors, ce pestiféré, il arrive ? reprit le premier croque-mort, voulant respirer le moins possible cet air qui avait contaminé le malade. Les premiers temps au moins, un moine miséricordieux bénissait les malades qu'on emmenait au lazaret, mais à présent les moines aussi avaient disparu. Nous avions vu partir nos voisins au milieu des gémissements, des cris et des supplications. Certains avaient bondi et s'étaient jetés à l'eau, préférant se noyer en bas de chez eux que survivre quelques jours de plus parmi des étrangers. Un ami de mon beau-frère, notaire de son état, qui avait eu le courage de se rendre au lazaret pour recueillir les testaments de ses clients, raconta qu'une fois enfermés certains devenaient fous et se lançaient contre les haies des jardins, le lendemain on les trouvait crucifiés sur les épines. D'autres maudissaient leur mère, leurs enfants, Dieu lui-même, d'autres encore entonnaient l'Ave Maria : chacun souffrait et mourait comme il avait vécu. Personne encore n'en était revenu.

Marietta et Zuane, un masque de gaze sur le visage, accompagnèrent leur sœur sur la berge. Les croque-morts les tinrent à distance en pointant leur rame contre eux : ils refusaient tout contact, ces deux-là pouvaient être infectés aussi. Perina se signa, monta sur l'embarcation blanche et nous salua en agitant la petite main d'Ottavia. Le courage de ma fille m'emplissait d'orgueil, de chagrin et de honte. Les croque-morts ordonnèrent à Marietta et Zuane de rentrer dare-dare, en leur piquant les fesses du bout de leur rame. Je les revois encore sur la berge, la plus âgée de mes enfants et le plus beau : Marietta, dans sa jupe gonflée par le vent, souffla un baiser sur ses doigts en direction d'Ottavia tandis que Zuane, blond et mince, se frottait les yeux, au bord des larmes malgré ses presque neuf ans qui devraient lui permettre de se contrôler, car son cœur tendre lui jouait des tours. Puis Marietta le prit par la main et le ramena à la maison. Et maintenant tous les deux, les plus fragiles de mes enfants, m'ont abandonné : elle, ensevelie sous l'orgue dans l'église de ma paroisse, Zuane j'ignore où, quelque part en terre étrangère, sans une plaque, sans personne qui se souvienne de son nom. Les croque-morts peignirent une grande croix blanche sur notre porte. Nous étions marqués.

Trois jours plus tard, la peste vint prendre mon étincelle. Elle avait vingt-deux ans. La fleur de l'âge. Son avenir était un savoureux fruit mûr qui n'attendait que d'être cueilli. On était fin septembre. L'arrivée de l'automne n'avait pas ralenti l'épidémie, qui faisait rage, au contraire. Marietta était montée sur le belvédère ramasser le linge étendu, parce que les nuages arrivaient, qu'il tonnait déjà et que la pluie était imminente. Soudain elle pâlit, s'appuya contre la balustrade et s'évanouit. Dominico courut m'appeler. Nous nous étreignîmes, effondrés.

Nous étions restés trop longtemps en ville, et la faute m'en revenait. Je les avais sacrifiés sur l'autel d'une déesse jalouse et impitoyable, qui était peut-être Venise, peut-être la peinture. Notre sort maintenant serait de tomber malades les uns après les autres. De souffrir d'atroces douleurs dans le corps et l'esprit. D'être contrôlés, palpés et marqués d'infamie par de faux médecins brutaux, incapables de nous sauver. De sentir notre chair incisée au couteau et nos blessures cautérisées au fer rouge et au vert-de-gris. D'être isolés, enfermés, humiliés. De devenir un objet de terreur et d'exécration, car toute pitié était morte depuis des mois. De subir les insultes des hommes de peine et l'outrage de leur présence, de languir à quatre par lit sur les matelas crasseux du lazaret, parmi les cris des malades que personne ne venait soigner et les jurons des prostituées obligées de les assister par une décision inique des autorités. Puis de nous assassiner les uns les autres jusqu'à ce que le dernier survivant – comme cela était arrivé au grand Titien – doive mourir seul dans une maison déjà morte.

Marietta se releva et, pour nous empêcher, Dominico et moi, de l'approcher, grimpa sur les poutres du belvédère. Elle nous cria de rester à distance, menaçant de se jeter dans le vide et de s'écraser sur le quai. Il est terrible de savoir qu'on peut être l'assassin de ceux qu'on aime. Elle nous demandait à grands cris d'appeler le bateau blanc, elle voulait qu'on l'emmène tout de suite au lazaret. Sa voix aiguë dépassait la cour, courait au-dessus du rio, atteignait des oreilles étrangères. Tais-toi, criai-je, tais-toi au nom de Dieu.

Je l'attrapai par un pied, elle lâcha prise et voulut réellement sauter du belvédère, mais je fus plus rapide, je la tirai à moi, la pris par la taille et tentai de la bâillonner avec ma main. Marietta se débattait comme une chatte. Elle aurait voulu me mordre, mais se retint par peur de me contaminer. Lâche-moi, Jacomo, laisse-moi partir !

Mais je ne l'aurais jamais laissée partir, Seigneur ! Je serais plutôt mort avec elle. Je l'entraînai dans l'escalier jusqu'à l'entrepôt, puis au bûcher où je l'enfermai, condamnant la porte avec une barre que les enfants ne pourraient pas enlever. Je lui donnai des feuilles de rose et de mélisse à mâcher et lui enjoignis, en essayant d'afficher un air serein, de ne pas s'inquiéter : j'allais aussitôt lui procurer un remède. Tu ne peux pas sortir, papa, murmura-t-elle, nous sommes en quarantaine. Violer la quarantaine est puni de mort. Penses-tu qu'une croix blanche puisse arrêter Jacomo Robusti, *ma seule étoile* ?

Je courus chez Piero, à la Gatta, l'apothicaire le plus proche, mais son échoppe à l'angle de la rue était fermée. Je traversai le rio aux Ormesini, mais l'apothicaire de San Marcilian avait aussi quitté Venise. Il restait encore mon beau-frère Piero. Sauf qu'il me fallait réussir à arriver jusque chez lui, derrière l'église San Vio. Pendant une centaine d'années, avant que les Episcopi, cooptés par la catégorie des notaires, n'aient grimpé l'échelle sociale de la république, la famille de mon épouse avait tenu une pharmacie. Ils connaissaient tous les apothicaires de Venise et sans aucun doute avaient eu vent d'un antidote.

Les gardes m'arrêtèrent quand je débouchai sur le Grand Canal. Tout le quartier de Cannaregio était en quarantaine, comme du reste Castello et Saint-Marc. Je n'étais pas au courant ? Repars, pauvre inconscient, me crièrent-ils en m'incitant de leur épée à rebrousser chemin. Il faut que je passe, criai-je. Personne ne passe, répondirent-ils. Si tu avances, on t'arrête.

À cent pas de là, dans le rio San Felice, un fournier déchargeait son bateau. On l'avait autorisé à ravitailler en pain les boulangeries de Cannaregio. Il était libre de circuler. Emmène-moi à San Vio, lui ordonnai-je. Il me répondit qu'il ne pouvait pas violer la mesure de quarantaine décidée par les pouvoirs publics. Je la violerais quand bien même elle émanerait de Dieu le père, répliquai-je. Comment comptes-tu t'y prendre, tu as des ailes peut-être ? me dit-il, moqueur. Je lui tournai le dos, ôtai mes chaussures et mes bas et descendis les premières marches du quai. L'eau était verte, visqueuse comme du mucilage et sa surface boursouflée de bulles d'air. Elle dégageait des odeurs de sécrétions putrides. Je n'ai jamais appris à nager, mais je sais que le bois flotte. Je prélevai une caisse sur le bateau du fournier et descendis encore une marche. Tu es vraiment assez fou pour essayer d'y aller à la nage ? me demanda-t-il. Je ne daignai pas me retourner. Il me proposa alors un marché. J'avais besoin de mon argent pour payer les médicaments de Marietta, mais je lui donnai la croix en or que je portais à mon cou. Je me rechaussai, il me fit allonger au fond du bateau.

Le Grand Canal était lisse comme un étang : pas un seul traghetto pour relier les deux rives, ni un chaland, ni un bateau mouillé devant les entrepôts, les gondoles étaient toutes amarrées à leurs pieux, les bittes mélancoliquement solitaires, l'embarcadère des poissonneries désert. Je dis au fournier de m'attendre devant Palazzo Loredan, c'était l'affaire de quelques minutes. Mais la maison de mon beau-frère était vide. M. Piero Episcopi est parti voilà trois semaines ! me cria la voisine, il est à la campagne, à Zelarino. Le fournier exigea tous les boutons de ma veste pour me débarquer sur la Riva del Vino.

Dans les calli toujours grouillantes de Rialto, les échoppes étaient fermées. L'Étoile, les Trois Étendards, le Vaisseau, les Trois Collines, personne ne répondit. Il se mit à pleuvoir. Je n'avais rien pour me protéger. J'errai par la ville déserte, ne croisant que des patrouilles de croque-morts armés de civières et des voleurs équipés d'échelles qui démontaient volets et fenêtres pour s'introduire impunément dans les maisons abandonnées. Je foulais un tapis crissant de verre brisé. Les calli devinrent marécage, je glissais dans la boue, tombai trois fois. Je courus de San Cassan à San Stae, de San Boldo à San Polo, de San Pantalon à San Trovaso et jusqu'aux Carmini : les enseignes pendaient au-dessus de battants clos, entre des murs noirs de pluie. Toutes les pharmacies étaient barricadées. Les rares encore ouvertes n'avaient rien à vendre, les bocaux de poudres pour les antidotes étaient vides depuis des semaines. Toutes avaient été littéralement prises d'assaut. Je frappai aux volets des apothicaires que je trouvais en criant : ouvrez pour l'amour de Dieu ! Il n'y avait personne, à croire que tout le monde était parti ou mort. Soudain, pris de panique, je m'aperçus que j'étais seul. Que je ne croisais pas âme qui vive depuis longtemps. Que ma ville était vide. Que, dans ce silence absurde, je pouvais entendre les pas d'un moineau sur le toit de la maison d'en face. Enfin, épuisé, trempé jusqu'aux os, secoué de frissons, j'arrivai à San Nicolò.

Le quartier vivait toujours, car ses habitants, des pêcheurs, étaient trop pauvres pour fuir. Il y avait des meubles bancals sur les ponts et les berges des canaux, des cabanes en bois pourri condamnées par des barres en bois tout aussi pourri, des croix à la chaux sur les portes, des visages émaciés derrière les carreaux, des chalands blanchis sur tous les canaux. À L'Enseigne de la lune, une femme se pencha à la fenêtre. Son mari était mort, elle refusait d'ouvrir la porte. Je la suppliai de m'aider à soigner ma fille. Que pouvais-je faire pour elle ? Elle me cria de lui donner du vitriol avec un bouillon chaud, un mélange visant à provoquer des vomissements et une sévère caquevite, qui évacueraient du même coup les vers de la peste. Elle se montra si âpre au gain et si vulgaire que je refusai de me fier à son remède. Je tournai les talons. Je ne savais pas où aller, je fus attiré par un sillon de lumière entre de hautes murailles brunes. C'était un rio. Un croque-mort qui chargeait sur son bateau un cadavre carbonisé – un maladroit avait tenté de cautériser ses bubons – m'envoya chez un apothicaire, à L'Ange Raphaël. Ce vieillard enchifrené, suppôt de l'antéchrist luthérien, avait fait ses choux gras de l'épidémie et réchappé au mal dans un quartier entièrement ravagé. À n'en pas douter, ce diabolique apothicaire connaissait le bon antidote.

Il ne m'ouvrit pas sa porte. Je restai dehors sous une pluie battante, et lui dans son échoppe. Je voyais son ombre glisser sur les murs, les étagères et les bocaux en céramique qu'elle obscurcissait. Un instant, je crus vraiment que c'était un démon. Mais qu'importait ? Si le diable avait voulu acheter mon âme, je la lui aurais donnée pour rien, du moment qu'il sauvait Marietta. Le sacripant ouvrit un battant par où je lui lançai l'argent. Il m'écrivit la prescription sur un papier et me jeta les sachets de simples par la fenêtre.

Je traversai le Grand Canal à San Simeone sur le bateau des croque-morts. Contrairement au fournier, ils n'exigèrent pas d'obole. Je rentrai chez moi à la faveur de la nuit. Aux quatre coins de la cabane, j'allumai des torches aromatiques où brûlaient de la résine de pin, du bois d'aloès, de l'écorce de cèdre et de la myrrhe. Le parfum était si doux et caressant qu'aujourd'hui encore je ne peux retrouver cette odeur sans que mon cœur se brise. Marietta était étendue sur le matelas, livide. Je lui ordonnai de se déshabiller, et comme elle ne bougeait pas, je dégrafai son corsage, la dénudant. Jacomo ! s'écria-t-elle, gênée. Mais il fallait qu'elle me fasse confiance, j'avais besoin d'accéder à son ventre et à son cœur.

Bien des années ont passé et je ne me souviens plus des herbes que j'avais pilées, puis mises à macérer et bouillir dans la cuisine, obtenant la mixture de graines de lin qui la ferait transpirer et que je lui appliquais sur l'estomac, ainsi que l'onguent dont je la frictionnais au niveau du cœur. Je me souviens qu'il sentait le citron et le safran et qu'il était froid sous mes doigts. Marietta, elle, était chaude. Sa peau brûlait. Je massai et enduisis la région du cœur jusqu'à ce que ses pores absorbent la dernière goutte d'onguent. Son cœur battait la chamade, et le mien aussi. Puis je posais sur son sein, là où je sentais les plus forts battements, une hostie d'arsenic cristallin enveloppée dans un mouchoir et je lui ordonnais de ne pas bouger jusqu'à mon retour. Elle me demandait : pourquoi fais-tu cela pour moi, Jacomo ?

Toutes les trois ou quatre heures, j'entrais dans le bûcher avec une cruche d'eau que je l'exhortais à boire même si elle n'avait pas soif. Si Marietta essayait de me tenir à distance, je lui disais : je n'ai pas peur de toi, toi qui es ma vie, mon âme. Puis je me penchais sur elle pour recommencer le massage et suivre les progrès de la maladie. Je l'aidais à enlever sa chemise. Je l'examinais, cherchant les marques sombres qui trahissent la peste. Mais à vingt-deux ans, la peau laiteuse de ma fille n'était constellée que de taches de rousseur. Je remontais sa robe. Je savais bien où apparaissaient les bubons. Dans les aisselles, dans les glandes à la base du cou, à l'aîne. Mes mains ne connaissaient ni timidité ni honte. J'étais son père, son médecin, son juge et plus encore. Il n'existait plus rien d'autre que cette resserre à bois, le crépitement de la pluie sur le toit de planches, le silence spectral de ma maison et de la ville assassinée. Parfois j'avais l'impression que nous étions restés seuls au monde, après une catastrophe qui, Dieu sait pourquoi, nous avait épargnés. J'ignore combien de jours cela dura, combien d'heures ou combien d'instants. Ce fut un rêve. Parfois j'ai l'impression que j'ai aussi rêvé de Marietta. Qu'elle n'a pas vécu avec moi, ni dans cette pièce, ni dans le bûcher, ni nulle part.

Marietta voulait entendre la sentence de ma voix. Elle n'a jamais évité mon regard, pas même quand je l'auscultais. Elle a toujours vécu courageusement, et je suis fier de lui avoir appris au moins cela. Son haleine sentait la mélisse et la rose, la cabane la résine et l'aloès. Ce parfum m'étourdissait, les vapeurs exhalées par les braises m'enivraient, m'arrachaient à moi-même tandis qu'à l'aide d'un mouchoir imbibé de vinaigre, camphre, arsenic et thériaque, je lui rafraîchissais les tempes, les poignets et les lèvres. Quand je repense aujourd'hui à ces moments terribles dans la pénombre du bûcher, où je ne savais plus si nous étions encore vivants ou déjà morts, en suspens dans un temps qui n'appartenait plus à ce monde, désespérés au dernier degré et pourtant infiniment libres, j'y retrouve une douceur que je n'ai jamais connue et, Seigneur, je vous en demande pardon.

Le matin du troisième jour – ou du quatrième, je ne me souviens pas – dans un pli de peau, à l'attache de la cuisse, là où commençait la toison de sa nature, il me sembla sentir un renflement sous mes doigts, pas plus grand qu'une lentille. Marietta dut lire la terreur dans mes yeux parce qu'elle me dit sereinement : c'était donc mon destin, Jacomo. Mais ne me laisse pas mourir toute seule, j'ai peur d'aller en un lieu où tu n'es pas. Très vite, elle ajouta, avec ce sourire malicieux qui était ce que j'aimais le plus en elle : mais pour être tout à fait franche, papa, je préférerais ne pas mourir. Je suis trop jeune. Il me reste tant de choses à faire. Je n'ai pas encore peint une œuvre qui m'apporte la gloire, je n'ai jamais vu d'autre ville, je n'ai jamais fait l'amour.

Non ? m'écriai-je. Non, Jacomo, je ne sais pas ce que c'est, murmura-t-elle. Tu le feras, Étincelle, je te le promets. Je continuais à inspecter sa peau et à presser la lentille entre mes doigts. Je me dis : je ne verrai pas la maladie offenser sa beauté. Je ne permettrai pas à un croque-mort répugnant d'abuser de ma fille dans le bateau qui l'emmène. Je la tuerai plutôt. Et je l'aurais fait, Seigneur. Je portais un poignard à la ceinture de mon pantalon. Que la lentille devienne une pustule sur son corps adoré, et je tranchais la gorge de ma fille.

Ce jour-là, réfugié devant la cheminée, pendant que Faustina priait à voix basse pour ses filles dont elle était sans nouvelles, j'examinai les possibilités qui me restaient. Les traitements des médecins et des apothicaires n'avaient servi à rien. Il ne restait plus que les formules des charlatans et les remèdes de bonne femme. Plonger Marietta dans de l'eau de mer pendant douze heures, dans la boue pendant seize. L'enterrer jusqu'au cou, nue, et la laisser ainsi vingt-quatre heures, en comptant sur les humeurs bénéfiques de la terre, qui est notre mère, matrice nourricière. Me procurer de l'huile de scorpion, y ajouter du bol arménien, de la poudre de corne de cerf, du mucilage de racines, du coing, des raclures d'ivoire, du gingembre et de la viande de vipère et lui faire boire cette mixture avec son sang menstruel. Ou bien me procurer du fiel de taupe et du sébum de bœuf, et les lui donner à boire avec de la bave de porc et de la poussière de diamant râpé, en veillant aux proportions car une dose excessive déchirerait et perforerait les viscères alors qu'une dose mesurée expulserait le mal par les intestins. Ou bien lui faire boire le matin deux doigts de son urine, le soir de l'eau d'orge avec une bouchée de pain trempé dans le vinaigre et sept tiges de rue ; enfiler une aiguille incandescente dans l'apostème et le désinfecter au poivre jusqu'à cicatrisation.

J'envisageai concrètement la possibilité de recourir à ces breuvages, de les payer n'importe quel prix. J'aurais vendu les bijoux de mon épouse, mon admirable collection : les moulages de Michel-Ange, le tableau de Titien, les statuettes de Giambologna, les esquisses de Vittoria et Sansovino, mon ange volant, les armures de l'époque de Marco Polo, les icônes grecques, les tableaux de Bassano, Véronèse, Schiavone, mes propres tableaux, ainsi que notre propriété à la campagne, et jusqu'à ma maison. Je sais qu'aujourd'hui cette pharmacopée semblerait fallacieuse, voire criminelle, mais je n'avais rien d'autre. Quand les connaissances montrent leurs limites, que la science échoue, quand tout est vain, que reste-t-il d'autre ? Je ne me rappelle pas pourquoi je renonçai. Le temps manquait peut-être pour essayer.

Désespéré, je cherchai refuge à la Madonna dell'Orto. Sur le chemin de l'église, je ne rencontrai personne, ni sur le rio, ni sur le campo, ni sur le pont. Là où d'habitude se pressaient femmes, enfants, nobles, petites gens et étrangers, seule mon ombre animait les murs et le pavé. Le seul bruit qui me suivait était celui de mes pas. On n'entendait pas une voix. Les bateaux à l'amarre se balançaient sur l'eau du canal criblée d'une pluie impalpable. J'avais l'impression de traverser un rêve illogique et angoissant et je ne savais plus si j'étais moi-même un fantôme. Une horde de chiens errants faméliques qui avaient survécu à l'extermination de l'été disputait furieusement une pomme pourrie à un cochon échappé d'une porcherie abandonnée. Squelettiques, ils n'avaient même pas la force de hurler. Ils montraient les dents en haletant. Les merles et les mouettes aussi s'étaient envolés. Ma Venise semblait inhabitée. Et, en un certain sens, elle l'était. Elle perdait ses habitants. Ce jour-là il en manquait déjà cinquante mille. Mais je ne pensais pas à ces cohortes de victimes qui auraient peuplé une ville entière. Je pensais à ma ville à moi. Je voulais sauver huit vies. Et si huit, c'était impossible, au moins une.

Dans l'église, je m'agenouillai au pied des grandes orgues. Personne n'en jouait, l'organiste de la Madonna dell'Orto avait été fauché lui aussi. Je contemplais mon grand tableau. Plus de vingt ans avaient passé depuis que je l'avais peint. En ces jours lointains, je ne pouvais pas imaginer ce que je savais maintenant : qu'il reflétait mon époque la plus heureuse, l'aube de mes espérances, l'annonce d'un miracle dont j'avais rêvé et qui maintenant devait s'accomplir. Alors je t'ai appelé.

Jusqu'à cette date, je n'avais pas été un bon chrétien. Ou je l'avais été comme tant d'autres, Seigneur. J'avais fréquenté ta maison, écouté les homélies de tes pasteurs, récité les oraisons, participé aux processions, prié pour les morts, donné l'aumône aux pauvres et aux nécessiteux. Mais j'allais de moins en moins à la messe et, exception faite de Pâques et Noël, ne me rendais à l'office que quand j'avais le temps. J'ignorais à quand remontait ma dernière confession. J'avais obéi à tes préceptes. Mais à ceux qui ne me coûtaient rien. Je baissais la tête quand passait une statue de saint. Je jeûnais le vendredi et pendant carême, sanctifiais les fêtes et travaillais peu le dimanche, parce qu'il m'était impossible de ne pas travailler du tout. Les autres préceptes, je les avais ignorés. Et aussi transgressés. Je n'étais exempt d'aucun péché. Ma foi était un vêtement que je portais sans l'avoir vraiment choisi. On naît en un lieu et une époque dont on absorbe les idées et les habitudes avec l'air qu'on respire. On ne les discute pas. En un certain sens, on les subit, de toute façon, on les accepte.

J'avais acquis la réputation de savoir peindre mieux que quiconque les miracles et les mystères. Pourtant mes détracteurs avaient raison : ce qui comptait pour moi, ce n'était pas le miracle ni le mystère, mais son récit : j'aimais inventer la façon de le représenter. Et l'idée qu'un saint arrive en volant ou en planant dans les airs m'intéressait davantage que l'action qu'il venait accomplir ou conjurer, à laquelle je ne croyais peut-être pas. Mais tu ne m'avais jamais parlé. Et moi, je ne t'avais jamais parlé non plus. Je te promis que si tu la sauvais, je renoncerais à elle. Je l'éloignerais de moi pour toujours.

Je te promis que si tu épargnais ma famille, *toute* ma famille, je ne peindrais plus que pour toi. Je déposai ma carrière à tes pieds. Allais-je devenir enfin le premier peintre de Venise ? C'était mon plus vif désir depuis que j'étais enfant. Je ne m'en souciais plus. Dans la demeure vénitienne de saint Roch – un homme quelconque que tu as élevé au-dessus de sa condition afin qu'il intercède pour nous –, dans cette Scuola di San Rocco aux murs dépouillés dont je pressentais depuis des années qu'elle était mon but et mon destin, j'érigerais un monument comme personne n'avait jamais osé en concevoir. Je n'exigerais pas d'argent en échange. Seulement de quoi vivre pendant que j'y travaillerais. Je peindrais un, dix, vingt tableaux pour célébrer ta puissance, ta vérité et ta clémence. Je ne peindrais ni pour l'argent, ni pour la gloire, ni pour l'amour de la peinture, toutes raisons pour lesquelles un homme devient artiste. Je peindrais par reconnaissance. Par gratitude d'être né, d'avoir aimé, d'avoir été aimé, d'avoir créé, d'avoir goûté des plaisirs et éprouvé des douleurs, en un mot d'avoir vécu. Ce jour-là, je t'ai consacré mon métier, mon talent, ma vie. Je n'avais rien d'autre à t'offrir. J'ai respecté notre pacte.

Maintenant je suis ici, ignorant de nouveau si c'est le jour ou la nuit, si je dors ou si je veille, j'entends les voix de mes proches et celle du médecin qui explique à nouveau que rien ne semble perdu, que ma maladie n'est pas mortelle. Je voudrais partir, mais ne sais m'y résoudre, comme en ce terrible automne d'il y a dix-huit ans. Je me répète que tu as brisé notre pacte. Si c'était un contrat, tu l'as déchiré sans préavis. Moi, j'en ai respecté les clauses. Si j'y ai manqué, ce fut sans le savoir ni le vouloir. Parfois nos intentions ne se réalisent pas. Toi seul es volonté et action, essence et pensée. Dis-moi en quoi j'ai manqué à ma parole. Je l'ai éloignée de moi. Je me suis privé de la joie d'être tout pour elle. J'ai érigé ton monument en lui consacrant onze années de ma vie, le meilleur de moi. J'ai célébré ta gloire. Mais tu ne l'as pas sauvée. Alors moi aussi je suis libre.

J'aurais dû comprendre à quel moment tu as déserté, mais je n'arrive pas à repérer le début de ton absence, le jour où l'ombre a commencé à descendre sur nous. Mon épouse au pied du lit répète que nous devrions partir pour Carpenedo. Que nous ne devons pas nous attarder, parce que Venise me tue. Mais Carpenedo n'est plus notre refuge, et s'il l'était, il a été profané. Car c'est là que tu m'as trahi.

Cette modeste maison au milieu de la campagne, achetée alors que la peste s'emparait de Venise, sait tout de nous. C'est le symbole de ma chance et de son inutilité. Elle m'a coûté quatre cents ducats. Que je n'avais pas et que mon oncle Comin me prêta. Il atteignait quatre-vingt-quatre ans : je calculai qu'il mourrait bientôt et que je ne lui rembourserais jamais tous les intérêts. Elle ne m'a pas été précieuse pour les dix-sept boisseaux de blé, les légumes frais et les quatorze bonbonnes de vin qu'elle nous donnait. Ni pour l'oie, les cinquante œufs, les deux poules, les deux chapons et le jambon que chaque année les métayers nous livraient à Venise. Elle l'a été pour la paix de nos étés. Là-bas, pendant quelques semaines, nous étions simplement une famille. Là-bas mon nom, ma réputation et mes inquiétudes ne m'ont jamais rattrapé. Intrigues de travail, déceptions, succès : rien de tout cela ne pouvait nous atteindre à Carpenedo. Si un paradis personnel existe sur terre, nous l'avons possédé.

Après le repas, nous restions assis autour de la table, à l'ombre de la tonnelle. C'était juillet. Les cigales nous étourdissaient. Une nichée de poussins circulait entre nos pieds. Je me souviens de la musique : quelqu'un grattait une chanson sur le luth. C'était peut-être Ottavia, ou Marietta. Et l'automne de la peste était oublié, Ottavia était devenue une jeune fille et Marietta une femme. Une musique raréfiée se confondait avec le grésillement des insectes et le bruit de nos voix. Des journées harmonieuses où nous avons été ce que devrait être une famille. Puis nous nous sommes dispersés, tu nous as balayés comme une poignée de sable. L'enfançon apprenait à marcher. Déchaussé, sans chemise, il était tel que tu nous as créés : nu et innocent. À quatre pattes dans l'herbe, il tombait, roulait, caressait le duvet d'un poussin, essayait de le capturer, n'arrivait pas à le retenir, criait et se relevait, faisait un pas hésitant, trébuchait et à nouveau dégringolait par terre. Je le suivais des yeux. Je redoutais qu'il ne se blesse. Cet enfant portait mon nom. Et m'était plus cher que moi-même. Il avait onze mois. Il n'avait que six dents et savait tout juste dire le nom de sa mère. C'était une créature fragile, Seigneur.

Je me suis levé pour aller vers le chêne. J'ai attrapé un poussin au creux de mes mains et l'ai tendu dans sa direction. Viens, lui ai-je dit. Jacometto m'a regardé avec le regard confiant des enfants. Leur confiance en nous est aveugle, comme la nôtre en toi. Il s'est gratté la tête. Il avait des cheveux roux et bouclés, comme moi. Il a regardé sa mère, puis le poussin, ravi, il a souri, m'a regardé. Et il s'est lancé. Un pas, un deuxième. Il a vacillé, mais n'est pas tombé. Mal assuré, il a réussi à résister, à rester campé sur ses petites jambes. Il tendait les mains vers moi. Je l'attendais de l'autre côté du pré, qui devait lui paraître immense. Les distances de l'enfance rendent le monde infini. Or ce n'est qu'une orange pourrie, pleine de miasmes, un minuscule caillou dans l'univers, et aucune des explorations de nos navigateurs ne vaut le défi d'un voyage d'enfant. Jacometto s'approchait en souriant. Il avançait, un pas après l'autre, malhabile et pourtant satisfait, heureux du monde et de lui-même. Je l'attends encore.

Je ne peux pas penser à ce jour. Seigneur, tue-moi maintenant.

22 mai 1594

Sixième jour de fièvre

C'était une folie de quitter le lit, et maintenant tout le monde dit à l'envi que l'effort requis par cette traversée inconsidérée me fut fatal. Mais je n'ai jamais été raisonnable. Et les années n'y font rien. Je ne suis pas de ces vieux qu'on peut aimer comme des toutous qui ne mordent pas. Mon bon Dominico me suppliait de me ménager – il s'occuperait de la livraison de *La Mise au tombeau* – mais personne n'a jamais pu décider à ma place. Je revendique la liberté de disposer de moi-même jusqu'à la fin. J'ai toujours vécu ainsi.

Mes fils m'ont fait monter dans la gondole avec mille précautions, comme si j'étais une statue en verre. Mes os sont fragiles. Le moindre heurt me fêle et me casse. Peut-être suis-je déjà un tas de débris qu'un souffle suffira à disperser. Mais les éclats sont pointus. Nous avons demandé aux apprentis d'installer à la place d'honneur, sous le dais d'étoffe noire, le tableau dans son emballage en bois capitonné de tissus. Ainsi posé à plat, sur les coussins, on aurait dit un cercueil. Le matin était voilé de chaleur, nous glissions sur l'eau immobile comme sur une vitre opaque.

Quand nous avons enfin accosté sur l'île de San Giorgio Maggiore, le gondolier a refusé d'accepter la rétribution convenue. Maître, s'est-il écrié, je n'aurais jamais rêvé d'avoir un jour l'honneur de vous transporter dans mon tas de planches. Il voulait m'embrasser la main droite. Je l'ai repoussé, contrarié, en lui disant d'aller baiser la main de l'évêque. Mais tout confus, il a balbutié que, pendant la grande peste, quand son corps foisonnait de bubons et ses excréments de vers, on l'avait chargé sur le bateau et enfermé au vieux lazaret. Des semaines durant, il avait été cloué sur un grabat, parfois à même le sol, parmi cent autres malheureux sans réconfort. Mais il avait survécu. Guéri, il était allé vénérer humblement les reliques de saint Roch. Alors qu'il lui rendait grâce pour lui avoir sauvé la vie, il avait remarqué la toile montrant saint Roch à l'hôpital, une grande salle identique à celle où lui-même avait agonisé. Il avait été surpris qu'un sujet aussi vulgaire et répugnant puisse offrir matière à œuvre d'art. Il n'arrivait pas à détacher ses yeux du tableau. Dès lors, il avait toujours voulu déclarer à l'auteur du tableau – qu'il rencontrait enfin, puisque c'était moi – la chose suivante : j'avais conféré l'éternité à tous les malades anonymes frappés par la peste et le cortège de maux, douleurs, souffrances et humiliations que le corps nous envoie au moment de mourir. Ces malades sont dignes de figurer dans l'œuvre d'un grand artiste. Lui aussi, par conséquent. J'avais donné dignité à sa vie.

Je lui ai suggéré en riant de s'acheter une paire de lunettes. Mais j'avoue que les paroles de ce gondolier dont je ne connais même pas le nom m'ont touché comme aucune louange de prince ne m'a jamais atteint. Si demain on m'oublie, mon œuvre aura eu un sens au moins pour une personne et il n'aura pas été vain de la créer. Si j'ai donné de la dignité à sa vie, il a donné un sens à la mienne. Mais je lui ai expliqué qu'il se trompe, seul Dieu est éternel, les tableaux ne le sont pas. La peinture s'abîme, ainsi que la toile qui en est le support. Les couleurs se fanent, se fendillent, se ternissent et finissent par disparaître. Et puis il y a toujours le feu, un tremblement de terre, une inondation, l'incurie des hommes ou simplement le temps. Les tableaux sont vivants et tout ce qui est vivant est voué à la mort. En se tortillant comme une anguille, le gondolier a réussi à m'embrasser la main.

Les gondoliers aussi t'apprécient, a commenté Marco pendant que nous frappions à la porte du couvent. Si j'étais toi, je m'inquiéterais. Le succès universel est un signe de décadence. Plaire au grand nombre est dangereux. Il est plus dangereux de ne plaire à personne, ai-je répondu. Il me suffit de me plaire à moi-même, a insisté Marco qui ne me laisserait jamais le dernier mot. Il provoquait, cherchant le conflit. Mais je ne lui ai pas donné la satisfaction de se défouler. Pas le jour de l'enterrement de Giovanni. Je croyais avoir chassé de mon âme la bassesse de m'opposer à mon fils, mais c'était une illusion, une de plus, Seigneur.

L'église était encombrée d'échafaudages et de gravats, retentissante de coups de marteau. Les assistants du sculpteur traînaient lentement Dieu le père vers le maître-autel. La statue en bronze était très lourde, et Dieu le père, allongé, semblait dormir. Le monde sur lequel il reposait ressemblait au ballon que se renvoient les enfants. Mais c'était une œuvre audacieuse, puissante et originale. Girolamo Campagna en personne – échevelé, ruisselant de sueur – dirigeait les opérations. Il était sans doute plus difficile de transporter cet énorme autel que de le sculpter et de le fondre dans le bronze. Il ne m'a pas remarqué. Nous avons dépassé une chapelle latérale en construction. C'était le chantier de Marco. Il aurait dû l'achever depuis un an. Mais mon fils n'aime pas travailler. Il préfère jouer aux jeux d'argent, manier l'épée dans la salle d'armes et se prélasser entre les draps de Dieu sait qui. Un vif éclat métallique m'a blessé les yeux : la réverbération du soleil sur les tuyaux de l'orgue. En levant le regard, j'ai cru reconnaître Marietta adolescente pétrifiée sur le banc, l'ombre squelettique d'un homme debout devant elle. Mais naturellement la place au clavier était occupée par un jeune homme, un novice aux cheveux blonds. Dans l'église San Giorgio, nous n'avons croisé que des ouvriers torse nu occupés à planter des clous et transporter des charges, qui lâchaient des jurons sans prendre la peine de baisser la voix.

Un instant, je me suis demandé ce qu'il en serait de nos églises si les hommes cessaient de croire en toi, Seigneur – et ce qu'il en serait ce jour-là du fruit de mon labeur. Ces toiles que j'ai peintes avec tant de ferveur deviendront peut-être des guenilles tout justes bonnes à alimenter le feu et brûleront dans une cheminée, peut-être même celle du fils du fils de notre fils. Ou peut-être les regardera-t-on sans connaître leur histoire ni comprendre leur signification, tout en les trouvant encore parlantes. Moi-même j'ai manipulé une statue de Vénus ou du dieu de l'amour endormi sans me demander en quoi croyait leur auteur. Voilà encore quelques années, j'aurais considéré cette perspective comme hérétique et blasphématoire, mais aujourd'hui elle me paraît tout bonnement inévitable. La république de Venise durera-t-elle plus longtemps que l'Empire romain et Jésus-Christ plus que ses dieux ? Tandis que je me dirigeais vers la chapelle principale, je me suis posé la question que j'avais toujours réussi à éviter. Est-ce que je crois encore dans la vérité de ce que j'ai peint ? Est-ce que cela a de l'importance ? Doit-on croire en ce qu'on peint ? Ce que nous peignons est-il en rapport avec nos idées, nos sentiments, nos convictions – ou ne sommes-nous que des illustrateurs de rêves et des fabricants de personnages ?

Marco s'est attardé devant *La Cène*, sur le mur de la chapelle. Les ouvriers l'ont accrochée trop haut, a-t-il commenté. D'en bas, on distingue à peine le Rédempteur. Je n'ai pas trouvé utile de lui expliquer que c'était précisément ce que je voulais. L'effet dramatique de cet éloignement lui échappe. Je n'ai jamais peint le Christ si loin de nous. Dominico a examiné de nouveau tous les personnages, la ligne oblique de la table, le pain et les poires dans les assiettes, les objets éparpillés au sol, la vibration lumineuse que répand l'auréole du Christ. Juge partial et généreux, il considère que c'est ma meilleure œuvre depuis de nombreuses années. Je ne lui donne pas tort. Pas par orgueil ou manque de modestie, au contraire : par humilité. J'ai toujours su ce qui dans ma production était mort-né, dicté par la technique ou le besoin, et ce qui était touché par la vie, effet de ta grâce ou de la mienne. Combien de Cènes as-tu fourguées ? m'a demandé Marco sur ce ton légèrement méprisant qu'il adopte quand il parle de mes œuvres. Vingt ? Quarante ?

J'ai oublié. Le jeune peintre qui peignit la première, voilà plus de cinquante ans, en échange d'un sac de farine et d'un tonneau de vin n'existe plus. Ceux pour qui je l'ai peinte n'existent plus, ni ceux qui l'ont admirée. Vieillir autant signifie rester seul. Perdre non seulement ceux qui nous ont aimés ou que nous avons aimés, mais aussi le monde où nous avons vécu. Se retrouver dans un monde différent, nouveau et incompréhensible comme un continent inconnu. Nous tentons de nous y habituer, mais ce ne sera jamais le nôtre. Pourtant, chaque personnage, chaque cruche d'eau, chaque visage que j'ai peint est toujours présent à mon esprit, et fait partie de moi. Ils sont mon monde qui continue, ma consolation.

Comment as-tu pu traiter autant de fois le même sujet sans te répéter ni t'ennuyer ! s'est exclamé Dominico. Je ne serai jamais capable d'autant d'inventivité. Mon imagination est déjà une figue flétrie. Ce qui nous distingue, Dominico, aurais-je voulu lui dire, ce ne sont pas les thèmes ou les sujets qu'on nous commande, qui sont déterminés par la religion, la demande du marché et l'air du temps, mais le sentiment que nous insufflons à ces thèmes et ces sujets, nous qui les abordons quand mille autres artistes les ont traités avant nous : la répartition des personnages dans l'espace, le point de vue rapproché ou sidéral d'où nous les regardons, leur fusion harmonieuse dans le paysage ou l'étroitesse des pièces où ils sont enfermés, la présence des objets et du monde ou bien l'abstraction, la réduction des personnages à l'état de fantômes de l'esprit, la quantité de détails que nous fournissons ou passons sous silence. Et, par-dessus tout, le rapport qui lie les personnages entre eux, l'attraction, la répulsion, la dévotion, la rancœur. La façon dont chacun détermine, limite ou engendre la présence de l'autre, exactement comme nous dans la réalité. Le raccourci d'un corps, les convulsions d'un soleil couchant, la profondeur de l'ombre, la poésie d'une épaule nue, la mélancolie d'une bouteille par terre, la solitude d'un palmier dans le vent... Ce sentiment est la lumière. Muette, comme nous. Nous sommes du temps qui s'écoule. Mes tableaux ont changé avec moi.

Mais j'ai gardé le silence. Je suis las de lui montrer la route. J'ai parcouru la mienne, il trouvera la sienne. Peut-être. Étonnamment, l'admiration sincère de Dominico m'afflige. Les anges autour du brasero, père, a-t-il murmuré. Ils sont tellement réels, plus réels que les apôtres. Tu sais, il y a une chose que je veux te demander depuis longtemps : en as-tu déjà vu un ? Ce ne sont pas des anges, Dominico. Ce sont des esprits. Il m'a regardé, déconcerté. Je les vois tous les jours, mon fils. Mais ils ne viennent pas pour me sauver.

Pendant que Dominico cherchait le prieur, Marco a guidé les porteurs chargés du tableau derrière la sacristie, et je leur ai emboîté le pas. En bas des quatre marches, une obscurité humide et une odeur de moisi nous ont enveloppés. La chapelle des morts est une pièce modeste, aux murs blanchis à la chaux. Les travaux étaient achevés depuis peu. Au sol, la fosse était encore ouverte.

On y avait entassé des planches à la hâte, mais on apercevait un puits, une échelle qui se perdait dans le noir et des plates-formes en pierre qui s'enfonçaient à des mètres sous terre. Sur l'autel, la niche pour ma *Mise au tombeau* était vide. La chapelle est construite en dessous du niveau de l'église. C'est déjà une tombe, et c'est bien ainsi, car dans ce tableau, j'ensevelis le fils de Dieu et le mien.

J'ai regardé autour de moi, stupéfait. Comme dans une mercerie, des centaines de boîtes en bois étaient empilées contre les murs. Les ossements des moines morts dans ce couvent au cours des quatre cents dernières années avaient été exhumés et rangés là en attendant une autre destination. Des os avaient été oubliés et maintenant par terre blanchissait un bassin et sur le banc un fémur, tel un bâton. Des crânes trônaient sur une planche grossière, ainsi qu'une mâchoire avec toutes ses dents. La mort triomphante, la mort imminente nous assiégeait. Nous fûmes ce que vous êtes, vous serez ce que nous sommes.

Quel endroit macabre, a observé Marco, tandis qu'épuisé je me laissais tomber sur un banc, devant la niche vide. Mais les peineux lambinent, je vais aller les secouer. Ce ne sera plus long, a-t-il ajouté, soucieux, avec une douceur insolite dans la voix. On te ramènera vite à la maison, maître.

Je suis resté seul avec les moines trépassés, et avec mon fils mort. J'ai essayé de me souvenir des traits de Giovanni Battista pour prendre congé de lui en paix. Mon fils ressemblait à sa mère. Il avait les mêmes cheveux lisses, fins, couleur de foin. Pourtant une force mystérieuse et puissante l'avait laminé, le gommant de ma mémoire. Impossible de me rappeler son visage.

Seules m'obsédaient des images fragmentaires de mon beau Zuane, qui est sorti de mon existence sans y laisser de traces : le premier duvet blond qui avait envahi ses joues à la puberté, ses yeux bleus constellés de paillettes vertes, son dos maigre aux omoplates saillantes comme des ailes. Zuane nu, en position de guerrier, de soldat, d'archer, de martyr, de femme, de diable. Je l'ai dessiné mille fois sur les pages bleues de mon livre. Il m'a servi de modèle chaque fois que je le lui ai demandé. J'ai étudié mon fils comme une sculpture. Il était aussi beau qu'une statue classique, et réel. Je connaissais chacun de ses muscles, chacun de ses os, chacune de ses articulations, et je connais mieux sa conformation que ses traits. En effet, je me souviens de son corps hardi, poli, viril, alors que j'ai perdu son visage. Tout ce qui m'est resté de Zuane, ce sont mes esquisses, des dizaines de feuilles de papier que le temps a décolorées : membres épars et inertes. Sur aucune de ces esquisses, Zuane n'était lui-même. Il devait toujours être un autre. Le personnage que j'imaginais. Et tant qu'il ne se rhabillait pas, il s'annihilait en moi.

Je ne retrouvais pas davantage sa voix. Seulement des bribes de conversation éparpillées pêle-mêle au fil du temps, dont la signification désormais m'échappait, ainsi que l'écho d'une violente dispute, dont je ne retrouvais ni la cause ni la conclusion. Zuane s'est désintégré, imprimant son ombre sur mes pages et mes toiles. Tout ce qu'a dit, fait, vécu ce jeune homme qui a été mon fils a disparu, comme s'il n'avait jamais existé. Et c'était peut-être précisément ce qu'il cherchait. Mais je n'en ai pris conscience qu'en contemplant la niche vide de la chapelle des morts.

Au bout du compte, il me restait en tout et pour tout un dimanche de novembre, le seul jour que j'ai passé en sa compagnie. La pénombre du sous-bois où ne pénétrait que la lumière tamisée par les frondaisons, la bifurcation d'un sentier et la carcasse d'un jeune cerf sur l'aire de la villa des Navagero. Je n'ai jamais eu de temps pour mes enfants. J'oubliais leurs anniversaires, j'oubliais de les récompenser quand ils se comportaient en bons élèves aussi bien que de les punir quand ils faisaient l'école buissonnière. Je ne les veillais pas quand ils avaient de la fièvre et n'organisais pas de réjouissances quand ils guérissaient. Ma distraction engendrait pleurs, déceptions, désillusions, tragédies qui, pour être enfantines, n'en avaient pas moins leur gravité. Alors Marietta et Faustina inventèrent le bocal aux désirs. Elles prirent un vieux bocal en verre et ménagèrent une ouverture dans le bouchon en liège. Une fois par an, elles demandaient aux enfants d'écrire sur un petit papier ce qu'ils désiraient le plus au monde. Un objet qu'ils auraient voulu posséder, un titre de livre, un jouet. Puis, quelques jours avant l'Épiphanie, elles m'informaient d'un air innocent : Dominico aimerait beaucoup un exemplaire du *Roland furieux*. Il coûte sept lires, crois-tu pouvoir les trouver ? J'ignorais tout du bocal, mais le jour de l'Épiphanie, mes enfants recevaient toujours le cadeau qui leur faisait le plus plaisir.

Dans le bocal, pendant des années, Zuane a glissé un billet portant le même désir. Et comme il était irréalisable, Marietta et Faustina ne parvinrent jamais à le contenter. Je veux aller avec mon père dans la forêt magique chercher la licorne. Je veux chasser la licorne avec papa. Je veux aller avec papa attraper la licorne. Dans les mois terribles de la peste, Marietta me révéla l'existence du bocal : au cas où elle ne guérirait pas et ne sortirait pas vivante du bûcher, il fallait que je connaisse les désirs de mes enfants. Je trouvai l'idée peu éducative et mièvrement féminine, mais Marietta rétorqua que c'était moi qui lui avais appris à rêver, à croire qu'il existe quelque chose d'autre, au-delà de ce qui est possible.

Faustina et moi lûmes les billets de nos enfants un à un. Nous jurâmes que si l'un de nous survivait à la peste il tenterait d'exaucer ces désirs innocents. Dominico voulait des livres de poésie, Marco un sabre, Perina que nous offrions des poupées et des gâteaux aux fillettes pauvres du quartier, Lucrezia voulait un chardonneret. Ottavio, de l'au-delà où nous l'avions perdu trois ans auparavant, voulait encore la boussole de la victoire. Mais le désir de Zuane était un rêve, et nous ne pouvions rien pour lui.

Mon troisième enfant était aimable, courtois, léger. Il évoluait avec grâce, comme s'il dansait. Brillant à l'école, il passait ses après-midi dans mon atelier : il travaillait le dessin avec zèle, opposant à mes reproches un sourire doux. Zuane aura dix ans après-demain, me rappela un soir Faustina au lit, avant d'éteindre la lampe. Parle-lui, il a grandi, accorde-lui cette attention. Oui, grommelai-je. Je ne donnai aucune explication à personne, sinon que j'allais passer le dimanche à la campagne chez des connaissances et que j'emmenais Zuane pour le récompenser de sa réussite.

Mon oncle m'avait prêté l'arquebuse, la poire à poudre, la boîte de balles et les pistolets à canon court. Les chiens appartenaient à la meute des Navagero, qui avaient été très surpris de m'entendre exprimer, par l'entremise de mon ami Sebastiano Franceschi qui était aussi leur secrétaire, le souhait de me joindre à une de leurs célèbres battues de chasse. En réalité je ne les accompagnerais pas, parce qu'il était trop risqué d'exposer mon garçon aux tirs de leurs armes à feu et aux pointes de leurs lances, nous sortirions ensemble à l'aube, pour nous séparer ensuite. À ta guise, Tintoret, me dit Navagero, mais je ne crois pas que le genre de la peinture de chasse te convienne. Tu n'es pas assez aristocrate, ne comprends pas assez les nobles pour pénétrer l'esprit de la chasse, qui est l'essence même de la noblesse. De frustes braconniers aussi pratiquent la chasse, pensai-je, mais je gardai cette réflexion pour moi.

Le cheval était blanc, comme dans mes tableaux, et Zuane applaudit à sa vue, n'osant croire à tant de chance. Vous savez monter, n'est-ce pas, monsieur ? me demandèrent les palefreniers quand ils conduisirent les bêtes sur l'aire. En toute modestie, je suis le meilleur cavalier de Cannaregio, répondis-je. Et le petiot ? Lui aussi, affirmai-je. Je crois que Zuane n'avait jamais approché un cheval de sa vie, à Venise ils sont très rares. Ils constituent un luxe coûteux et superflu. Seuls les riches vont à cheval. Mais en fin de compte, m'étais-je dit, un cheval doit être comme un âne. Il a quatre pattes et un dos. Et puis, les Navagero l'ont dressé, ils l'emmènent à la chasse chaque année, le cheval saura de lui-même ce qu'il doit faire.

Je parvins tant bien que mal à monter en selle et aidai Zuane à grimper. Je l'assis devant moi, lui entourant la taille de mon bras. Les mains de Zuane s'agrippèrent à la mienne. Mon oncle m'avait expliqué comment tenir l'arme et comment actionner le rouet pour la mise à feu. J'étais harnaché de pied en cap, un vrai condottiere. Mais je ne souhaitais utiliser ni la poudre ni les armes. Il paraît qu'on a aperçu une licorne dans cette forêt, dis-je à Zuane, en empoignant les rênes et en retenant le cheval de mon mieux pour qu'il ne parte pas au trot. Ces gentilshommes vont essayer de le débusquer, alors ouvre l'œil. Papa, s'écria-t-il à la fois ému et impressionné, tu es sûr ? Fais-moi confiance, répondis-je. Quand le son grave du cor résonna dans la vallée et que chasseurs et meutes quittèrent la villa, je relâchai les rênes et le cheval prit patiemment la queue du groupe.

Les chasseurs se lancèrent au galop derrière les chiens et eurent tôt fait de nous distancer. Nous entrâmes dans la forêt, où nous trouvâmes l'obscurité, tandis qu'une humidité glacée nous pénétrait aussitôt jusqu'aux os. En dépit des gants, du bonnet et du manteau, nous fûmes en une heure trempés de sueur et glacés sous l'effort. J'avais mal au postérieur, mon dos était en compote, mes doigts engourdis, les muscles de mes cuisses qui n'avaient pas l'habitude de l'allure du cheval accumulèrent contractions, tensions, douleurs. Zuane, lui, était ravi. Les tirs au loin l'excitaient.

Il aperçut un lièvre, un chevreuil, un faisan, toutes sortes d'oiseaux. Mais pas l'ombre d'une licorne. Au milieu de la matinée, nos ventres gargouillaient de faim et une imperceptible déception entama les espoirs de Zuane. Mais il continuait à guetter au plus touffu du bois le moindre bris de branche cassée, le moindre mouvement de fougère et n'aurait renoncé à sa quête pour rien au monde. Je regardais à la ronde, inquiet, craignant que le serviteur des Navagero ne nous ait roulés dans la farine.

Nous avions convenu qu'avant midi il récupérerait un des cerfs abattus par les chasseurs, lui scierait un bois et peindrait le corps en blanc. Je lui avais fourni la peinture et même le pinceau. Le sentier débouchait dans une clairière. C'est là qu'il lâcherait le chien, qui nous conduirait à la proie. Je lui donnerais l'équivalent d'un mois de salaire : la moitié tout de suite et l'autre moitié si le plan réussissait.

Zuane tremblait de froid. Il était fatigué, ensommeillé, endolori. Mais il n'avait pas renoncé à fouiller les bois du regard, à guetter le bruissement des feuillages, à repérer empreintes et mouvements suspects, à attendre l'apparition. Papa, me dit-il soudain en penchant la tête et en tournant vers moi ses yeux clairs, mais la licorne existe vraiment ? Ce n'est pas une invention des livres ? Personne n'en a jamais vu ! Bien sûr qu'elle existe, répondis-je, en regardant autour de moi. Mais je n'arrivais pas à retrouver la clairière convenue. Le sentier se partageait en deux. À droite, il montait en haut de la colline. À gauche, il s'enfonçait dans le vallon. Le serviteur ne m'avait pas parlé de bifurcation. À l'en croire, il y avait un seul chemin, il était impossible de ne pas déboucher dans la clairière. Je tirai sur les rênes et posai pied à terre. Aucun des deux sentiers ne présentait de traces de pas ou de signes de passage. J'étais là, indécis, quand un coup de feu retentit tout près. Cinq chiens lancés à toute vitesse sur une piste surgirent de nulle part en aboyant. Le cheval sur lequel Zuane était resté tout seul se cabra, hennit terrorisé et partit au galop, sans que je réussisse à saisir la bride pour l'arrêter. Zuane cria, s'agrippa à la selle et je les vis disparaître dans les fourrés. Je m'élançai à leurs trousses en hurlant. Je me blessai le visage aux branches et aux épines. Je pris l'arquebuse et la poire à poudre. Évidemment, un cheval jeune habitué à suivre chiens, lièvres et cerfs courait plus vite qu'un peintre de cinquante-huit ans habitué à rester dans son atelier, et je le perdis de vue immédiatement.

Trois heures plus tard, le cheval revint à la ferme des Navagero, sans cavalier ni selle. La carcasse de la fausse licorne peinte en blanc gisait inerte au milieu de l'aire : le serviteur des Navagero l'y avait traînée pour que je lui règle le solde de ses efforts. C'était un jeune cerf, maigre, élégant. Sa dague était toute nouvelle, pas plus longue qu'un doigt. Sa mort me chagrina.

Les chiens retrouvèrent Zuane sur un talus. Évanoui, le visage en sang. En tombant, il s'était cogné la tête et cassé une jambe. Il avait crié en vain pendant des heures et n'avait plus de voix ni de forces. La fièvre montait. Tout va bien, papa, balbutiait-il étendu sur la civière, je l'ai vue, je te jure que je l'ai vue. Bien sûr que tu l'as vue, disais-je, pour le réconforter, nous l'avons capturée. Et pendant qu'on le transportait dans la villa, à demi conscient sur sa civière, le visage couvert de sang séché et sa jambe cassée pendant inerte dans le vide, je lui montrai la carcasse de la licorne : il avait commencé à pleuvoir et l'eau qui coulait sur son dos la faisait trembler. On aurait cru que l'animal respirait. Zuane sourit.

Le médecin dit que la fracture était mauvaise. Il la réduisit, posa une attelle, banda. Il déclara que si aucune complication ou infection ne survenait, l'enfant se rétablirait, mais comme il était au début de sa croissance et que l'os devait encore grandir, sa jambe resterait peut-être un peu plus courte que l'autre et mon fils boiterait pour toujours. Ce n'est pas grave, murmura Zuane, les peintres n'ont pas besoin de courir et les musiciens restent assis tout le temps. Les Navagero m'offrirent leur voiture pour le ramener aussitôt à Venise, où il serait mieux soigné. Je m'excusai pour cet accident et le dérangement occasionné. Je t'avais dit que la peinture de chasse n'était pas ton genre, Tintoret, commenta Navagero, mais tu n'en fais jamais qu'à ta tête.

Il avait plu tout l'après-midi et des flaques d'eau trouble cachaient la grande allée de la villa. Les brancardiers zigzaguaient dans la boue. Ils eurent bien du mal à hisser l'enfant immobilisé et fiévreux dans la voiture. Nous partîmes enfin. Mais, gênés par la boue, les rigoles creusées par les trombes d'eau et les allées et venues des serviteurs qui emportaient aux cuisines le butin de la battue de chasse – montagnes emplumées de petits oiseaux, pyramides de faisans et de cailles, chevreuils ligotés sur leur broche –, nous traversâmes l'aire au pas. Pendant que la voiture peinait sur les nids-de-poule, je m'aperçus que la pluie avait lavé la peinture, que la carcasse de la licorne n'était plus blanche ou du moins plus partout. Sous le camouflage affleurait le pelage fauve d'un pauvre cerf des plus banals. Je le vis, et Zuane aussi. Il ne fit aucun commentaire.

Il ne se plaignit pas de la douleur, ni pendant le voyage, ni pendant les longs mois de sa convalescence, jamais. Tout le voyage se déroula en silence. J'étais à côté de lui, muet, peut-être parce que nous n'avions plus rien à nous dire ou peut-être au contraire parce que nous aurions eu l'impression en parlant de violer une intimité parfaite. Le claquement des sabots sur la route, la lune ronde comme un écu qui se découpait derrière le rectangle de la vitre et ce corps jeune, bouillonnant de vie, essentiel et beau comme seul un corps masculin peut l'être, blessé, peut-être mutilé, par ma faute. Nos ombres se projetaient sur la paroi de l'habitacle : petite la mienne, longue et fine la sienne. Cette ombre à côté de la mienne, avec laquelle elle essayait obstinément de se confondre, c'est tout ce que j'ai réussi à retenir de mon fils.

Tu n'es qu'un inconscient, tu as perdu la raison ! s'indigna Faustina, furieuse du risque auquel j'avais exposé notre adorable Zuane, qu'elle m'avait confié en bonne santé, resplendissant et heureux le jour de son dixième anniversaire et que je lui ramenais la jambe cassée, ravagé par la fièvre et peut-être estropié à jamais. Tu n'es jamais monté sur un cheval de ta vie, tu n'es jamais allé à la chasse, tu n'as jamais manié d'arbalète, d'arquebuse ou de pistolet, tu n'as jamais tiré un coup de feu, tu détestes la chasse et les chasseurs, qu'as-tu donc dans la cervelle ? Où espérais-tu arriver avec mon fils ? Tu voulais le tuer ? Pourquoi cries-tu, maman ? murmura Zuane. On s'est bien amusés, on a vu la licorne, c'est le plus beau jour de ma vie.

Plus d'un an a passé depuis l'annonce de sa mort. Je n'avais plus de nouvelles de lui depuis longtemps. Ce sont les officiers de santé qui m'ont informé. Un inventaire de son logis avait été dressé. Si je voulais hériter de ses biens, je devais ouvrir une procédure auprès des magistrats compétents et prouver que j'étais son père. Je ne pensais pas que mon fils possédait des biens justifiant la dépense d'une démarche en tribunal, mais je voulais récupérer un objet auquel je tenais beaucoup, pour le donner à mon bon Dominico, qui avait su le mériter. En outre, je ne voulais pas que mon épouse sache ou soupçonne que notre enfant préféré était mort pauvre. Et je ne voulais pas qu'elle pense qu'une fois de plus j'avais sous-estimé Zuane. Je m'adressai donc aux Juges des Biens et intentai le procès.

Un mois plus tard, je fus convoqué devant la cour au Palais Ducal. La sentence m'avait été favorable. Et comment aurait-elle pu ne pas l'être ? J'étais, *je suis*, je serai pour toujours son père. Dans la vie d'un homme, la paternité est la seule chose irrévocable, avec la mort. Tout ce qui avait appartenu à Giovanni Battista Robusti était maintenant à moi. Il y a quelque chose de contre nature et de monstrueux à hériter des biens de son enfant, Seigneur. On me dit que je pouvais retirer au dépôt la caisse arrivée de Zante. Marco se chargea de la faire transporter chez nous. Sacrée journée, Menego ! dit-il ironiquement en tapant sur l'épaule de Dominico. Le vieux Saturne a encore dévoré un de ses enfants. Pour me requinquer, il faudrait que je boive plus qu'un soudard et si la mer était du vin, je voudrais devenir poisson sur-le-champ. Et toi, dis tes prières, car si Dieu ne s'est pas trompé dans ses calculs, tu es le prochain sur la liste.

Il s'éloigna avec les portefaix. Il ne voulait pas rester près de moi une seconde de plus. Et je lui en fus reconnaissant. Parfois tout me déplaît chez Marco. Dans un tableau, je peux rectifier une erreur, Seigneur. Je l'examine, je comprends où je me suis trompé et pourquoi, et je repeins par-dessus. On appelle cela le *repentir du peintre*. Comme ce terme est beau et juste. Mais les êtres humains, tout imparfaits qu'ils soient, restent tels qu'ils sont, même si, en les observant, on comprend où et pourquoi ils sont défectueux. Le repentir ne corrige rien, n'améliore rien.

Zuane n'avait pas emporté grand-chose avec lui. En quittant Venise, il avait voulu laisser tout ce qu'il avait été et qui aurait pu lui rappeler ce qu'il aurait dû être. Une valise en cuir suffisait pour son linge et ses chemises, et il portait sur lui son bonnet en velours et sa pelisse de loup-cervier à boutons dorés et col bordé de martre. J'ignorais ce que contenait la caisse expédiée de Zante. Je ne cherchais pas une explication pour la mort de mon fils, mais pour sa vie, ou du moins un indice qui m'aide à la comprendre.

Je brisai les scellés et ouvris la caisse, renversant tout son contenu sur le tapis. Ces pauvres objets gisaient par terre dans mon atelier comme une épave après un naufrage. Le notaire trop scrupuleux qui avait rédigé l'inventaire des biens de Giovanni Battista Robusti avait aussi décrit l'état désastreux et la mauvaise qualité de ces objets. Voici tout ce qu'on a trouvé dans la chambre de mon fils :

1 valise en cuir
1 cloche en bronze
3 chemises d'homme élimées
4 tentures en cuir dorées à l'or vieilles et râpées
5 nappes sales
1 drap usé et sale
1 chandelier en étain
1 robe de chambre
1 assiette en étain
1 drap vert effiloché
1 Christ en argent sur une croix de pierre noire
1 tasse en fer-blanc

Sa pauvreté m'offensait. Giovanni Battista, l'enfant de ma maturité, qui avait reçu le nom de mon père et toutes les attentions de ma famille, car il était le cadet des garçons, le plus gracieux, le plus beau, ne possédait vraiment pas grand-chose.

Indignes d'une mention dans l'inventaire, car dépourvus de toute valeur marchande, il y avait aussi un pourpoint usé jusqu'à la corde, effiloché et souillé de sang sur le côté, des gants doublés en lapin rongés par les mites (il avait dû vendre la précieuse pelisse en lynx qu'il portait à son départ), un galet de rivière où était incrusté un coquillage, une poignée de pièces de monnaie d'un pays étranger et une liasse de lettres écrites par des gens que nous ne connaissions pas. Nous n'avons jamais rien su des activités de Zuane, ni quelles ont été ses amours. Il ne s'est pas marié et n'a pas eu non plus d'amante. Aucune femme n'a revendiqué son héritage ou ne l'a réclamé pour son enfant. Giovanni n'a engendré que sa propre perte.

Le luth ne figurait ni sur l'inventaire ni dans la caisse. Zuane ne l'avait pas gardé. Il n'avait donc pas été musicien non plus. Mais, dans la valise en cuir, dans un double fond qui avait échappé au notaire, se trouvait la serviette contenant ses dessins. Il n'en avait pas vendu un seul. Cent cinquante dessins, des esquisses : bustes d'homme, cuisses, fesses, épaules, raccourcis, au crayon, à la plume, au fusain. Je reconnus les personnages de beaucoup de mes tableaux, petits valets, servantes, philosophes, et les objets que nous avions représentés des dizaines de fois, coupes en argent, candélabres, braseros, corbeilles, jusqu'aux pommes et aux miches de pain. Je reconnus des copies de mes œuvres : des femmes adultères que j'ai peintes quand il n'était même pas né, des scènes mythologiques, des crucifixions, des Madeleine lavant les pieds du Christ, que lui, enfant, adolescent, puis homme fait a jetés sur le papier pendant des années, fidèlement. Je reconnus Zuane lui-même : il se copiait sur mes dessins qui le reproduisaient nu en Lazare ressuscité, en saint Laurent sur le grill, en Lucrèce violentée, car il était mon modèle masculin et féminin.

La dévotion de Zuane, si inattendue, m'émut. Sa main n'avait rien ajouté à mon travail. Elle s'était contentée de le reproduire. Avec zèle. Correctement. Et même plus. Ses dessins contenaient le germe timide du talent. Un talent qui n'a jamais su mûrir ni s'affranchir ni se manifester. Raté, comme sa vie. Je suis toujours incapable aujourd'hui de savoir si Zuane m'a laissé ses dessins comme une preuve ultime de fidélité ou comme le prix de sa trahison. S'ils me rendent un tendre hommage par-delà la frontière qui nous sépare, ou s'ils m'accusent et me condamnent à une peine qui ne me sera jamais remise. J'y pense encore, allongé sur ce matelas, le corps froid, le cœur racorni dans ma poitrine, les paupières fermées sur la nuit qui m'entoure. Sans trouver de réponse.

Mon bon Dominico rassembla les feuilles et les remit dans la serviette en cuir. Il me demanda l'autorisation de conserver ces dessins en souvenir de son frère, et j'acceptai. Ce n'était pas là que je trouverais Giovanni. Mais dans l'absence, car ce fut la cachette de mon fils. Je le reconnais dans ce qu'il n'a pas voulu être. C'est tout ce qui me reste de Zuane, murmura Dominico, nous ne savons même pas où il est enterré. C'est alors que j'ai décidé de l'emmener dans la chapelle des morts, à San Giorgio Maggiore, sur l'île qui regarde Venise et depuis toujours la désire, par-delà le canal qui les sépare. *La Mise au tombeau* serait les funérailles que je n'ai pas pu lui organiser et la tombe que je n'ai pas pu lui donner. Le Christ est mon fils et je ne l'ai pas tué. Mais je ne l'ai pas sauvé. J'ai commencé cette toile le jour où j'ai pris congé de Marietta. Je l'ai finie pour lui.

La chapelle est prête, maître, comme vous le voyez, les échafaudages sont démontés, le crépi est sec, quand pourrons-nous recevoir *La Mise au tombeau de Notre-Seigneur* ? m'a demandé avec affabilité le prieur, redoutant que je ne sois venu lui signifier un nouveau report de livraison après tant d'autres. Crainte bien compréhensible : je repousse depuis un an, sous prétexte d'apporter d'ultimes retouches. Je n'arrivais pas à me séparer de ce tableau, mais le moment est enfin venu. Elle est ici ! a expliqué Dominico en montrant le tableau encore emballé. Le maître voudrait la voir accrochée aujourd'hui même. Aujourd'hui ? s'inquiéta le prieur. Ce n'était pas prévu, les ouvriers sont occupés au presbytère. J'attendrai, ai-je dit, je n'ai plus rien à faire.

Tandis que le prieur courait annoncer aux moines la bonne nouvelle de l'arrivée de *La Mise au tombeau*, Dominico a dénoué les cordes, démonté l'emballage en bois et dégagé le tableau. Ces derniers mois, il m'a vu travailler tous les jours à cette toile. Je ne me suis occupé de rien d'autre, et ne m'occuperai de rien d'autre. Comme je semblais incapable de l'achever, il s'est offert plusieurs fois de la finir à ma place. Mais je ne lui ai concédé que quelques personnages. *La Mise au tombeau* est mon œuvre. Ce tableau est un dialogue où Dominico n'a pas voix au chapitre : c'est ma conversation avec mes enfants perdus et préférés, et avec toi.

Quelle pâleur, père ! s'est-il exclamé. Dans la pénombre de la chapelle des morts, les personnages drapés de rouge, bleu et orange étaient presque phosphorescents, mais une atmosphère maladive pesait sur eux. Seule la chair du Christ mort répandait une luminescence blanche. Dominico ne peut pas comprendre. Il est jeune, il préfère le concret et l'harmonie des couleurs. Il se peut que, le jour où il ne devra plus être mon fils, il devienne un homme résolument heureux. Il se peut aussi qu'il ne parvienne pas à être rien d'autre.

Les moines se sont pressés dans la petite chapelle, beaucoup se sont agenouillés. Certains ont touché les pieds du Christ, les ont baisés, d'autres ont pleuré. Ils trouvent que cette scène empreinte de douleur est d'une tristesse presque insupportable. Debout, appuyés contre les murs, ils sont restés avec nous tandis que les ouvriers, sous la gouverne de Marco, montaient la toile sur son cadre, puis l'installaient dans la niche. Ils n'ont pas réagi quand la cloche les a invités au réfectoire. Alors le prieur a voulu rappeler aux moines l'honneur que leur faisait Tintoret en choisissant la plus humble des petites chapelles de leur église pour accueillir le fruit de ses derniers efforts. Il m'a présenté comme le fils adoptif d'Apelle, le génie de la lumière, de l'ombre, des mouvements et des sentiments, le dernier maître de ce siècle, l'héritier de Titien et Michel-Ange. S'il avait prononcé mon éloge funèbre, il n'aurait pas eu paroles plus élogieuses.

Mais mon cœur n'a pas exulté, Seigneur. L'orgueil est une tentation que j'ai su vaincre. J'aurais souhaité entendre ces compliments soixante ans auparavant, j'en rêvais, je les désirais si ardemment que j'aurais fait n'importe quoi pour les attirer. Et j'ai fait n'importe quoi, je le crains. Mais ils ne sont pas venus. J'ai essuyé des critiques féroces, fielleuses, railleuses. J'ai entendu dénigrer mes œuvres par le dernier barbouilleur de la corporation des peintres, convaincu d'être en droit de me juger, par le plus virulent des hommes de lettres et par le plus obtus des fonctionnaires de la république. J'ai entendu un membre bien-pensant d'une Scuola proposer de payer de sa poche pour qu'une commande de tableau soit confiée à n'importe qui d'autre qu'à moi. On m'a reproché de ne peindre que pour l'argent, on m'a traité de peintre en bâtiment, de décorateur de meubles tout juste bon à raconter des histoires au peuple, on a déclaré que je suis emphatique, confus, que j'ai trop d'imagination, que je suis excessif, pléthorique, relâché et négligent, que je ne sais pas dessiner, que je ne sais pas utiliser les couleurs, que je ne sais pas finir. Bref, que je ne sais pas peindre.

Et comme, malgré tout, les gens aimaient mes tableaux et qu'au fil du temps ils les aimaient de plus en plus, on a minimisé leur valeur, et la mienne avec. On m'a accusé d'être resté un artisan qui maîtrisait les techniques et les stratagèmes, mais par instinct, sans vision du monde ni conscience. D'avoir organisé le travail dans mon atelier davantage comme l'activité d'une teinturerie, d'une manufacture ou d'un arsenal que comme une noble collaboration entre peintres. D'avoir pratiqué une politique de prix au rabais qui a nui à tous les peintres et transformé la peinture en une industrie et un marché. Mais c'est exactement le contraire. J'ai bousculé les certitudes, saboté le système, refusé l'horizon habituel. Il est admis que, l'argent menant la danse dans notre société, l'art n'est rien d'autre qu'un engrenage dans le mécanisme du profit. J'ai refusé le profit. J'ai travaillé gratuitement. Voilà ce qu'on ne me pardonne pas.

J'ai payé le prix. Les peintres m'ont toujours détesté. Tant que je n'ai pas été assez vieux pour que s'impose l'idée que je dégagerais bientôt le terrain, je n'ai jamais eu d'amis parmi eux. J'ai compté des amitiés parmi les comédiens, les imprimeurs, les poètes, les musiciens et même les médecins, les armateurs, les secrétaires, les sénateurs et les amiraux, jusqu'à gagner celle d'un doge. Mais pas de peintre. J'aurais aimé, car avec qui d'autre partager mes découvertes ? Quand mon nom s'est mis à compter, j'avais pour clients des connaisseurs en sculpture classique, en médailles, en pierres précieuses, en bijoux et en peinture, mais c'étaient toujours des profanes. Seul un artiste sait vraiment ce qu'est cette lame de lumière qui vibre à l'horizon, cet effleurement du pinceau qui résume une forme, cette caresse de couleur qui dessine l'arrondi d'une bouche. Cet ami peintre, j'ai dû l'engendrer de ma semence.

Les individus qui ont craché leurs jugements venimeux ont beau être mesquins, leurs avis insignifiants et aujourd'hui oubliés, je n'ai pas réussi à les chasser de ma mémoire. Les blessures d'amour propre ne se referment jamais. Si la gangrène les épargne, elles laissent une cicatrice indélébile, et l'âme d'un vieil artiste est comme le corps d'un guerrier après trop de batailles. Aucun des éloges qu'on m'adresse désormais ne me dédommage plus. Mon orgueil est mort avec mes ambitions. Je l'ai enseveli à la Madonna dell'Orto, avec mon œuvre la plus chère.

Mon révérend, ai-je interpellé le prieur, le maître que vous avez devant vous a l'estomac tout raplapla et les viscères à l'envers, il lui faut ramener dare-dare sa carcasse au bercail ou il sera un maître mort. Faites donc accrocher ce tableau et qu'on en finisse.

Tandis que les marteaux enfonçaient les clous dans le mur, tandis que *La Mise au tombeau* prenait sa place dans la niche de la chapelle, Zuane m'est soudain apparu avec une parfaite netteté, le jour où il est parti, coiffé de son béret de velours et enveloppé dans sa pelisse de loup-cervier aux boutons dorés, sur le quai en bas de chez nous. On était en janvier ou en février, je ne me souviens pas, il me semble que beaucoup de temps a passé, mais cette scène ne remonte peut-être qu'à quelques années. Pour moi, le temps s'est arrêté le jour où *elle* est partie. Les saisons se sont succédé sans but, tout s'est mélangé, le présent est devenu une ronde de jours sans histoire, qui n'a laissé aucune trace en moi, car il ne pouvait plus rien m'arriver de significatif. Giovanni avait mis ses dessins dans une serviette en cuir.

Je les vendrai, m'a-t-il dit en remarquant que je la regardais. Les copies de ton travail me donneront toujours à manger. Il savait qu'il me blessait, c'était délibéré. Tu n'as pas pris de pinceau, Zuane, ni de plume, ni de pastels, ni de papier bleu. Je n'en ai pas besoin, répondit-il. Ce jour-là, il a renoncé à être peintre et à tout ce que je voulais pour lui. Il s'est libéré le même jour de moi et de lui-même. Je lui ai reproché de ne pas avoir assez aimé la peinture. Elle non plus ne m'a pas aimé, m'a-t-il répondu, amer. Nous sommes deux adultères.

C'était l'aube. En bas du pont Brazzo était amarré le bateau chargé de soieries sur lequel il quittait Venise. Et moi. J'aurais dû le retenir, je savais que, seul, il ne s'en sortirait pas. Je n'ai pas trouvé les mots justes pour l'arrêter, Seigneur. J'aurais aimé qu'ils me viennent aux lèvres, mais je les ai gardés pour un jour qu'il ne nous a pas été donné de vivre. Si Zuane était revenu, j'aurais osé être injuste. Je me serais agenouillé devant lui. Je l'aurais honoré, lui mon fils prodigue, plus que mon bon Dominico.

Tout ce que j'ai réussi à dire à mon fils qui partait fut ma déception. Nous sommes indulgents avec ceux qui ne le méritent pas et sévères avec ceux en qui nous avons cru. Mais seuls ceux que nous aimons peuvent nous décevoir. Zuane avait échoué, mais moi aussi, mon fils devenait un vagabond et cette conscience a chassé le souvenir de l'affection que j'avais éprouvée pour lui. J'étais aveuglé par la colère et même par le mépris. Tout ce que j'ai fait pour toi, c'est de la confiture donnée aux cochons, lui ai-je reproché. Et moi, m'a-t-il répondu en rougissant, ce que j'ai fait pour toi n'a donc aucune valeur ? Je t'ai aidé de toutes les façons, lui ai-je répliqué, d'autres étaient plus dignes, mais je me suis porté garant pour toi, je me suis exposé pour toi. Je suis ton fils, a insisté Zuane, tu l'as fait pour toi, pas pour moi.

C'est ainsi que tu me remercies ? l'ai-je blâmé. Tu jettes le discrédit sur moi. Et tu n'en as cure. Non, franchement, non, dit

Zuane en lançant son bagage sur le chaland, je n'avais pas demandé à naître. L'initiative est venue de toi. Comment comptes-tu vivre ? lui ai-je demandé pour essayer de le décourager. Celui qui perd sa dignité s'expose à être la risée de tous. Que feras-tu quand tu auras vendu ton dernier dessin ? Tu as toujours tout eu. Tu ne sais rien faire. Tu n'es pas en mesure de travailler sérieusement, tu mourrais si tu devais gagner ta croûte dans une verrerie ou une autre fabrique. Ce n'est pas un problème, dit Giovanni en souriant. Je n'aurai pas besoin de courir ni de solliciter ma jambe. Je chercherai peut-être un emploi auprès d'un gentilhomme et je jouerai du luth. Je ne ferai peut-être rien du tout. C'est bien ainsi.

La musique avait toujours été sa passion. Petit, il m'empruntait mes instruments et se cassait les ongles sur les cordes du luth, à la poursuite de la mystérieuse eurythmie universelle qu'il prétendait déchiffrer dans les sons chaotiques du monde. Il s'exerçait des heures durant en frappant avec un marteau sur des couvercles de casserole, en pinçant des tendons de veau. À la maison, ses notes étranges, métalliques et sans harmonie, que personne à Venise n'avait jamais entendues, nous rendaient tous fous. Il disait que la musique naît du bruit, comme la beauté de la douleur. J'ai jugé ses théories velléitaires et ses visées mal placées. Il ne deviendrait jamais compositeur ni maître de chapelle. Il n'était pas taillé pour faire carrière. Il n'avait ni la constance ni l'ambition nécessaires. Ni la rage, cette force obscure qui est le secret de tout succès. Il aurait pu composer ses mélodies et jouer tous les jours comme je l'ai fait, en vivant avec bonheur d'un autre métier et en restant sous notre toit. Ce fut d'ailleurs le cas pendant vingt-deux ans.

Je pensais qu'il essaierait de me prouver que j'avais eu tort d'étouffer son talent, mais ce n'était pas son intention. Convaincu qu'il ne trouverait jamais sa place de peintre parmi les autres à l'atelier et qu'il viendrait toujours après Dominico, Marco et Marietta, Giovanni avait voulu s'inscrire à l'université quand il avait eu dix-huit ans et s'était installé à Padoue. Je ne lui avais pas fait grief de cette désertion. D'ailleurs, sa mère s'en réjouissait, car un diplômé dans la famille réaliserait le rêve des Episcopi : un des Robusti au moins, disait Faustina en souriant, deviendrait quelqu'un de sérieux… Mais les saisons étaient passées sans aucun profit. Jusqu'au jour où j'avais appris que Giovanni préférait le luth aux études de droit. Il jouait avec trois amis à la réputation détestable : parfois dans des réceptions données par un cardinal raffiné, mais parfois aussi dans des maisons équivoques, pour des festivités qu'il vaut mieux passer sous silence. Je l'avais sommé de choisir : l'université ou la musique. Giovanni n'avait choisi ni l'une ni l'autre. Il était revenu à Venise vivre à nouveau dans ma belle demeure. Il ne montrait aucun regret d'avoir abandonné ses études et déçu les attentes de ses parents. C'est bien ainsi, disait-il. Il aidait mes autres enfants à l'atelier. Mais il n'était guère efficace. Il essayait de se faire oublier. Il n'acceptait que les tâches les moins prenantes, de tout petits détails : les nuages, les arbres, un rocher. Le soir, il restait dans la grande pièce, jouant sans grande conviction du luth, de la viole ou du clavecin, s'interrompant toujours avant la fin. La musique s'évaporait entre ses doigts.

Ne te tracasse pas, me dit-il en haussant les épaules avec insouciance, je trouverai toujours une façon de vivre, peu ou prou. C'est ce qu'il a fait. *Peu ou prou.* L'approximation a toujours été dans sa manière. Giovanni ne s'est jamais appliqué. Il se contentait d'accomplir son devoir, sans passion ni zèle. Sa fuite elle-même, il s'y est lancé, *peu ou prou*, sans savoir où aller, ni pourquoi il y allait. Et trop tôt, Seigneur. Il n'avait que vingt-deux ans. À son âge, j'étais déjà un peintre indépendant, j'étais libre, maître de ma vie, je savais ce que je voulais, et je me battais pour l'obtenir. Mais lui avait encore tout du gamin. Il était maigre et fluet, avec des boucles claires et des traits d'ange délicats. Il ne parlait jamais. Même quand il était avec nous, on aurait dit qu'il voulait s'effacer, il semblait toujours sur le point de disparaître. Je ne t'enverrai pas d'argent, lui dis-je en guise d'avertissement. Si tu quittes ma maison maintenant, tu n'es plus mon fils. Même si on m'annonce que tu meurs de faim dans un hospice en terre étrangère, je ne t'enverrai pas d'argent. Il me répondit avec un doux sourire : je ne t'en ai pas demandé, papa.

C'est vrai. Giovanni ne m'a jamais demandé un ducat. La seule chose qu'il a partagée avec moi est un orgueil démesuré. Il a su rater sa vie seul, et je le respecte pour cette raison. J'aurais voulu qu'il me réclame de l'argent, qu'il m'avoue en avoir besoin. Je lui en aurais donné. Mais il n'a rien quémandé, craignant que je n'achète ainsi son retour. Au bout du compte, sa pauvreté a acheté sa mort.

Je lui offris ce que j'avais de plus précieux. Mon luth. La musique a enrichi ma vie et je ne m'en étais jamais séparé. Je l'avais hérité de mon ami Marcolini, qui lui-même l'avait reçu de Francesco da Milano, le plus grand virtuose du siècle. Surpris et confus, Giovanni tenta de refuser l'instrument, puis finit par l'accepter, mais sans réussir à me remercier. Il va s'abîmer pendant le voyage, observa-t-il, il est trop fragile. Je pensai que lui aussi était trop fragile, qu'il s'abîmerait pendant le voyage. Mais je ne le dis pas. Ce matin-là, entre nous deux, tout était consommé. Le jeune homme pâle qui, un luth sous le bras, montait sur le chaland des vendeurs de soieries pour s'en aller ensuite à pied sur la terre ferme, tel un pèlerin, était pour moi un étranger. Je ne l'ai jamais vraiment connu. Mon fils s'est barricadé devant moi comme devant un assaillant déterminé à le déloger et l'anéantir. Il ne m'a jamais remis en question : il s'est caché derrière son corps lisse et fragile et derrière sa musique. Je n'ai jamais compris ce qu'il cherchait. Ni pourquoi il ne pouvait pas être simplement ce qu'il était : mon fils que j'aimais.

Quand les marins larguèrent les cordages qui retenaient le chaland aux poteaux du rivage, sa mère se précipita sur le ponton en criant son nom. Giovanni aurait voulu partir sans lui dire au revoir, mais elle avait perçu son absence. Le cœur, je suppose. La voix de Faustina brisée par les pleurs aurait fait fondre l'acier. Giovanni ne se retourna pas. Il resta debout sur le chaland, maigre et frêle dans sa pelisse de lynx. Sa nuque, son dos et ses longs cheveux ébouriffés par le vent sont tout ce qu'il a offert à nos adieux. Mon épouse cria son nom dans tous ses diminutifs : Zamba, Zuane, Zaneto, d'une voix qui allait s'étranglant jusqu'au moment où le chaland disparut dans le brouillard. Ma femme sanglotait. Je l'ai prise par le bras et raccompagnée chez nous. Nous avons perdu notre fils ce jour-là.

Il lui écrivit quelques mois plus tard. La lettre avait été confiée à un courrier des postes impériales, mais ne portait pas mention du lieu de provenance. Giovanni annonçait son intention d'entrer au Frioul à la suite d'un prêtre magyar, puis de quitter les frontières de la république. Il comptait se rendre en Orient, à Alep ou Trébizonde, pour transcrire la musique de ces danseurs mystiques mahométans dont lui avait parlé Marc d'Augsbourg, qui atteignent l'extase en tournant sur eux-mêmes. Ces hommes ne possèdent rien, à part leur Dieu, ils vivent d'aumône et dorment sous les ponts ou au bord des routes. Bref, il irait dans un pays étranger où personne ne le connaîtrait. Ni ne me connaîtrait moi.

Giovanni n'écrivait qu'à sa mère. Dans ces courtes missives sans queue ni tête et de plus en plus délirantes que Faustina lisait le soir à la famille réunie au coin de la cheminée, je reconnaissais la mélancolie distraite de notre fils. À vingt-deux ans, ses projets n'étaient pas moins confus ni irréalisables qu'à dix. Zuane cherchait encore sa licorne. Il voulait devenir derviche, ainsi trouverait-il la pierre sous sa nuque aussi moelleuse qu'un oreiller de plumes, le ciel étoilé au-dessus de lui aussi rassurant qu'un toit de palais et la musique des galets de la rivière polis par le courant aussi harmonieuse que la révélation divine. Puis les lettres cessèrent. De temps en temps, il se souvenait de confier des nouvelles à des gens de connaissance. Il voulait nous faire savoir qu'il était en bonne santé. Il ne s'est jamais informé de la mienne. Ces messagers nous rapportaient qu'ils l'avaient trouvé satisfait. De faire quoi ? demandait mon épouse, inquiète. Personne n'a su le lui expliquer. Il est en voyage, disaient-ils.

La dernière personne qui l'a vu est mon élève Cesare Dalle Ninfe, en Dalmatie. À cette époque, il travaillait aux fresques de la cathédrale d'une île dont j'ai oublié le nom, et il venait souvent à Traù. Pieds nus, d'une maigreur squelettique, Giovanni s'était laissé pousser la barbe, qu'il portait fort longue et hirsute. Cesare Dalle Ninfe le trouva plus proche du mendiant que du derviche. Mon disciple ne l'avait pas reconnu. C'était Giovanni qui l'avait arrêté. C'est toi, Cesare ? Que je sache, oui, lui avait aussitôt répondu Cesare, la repartie prompte comme toujours, mais toi, tu n'es plus toi-même, mon ami. Ils s'étaient attardés à parler sur la jetée. Ce jour-là au port, on déchargeait un navire en provenance de Venise. Giovanni semblait bien connaître le capitaine. Mais il n'avait pas de lettres pour lui. Il n'a pas demandé de mes nouvelles à mon élève. Il s'est enquis de mon épouse, puis de Marietta. Cesare a été obligé de lui dire. Giovanni n'a pas pipé mot. Il est reparti vers la ville en boitant sur sa jambe plus courte. Il marchait en rasant les murs comme s'il cherchait la protection de l'ombre et mon élève l'a perdu de vue dans le grouillement de la foule. Je n'organiserai pas de banquet pour son retour, je ne tuerai pas le veau gras, même mort je ne le reverrai pas.

Soudain le silence est tombé dans la chapelle funéraire. Une brève cérémonie s'est tenue, le prieur a improvisé un discours sur la mort, qui n'est qu'un passage, un transit et une libération, et sur la résurrection : au jour du jugement, nous retrouverons tous notre corps pour vivre éternellement dans la lumière. J'ai pensé au corps splendide de mon fils et aux paroles que je lui ai enseignées, et j'ai compris que l'âme qui a choisi de se manifester dans un tel corps devait elle aussi être très belle. Mais je ne l'ai pas connue. Le prieur a balancé l'encensoir et béni le tableau. Amen. C'était ma dernière tâche, je l'ai accomplie.

Dans la sacristie, le camerlingue a sorti le livre de comptes du couvent. J'ai signé le reçu, il m'a remis l'argent. Je l'ai glissé dans mon sac. On m'a payé soixante-dix ducats. C'est beaucoup ? C'est peu ? Je l'ignore. Parfois un ducat, c'est déjà trop. Avec cet argent, mon épouse paiera mon enterrement et un banquet pour tous nos amis. Voilà ce que j'ai pensé.

Le vent avait tourné, le couvercle de chaleur s'était levé. La bora soufflait du nord. Nous avions trop tardé, le soleil avait disparu. Sur la terre ferme pesaient des nuages de plomb, Venise disparaissait dans une poussière d'azur diaphane. Allons bon, faut faire vinaigre, a rouspété Marco, il va pleuvoir.

Compliquée par l'orage, notre traversée au retour de l'île de San Giorgio ne fut pas heureuse. Mais combien de fois avions-nous affronté la lagune sous la bourrasque. Mon épouse prétend que j'appelle la tempête comme d'autres l'affliction ou l'ennui. Quand mes enfants étaient petits, je les laissais venir voir l'orage avec moi, perchés sur les toits comme des pigeons. Dans ces moments, le ciel prenait des teintes phénoménales, des verts, des bleus et des violets que seule la fantaisie divine pouvait concevoir. Nous ne redoutions pas la foudre, notre seule crainte était d'échouer à reproduire ces couleurs sur la toile, de les oublier. Mais, cet après-midi-là, j'écoutais avec inquiétude le roulement du tonnerre, tandis que les rafales de vent nous envoyaient vers le large, nous poussant dangereusement dans le sillage des galéasses en manœuvre dans le bassin. Alors, une fois de plus, j'ai posé la question.

Seigneur, j'ai le droit de savoir comment mon fils est mort. Un jeune homme ne meurt pas à l'improviste à vingt-six ans. Zuane n'était pas malade. Il était peut-être en piteux état, dans sa quête d'extase il se nourrissait peut-être très mal, comment savoir, pour vivre il a toujours choisi la voie la plus ardue. Mais son corps était sain, robuste, magnifique, le chaînon faible était son caractère. Les difficultés le démontaient, il ne supportait pas le plus petit échec, se décourageait au premier obstacle qui lui semblait insurmontable. Il se créait tout seul des ennemis et des obstacles, multipliant les chausse-trapes sous ses pas pour pouvoir dire qu'il avait été vaincu par des forces supérieures, auxquelles il aurait été vain de s'opposer. Mais, s'il n'a pas succombé à une fièvre, un abcès, une veine éclatée dans le cerveau, de quoi est-il mort ? De coups de poing et de pied dans une ruelle sombre après une dispute futile ? D'une rixe dans une taverne pour une dette qui traîne ? D'un coup de couteau d'un notable qu'il avait offensé ? De la violence des sbires qui voulaient l'arrêter et le rapatrier de force à Venise ? Du désespoir d'être emprisonné ? De la solitude oppressante d'un voyage sans retour ? D'un nœud coulant qu'on passe à son cou au moment où tout semble perdu ? L'a-t-on tué ? S'est-il tué, Seigneur ?

Dominico a affirmé qu'il l'ignorait, mais il mentait peut-être. Marco a lancé une pièce à fleur d'eau : elle a fait dix ricochets avant de s'enfoncer. Zuane est parti, papa, a-t-il répondu, il ne veut pas revenir. Nous étions au milieu du canal quand une cicatrice de feu a zébré le ciel. Autour de nous tout est devenu irréel, net et fantastique à la fois, comme ne le sont que les paysages incongrus des rêves. Pourtant je percevais aussi une certaine familiarité, comme si j'avais déjà vécu cet instant. La gondole, la barbiche de mon bon Dominico, les boucles décoiffées de Marco, la rame, mes mains enflées abandonnées sur mes genoux, sèches comme de la vieille écorce, et aussi l'eau de la lagune. Le courant entraînait vers le large un enchevêtrement de filaments, une sorte d'île à la dérive, pas encore terre et déjà plus eau, une croûte molle en cours de solidification et pourtant dépourvue de racines. C'était ainsi que je me sentais moi-même à cet instant, un informe écheveau de filaments en quête de consistance, entraîné au large, loin du rivage où je désire aborder et où tu ne me laisseras peut-être plus aborder. Car en cet instant, à la lueur d'un éclair, je l'ai vue.

La vieillesse m'a ôté peu à peu l'acuité de l'ouïe, l'agilité du corps, la plongée imperturbable dans le sommeil, la mobilité des doigts sur les cordes du luth, la fermeté de la main autour du pinceau, la sensibilité de la peau aux caresses, la perception de la chaleur quand le soleil resplendit. Pourtant la qualité dont j'ai vraiment regretté la privation est la seule qui m'a toujours défini : la vitesse. Dans ma ville, la vitesse est un scandale et une folie. Personne n'est rapide : ni la loi, ni la mort, ni les bateaux, ni les hommes, pas même les poissons. Les créatures qui prolifèrent le mieux à Venise sont celles qui vivent dans l'immobilité, qui s'incrustent sur les poteaux, qui fourmillent dans la boue et se cachent dans le sable : les moules, les mousses, les crabes, les vers, les araignées de mer. Venise va doucement, Venise ralentit. Venise a peur du mouvement, de la nouveauté, du changement. Moi, je ne tiens pas en place et mes tableaux bougent avec moi. J'ai pensé, peint et vécu tellement vite que maintenant il me semble avoir semé le seul poursuivant qui aurait dû au contraire me rattraper : la vie elle-même. Mes yeux se sont embués, un brouillard tel un fin tissu tramé de fumée est tombé devant mes pupilles et a éteint les couleurs. Je suis condamné au flou, aux broderies de la lumière, aux réfractions. Parfois des images aussi labiles que mystérieuses s'interposent entre ce que je regarde et moi. J'ai pris Venise pour univers et mon univers s'est calqué sur Venise, devenant mirage instable, vision incertaine. Mais j'y vois encore clair. Et je l'ai vue. Une terreur sans nom s'est emparée de moi.

Je n'essaierai pas de l'expliquer. Ce n'était pas la peur de la mort, car, somme toute, Seigneur, tu m'as déjà ôté la vie, mais de quelque chose de plus profond et terrible caché au fond de moi, que tu connais et que j'ignore, et qui se niche dans ce que j'ai été comme dans ce que je suis. Dominico répète que c'était une hallucination due à la fièvre qui s'est emparée de moi et au jeûne qui me pousse à délirer. Mais je l'ai vue, Seigneur. Voilà pourquoi, de retour à la maison, j'ai fermé les volets et allumé toutes les bougies et me suis recouché en te suppliant de m'écouter.

J'ai vu sur l'eau granuleuse, sur cet amas de filaments pourris, avec la même netteté que je voyais le reflet de mes fils penchés par-dessus bord, flotter le corps d'un être humain. On pouvait à peine l'appeler une femme. Mais je savais que c'était une femme, Seigneur. Les vagues la secouaient. La recouvraient parfois. Puis une jambe affleurait à nouveau, une épaule nue, un sein. Autour de sa gorge, un tissu blanc suivait l'ondulation de l'eau. Son corps avait la couleur verte des algues, la blancheur crayeuse du savon et la même odeur entêtante que la lagune aux jours de forte chaleur. Ses cheveux blonds étaient répandus autour d'elle comme une couronne. C'était la Tintorette. Mais pas l'autre. La mienne.

J'ai fermé les yeux, mais la créature était toujours là quand je les ai rouverts, et me suivait. L'orage s'est abattu sur nous. Dominico, toujours attentionné, m'a installé sous le fragile abri du dais. Voilà trente ans, c'est moi qui l'aurais protégé de l'orage, aujourd'hui c'est lui qui accomplit ce geste pour moi. Mais un fils ne peut sauver son père. Ce n'est pas sa tâche. Sa tâche est de lui survivre. C'est pour cela qu'il est créé. Dominico essayait de tenir les rideaux fermés, alors que le vent les lui arrachait sans cesse des mains, et il scrutait le bassin de San Marco devant nous, soulagé de ne distinguer dans la lagune que des amas de terre et d'algues en putréfaction entraînés par le courant. Ne t'inquiète pas, cher père, m'a-t-il dit, il n'y a aucun cadavre. Il ne pouvait peut-être pas le voir. Mais moi je savais qu'il était là, tout près de moi, et qu'il y sera toujours.

23 mai 1594

Septième jour de fièvre

La poudre de pavot séché m'a offert de longues heures de répit. Dans la nuit sans fin, je ne me suis pas rencontré moi-même. Au contraire, je me suis affranchi de mon être avec un soulagement indescriptible. Quand j'ai rouvert les yeux, Faustina était dans la grande pièce, derrière la porte entrouverte, en compagnie d'un jeune homme. Grand et robuste, manteau noir fermé au cou par une écharpe de soie verte, chapeau de feutre entre les mains et oreilles pointues et décollées émergeant de ses cheveux. L'effet de la poudre s'est soudain évanoui. Il faisait jour à nouveau.

Je me suis assis dans mon lit. Mon état de faiblesse m'a donné le mal de mer. Il voudrait te saluer avant son départ, a murmuré Faustina en laissant l'inconnu dans la grande pièce, bouche bée devant notre collection. C'est un enquiquineur sans éducation, je lui ai dit que tu n'étais pas bien, mais autant demander de la laine à un âne, renvoie-le. Qui est-ce ? me suis-je enquis, tandis que d'un pas mal assuré je m'approchais de la cruche, versais l'eau dans la bassine et me rafraîchissais le visage. Comment, tu ne le reconnais pas ! s'est exclamée Faustina stupéfaite, c'est Iseppo !

La dernière fois que je l'ai vu, il avait encore le front boutonneux et pas plus qu'une ombre de moustache sur la lèvre. Maintenant il a vingt ans passés. Je l'ai vu grandir lui aussi, d'une certain façon il faisait partie de notre famille. Mais cette famille s'est désagrégée. Iseppo est parti comme les autres. La vérité, c'est qu'un moment est arrivé où nous ne nous supportions plus, chacun sachant quelque chose que l'autre voulait oublier.

Je me suis recouché et l'ai reçu dans ma chambre, car le sol tanguait encore sous mes pieds à la manière d'un ponton, comme si je foulais une surface instable sur le point de se désagréger : j'avais l'impression de marcher sur l'eau. Iseppo s'est incliné avec respect, s'est enquis de moi, de maître Dominico, de cette vilaine fièvre qui m'accable. Il reste lié à cette maison, il n'a jamais pu passer sous nos fenêtres sans un battement de cœur. Je lui ai demandé comment il s'en sort, car c'est une époque difficile pour les jeunes qui se lancent, on dépense plus qu'on ne gagne et l'argent vaut de moins de moins. Iseppo s'est mis à son compte. Il a ouvert une petite échoppe dans la rue des joailliers. Mon fils Marco a peint son enseigne, je l'ignorais : il ne me l'avait pas dit ? C'est une étoile d'or sur fond violet, au moment où le soleil vient de se coucher et où les étoiles sortent. Attention, l'étoile est en or véritable : mon fils a utilisé de la poudre, comme les peintres byzantins sur les icônes. Sa boutique en effet s'appelle À l'Étoile errante. À vrai dire, elle se résume à un modeste comptoir en bois, dans un réduit plus exigu qu'une armoire. Mais il n'a jamais manqué de clients. Présentement, il est en partance pour Augsbourg.

Augsbourg ! me suis-je exclamé, surpris. Iseppo, le gamin infesté de poux, le misérable fils d'un cardeur de laine, part pour la ville des banquiers, où les empereurs vont régulièrement mendier un prêt, où se décide le destin des États, et le nôtre avec. Pas de doute, Venise est une roue. Elle offre à celui qui a du talent la possibilité de se hisser à des hauteurs vertigineuses.

Iseppo a expliqué fièrement que Kini, c'est-à-dire en termes moins familiers l'illustre sieur König, lui a trouvé un contrat avec des gentilshommes allemands : figurez-vous, maître, qu'ils ont besoin d'un reliquaire en or pour des rogatons d'os saints qu'ils ont achetés ici, à Venise, ils le veulent incrusté de gemmes, car il doit orner la chapelle privée du manoir familial et ils attendent de moi des battants en argent sertis de pierres précieuses et munis d'une serrure en or.

Pourquoi le sieur König n'a-t-il pas sollicité ton maître pour cette commande ? lui ai-je demandé, étonné. Steiner est un joaillier doté d'un grand sens artistique, a précisé Iseppo, et Kini n'a pas manqué de lui proposer ce travail, mais Steiner lui a répondu qu'il n'a plus envie de s'abîmer la vue sur les pinces et les limes. Sans compter qu'il ne peut quitter Venise ne serait-ce qu'un seul jour, car il attend une visite, on ignore de qui. Il a perdu beaucoup d'argent. M. Steiner a toujours eu la tête trop philosophe. Pour ma part, je ne resterai à Augsbourg que le temps nécessaire pour embobeliner quelques Allemands et m'enrichir. Dès mon retour, si vous me permettez, maître, je viendrai vous raconter l'Allemagne, comment est le palais de l'empereur et où se trouvent vos tableaux. Ainsi que ceux de madame Marietta.

Quand j'entends nommer ma fille, quelque chose en moi se brise comme une lame de cristal. Mais quand ce jeune homme a prononcé son nom, j'ai éprouvé un soulagement. Iseppo connaissait une Marietta que je n'ai jamais connue. Il a vécu avec elle, dans les mêmes pièces, il dormait sur le tapis devant sa porte. Quand il est entré apprenti chez Steiner, Iseppo n'avait pas treize ans. C'était un gamin malingre, à la mine souffreteuse et aux oreilles en feuilles de chou. Marc Steiner d'Augsbourg était sévère, exigeant et intransigeant comme tous les maîtres jeunes. Je l'ai été, moi aussi. C'est la maturité qui m'a révélé l'immense pouvoir de l'indulgence. Le joaillier intimidait le jeune garçon et Iseppo, qui avait peur de lui, n'ouvrait jamais la bouche en sa présence. On les voyait sortir le matin tôt, l'un derrière l'autre, Marc Augsbourg toujours élégant en manteau noir où brillait une chaîne d'argent enrichie de cubes de lapis-lazuli, portant fraise de dentelle et chapeau de feutre à plume, ses cheveux noirs au vent ; le gamin chétif, le crâne rasé à cause des poux, des chaussures trop grandes, emmitouflé dans une houppelande qui traînait par terre.

Iseppo apprenait le métier de bijoutier, mais c'est Marietta qui l'a élevé. C'est elle qui pendant des années lui a réchauffé son dîner, l'a soigné quand il tombait malade (ce qui arrivait souvent, car il était de santé fragile, du moins au début), s'est occupée de son éducation, car il n'en avait aucune quand il est arrivé à la maison. Il lui était aussi dévoué qu'un chien. De son côté Marietta s'attacha à lui. Je l'ai vue lui préparer de la compote de fruits dont il raffolait, comme une mère pour son fils gourmand. Je l'ai vue aussi lui offrir de lécher le sirop qui dégoulinait de la cuillère dont elle s'était servie pour remuer les fruits dans la casserole, tandis qu'elle se léchait les doigts avec non moins de gourmandise.

Tous deux étaient trop grands pour partager cette intimité dans une cuisine, à l'époque elle avait déjà trente ans. Ils passaient trop de temps seuls. Dans le salon, pendant les longues soirées d'hiver, ma fille et l'apprenti jouaient à la semola, se disputant les pièces de monnaie cachées dans des monticules de farine de son. Ou elle lui lisait un récit de voyage. Elle m'avait emprunté mon Ramusio et ne me l'a jamais rendu. Iseppo s'endormait la tête sur ses genoux.

L'apprenti revenait toujours avant son maître. Marc Augsbourg s'attardait dans son atelier. En fin de compte, il est toujours resté un étranger, et qui peut vraiment savoir ce qui passe par la tête d'un étranger. Ce n'était pas pour ciseler des bijoux qu'il prolongeait sa journée. Contrairement à moi, il n'a jamais accepté plus de travail que nécessaire, et même souvent plutôt moins. Une fois, il avait envoyé au diable un client venu lui commander un vase de nuit en or. Je ne fabrique pas de pot de chambre, lui avait-il répondu d'un ton lapidaire et méprisant, je m'en tiens aux boucles d'oreilles, bagues et colliers. Mais j'aime votre façon de travailler l'or, avait insisté le client, je voudrais un pot de chambre façonné de vos mains. Marc Augsbourg l'avait mis à la porte. Un imbécile capable de mettre de la merde dans de l'or est aussi capable de mettre de l'or dans de la merde, avait-il déclaré sans nous convaincre, parce que nous avions l'impression qu'il commettait une bêtise plus grosse que lui. Mais la merde peut devenir de l'or, avais-je observé. Marc Augsbourg se méprit sur mon propos et dit dédaigneusement que l'alchimie qui l'intéressait n'était pas celle des jean-foutre qui espèrent s'enrichir en changeant les pierres en or, mais celle des savants qui cherchent la signification cachée de l'univers.

Les collègues de Steiner, qui ne comprenaient pas sa façon étrange de travailler ou qui peut-être le craignaient, parce qu'il était allemand et que les Allemands concurrençaient les bijoutiers vénitiens, murmuraient qu'il était un peu nécromancien : après la fermeture de l'atelier, il se livrait à des expériences sur la mystérieuse anacithide, une pierre que personne à Venise n'a jamais vue et qui, dit-on, a la vertu d'obliger les démons et les esprits à parler et les morts à se manifester. Quand Marc Augsbourg le congédia, Iseppo raconta à qui voulait l'entendre que les jours de nouvelle lune, dans une obscurité totale, Steiner prenait dans une main une pierre ponce, dans l'autre un aimant et plaçait une chélonite utérine sous sa langue, car elle confère l'esprit divin et permet de prédire l'avenir. Mais c'était peut-être la rancœur qui lui inspirait ces mensonges. Pour ma part, je n'ai jamais su à quoi se consacrait le bijoutier le crépuscule venu. Je sais seulement qu'il a été incapable de prédire l'avenir, que les morts ne lui parlent pas plus qu'ils ne me parlent à moi et qu'il n'avait à cette époque aucune hâte de retourner auprès d'elle.

Iseppo m'a demandé sans aucun préambule si j'avais gardé quelque chose de Marietta. Oh ! pas un bijou, a-t-il précisé, mais un simple bouton, un fermoir, une épingle, une bricole sans valeur, que je pourrais emporter. Iseppo est devenu un jeune homme élégant. Lui aussi arbore une chaîne en argent autour du cou et un couvre-chef à plume. Mon étincelle serait fière de lui. Je pense toujours à madame Marietta, maître, m'a-t-il dit tandis que ses mains noueuses jouaient avec la plume bleue de son chapeau. Je ne voudrais pas vous sembler impudent en vous disant que votre fille a été pour moi une mère et une sœur, ma préceptrice et la seule grande dame que j'aie jamais rencontrée. Mais c'est la vérité. Je ne me résous pas à quitter Venise sans emporter un souvenir d'elle. Comme porte-bonheur. C'est une requête que j'aurais déjà voulu exprimer à l'époque, maître. Elle avait peut-être pensé à moi dans son testament. Elle était très généreuse, elle m'aimait, je ne peux pas croire qu'elle ne se soit pas souvenue de moi. Quand notre pauvre madame nous a quittés, je n'ai pas eu le courage de me manifester. M. Steiner m'avait signifié mon congé, je craignais de raviver son aversion à mon égard.

Je l'ai trouvé impudent, en effet. Tout bien considéré, il n'était qu'un simple apprenti. Je ne me suis pas attardé sur le sujet. Je lui ai demandé ce qu'il compte trouver à Augsbourg. C'est une ville allemande, peuplée uniquement d'Allemands. Comme il a pu le constater, à Venise aussi, les bijoutiers allemands sont excellents, et il ne lui sera pas aisé d'embobeliner des clients, comme il dit. Sans compter qu'Augsbourg est une ville comme une autre, tandis que Venise est unique.

Iseppo m'a répondu que, du vivant de madame Marietta, il n'aurait jamais eu l'idée de partir. Mais, du jour où elle est morte, il n'a rien désiré d'autre. Oui, maître, parce qu'elle ne pourra jamais voir cette ville dont elle ne cessait de me parler. Moi, je ne savais même pas où c'était. Mon père ne m'a jamais envoyé à l'école. Quand j'ai avoué à madame Marietta que j'ignorais où se trouvait cette fameuse ville d'Augsbourg, elle m'a fait un clin d'œil avant d'avertir mon patron que, malade, je n'irais pas à l'atelier ce jour-là. En réalité, je n'étais pas du tout malade. Nous sommes allés à la librairie Au Dieu de la mer, derrière San Zaccaria. Le propriétaire était un Allemand blond comme les blés qui se faisait appeler Martino. J'ignore ce qu'elle lui a demandé, mais il a sorti une carte.

Il a déroulé une espèce de drap sur le comptoir. L'Europe était immense. Venise une tache sombre, très grande, au centre du monde. Madame Marietta s'est penchée sur la carte et a cherché Augsbourg. Mais elle ne trouvait pas. Alors je me suis aperçu avec stupéfaction qu'elle non plus ne savait pas où c'était. Nous nous sommes penchés tous les deux sur ce continent mystérieux. Du doigt nous remontions les fleuves, traits noirs sur le parchemin, et cherchions les frontières de la république. Voici l'Adda, et là l'Isonzo. Nous avons trouvé Innsbruck, puis Munich, et à la fin, la voilà : Augsbourg. C'était un petit rond sur la carte, beaucoup plus petit que Venise.

Quand Iseppo m'a raconté cet épisode, je n'en revenais pas. Je n'ai jamais su, Seigneur, que Marietta parlait d'Augsbourg, ni qu'elle avait la curiosité de savoir où se trouvait cette ville. Nous n'avons jamais envisagé d'y aller. Cornelia non plus n'avait jamais exprimé le désir de rentrer en Allemagne ou d'y emmener sa fille. Elle ne voulait même pas lui apprendre l'allemand ni lui parler de son pays. C'est moi qui lui avais imposé de le faire car chacun de nous devait enseigner ce qu'il savait à notre fille : tel était, me semblait-il, le devoir des parents. Les enfants doivent savoir qu'il existe un autre monde, au-delà de celui qu'on voit, un monde à imaginer, où ils peuvent situer leurs rêveries et se réfugier si celui où ils vivent se révèle sordide ou cruel. Connaître l'existence de Rome et de Calicut a été ma planche de salut quand j'étais enfant et m'a empêché de me contenter de mon existence.

J'aimais écouter mes femmes quand elles parlaient ensemble. Tout le monde dit que l'allemand est une langue dure et brutale. Pour moi, elle a été et sera toujours la voix de l'amour. Mais, après le départ de Cornelia pour l'Allemagne, c'est-à-dire pour l'hôpital de la Misericordia, Marietta n'a plus voulu parler allemand. Il fallait que j'insiste, que je la presse pour qu'elle me chante les chansons que sa mère m'avait chantées. Puis, en grandissant, elle a toujours refusé de s'exécuter, y compris avec mes disciples allemands. J'ai oublié mon allemand, disait-elle. Je l'ai perdu.

Et quand il arrivait qu'Otto me propose un travail en Allemagne, je repoussais son offre, et, clignant de l'œil à l'intention de Marietta, je répondais : que trouverons-nous à Augsbourg ? Des banquiers qui ne nous couvriront pas d'or. Un empereur qui ne nous gouvernera jamais. Des églises qui n'égaleront jamais les nôtres. Des gens avec qui nous ne saurons même pas parler. À qui nous pourrons tout au plus communiquer le prix de nos services, comme si nous étions des prostituées. Nous sommes liés à notre ville comme le pêcheur à son bateau et l'écrivain à sa langue, parce qu'une ville, c'est sa lumière, son espace, son odeur, son ciel, c'est l'intensité de ses couleurs et la profondeur de sa nuit – nous sommes une partie de Venise comme une patère dans un mur, une algue accrochée à un poteau. Venise nous contient comme une mère.

Et voilà que cet Iseppo m'apprenait que ma fille avait perdu du temps à traverser toute la ville avec l'apprenti de Steiner, pour chercher sur une carte de géographie une ville appelée Augsbourg. Je lui ai demandé ce que Marietta avait dit d'autre. Iseppo n'était pas sûr de bien se souvenir de ses paroles. Tant de temps a passé et madame Marietta exprimait des choses complexes, difficiles à comprendre pour un jeune garçon. Par exemple qu'à Augsbourg il n'y a pas d'eau, ni de lagune, il n'y a pas de soleil, ni même le parfum de l'Orient, il n'y a que le pouvoir et l'or. Pourquoi alors s'y intéressait-elle ? l'ai-je interrompu. Madame Marietta disait que Venise est une ville sans racines, dangereuse et secrète, car personne ne peut voir ni connaître sa partie la plus importante, ce qui la soutient, ses fondations en somme, qui sont englouties et cachées comme nos pensées les plus troubles et nos désirs inavouables. De plus, c'est une ville à la consistance incertaine qui tangue et chavire, flageole et se disloque, prisonnière des caprices de l'eau. C'est un labyrinthe dont il est impossible de sortir, car ses calli ne mènent nulle part, c'est une ville sans routes. Augsbourg au contraire est une ville où les routes ont une direction et conduisent toujours quelque part, et qui ne repose pas sur l'eau inquiète éternellement instable, mais sur la roche immobile, bref là-bas, madame Marietta pourrait devenir solide, prendre de la consistance, ne pas cacher la partie la plus importante d'elle-même, sortir du labyrinthe. Qu'entendait-elle par là ? ai-je insisté. Iseppo a répondu qu'il l'ignorait. À cette époque, il n'était encore qu'un gamin.

Pourtant je me rappelle parfaitement la dernière fois où j'ai parlé d'Augsbourg avec Marietta. C'était un soir de décembre, quatre jours avant la Noël. Les célébrations pour la fin officielle de la peste ne dataient que de cinq mois. Il nous avait semblé renaître. Pour oublier les ravages qu'elle avait subis et la crise économique où elle était plongée, Venise s'était abandonnée à une orgie de fêtes, bals et spectacles. Mes fils aînés, Dominico et Marco, étaient contaminés par cette joie malsaine et je ne tentais pas de les retenir. La peste leur avait volé deux ans de leur jeunesse. Ils étaient en crédit auprès de la vie. Je n'ai pas interdit à Marietta de participer à ces réjouissances. Elle avait été courtisée par la mort. Mais elle n'y allait pas. Elle ne me quittait jamais. Nous n'étions pas vraiment encore sortis de notre bûcher.

La calamité du 20 décembre sembla apporter la preuve que nous n'avions pas encore apaisé la colère divine. Celle-ci nous avait d'abord frappés dans notre vie privée, nos familles, les êtres qui nous étaient chers, maintenant elle nous frappait dans ce qui nous appartenait à tous, dans notre patrimoine commun : l'État lui-même. On raconta ensuite qu'à cause de cheminées défectueuses l'incendie s'était propagé aux chambres des écuyers du doge et des gardiens du palais. Le vent l'avait rapidement poussé dans les bureaux voisins, où les piles d'actes notariés montaient jusqu'au plafond. Des dizaines de foyers avaient démarré dans cette paperasse et s'étaient étendus aux salles mitoyennes, où ils furent alimentés par les bancs et les tables des tribunaux, tous en bois. Mais la version officielle ne convainquit pas le peuple : nous pensons encore qu'il y eut à l'origine un engin incendiaire. Le souvenir de l'explosion de l'Arsenal huit ans plus tôt était encore bien vivant dans nos mémoires : d'innombrables innocents étaient morts, sans compter les dégâts subis par la flotte et les chantiers. Les responsables ce jour-là étaient les agents du sultan. Leur geste avait annoncé la guerre qui, en effet, nous fut déclarée tout de suite après. Ils voulaient nous effrayer, nous montrer qu'ils étaient au milieu de nous, que rien ni personne ne pouvait se targuer d'être à l'abri. Mais quelle nouvelle guerre s'annonçait maintenant ?

Dominico et Marco, de même que Pauwel et Lodewijk qui travaillaient avec moi à cette époque, s'étaient précipités au Palais Ducal quand la lueur des flammes avait rougi le ciel au-dessus de Saint-Marc et que les premières équipes d'ouvriers de l'Arsenal affluaient sur la place munies d'échelles, de seaux, d'ustensiles et de machines pour éteindre le feu. On avait besoin de volontaires pour aider à évacuer de la salle des munitions les armures, les armes et les barils de poudre à canon, afin d'éviter que tout n'explose. Il fallait sauver des flammes des milliers de documents, de traités, d'actes de procès et de minutes de greffe, bref, l'État lui-même. Je restai à la fenêtre avec Marietta, regardant danser sur les toits cette lumière sinistre, jusqu'au moment où Venise devint incandescente comme de la braise.

Tu vois, Seigneur, dans ce palais il y avait aussi mon histoire. Vingt-cinq années de ma vie étaient encadrées sur ces murs. Quand je peignis le premier de ces tableaux, j'avais trente-cinq ans et l'illusion de me tailler d'entrée de jeu une place parmi les grands peintres vénitiens. En réalité il déplut et mes adversaires me dénigrèrent tant et si bien que ma réputation en fut entamée et que je dus attendre longtemps avant qu'on me donne une seconde chance. Pour peindre *La Bataille de Lépante*, j'avais dû me battre au sang comme nos soldats. Je m'étais lancé à l'abordage d'une vieille idole centenaire, invincible dans sa cuirasse de génie et de grandeur, et lui avais arraché des mains l'étendard de la victoire. Parce qu'il ne fallait pas que ce soit mon ennemi Titien qui célèbre notre brillant succès, mais moi. C'était moi qui devais être le témoin de mon époque, qui serais sa mémoire et sa voix.

Ce tableau que j'avais voulu peindre à tout prix m'avait coûté dix mois de travail et une année de misère. Des semaines à étudier les navires de guerre dans les darses de l'Arsenal. À dessiner sur les pages de mon livre mâts et vergues, haubans et voiles, rames, pièces métalliques, canons. À essayer de mettre la main sur les filets antiabordage qui avaient été utilisés à Lépante. À acheter des arquebuses, des lances et des cuirasses usagées chez les brocanteurs du ghetto. À m'endetter auprès des commerçants de Rialto pour stocker la peinture nécessaire. À entasser les rouleaux de toile de lin par toute la maison, à la cuisine, sous le lit et jusque dans les cabinets où les chutes servaient à se torcher les fesses. À recruter des centaines de modèles dans la rue, parmi les vagabonds, les bateliers et les déchargeurs du port. Des gens querelleurs et violents, qu'il me fallait payer et parfois même supplier. Notre vie de famille fut bouleversée par cette folie.

Pendant que je travaille à la galère de Sebastiano Veniero, que j'ai reconstituée dans un coin de l'atelier, Ottavio traîne entre mes jambes, il s'assied sur les bancs des rameurs, s'entortille dans les chaînes, attrape la rame, puis le fouet du garde-chiourme, remarque l'éperon à la proue, veut savoir ce que c'est. Je lui réponds qu'il sert à fendre l'eau et défoncer la coque des navires ennemis. Alors il part à l'abordage en brandissant une épée au cri de *Liberté liberté*, parce que mes fils aînés, comme tous les gamins de Venise, passent leur temps à jouer à la bataille de Lépante : Dominico incarne Agostino Barbarigo le bon, Marco Mehmet Scirocco le méchant et Zuane Jean d'Autriche le héros. Va jouer ailleurs, je suis occupé, dis-je à bout de patience. Ottavio ne m'écoute pas et grimpe sur le château de poupe, il s'imagine scrutant la mer sous le tendelet et saisit un objet étrange qu'il n'a jamais vu. Il me demande ce que c'est, je lui dis qu'il s'agit d'une boussole et lui ordonne de la reposer tout de suite, car c'est un armateur qui me l'a prêtée et je dois la lui rendre en bon état. Je veux une boussole, réclame Ottavio d'une voix capricieuse et, pour me débarrasser de lui, je lui promets que ça viendra, car je lui en fabriquerai une pour jouer dès que j'aurai fini mon tableau. Quand auras-tu fini ton tableau ? s'informe-t-il. Sans me retourner, je lui réponds : quand tu seras grand.

Ottavio, qui à l'époque a tout juste quatre ans, lève le bras, dessine un trait noir au fusain sur le mur de l'atelier et me demande : quand je serai grand comme ça ? Oui, moustique, lui dis-je, alors que j'ignore à quelle allure un enfant grandit. Je n'y ai jamais prêté attention. En attendant, la *Bataille* occupe toutes mes journées et je ne trouve jamais le temps de fabriquer sa boussole. Jusqu'au jour où, le voyant s'approcher de moi, s'appuyer sans mot dire contre le mur et se hisser sur la pointe des pieds, je découvre que ses cheveux frôlent le trait noir. Tu triches, moustique, tu n'y es pas encore, et je pose la main sur sa tête pour qu'il colle ses talons au sol. Ottavio éclate en sanglots et crie : mais moi, j'en veux une là maintenant tout de suite. Je le mets à la porte de l'atelier, parce que je suis en train de peindre le dos superbe d'un soldat, que j'avais découvert demandant l'aumône, accroupi au pont dei Mori, et embauché comme modèle de capitaine. À l'approche de Noël, Ottavio dicte à sa mère le désir à glisser dans le bocal, Faustina écrit : je veux la boussole de la victoire. Mais à l'Épiphanie, je suis trop occupé pour écouter les suggestions de Marietta et Faustina. Faustina me lira ce billet à voix haute quatre ans plus tard, pendant la peste, elle pleurera sans bruit, mais je ne pourrai pas la consoler. Au printemps, Ottavio tombe malade. À première vue, il s'agit d'une fièvre banale. Mais elle le consume en cinq jours. Le trait sur le mur de mon atelier est toujours là. Mais mon moustique ne l'atteindra jamais et je ne lui ai pas fabriqué de boussole.

J'avais offert ma *Bataille de Lépante* à la république. Entre la toile, la peinture et les modèles vivants, elle m'avait coûté plus de deux cents ducats, sans m'en rapporter un seul. Pour me remercier, le gouvernement s'était engagé à m'attribuer, dès qu'ils seraient libres, les revenus de la gabelle que percevait Titien. Je n'avais jamais rien touché. Et maintenant tout était menacé par les flammes.

Les cloches de plus de cent paroisses sonnaient toutes ensemble à la volée, et l'alerte était générale. Les barques des volontaires qui affluaient vers le Palais Ducal envahirent le rio de la Sensa, et les rameurs criaient que l'incendie avait échappé à tout contrôle. Si on n'arrivait pas à l'éteindre, Venise entière brûlerait. Je me décidai à sortir quand je compris que c'était mon nom qui se dispersait dans le ciel. Je boutonnai ma veste et enfonçai ma toque de fourrure sur mon front. Je viens avec toi, dit Marietta en s'élançant dans l'escalier. J'étais avec toi quand tu as accroché *Le Jugement dernier* dans la salle du Scrutin. Ne m'interdis pas de faire tout mon possible pour le sauver. Elle prit son chapeau et ses gants, enfila sa fourrure – il faisait très froid ces jours-là – et me suivit.

Dans les calli engorgées par la foule, on pouvait à peine avancer. La saison était sèche et les eaux basses – presque trois bras en dessous du niveau habituel – révélaient l'écume verte tapissant les marches des quais d'habitude submergées, la mousse spongieuse des soubassements et les fondations gluantes des palais : un spectacle obscène. Ce qui aurait dû rester caché apparaissait à découvert :

grappes de moules sur des poteaux pourris, grilles effritées par la rouille, marbres attaqués par l'eau, épaves vieilles de plusieurs années, pyramides de vaisselle, assiettes, plats jetés à l'eau Dieu sait quand, légions de rats noirs à queue de ficelle, vase grouillante de larves. C'était la vulve visqueuse et secrète de la lagune. Sans son habit d'eau, Venise était nue. Les canaux assoiffés étaient réduits à l'état de rigoles malodorantes, où les bateaux dans l'impossibilité de naviguer ressemblaient à des carcasses d'animaux échouées parmi les algues et les détritus. Si seulement il avait plu, si seulement les bateaux chargés de réserves d'eau avaient pu arriver au Palais Ducal, beaucoup d'œuvres auraient pu être sauvées. Mais il ne pleuvait pas depuis des semaines.

Le vent était soudain tombé et le brouillard s'accumulait. Il descendait sur nous miséricordieux, comme s'il voulait dissimuler l'étendue des ravages. Nous plongeâmes dans un nuage blanc comme un voile de lait sur la paroi d'un verre. Il n'y avait plus que des murs de palais invisibles, des ombres évanescentes et la lueur des torches éclairant les entrées. Nous comprîmes que nous étions près de la place Saint-Marc en voyant la brume traversée de minuscules éclats de couleur qui voltigeaient, tels des confettis. C'étaient les cendres du Palais Ducal, les miennes aussi, peut-être.

Nous arrivâmes quand les derniers foyers brûlaient encore. L'air était aussi incandescent que dans une fournaise. Nous gravîmes l'escalier d'honneur la gorge nouée. Nous respirions de la cendre, nous croisions des visages de cendre, dans un silence qui n'avait rien de naturel. Une aile complète du palais était détruite. Les tapisseries en lambeaux pendaient comme des toiles d'araignée aux murs. Les poutres du plafond avaient cédé et leur chute en plusieurs endroits avait défoncé le sol. Les trous s'étaient remplis d'eau et sur ces flaques flottaient des papiers : ordonnances, avis, sentences.

Malgré tout, la salle du conseil grouillait de monde comme un jour d'élections : des ouvriers de l'Arsenal qui avaient éteint le feu, noirs de fumée et roussis par les flammes, des sénateurs qui chiffraient les dégâts. Quarante-deux mille, cinquante-neuf mille, peut-être un demi-million de ducats, rien que pour le bâtiment. L'un d'eux déclara : le Palais Ducal n'existe plus. Du reste, il était vieux, laid et construit sans art. Démolissons-le. Reconstruisons un édifice moderne. Il y avait là des procurateurs, des juges et des gardes qui cherchaient à comprendre s'il s'agissait d'un incendie accidentel ou criminel, comment il avait pu se produire et qui avait intérêt à frapper la république au cœur. Les Habsbourg, qui voulaient nous rayer de la carte d'Europe, parce qu'ils nous retrouvaient au milieu de leurs royaumes d'Espagne, d'Italie et d'Autriche comme un obstacle que, ne pouvant abattre, ils devaient écarter ? Les Anglais, qui voulaient s'approprier nos routes commerciales avec l'Orient ? S'agissait-il d'une conjuration ? D'une nouvelle explosion ? De la poudre à canon au cœur de notre civilisation ? Le débat était virulent. Chacun espérait attribuer l'événement aux ennemis de sa faction, pour en tirer profit. Mon avis était sans importance : on ne demande pas à un peintre de penser. La plupart des gens répétaient : un tas de ruines fumant où nous pensions défendre notre liberté.

Des volontaires avaient accouru des quatre coins de la ville pour sauver ce qui pouvait l'être. Certains, encore accrochés aux poutres du plafond, s'étaient laissés descendre au bout d'une corde pour orienter les jets d'eau. Des voleurs et autres gibiers de potence étaient venus rafler un éventuel butin, soustraire des documents pour désamorcer un procès, récupérer les plaques de plomb fondu tombées du toit pour les vendre en contrebande. Des curieux et tous les peintres de Venise étaient venus constater par eux-mêmes l'étendue du désastre. Le Palais Ducal n'était pas seulement le siège de notre gouvernement. C'était notre musée, notre mémoire publique. Tous les grands artistes y avaient laissé la marque de leur style et de leur époque : Guariento, Vivarini, Giorgione, Bellini, Titien, Véronèse.

Le doge aussi était là, Sebastiano Veniero, le corpulent héros de Lépante qui, la barbe en bataille et ses rares cheveux ébouriffés au sommet du crâne, accablé par la chaleur du feu, la colère et la frayeur, errait affligé entre ces murs noircis par la fumée. Tintoret, me dit-il quand je m'inclinai à son passage, si un peintre pleure la mort de ses toiles comme un chef d'armée celle de ses hommes, tu découvres aujourd'hui le prix des batailles. Sérénissime prince, dis-je, désireux de minimiser, toutes mes toiles réunies ne valent pas une seule vie humaine. Comme il était sourd d'une oreille, je dus le contourner pour répéter ma réponse d'une voix forte de l'autre côté, tandis que tout le monde se taisait pour m'écouter. C'est une belle phrase, Tintoret, soupira Veniero, mais elle est fausse. Parfois il faut savoir mourir pour un tableau, parce qu'un tableau aussi, c'est notre civilisation.

J'avais perdu deux toiles dans cette salle. Rien de mémorable. Des œuvres officielles, de la rhétorique patriotique, la preuve d'allégeance qu'on attend de l'artiste à qui on accorde une reconnaissance. Rien de grave. Du reste, avec le temps je me suis amélioré. Et puis, chaque fois que j'ai perdu quelque chose dans ma vie, j'ai retroussé mes manches et recommencé à zéro. Je le ferai cette fois encore. Les ouvriers de l'Arsenal tentèrent de nous barrer l'accès à la salle du Scrutin. Le plafond avait cédé, des poutres pendaient, c'était trop dangereux. En cas d'effondrement, nous serions ensevelis sous les gravats. Partons, Marietta, lui dis-je en la tirant par le bras. Non, dit-elle au jeune homme qui gardait l'entrée, il faut nous laisser entrer, vous ne le reconnaissez pas ? C'est Tintoret, le maître Jacomo Robusti. C'est lui qui a peint cette salle. N'entrez pas, madame, répondit-il. Il n'y a plus rien dans cette salle. Je regrette.

La fourrure blanche de Marietta disparut dans la fumée. Je la suivis comme dans un cauchemar. Quel enthousiasme m'avait soutenu tout au long des cinq mois consacrés à mon *Jugement dernier* ! J'avais osé me mesurer avec le peintre le plus puissant, le plus audacieux, le plus libre qui ait jamais existé : Michel-Ange. Je ne saurais dire – et personne ne le pourra jamais – si j'étais sorti vaincu de cette comparaison. La peinture n'est pas une régate avec un vainqueur, où les autres arrivent deuxième, troisième et ainsi de suite. On rame tous sur la même mer, mais à des époques différentes. Il n'y a pas de ligne d'arrivée, nulle part à atteindre. Je me surpris à constater que cinq ans déjà avaient passé depuis que j'avais peint *La Bataille de Lépante*. Ces deux toiles trônant dans la salle du pouvoir – où nous élisons ceux qui nous gouvernent – étaient le signe tangible de ma réussite. Marietta et moi nous arrêtâmes au milieu de la salle, abasourdis. À travers le plafond, on voyait le ciel, laiteux, blanchâtre. Sur nos têtes tombait une bruine de poussière, cendre et braise. Autour de nous, c'était le néant.

À la place de *La Bataille de Lépante*, une tache noire et grasse d'étoffe carbonisée. À la place du *Jugement dernier*, une affreuse plaie comme une brûlure sur une peau humaine, parce que le feu avait consumé la toile et que la chaleur l'avait incrustée dans le crépi, lequel maintenant s'écaillait, montrant sa trame, c'est-à-dire les briques du mur. Je n'ai pas pleuré la perte de ma *Bataille*, ni celle de mon *Jugement dernier*. Mais j'ai pleuré la perte du passé, d'un pan entier de ma vie réduit en cendre sous nos semelles.

Tu vois, Seigneur, ces tableaux, le labeur de ces journées, l'ambition qui m'avait poussé à les réaliser, tout ceci ne signifiait plus rien pour moi. Il n'y avait eu ni cheminée défectueuse, ni complot, ni engin incendiaire : cet incendie valait avertissement. Tu avais envoyé le feu pour que je me souvienne de respecter notre pacte. Parce que je trichais, comme un joueur de cartes professionnel, je croyais réussir à te duper avec un expédient. Alors que je devais respecter ma parole, tenir ma promesse. Renoncer à Marietta. Devenir un autre homme. M'éloigner de celui que j'étais autrefois, comme si je quittais un pays étranger. Je devais revenir vers toi. Voilà les pensées qui m'agitaient, tandis que Marietta se penchait sur une flaque d'huile et touchait une bouillie dorée qui lui colla aux doigts, comme de la poussière de luciole.

Elle effleura le mur. Mon *Jugement dernier* calciné s'était imprimé sur le mur comme une ombre. Pas un seul personnage de cet immense tableau n'avait été épargné. Comme est fragile ce à quoi nous confions nos espoirs de donner un sens à notre vie. Car tout n'est que vanité, vanité des vanités, en dehors de toi, Seigneur. Marietta ramassa par terre des lambeaux noircis, mais on n'y déchiffrait plus rien. Tu le referas et il sera encore plus impressionnant, Jacomo, m'encouragea-t-elle. Elle se croyait en devoir de me consoler.

Alors, je lui en parlai. Je savais depuis des mois, mais oubliais de transmettre le message. J'espérais en un événement qui lui ôte son actualité, le désamorce comme de la poudre mouillée qui ne pourra plus exploser. L'empereur a apprécié ton portrait et te remercie de ce cadeau. C'est encore un de tes pieux mensonges, papa ? demanda-t-elle. Je lui jurai que j'étais sérieux. Son bonheur ingénu m'obligea à continuer. Celui qui ne peint pas, qui ne crée pas ne pourra jamais comprendre ce que signifie être reconnu, savoir que la flèche fragile que nous avons décochée n'est pas retombée à nos pieds, mais a touché la cible. Il te trouve fascinante et aussi singulière que ton talent. Il ne connaît pas de femme peintre de valeur. Il n'imaginait même pas qu'il existait des femmes de valeur. Mais il est disposé à changer d'opinion. Il t'invite à le rejoindre à la cour. Il passera l'hiver à Augsbourg. Où ça ? demanda Marietta. Augsbourg, en Allemagne. Moi ? s'est-elle écriée en rougissant. Il m'a invitée, moi ?

Nous n'avions plus rien à faire au Palais Ducal. Tout ce qui embellissait les murs de cette aile dévastée par le feu – des tableaux d'au moins trois générations de peintres vénitiens – était perdu. Mais les catastrophes apportent aussi un renouveau. Je pensai qu'il y aurait bientôt du travail pour tous les peintres de Venise. Démolition ou restauration, il faudrait reconstruire le Palais Ducal. Il faudra tout refaire, et en grand, pour prouver que nous sommes encore une république importante, que les guerres, les pestes, la crise économique et les incendies ne nous ont pas transformés en une simple province et relégués aux marges du monde. Il faudra dix ans, peut-être quinze. L'avenir de mes enfants était assuré.

Mais Marietta ne pourrait jamais travailler au Palais Ducal. Les seules commandes que les clients sont disposés à passer à une femme, ce sont des portraits, d'ailleurs Marietta affirmait ne rien vouloir peindre d'autre : seuls les êtres humains valent la peine, le reste relève de l'histoire, que j'ignore, et de la technique, que je ne maîtrise pas suffisamment. En revanche je ne me lasserai jamais de chercher l'univers infini dans la plus infime créature. Je n'exige de moi rien de plus que saisir et reproduire la marque qui rend chacun unique et le sentiment qui nous rend tous semblables. Tu te souviens ? C'est toi qui me l'as appris. Peindre un être humain réel, un être humain parmi d'autres, pas un personnage de la mythologie ou de la religion, nous confère une responsabilité qui n'a pas d'égale. Car, en fin de compte, c'est nous qui saisissons sa beauté, c'est-à-dire sa vérité. C'est nous qui lui donnons vie. Les gens du commun n'existent que parce qu'un portrait en a été fait.

Le brouillard était si épais que nous distinguions à peine notre chemin. Nous avancions en nous tenant par le bras, dans une espèce de vide blanchâtre qui atténuait les bruits, confondait les pas, brouillait le paysage. Nous étions dans nos lieux habituels, mais ailleurs aussi, dans un monde suspendu et raréfié, qui n'était plus le nôtre. C'était peut-être réellement le cas, nous n'étions plus à Venise. Marietta marchait au milieu de ces maisons pour la dernière fois. Si, à vingt-trois ans, un empereur m'avait invité à sa cour, aurais-je refusé ? Cette question n'a aucun sens, ni aujourd'hui ni à cette époque. Cette situation ne s'était pas présentée. À vingt-trois ans, je n'étais personne. Je peignais des coffres et donnais pour rien mes petits tableaux peints à la manière d'un autre. Tandis que tout Venise parlait de la Tintorette. Les étrangers de passage venaient la voir chez moi, comme une des attractions de la ville. Et je l'exhibais de la même façon que mes tableaux. J'étais fier d'elle, parce qu'elle aussi m'appartenait. Du moins je le croyais.

Et voilà qu'elle partait. C'était sa route, et il fallait qu'elle la suive jusqu'au bout, comme je l'avais fait. Son succès ne pouvait que me réjouir. Parce qu'il était mon œuvre, lui aussi. L'empereur ne m'avait pas invité. Il savait que je ne serais jamais parti. J'avais trouvé ici tout ce que je cherchais. Nous faisions corps, Venise et moi, je me cachais en elle et elle était condamnée à moi, à me trouver partout. Nous ne pouvions plus nous défaire l'un de l'autre. Je suis abasourdie, je ne sais que dire, commenta Marietta. Je ne crois pas mériter un tel honneur. C'est beaucoup plus que je n'aurais imaginé.

Nous nous étions égarés. Nous ne reconnaissions plus ni les canaux ni les palais ni rien d'autre. De loin en loin un serviteur passait, un fanal au bout d'une longue perche, éclairant brièvement une portion de quai, l'ombre d'un arbre, la fenêtre trilobée d'une loggia qui ressemblait à une feuille de papier découpée aux ciseaux, l'arche d'un pont suspendu au-dessus du vide. Puis le fanal disparaissait et nous étions à nouveau perdus. Avec pour seul paysage ce brouillard dense, épais, humide. Les cheveux de Marietta brillaient, trempés d'humidité comme s'il pleuvait. Je suis heureux pour toi, lui dis-je. Un maître doit être fier quand son meilleur élève n'a plus besoin de lui. En fin de compte, tout enseignement devrait conduire à ce but : la séparation. Oh ! Jacomo ! s'écria-t-elle. Nous nous embrassâmes. Marietta avait un goût de cendre, le goût même de la vanité, Seigneur. Je ne m'étais pas aperçu qu'elle pleurait. Jusqu'au moment où, plongeant son visage dans mon épaule, elle éclata en sanglots. Que se passe-t-il, mon étincelle ? Qu'as-tu ? Rien, répondit-elle, rien, je suis contente.

Je lui prêtai un mouchoir. Elle souffla, puis s'empressa de remettre ses gants. De temps en temps une silhouette transie surgissait du brouillard, nous effleurait, pour disparaître aussitôt dans le néant, comme un fantôme. J'éprouvais déjà la nostalgie de sa présence et cette douleur me vrillait le cerveau, me tordait l'estomac. Le même tourment qu'aujourd'hui encore. J'essayais de me répéter que c'était là ce que je désirais : ma Tintorette devenue peintre célèbre par-delà les frontières, dans toute l'Europe. Dans mes rêves les plus fous, je n'aurais osé imaginer une fin aussi heureuse. Il nous arrivait quelque chose d'exceptionnel. Mais je n'avais jamais pensé qu'en lui apprenant à peindre je lui apprenais à me quitter, ni imaginé que je pouvais la perdre.

Marietta avait beau s'essuyer les yeux avec la manche de sa fourrure, ses larmes ne tarissaient pas, voilant ses pupilles, roulant sur ses joues. Elle m'enfonça mon bonnet en lynx sur la tête. On grelottait, ce mois de décembre fut impitoyable. Puis elle me demanda : que veux-tu que je fasse, papa ?

Kini part pour Augsbourg ces prochains jours, car l'année est sèche et la neige n'interdit pas encore les cols des Alpes, répondis-je, tu partiras avec lui. Il ne pouvait être question qu'une jeune femme sans ses parents ou son mari voyage seule avec des inconnus. Sa réputation aurait été compromise. Et le scandale aurait rejailli sur moi. J'avais été en affaires avec König, c'était lui qui avait trouvé le moyen de transmettre à l'empereur le portrait de Marietta. Marco partira avec toi. Il sera content d'aller en Allemagne, sans compter qu'ici, loin de m'être utile, il m'occasionne dépenses et tracas. Zuane en revanche est prometteur, dès que sa fracture sera guérie, je le prendrai avec moi à l'atelier. Marietta fut sur le point d'objecter, mais renonça. Je ne m'y opposerai pas, si c'est ce que tu crains, précisai-je. La gloire est la gloire. Tu as vingt-trois ans, c'est ta vie. Je m'aperçus que ses doigts avaient laissé une trace d'huile dorée sur sa joue et que les larmes qu'elle n'arrivait pas à retenir brillaient par intermittence dans l'obscurité. Et toi ? me demanda-t-elle. Tu ne viendrais pas avec moi ? Tu ne voudrais pas m'accompagner ?

Les voyages m'insupportent, répondis-je. Je fus brusque, très dur. J'étais terrorisé, Seigneur. Je déteste les relais de poste, l'odeur des chevaux, les voitures dont les sièges exhalent des relents de cuir et de sueur, les villes que je ne connais pas, les gens que je ne comprends pas et, si tu veux le savoir, je n'aime pas les empereurs non plus et suis fier de vivre dans une république. Petite, d'accord, c'est une naine obligée de louvoyer parmi des géants qui pourraient l'écraser, mais elle est libre. Je n'aime pas le monde de la cour, la dissimulation et la servilité des courtisans. Je ne crois pas qu'un grand artiste puisse vivre dans le giron d'un roi. Je ne suis pas un cheval de parade comme le comte Titien. Je suis un cheval sauvage qui ne supporte pas la selle. Je chéris ma liberté et ne la vendrai pas pour peindre les traits disgracieux d'un Habsbourg. Mais je ne peux pas décider à ta place. Tu es libre. Pars si tu le souhaites.

Mais je ne le souhaite pas, Jacomo, murmura-t-elle. Sa voix se perdit dans le brouillard. Nous restâmes je ne sais combien de temps dans l'herbe humide de ce campo que nous ne discernions même pas, jusqu'au moment où le froid nous coupa la respiration. Dans la brume, à travers une grille rouillée, je devinai deux yeux de flammes qui semblaient me dévisager. Au bout de quelques instants, je compris qu'il s'agissait de fleurs écarlates prisonnières d'un désert de pierre. La végétation de ce jardin étriqué grimpait désespérément aux murs, à la recherche d'espace. Soudain, à croire qu'aucun incendie n'avait éclaté, que nous n'avions pas évoqué le voyage ou l'empereur et qu'il n'existait pas de ville appelée Augsbourg, Marietta cueillit la fleur de feu, glissa la tige entre ses lèvres et me demanda si je voulais lui rendre un grand service.

De quoi s'agit-il, mon étincelle ? demandai-je, inquiet. L'hôpital des incurables, répondit-elle. Il a été reconstruit en marbre et tu sais peut-être qu'on vient de l'inaugurer. C'est un édifice imposant et propre aux murs tout blancs. Mais il est triste, sans aucun ornement, pas un tableau, rien de rien. Comment le sais-tu ? lui demandai-je, surpris. Elle haussa les épaules, ignorant ma question. Les femmes qui y sont hospitalisées savent qu'elles vont mourir. Elles savent qu'elles ne quitteront plus jamais ces lieux. J'aimerais que leurs yeux en ces derniers jours puissent rencontrer la beauté. En quoi cela me concerne-t-il ? dis-je. Je ne voulais pas penser à l'hôpital des incurables, ni qu'elle y pense non plus. Offre un tableau à l'hôpital. Ils n'accepteraient pas une œuvre de moi, mais, venant de toi, ils la recevront comme un honneur. Ils la placeront dans la chapelle principale ou Dieu sait où, en tout cas dans un endroit où toutes les malades la verront. Nous la peindrons ensemble. Que veux-tu peindre ? lui demandai-je. Notre vie nous avait repris, elle ne nous lâcherait plus.

Nous rentrâmes lentement à la maison, en discutant du sujet du tableau. Il faudra des femmes, disait Marietta. Et un paysage enchanteur où abondent les arbres, les rivières et les fleurs, car les malades incurables ne verront plus jamais aucun paysage, aucun arbre, aucune fleur. Il faudra beaucoup de femmes, des centaines. Des femmes en marche, car les malades incurables ne quitteront plus jamais leurs quatre murs. Le cortège des onze mille vierges de sainte Ursule. Parce qu'elles vont mourir, mais seront sauvées.

De temps en temps, elle s'interrompait, s'attardant à me décrire ces femmes en route vers la mort, mais aussi vers la vie éternelle. Et je me surprenais à regarder derrière Marietta le spectacle étonnant des plus somptueux palais de Venise tronqués à hauteur du premier étage. Le reste, festons de pierre, fresques sur la façade, cheminées, corniches ouvragées, embellissements, tout avait été englouti par le brouillard, effacé. Cette nuit se gaussait de ma présomption et de celle de mes concitoyens. Je subissais le spectacle de Venise l'orgueilleuse disparaissant dans un océan de brouillard et de néant. Mais demain elle serait de nouveau à sa place, après-demain aussi et pour toujours.

Nous peignîmes le tableau dans les semaines qui suivirent, ou plutôt, je la laissai travailler pour ainsi dire seule, me rassasiant du spectacle de sa main blanche glissant sur la surface de la toile. Sa façon de peindre était aux antipodes de la mienne : j'assaillais la toile, grattais, frappais, lançais la peinture, tandis que la caresse de son pinceau avait la même douceur que sa bouche sur ma barbe. Nous ne reparlâmes jamais d'Augsbourg ni de l'empereur. Pourtant je sais, et j'ai sans doute toujours su, que ce soir-là Marietta n'a pas dit ce qu'elle voulait me dire, mais ce que moi je voulais qu'elle me dise.

Le jeune Iseppo était encore devant moi, son chapeau à la main, attendant. Il a toujours ses oreilles décollées. Et le même regard avide, fidèle. Ce jeune apprenti comptait pour Marietta, mais pour moi c'est un étranger que je ne reverrai plus. J'aurais pu ouvrir le tiroir de mon secrétaire et sortir la cassette. Je garde les perles de son collier éparses au milieu des pièces d'argent et des piécettes de cuivre. Il y a des dizaines de perles dans cette boîte. J'aurais pu lui en donner une. Nous nous sommes serré la main. Iseppo verra Augsbourg et découvrira qu'il aurait pu s'en dispenser. Elle, pas.

Marietta n'a laissé aucun testament, lui spécifiai-je. Elle n'a pas pensé à te léguer quoi que ce soit. Iseppo a enfoncé son chapeau à plume sur ses grandes oreilles, il s'est incliné et m'a souhaité le meilleur avant de sortir. Il faut qu'il l'oublie. Ce n'était qu'un modeste apprenti.

J'ai connu Marc Steiner d'Augsbourg dans des circonstances tristes, fausses et ridicules, et mes rapports avec lui ont été tristes, faux et ridicules. Chaque année, mon vénérable oncle Antonio Comin se voyait à l'article de la mort. Il se hâtait d'envoyer quérir un notaire pour lui dicter son testament. Il distribuait ses biens à droite et à gauche, car il n'avait pas de famille proche, ayant enterré d'abord son fils, puis son épouse. Elle lui avait apporté en dot un petit magot de huit cents ducats qu'il avait su faire fructifier. Si bien que cet humble fonctionnaire de police, qui avait quitté ses montagnes de Brescia avec mon père pour émigrer à Venise sans autre richesse qu'une capacité peu commune à jouer des poings, se retrouva plus qu'à son aise. Veuf, il vivait avec Angela, veuve elle aussi, qui lui servait de domestique et à qui il faisait miroiter le mariage. Toutes ses connaissances – parents à un degré ou à un autre, neveux, serviteurs – espéraient récupérer le gros de l'héritage et quand une maladie le clouait au lit, les faux affligés défilaient chez lui en cortèges larmoyants. Mais le vieux était susceptible et inconstant, et il changeait d'avis chaque année. De sorte que tout le monde à la fois désirait et redoutait de le voir mourir, parce qu'on ignorait si le dernier testament en date vous favorisait ou vous déshéritait. Quand la Scuola di San Rocco me confia la *Crucifixion* et que ses employeurs, au guet de nuit, lui dirent que c'était une œuvre colossale, bouleversante, merveilleuse, il se fia à leur jugement et se vanta d'être mon oncle. Je devins soudain son neveu préféré, le sang de son sang.

C'est une parenté un peu embarrassante, commenta Faustina, mais, tout bien considéré, ne faisons pas les difficiles, l'argent n'a pas d'odeur et au moins ce vieux crabe te laissera quelque chose. Nous fîmes l'effort de le fréquenter. Le vieux sbire qui sa vie durant avait poursuivi des criminels, arrêté des mères maquerelles et corrigé des assassins, manifesta un faible pour Marietta. Mon étincelle lui plaisait d'une façon outrancière, il l'aurait engrossée du regard et, à quatre-vingt-trois ans, finit par suggérer que je la lui donne pour épouse, elle qui en avait vingt et un. Il était prêt à la prendre sans dot. Il comprenait qu'avec autant de filles légitimes il m'était impossible de constituer une dot décente pour Marietta sans blesser les sentiments de mon épouse et créer des frictions au sein de la famille. Donne-la-moi avant qu'un autre ne la prenne, me proposa-t-il, au moins elle ne partira pas chez des étrangers. Je vais bientôt mourir, et je la laisserai riche à vie. Je ne te vendrai jamais ma Marietta, lui répondis-je. Le vieux rétorqua alors en ricanant que Marietta finirait par se vendre toute seule et que je regretterais amèrement de ne pas avoir accepté sa généreuse proposition. Je répliquai que seul le respect que j'éprouvais pour son grand âge me retenait de lui faire tâter de ma dague. Il me demanda si je savais que les jeunes gens des meilleures familles de Venise surnommaient Marietta la fille d'Osdrubald.

Non, et de toute façon, je n'en ai cure, répondis-je. Tu devrais t'en soucier au contraire, Jacomo, et savoir qui est la fille d'Osdrubald. Il finit par me conter l'histoire. Osdrubald était roi de Hongrie. Il avait une fille d'une singulière et merveilleuse beauté, dont on faisait grand cas à l'époque. Elle plaisait aux hommes, lesquels, au fur et à mesure qu'elle grandissait, se mirent à lui plaire, car elle était encline à l'amour. Le roi en devint follement jaloux. Alors qu'elle était en âge de se marier, il refusait de lui donner un époux. Pour mieux tenir à distance les jeunes prétendants et s'assurer de la garder, il l'enferma dans le donjon sous la surveillance de ses demoiselles d'honneur. La mère de la princesse était morte et ne put intervenir en sa défense. Ému par la solitude à laquelle il condamnait sa fille, le roi Osdrubald lui laissa la compagnie d'un chien. Quelque temps plus tard, la fille d'Osdrubald fut enceinte. Le fait était stupéfiant, puisque personne n'avait pénétré dans le donjon. La princesse avoua qu'elle avait fauté avec son chien. Son père voulut la tuer pour cet acte monstrueux, mais la princesse lui rétorqua que c'était lui le monstre qui l'avait empêchée de satisfaire ses désirs naturels, car les femmes ne sont pas différentes des hommes et leur chair est sujette aux mêmes désirs. Alors non seulement le roi Osdrubald ne tua pas sa fille si belle, mais il lui trouva un mari complaisant, et la princesse accoucha du fléau de Dieu, au corps d'homme et au visage de chien. Marietta n'aime pas les chiens, dis-je en simulant l'indifférence, alors que cette histoire répugnante me soulevait l'estomac. Je me contente de te suggérer la façon de ne pas perdre ta fille à la singulière et merveilleuse beauté, me répondit-il.

Quand les scrupules refroidirent ses fantasmes, à quatre-vingt-cinq ans, mon oncle Comin épousa une veuve de quarante printemps plus jeune, dame Franceschina Steiner et proposa de constituer une dot à Marietta, afin que sa petite-nièce préférée fasse un beau mariage.

Tu ne dois pas accepter son argent, disait Marietta. C'est un espion, un maître chanteur, un calomniateur professionnel et un délateur. Je déteste ses divagations religieuses et le contact de ses mains me révulse. Ses doigts sont rêches comme du bois. Il a torturé des centaines d'innocents dans le secret des geôles. Il a fouetté des enfants de douze ans, brisé les bras et brûlé les pieds de femmes dont le seul tort était de mener une mauvaise vie. Alors, à plus forte raison, disait Faustina pour l'amadouer. S'il te donne son argent pour te faciliter la vie, cette douleur n'aura pas été vaine.

Au cœur de la nuit, on m'appela au chevet de Comin. On lui avait administré l'extrême-onction. Dans l'escalier, sa domestique Angela me glissa à l'oreille que mon oncle avait encore modifié son testament et m'avait nommé son légataire universel : il me laissait sa maison de San Cassan et une propriété à la campagne près de Padoue. À son chevet, je trouvai des cousins qui visaient l'héritage et m'accueillirent avec une hostilité palpable, la seconde épouse de mon oncle, cette dame Steiner aux cheveux couleur d'acier qui me regarda avec hargne parce que je l'avais spoliée de ce qu'elle estimait lui appartenir et un beau jeune homme pâle et brun, que je n'avais jamais vu. On me le présenta comme Marc Augsbourg. Après le mariage de mon oncle, il avait loué son appartement. Il l'avait occupé avec Bartolo, le fils de la veuve Steiner, son parent éloigné, un garçon bagarreur, violent et désœuvré qui avait déjà goûté deux fois des galères. C'était mon oncle lui-même qui l'avait arrêté.

Nous attendîmes la mort du vieux assis devant la cheminée. Je ne sais comment nous engageâmes la conversation. Tu es allemand ? lui demandai-je. Je l'étais, répondit Marc Augsbourg. Je lui rétorquai qu'on ne peut jamais cesser d'être ce qu'on est, mais il haussa les épaules en disant que les hommes ne sont pas des arbres plantés en terre, mais plutôt des nuages, des graines portées par le vent ou des navires qui fendent les flots, et que l'important n'est pas l'endroit où l'on naît mais celui où l'on choisit de vivre. Je lui demandai s'il avait entendu parler d'un typographe appelé Corrado Elbich ou un nom approchant. Il avait imprimé une bible en allemand en 1530. Une édition de luxe, avec des xylographies de l'histoire de Job.

Marc Steiner, ou Augsbourg – allez vous y retrouver avec tous ces noms –, fit la moue et m'expliqua qu'il était ouvrier chez Ludovico, Joachim et Christoph, bijoutiers à L'Enseigne de la vertu : il pouvait parler de bijoux jusqu'à demain matin, mais ne s'entendait guère en livres. Il avait grandi dans la ville des banquiers tout en rêvant de Venise. Ses parents, qui y avaient vécu dans leur jeunesse, évoquaient toujours avec une nostalgie poignante les richesses de cette ville où ils n'avaient pas réussi à s'imposer. Son frère aîné Hieronimus, parti à seize ans, était mort à Venise peu de temps auparavant : ses os désormais faisaient partie de la patrie vénitienne. Quant à lui, dès qu'il avait été en âge d'exercer un métier, il avait rejoint son frère. Jamais il n'avait pensé à rentrer. Et il ne quitterait pas Venise tant qu'il ne serait pas certain de l'avoir conquise. L'Allemand dit que je ne pouvais pas le comprendre : j'étais un enfant de Venise, j'avais respiré Venise à chaque instant de ma vie. Tandis que lui devait la séduire. Comme une femme aimée, elle exigeait une entière dévotion et une infinie patience.

Un râle montait de la chambre du vieillard, un sifflement sinistre qui évoquait un appeau d'oiseleur. Alors Marc Augsbourg dit qu'il regrettait pour moi, mais qu'il espérait que Comin s'en tirerait cette fois encore. Il s'était attaché à ce vieil ours mal léché. Mon père est mort, mon frère aussi, Bortolo est banni pour cinq ans, en mars mes patrons partent pour Milan, je n'ai personne d'autre à Venise.

Mon oncle s'en tira cette fois encore et revint sur son testament. Mais la chose la plus incroyable est qu'à quatre-vingt-dix ans il quitta Franceschina Steiner parce que, disait-il, elle avait mal vieilli et qu'elle ne lui plaisait plus. Quand il est mort pour de bon, il m'a laissé un bout de terrain qu'il avait extorqué illégalement à son propriétaire et qui pour cette raison n'a aucune valeur. Mais pendant que Marc Augsbourg me parlait, calme, serein et raisonnable et que son fort accent allemand résonnait à mes oreilles comme une musique oubliée, je m'aperçus que c'était lui que j'attendais.

À la même époque, peu avant le Carnaval, Marietta reçut une proposition irrésistible. Pour elle ce fut une sorte de consécration. Pour moi, la preuve que je ne pouvais plus reculer. Elle émanait de la cour du roi d'Espagne, le monarque qui régnait sur la moitié du monde, l'ennemi le plus aguerri de l'indépendance de Venise. Le roi Philippe achetait des tableaux dans toute l'Europe pour orner les salles austères de l'Escurial, mais il ne m'appréciait pas et ne m'avait jamais rien commandé. Il avait aimé Titien, pas comme un maître aime son serviteur, mais comme un homme de pouvoir aime celui qui donne corps à ses rêves, à ses angoisses, à son Dieu. Aucun autre peintre ne lui semblait à la hauteur de son maître : cette fidélité posthume est tout à son honneur. À Madrid, personne n'avait jamais vu d'œuvre de Marietta, mais on avait entendu parler d'elle en termes enthousiastes. D'abord par l'ambassadeur Khevenhüller, qui se souvenait d'une jeune fille prodige aux cheveux courts habillée en garçon, une créature ambiguë qui m'avait accompagné à la résidence des ambassadeurs de l'empereur où elle n'avait pas soufflé mot, attirant toutefois sur elle l'attention des secrétaires et la sienne. Puis, par un certain Hieronimo Sánchez, frère du peintre officiel de Philippe, qui depuis quelques années vivait à Venise où il avait été envoyé, muni d'une lettre de recommandation du roi en personne, achever ses études de dessin et peinture et faire ses premières armes.

Sánchez était resté quelque temps dans l'atelier de Titien. Le cas échéant, il réglait des affaires pour la cour d'Espagne, comme acheter de la peinture pour les nouveaux embellissements de l'Escurial. Précédemment il sollicitait l'aide d'Orazio, le fils de Titien, mais à sa mort, il vint me proposer cette tâche. J'avais d'autres chats à fouetter que d'accompagner un Espagnol, tout peintre royal qu'il fût, acheter de la peinture dans les boutiques de Rialto, surtout qu'il en achetait littéralement des montagnes et que les tractations avec les vendeurs s'éternisaient. En outre l'État espagnol s'étant déclaré en banqueroute deux ans plus tôt, il était réputé pour ne pas payer ses dettes. Je lui envoyai Marco, et, de toute sa vie, c'est la seule tâche que mon fils ait exécutée avec joie.

Sánchez apprécia mon fils pour son côté impulsif et vaniteux. L'Espagnol l'emmena au palais de l'ambassadeur où Marco s'enticha de l'élégance stupéfiante des Espagnols et de la désinvolture avec laquelle ils recouraient à leurs armes, superbes au demeurant, si bien qu'il était toujours pendu aux basques de Sánchez. Ces deux-là se ressemblaient. Ils avaient le même caractère, les mêmes aversions, les mêmes frustrations. Ils aimaient le même luxe effréné, les mêmes compagnies louches. Et l'Espagnol finit par franchir le seuil de ma maison. Comme on pouvait le prévoir, Marietta plut davantage encore à Sánchez que son frère.

L'Espagnol lui commanda un tableau. Il passa une semaine à poser pour elle. Que font-ils ? demandai-je à Dominico qui depuis plus de dix ans me rapportait faits et gestes de Marietta. Rien, répondait à contrecœur mon bon fils, elle le regarde et chante. Il la regarde et se tait. Ils se regardent. Bref, Sánchez parla de Marietta à quelqu'un qui parla d'elle au secrétaire de la reine. Un jour, il nous remit une lettre cachetée d'un sceau de cire rutilant. Il expliqua que le souverain pressait cette femme talentueuse de venir à Madrid. Concrètement, on lui offrait de devenir peintre de la reine. L'invitation ne mentionnait pas de rétribution. Sánchez nous expliqua que les puissants de ce monde, les souverains par la grâce divine, en tout supérieurs à nous autres pauvres mortels, ne sauraient s'abaisser à offrir de l'argent à une personne du peuple : mais il était implicite que Marietta serait bien payée. Ce qui signifiait, s'il pouvait hasarder un chiffre, dans les cinq mille ducats. D'autres femmes peintres illustres, comme la grande Sofonisba Anguissola, avaient accédé au désir des monarques d'Espagne. En outre on avait appris à la cour que Marietta chantait comme une alouette, ce qui piquait les curiosités. Il fallait savoir en effet qu'à la mort de la reine précédente, le roi s'était retiré à une journée de cheval de Madrid, vivant comme un moine dans une cellule de l'Escurial et que depuis l'atmosphère était plutôt à la pénitence. Mais tout avait changé avec la nouvelle reine qui était jeune. Et puis l'Espagne était un grand pays, tandis que Venise paraissait condamnée par l'histoire à un déclin inévitable, l'Espagne s'annonçait comme le pays de l'avenir. Ce n'était pas écrit dans la lettre, mais Sánchez ajouta que la Tintorette se trouverait fort bien à Madrid. La reine Anne était impatiente de faire sa connaissance. Elles étaient presque du même âge, puisque la souveraine n'avait que vingt-neuf ans. La reine Anne était allemande, plus exactement autrichienne, et se sentait isolée en Espagne.

Je demandai à Sánchez de lire cette missive devant mes aides au grand complet, car je voulais gratifier Marietta en montrant aux autres que c'était elle qui avait déployé le plus de zèle et que pour cette raison elle méritait une reconnaissance publique. Soudain Marietta interrompit Sánchez et demanda à Aliense, mon jeune assistant et son ami : pourquoi n'irais-tu pas à Madrid, Antonio ? Parce que je ne sais pas chanter, répondit le Grec du tac au tac. Alors Marietta s'approcha de l'Espagnol, détacha la goutte de cire rouge de la lettre et la posa dans le sillon entre ses seins. Puis, s'inclinant devant moi en une gracieuse révérence, elle déclara avec un sourire : je partirais sur l'heure, mais j'ai déjà mon roi.

Je lui parlai de Marc Augsbourg dans le traghetto, sur le Grand Canal que les derniers reflets de la lune transformaient en miroir d'argent. Le bateau était bondé de passagers qui rentraient de fête et, à chaque coup de rame, l'eau venait lécher le bord de l'embarcation. Yeux noirs, cheveux noirs, ni barbe ni moustache. Très grand, dis-je. De qui parles-tu ? s'enquit Marietta, intriguée.

Nous sortions d'une réception au palais Mocenigo. Nous étions encore masqués. J'étais enveloppé dans une cape noire. Elle était en blanc de la tête aux pieds, chaussures, manteau et même le loup sur ses yeux. Elle m'accompagnait à une fête pour la première fois et ne m'avait pas quitté un instant. Elle ne laissait personne l'approcher, elle était aussi sauvage qu'un lynx et, si l'on s'enhardissait, elle savait lancer des coups de griffe et des piques. Quand un jeune homme déguisé en capitaine, ou peut-être véritable capitaine, l'avait priée de chanter pour lui, elle lui avait demandé tout sucre tout miel quel était le comble de la futilité. Pendant qu'il hésitait, décontenancé, elle avait éclaté d'un rire cruel : pour moi, c'est de chanter devant un bouc.

On ne m'avait pas reconnu, mais elle oui sans doute. Le nom de Marietta était sur toutes les lèvres à cette époque. Tout le monde l'invitait : qui dans son salon, qui pour une promenade au Lido, qui pour une battue de chasse et qui plus loin encore. Peut-être voulait-on vérifier ce qu'elle avait hérité de moi : le caractère, l'esprit, l'ironie ou encore le talent. Ou peut-être parce que, quelques années plus tôt, elle avait piqué la curiosité de nos concitoyens en adoptant des vêtements et un comportement de garçon, avant de disparaître de la circulation. Je l'avais soustraite aux regards, aux commérages et aux tentations. La seule solution pour les gentilshommes qui souhaitaient la voir de près était de solliciter auprès de moi un portrait de sa main et ensuite – s'ils avaient plus de cinquante ans, qu'ils étaient mariés et que leur réputation ne les donnait pas pour trop dissolus – de faire le déplacement jusqu'à mon atelier pour poser devant une tenture de velours vert sombre. Chantez-nous *Nuit de soupirs*, lui demandaient-ils au bout d'un moment, contrariés par la monotonie de la pose et intrigués par la fine silhouette blonde que le haut chevalet dissimulait complètement. Chantez-nous *Je me consume pour toi*, *Vous savez que je vous aime*, réclamaient-ils. Ou d'autres chansons parmi les plus célèbres du moment, que tout le monde, du sénateur au gondolier, savait par cœur et fredonnait en remplissant des dossiers ou en assommant le poisson à coups de rame.

Marietta se faisait prier, mais en réalité elle se produisait volontiers. Parce qu'elle était comme moi, elle aimait avoir un public et ne refusait jamais un défi. Et plus une chanson comportait de notes difficiles, plus elle voulait la maîtriser. À Venise, les langues vont bon train. Le bruit courait que personne mieux que la Tintorette ne chantait *Donne-moi un baiser* et *Admirable mystère*. Le bruit courait qu'elle savait chanter dans une tonalité qui vous échauffait les sangs comme une courtisane. Mieux qu'une courtisane. Mais elle était à l'abri des médisances. Car lorsque mon étincelle recevait ces hommes, qu'elle s'entretenait avec eux et qu'elle les divertissait, son décolleté était piqué d'une plume. C'était une plume rouge. Les Vénitiens connaissaient ce signal, qu'ils avaient appris chez leurs maîtresses : la dame n'est pas disponible.

Marietta n'était pas, n'a jamais été une Vénus ni une Diane, Seigneur. Mais elle possédait ce que tant de femmes cherchent en vain sans jamais l'acquérir : le charme. Son intelligence, sa grâce, sa singularité rendaient ses défauts encore plus désirables. Ou peut-être était-ce sa célébrité. La célébrité est comme un aimant, la pierre sacrée qui attire ce qui lui résiste. Or Marietta était devenue célèbre, même si on ne l'appréciait pas à bon escient. On louait sa précocité et sa jeunesse, alors qu'on aurait dû saluer son humilité. Marietta travaillait pour moi et parfois à ma place. Peut-être pensait-elle suivre la même route que moi, qui avais appris à être un autre avant d'être moi-même. Peut-être ne pensait-elle pas, elle aimait peindre et ne demandait qu'à pouvoir se consacrer sérieusement à la peinture et en faire son métier. Ses portraits étaient bons : sa main légère et rapide saisissait avec finesse et ironie la personnalité de ses modèles. Pourtant il manquait encore quelque chose à sa peinture. Je le savais, elle aussi. Mais, indépendamment de ses résultats, c'était une femme peintre, c'est-à-dire un spécimen rare à Venise, en Italie et en Europe. Elle était comme une licorne dont on est disposé à croire qu'elle existe et qu'on voudrait pour soi, même si on n'en a jamais vu.

Le bijoutier, Marietta, précisai-je. Quel bijoutier ? demanda-t-elle en riant, j'en ai vu plus d'un chez les Mocenigo. Les dames louaient aux joailliers les bijoux dont elles étaient parées. On les avait donc invités pour qu'ils ne les réclament pas trop tôt et qu'elles puissent les exhiber tout leur content. Le pupille de mon oncle, l'Allemand d'Augsbourg, ce grand brun qui porte au cou une chaîne d'argent sertie de cubes de lapis-lazuli. Bref, Marc Augsbourg, Steiner. J'ignore de qui tu parles, dit Marietta en riant, et, de toute façon, si je ne l'ai pas remarqué, c'est qu'il doit être laid à détourner une procession. Mais j'insistai, car je connaissais Marietta. Si Steiner lui avait plu, elle aurait avalé sa langue plutôt que de l'admettre. Pourquoi me parles-tu de lui, Jacomo ? finit-elle par protester. Parce que ce sera ton mari.

Je ne veux pas me marier, me rappela Marietta. Je ne veux être l'épouse de personne. Je suis déjà ta fille. Et puis, que gagne une femme à se marier ? Elle se perd elle-même pour ne trouver que des enfants, qui lui procurent quelques années de joie et un nombre infini de contrariétés, et l'autorité d'un homme. Je ne deviendrai la servante de personne. Je ne serai jamais un four où l'on fabrique des enfants. Je ne possède rien, ni propriétés, ni rentes, pas même un nom, je n'ai rien d'autre que mon corps, mes yeux, mes lèvres, mes mains, mais j'en suis maîtresse ainsi que des désirs qui l'habitent. C'est tout ce que j'ai.

Je me penchai sur elle et ôtai la plume rouge de son décolleté. Cela fait dix ans que tu me menaces du mariage, dit Marietta en souriant, sur le ton intime et frivole qu'elle employait lorsque personne ne pouvait nous entendre. C'est une plaisanterie, n'est-ce pas, Jacomo ? Elle posa sa tête sur mon épaule et tortilla la pointe de ma moustache, comme elle faisait toujours quand elle voulait obtenir quelque chose. Tu ne souhaites pas que je me marie. Tu le souhaites encore moins que moi. Le mariage est une affaire comme une autre, Marietta, conclus-je en m'écartant. L'important est d'y gagner. Tu ne peux plus attendre, et moi non plus.

Nous faisions les gorges chaudes des Vénitiens. Les années passant, on nous avait piégés dans une nasse impalpable d'insinuations dont nous n'arrivions plus à nous dépêtrer. Au début, j'en avais été l'objet et la cible, et je m'en moquais. On disait que, follement jaloux de ma fille, je la séquestrais et l'empêchais de se marier pour la garder près de moi. Les plus malintentionnés disaient : pour en jouir. Mes vieux ennemis se moquaient de moi en me dépeignant comme le barbon en chaleur des comédies de bas étage, cuisiné à point par sa jeune prisonnière délurée qui, tôt ou tard, lui rendrait la monnaie de sa pièce sous forme de cornes. J'étais Osdrubald. J'étais le roi remis à sa place par un chien. Marietta et moi connaissions ces ragots. Nous les traitions par le rire. Suis-je ta prisonnière ou bien toi mon captif ? plaisantait-elle pendant que nous jouions de la musique dans la pénombre de l'atelier. Et je lui demandais : avec qui me tromperas-tu ? Un jour, quand tu t'y attendras le moins, Jacomo, répondait-elle en pinçant les cordes du luth, je t'échapperai. Et tu me poursuivras sur terre et sur mer sans pouvoir me retrouver.

Mais ensuite, ce fut elle la cible. Les femmes jugèrent maladif son refus du mariage, et les hommes qu'elle avait éconduits laissèrent supposer qu'elle n'était pas tant ma victime que ma complice. Puis la médisance prit le relais. Un dimanche à la messe, alors que je me dirigeais vers notre banc, Marietta à mon bras, j'entendis distinctement cette phrase, qu'elle entendit elle aussi : *tiens, Cordellina et sa bonne amie*. Mon sang se glaça dans mes veines. Marietta ne pouvait pas comprendre l'allusion, d'une vulgarité extrême, et ignorait qui était ce fameux Cordellina, puisque les faits remontaient à l'année de sa naissance. Mais moi je savais. J'étais sur le pont Rialto avec Cornelia quand était passé le chaland du condamné à mort.

Nous marchandions sa prédiction à un astrologue qui prétendait lire l'avenir à travers Nostradamus et Hermès trismégiste. Cornelia s'était mis en tête de savoir si notre enfant naîtrait sous une bonne étoile. Elle n'était pas superstitieuse et ne croyait ni dans les horoscopes ni dans les cabales des sorcières. Mais les mois passant, plus sa grossesse avançait, plus elle devenait vulnérable : ma courageuse Amazone s'effrayait d'un bourdonnement de guêpe. Elle était irritable, nerveuse, craintive. J'essayais de ne pas la contrarier. Un cri s'éleva, tout le monde se précipita vers le parapet, nous avec les autres. À la proue, noirs et terribles dans leur habit en toile de sac, capuchon ramené sur les yeux, les membres de la confrérie des exécutions agitaient les chaînes qui leur tenaient lieu de ceinture et frappaient de leurs paumes l'image du Christ en croix brodée sur leur poitrine. Enchaîné à un poteau, nu jusqu'à la taille, le condamné poussait des cris épouvantables. Il saignait comme un taureau égorgé. Le bourreau le torturait avec des tenailles rougies. Déjà, dans la maison où le crime avait été perpétré, il lui avait arraché le sexe. Ses mains, tranchées à la hache, étaient pendues autour de son cou et se balançaient à chaque secousse, comme des pendentifs obscènes.

Caresse-la donc, sieur Alvise ! criait la foule en se penchant aux loggias, aux échoppes, aux fenêtres pour ne rien perdre du spectacle. Crapule, charogne, va enfiler ta chienne maintenant ! Horrifiée, Cornelia passa le buste par-dessus le parapet pour vomir dans le canal. Le lugubre chaland glissa sous les arches du pont, en direction de Saint-Marc. Qu'a fait cet homme pour mériter un supplice aussi atroce ? demanda Cornelia, pendant que nous tentions de nous éloigner en jouant des coudes dans la foule. Penchée par-dessus le parapet, une jeune femme lançait des poissons crevés sur le chaland désormais hors de portée, en incitant le bourreau à n'avoir aucune pitié. Elle se tourna brusquement et dit dans un souffle : ce porc a abusé de sa fille pendant des années. Maintenant on va l'emmener place Saint-Marc, il devra monter sur le gibet entre les colonnes où il sera décapité et on brûlera son cadavre jusqu'à ce qu'il se réduise à un tas de cendres qu'on jettera dans la lagune. Et sa fille ? demanda Cornelia, que va-t-elle devenir, la pauvre… La pauvre ? s'écria d'un ton haineux la jeune femme. La fille de Cordellina était sa complice. Elle a été condamnée à la prison à vie. Je n'ai jamais oublié ce nom.

Je n'ai pas agi par égoïsme, même si nombreux sont ceux qui m'en accusent, mais dans son intérêt et pour son bien. Je n'aurais pu lui trouver meilleur mari que Marc Augsbourg. Je connais les hommes. On dirait un Tzigane, il est beau garçon, admit Marietta, mais aussi anodin qu'un mouton. Il m'ennuie à mourir. Figure-toi que, pendant la pièce au théâtre, il m'a entretenue de lapis-lazuli, la pierre étoilée, dit-il, et m'a proposé un stock d'afghans très purs pour donner au manteau de la Madone la couleur du ciel. Bref, il m'a parlé affaires. Il faut bien commencer par un sujet avec une femme qui vous plaît, tu ne crois pas ? ai-je insinué. Je ne suis pas une prostituée, Jacomo, soupira Marietta, je ne veux pas parler affaires avec un homme.

Il t'a peut-être promis ces lapis-lazulis pour te faire comprendre qu'il est négociant en pierres précieuses. Il importe des gemmes et exporte des objets anciens, des médailles et des bijoux. Il passe son temps dans les comptoirs, il a mis dans sa poche Paislander, Cimbergher, les Eisfoghel, s'est lié d'amitié avec Otto, a vendu un diadème aux Fugger. König l'a pris en sympathie et lui adresse ses clients, princes, comtes, barons d'Allemagne. Il pourrait t'ouvrir un marché juteux parmi les Allemands de Venise. Penses-tu ! dit-elle en riant, c'est un va-nu-pieds, personne ne fait cas de lui à part ton monstre d'oncle. D'ailleurs perles, saphirs, émeraudes, rien ne lui appartient. En attendant, il pourrait te procurer des lapis-lazulis afghans, insistai-je, et tu pourrais peindre de la couleur du ciel tous les manteaux de Madone que tu voudrais. Quand je voudrai des lapis-lazulis afghans, répliqua-t-elle, je les trouverai toute seule.

Et puis je ne pourrais jamais tomber amoureuse de lui, ajouta-t-elle. Je suis déjà amoureuse. Éperdument amoureuse. Je tremble quand il me parle. Je meurs quand il m'ignore. Mon cœur brûle comme la braise quand je l'effleure. Je regrette de ne pas avoir cent cœurs à brûler afin qu'il n'y ait plus jamais d'hiver pour lui. Je le vois même s'il est loin. Il occupe toutes mes pensées, tous mes rêves. Si ce n'est pas de l'amour, je ne sais pas ce que c'est. Je ne veux vivre que pour lui apporter du plaisir et le rendre heureux. Je ferais n'importe quoi pour lui. S'il me demandait de tout abandonner pour m'enfuir, je m'enfuirais. S'il me demandait d'aller avec un autre homme, j'obéirais. Et s'il ne voulait plus de moi, s'il me demandait de disparaître de sa vue, parce que je lui nuis ou seulement parce qu'il en a assez de moi, je lesterais mes vêtements de cailloux et me jetterais dans la lagune. Morte, je continuerais à l'aimer. La jalousie, Seigneur, me terrassa un instant. Quel homme a ce pouvoir sur toi, mon étincelle ? Marietta posa son doigt sur ses lèvres sans répondre. C'est Sánchez ? C'est Sánchez ? criai-je.

Je revis l'Espagnol dans un coin sombre de l'atelier, ses bagues en or, sa chaîne en or, la poignée en or de son épée luisant dans la pénombre. C'était un peintre ou du moins il voulait se le donner à croire ainsi qu'aux autres. C'était un homme de belle prestance, libre, qui avait trente ans et piaffait d'impatience de quitter Venise, parce qu'il n'avait pas réussi à s'y affirmer et ne gagnait d'argent qu'en réalisant des copies. C'était le frère d'un peintre de talent et, depuis qu'il était né, il vivait dans l'ombre d'un autre. Marietta le comprenait. Personne ne pouvait le comprendre mieux qu'elle. Et lui aussi la comprenait. Il savait déchiffrer son insatisfaction, qui était aussi la sienne. Il l'a ensorcelée avec la promesse mensongère de l'emmener à Madrid. Cette situation s'est déjà présentée. Elle se représentera. Marietta attirera l'amour de tous ceux qui rêvent de fugues et d'évasions improbables, et elle tombera amoureuse de quiconque fera miroiter à ses yeux une autre vie. Elle me trompera, s'offrira à lui, s'en repentira, se méprisera, implorera mon pardon, je lui accorderai cette sorte de pardon qui n'apaisera ni mon ressentiment ni sa honte, je les éloignerai, les uns après les autres, et chaque fois nous y perdrons quelque chose, deviendrons plus pauvres. Nous continuerons ainsi jusqu'à ce que toute étincelle soit morte et que nous ne soyons plus que cendre. Mais je vais rompre ce cercle vicieux. Elle épousera Marc Augsbourg avant l'été.

Le traghetto nous déposa à Santa Sofia. Le quai et les calli étaient aussi animés qu'à midi, car c'était la dernière nuit de Carnaval et tous les palais étaient éclairés a giorno. Si certaines fêtes s'achevaient, d'autres venaient de commencer. On voyait des couples d'un certain âge prendre le chemin du retour, arborant d'un air digne des masques ridicules, mais aussi des ivrognes uriner contre les murs des maisons et des groupes de jeunes filles bien nées vomir dans le canal, flanquées d'accompagnateurs tout aussi pris de boisson. Des matamores et autres branquignols à la mine patibulaire insultaient les passants, prêts à user du moindre prétexte pour jouer du couteau. Je me retournai, cherchant mon serviteur avec la lanterne, ou au moins mes fils. Dominico ! Marco !

appelai-je sans obtenir de réponse. Ils n'avaient peut-être pas pris le même traghetto que nous, en tout cas, pas moyen de les retrouver. Du reste eux aussi étaient masqués, ils pouvaient être partout.

J'aurais dû les attendre. On déplorait toujours des morts dans les canaux et les calli de Venise, la dernière nuit de Carnaval. Sans compter les blessés. Mais Marietta me prit par le bras. Son parfum me donnait mal à la tête. Qui est-ce ? insistai-je, mais comme elle souriait, j'avais l'impression qu'elle se moquait de moi et je me demandais s'il fallait la prendre au sérieux, et moi avec. De qui es-tu tombée amoureuse, mon étincelle ? Elle se contentait de me regarder avec un sourire amusé. Il faut me le dire parce que s'il te fait souffrir, c'est mon poignard qui lui parlera. Je ne te le conseille pas, tu en mourrais ! dit Marietta toujours rieuse. J'avais trop bu, moi aussi, ce soir-là. Car je ris moi aussi et lui dis en la secouant par le bras : tu n'es quand même pas tombée amoureuse de moi ?

Au pont sur le rio di Noale, une bande de jeunes aristocrates bombardaient de cailloux la fenêtre d'une courtisane. Les plus excités descellaient les pavés avec leur épée, pour les lancer contre son volet. Hé ! maudite gandaule ! Cette nuit, ta fortune est faite avec nous, même si ton trou du cul est assez distendu pour qu'on y entre en gondole ! Ouvre donc, grosse truie défoncée ! s'époumonaient-ils. Des voix masculines et des éclats de rire s'échappaient de l'appartement éclairé, mais la porte restait fermée. La calle étroite était déserte. Ces paroissiens en rut nous aperçurent et nous barrèrent la route. Quand nous voulûmes faire demi-tour, ils nous encerclèrent et nous bousculèrent. L'un d'eux lança sur moi une chaussure pleine d'urine. Je l'évitai de justesse. Ils se montaient le bourrichon à qui mieux mieux. Ils voulaient voir le visage de la femme que j'accompagnais.

Enlève ton masque, dit l'un d'eux à Marietta en tendant la main, que la peste m'emporte si je ne te ramone pas le fourneau cette nuit ! Holà, foutriquet ! dis-je en m'interposant, garde tes ordures pour toi et rince-toi la bouche avant de parler à une dame. Je veux te sucer la langue, lui dit celui qui m'avait lancé sa chaussure, en essayant de l'embrasser, je veux téter ces beaux cheveux, gente dame. Pouah, quelle haleine fétide, répliqua Marietta en le repoussant, dégoûtée, laissez-nous tranquilles, bande de porcs immondes ! Mais ils étaient trop nombreux. Ils nous serraient de trop près. Ils finirent par nous arracher nos masques. Ils sifflèrent quand ils virent combien ma compagne était jeune. Beau salaud de cochon, me dit l'un d'eux sur un ton provocant, ça te démange toujours d'embourrer l'abricot fendu ? Viens donc voir si tu peux chercher les puces à un vieux chien, le défiai-je en lui montrant le poing. Je n'étais pas armé, ni canne ni dague, pas même une bouteille à lui briser sur la tête. Mais ce galavard était tellement saoul qu'en voulant éviter le coup, il perdit l'équilibre et dut se retenir à son compère pour ne pas s'étaler par terre.

Un autre coinça Marietta sous le porche en lui tripotant les seins. Nichons de cire et cul d'acier, pourquoi te fais-tu labourer le bas par cet infâme vieux nain cocu ? Fais-toi biscoter par un amant jeune, rien n'est plus doux, et tu viens de trouver cette nuit plus de chair fraîche qu'aux abattoirs ! Sale outil, ricouille, jean-foutre ! cria-t-elle en essayant de lui tordre les testicules, répète un peu et je t'étripe. Un objet métallique brillait à la lumière du fanal. J'eus du mal à mieux distinguer. J'aperçus un manche en argent. C'était mon poignard. J'ignorais que Marietta le gardait dans son sac. Notre soirée risquait de tourner franchement mal.

Heureusement la courtisane se pencha à sa fenêtre et les invita à monter. La domestique ouvrit la porte sur la rue, les lascars se glissèrent dans l'entrée et, en se bourrant les côtes, montèrent un escalier tout noir. Étripe-moi si tu veux, Bradamante, déclara l'ivrogne, en lui bloquant le poignet contre le mur, mais je te le répète : ne te fais pas culbuter par un nabot de l'âge de ton père. Et tandis que la lame du poignard se plantait dans le crépi, le jeune homme lui plaqua un baiser en pleine bouche, lui enfonçant la langue jusqu'au fond de la gorge. Puis à son tour il disparut sous le porche et nous oublia.

Je ramassai nos masques dans la boue. Les insultes de ces sacs à vin bourdonnaient dans mon cerveau, mes lèvres brûlaient comme s'ils m'avaient craché de la soude caustique au visage. J'essuyai de mon doigt les lèvres de Marietta. Je l'ai reconnu, dit Marietta d'un ton amer, il était à la fête chez les Mocenigo.

Nous reprîmes en silence le chemin de la maison. J'étais malheureux comme les pierres. Par les fenêtres de l'hôpital sortaient des plaintes et des lamentations, des centaines de voix qui n'en faisaient qu'une, comme des pleurs étouffés, écho d'une inconsolable douleur. La silhouette imposante de la Misericordia effaça le froid clair de lune, son ombre nous happa. Alors Marietta s'arrêta et passa ses bras autour de mon cou. Je ne veux pas rentrer, murmura-t-elle. *Marieta*, soupirai-je en lui serrant la taille, mon étincelle. Acceptons cette invitation, me dit-elle, tentatrice. Allons à Madrid. Tu peindras et moi aussi. Nous serons toujours ensemble, rien d'autre ne comptera. Emmène-moi, Jacomo.

Je voyais ses lèvres humides briller dans la nuit. Sa bouche ne ressemblait pas à la mienne. Je n'avais pas de fossette au menton, je n'avais pas le nez pointu, je n'avais pas les cheveux blonds. Je l'entendais haleter, tandis qu'un écho de pas lointains se perdait sous le péristyle de l'abbaye. L'instant était aussi chargé que celui qui sépare l'éclair du tonnerre. Mais, quoi qu'elle ait voulu dire ou faire, je ne le lui ai pas permis.

Tu épouseras le bijoutier, Marc Steiner d'Augsbourg, dis-je en la lâchant. Il ne connaît pas la musique, commenta Marietta. Ne sait pas peindre. Ne sait pas écrire. Comment pourrais-je vivre avec un tel homme ? Je savais que quelque chose finissait, plus jamais je ne serais aussi proche de Marietta que cette nuit-là.

Nous pénétrâmes sous les arcades de l'abbaye. Je dispersai d'un coup de pied une armée de rats qui grouillaient entre les piliers. Je lui dis que j'y avais beaucoup réfléchi, car il me fallait trouver un homme qui serait fier d'être le mari de la Tintorette. D'une femme célèbre. D'une femme spéciale. Cet homme ne pouvait pas être vénitien. Et ne pouvait pas être peintre. Un peintre ne la laisserait jamais peindre. Il ne lui permettrait jamais de gagner de l'argent avec son travail, il ne lui permettrait même pas d'offrir ses tableaux, ni de continuer à étudier pour devenir un jour peut-être meilleure que lui. Pas même toi ? me demanda-t-elle. C'était fini, nous étions arrivés à la maison. Marietta attendait une réponse, mais elle ne l'a pas obtenue.

Le clocher de la Madonna dell'Orto projetait une longue ombre noire sur le belvédère. Entre les fenêtres géminées de la loggia une torche fumait, c'était Faustina qui l'avait laissée pour éclairer notre chemin. Il était très tard. Je secouai violemment la porte. Ouvrez ! criai-je. Ouvrez ! Je craignais de ne pas répondre de moi si on nous laissait dehors une minute de plus. Le palais du roi d'Espagne miroitait devant mes yeux. Des centaines de salles à remplir de tableaux. Je distinguais parfaitement, même si je ne les avais jamais vus ni même imaginés, les murs et les plafonds, les meubles et les fenêtres, l'appartement qu'on nous donnerait, et dans ces salles je nous voyais, elle et moi, je voyais ma vie bouleversée, anéantie, laminée, et cette autre vie devant moi que je désirais. Je la désirais de toutes les fibres de mon corps. Je me sentais vivant, Seigneur, si désespérément vivant que j'aurais voulu mourir cette nuit-là. Ouvrez ! criai-je. Ouvrez !

Et Crabelet ouvrit. La lune s'était couchée sur la lagune, l'eau noire engloutissait déjà son reflet opalescent. Pendant quelques instants, des gouttes de lumière argentée vibrèrent à la surface, puis s'éteignirent. J'arrachai ainsi ce qui m'était chevillé au cœur. Me privai de ce que j'avais de plus cher. Tu m'ordonnes de me marier ? me demanda Marietta. Je lui répondis : oui, mon étincelle.

24 mai 1594

Huitième jour de fièvre

Quand j'étais enfant, on débattait âprement dans toutes les églises de Venise – et sur chaque campo, dans chaque palais et chaque boutique, jusqu'à la plus humble échoppe de cordonnier – de la prédestination et de la grâce. Le saint concile ne nous avait pas encore dicté ce que nous devions penser et les idées de cet Allemand, Martin Luther, rencontraient la faveur de nombreux prédicateurs et de leur auditoire. Le prêche fini, la foule ne se dispersait pas. On restait discuter pendant des heures. Théologiens et patriciens s'en mêlaient, prêtres et menuisiers, bijoutiers et teinturiers. Autre époque, qui semble déjà un autre monde. Les temps ont changé peu à peu, de la même façon qu'apparaît dans le ciel une trace de fumée, puis un lambeau de nuage solitaire qui ensuite se fond avec un autre, puis un autre et que, pour finir, tout s'obscurcit et qu'il se met à pleuvoir. Il fut d'abord interdit d'affirmer certaines idées, puis de posséder les livres qui les professaient, enfin il fut interdit de les concevoir.

Aujourd'hui, on vous traîne au tribunal pour une phrase de travers, et si vous êtes peintre, pour un personnage de travers, c'est-à-dire un personnage qui n'apparaît pas dans les Écritures, fait quelque chose dont elles ne parlent pas ou le fait autrement. L'imagination elle-même est sous les verrous. Je ne me souviens pas très bien de tous ces débats, qui avaient peut-être à voir avec la théologie, mais peut-être aussi simplement avec le sens de la vie. Et je ne veux pas m'en souvenir, car mon Église les a condamnés et je me suis incliné : nous avons brûlé tous les livres qui en rapportaient l'écho.

Un jour, je m'aperçus que le rebord de la cheminée était occupé par un pot de fleurs et que mes livres avaient disparu. C'était au début de mon mariage, Faustina était très jeune. Elle n'avait pas encore seize ans. Je crus qu'elle les avait changés de place. Mais je ne les retrouvai nulle part. Disparus les commentaires des Évangiles et les livres qui parlaient de la grâce et de la prédestination, mais aussi les livres de poésie et d'histoire, les livres licencieux et même les récits de la mythologie latine et les romans. Certains avaient de la valeur, car ils portaient au frontispice la signature de l'auteur. Quant au coffre où j'avais rangé les livres en allemand de Cornelia – tout l'héritage qu'elle avait laissé à Marietta et que j'aurais voulu lui remettre un jour parce qu'ils étaient la seule trace sur terre de l'existence de sa mère –, il ne contenait plus que des torchons et des serviettes. Faustina commença par nier, elle mentit, me lança sur de fausses pistes, mais finit par admettre qu'elle les avait donnés à son confesseur comme prix de son absolution. Il la menaçait de châtiments terribles, en bref de l'enfer, et elle avait peur pour moi. Mais ton confesseur n'est pas entré chez nous, dis-je furieux, comment peut-il savoir ce qu'il y a dans ma chambre ? Je connaissais la loi qui obligeait les prêtres à s'informer des bibliothèques de leurs paroissiens. Mais cette république croule sous les lois et personne ne peut les respecter toutes.

Faustina avoua qu'elle lui avait dressé la liste des titres de notre bibliothèque. Plusieurs de ces ouvrages étaient condamnés et avaient été retirés du commerce. J'aurais dû les donner depuis longtemps pour qu'ils soient détruits et que leurs idées erronées ne corrompent pas d'autres âmes. Certains de mes amis les avaient revendus à des libraires qui maintenant les diffusaient sous le manteau deux ou trois fois plus cher. Je les avais gardés parce qu'ils me rappelaient le passé, ma jeunesse, des personnes qui n'étaient plus. Ils étaient ma mémoire : ils témoignaient de croyances, de pensées, de paroles que j'avais aimées, même si désormais aucune de ces croyances, de ces pensées, ni de ces paroles ne me concernait plus. Tu n'as pas plus de cervelle qu'un moineau, reprochai-je à Faustina. Elle se mit à pleurer. Mais c'était trop tard. Elle avait donné mes livres au confesseur, le confesseur les avait remis au vicaire et le vicaire au patriarche. On les avait déjà tous brûlés.

Il n'y a plus chez moi de livres d'histoire, de poésie ou de philosophie, ni d'ouvrages licencieux.

L'Allemand disait, je crois, que notre salut ne dépend pas de nos œuvres – puisque ni nos actions ni le cours de notre existence ne dépendent de nous –, mais de la grâce que nous avons ou non reçue à la naissance. Dans ce cas, Seigneur, notre existence – qui est tout ce que nous possédons – ne serait rien d'autre qu'une tentative éperdue et inutile de modifier un destin que tu as déjà écrit pour nous.

Je ne me souviens pas de mes convictions à cette époque. Mais, comme tout le monde, je me suis demandé, et me demande encore, si certains sont élus et d'autres marqués dès le début et pour toujours. Si notre vie suit un itinéraire que tu as tracé depuis le début, que nous ignorons mais que nous empruntons, poussés et contraints par la nécessité, ou si elle n'est pas plutôt une série d'actions décousues, de déviations soudaines dues au hasard, à une coïncidence, voire à un quiproquo ou à une erreur. Si le bonheur ou le malheur, la richesse ou la misère, les dons ou leur absence, le succès ou l'échec, le plaisir ou la souffrance sont des actions et des événements qui nous arrivent, mais qui auraient aussi pu ne pas nous arriver si seulement un jour nous avions effectué un autre choix, vécu une autre rencontre, prononcé d'autres mots. Et rien n'est lié, chaque instant est une vie entière qui contient sa clé en or.

Alors je pourrais dire que le destin de Marietta, la fuite de Zuane, Andriana noyée dans les algues de la lagune n'ont aucun rapport avec moi. Que rien de ce que j'ai accompli ou n'ai pas accompli n'a véritablement influé sur leur vie et qu'ils ont choisi librement où vivre et avec qui, et pourquoi mourir. Mais la douleur du corps et de l'esprit qui me tourmentait ces jours-là et que je n'arrivais pas à amadouer cherchait un coupable.

Les Cohen se sont présentés à la porte sur le quai, pour traiter avec moi une affaire urgente. Malgré mon extrême faiblesse, j'ai dit à Crabelet de les laisser entrer, parce que ma maison a toujours été ouverte à ceux qui apportent de bonnes nouvelles, des affaires ou de l'argent. Crabelet a observé que les Cohen ne m'apportaient sans doute rien de tout cela, mais seulement de nouveaux soucis. J'ai répondu que, dans mon état, on ne se soucie plus de rien, pas même de mourir, parce que, comparée à ces journées d'invalidité éprouvantes, la mort sera à coup sûr plus amusante. Sans compter qu'arrivé à mon âge on connaît plus de morts que de vivants et qu'on est donc réduit à fréquenter sa famille, laquelle finit toujours par vous ennuyer au point qu'on ne saurait dire si la vieillesse est une récompense ou une punition. J'ai par conséquent grand plaisir à voir d'autres visages.

Le vieux s'appelle Salomon, le jeune Menachem. Père et fils, ils ont le même âge que Marco et moi : là aussi, j'ignore si c'est un signe que tu m'as envoyé ou une coïncidence dépourvue de toute signification. Ils vivent dans le vieux ghetto, au dernier étage d'un édifice aussi haut qu'une tour. Salomon a perdu son fils Leone pendant l'épidémie de peste, son fils Isaac pendant l'épidémie de variole et sa fille Rebecca pendant l'épidémie de fièvre. Un jour où nous discutions pour savoir qui, de Jéhovah ou de Jésus-Christ, était plus puissant, je lui fis remarquer pour le pousser à se convertir à la vraie foi que son Dieu était moins puissant que le mien et s'occupait moins bien de son peuple. Cohen me répondit que le peuple du Dieu chrétien n'habite pas sur une île à l'atmosphère méphitique comme le ghetto.

Ces deux hommes font négoce de tissus et vêtements usagés et prêtent à usure. Marco est un de leurs bons clients, mais moi aussi dans la gêne, j'ai engagé un coffret en ivoire et les couverts d'argent de la dot de Faustina. En effet, je ne fais pas confiance aux banques tenues par nos chers concitoyens, parce que j'en ai vu beaucoup faire faillite par excès de spéculation. D'une façon ou d'une autre, Marco avait toujours remboursé ses emprunts et récupéré son dépôt. Cette fois il s'était engagé à les rembourser avant la Saint-Martin, puis avant Pâques, mais la date était passée depuis longtemps. On parlait de Pâques de l'année dernière ! Ils lui accorderaient volontiers un délai de plus s'ils pouvaient et, au nom du grand respect qu'ils me vouaient, fermeraient les yeux sur les termes du contrat. Mais – comme ils l'avaient déjà expliqué voilà quelques jours à Dominico, qui les avait malgré cela mis à la porte avec une certaine mauvaise humeur –, la crise ne les épargne pas, les augmentations de prix vertigineuses ces dernières années ont grignoté leurs bénéfices, les gens ne vendent plus de vêtements usagés, parce qu'ils n'ont pas d'argent pour s'en procurer des neufs, bref, à cette heure, ils ne peuvent plus se passer de cet argent. Il faut qu'ils recouvrent cette créance. Ils sont désolés de m'importuner, mais font confiance à mon cœur compréhensif de père.

La servante leur a apporté un plateau de gâteaux, mais les Cohen ont décliné, parce que les juifs ne peuvent pas manger avec nous. Je lui ai quand même demandé de poser le plateau sur la table basse. Nous sommes hors de vue des sbires, et seul Dieu voit à travers les murs de ma maison. Mais les deux juifs n'ont pas touché aux gâteaux. Je me suis enquis du montant de la dette de Marco. Le prêt était de soixante-dix ducats, m'a expliqué le vieux Salomon, en me montrant scrupuleusement son livre de comptes. Avec les intérêts, je pouvais constater qu'on arrivait désormais à deux cents.

Cette signature bien calligraphiée, *Marco Robusti*, m'a indigné. Mon fils n'a aucun respect pour l'argent. Et moi plus. Mais je lui ai appris à le mépriser, pas à s'en faire l'esclave. Je n'ai jamais dépensé un sou que je n'avais pas gagné. Je n'ai jamais acheté ce que je ne pouvais pas payer. Je ne voyais donc aucune raison légale ou morale pour éponger ses dettes. Marco est majeur, il est responsable de lui et de sa vie. C'est toujours mon fils, mais il a l'âge d'être père à son tour : il a eu trente-deux ans en février. Pour un homme adulte, l'indépendance est un devoir. J'ai toujours pourvu à ses besoins, je l'ai protégé, j'ai réparé ses erreurs. Mais si je continue à l'aider, comment se débrouillera-t-il quand je ne serai plus là ? À qui s'adressera-t-il ? À son frère ? Mon bon Dominico devra déjà veiller sur sa mère, sur ses sœurs et sur lui-même. On ne peut pas prétendre qu'il se charge aussi de lui.

Avec une grande sérénité, j'ai déclaré au vieux Salomon que cette dette ne me concerne pas. Menachem m'a averti que malheureusement, dans ce cas, mon fils perdra l'objet qu'il a déposé en gage. Je lui ai répondu que si Marco apprend à respecter les lois des hommes, peut-être apprendra-t-il à respecter aussi la loi de Dieu.

Je m'interroge toujours sur la relation entre un père et son enfant, entre la souche et le surgeon. Nos enfants relèvent-ils vraiment de nous ? Sont-ils une cire que nous modelons, des pages blanches que nous écrivons, des toiles vierges que nous peignons ? Ou sont-ils les gouttes de pluie au carreau de la fenêtre, qui viennent toutes du même nuage, mais glissent chacune dans sa propre direction ? Les enfants sont-ils de l'argile à pétrir ou de l'eau qui adopte la forme du récipient où elle est canalisée ? Les enfants nous appartiennent-ils ou bien sont-ils seulement eux-mêmes dès le début ? Notre façon de les élever a-t-elle une réelle importance, notre sévérité ou notre indulgence, notre amour ou notre indifférence comptent-ils ? Sommes-nous responsables de leurs fautes, et eux des nôtres ? Me serais-je trompé avec ce fils de malheur, et auquel cas, est-ce si important ? Je crois aujourd'hui que chaque créature dispose de son libre arbitre et peut, chaque jour de sa vie, choisir entre le bien et le mal, choisir de reconnaître son essence, c'est-à-dire son identité. N'es-tu pas le Père et nous tous éternellement tes enfants ?

Petit, Marco était gai et débrouillard. J'admets que je retrouvais une partie de moi dans sa vivacité, son insubordination, son effronterie. Il ne s'en est pas moins retourné contre moi. Notre existence a pris des allures de bagarre, à laquelle même la disparition d'un des adversaires ne mettra pas un terme. Marco se battra avec Dominico comme il s'est battu avec moi – parce qu'il me revoit en son frère – et je ne pourrai pas l'en empêcher. J'ai été juste avec mon fils. J'ai essayé de lui servir d'exemple, tandis que lui essayait de se distinguer, d'être différent, devenant pour finir mon opposé en tout.

N'ai-je pas toujours recouru à l'esprit et à l'intelligence pour affronter mes adversaires ? Eh bien Marco donnait rendez-vous à ses rivaux sur le pont et les passait au fil de l'épée. J'ai essayé de m'entourer d'esprits élevés ? Il a choisi la canaille. J'ai fondé une famille ? Il vit encore dans la mienne. J'ai voulu être indépendant, sans maître ni seigneur, libre de gagner ma vie dès mon jeune âge ? À trente-deux ans, il dépend encore de moi. Je pistais à seize ans les grands chefs-d'œuvre du passé ? Lui pistait les chats errants. Il les enfermait dans le bûcher, les affamait et les excitait en les asticotant avec le tisonnier rougi pour les préparer au passe-temps, aussi brutal que cruel, qu'il se plaisait à offrir aux fils de sénateur. Pour que ceux-ci l'admettent dans leur cercle et l'invitent à leurs expéditions, il était devenu leur amuseur. Les pères de ces garçons – juges, procurateurs, magistrats – me racontaient : Tintoret, votre fils accompagné de pêcheurs loqueteux de San Nicolò, habillé en gamin des rues, le bonnet de travers et ceint d'une écharpe rouge, arrête les étudiants à la sortie des cours de latin et recueille leurs paris. Ils attachent un chat au poteau, en laissant libres pattes et griffes. La mise est raflée par celui qui arrive à le tuer à coups de crâne. Un jeu d'une brutalité et d'une stupidité sans nom. Je ne voulais pas y croire, mais mon fils revenait à la maison le visage labouré de griffures et de cicatrices. Et les poches vides, parce que Marco ne tuait pas les chats pour de l'argent, mais pour se tuer lui-même, ou pour me tuer.

Il m'a offensé par tous les moyens, par son comportement et ses paroles. Il se partage entre des aristocrates désœuvrés qui ne savent qu'inventer pour tuer le temps et la lie de la société : malandrins, fanfarons, gibiers de potence. Le jour quand il devrait travailler, il dort, pour s'activer la nuit, jetant l'argent par les fenêtres comme si, à l'instar de ses compagnons de ribote, il pouvait mettre à contribution un inépuisable patrimoine familial. Il mastique et prise toute denrée de quelque continent qu'elle vienne, du moment qu'elle a le pouvoir de chambouler le cerveau humain, d'annuler le contrôle de soi et de balayer les valeurs morales. Le tout en continuant pendant des années à tenir en famille comme en public le rôle qu'on lui a assigné. C'était une capacité qu'il avait acquise en jouant avec ses amis dans les théâtres privés de Venise. Il est devenu peu à peu excellent comédien, je ne dis pas le contraire. Je suppose qu'il nous a trompés avec ravissement. Il a tourné en dérision mes convictions, mes idéaux, mon entreprise. Je l'avais introduit à la Scuola di San Rocco : lui, et pas mon bon Dominico. Il m'accompagnait aux réunions, semblait attentif et respectueux de l'austérité de cette institution. C'était parce que l'opium ébranlait et ralentissait son cerveau. Il se comportait selon la décence, feignait de s'intéresser aux discussions sur la qualité de la cire pour les cierges d'église. C'était parce qu'il repérait l'emplacement du coffre-fort. Il se porta volontaire pour vérifier la moralité des jeunes filles à marier nécessiteuses, candidates à une aide pour leur dot, et put ainsi truquer le tirage au sort pour en vendre les résultats aux pères.

Il s'était rebellé contre mon univers, contre mon entourage. Il nous traite avec mépris de « Pharisiens hypocrites », « chiourmes de crapauds capitalistes », « chacals de commerçants ». Il s'est insurgé contre tous mes conseils, contre mon exemple, contre ma vie elle-même. Il a vécu chaque jour comme s'il voulait m'anéantir.

Je sais à présent que c'était son but, le seul qu'il ait jamais pu se fixer, car il a toujours été incapable d'en trouver d'autres. S'il a échoué, c'est seulement parce que j'ai renoncé à lui depuis longtemps : je le supporte, je le subis, mais je me suis ébroué et débarrassé de lui comme d'une puce. Je ne l'aime plus, Seigneur, et tu ne peux pas m'en blâmer.

Je ne parviens pas à reconnaître le tort originel qui me vaut sa révolte. Marco a été le dernier de mes fils que j'ai vu devenir un homme. Je ne l'ai jamais cru meilleur que ce qu'il était. Je n'ai jamais été indulgent avec lui comme avec Zuane, conscient que ma tendresse a fini par éloigner de moi mon fils cadet. Je n'ai pas été sévère et exigeant comme avec Dominico. J'ai justifié ses erreurs par sa jeunesse, cette jeunesse que je n'ai jamais vécue. Je l'ai laissé vivre sa liberté, cette liberté qui pour moi a diminué comme peau de chagrin avec le travail, la famille, l'honneur, le devoir. J'ai cessé très tôt de prétendre quoi que ce soit de lui. J'ai payé tous ses caprices. Les femmes, les amis, les dettes de jeu, les compères véreux et tricheurs, les juges dans les procès où il s'enferrait. J'ai empêché qu'on le jette en prison pour dettes et même pour coups et blessures le jour où, dans une compétition stupide, sa gondole en a heurté une autre et qu'un des passagers s'est noyé. J'ai étouffé l'affaire, sauvé son honneur et le mien. Je ne l'ai pas obligé à étudier, et il n'a pas étudié. Je ne l'ai même pas obligé à travailler. Ce n'est pas moi qui lui ai imposé de peindre.

Il aurait voulu être soldat, s'enrôler dans une milice. Mais l'histoire n'a pas été bienveillante avec lui : il est né trop tard. Il avait neuf ans au moment de la guerre de la Sainte Ligue à Lépante, et quinze seulement quand nous sommes allés assiéger les pirates uscoques. En temps de paix, il ne pouvait devenir que mercenaire ou sbire. Mais Marco ne voulait pas vendre son épée à un maître, pape ou empereur qu'il fût, il n'était au service que de son humeur et de sa colère. Il aime monter sur les planches, porter le masque et débiter des sornettes. Faustina faisait la grimace à l'idée d'un fils histrion, elle trouvait que c'était inconvenant. Moi en revanche j'aime les gens de théâtre : il aurait pu se joindre à une troupe et parcourir l'Italie et l'Europe de cour en cour, s'amusant et gagnant honnêtement sa vie. Il aurait pu jouer tous les soirs le rôle du capitan bravache, du fanfaron qui brise son bâton sur l'échine du Zanni. Honnêtement, c'est ce que je lui avais conseillé. Mais, à entendre Marco, le métier de bouffon est le plus déprimant du monde, car il ne reste plus de rire à celui qui fait s'esbaudir les autres. Il ne nourrissait aucun rêve et rien ne lui importait. Mais puisque Marietta et Dominico avaient réussi à devenir peintres, il y arriverait lui aussi.

Marco n'a jamais accepté mes règles. Il les a contestées dès le premier jour où je l'ai pris avec moi. Mes fils ont toujours été jaloux, d'abord de Marietta, puis l'un de l'autre. La rivalité et l'envie ont empoisonné leur enfance, minant pour toujours leur confiance en eux. Mais à cette époque, je l'ignorais. Quand j'acceptai Marco à l'atelier, il avait déjà douze ans, car jusque-là j'avais espéré que l'étude viendrait à bout de son caractère et je l'avais inscrit à l'école de latin. Marco avait vendu ses livres pour acheter un casque et une cuirasse en cuir et participer avec les pêcheurs de San Nicolò et les bouchers de Cannaregio aux batailles à mains nues le dimanche sur les ponts de Venise. La seule chose qu'il ait apprise à l'école a été de mépriser, railler et tromper l'autorité du professeur.

La hiérarchie était bien établie quand Marco arriva à l'atelier : Marietta et Dominico étaient mes assistants, et lui le garçon à tout faire. Il était chargé de ranger, balayer, nettoyer les pinceaux, laver les chiffons et faire bouillir chaque jour dans l'huile les raclures de peinture des palettes. Il lui faudrait au moins deux ans de dur apprentissage avant de pouvoir tenir un crayon et apprendre le dessin. Marietta achevait déjà ses premiers portraits et, sur les miens, se chargeait des arrière-fonds, des mains et des vêtements des modèles, dont il ne me restait plus qu'à peindre le visage.

Quand son tour était venu, Dominico ne s'était pas rebellé : c'était un enfant calme, qui ne protestait jamais. Il escortait Marietta comme un page, la suivait avec dévotion, la protégeait des autres et peut-être aussi de moi. Marco en revanche n'a jamais supporté de s'incliner devant une femme. La première fois où Marietta lui ordonna de tailler les plumes, il lui cria outré qu'un taureau ne se fait pas monter par une vache et qu'elle ferait mieux de retourner caqueter au poulailler, car c'était là sa place. Oh oh ! le poulain dresse la queue ! répondit Marietta en riant, nullement impressionnée. Viens donc me lécher le trou du cul quand je chie, sale bâtarde teutonne, continua Marco en lui jetant son tablier au visage. Attends un peu, je vais te rentrer la queue entre les jambes, sale morveux puant, rétorqua Marietta en lui sautant sur le poil. Fichez-moi le camp tous les deux, ordonnai-je en les mettant à la porte.

D'après ce qu'on sut après, ils se battirent en duel dans la cuisine – Marietta armée d'une broche et Marco de l'écumoire – tant et si bien que la cuisinière dut les chasser de son royaume en les abreuvant de noms d'oiseaux : allez au diable, espèces de ravageots, galapians, tarabâtes, ils sont plus pénibles à deux qu'une charretée de chiens ! Ils continuèrent à se tirepiller dans la cour. Marietta planta son ongle dans l'œil de Marco et lui griffa le visage jusqu'au sang. Marco qui était aussi fort et teigneux que moi n'eut aucun mal à la renverser, l'enjamber et la bloquer au sol sous ses genoux, criant qu'il pouvait lui planter un pinceau dans le cul et l'embourrer comme une poule, et que c'était ce qui l'attendait si elle lui manquait encore de respect, car depuis que le monde est monde, ce sont les femmes qui servent les hommes et il ne la laisserait pas porter la culotte. Comme Marietta ruait et se débattait, il l'attrapa par les cheveux, la traîna comme un sac d'immondices, ouvrit d'un coup de pied la porte de la maison et la flanqua dans le rio.

Dominico courut m'appeler à la rescousse. Mais de même que je n'étais pas intervenu pour les séparer, je ne l'ai pas repêchée. Il fallait que Marietta apprenne à se faire respecter. Si elle persistait à vouloir devenir peintre, elle encourrait plus souvent qu'à son tour de semblables apostrophes, car ce jour-là Marco avait dit tout haut ce que la plupart des hommes pensent tout bas. Marietta se débattait dans l'eau nauséabonde, essayant de s'agripper au rebord visqueux d'une péotte, tandis que, sur le quai, Marco muni d'une perche et campé sur ses deux jambes lui interdisait l'accès à l'escalier de la berge, triomphant et dépourvu du moindre regret pour son coup d'éclat : ça va te refroidir les fesses et la mouniche, petite oie stupide. Quand Dominico lança une corde à Marietta et, soufflant suant, réussit à la sortir de là, Marco cracha au visage de son frère en l'abreuvant d'épithètes : traître, pourri, cloporte !

Je n'ai jamais contesté à Marco la possibilité de devenir un artiste. Je l'ai gardé avec moi, espérant que le temps révélerait ses dons qui tardaient tant à se manifester. Mon atelier ne lui a jamais été fermé. Il m'a souvent poussé à bout, mais je ne l'ai jamais frappé, comme je n'ai jamais frappé aucun jeune parmi les dizaines qui se sont succédé à mes côtés pendant toutes ces années. Il m'est arrivé de le punir en toute justice, comme c'est le devoir d'un père, pour qu'il devienne un homme. Et la punition était toujours sévère, comme c'est le devoir d'un maître, pour qu'il apprenne le respect du métier. Mais il a répondu par le feu aussi bien à ma justice qu'à ma sévérité.

Il avait seize ans. L'âge difficile où l'on se découvre rejeté loin des rivages de l'enfance et propulsé dans le pays des adultes, maladroit, déplacé, inapte. Je connais tout cela, j'y suis passé moi aussi, et tous mes enfants après moi. Mais aucun n'a réagi comme lui. Les autres ont traversé l'adolescence avec ses tumultes, ses crises, ses fureurs et en sont sortis meurtris ou transfigurés : tandis que Marco semble avoir encore seize ans, comme s'il avait choisi de ne pas grandir. Je ne sais toujours pas pourquoi il a agi ainsi, ni ce qu'il voulait vraiment. Si cet incendie était un message à mon intention, peut-être un message d'amour. Les garçons comme lui sont incapables d'exprimer ce qu'ils ressentent et quand ils le font, ils disent le contraire de ce qu'ils aimeraient.

Plus tard, Dominico observa que je n'aurais pas dû le semoncer devant tout le monde, que je l'avais humilié en soulignant sa médiocrité en public. Mais je ne pouvais pas l'en exempter. Il avait déjà le privilège d'être mon fils. Si j'avais toléré chez lui les négligences et les erreurs que je ne tolérais pas chez mes aides, mon autorité se serait effondrée. Je ne lui demandais rien de plus qu'aux autres, mais rien de moins non plus. Marco devait s'appliquer à copier une de mes œuvres jusqu'à ce que le résultat semble de ma main. Il s'agissait de *La Présentation de Marie*. Ce n'était pas moi qui avais choisi le sujet : on m'avait demandé une copie, Rome voulait ce tableau. À cette époque, tous les jeunes de l'atelier étaient occupés à des tâches semblables, et non seulement ils ne s'en plaignaient pas, mais ils rivalisaient à qui m'imiterait et me copierait le plus fidèlement, car je les avais mis en compétition. Je ne disais jamais qui s'était le plus approché de moi, mais mon attitude, la familiarité avec laquelle je traitais le meilleur, les attentions que je lui manifestais, l'accueil que je réservais à leurs œuvres en les retouchant de quelques coups de pinceau pour qu'on puisse les vendre ou au contraire en les laissant moisir dans un coin, parlaient d'eux-mêmes. Et pendant un certain temps, tant que personne ne l'égalait ou ne le dépassait, le favori – la favorite souvent – subissait la jalousie mordante des autres.

Tous les mois, des copies de mes œuvres les plus appréciées sortaient de l'atelier : parfois plus grandes ou plus petites que les originaux, parfois identiques mais inversées, comme vues au miroir, parfois avec un personnage de dos ou de profil quand originellement il se présentait de face, mais souvent aussi sans aucune modification. Et c'était ce que j'avais demandé à Marco. Il devait étudier les battants de l'orgue de la Madonna dell'Orto et les reproduire en deux fois plus petit. Il pouvait s'appuyer sur mes dessins : il trouvait la plupart des personnages sur les pages de mon livre. Il ne lui restait qu'à étudier les proportions, les couleurs, le coup de pinceau, la lumière. C'était un travail comme un autre, même si ce tableau n'est pas un tableau comme les autres.

Il s'en était révélé incapable. Son travail était une offense à la peinture. Ta toile est parfaite pour se torcher le cul, lui dis-je. Je ne prends pas de gants : je préfère que les mots giflent, car la vie nous gifle. Je suis tout aussi sévère à mon égard. Un jour où Marietta avait vanté comme ressemblante une esquisse préparatoire de portrait que j'avais jetée sur le papier à toute vitesse – avec le petit doigt de pied, selon mon expression –, je lui avais répondu indigné de ne pas insulter la vérité : c'était peint comme on pisse, voilà tout. Les autres jeunes détournèrent le regard et reprirent leur travail en faisant mine de ne pas avoir entendu. Du reste mes critiques et mes reproches étaient équitablement répartis. Et ils ne venaient pas chez moi pour s'entendre complimenter, mais pour apprendre le métier. J'incitai Marco à reprendre entièrement son travail.

Il refit la copie sans plus de succès. Les personnages étaient disproportionnés, les couleurs ternes, les gestes guindés, la perspective erronée. La petite Marie montant l'escalier était pataude : on aurait dit une poupée boiteuse. Je lui rendis sa toile. J'y ai travaillé un mois, protesta Marco, incrédule. Alors tu aurais mieux fait d'aller ramer des pois. Pourquoi ne me montres-tu pas comment je dois procéder ? s'écria-t-il. Dessiner, encore dessiner, toujours dessiner. Tu crois être quelqu'un uniquement parce que tu es le fils de Tintoret ? Sans travail et sans effort, tu ne deviendras jamais un artiste. Mais toi, rien ne te coûte d'effort ! protesta-t-il.

Ah ! Tu crois ça, dis-je d'un ton railleur. Il me semble que je trime dix-huit heures par jour à presque soixante ans, quand les autres savourent le fruit de leur travail dans une villa à la campagne et ne peignent plus. Que je dessine encore cent fois le même personnage. Que j'étudie encore une statue que je connais depuis cinquante ans, parce que je ne me lasse pas de comprendre comment joue la musculature du dos et parce qu'on peut toujours mieux faire et s'améliorer. Je veux bien que le dernier des bagnards me surpasse dans mon art si je me suis jamais vanté d'avoir réussi un tableau, si j'ai jamais cru être arrivé. Tu devrais avoir honte, imbécile !

Mais chez toi, c'est *naturel*, papa, murmura-t-il écarlate, à deux doigts de pleurer. On te passe une commande, tu y réfléchis un peu et au bout de deux heures, tu as déjà ton idée. Ce n'est pas vrai que tu dessines toujours. Souvent tu peins directement sur la toile, je t'observe, tu sais, tu manies le pinceau comme si c'était une plume, et il n'y a pas la moindre esquisse pour te guider, à peine quelques lignes ténues, mais tu sais toujours où porter la main, tu sais toujours où tu vas.

Il resta des semaines à la Madonna dell'Orto, planté au pied de l'orgue, dessinant cette frêle enfant fière et prodigieuse qui monte les quinze marches du temple. Puis dans un coin de l'atelier, il passa la préparation sombre sur la toile, attendit anxieusement qu'elle sèche, délaya les couleurs, les lia avec de l'huile de graines de lin, dessina les silhouettes sur l'apprêt brun encore humide, les retoucha avec les pinceaux fins. Il travailla avec application, zèle, amour. Je ne peux le nier. Mais quand il me soumit sa toile pour la troisième fois, je ne pus louer ses efforts. C'était complètement raté. Dépourvue de toute grâce, la petite Marie n'était qu'une silhouette statique au milieu de l'escalier. La lumière était froide, la scène sans aucune poésie. Cette dernière fois, je ne lui indiquai même pas où il s'était trompé. Je lui dis de laisser son tableau sur le chevalet. J'ordonnai à Dominico de le recouvrir d'une couche de peinture et de l'utiliser comme base pour un autre travail. Dominico peignit par-dessus.

Je déclarai aux voisins et à la police du quartier qui avaient accouru qu'un rideau avait pris feu dans l'atelier, à cause d'une étincelle tombée de la lanterne que j'utilisais pour mes recherches sur les jeux de lumière. C'était faux : je ne laissais jamais de lanterne allumée la nuit dans mon atelier. Épuisé, je dormais. J'étais débordé à cette époque. Je n'ai jamais autant travaillé que l'année qui a suivi la mort de Titien, la fin de la peste et l'incendie du Palais Ducal.

Je venais d'achever quatre tableaux mythologiques destinés à l'entrée de la chancellerie du Palais Ducal, ce somptueux vestibule en haut de l'escalier d'or que les ambassadeurs étrangers traversent avant d'être reçus par le collège. C'était une commande prestigieuse. Cette fois, je n'avais pas eu besoin de la voler, de l'acheter ni de la mendier. Ces quatre toiles récompensaient ma loyauté envers la république. L'important est de survivre un jour de plus que son ennemi. Pour témoigner ma reconnaissance, j'avais repoussé le début de mon chantier à la Scuola di San Rocco. En effet, il fallait que je soumette mes plans à une commission d'experts, composée de membres de la confrérie élus à cet effet, et que j'obtienne leur approbation avant de pouvoir commencer. Le projet était complexe, les ambitions nombreuses et le temps compté. La Scuola pouvait attendre : tu pouvais attendre. Au Palais Ducal, je me mesurais avec Titien et avec son héritier, Véronèse. Je voulais prouver que je ne leur étais pas inférieur. Pendant des mois, je ne m'étais occupé de rien d'autre que de peaufiner le nu d'Ariane, de saupoudrer d'or la bague que lui tend Bacchus, d'adoucir toujours plus le corps de Vénus planant dans le ciel pour déposer une couronne sur la tête du personnage féminin. Le résultat fut exaltant. Mais quand ma Vénus fut parfaite, quand j'eus livré les quatre tableaux, quand Nicolò da Ponte, qui venait d'être élu doge, me dit que j'avais dépassé toutes ses attentes, quand j'eus enfin réalisé une œuvre précieuse pour la république, au lieu de m'atteler aux dessins pour la Scuola di San Rocco, je me laissai détourner de ma route.

Un autre tableau, qui me vaudrait moins de gloire, avait pris toute la place dans mon cœur. Je n'ai jamais réussi à doser mes forces sur un critère d'utilité. J'ai consacré parfois des mois à une toile destinée à la confrérie des tonneliers et voulu la peindre entièrement moi-même, tandis que je confiais à Antonio, Pauwel, Dominico ou un autre de mes assistants une commande émanant d'un prince, qui m'aurait rapporté gros et aurait accru ma réputation. Mais je suis ainsi fait. Un tableau est comme une personne. Parfois l'étincelle s'allume, parfois non. La peinture est obsession, possession, ensorcellement, disons le mot : amour.

Cette toile était destinée à une chapelle privée de l'église San Trovaso, dans le quartier de Dorsoduro. La commande émanait d'Antonio Milledonne. Il n'était plus l'obscur secrétaire d'ambassade que j'avais connu à l'époque de notre jeunesse. Il était devenu un haut fonctionnaire d'État. Secrétaire du conseil des Dix, notre gouvernement, il s'était occupé et s'occupait encore des affaires les plus secrètes de la politique vénitienne. J'imaginais qu'il désirait un retable traditionnel : une Vierge en gloire, une résurrection, un sujet adapté au lieu où il reposerait jusqu'au jour du jugement. Il me commanda une *Tentation de saint Antoine*.

Il m'expliqua qu'il avait fréquenté des sénateurs, des procurateurs, des inquisiteurs et des doges et que toute sa vie il avait été poursuivi par la tentation du pouvoir et de la gloire. Une fois satisfaite toutefois, cette tentation avait disparu. En revanche, la tentation de la chair le tourmentait toujours. Pire, elle le tourmentait plus maintenant qu'il était valétudinaire et paralysé de la main droite qu'en son jeune temps. En effet, dans sa jeunesse, il lui suffisait de contenter son corps pour que le désir s'éteigne. Mais à présent, il ne pouvait plus contenter son corps, sinon avec beaucoup de difficulté et d'effort, c'est pourquoi il essayait d'assouvir son désir par l'imagination. Mais l'imagination, maître, est un incendie. Impossible de l'éteindre. Oui, la vieillesse comporte la tentation la plus atroce. Je ne sais pas si vous pouvez me comprendre, mais je voudrais que votre tableau parle de cela. Pour le reste, peignez ce que vous voulez, mais peignez-le de votre mieux et achetez les meilleures peintures. Ne regardez pas à la dépense. Je vous rembourserai tout.

Ce tableau, auquel je comptais consacrer quelques jours de travail distrait, s'empara de mon imagination tout le printemps. J'avais donné au saint les traits de mon client. Sa tentation était donc le désir. J'avais choisi de représenter le moment du combat, quand l'homme mûr, mais encore vigoureux, assiégé par ses démons, est sur le point de céder. Seule l'intervention divine du Christ qui s'élance du ciel tête la première l'empêche de se perdre. Personne encore n'avait vu cette toile. Personne ne savait que j'avais bouleversé les habitudes des peintres et des spectateurs. Tu vois, Seigneur, en fin de compte on nous réclame toujours les mêmes histoires. Mais si nous les racontons telles qu'elles ont déjà été racontées, elles ne peuvent ni nous parler ni nous toucher. Or un tableau qui ne suscite pas d'émotion chez celui qui regarde, qui ne l'implique pas, au moins en partie, dans l'histoire représentée, ne m'intéresse pas. Il faut violer la règle, bousculer les habitudes, décevoir les attentes. Et en même temps rendre la scène terriblement proche, humaine et vraie. C'est ainsi que la peinture nous concerne, qu'elle a un sens.

J'avais donné aux démons qui assaillent Antoine l'apparence de jeunes femmes. Elles le déshabillent, lui arrachent ses vêtements. Elles aussi sont dévêtues et d'une jeunesse radieuse. Celle qui le serre de plus près se frotte contre lui, le touche et lui tend sa poitrine que le saint essaie d'ignorer en levant les yeux au ciel. J'avais peint ces femmes démons les yeux fermés. Elles étaient merveilleusement réussies. Peut-être parce que je connaissais leur pouvoir de séduction. Parce que, dans les efforts héroïques du saint et de mon client, je reconnaissais les miens. J'étais occupé à porter de minuscules touches de blanc sur le collier de perles de la tentatrice aux seins nus drapée dans une étoffe sombre quand je m'étais écroulé de sommeil sur le tapis. Mon sommeil était si profond que la fumée ne me réveilla pas. Mais quand elle emplit le couloir, envahit l'escalier et passa sous les portes, elle tira mes enfants du lit.

Ils ne demandèrent pas l'aide des voisins, n'appelèrent pas les ouvriers de l'Arsenal avec leurs pompes pour éteindre le feu. Ils espéraient peut-être venir à bout des flammes tout seuls, sans que je me rende compte de rien. Peine perdue. Il faisait chaud cette nuit-là et Faustina avait laissé les fenêtres ouvertes. Le courant d'air avait attisé l'incendie, qui s'attaqua aux tentures murales. La porte de l'atelier n'avait pas contenu le feu, et maintenant il faisait rage. Quand le crépitement du brasier, le fracas des objets qui s'écroulaient autour de moi et la chaleur insupportable me réveillèrent enfin, la porte avait été enfoncée à coups de pied.

Que se passe-t-il ? m'écriai-je en me relevant du tapis. Mon démon se tenait devant moi, à moitié nu, auréolé d'étincelles. Ses épaules étaient découvertes et le reste de son corps était enveloppé dans une étoffe sombre. Je me frottai les yeux. Je croyais rêver. Mais Marietta m'avait vidé une bassine d'eau froide sur la tête.

Jacomo, dit-elle, blême de peur, en regardant la manche de ma chemise en flammes, tu prends feu.

Dans la fumée, je distinguai Crabelet – torse nu, pieds nus, rouge de chaud – qui renversait des seaux d'eau sur le plancher et Dominico qui jetait des chiffons mouillés sur les pastels et les toiles. Je les bousculai et, dégoulinant, encore à moitié endormi, m'élançai hors de l'atelier. À cet instant, je ne pensai pas à mon inestimable Titien, à mes précieux moulages en plâtre, bronze et terre cuite, à mes modèles en cire, ni même à mon démon à la beauté fatale. Je pensais à ma demeure gothique, à ma maison, rêve d'une vie : je n'avais pas fini de la payer, je n'avais pas encore remboursé ma dette auprès des propriétaires. Je pensais à mon épouse, à mes filles sans défense surprises par le feu dans leur sommeil. Les murs de la cage d'escalier, doublés en bois et tendus de cuir doré, étaient un chemin de flammes. Faustina et les petites s'étaient réfugiées dans le belvédère. La petite Ottavia ensommeillée pleurait. Perina et Lucrezia tentaient de la consoler en lui donnant des bonbons et des fruits confits. Je les serrai toutes contre moi jusqu'à ce qu'elles se calment.

Je revins à l'atelier. Je croyais toujours qu'il s'agissait d'un accident. C'était fréquent. Le Palais Ducal lui-même avait brûlé quelques mois plus tôt. Je sais maintenant que cet incendie, où j'avais déploré la perte amère de mes toiles, donna à mon fils l'idée d'en provoquer un second qui me nuirait encore plus. Mais sur le moment un tel soupçon ne m'effleura même pas. L'incendie était un destin auquel je pouvais m'habituer. Venise brûle régulièrement. La ville d'eau meurt par le feu. Crabelet éteignait les derniers foyers, des étincelles voletaient encore par-ci par-là, frôlant nos cheveux.

Marco était assis sur une marche d'escalier. Dans l'affolement général, il restait immobile, tel un somnambule. Il ne se précipitait pas au canal comme Zuane qui, nu, une serviette nouée à la taille, ruisselant de sueur, boitillait infatigablement de la berge à l'atelier, coltinant des baquets comme un vendeur d'eau, lui qui n'était qu'un petit garçon. Marco ne tapait par sur les meubles et les toiles avec un tapis, comme Marietta. Inerte, absent, il semblait être ailleurs. Lève-toi, lui criait Dominico en le secouant par l'épaule, aide-nous, fais quelque chose !

Le châtiment suit le péché comme les gouttes d'eau le tonnerre, pontifia Marco alors que je m'approchais. Tu devrais t'agenouiller et demander pardon. Toute l'eau du canal ne suffira pas à éteindre les flammes qui t'attendent en enfer. Tu es fou ? ! cria Dominico, qui enchaîna, bouleversé par cette révélation : tu aurais pu le tuer, tu aurais pu tous nous tuer ! Marco ne nia pas.

Tu ne comprends pas ? dit-il encore, en contemplant déçu les flammes qui agonisaient sur le plancher. Il prendra tout. Tant qu'il vit, je suis mort, tu es mort, nous sommes déjà morts. Dominico lui allongea un coup de poing en plein visage. Je les ignorai l'un et l'autre. J'entendis résonner les coups comme dans un rêve. Dans l'antichambre, le feu avait dévoré les rideaux, les tapis sur les coffres et une tapisserie. Toutes les tentures en cuir dorées à l'or étaient entassées et dégageaient une mauvaise odeur. Mes enfants avaient éteint l'incendie avant qu'il ne provoque des dégâts plus sérieux. Mais le feu avait réussi à pénétrer dans mon atelier, et lentement je prenais conscience qu'il pouvait avoir détruit ma *Tentation*.

Flanque-le à la porte, criai-je à Dominico, je ne veux pas revoir cette canaille sous mon toit. Marco ne broncha pas. Les coups de son frère avaient réveillé une vieille cicatrice et, de son arcade sourcilière fendue, le sang coulait sur son nez et sa joue. Il resta assis dans l'escalier, sans éponger sa blessure. Dominico se trompe, intervint Marietta, c'était un accident. Une étincelle a peut-être sauté de la lampe. L'atelier était saturé de fumée. J'avais un goût de cendre dans la bouche.

Les murs de la maisonnette en bois où pendant des années j'avais simulé à échelle réduite les perspectives de mes tableaux étaient décollés et les figurines en carton-pâte, noires de suie, gisaient pêle-mêle comme des marionnettes éventrées. Je trébuchai sur une forme inerte, étalée au milieu de la pièce, sous un drap blanc. Je reculai horrifié : on aurait dit un cadavre. Marietta s'agenouilla, toucha la créature de la main, la recouvrit. Qu'est-ce que c'est ? criai-je. Elle me répondit, aussi triste que si elle m'annonçait la mort d'une personne chère : c'est notre ange.

Il avait fondu. Il s'était écrasé au sol comme foudroyé. La cire s'était figée sur le plancher en informes concrétions blanches. Ce modèle grandeur nature qui, suspendu par un fil aux poutres du plafond, se balançait au-dessus de moi comme un messager de la grâce et qu'en plus de trente ans j'avais utilisé de bien des manières – la dernière dans *La Tentation*, car c'était lui Le Christ qui dégringolait du ciel comme une flèche pour sauver le vieux pécheur – n'existait plus. Un monstre mutilé et difforme gisait à sa place. Ses ailes, détachées net par la chaleur, s'étaient brisées. Marietta les souleva l'une après l'autre et tenta de les recoller sur le buste de l'ange, en vain. Je ne l'aidai pas : au même moment, je m'aperçus que la partie supérieure de *La Tentation* était abîmée. En tombant, une statue avait lacéré la toile, déchirant le ciel gris de nuages. Mais mon démon érotique drapé de noir, main posée sur ses seins nus, était intact. Dans toute sa beauté.

C'est effroyable, dis-je à Marietta. Marco voulait me tuer, j'étais dans l'atelier et il le savait. Non, il ne le savait pas, répliqua Marietta, têtue, il est rentré tard, il ne pouvait pas savoir que tu étais resté dormir en bas cette nuit. Il ne voulait pas te faire de mal. Il voulait en faire à mon démon, c'est pareil. Non, papa, ce n'est pas pareil, dit Marietta.

Je toussai. La fumée stagnait entre les murs sans réussir à se dissiper et l'air me manquait. Il faut que tu fasses preuve de patience avec Marco, dit Marietta. Pourquoi le défends-tu ? lui demandai-je. Il t'aurait brûlée toi aussi s'il en avait eu le courage. Je contemplai notre ange avec regret. Cet être miraculeux avait été brutalisé et maintenant il reposait sur ses genoux, inerte.

Je lui dis que je ne prétendais pas qu'elle puisse comprendre. Je ne pouvais pas pardonner à Marco, car en réalité ce n'était pas l'incendie que je lui reprochais. Pas plus que ses guerres contre les chats errants, ses pervers amis aristocrates, sa violence, les jeux d'argent, son ivrognerie, les rixes. Tout cela au fond m'importait peu. De même que la jalousie ou la haine qu'il me vouait et qu'il vouait à mon étincelle. Mais sa complète et irrémédiable médiocrité : voilà ce qui m'offensait et m'offense encore. Il m'a fallu une vie entière pour que mon nom brille parmi ceux des autres hommes et impose le respect. J'ai tout sacrifié pour y parvenir. Lui aura éternellement seize ans, alors que moi, je n'ai pas eu de jeunesse. Je me suis construit à force de travail et d'effort. Marco n'est rien, ne sera jamais rien, c'est une nullité, un zéro, personne.

De nous tous, dit Marietta, c'est l'enfant qui doit t'être le plus cher. S'efforcer de peindre quand on n'a pas une once de talent, c'est battre vent, broyer de l'eau dans un mortier. Alors c'est la preuve d'une noblesse, d'un amour immense, tu ne crois pas ? Marco est une erreur, lui répondis-je. Il aurait mieux valu pour lui qu'il meure petit, car à présent, je regretterais l'avenir dont il aurait été privé. Tu veux dire que si je n'étais rien, si j'étais une nullité, un zéro – *personne* –, tu ne m'aimerais plus ? insinua-t-elle en m'éventant avec le pan du drap dont elle avait couvert ses épaules, car la fumée me faisait tousser. Ma chérie, tu es mon chef-d'œuvre, lui répondis-je. Marietta dit alors que si je ne pouvais pas pardonner à Marco par amour pour lui, je devais le faire par amour pour elle, parce qu'elle le défendrait toujours. Et si je l'obligeais à mentir pour l'aider, elle mentirait. Alors j'ai pardonné. J'aime penser que je n'ai jamais rien pu refuser à Marietta. Même si ce n'est pas tout à fait vrai.

Nous retournâmes nous coucher, comme si rien ne s'était passé. Je fis semblant de croire à l'étincelle tombée de la lampe. Je fis réparer la porte de l'atelier, rachetai une tapisserie et commandai de nouvelles tentures en cuir dorées à l'or pour toute la maison. Je repeignis la portion de toile brûlée – je fis le manteau du Christ plus noir dans le ciel gris – et la collai sur le tableau : le rapiéçage était invisible. Je livrai son tableau à Milledonne deux jours plus tard et ne suis jamais allé le revoir. Le lendemain, je me traînai chez Marc Augsbourg, à son domicile de San Polo, et je signai le contrat de mariage, puis je remis au curé les papiers pour la publication des bans de Marietta. Je me fis le serment de ne plus jamais peindre de tableau de ce genre. Aucun démon, aucune femme capable d'exciter le désir ne devait plus sortir de mon esprit ni de mes mains.

Je n'ai jamais réparé notre ange. Je l'ai raccroché au plafond sans bras ni ailes. Il y est toujours. Nous ne reparlâmes plus jamais de l'incendie. Marco est parti avec sa troupe de théâtre, il a joué dans les cours, amusant le public et recevant ses applaudissements, mais il est toujours revenu et n'a jamais vraiment quitté mon toit. Pas même quand Marietta est partie de la maison. Depuis seize ans, la mutilation de notre ange me rappelle ce que j'ai accepté de supporter pour mon fils et la promesse que j'ai faite à Marietta cette nuit-là.

Quand j'ai refusé de payer la dette de Marco, le vieux Salomon m'a demandé si je connaissais la fable juive de l'oiseau migrateur. Qui dit ceci.

Un oiseau vit au bord de la mer avec ses trois oisillons. La mauvaise saison approche et l'oiseau doit traverser la mer avant que les vents et les tempêtes ne l'en empêchent et ne condamnent sa famille. Prenant dans son bec le premier oisillon, il s'envole pour la traversée. Quand il est au milieu de la mer, il dit à son petit : que de soucis j'ai dû affronter pour toi ! Combien je devrai encore en affronter ! Et maintenant c'est ma vie que je risque pour toi. Quand je serai vieux, feras-tu la même chose pour moi ? M'aideras-tu ? L'oisillon répond aussitôt : cher père, quand tu seras vieux, je ferai pour toi tout ce que tu voudras. Le père laisse tomber son petit dans la mer en disant : c'est ce que mérite un menteur de ton espèce.

Le père fait demi-tour, prend le deuxième oisillon dans son bec et s'envole de nouveau pour la traversée. Au milieu du chemin, il adresse à son deuxième petit la même question qu'au premier, et le deuxième aussi promet que quand son père bien-aimé sera vieux il fera pour lui tout ce qu'il voudra, parce qu'il est un fils aimant et dévoué. Le père le laisse tomber dans l'eau en disant : tu n'es qu'un menteur, toi aussi. Puis vient le tour du troisième oisillon.

À la question, le troisième petit répond : c'est vrai, père, que tu t'es donné beaucoup de mal et que tu as souffert pour moi. Je t'ai donné du fil à retordre depuis que je suis né. Mon devoir est de te payer en retour. Mais je ne peux pas te le promettre. Tout ce que je peux te dire, c'est que si un jour j'ai des enfants, je ferai pour eux ce que tu as fait pour moi.

Le père dit à son fils qu'il a bien parlé, il bat fort des ailes et le transporte sain et sauf de l'autre côté de la mer.

J'ai dit au vieux juif que la morale de cette histoire est cruelle et qu'elle n'est pas chrétienne, car on nous apprend à tendre l'autre joue et à rendre le bien pour le mal. On nous dit aussi que le Père rend le bien pour le bien. Pour les chrétiens, c'est même le fondement de l'existence. Si Dieu notre père nous refuse le salut que nous méritons pour l'avoir honoré ou au moins désiré l'honorer, pourquoi croirions-nous encore en lui ? Salomon a répondu que cette fable ne porte pas sur le salut, ni sur la punition des torts ou sur la justice, mais sur la paternité.

J'ai payé la dette de mon fils jusqu'au dernier ducat. Dans mon coffret il reste les perles du collier de Marietta, une poignée de piécettes en cuivre et pas un seul écu. Cohen a déchiré de son livre de comptes la page au nom de Marco Robusti et me l'a tendue. Il m'a précisé que je peux envoyer quand je veux mon serviteur au ghetto récupérer l'objet que mon fils avait laissé en gage. J'ai répondu que je ne l'enverrai pas. Le vieux m'a dit qu'il me le fera apporter par Menachem. Je lui ai répondu que je le lui offre en signe d'amitié, parce qu'il a aidé mon fils quand celui-ci en avait besoin. Qu'il le garde pour le jour où Marco viendra lui redemander un prêt. Salomon a insisté, en m'expliquant qu'il s'agit d'un tableau. Certes, ai-je commenté, nous ne possédons rien d'autre. C'est peut-être un tableau que je n'aimerais pas perdre. J'ai déjà perdu ce que j'aurais voulu ne pas perdre, lui ai-je répondu. Nous nous sommes serré la main. Il est reparti avec son fils, et moi avec le mien.

C'est le dernier geste que je ferai pour Marco. Mon fils est ma croix, et je dois la porter. C'est peut-être ce que le vieux juif voulait me dire. C'est assurément ce que Marietta m'avait dit. Marco porte chaque jour la sienne. Sa croix, c'est moi.

J'ai appelé mon fils. Nous n'avons pas parlé des Cohen, ni de la dette, ni même du tableau qu'il a bassement donné en gage. Je ne lui ai pas reproché son mode de vie, qui est devenu pour moi un poids et une honte. Je ne lui ai pas reproché tout ce que je lui ai donné, tout ce que j'ai supporté pour lui. Il ne comprendrait pas : il n'aura sans doute jamais d'enfants et ne paiera jamais pour leur bien-être et leur bonheur la dette qu'il ne m'a pas remboursée. C'est pour cela que je n'ai pas imité l'oiseau de la fable : j'ai laissé tomber le troisième oisillon dans la mer. Qu'il nage tout seul ou qu'il se noie.

Je lui ai signifié que j'étais très malade, ce qui ne devrait pas lui déplaire. C'est faux, je te regretterai si tu meurs, m'a coupé Marco sarcastique, car tu ne pourras pas assister à mon triomphe quand j'aurai du succès. Tu n'auras jamais de succès, ai-je dit, tu es trop médiocre, même un coup de chance ne te suffirait pas, dans le meilleur des cas tu réussiras à produire une copie acceptable d'une de mes œuvres, au pire elle sera si gauche et servile qu'elle te vaudra moqueries et mépris. Il faut que tu l'acceptes, que tu acceptes ce que tu es. N'oppose pas de résistance, ce serait pire, il est inutile de lutter contre soi-même. Je me suis aperçu que je l'avais frappé durement, car le sang lui est monté au visage et la veine à sa tempe a gonflé, comme un ver sous le sable.

Il ne s'agit plus de lui ou de moi, ai-je continué. Le temps manque et je ne lui pardonnerai jamais. Mais s'il n'est pas capable de vivre en paix avec sa mère et Dominico, alors il faut qu'il parte, et tout de suite, parce que j'ai besoin de savoir qu'après il ne pèsera pas sur eux comme il a pesé sur moi. J'ai besoin de savoir que, lorsque je ne serai plus, personne ne viendra réclamer à ma famille l'argent qu'il aura emprunté. J'ai besoin de savoir que, pour payer ses dettes, mon épouse, Dominico et les filles ne devront pas vendre la maison, ma propriété de campagne, mes moulages, mes copies de Michel-Ange et Giambologna, *Le Couronnement d'épines* de Titien, les tableaux de mon pauvre ami Schiavone, les tableaux de Véronèse, *mes* tableaux.

Marco n'a même pas essayé de rétorquer. Je crois qu'il était soulagé. Il a attaché sa fraise et lacé son pourpoint. Une quantité éhontée de glands en or luisait sur sa poitrine. Depuis des semaines, des mois peut-être, mon fils n'a pas enfilé un tablier ni touché un pinceau. Ses mains sont lisses et ses ongles propres comme ceux d'un noble. Il m'a répondu que là où règne César le tyran, le héros est Brutus, et que là où triomphe un assassin, son ennemi est innocent. Je lui ai dit qu'il peut s'épargner ses citations de collégien. Elles ne m'impressionnent pas.

Maître, a-t-il rétorqué, tu ne m'as pas appris seulement à peindre, je suis ton élève en tout. J'ai appris de toi à refuser l'hypocrisie des bien-pensants. Mais tu as oublié tes propres enseignements, car tu es devenu comme ceux que tu m'apprenais à mépriser. Ces gens qui pendant des années t'ont exclu, refusé, combattu. Ils t'ont assimilé, domestiqué, avalé et digéré, toi qui étais aussi indigeste qu'une bouchée empoisonnée. Toi qui méprisais l'argent, à présent tu le sers. Toi qui n'as jamais eu de patron, tu es devenu patron toi-même, identique à tous ceux qui voulaient t'enchaîner. Toi qui as scandalisé les Vénitiens, marchands et capitalistes, parce que tu ne travaillais pas pour le profit mais pour ton plaisir en raillant leur avidité, à présent tu mets ton nom au service de l'argent. Toi qui vivais à ta guise, tu t'es incliné devant l'opinion publique. Toi qui étais pur et lumineux comme un diamant, tu t'es laissé corrompre par la gloire. Toi qui affirmais ne servir que la vérité, tu la dissimules à présent derrière le nom de

Dieu. Mais moi, je n'ai pas oublié tes leçons. C'est pourquoi ta maladie ne m'émeut pas. Tu n'as que trop vécu, du reste ta haine est un talisman et ton amour un venin. On sait comment ont fini tes préférés.

Chat échaudé craint l'eau froide. Même la souris ne tombe pas deux fois dans le piège. Mais toi, tu n'as rien appris, Marietta ne t'a pas suffi, pas plus que Zuane. Ni que Perina et Lucrezia. Les filles ne te suffiront pas et moi non plus. Tu disposes de nous comme si tu étais notre berger, tu nous as marqués au fer rouge sur le front, comme la justice marque les délinquants. Tu crois nous manœuvrer comme les personnages de tes tableaux, tu nous déplaces, nous renverses, nous disposes, nous relègues dans l'ombre ou nous exposes à la lumière. Mais nous ne sommes pas ton troupeau et notre vie ne t'appartient pas. Ta si haute mission est un mensonge. Pour sauver le monde, tu nous as tous lâchés. Tu as même détruit ton unique étoile, tu as sacrifié – mais à quoi ? à qui ? – la perle la plus précieuse que tu aies jamais possédée et aimée. Le pire, c'est que tu ne t'en es même pas aperçu.

Je te survivrai, père, je survivrai à vous tous. Car je n'imiterai pas Marietta, je ne permettrai ni qu'on m'anéantisse ni qu'on me regrette. Et je n'imiterai pas Zuane non plus, qui a su voyager seul vers la mort. Ce n'est pas toi qui me chasses. C'est moi qui m'évade de cette geôle, tu ne réussiras pas à me mettre en cage à nouveau. Tu ne me reverras plus jamais.

Il a fourré deux chemises et trois cols de dentelle blanche dans la valise en cuir de Giovanni et déposé le reçu jaune de la banque des Cohen sur la commode. Ses dernières paroles ont été : envoie Crabelet retirer le gage chez Salomon. Ce tableau porte encore des traces du sang de Marietta. Essaie au moins d'effacer les preuves.

Et il est parti en sifflotant ironiquement *Ma seule étoile*, notre chanson. Je ne l'ai pas suivi dehors sur le campo, comme j'avais suivi son frère. Cette époque aussi est révolue. Je suis devenu aride comme un vieux morceau de liège sec, les humeurs chaudes de l'affection ne coulent plus en moi. La source est tarie, la mine épuisée. Je lui ai crié par la fenêtre que, lorsque les officiers de santé viendront m'annoncer qu'on a retrouvé son cadavre éventré dans un tripot, je serai heureux et pourrai mourir en paix. Marco a répondu qu'on se retrouverait alors en enfer.

C'est ainsi que, pour finir, je les ai tous perdus, Seigneur. J'étais tellement bouleversé que la vue de l'atelier désert – les pinceaux fichés dans les bouteilles, les croûtes de peinture sur les palettes, les moulages inertes, le mortier vide, tous nos outils abandonnés – m'a été insupportable. C'était comme si cinquante ans avaient passé et que j'étais revenu pour savoir ce qu'il en sera de nous. Et je n'imaginais pas un tel spectacle, je ne le méritais pas. J'ai erré en titubant comme un spectre ivre dans ma belle maison vide, et le silence des pièces, les portes fermées des appartements vides, les portraits muets de mes enfants morts, les armoires bourrées de vêtements mités étaient intolérables. Nous étions si nombreux, je suis resté seul avec mon épouse et mon bon Dominico. Ce n'aurait pas dû être ainsi. Comment ai-je pu les laisser partir ? Un à un… Légers comme des feuilles. Mes filles ! Où sont mes filles ? ai-je crié. Puis je me suis évanoui.

25 mai 1594

Neuvième jour de fièvre

Mon dernier repas n'a ressemblé à aucune des Cènes que j'ai peintes. J'ai fait allumer des candélabres, des lampes et des torches sur le rebord des fenêtres pour vaincre la nuit et chasser la mort. J'ai organisé dans cette maison des milliers de dîners. La compagnie me consolait de la solitude où je suis plongé quand je peins et la présence de mes amis me donnait l'illusion que la distance où je vivais – mon ailleurs, mes inventions et mes rêves – pouvait être comblée par une chanson, des rires et un festin de gibier. Mais ce dîner-là n'a pas été comme les autres. J'ai servi le vin de notre vigne, les volailles et le jambon de notre campagne, les turbots et les limandes, les homards, les rascasses et les calcinelles de notre mer, et puis, pour adoucir le palais, des cédrats, des oranges et de la pâte de coing. Je n'ai rien pu avaler. Mais moi aussi, j'ai voulu réunir ma famille et mes disciples. Je pressentais que ce serait la dernière fois, car aucun d'eux ne pourra me suivre là où je vais. J'ai voulu prendre congé de tous et savoir qui parmi eux m'aime vraiment et me sera fidèle, et qui, au contraire, me trahira ou m'a peut-être déjà trahi. Je les ai invités avec l'excuse du départ à Carpenedo que, suivant l'avis du médecin, Faustina et moi avions fixé pour le lendemain. Nous passerions tout l'été à la campagne.

J'ai peut-être été poussé aussi par le désir de laisser un bon souvenir à mon épouse. L'écho de notre dispute mesquine devant la boutique du vendeur de saucisses n'était pas encore éteint.

Chaque fois que ma femme se penchait sur moi, fiévreux dans mon lit, étourdi par l'opium, je lisais dans ses yeux, pendant qu'elle tapotait mon oreiller et me bordait affectueusement, le regret de m'avoir insulté. Aucune ombre ne doit subsister entre nous. Nous avons vécu côte à côte pendant trente-quatre ans : les brouilles, les disputes, les scènes de jalousie – la mienne pour elle, la sienne pour moi – ont été incessantes, pourtant, loin de nous séparer, elles nous ont rapprochés comme le chien du bâton et la puce du chien. Je n'aurais pas pu me passer d'elle, ni elle de moi. Je suivrai sa volonté. Faustina sait ce qui est bon pour moi et pour nos enfants. Alors que je ne l'ai peut-être jamais compris, Seigneur.

Dans la grande salle du premier étage, les fenêtres de la loggia étaient ouvertes, le ciel limpide constellé de myriades d'étoiles, l'air frais et odorant de basilic et jasmin. Il y avait là mon fils Dominico et mes assistants, élèves et collaborateurs comme Palma et Albert le Hollandais, qui sont désormais des artistes reconnus, ou Marchio Colonna et Cesare Dalle Ninfe, dont le nom est encore obscur et le restera peut-être toujours. Le peintre grec Antonio surnommé l'Aliense était là avec son épouse Giulia, ainsi qu'Egidius Sadeler, le graveur, et le bijoutier. Plus mes filles. Ce n'est qu'en passant à table que nous nous sommes aperçus que nous étions treize. L'un de nous était en trop.

Je n'avais pas vu mes filles depuis la Noël. Laura a grandi d'un empan et Ottavia pris une taille de plus. Elles ont eu très peur quand Dominico est allé les chercher à Sant'Anna, en annonçant à l'abbesse qu'il avait obtenu du patriarche l'autorisation de les faire sortir du monastère. Les pensionnaires aussi sont tenues à la clôture. Elles n'y dérogent que dans les cas exceptionnels, un deuil dans la famille, par exemple. Mais leurs alarmes n'étaient pas dues à la nouvelle que leur apportait Dominico, à savoir que leur vieux père très malade, craignant sa dernière heure venue, désirait les revoir. Non, elles ont cru que je voulais les emmener à Carpenedo. Il faudra que je reste à la campagne avec toi jusqu'à ce que tu meures ? m'a demandé Laura en entrant, avec la brutalité de ses douze ans.

Mes filles détestent les étés à la campagne, que Faustina et moi aimons tant. Dans la solitude de la ferme, elles s'ennuient plus qu'entre les murs de Sant'Anna et ne trouvent aucun charme aux paysages de vignes et champs de blé, à la ligne brisée des montagnes ou aux horizons qui tremblent sous la brume. Elles veulent s'amuser, se fiancer, danser. Rien de plus naturel à leur âge. Je devrais essayer de les comprendre et pas de les juger. Quand j'étais jeune, je trouvais séduisantes les filles comme elles, parfois je les courtisais, j'en ai même épousé une.

J'ai passé bien peu de temps avec mes filles, Seigneur. Elles ont été l'ornement de ma vieillesse, à la façon d'une médaille commémorant une victoire. Mais depuis que les choses de ce monde sont aussi loin de moi que l'étoile de Lucrezia à la fenêtre de sa cellule, mes filles me sont devenues superflues, je dois le reconnaître. En effet, dès que j'ai pu rassembler les ducats nécessaires à leur pension, je les ai expédiées rejoindre leurs sœurs à Sant'Anna. À part fournir la semence qui les a engendrées, je crains de ne pas avoir fait grand-chose pour Ottavia et Laura. Je me suis limité à m'assurer qu'elles étaient en bonne santé, qu'elles jouissaient d'une certaine aisance et qu'elles recevaient une éducation conforme à leur naissance.

Je sais ce que tu veux me dire, Seigneur. Je n'ai pas donné aux filles de ma vieillesse les chances que j'ai offertes à la fille de mes plaisirs. Je ne leur ai pas appris à peindre, ni en pleine lumière, ni dans le noir. Je ne les ai pas envoyées étudier la musique et le chant avec un maestro qui a composé des chansons dont tout Venise se souvient encore. Je ne leur ai pas offert de clavecin au clavier en os et en ébène et à la caisse dorée ornée d'arabesques noires ; je ne leur ai acheté ni partitions ni livres de musique, je ne leur ai pas enseigné le chant libre de Willaert ni les secrets de l'improvisation. Je n'ai pas engagé de professeur pour leur apprendre les danses que doit connaître une femme. Je n'ai dépensé que le strict nécessaire pour leur garde-robe. Pour Marietta, je choisissais moi-même les soies les plus impalpables, les velours les plus doux, les dentelles les plus fines. Mes filles sont parties au couvent avec des robes en drap et quatre brasses de toile écrue. Du reste, l'élégance ne leur servira à rien. Je veux qu'elles prennent le voile.

Mes filles ont une cervelle de moineau. Laura ne sait pas lire. Ottavia écrit comme une lavandière. Quand elle vivait ici, elle se terrait à la cuisine avec notre cuisinière et la vendeuse ambulante de tissus et cordelettes qui, pour quelques pièces, allait racontant de maison en maison aux femmes respectables les amours lascives des courtisanes et les détails atroces des exécutions publiques. Ottavia écoutait bouche bée le récit de la mort de Gabriel Emo, l'imprudent capitaine décapité devant quarante mille personnes pétrifiées, parce qu'il avait eu la fâcheuse idée de piller un bateau barbaresque à Céphalonie en passant tous les hommes au fil de l'épée et en précipitant à la mer femmes et enfants. Ou celui de la pendaison des voleurs sacrilèges qui avaient osé piller la Scuola di San Rocco, qu'Ottavia considère comme mon domaine.

La musique les déprime. La nature les désole. Elles craignent les animaux. Elles ne remarquent les fleurs que pour les cueillir. Les seuls êtres de la création qui les passionnent sont les mâles de l'espèce humaine. Elles examinent comme des anatomistes chaque exemplaire qui fréquente le parloir du couvent et s'attendent à ce que je le leur propose pour mari. Elles soupèsent ses rentes, sa position sociale, son aspect, son caractère, sa famille. Arrivées chez nous, au lieu de tenir compagnie à leur vieux père, elles ont passé leur journée à s'éclaircir les cheveux, puis à les coiffer à la dernière mode, gonflés de chaque côté du front. En demi-lunes selon elles, en forme de cornes selon moi. Elles se sont parées des pendants en jade et des boucles d'oreilles en cornaline de Marietta. Elles ont emprunté aussi ses vêtements. Elles sont montées au deuxième étage et ont vidé l'armoire. Elles ont fait battre toutes ses robes par la domestique pour en chasser jusqu'au dernier grain de poussière, les ont fait parfumer à la lavande et brosser pour que les couleurs resplendissent à nouveau. Laura en a choisi une bleue, Ottavia une pourpre. Mes yeux voilés par l'opium ont mis un certain temps à la reconnaître : Ottavia portait la robe rouge de Mantoue. Mes filles espéraient que je donnais ce dîner pour elles. Bref, tout ce qu'elles désirent, c'est dégotter un mari. Désir naturel, légitime, sacro-saint même. Je ne pourrais dire pourquoi je n'ai pas su leur donner satisfaction.

Nous étions sur le point de sortir recevoir nos invités quand j'ai demandé à Ottavia de m'expliquer pourquoi j'ai reçu du monastère des plaintes sur sa conduite. Elle parle trop, rit trop, se montre trop à la grille du parloir. Ottavia m'a répondu que je ne devrais pas me mêler de ses affaires, dont je n'ai guère cure, puisque si elle avait été gravement malade cet hiver je ne m'en serais même pas aperçu. Je lui ai rappelé qu'elle doit respect et obéissance à son père, et surtout respect à notre nom. Veux-tu me punir, père ? Je n'ai pas peur de toi. Tu m'as déjà emprisonnée, que peux-tu m'infliger d'autre ? Je lui ai dit que je ne lui permets pas de me parler avec autant d'insolence. Elle a explosé comme une boîte de feux d'artifice. Je suis le plus cruel des pères, le plus égoïste des tyrans. Le lion se repaît de sang, mais il semblerait que moi, je me repaisse de la virginité de mes filles. J'ai déjà donné deux religieuses à l'Église. N'est-ce point assez ? Quelle faute ai-je besoin de me faire pardonner par le Seigneur ? Tais-toi, tu devrais avoir honte, l'ai-je interrompue. Je suis déjà fanée, m'a reproché Ottavia, je suis déjà vieille, regarde, j'ai des cheveux blancs ! Arrachant son voile, elle m'a mis sous le nez ses cheveux ébouriffés, mais je n'ai pas vu trace de ces fameux cheveux blancs. Et pour cause : ma fille n'a que vingt ans.

Je veux une famille à moi, criait-elle et elle m'a ignoré quand je l'ai sommée de baisser la voix parce que Palma et Sadeler sont déjà arrivés et qu'on doit laver son linge sale en famille. Je veux être une bonne épouse et une mère attentionnée, je suis prête, chaque mois je suis prête, ma vie est gaspillée, père, je ne veux pas être peintre, je ne veux pas être chanteuse ni musicienne ni artiste de cour, je me moque de la gloire, je ne veux pas être célèbre – je ne suis qu'une femme, cela me suffit et c'est déjà beaucoup, je ne voudrais jamais autre chose, pourquoi m'en empêches-tu, pourquoi me prives-tu de mon seul rêve ? Retire-moi de Sant'Anna ! Je ne veux pas devenir religieuse, je ne veux pas passer ma vie au milieu des femmes, je ne veux pas me lever en pleine nuit pour réciter les matines, je ne veux pas que le but de ma vie soit de devenir abbesse, je ne sais pas prier, je ne sais même pas étudier, je ne suis pas faite pour la vie religieuse, je ne t'ai jamais rien demandé, tu ne m'as jamais rien donné, mon existence ne t'importe en rien, tu aurais préféré que je meure à ta place, mais je ne suis pas morte, parce que Dieu ne m'a pas choisie, tu me méprises, tu me détestes peut-être, je ne sais pas ce que je t'ai fait, je ne t'ai rien fait, je n'ai pas de talent, je ne suis pas spéciale, je ne suis qu'une femme banale, mais une femme, et je veux un enfant, pourquoi serait-ce impossible, j'en veux au moins huit, d'enfants, comme ma mère, je veux vivre pour eux, je me sens née pour ça.

Je suis très malade, Ottavia, lui ai-je répondu, exaspéré par ce déluge verbal. J'ai beaucoup de choses plus importantes à régler.

Je ne peux pas m'occuper de toi en plus. C'est ta mère qui décidera si tu seras religieuse ou si tu auras une dot. Ottavia m'a conjuré de ne pas laisser la décision à sa mère, parce que Faustina est regardante, circonspecte, obsédée par la décence, elle pense toujours que nous n'avons pas assez d'argent pour vivre sur le pied qui sied à notre position et elle fera comme toutes les Vénitiennes d'un certain rang qui sacrifient leurs filles aînées et ne marient que la dernière. Il faut que ce soit moi qui décide, parce que je suis brusque et capricieux, mais pas méchant, je sais même être miséricordieux, j'ai pitié de tout le monde, y compris des inconnus, je cherche toujours à aider ceux qui en ont besoin, tout le monde sait à Venise que je suis incapable de rien refuser à personne, elle ne peut pas croire que je veux la sacrifier, l'erreur est humaine, persévérer est diabolique, moi qu'on considère unanimement comme l'homme le plus intelligent de Venise, je ne peux pas ne pas comprendre que son unique vocation est le mariage.

Quand elle s'est rendu compte que ses déclarations flatteuses et pathétiques m'irritaient au lieu de m'émouvoir, elle s'est jetée à mes genoux en couvrant mes doigts de baisers humides. Je l'ai repoussée : ses joues mouillées de larmes ont inutilement trempé mes mains. Je ne supporte pas de voir pleurer une femme.

Le bijoutier est arrivé le dernier. Depuis qu'il a déménagé sur l'autre berge du Grand Canal, nous ne nous fréquentons plus. Crois-moi, Seigneur, je ne mens pas : j'ai traité Marc Augsbourg comme mon fils. Je l'ai aidé à se faire une situation. J'ai veillé à ce qu'il devienne membre d'une Scuola, comme mes vrais fils Dominico, Marco et Giovanni, et si le sang de mon sang m'a payé d'ingratitude, mon fils adoptif m'a remercié de toutes les façons possibles et me remercie encore. Je ne sais ce que j'aurais pu faire de plus pour lui.

Marc Augsbourg s'habille encore en noir. Pâle, élancé, noble, amaigri, on dirait l'image de la Mélancolie. Quand il est entré, chapeau de feutre noir, yeux sombres cernés de noir, cheveux noirs, pourpoint noir, chausses noires, bref tout noir comme un oiseau de mauvais augure, Faustina m'a glissé à l'oreille : que fait l'Allemand ici ? Qu'avons-nous encore à voir avec lui ? Pourquoi l'as-tu invité ?

Pourtant cette maison est aussi la sienne. Un instant, pendant que le bijoutier se penchait pour saluer Ottavia et qu'il lui donnait une petite bague en or surmontée d'un jaspe enchâssé entre de fines plaques, j'ai pensé que ce pourrait être lui, l'époux qu'Ottavia attendait avec autant d'impatience. Au fond il n'a pas encore quarante ans. Il a perdu ses repères, sa vie part à vau-l'eau. Du reste, ceux qui s'élèvent à une hauteur qui ne leur convient pas retombent dans la bassesse qu'ils méritent. À Venise, on dit qu'il n'a jamais repris le dessus. Les gens le respectent pour cela, mais l'évitent aussi. À la longue, la douleur ennuie. On attend de nous que nous l'exprimions dans les règles et sans excès quand c'est le moment, puis qu'elle passe comme une fièvre. Mais sa douleur n'a pas guéri.

Ottavia l'a remercié, confuse d'un cadeau aussi précieux. Le joaillier avait dû lui confier ce qu'il m'avait dit une fois à propos des vertus du jaspe – purgé par le soleil, il a la capacité de ralentir le sang et d'endiguer la concupiscence de la chair –, car Ottavia a rougi, se demandant pourquoi Marc Augsbourg lui offrait précisément un jaspe. Le joaillier sait tout sur les vertus alchimiques des pierres précieuses. D'ailleurs il ne s'est jamais intéressé à rien d'autre. Je pense parfois que son cœur aussi est un minéral, une pierre dure que ni le fer ni le feu ne peuvent entamer, et que c'est la seule raison pour laquelle il a pu vivre auprès d'elle.

Ottavia l'a connu quand elle était encore enfant. De nombreuses années plus tard, Marietta me révéla que, pendant la période où j'arrangeais ses fiançailles, elle avait emmené ses sœurs à l'Enseigne de la vertu en cachette de Faustina et moi. Steiner travaillait calle della Scimmia, à Rialto, et son voisinage immédiat comptait la Taverne du soleil, fréquentée par des marins insolents, un lupanar d'Albanaises et un fabricant de casseroles chez qui retentissait un vacarme assourdissant de coups de maillet. Marietta me raconta qu'elle avait emmené les petites avec elle, car les enfants ne savent pas mentir. Si elles ne trouvaient pas Marc Augsbourg à leur goût, elles le diraient sincèrement. Et s'il ne leur plaisait pas, elles auraient raison, car l'instinct des enfants flaire d'emblée chez les adultes l'hypocrisie, la violence, la bêtise.

Dans la boutique, Marietta joua le rôle de l'acheteuse, essaya plusieurs bagues et demanda au bijoutier quelle pierre lui conviendrait à son avis. Voyez-vous, madame, expliqua Marc Augsbourg, tout ce que la nature produit sous ce cercle lunaire est composé des quatre éléments : les gemmes aussi, nous aussi. Nous sommes faits d'air et d'eau, de terre et de feu, et chacun de nous doit reconnaître chez lui l'élément qui prédomine, avec sa vertu. Chez certains individus, comme dans certaines pierres, c'est la substance fangeuse, la terre, qui l'emporte, chez d'autres, c'est la substance humide et onctueuse, l'eau. L'élément dominant chez vous est le feu. C'est pourquoi, dit-il en la faisant rougir, votre pierre est la topaze, capable d'éteindre le feu qui vous dévore. Et pendant que Marietta le dévisageait, déconcertée, le bijoutier ouvrit tous ses tiroirs, exposa sur le comptoir les pierres rangées dans des boîtes en bois et tenta de l'initier à leurs secrets. Seul le mélange des éléments – la contamination – rend les choses précieuses et les gens heureux. La terre pure ne devient pas pierre, ni gemme. Et quand on est de feu, on ne peut pas vivre avec quelqu'un de feu. Ni d'air, car l'air alimente le feu. On peut vivre seulement avec quelqu'un qui est de terre ou d'eau, car toutes deux éteignent le feu.

Et vous, sieur Steiner, de quoi êtes-vous ? lui demanda Marietta, intriguée. Marc Augsbourg ne répondit pas. Il finit par lui répondre que sa pierre à lui était le diamant, car on ne trouve rien de plus dur sous le cercle de la lune. Le diamant ne cède ni au fer ni au feu et il a pour vertu d'entretenir l'espoir.

Les fillettes ne comprirent goutte à cette conversation hermétique, mais rentrèrent à la maison tout excitées. Le spectacle de l'Enseigne de la vertu les avait émerveillées : les creusets où l'Allemand fondait et façonnait l'or, les cornues et les alambics qui bouillonnaient sur le fourneau activé par le soufflet, les outils mystérieux avec lesquels il pliait les métaux pour monter les pierres précieuses et lier les diamants – marteaux, limes, ciselets, tenailles, scalpels, forets, burins – et les pierres précieuses aux noms fabuleux – ambre, améthyste, grenat, rubisbalais, opale, béryl. Marietta demanda à ses sœurs ce qu'elles pensaient du joaillier. Il est plus beau que saint Sébastien, fut le commentaire de la sage Perina, mais il parle de choses étranges et ses mains sont glacées, son cœur aussi doit être de glace. Lucrezia se limita à dire que le bijoutier était gentil, ce qui était fort suspect, car les hommes ne sont gentils avec les femmes que pour mieux les abuser. Pour sa part Ottavia fut frappée par sa richesse : l'Allemand possédait plus de pierres précieuses qu'il n'y en avait sur la Pala d'Oro de Saint-Marc ! Elle fut très déçue quand Marietta lui expliqua que si le bijoutier fabrique les bijoux en modelant l'or et en taillant les gemmes, il ne les possède pas. Mais il t'en donnera au moins ? demanda Ottavia.

Le dimanche, Marc Augsbourg lui apporta, enveloppé dans un mouchoir en soie, un coquillage aux valves scellées à la cire. Voyez-vous, *mein kleines Fräulein Ottavia*, lui dit-il, certaines pierres précieuses proviennent de l'eau transformée en pierre, d'autres des rivières, d'autres encore des nids d'oiseau, par exemple la calcédoine vient du gésier des hirondelles. D'autres encore se trouvent dans les ventricules des animaux, dans les reins des dragons et des serpents. Celle-ci vient des fonds marins. Ce sont des pêcheurs de perles qui l'ont remontée à Hormuz. Dans ce coquillage, ajouta-t-il en s'agenouillant devant elle, se trouve la plus grosse perle que tu aies jamais vue. Tu dois me promettre de ne jamais l'ouvrir. Quand tu seras grande et que tu te marieras, je la monterai sur ta bague de mariage. Ottavia lui sauta au cou, l'embrassa sur les deux joues, promit et courut cacher le coquillage sous son matelas. J'ai toujours pensé que Marc Augsbourg s'était moqué d'elle et que le coquillage est vide. Alors qu'il contient peut-être un rubis gros comme un noyau d'abricot, une agate ou un zéphyr. L'idée ne venait pas du bijoutier. Je reconnais l'imagination et le sens du merveilleux de Marietta. Le coquillage se trouve toujours dans l'écrin d'Ottavia, valves scellées. Marietta voulait peut-être me faire comprendre quelque chose, mais je ne l'ai pas compris, Seigneur.

Marc Augsbourg et Ottavia ont chuchoté dans la loggia jusqu'au moment où la servante est venue nous inviter à passer à table. Assis côte à côte, ils ont continué à converser. J'ignore ce qu'ils se sont dit, mais Ottavia a réussi à le faire sourire. Ce serait l'épouse parfaite pour lui. Cette pensée obscène m'a offensé, Seigneur. La régénération est dans la nature de la vie. Je serais heureux si le joaillier décidait de se remarier. Ce n'est pas lui l'époux à jamais abandonné.

Vous devenez une vraie petite femme, Laura, a constaté Cesare dalle Ninfe d'un ton badin, vous n'êtes ni bossue ni boiteuse. Il faut penser à prendre mari. Quelqu'un à cette table mériterait-il votre pitié ? La fourchette qu'elle portait à sa bouche a glissé, lui éraflant la main. Mon Dieu, s'est écriée Laura embarrassée, j'espère que mon père me trouvera mieux ! Que voulez-vous dire ? demanda Albert en riant. Le Hollandais s'est parfaitement intégré en ville, mais s'il ne trouve pas une épouse vénitienne, il finira par retourner dans son pays. Et moi, je voudrais qu'il reste. Je voudrais qu'il continue à peindre pour lui et pour nous, comme il a toujours fait. Dominico aura besoin de lui pour tenir l'atelier, quand je ne pourrai plus l'aider. Je voudrais épouser un noble, a dit ma fille en toute naïveté. Et s'il ne veut pas de moi parce que je ne suis pas assez riche, je voudrais un mari notaire, avocat ou, mieux encore, médecin. Il me soignerait et je ne mourrais jamais.

Pourquoi pas un peintre ? a demandé le bel Aliense, en tirant la pointe de sa barbiche. Avec un peu de chance, un peintre peut gagner plus qu'un médecin et s'il peint ton portrait, il sera vrai que tu ne mourras pas. Tu dis des mensonges plus gros que toi, Antonio, l'a interrompu son épouse, Giulia, une matrone qui l'a gratifié de trois filles dont l'avenir la tracasse déjà. Mais un peintre n'est quand même pas le dernier des derniers, a objecté Egidius, lequel, j'en suis sûr, épouserait volontiers ma fille. L'art est la richesse de la pauvreté. Celui qui crée n'a rien mais possède tout. Le peintre est un artisan très qualifié. Pour ce qui est de la position sociale, seuls les patrons de verrerie l'égalent. Si c'est un maître comme ton père, alors il peut dépasser la classe sociale dont il est issu. Note bien qu'une telle promotion n'est accordée à aucun autre travailleur œuvrant de ses mains.

Les médecins vivent au contact des maladies corporelles, tumeurs, ulcères, plaies. Les peintres, eux, vivent entourés de beauté, parmi les corps les plus harmonieux, bénis par la chance. Les peintres sont des gens heureux, lui a expliqué Palma d'un ton bon enfant, ils ont une vie douce, sans grandes inquiétudes, tout leur travail consiste à créer des images qui consolent les gens et leur apportent plus de bonheur, et si cela te semble peu de chose – alors qu'en réalité, crois-moi, c'est tout –, pense à Charles Quint : alors que Titien en peignant son portrait avait laissé tomber son pinceau, cet empereur maître d'un territoire vaste comme le monde sur lequel le soleil ne se couche jamais, cet empereur au titre interminable, Charles Quint lui-même, donc, s'était agenouillé et l'avait ramassé. Les peintres deviennent comtes palatins, confidents des rois. Une nation sans peintres est une nation sans gloire. On trouve toujours un roi. Toutes les nations en ont un. Le sang suffit pour faire un roi. Un peintre, lui, est un cadeau. Il faut du temps et du mystère pour le créer.

Les peintres ne pensent qu'à peindre, a protesté Laura, confuse. C'est comme les musiciens, rien d'autre ne leur importe, vous ne savez jamais s'ils sont avec vous ou dans cet autre monde d'images, qui n'existe même pas. Les peintres fréquentent des femmes peu vêtues et peu honnêtes et ils ont aussi l'occasion de rester seuls avec les femmes des autres. Les peintres vous dissèquent comme un cadavre sur la table d'anatomie. Ils exploitent la moindre de vos mimiques et vous volent tous vos gestes pour vous jeter sur une toile où vous n'avez pas demandé à figurer. Pour finir, on peut tout enlever à un peintre, argent, épouse, enfants, famille, maison, mais si on lui laisse un crayon, des fusains, un pinceau, des bols pour les couleurs, un bout de papier ou un chiffon de lin, il est heureux quand même. De temps en temps, Laura s'interrompait et prenait une bouchée, ses paroles trahissaient une intense hostilité. Je me suis demandé si ma fille me méprisait. Un instant, je me suis demandé si Faustina elle-même n'aurait pas préféré épouser un médecin ou un notaire. Si elle m'a méprisé de n'être que ce que je suis : un homme qui se salit les mains avec des couleurs, avec l'incandescente matière des rêves.

Cesare a provoqué le bijoutier toute la soirée. Ce qui te retient à Venise doit être bien séduisant, disait-il pour le titiller. Pendant le dîner, il a lancé des remarques désobligeantes sur les Allemands. Que veulent donc tous ces lansquenets qui fondent sur Venise comme des corbeaux et y pullulent comme des bousiers ? Ils encombrent nos calli, pénètrent dans nos églises sans se découvrir ni baisser la voix, pillent nos échoppes, incapables de discerner entre celles qui fourguent de la camelote de bas étage et celles qui proposent des produits d'artisanat raffiné, achètent nos femmes, traitent cette ville comme un parc d'attractions et ne se rendent pas compte que nous sommes ici pour mener notre vie et travailler, pas pour les amuser.

Marc Augsbourg a eu l'élégance de ne pas relever. Il s'est contenté de dire qu'un étranger peut aimer Venise davantage que les Vénitiens. Pour les Vénitiens, elle est une épouse à laquelle ils sont habitués, qu'ils maltraitent et qui les ennuie, tandis qu'un étranger l'aime comme une maîtresse, même s'il sait que jamais elle ne l'aimera en retour.

J'étais très las. Tant que j'ai pu, j'ai alimenté la conversation. Je me suis montré drôle, piquant, spirituel, ainsi qu'on l'attend de moi. J'ai joué mon propre personnage et c'est déjà beaucoup. Mais les calmants que j'avais bus pour apaiser mes douleurs d'estomac me fermaient les paupières, l'opium me donnait des hallucinations. J'ai même entrevu Marietta, debout derrière le bijoutier, les mains sur le dossier de son siège. Elle lui effleurait l'oreille de sa bouche, murmurant d'une voix douce. Soudain elle a relevé les yeux et croisé mon regard. Elle m'a souri, mon cœur alors a perdu son tempo, l'air m'a manqué, un ganglion de fer s'est durci dans ma poitrine, j'ai cru mourir.

Mais cela n'a duré qu'un instant et je crois que j'ai réussi à dissimuler mon malaise. Après le dîner, Ottavia nous a chanté un madrigal. Elle en a choisi un mélancolique et grave, de Philippe Verdelot, qui était autrefois mon compositeur préféré. Il s'intitule *Sì lieta e grata morte*, il est inspiré de Sapho et Marsile Ficin, sur le thème de l'amour et la mort. C'est moi qui l'ai appris à Marietta, voilà vingt ans. Elle m'avait dit qu'elle le trouvait lugubre et qu'elle préférait les chansons d'amour sans mort et, en règle générale, l'amour sans la mort. Elle ne l'a chanté qu'une fois en public, pendant son dernier récital.

Debout devant le clavecin, dont Dominico jouait avec fougue, mais sans la grâce de Zuane, Ottavia chantait la main sur la poitrine, me jetant de temps à autre un regard inquiet. Je n'ai rien éprouvé, sa voix n'a pas le don de m'enchanter. Elle ne fait pas vibrer de cordes secrètes, n'a pas de résonance en moi. J'étais assis à côté du bijoutier. Je sais ce qu'il pensait, parce que je connais cet homme comme moi-même. En un certain sens, c'est la personne au monde que je déteste le plus, pourtant je le considère comme une partie de moi, il est comme un kyste logé dans la paroi de mon cœur. Je lui ai demandé si Ottavia lui plaisait. Elle est gaie, vive, généreuse. Sincèrement, elle est sympathique et a bon caractère. Ottavia saura rendre un homme heureux. Et même si un père ne devrait pas deviner ces choses-là, il les perçoit quand même, parce qu'un père est aussi un homme. Si quelqu'un doit épouser ma fille, je préférerais que ce soit toi.

Marc Augsbourg a considéré d'un air triste la jeune fille qui chantait. Il a murmuré qu'il apprécie la peine que je me donne pour lui, mais il n'arrive pas encore à accepter l'idée que Marietta ne reviendra pas. Il continue à croire qu'elle se trouve en ce moment à Madrid, auprès du roi d'Espagne, où elle achève une œuvre importante, qui l'a retenue tout ce temps. Et explique son silence. Mais demain, après-demain, dans un mois, dans un an, elle pourrait revenir. C'est pourquoi jusqu'ici il n'a pas réussi à établir de contact avec elle, malgré toute sa science et ses expériences avec la pierre garamantique et le dyadoque. Parfois, la nuit, il se réveille en sursaut et se rend compte que Marietta ne pourra pas le trouver, parce qu'il a déménagé et qu'elle ne connaît pas sa nouvelle adresse. Alors il s'habille en hâte et se précipite à l'Enseigne de la vertu. Mais devant l'échoppe, dans la calle étroite noyée d'ombre, personne ne l'attend. Alors il écrit son adresse sur un papier qu'il cloue sur le volet.

Je lui ai dit que ce ne sont que des superstitions magiques indignes d'un homme de raison tel que lui. Toute sa science des gemmes ne lui ramènera pas Marietta, quand bien même il trouverait l'anacithide et la perle blanche née de la rosée. Il faut qu'il renonce à ces pratiques cabalistiques de nécromancien. Pour le bien de son âme, il devrait me promettre de cesser. Il devrait implorer comme une grâce de perdre la mémoire. Le remède pour vivre n'est pas le souvenir, mais l'oubli. Et plus que tout, on doit oublier les moments heureux. Un temps vient où il faut cesser d'aimer ceux que nous avons aimés. Ce n'est pas une trahison, mais le début de la renaissance. Marc Augsbourg a acquiescé en baissant les yeux. Pardonne-moi, Seigneur, si je lui ai menti. Je ne lui ai pas dit que moi aussi je laisse une torche allumée dans la loggia. Le rio della Sensa est si sombre la nuit. Moi aussi, je crois que Marietta reviendra, et ce jour-là, il faudra qu'elle sache que je l'attends.

Les doigts maigres du bijoutier tourmentaient l'alliance qu'il porte toujours. Sur cet anneau est gravé le nom de Marietta et la devise qu'elle avait choisie : *omnia vincit amor*. Chaque fois que Marc Augsbourg le touchait, le diamant lançait un éclair de lumière froide qui brillait dans la pénombre du salon, comme une étoile perdue dans la galaxie. À cet instant nous nous sommes aperçus qu'Ottavia avait fini de chanter.

Ma fille était gracieuse avec ses boucles châtains encadrant son front moite de sueur et ses grands yeux noisette écarquillés sur nous. Le rouge de la robe la flattait. Ses vingt ans rayonnaient d'espoir. Je me suis hâté d'applaudir longuement et bruyamment. Le bijoutier m'a imité, en se levant pour lui présenter les compliments d'usage. Ottavia a souri, amusée de son embarras et lui a dit en plaisantant, avec la franchise déconcertante qui est à la fois sa plus grande qualité, et la plus inopportune : ne vous donnez pas ce mal, Marc, je chante aussi faux qu'une casserole. Je ne suis pas Marietta. Oh ! pardon, je ne l'ai pas fait exprès.

Le bijoutier a pâli. Il n'a plus ouvert la bouche. Il est resté debout près de la fenêtre, maigre, égaré, absorbé. Il est parti rapidement et, en prenant congé, m'a serré fort dans ses bras. Ses yeux brillaient et il m'a appelé cher père. Il m'a assuré qu'il ne me serait pas plus dévoué s'il était mon fils de sang. Jamais il n'oubliera tout ce que j'ai fait pour lui. Il était orphelin et j'ai été son père, il était étranger et je l'ai accueilli, lui donnant ma patrie. Je l'ai guidé sans relâche, lui ai toujours indiqué le bon chemin. Je ne mérite pas ses paroles, Seigneur. Il se trompe, je l'ai conduit dans le labyrinthe et j'ai muré la porte : même avec les ailes de Dédale il n'aurait pas pu s'échapper.

Marc Augsbourg a murmuré qu'une fois encore il ferait trésor de mon conseil. Mais il ne pourrait pas prendre une épouse qui chaque jour lui rappelle qu'elle n'est pas celle qu'elle devrait être. Il la faudrait la plus différente possible de Marietta. Ni belle ni jeune ni séduisante, une femme sans couleur, sans musique et sans mystère. Une compagne qui tienne sa maison, l'aide auprès des apprentis et s'occupe des nécessités de l'échoppe. Une femme quelconque. Or cette femme, il est juste que j'apprenne de sa bouche, et pas par des ragots de commère, qu'il l'a déjà trouvée. Elle a été près de moi dans les jours de solitude, cher père, quand j'ai eu la faiblesse de chercher le réconfort de son corps borné et accueillant, parce que le désamour de ma maison m'était devenu intolérable. Elle a été près de moi aux jours de douleur et son humble présence domestique m'a sauvé. Vous savez de qui je parle, père, et je vous en demande pardon, vous la connaissez, je sais que vous ne pourrez jamais me donner votre bénédiction, et Dieu non plus. D'ailleurs je n'ai pas l'intention de l'épouser, je ne le pourrais jamais, je veux rester le mari de Marietta pour toujours.

Mais cette femme m'a empêché de me pendre à la poutre de mon plafond, et la vie qui me reste, qu'elle m'a rendue, lui appartient.

Seigneur, je sais que mon gendre essayait alors de m'expliquer, avec la sincérité qui lui a toujours fait honneur, ce qui s'est passé. Il m'a offert son amitié, nue et honnête, possible uniquement entre deux hommes qui ont aimé la même femme. C'était moi qui lui avais suggéré d'oublier Marietta. Pour son bien, mais aussi pour le mien. Pourtant je ne peux pas accepter que la place de mon étincelle, de ma merveilleuse enfant soit usurpée par une vulgaire domestique. C'était comme si le bijoutier la trahissait à nouveau, définitivement, et nous trahissait tous. Je ne pourrai jamais le lui pardonner.

Dominico, mes filles, mon épouse et nos amis étaient engagés dans une partie de prime et à ce moment-là ils étaient tous loin de moi comme si je les avais quittés depuis longtemps. Je suis descendu dans mon atelier, je n'ai pas allumé la lampe. Pendant quelques secondes, le rai de lumière qui entrait par l'entrebâillement de la porte a projeté une ombre : une silhouette blanche qui semblait vouloir s'élancer sur moi. J'ai pensé avec soulagement qu'elle était enfin venue. Parce que je suis convaincu que c'est en volant qu'elle viendra. Mais bien sûr, c'était mon fidèle ange en cire qui, depuis plus de quarante-cinq ans, pend au plafond et se balance doucement au moindre courant d'air, privé toutefois de ses ailes et incapable de voler s'il en avait le désir. Je me suis frayé un passage dans cette pièce aussi encombrée qu'un grenier abandonné. Dans le noir, mes plâtres et mes moulages m'entouraient comme une forêt pétrifiée.

Je me suis assis devant le portrait. Mais je n'ai pas pu le regarder, Seigneur. Je ne ferai plus allumer de torche la nuit. Parce que Marietta ne reviendra pas. Cette longue attente ne finira jamais. Je ne supporte plus la vue du bijoutier mélancolique, je ne veux plus le rencontrer. Je le bannirai de ma famille, ce sera comme s'il n'avait jamais existé. Sa présence m'offense. Son opacité, son incurable froideur, sa précision, son acceptation docile de la volonté des autres sont pires que les vices qu'il n'a pas. Il a été mon seul fils modèle. Mais je lui pardonnerais plus facilement d'être un assassin. Comment ai-je pu le supporter ici pendant des années, le voir tous les jours, écouter ses propos arides comme les pierres dont il connaît les secrets, mais dont il ne sait pas tirer la plus petite lumière, assister à sa respectueuse dévotion pour elle, savoir que ce n'était pas suffisant, que ce n'était rien, sans pouvoir y remédier en aucune façon.

J'aurais voulu parler encore avec Marietta, écouter ses dénégations, sa voix douce me dire que le bijoutier a été le meilleur des maris, un compagnon généreux et compréhensif, qu'elle n'en aurait pas désiré un autre. Mais sa voix ne me parle plus, Seigneur.

Je lève les yeux sur Marietta et elle reste là-haut dans son cadre doré, devant le clavier de notre clavecin, le même qui se trouve encore dans la grande salle et dont quelqu'un joue en ce moment. Pâle, une rougeur subite aux joues, une expression indéchiffrable sur le visage, au cou le collier de perles que le joaillier lui a offert et que de ce jour-là elle n'a plus enlevé. Dans sa main gauche abandonnée sur sa robe blanche, la partition du morceau que je viens d'entendre. Un madrigal de mon Verdelot, que je m'amusais à chanter. *Madonna per voi ardo*, telles étaient les paroles. Madame je vous aime. Ne soyez pas cruelle. Et on lit sur la partition *Madonna per voi ardo*. Mais j'ai beau approcher de la toile mes yeux embués, je n'arrive pas à déchiffrer la suite, Seigneur.

Pendant cette nuit horrible que j'ai passée dans mon atelier sans pouvoir ni dormir ni m'arracher à ma contemplation désolée, je me suis rendu compte pour la première fois, désespérément tard, que les paroles peintes par Marietta sur la partition de son portrait ne sont pas celles que le compositeur avait mises en musique et l'éditeur imprimées dans le volume que j'ai gardé trente ans avant de le lui offrir, mais un autre texte peint en noir de la pointe du pinceau. Un message chiffré, secret, dans une langue qui ressemble à un code. C'était le petit billet qu'elle n'a jamais roulé et glissé dans le bocal aux désirs, elle le tenait ainsi – ouvert, pressé contre sa robe –, d'un air songeur, parce qu'elle ignorait si elle aurait jamais le courage de le déposer et moi celui de le lire. Et dire que je n'arrive pas à le déchiffrer.

Elle s'est mariée en un matin d'août torride dans l'église solitaire d'une île de la lagune, pour nous soustraire elle et moi à la curiosité de nos concitoyens. Elle portait une robe de soie blanche brodée d'arabesques d'or. La cérémonie fut sobre, intime et émouvante. Pas d'invités, comme famille Dominico uniquement. J'ai souri, serré la main des moines propriétaires de l'église, manifesté ma joie paternelle. Mais tout mon corps était endolori, j'avais mal aux jambes, à l'estomac, aux yeux et aussi aux poumons. Le charme des jours en allés me déchirait. J'étais en nage, m'épongeant sans cesse le front de mon mouchoir. Les témoins ont remarqué la forte émotion de Marietta, et son comportement a semblé approprié. La barque du marié couverte de fleurs avançait lentement à la surface de l'eau, longeant la file de poteaux qui signalent le chemin. Elle n'était plus qu'à quelques coups de rame du ponton quand Marietta a posé ses lèvres contre mon oreille et murmuré : dis-moi que rien ne changera, que ce n'est pas fini, dis-moi que tu ne me chasses pas.

J'avais tout organisé en hâte. Je ne voulais pas me laisser le loisir de reculer. Marietta et le bijoutier ne s'étaient rencontrés qu'une fois, en présence de mon oncle Comin et de moi-même : le jour de leurs fiançailles. Marietta était vêtue de blanc, sa robe de vierge du portrait. Il lui avait offert le collier de perles. Il n'est pas à louer ? l'avait-elle taquiné. Si, avait répondu Marc. Il est à toi tant que tu m'aimeras.

Début juin, je me rendis chez Marc Augsbourg rédiger le contrat de mariage. L'Allemand habitait campo San Polo, dans un édifice appartenant aux Corner. Pour atteindre la porte d'entrée, je dus me frayer un chemin dans un labyrinthe d'étals, parmi des vendeurs d'aiguilles, d'épées, de salades, d'oies, de chiens, de chevaux. Braiements, hennissements, mélopées et caquetages accompagnèrent nos paroles. Et je pensais : jour de marché, aujourd'hui, Jacomo. Car ce fut un marchandage à la saveur levantine, acheteur et vendeur discutèrent du prix avec ruse et patience. Le vendeur, c'était moi. Je vendais ma Marietta. Mais soudain je ne savais plus si je vendais ou si j'achetais, car en réalité ma vente était une fiction, même si le bijoutier ne devait pas le savoir.

Marc Augsbourg voulait connaître le montant de la dot de Marietta. En effet ce mariage lui avait été proposé de façon insidieuse et alléchante par mon oncle Comin et par Franceschina Steiner, mais il n'était pas convaincu que c'était une bonne affaire. Et si un mariage n'est pas une bonne affaire, pourquoi un jeune homme devrait-il renoncer à sa liberté pour se marier ? Marietta la Tintorette était une femme spéciale, rare, merveilleuse. Qui ne se sentirait honoré d'épouser la fille du grand artiste ? Mais elle avait déjà vingt-quatre ans bien sonnés, ce qui faisait d'elle une femme mûre, experte et indépendante, c'est-à-dire exactement le genre de femme que personne ne souhaite épouser. Sans compter qu'elle était née hors mariage, et je savais mieux que lui qu'une telle origine constitue pour le monde une tache indélébile. À Venise certains mettaient en doute son origine, et il se trouverait toujours quelqu'un qui par intérêt, envie ou toute autre raison affirmerait, en se faisant fort de le prouver, qu'elle n'était pas ma fille.

Dans tous les cas, fille de peintre, elle avait grandi librement dans une maison ouverte à de continuelles allées et venues masculines. Peintre elle-même, elle connaissait des gens de toutes sortes et fréquentait des hommes qu'elle savait captiver par des manières et des attraits peu indiqués, pour ne pas dire préjudiciables, chez une épouse. Dans ce genre de situation, le candidat au mariage exige qu'une matrone ausculte la fiancée pour attester sa virginité, mais ne pouvant infliger cette offense à un artiste de mon importance, il y renonçait donc. Pourtant le rôle qu'on lui demandait de tenir ne lui semblait pas très clair. Son honneur et sa réputation couraient un risque sérieux, car on aurait pu croire qu'il servait de paravent.

De quel honneur parlons-nous ? l'interrompis-je. Qui était-il de son côté pour mettre en doute la réputation de Marietta ? Un étranger, un orphelin allemand. Un homme qui pour gagner le respect devait dissimuler son obscur et barbare patronyme – Steiner – derrière celui de sa ville. Il ne pouvait pas se permettre de dicter ses conditions. Il ne possédait même pas d'échoppe, il n'était que l'employé mal rétribué de l'Enseigne de la vertu. Son chiffre d'affaires était ridicule. Peut-être, mais je n'utilise que des pierres d'une qualité exceptionnelle, précisa Marc Augsbourg en essayant de m'en imposer. Je débourse de fortes sommes pour me les procurer, je choisis les meilleures, bref : j'ai décidé de privilégier la qualité et la beauté plutôt que la richesse. C'est le même choix que vous, maître, et vous devriez le comprendre. Je ne daignai pas le reconnaître comme un pair et l'ignorai.

Marc Augsbourg afficha le plus grand désintérêt quant à la conclusion de notre négociation. Mais j'ai vendu des centaines de tableaux. Je connais la technique des collectionneurs. Ils font semblant de ne pas vouloir acheter ce qu'ils désirent ardemment. C'est une façon de faire baisser le prix demandé. C'est ainsi que cela fonctionne. Marc Augsbourg voulait Marietta. Il la voulait parce qu'il ne retrouverait jamais une telle occasion. Son rêve vénitien passait à sa portée, et c'était elle.

En somme, finit par résumer l'Allemand, jouant une désinvolture qui préservait sa dignité, il restait à connaître le montant de la dot. Il savait que dans son dernier testament, Comin avait promis à Marietta cinquante ducats, si elle se mariait. Mais cet oncle de quatre-vingt-six ans avait bien supporté une méchante opération de plus et jouissait pour l'heure d'une excellente santé, le bijoutier ignorait donc quand il hériterait. Certes, comme rien n'est plus sûr que la mort et que toute vie pour longue qu'elle soit arrive à son terme, d'ici quatre ou cinq ans, il les toucherait sûrement. Mais qu'étaient cinquante ducats dans cinq ans ? Une aumône. À Venise n'importe quelle fille pauvre aux mœurs irréprochables pouvait recevoir cinquante ducats de dot d'une Scuola : si la Tintorette lui apportait cinquante ducats, autant valait qu'il prenne une orpheline de la Pietà ou la fille d'un tisserand, au moins il pourrait avoir une fille de quinze ans, ingénue, vierge, immaculée. Pour épouser une femme comme Marietta, il fallait bien plus ! Sa maison, ainsi que je pouvais le constater par moi-même, n'était pas adaptée à la fille de Jacomo Robusti. Il avait laissé à Bartolo – qui avait obtenu l'annulation de son bannissement – le logis de Comin à San Cassan et depuis, il vivait en location dans une seule pièce exiguë et bruyante, dépourvue même de latrines. Pour Marietta habituée à jouir de son atelier et à vivre dans une demeure ancienne et élégante comme la mienne, baignée de soleil et de lumière, le changement serait traumatisant. Mais si je lui accordais une dot consistante – mille ducats, neuf cents même pouvaient suffire –, le bijoutier pourrait acheter un logement à la hauteur de la réputation de Marietta et de son honneur à lui. Je savais déjà tout cela, et Marietta aussi. Mieux, la situation sociale modeste du jeune Augsbourg était à mes yeux sa principale qualité, Seigneur. Bref, donnerais-je à ma fille au moins sept cents ducats ? Il était disposé à accepter la moitié en liquide, l'autre moitié en vêtements, meubles et éléments de décoration.

Je les avais, Seigneur. La Scuola di San Rocco avait accepté mon offre et approuvé mon projet. L'accord satisfaisait les deux parties. Je peindrais pour eux – c'est-à-dire pour toi – trois tableaux par an de façon à couvrir entièrement le plafond et les murs de la grande salle du premier étage et du rez-de-chaussée. En tout, il s'agissait de cinquante tableaux, dont vingt au moins mesureraient plus de huit brasses de long et autant de haut. En échange chaque année la confrérie me verserait un salaire régulier de cent ducats, que je toucherais à vie, y compris quand l'entreprise serait achevée et que j'aurais tapissé de mes toiles les murs de la Scuola. Pour les années à venir, je pouvais me consacrer uniquement à l'invention des tableaux, au choix des épisodes, des histoires et des personnages et à leur réalisation. Aucun autre souci ne devait venir entraver mon travail. Je n'aurais plus à vivre dans l'incertitude, dans la terreur de perdre la faveur du public. Je n'aurais plus à craindre que mon caractère me mette à dos les notables, que ma langue trop bien pendue me vaille des ennemis, qu'une paralysie condamne ma main, précipitant ma famille dans la misère. Mes revenus désormais excédaient ceux de mon beau-frère, le frère de Faustina. Le peintre avait dépassé le notaire : ma victoire sur les préjugés et le culte des biens matériels auquel se vouent les bourgeois était totale. Mais mes plans ne prévoyaient pas de riche dot pour mon étincelle. Je ne voulais pas donner d'argent à Marc Augsbourg. L'argent lui aurait permis de se débarrasser tout de suite de moi.

Je lui déclarai qu'à l'instar du roi d'Espagne ou de l'empereur du Saint Empire Romain, Jacomo Robusti ne parlait jamais d'argent. Mais je pouvais lui promettre – et ma parole valait celle d'un roi – que je lui offrirais les conditions nécessaires pour relancer l'Enseigne de la vertu. Il embaucherait des aides et se mettrait à son compte. Le gendre de Jacomo Robusti ne travaille pas dans l'échoppe d'un autre. En épousant Marietta, il épousait mon nom, ma famille, mes clients, mes amis, ma réputation. Bref, je l'aiderais à se construire un avenir et à devenir un citoyen respecté de cette ville, il ne serait plus jamais un immigré à la situation précaire, toujours à deux doigts de s'en retourner dans son pays en ruminant son échec. Mais à une condition. Au deuxième étage de ma demeure se trouvait un appartement spacieux, jouissant d'une belle vue sur le rio della Sensa : par temps clair, on distinguait la terre ferme à l'horizon, et même les montagnes. Je le meublerais à mes frais et le mettrais à leur disposition. Marietta et lui devaient venir y vivre.

Surpris par cette proposition à laquelle il ne s'attendait pas, Marc Augsbourg prit le temps de réfléchir. Les cloches de l'église

San Polo voisine sonnèrent, m'assourdissant. Je me demandai avec inquiétude ce qui se passerait si le bijoutier refusait d'habiter chez moi. Il n'acceptera pas, m'avait affirmé Marietta quand je lui avais expliqué la condition que j'allais poser au fiancé. Tu jugerais sans nerf et sans consistance un homme disposé à vivre sous ton toit en invité, en fils qui n'arrive pas à grandir et s'attarde dans la maison qui t'appartient et symbolise ta valeur et ta réussite. Tu jugerais faible un homme incapable de conquérir son indépendance. Marc Augsbourg est avisé et perspicace, il finirait par comprendre que ton offre était un piège et qu'il perdrait toute estime de soi, personne ne choisirait une telle existence. Et s'il acceptait au contraire ? avais-je demandé. Sûr de moi car, contrairement à elle, je vois les êtres humains tels qu'ils sont, sans me faire d'illusions sur leur nature. D'ailleurs, je ne vaux pas mieux. Je ne pourrais pas aimer un homme que tu juges médiocre, avait répondu Marietta, je ne lui permettrais jamais de me toucher.

Le doute m'effleura que ce jeune homme désirait peut-être Marietta au point de se charger d'elle de toute façon, sans regarder à rien d'autre. Soupçon inutile. Marc Augsbourg accepta.

Telle fut donc la dot que je donnai à mon étincelle bien-aimée. Quatre coffres en noyer bien remplis de linge et de vêtements. Une armoire enrichie de bas-reliefs. Un lit avec baldaquin de satin et colonnes en bois doré et sculpté, couronnées de chapiteaux de fruits et de fleurs. Un plafond d'alcôve orné de cupidons voletants. Deux matelas. Quatre oreillers en plumes et en laine. Une bassinoire. Sept chandeliers en fer. Cinq draps en toile de Reims. Un coffre de style marin, provenant réellement d'un navire. Trois tapis persans. Quatre chemises de femme, huit chemises d'homme. Quatorze nappes en fil de lin écru, fil d'étoupe écru et lin teillé, six mouchoirs, des draps, des taies et des serviettes, un miroir, une bassine en cuivre, trente-six pièces d'étain, un seau en fer-blanc, une chaîne pour l'âtre et trois broches. Mon épouse lui offrit un crucifix en argent et obsidienne, celui que Marietta donna à Zuane quand il partit, et qui est revenu dans la caisse expédiée de Zante. Ses frères lui firent cadeau – avec ironie ou malice, je l'ignore – d'un panier en argent contenant un porte-aiguilles, des épingles de Damas et un dé en argent ciselé.

Mon présent de noces fut un tableau. Qu'aurais-je pu offrir d'autre ? Il les représentait : Marietta vêtue de blanc et Marc

Augsbourg en habit rouan. Rasé, ses longs cheveux noirs lâchés sur ses épaules et son collier d'argent aux cubes de lapis-lazulis en évidence sur son pourpoint sombre. Par la fenêtre qui se découpait derrière eux, l'ombre du clocher de la Madonna dell'Orto. Un sourire mystérieux aux lèvres, Marietta regardait droit dans les yeux de celui qui la regardait. Et c'était moi qui la regardais. Je la peignais pour la dernière fois et elle le savait.

Leur appartement disposait d'un salon avec cheminée, où donnaient trois pièces : la cuisine, la chambre et, sur l'arrière, ce qui devint l'atelier de Marietta. Ils accrochèrent aux murs des tableaux de sa main et de la mienne. Marietta exposa mon cadeau de mariage sur le mur de leur chambre près du lit. À sa mort, Marc Augsbourg n'a pas voulu le garder et sa vue m'était insupportable. Je l'ai rapporté dans l'appartement resté vide.

Ma chambre se trouvait en dessous de la sienne. Nous étions séparés par un plafond de vieilles poutres en bois et un plancher. Marietta savait tout ce que je faisais et réciproquement. Je l'entendais marcher sur ma tête, elle m'entendait marcher sous ses pieds. Les poutres de mon plafond craquaient et la flamme de ma lampe vacillait si, à l'étage, elle ouvrait sa fenêtre. J'appris à reconnaître le bruit de ses pas, de ses pieds nus ou de ses talons d'escarpin. À reconnaître le clapotement de ses ablutions, le crépitement de son feu. Le conduit de cheminée m'apportait l'écho de ses paroles et l'odeur de ses repas. Je connaissais les grincements du lit, les plus petits mouvements du baldaquin. Les poutres du plafond craquaient et gémissaient, et mes os aussi comme si on les avait foulés aux pieds. Parfois je ne la croisais pas de plusieurs jours : mais quand, tard le soir, je me couchais et éteignais ma lampe, je savais que, là-haut, elle était réveillée. Je savais quand elle se levait, quand elle se retournait sur son matelas, quand elle avait une insomnie et allait s'asseoir dans son atelier, dessinant jusqu'au moment où elle s'endormait, la tête sur son pupitre. Combien de nuits ai-je passées sans dormir uniquement parce que, là-haut, elle aussi était réveillée ! J'avais l'impression d'entendre sa respiration. D'être étendu sous elle. Il me semblait qu'en tendant le bras j'aurais pu la toucher.

Du jour où j'ai rendu ma *Tentation*, j'ai réservé mes forces, mon imagination, mes couleurs, ma main aux vastes toiles de la

Scuola di San Rocco. Mais mon atelier continuait à produire des dizaines de Tintoret. Nous n'avions ni subterfuges ni secrets. En presque quarante ans de travail, j'avais dessiné des centaines de personnages – hommes, enfants, femmes, madones, vieillards, servantes, soldats – dans toutes les attitudes possibles et imaginables : raides morts ou en prière, volant ou se noyant, portant un plateau ou brandissant une lance, couronnés ou décapités, flagellés ou baptisés. Mes aides se servaient de mes esquisses pour reproduire les personnages de la scène demandée par le client quand, les ayant imaginés, projetés et expliqués, je n'avais ni le temps ni l'envie de passer à leur exécution. Ils reportaient le dessin original sur la toile, certains en copiant au jugé, d'autres en quadrillant le papier et en agrandissant à l'échelle voulue avant de s'attaquer au support tissu. D'autres encore décalquaient la silhouette sur un papier en piquetant ses contours à l'aiguille. Ils posaient ensuite sur la toile le papier constellé de ces trous minuscules, le saupoudraient de mine de crayon, soufflaient et balayaient le dessin du bout de leurs doigts, pour que le graphite pénètre bien et se dépose sur la toile. Quand ils retiraient le papier, les contours du dessin étaient imprimés sur la toile. Mon tracé correspondait parfaitement à son ombre. Ceux qui avaient l'habitude de peindre des fresques préféraient effectuer cette opération en accrochant au mur toile et papier. D'autres étalaient l'un et l'autre par terre.

Un soir, je surpris Marietta à genoux devant une toile fixée au sol de l'atelier par un câble. Elle était pieds nus, sa jupe relevée au-dessus du genou. Elle soufflait délicatement la mine de crayon sur le piquetage du papier. Elle appuyait avec ses paumes pour qu'il adhère parfaitement à la toile. Regarde comme ces fibres sont disposées à accueillir ta marque, comme elles l'absorbent. Tu sais, ajouta-t-elle sans me regarder, dans une autre vie, je ne voudrais pas naître reine ou prince, je voudrais être une toile. Pour qu'on me touche de cette façon. Elle souleva délicatement le papier et sur la toile apparut, pâle mais identique, le reflet de l'image d'origine. Le mince contour sombre éclairait à la fois les pleins et les vides de mon dessin, sa silhouette et son ombre. Si seulement je pouvais t'accueillir de la sorte, dit-elle, et que tu restes imprimé sur moi.

26 mai 1594

Dixième jour de fièvre

Je divague. Mes pensées s'enlisent toutes au même endroit. Ma mémoire s'est délestée du souvenir des choses inutiles, je voudrais qu'elle lâche de la même façon ce qui m'a été cause de douleur et de chagrin. Je voudrais qu'une partie entière de moi soit anéantie, effacée pour toujours. J'ai appris à mes enfants la loi morale, afin qu'ils distinguent toujours le bien du mal. Au fond, cette loi ne se trouve pas dans les livres, ni dans les commandements que je les ai pourtant exhortés à respecter. Elle s'enracine dans la conscience de chacun, mais c'est la même pour tous. Pouvoir dire, jour après jour, sa vie durant : *je n'ai jamais rien fait qui soit indigne de moi.*

Je me suis sincèrement efforcé de devenir une personne irréprochable. Les soucis matériels et spirituels qui m'avaient tourmenté pendant des années s'étaient évanouis. Je pouvais enfin négliger ce qui est éphémère et consacrer tout mon temps à ce qui est permanent. J'ai donné au monde la meilleure part de moi, Seigneur. Celle qui reste, la seule qui compte. L'autre, celle qui me rend égal aux autres hommes, ne me semblait avoir ni effet ni poids ni valeur. Parce qu'elle va disparaître avec moi.

Il y a longtemps, je m'étais engagé à produire six grandes toiles d'*Histoires de sainte Catherine* pour la chapelle principale de l'église du même nom. Elle se trouve à la limite de notre quartier, entre les palais élégants de San Felice et les marais, les plages et les campi où les gamins jouent au ballon. Une église qui m'a toujours été chère, car pendant des années je suis passé devant à l'aube, ivre de bonheur en quittant la maison de Cornelia. Les religieuses du couvent attenant souhaitaient posséder le cycle complet de la légende de leur sainte, telle que les enfants eux-mêmes la connaissent : sa rencontre avec l'empereur Maxence et son refus d'adorer les idoles païennes, sa dispute avec les doctes philosophes d'Alexandrie qu'elle finira par convertir, la fustigation à la colonne, la geôle où les anges viennent soigner ses plaies, le martyre atroce des roues qui échoue grâce à l'intervention d'un ange et la montée au gibet, où elle sera décapitée. Le contrat était arrivé à échéance depuis des années et ce cycle semblait destiné à grossir le nombre de mes projets avortés. Dans ma jeunesse, j'avais déjà peint plusieurs histoires de sainte Catherine et la figure de la martyre vierge et intellectuelle ne me concernait pas au point que j'y revienne. Pour moi désormais, seules comptaient mes œuvres pour la Scuola di San Rocco. C'était la première fois de ma vie que je ne peignais ni pour l'État ni pour un prince ni pour un client. En peignant pour toi, c'était comme si je peignais pour moi. J'étais libre.

Mais mes enfants étaient mis à rude contribution. Ils se levaient à l'aube, travaillant pendant des heures. Sans recevoir de salaire et sans murmurer. Un maître doit savoir gratifier ses aides. Il doit savoir les provoquer, les stimuler, les défier. Les histoires de sainte Catherine en furent l'occasion. Je leur exposai le projet. Nous jouâmes les scènes dans l'atelier, interprétant nous-mêmes les personnages. Je gardai pour moi les deux dernières toiles, les plus dramatiques, le martyre et le calvaire vers le lieu de l'exécution, confiant le reste du cycle à mes enfants. Je leur en laissai à chacun la responsabilité. À Dominico, à Marco, à Zuane même, qui avait à peine quatorze ans et s'était limité jusque-là à racler les palettes, découper les têtes que j'esquissais et les coller sur les toiles à compléter. Il se montrait habile à cette tache de découpage et ravaudage et, pour se moquer de lui, ses frères l'avaient surnommé la Brodeuse.

Marietta était de la partie. Le bijoutier s'était avéré être le mari tolérant que j'espérais. Il était fier des dons artistiques de son épouse. Sans souci de scandaliser les Italiens, il affirmait fort civilement que les femmes pourraient être amiral, condottiere, architecte, évêque, tailleur de pierres ou doge, pour peu que nous les hommes le supportions. Une seule fois en ma présence, il lui demanda si elle aurait autant aimé peindre si elle avait été fille de fourreur ou de batelier. Bien sûr que non, répondit Marietta étonnée, j'aime la peinture parce que Jacomo l'aime. Parce que c'est notre vie et que je ne connais rien d'autre. Marc Augsbourg fit poser tous ses amis pour elle. Il était heureux de lui procurer des clients pour ses portraits, peut-être parce qu'il espérait qu'elle cesserait d'en chercher ailleurs. Mais il n'aimait pas l'atmosphère de l'atelier, il s'irritait de la savoir seule femme parmi tant d'hommes et de modèles tous plus jeunes les uns que les autres, attirants comme des statues romaines et nus de surcroît. Je ne saurais l'en blâmer. Dans l'atelier du deuxième étage, sa femme disposait de tout le nécessaire pour peindre. La place, le silence, la solitude. Bref, un atelier *à elle*. Pendant des années, le bijoutier lui demanda en vain de ne plus travailler dans le mien. Marietta lui avait répondu qu'elle en mourrait.

Je n'aurais su faire de cadeau plus écrasant à mes enfants. Jamais je ne leur avais confié une tâche aussi ardue. Leur zèle fut touchant. Ils voulaient me prouver qu'ils étaient à la hauteur de ma confiance. Certains l'étaient, d'autres non. Je les laissai se tromper. C'est l'échec douloureux de ses ambitions qui donne naissance à un artiste, s'il le mérite, ou qui l'enterre.

Je n'ai jamais utilisé les femmes comme modèles : hors du lit, l'anatomie du nu féminin me répugne, j'aime suggérer leur beauté, l'idéaliser. J'ai trop aimé les femmes pour leur faire l'insulte d'immortaliser leurs imperfections, l'embonpoint, la décrépitude. J'ai peint les femmes, non comme elles sont, mais comme elles devraient être : une abstraction, un rêve. Seule Cornelia a posé pour moi. Mais mon Allemande était une Amazone et je l'aimais. Je préférais les hommes. Je les faisais poser nus dans la position requise et quand ils étaient ébauchés, je les habillais en femme. Mes enfants avaient appris à faire de même.

Si on veut peindre l'homme et son âme, avais-je répété à mes enfants quand je leur enseignais les rudiments du dessin, il faut étudier son corps, ses muscles, son squelette. Parce que l'âme ne devient visible qu'à travers la chair. Le corps et l'âme sont inséparables et irrésistiblement attirés l'un par l'autre, comme l'homme et la femme. La mort elle-même ne les sépare pas. L'âme est invisible, impalpable, intangible. Pourtant, elle existe. Sa forme, c'est le corps. Et si l'on veut peindre la femme ? demandait Marietta.

Les femmes n'appartiennent pas au genre humain et n'ont pas d'âme, répondais-je, et elle ne comprenait pas si j'étais sérieux. C'est pour cette raison que nous n'avons pas à étudier son corps. Le corps d'une femme n'est que l'enveloppe de ses organes : c'est comme un vêtement, rien ne se manifeste à travers lui.

Ainsi ce fut Zuane qui posa nu pour sainte Catherine. Mais un jour, sur l'estrade, au milieu de l'atelier, à la place de mon fils, je trouvai la Tintorette. D'où vient cette nouveauté ? demandai-je en essayant de dissimuler ma contrariété. Je ne veux pas de femme à l'atelier. Dominico répondit qu'ils ne pouvaient pas se passer d'une modèle vivante. Sainte Catherine était une jeune fille fort intelligente et aussi, selon toutes les sources, belle, très belle même, or pour les scènes de la flagellation et de la prison, il fallait un corps nu, jeune et bien fait. Or si Zuane était indubitablement jeune et bien fait, un éphèbe qui, nu, révélait une beauté d'Apollon, il restait un garçon et ça ne marchait pas : la scène paraissait fausse, artificielle et grotesque. Si bien qu'ils avaient requis les services d'une fille publique. Il ne fallait pas que je m'en irrite. Du reste les meilleures prostituées de Venise se concentrent autour de l'église dédiée à sainte Catherine et elles seront heureuses de savoir que l'une d'entre elles a mérité l'honneur d'incarner la martyre de leur paroisse. Ce qui aura aussi une fonction morale. Et puis, ils l'avaient louée pour une semaine de pose, maximum deux.

Qui a eu cette idée ? demandai-je, en contenant à grand-peine mon indignation. Moi, répondit Marietta. C'est moi qui la paie, elle ne te coûtera pas un sou. C'est moi qui ai choisi la Tintorette. Elle est belle, suffisamment raffinée, parce que Catherine est fille de roi. Je voulais poser, mais tu n'aurais pas aimé apprendre que je me suis exposée nue à tous les regards. Bref : Andriana pose à ma place. Marietta me parla avec une attitude de défi et une insolence telle que je préférai glisser. Discuter aurait signifié reconnaître une faute que je ne sentais pas avoir commise. Du reste, sur le moment, je préférai croire que Marietta revendiquait le choix d'Andriana pour m'empêcher de supposer que mes garçons, du haut de leurs vingt ans, fréquentaient déjà des filles de joie coûteuses. J'ai élevé mes enfants dans la sévérité et la rigueur que je n'ai su m'imposer qu'à la fin de mon existence.

La Tintorette s'était révélée une modèle parfaite. Elle habitait son corps avec un naturel de génisse, exhibait sa jeune chair sans gêne ni honte, je dirais même sans malice. Elle essaya patiemment les costumes de notre répertoire, que mes garçons tiraient des caisses les uns après les autres. Elle se laissait habiller comme une poupée, déshabiller avec la même docilité et allonger sur la paillasse du cachot, où elle devait rester nue. Il m'aurait été impossible de la peindre, et je ne le voulais pas. Si cette fille imaginait pouvoir m'obliger à lui donner une œuvre de ma main, elle se trompait. Elle n'a pas obtenu la moindre esquisse, pas le plus petit dessin tracé avec un rogaton de fusain. Rien. Ne pas lui concéder d'être une partie de moi fut ma seule défense.

Ainsi tous les matins, cet automne-là, la Tintorette se déshabillait derrière un paravent et entassait ses vêtements sur un tabouret. À cette période, on entrait chez nous comme dans un moulin : la charge de travail était telle que, pour en venir à bout, j'avais embauché cinq aides en plus de mes enfants, alors que je n'ai jamais aimé voir des étrangers aller et venir chez moi la nuit et, depuis que Faustina avait quinze ans et Marietta six, j'avais pris l'habitude de les renvoyer tous les soirs dès leur besogne achevée, comme des maçons ou des portefaix. Vers la moitié de la matinée, je passais distribuer les tâches, examinais les dessins, distribuais des conseils et rectifiais les erreurs. Personne ne prêtait attention à la jeune femme nue au milieu de l'atelier. C'était un objet comme un autre. Comme les coupes en verre que Giovanni copiait avec zèle, assis en tailleur par terre. Comme le guerrier harnaché pour la bataille que peignait Antonio, le Grec. Comme les instruments de torture, crochets et chaînes munies d'anneaux en fer que Marco retouchait au pinceau. Comme le mannequin en bois paré d'une robe blanche à arabesques dorées que Marietta reproduisait sur la grande toile fixée à son chevalet.

Montez sur l'estrade, madame, dit Dominico, et la Tintorette sortit de derrière le paravent et passa près de lui en remuant de l'arrière-train comme un chien. Ses mamelles blanches et rebondissantes luisaient dans la pénombre. Comme Andriana posait pour *La Flagellation*, Dominico l'attacha à la colonne, main droite dans le dos. Levez la main gauche, lui dit-il en revenant devant elle, comme si vous donniez un avertissement à vos bourreaux. En les observant, je pensai avec satisfaction qu'après tout Dominico – qui de mes enfants avait été le plus réticent à devenir peintre – possédait les qualités d'un véritable artiste. Il était volontaire et têtu.

Il ignorait les charmes d'Andriana. Il savait dominer ses instincts et regarder un corps avec les yeux de l'esprit plutôt qu'avec son braquemart.

Dans la grande pièce, les braseros étaient allumés, mais la pluie dehors tombait à seaux, et l'humidité vous pénétrait jusqu'aux os. Cette humidité tenace de Venise qui trempe les crépis, s'infiltre dans le bois, ronge le métal, rouille les gonds, gonfle les serrures, pourrit les grilles, fend les murs. La modèle tremblait de froid. Elle avait la chair de poule. Sur le papier, le plan de la scène avait déjà pris forme. Dominico accentuait les ombres. Andriana levait la main gauche avec un zèle louable et quand, détachant les yeux du mannequin en bois, Marietta croisa les siens, elle lui sourit. Certaines femmes réussissent à paraître désinvoltes même le sexe nu, les poils à l'air et les bouts de sein ridés par le froid, au milieu de dizaines d'hommes qui les regardent comme si elles étaient un caillou. Mes enfants étaient si concentrés que rien ne semblait exister à part la lumière grise tombant des fenêtres sur la chair et les objets. Matière pure. Je croyais qu'ils n'avaient pas remarqué mon arrivée. Mais je sentis sur moi le regard liquide de Marietta. Ce fut un crachat en plein visage. Seigneur, ce fut comme si elle m'avait surpris au bordel.

Marietta n'aurait jamais eu l'idée de voiler les fesses d'une statue. Dans mon atelier, les nus ne l'ont jamais embarrassée, elle en a dessiné des milliers, elle a joué avec depuis qu'elle est petite. Je lui ai appris que rien n'est plus parfait qu'un nu masculin et elle en a été d'accord, hélas. Pourtant ce matin-là, alors que ni Dominico ni les autres peintres absorbés par leur tâche ne s'occupaient de la scabreuse nudité de la modèle, Marietta piqua son pinceau dans son chignon telle une épingle à cheveux et posa sa palette sur son tabouret. Elle s'approcha de l'estrade, enleva son châle. La Tintorette lui murmura quelque chose à l'oreille. Marietta sourit, l'attira vers elle et noua le châle autour de sa taille pour couvrir son pubis. Je m'aperçus avec effroi qu'elles se connaissaient assez intimement. Elles portaient le même nom. Leurs cheveux étaient de la même couleur. L'une voulait être l'autre. Celui qui prenait l'une rêvait de l'autre. L'intimité de ces deux jeunes femmes me remplit d'appréhension.

Parce que je connaissais cette fille, Seigneur. D'ailleurs elle était connue comme le loup blanc. Son adresse était de notoriété publique à Venise. Je ne le nie pas. Qui pourrait rien te cacher ? Comment pourrais-je me le cacher à moi-même ? Mais ce n'est pas cela qui importe, désormais. J'ai fait ce que je voudrais ne pas avoir fait, c'est sans remède, même si je réussissais à oublier. Mais pourquoi te dire tout cela. Tu le sais. C'est en toi peut-être que réside le chemin qui conduit au fond de moi-même.

Je ne sais à quel moment Andriana se fit appeler comme ma fille. Parfois je suis rongé par le doute répugnant que l'idée vint de moi. Les femmes comme Andriana prennent le nom du pont où elles vivent, du métier qu'exerçait leur père. Elles volent le nom des nobles les plus en vue de Venise, pour engueuser quelque étranger convaincu d'avoir couché avec une Cornaro, une Gritti ou une Venier. Andriana, elle, s'empara du mien. Et de celui de Marietta. Tout le monde l'appelait la Tintorette. Mais ma fille aussi était pour tout le monde la Tintorette. Et maintenant je sais que ceux qui payaient Andriana pensaient coucher avec Marietta. C'était une imposture criminelle. Et non seulement je n'ai pas su l'empêcher, mais je l'ai trouvée séduisante, Seigneur.

La Tintorette habitait sur le même rio que moi, de l'autre côté du pont, avec une servante slave, une amie grecque et une femme originaire de Trente, qui pouvait être sa mère ou sa maquerelle. Les fenêtres de cet édifice enlaidi par la lèpre des siècles, au crépi vert rongé par le sel, regardaient chez moi. Les rideaux étaient toujours fermés, mais parfois je distinguais une ombre derrière le tissu. Elle était là.

Cette fille savait tout de nous. Elle nous espionnait, Seigneur. Mais à ce moment-là, je ne pouvais pas l'imaginer. Les soirs d'été, quand je jouais avec mes petites dans la loggia – fenêtres ouvertes pour capter un souffle de brise dans la chaleur étouffante –, la Tintorette assise chez elle dans le noir, de l'autre côté du rio, nous regardait. Pour amuser mes fillettes, je jetais un tapis sur mon dos, m'attachais un sac sur les épaules et un sur le sacrum pour simuler des bosses et me laissais monter comme un chameau. J'ai toujours éprouvé de la sympathie pour cet animal, j'en ai peint souvent alors que je n'en ai jamais vu. Il y a un chameau en marbre sur la façade de la maison que j'habitais dans ma jeunesse, en face de la Madonna dell'Orto : c'est devenu mon emblème. J'avais appris par un marchand perse de la Bactriane, venu à Venise pour affaires, que le chameau est un animal intelligent, un travailleur infatigable, capable de fournir des efforts incroyables, de supporter des privations indicibles, de renoncer au superflu pour vivre de l'essentiel. Un animal dominé par un instinct sexuel puissant, qui s'exprime par des coïts furieux et fréquents accompagnés de cris de triomphe semblables à des trompettes guerrières, et qui nourrit une jalousie véhémente à l'égard des nombreuses femelles dont il s'entoure. Il possède en outre une mémoire prodigieuse : il n'oublie jamais une offense et, quitte à attendre vingt ans, se vengera de celui qui l'a battu, maltraité ou ridiculisé. Bref, mon portrait tout craché. Si les philosophes asiatiques ont raison, comme me l'a affirmé un jour Marc Augsbourg, et qu'il nous faudra nous réincarner dans d'autres formes, car la matière ne cesse jamais d'exister, dans une prochaine vie je renaîtrai probablement chameau.

J'étais donc un chameau, et la pièce, le désert de la lune. Pour mes cadettes, j'étais un père âgé et, comme je ne voulais pas les décevoir, j'ai toujours affecté une force physique qui m'avait abandonné, acceptant de me mêler à leurs jeux les plus endiablés. À la naissance de mes aînés, j'avais le bon âge, c'est vrai, mais la peinture absorbait toute mon énergie, il ne m'en restait pour rien d'autre. Je n'ai jamais joué avec eux. Ce sont mes enfants qui ont dû rejoindre mon univers, pas moi le leur. Ils ont tous voulu, ou cru vouloir, devenir peintre. Les petites, elles, se disputaient le privilège de me tirer les cheveux comme si c'étaient des brides, et de conduire leur étrange monture exotique vers le château de la fée de la lune, à savoir le coffre à vaisselle sur lequel Marietta allongée faisait semblant de dormir. L'Amazone que je ne parvenais pas à désarçonner en l'envoyant rouler au sol devait réveiller la princesse d'un baiser et la ramener à la maison. C'était un jeu idiot et épuisant, qui nous absorbait complètement. Mon imagination et quelques heures volées à mon travail sont tout ce que j'ai réussi à offrir à mes filles. Tu vois, Seigneur, la fille d'en face me croyait un père parfait et enviait le bonheur supposé de mes filles.

Ce fut la Betta qui m'approcha, se faufilant un dimanche à la Madonna dell'Orto. Maître, dit-elle, s'adressant à moi avec une rouerie scélérate, j'ai appris que votre Tintorette s'est mariée récemment. Je vous présente mes vœux les plus sincères. À ses vêtements, à la qualité des étoffes, je reconnus une entremetteuse de niveau moyen : sa putain ne réclamait sans doute pas plus de dix ducats pour le service complet.

Pour la messe, ma famille prenait place sur notre banc, au centre de la nef. Mon épouse tournait des regards anxieux vers l'entrée, elle est nerveuse quand je ne suis pas à ses côtés. Elle a toujours peur de ce que je suis loin d'elle. Comme un marin flaire l'odeur de la terre qu'il n'a pas encore vue, de même Faustina flairait-elle les femmes dont je n'ai pas su me passer. Votre splendide Marietta vous apportait un grand réconfort, insinua l'inconnue. Vous avez besoin d'une femme qui la remplace. Maître, je vous en ai trouvé une. Blonde, mince, les yeux verts comme l'aigue-marine et une peau d'albâtre. Vous n'en trouveriez pas de plus ressemblante dans tout Venise. Sachez qu'une autre Tintorette jeune et désireuse de vous plaire est à votre service. Elle vous recevra n'importe quand.

J'ignore si la Tintorette a jamais été belle. Ceux qui fréquentaient sa maison la considéraient comme telle. Son corps était de la matière inerte. Il n'y avait pas de lumière dans ses yeux. Sa chair horizontale ignorait la hauteur, la profondeur, le vertige. Elle ne connaissait des hommes que le chantage, l'or, les ordres, la semence et les promesses. Elle ne s'appartenait que dans le sommeil. Elle ressemblait alors à ce qu'elle était peut-être : une jeune femme sans certitudes, désorientée, seule.

Les jours diminuèrent. Venise était tenaillée par l'hiver. Une pellicule de glace diaphane et translucide faisait scintiller les quais, les balises dans l'eau, les pointes métalliques des portails. Si les poses furent longues et inconfortables, la Tintorette ne se plaignit jamais. Mais quand Marietta eut fini de peindre le visage de la belle sainte Catherine parmi les docteurs et qu'elle n'eut plus besoin d'elle, la Tintorette disparut. Du jour où Marietta l'avait amenée à l'atelier, je n'étais plus entré dans son lit. Les fenêtres de la maison verte restèrent fermées des semaines durant. La Betta me fit savoir que si j'avais besoin des services d'Andriana, je la trouverais chez sa grand-mère, à la campagne, sur l'île de Malamocco. Si elle y était restée, elle serait en vie aujourd'hui. Bien sûr, je n'essayai pas de la voir. Je lui envoyai ce que j'estimais juste : une poignée de boutons en or et un diadème d'épingles en argent. Madame est servie, dis-je à la Betta en lui remettant la boîte, et elle comprit que c'était fini.

Marietta me demanda plusieurs fois d'un air distrait si j'avais des nouvelles d'Andriana. De qui ? répondis-je en feignant de ne pas comprendre de qui elle parlait. Ah ! Ta modèle. Et je changeais aussitôt de sujet. En mars, Marietta vint me dire que sa sainte Catherine était sèche. Voulais-je l'examiner ? Elle tira sur un coin du drap qui couvrait sa toile. Je jetai à contrecœur un regard fugitif sur ce tableau auquel elle s'était consacrée tout l'hiver. C'était pourtant ce que Marietta avait peint de mieux.

Il te plaît ? demanda-t-elle devant mon silence. Non, répondis-je sans réfléchir, car je savais ce qu'elle me demandait en réalité. Je veux dire, si, c'est un travail bien fait, l'idée est intéressante, le dessin de qualité, l'harmonie des couleurs agréable, le sol et les livres excellents. Mais le collier manque de précision, les perles ressemblent à des boutons. L'arrière-fond est poussif et le paysage trop vague, d'une pauvreté de débutant, mais ce n'est pas grave, parce que l'église est sombre et que ça ne se remarquera pas quand la toile sera accrochée là-haut. Tu as bien réussi le vêtement, la lumière chaude, mais tu as lésiné sur la peinture, on voit la trame de la toile. La sainte, Jacomo, dit Marietta. Ses mouvements manquent de dignité, son corps… cette hanche en avant n'est pas très sainte, bredouillai-je, on dirait une danseuse. Le visage, oui, le visage est très beau, je veux dire très réussi. Papa, commença Marietta. Mais elle n'en dit pas plus. Elle porta ses mains à sa bouche, me tourna le dos et vomit dans le bol des couleurs. Que se passe-t-il, Étincelle ? demandai-je, inquiet. Rien, une nausée, murmura-t-elle.

Tu es enceinte ? m'écriai-je. Je regrettai aussitôt de lui avoir posé cette question. Depuis le jour de son mariage, mon épouse l'interrogeait avec une assiduité où se lisait une anxiété pour moi incompréhensible, lui demandant chaque mois si elle avait ses fleurs rouges, si elle se sentait nauséeuse ou sans forces. Marietta laconique lui répondait par la négative et, au bout d'un an, Faustina se mit à soupirer que j'avais empoisonné l'âme de ma fille par de stupides rêves de gloire, celle-ci ne pensait plus qu'à peindre, je causais sa perte, j'avais péché contre nature et la nature maintenant me punissait. La peinture n'était pas une affaire de femme, je n'aurais jamais dû la prendre avec moi. Je rétorquais que la nature n'avait rien à voir là-dedans. Ce fut néanmoins l'hiver où Marc Augsbourg me fit remarquer incidemment que leur appartement était idéal pour un couple, mais qu'une famille y serait à l'étroit. Quand ils auraient un enfant, il vaudrait mieux pour tout le monde que Marietta et lui cherchent un autre logement, dans le même quartier bien sûr, mais dans une autre maison. Marietta est-elle d'accord ? demandai-je.

Naturellement, répondit le bijoutier. Veuillez m'excuser, cher père, mais depuis quelque temps je rêve de déménager dans une maison à nous. Me voici patron avec trois aides, j'ai presque trente ans et mon épouse ne peut plus être votre fille, maître, il faut qu'elle devienne une vraie maîtresse de maison et la mère de nos enfants. Malheureusement, Marietta ne veut pas entendre parler de déménagement et vous savez mieux que moi à quel point elle est têtue et comme ses décisions sont arrêtées. Nous avons trouvé l'accord suivant : quand une naissance s'annoncera, nous chercherons un logement plus spacieux. L'honnête Allemand l'ignorait, mais je reconnus tout de suite dans cet accord la patte de Marietta. L'hypothèse me sembla de toute façon suffisamment éloignée et improbable et je me hâtai de donner mon accord. Mais de ce jour-là, chaque fois que Marietta descendait à l'atelier aider ses frères, préparer les copies ou finir un de mes tableaux, je ne pouvais m'empêcher d'épier sa silhouette. Marietta était devenue plantureuse, comme si quelque chose de longtemps étouffé avait enfin pu s'épanouir. Ses formes s'étaient remplies, mais pas pour les raisons désirées par son mari. Marietta ne lui permettrait jamais de l'enlever à moi.

Marietta ne répondit pas et s'essuya la bouche avec le chiffon pour l'huile. Es-tu enceinte, Étincelle ? la pressai-je. Il me semblait qu'une aiguille me fouillait les viscères. Tu vois, Seigneur, je doutais d'elle. Je ne pouvais pas tolérer l'idée de me séparer d'elle. Et la peur de la perdre était aussi atroce que la douleur de l'avoir perdue. Je ne sais pas, j'ai peut-être la nausée de toi, dit-elle en jetant le chiffon dans la poubelle.

Cet après-midi-là, je devais faire le portrait d'un illustre professeur de l'université de Padoue. C'était un homme mou, chauve comme un œuf, aux doigts boudinés couverts de bagues, aux yeux rusés nus sous des paupières sans cils. Je parle peu pendant une séance de pose. Je me concentre afin qu'elle soit la moins longue possible. J'économise mon temps, mes efforts, mes gestes et mes mots. Ma rapidité satisfait les clients, et moi-même. Mais le professeur était un des médecins les plus estimés de la république. Les étudiants accouraient de Paris pour suivre son enseignement. Dans le salon de Palazzo Contarini, où il était logé, nous étions seuls. Une telle occasion ne se représenterait plus. Je lui demandai si je pouvais abuser de son expérience pour solliciter un avis qui m'apporterait un peu de sérénité. Il m'invita à exposer le cas.

Voilà, son expérience le portait-elle à juger contre nature le fait qu'une femme jeune et saine, mariée avec un homme tout aussi jeune et sain, n'ait pas enfanté après trois ans et demi de mariage ? A-t-elle fait un avortement ou une fausse couche ? s'informa le professeur en essayant de ne pas bouger un seul muscle de son visage. Non, rien, répondis-je.

Le professeur se cala sur son siège. Je le priai de reposer son bras sur l'accoudoir, pour éviter qu'il ne se perde dans la large manche de sa toge. Il déclara que le cas n'était pas rare. En revanche, il était rare, observai-je, que cette femme ait eu l'habitude de s'habiller en garçon pendant son enfance et plusieurs années encore après être formée. Elle portait un nom de garçon et se comportait en garçon. Cette confusion l'avait-elle empêchée de devenir une vraie femme ? Avait-elle eu une influence néfaste sur sa matrice et corrompu ses humeurs ?

Le professeur desserra la ceinture en velours à boucle d'argent qui lui opprimait l'estomac et éclata de rire. La graisse de ses joues ballotta comme du fromage blanc. Il écarta cette hypothèse comme une baliverne. Il ne croyait pas dans les motifs lointains, mais seulement dans les causes proches. Or la cause proche d'une grossesse ou d'une absence de grossesse est le mariage, plus précisément, si je l'autorisais à utiliser un langage direct, le coït. Pour savoir comment fonctionnait ou ne fonctionnait pas ce mariage, et y remédier, il aurait fallu qu'il parle à cette femme. En d'autres termes, qu'il sache si le mari accomplissait son devoir conjugal. Ou la femme le sien.

Je regrettai de lui avoir demandé conseil. Je me tus, espérant par le mien rétablir le silence entre nous. Je me concentrai sur les mains, un problème épineux pour moi, car celles du professeur, affligées de doigts gros comme des saucisses, frisaient la difformité. Si je les peignais telles que je les voyais, tout le monde croirait que j'avais été négligent. La nature est imparfaite, l'art la complète, mais parfois la trahit. La réalité manque de beauté, Seigneur. Est-ce vraiment notre tâche que de l'idéaliser, de la rendre supportable par le style ?

Mais le professeur s'ennuyait et il jubilait d'avoir trouvé le moyen de se distraire. Je vais vous raconter un cas vécu, maître, m'annonça-t-il. Voilà des années, je dus soigner une femme qui ne parvenait pas à procréer. Comme sa conformation était parfaite et qu'elle avait même eu une fille d'un premier mari, je m'informai avec moult précautions de la fréquence de ses rapports avec son second mari. Elle dit qu'elle n'avait pas à se plaindre, car celui-ci avait commerce charnel avec elle toutes les nuits. Elle ajouta toutefois qu'il la visitait par-derrière. Il n'était guère probable qu'elle conçoive de la sorte, n'est-ce pas ?

Les médecins, Seigneur, sont comme les prêtres. Ils connaissent nos secrets les plus honteux, regardent nos corps sans pitié ni miséricorde. Les peintres aussi savent regarder de la sorte. Je n'ai pas embelli ce corps imparfait. Je l'ai peint tel que je le voyais, une montagne de chair molle et répugnante enveloppée dans son habit comme une tranche de bœuf dans son papier. Le professeur ne remarqua pas mon aversion. Regard lubrique, main grasse abandonnée sur l'accoudoir, il gardait la pose. Ma main, elle, tremblait. Maître, conclut-il, ne vous posez pas trop de questions. Ma carrière m'a appris que les lits conjugaux recèlent autant de mystères que le ciel contient d'étoiles.

Un matin d'avril, quand cet hiver horrible semblait désormais derrière, un pêcheur se présenta chez nous, chargé d'un panier de seiches, maquereaux et sardines. En le déchargeant il me déclara : maître, c'est votre fille qui vous l'envoie.

Tel fut le message. La Tintorette allait revenir. Tu sais que je ne me ménage pas, Seigneur. Je croyais ne rien détenir qu'on puisse m'enlever. Je ne possède aucune richesse ni argent accumulé dans une banque, je ne jouis d'aucune charge publique. Je ne peux perdre que l'honneur que j'ai gagné. J'ai vécu à ma façon. Ma norme est l'excès. Je n'ai eu cure de sembler extravagant ou frondeur. On m'a jugé fou et amoral. Rien ne m'importe de ce que les autres pensent de moi : qu'ils disent ce qu'ils veulent, qu'ils racontent ce qui leur chante. Si j'ai été quelqu'un de respectable c'est uniquement pour ce que j'ai peint, pas pour la façon dont j'ai vécu, ni pour la façon dont j'ai prié, pensé et cru en toi. Mais j'aurais fait n'importe quoi pour défendre ma famille. Je n'aurais jamais permis à la Tintorette de briser notre harmonie. À cet époque, j'ignorais que mon ennemi n'était pas cette fille.

Le duc de Mantoue attendait la livraison de ses *Fastes*. Ils devaient célébrer les triomphes des Gonzague ses ancêtres et orner au château les salles des ducs et des marquis. Son agent m'assiégeait depuis des mois, aussi importun qu'un taon. Il tentait d'exciter mon zèle en me promettant une rente qui me permettrait de jouir de ma vieillesse quand je n'aurais plus la force de peindre. J'ai toujours raillé la naïveté des puissants de ce monde qui croient mériter votre temps, parce qu'ils vous accordent un mur dans une des deux mille pièces de leurs palais, des miettes de leurs richesses et une charge insignifiante. Quand le roi de France de passage à Venise voulut me faire chevalier, je m'informai de ce qu'impliquait ce titre. Et le refusai quand j'appris qu'il me faudrait m'agenouiller devant lui. Je n'ai pas accordé plus de soin aux œuvres que me commandaient les rois d'Europe qu'à celles qui étaient destinées à la confrérie des pêcheurs. Parfois même moins, quand je les ai fait peindre par mon fils ou par le dernier de mes assistants. On dit que les rois et les princes ne m'ont pas pardonné d'avoir dû me partager avec la plèbe, quand ils auraient pu me payer des centaines de ducats et les autres une poignée de piécettes. Mais l'argent n'est qu'un tas de métal et des chiffres sur du papier. Il ne peut acheter ni le respect ni la vérité. Les princes ont financé les études de Marietta et Dominico, le monastère de Perina et Lucrezia, les rêves de Zuane, les dettes de Marco, les jouets des petites, mais je ne me suis agenouillé devant aucun d'entre eux.

Je terminai avec mon bon Dominico les huit tableaux pour le duc. En dix jours. Je laissai entendre que je n'irais pas les installer à Mantoue, comme c'était mon devoir. Quand l'agent me somma de partir, je lui opposai que j'étais souffrant et que je ne supportais pas les cahots de la voiture. Je redoutais la bassesse typique des princes : prodigues de belles paroles, mais avares d'argent. Sans compter que le duc de Mantoue jouissait d'une très mauvaise réputation et qu'il passait pour aussi ladre qu'un usurier. En réalité, il fut ironique et généreux. Comme je lui avais signifié que je refusais de voyager en voiture, il m'envoya chercher par voie fluviale, sur un bucentaure, et comme je lui avais aussi signifié que je craignais les cahots, il l'avait rembourré de coussins. Par la suite, j'ai eu le loisir de mieux le connaître, il est souvent venu me voir. Il aimait Venise et aurait voulu acheter un palais sur le Grand Canal. Il s'attardait dans mon atelier, s'accommodant sans mal d'un méchant siège en cuir râpé. Avare, il l'était. Mais aujourd'hui, je sais qu'on l'a jugé de façon aussi négative parce qu'il était différent, et je connais le prix à payer quand on sort de la norme. Le duc Guillaume était boiteux, difforme et bossu. Il préférait les juifs à ses courtisans et la simplicité de la campagne de Goito au luxe de son palais. Il préférait les pages à son épouse et tenta en vain d'obtenir de l'évêque qu'il déclasse le péché mortel de sodomie au rang des péchés les moins graves. Mes collègues envieux dirent que le duc et moi formions un couple bien assorti : le bossu malfaisant et le sombre nain.

Malgré tout, un bucentaure pour remonter le fleuve, ce n'était pas encore assez. J'objectai à l'agent du duc que mon épouse ne me laisserait pas partir sans elle. Du reste sa jalousie était notoire. Le duc magnanime répondit que je pouvais emmener ma famille à Mantoue au grand complet. Mais Faustina et moi partîmes seuls. Nous étions mariés depuis vingt et un ans. Nous avions eu trop de tableaux, trop d'enfants et trop peu de temps.

Si tu m'accordes encore quelques années, Seigneur, je vivrai pour elle. Je lui donnerai ma vieillesse, comme elle m'a donné sa jeunesse. Puisque ma jeunesse fut pleine de vent, de rêves futiles et de présomption tandis que la sienne fut au contraire tout ce qu'elle posséda, le don de ma vieillesse a la même valeur. J'aurai ainsi payé ma dette à son égard.

Depuis notre mariage, nous n'avions pas passé un seul jour en tête à tête. Je lui offris ce qu'elle attendait quand elle m'a épousé : de vivre respectée comme une grande dame. J'aurais dû en trouver l'occasion avant. Ma femme ne fut plus la mère poule anxieuse, la gardienne responsable du troupeau, la maîtresse de maison contrainte à des économies de bouts de chandelle, la femme de trente-huit ans sournoisement négligée, éprouvée et déformée par les grossesses. Elle redevint la jeune fille que j'avais aimée. Sa joie fut pour moi une récompense et une absolution. Le bonheur de ma femme est peut-être une des rares choses à m'avoir demandé des efforts, des rectifications, de l'assiduité et de la modération, et je n'ai pas consacré un jour ou un mois à le réaliser, mais une vie entière.

Mantoue exerce une fascination sur mon esprit. Chaque fois que j'y vais, le temps s'arrête, m'enveloppe comme la brume qui nappe les lacs autour du Castello. Et je redeviens l'homme que j'ai été et que je voudrais continuer à être. Pendant une de ces nuits, ma femme et moi avons conçu notre dernière fille. Je n'avais plus l'âge. Ce fut le fruit ultime de notre mariage. Tu nous as envoyé cette enfant comme un reproche pour mes péchés, ceux que j'avais commis et ceux que j'avais seulement désirés. Mais à tes yeux, Seigneur, le désir est peut-être plus innocent que son assouvissement, la pensée que sa concrétisation, l'intention que l'acte ? Sinon, en quoi ta justice serait-elle différente de celle des hommes ? Mantoue nous rendit notre jeunesse, notre temps perdu. Mon épouse aurait voulu rester et je le souhaitais aussi. Mais tout ce que j'avais créé se trouvait à Venise. Et sans moi, l'édifice était fragile et précaire comme un château de cartes qu'un souffle de vent suffirait à abattre. Je rentrai.

La Tintorette envoya sa servante me chercher. Madame demande au maître, déclara impudemment la Slave, qu'il lui rende son portrait. Inutile de redire que je n'ai jamais peint de portrait de cette créature et n'aurais pas imaginé un instant rendre inséparable de moi une femme aussi insignifiante. Mais le sens de cette requête ne m'était que trop évident. La discrétion que la Tintorette avait gardée autour de notre relation avait un prix. Sans quoi elle deviendrait de notoriété publique, comme tant d'autres. Les nobles et les notables pouvaient se le permettre. Pas moi. Je ne pouvais pas offenser mon entreprise, ni toi. Je m'étais offert de représenter le poème de l'humanité rachetée, j'avais été choisi par la Scuola qui bannissait de ses rangs les blasphémateurs, les adultères et les concubins, qui examinait de près la moralité des citoyens dignes de recevoir aide et soutien. Non, je ne pouvais pas.

J'arrivai trop tôt. J'ai toujours été pressé. Elle était assise devant son miroir, dans le boudoir de sa chambre. Elle se coiffait. Sa longue tresse blonde pendait dans son dos comme une corde. Sans se retourner, elle me demanda si je m'occuperais d'Andriana. Elle avait donné à sa fille le même nom qu'elle. Mais sa question était beaucoup plus retorse qu'il n'y semblait. C'était Andriana elle-même qui était retorse. Les hommes l'y avaient habituée, et moi aussi peut-être.

Ainsi, elle me menaçait. À Mantoue, j'avais résolu de me débarrasser d'elle définitivement. Je ne le faisais pas pour moi, ni pour mes enfants. Pas même pour Marietta. C'était le bonheur tardif de ma femme qui l'exigeait comme une récompense après ce qu'elle avait enduré pour moi. Je répondis à Andriana qu'il n'était un secret pour personne que son lit avait accueilli autant d'hommes qu'il tient de graines de poivre dans un baril, et que par conséquent rien ne m'y obligeait, sinon la miséricorde que je n'ai jamais refusée à quiconque en avait besoin.

Andriana me jeta un regard dans le miroir, et sourit. Elle semblait vouloir en dire plus, mais les minutes passaient. Elle me laissait mijoter. Elle pensait me faire plier. Irrité, je l'avertis que mon temps était compté. C'était la vérité. J'avais des dizaines de tableaux à finir. Chaque jour quelqu'un frappait à ma porte pour me proposer un travail. À cette époque, les commandes que j'avais toujours dû rechercher se présentaient toutes seules, sans que je demande rien, ni désormais que je les souhaite, car elles me détournaient du seul travail qui comptait pour moi. J'avais soixante-trois ans. Il ne me restait personne à défier, ni le public, ni les critiques académiques, ni mes collègues peintres, ni les clients, ni la postérité. Si je ne m'étais pas défié moi-même, j'aurais dû cesser de peindre. Je n'avais pas de temps à perdre avec elle. C'était notre dernière rencontre.

Andriana me demanda de l'aider à attacher sa tresse, en plantant dans ses cheveux les longues épingles en argent qui dessineraient autour de sa tête une auréole d'épines. À mi-voix, comme si c'était sans grande importance, elle m'expliqua qu'elle n'entendait pas me réclamer du temps. Personne dit-elle ne peut demander son temps à un artiste, pas même sa famille. Ou plutôt sa famille moins que quiconque. Elle finit par se lever et ouvrir le coffre à linge. Je remarquai qu'elle était très pâle. Pour le reste, aucune trace d'un accouchement récent. Sa fille Andriana aurait pu n'être jamais née. Cette pensée me traversa. Que c'était une invention, un prétexte pour avoir barre sur moi, encore et pour toujours. La peur est le seul sentiment que de son vivant cette fille a pu susciter en moi.

Bref, elle voulait de l'argent. Les femmes comme elle savent obtenir sans même demander. Elle s'habilla. Elle mit une robe en soie blanche brodée d'arabesques d'or. C'était celle qu'elle portait sur les tableaux de sainte Catherine, mais je ne la reconnus pas. Aucune des robes que nous utilisions d'habitude pour habiller en femme nos nus masculins n'avait été jugée assez élégante aux yeux de Marietta. Ce n'est pas la virginité de sainte Catherine qui doit être au cœur de ces histoires, avait-elle expliqué à ses frères, mais son savoir, et le savoir est lumière. C'est ainsi qu'elle était descendue de chez elle, tenant sur ses bras la robe de soie blanche aux arabesques d'or. Marietta ne l'avait portée qu'une fois, le jour de son mariage avec le bijoutier. Cette robe, je ne l'ai appris que bien plus tard, fut le salaire de la pose. La Tintorette avait beaucoup hésité avant d'accepter la proposition de ma fille, par crainte de déclencher ma colère. Elle n'avait accepté que lorsque Marietta lui avait promis sa robe de mariée. Mais dans mon esprit, Andriana se parait de cette robe fastueuse pour recevoir son nouvel amant.

Soudain elle se mit à bavarder à bâtons rompus de futilités sans importance ni pour elle, ni pour moi. Le printemps, le mois de mai qui à Venise fleure la fougère aquatique, mai qui résonne des cris pénétrants des hirondelles affairées à la construction de leur nid, mai où s'ouvrent les fleurs blanches de la morelle noire, mai qui chasse le souvenir de la douleur. Pourtant dans chacune de ses paroles insignifiantes, j'entendais une menace contre la stabilité de mon existence, de ma position, de mon *image*.

Je ne possède rien, Seigneur. La vie est un don. Ce que je possède, c'est toi qui me l'as donné. Mais cet après-midi-là, je compris qu'une fille quelconque, qui n'était rien pour nous, à qui je ne devais rien, qui usurpait mon nom et celui de Marietta et essayait par tous les moyens et sous tous les prétextes d'être ma fille et de la remplacer, pouvait tout m'enlever. L'attirance que j'avais éprouvée pour elle devint répulsion. Cette femme allait et venait dans la pièce, comme la princesse d'un royaume fabuleux et souriait en regardant mon pauvre reflet dans son miroir, où j'étais vraiment ce que je paraissais : son prisonnier. Elle m'avait capturé dans ses filets.

Je ne me souviens pas de la façon dont je lui offris cet argent. Mais je me souviens qu'elle ne voulait pas l'accepter. J'ai cru qu'elle faisait semblant de le refuser. Je n'ai jamais su comprendre le langage de l'argent. Quand j'ai peint des œuvres vraiment importantes, série de tableaux, abside ou plafond, je n'ai pas voulu être payé. Indépendamment des frais que j'avais engagés pour leur réalisation et des efforts que j'avais prodigués, aucune somme n'aurait pu les rétribuer. Le temps, les idées, la passion, l'imagination n'ont pas de prix ni une valeur sur le marché. Je n'ai jamais voulu être payé à l'heure comme un peineux, ni à la traversée comme un batelier, ni au poids comme un épicier. Dix ou cent ducats ne vaudraient pas le vol de l'ange que j'ai imaginé. Si j'avais reconnu que je travaillais pour de l'argent, Seigneur, ma valeur aurait pu peser sur la balance comme un tas de pièces, mais aussi comme un tas d'excréments. Si je refusais d'être payé, c'était pour ne jamais être acheté. Je n'ai jamais été et ne serai jamais esclave de la richesse, dont je n'ai pas besoin et que je n'ai jamais recherchée. Mais Andriana était à vendre.

Le feu aux joues, elle me lança à la tête l'encrier, une fiole de médicaments, son flacon de parfum. Je les évitai. Je heurtai le flacon de la main, il se brisa et le liquide se renversa sur moi. Ma seule pensée fut que son parfum resterait sur ma peau et que même en me lavant les mains dans le canal, je ne pourrais pas l'éliminer. Mes femmes le sentiraient, Marietta à l'atelier, mon épouse au lit. Voilà à quel horizon mesquin mon âme était réduite. Furieuse, la Tintorette voulut me mettre à la porte.

J'augmentai mon offre. Tout ce que j'avais gagné cette année-là. Pour la plupart des êtres humains, ce n'est qu'une question de prix. Andriana ne faisait pas exception. Elle accepta. J'avais l'argent sur moi. C'était ce à quoi je m'attendais de sa part, quand elle m'avait fait appeler. Elle tendit la main, mais je la saisis et réclamai un serment. Je lui donnais une dot pour qu'elle soit libre d'abandonner la voie du vice et de choisir sa vie : mais en échange elle devait quitter Venise sur-le-champ. Je ne voulais plus jamais la revoir. Si elle croyait me berner ou me flouer, si elle violait ce pacte, je causerais sa perte. Je la ferais dénoncer par une servante, je ferais cacher dans son oreiller un tarot à l'effigie du diable, elle serait jugée comme sorcière, condamnée au pilori et à être fouettée de Saint-Marc à Rialto parmi les lazzis des jeunes voyous et les crachats des femmes, elle serait bannie de Venise et perdrait tout. Chéri, dit Andriana en souriant, tu ne ferais jamais une chose pareille. Si, je le ferais, répondis-je.

Elle insista pour compter les pièces une à une. Mais c'était tout juste si elle savait compter, Seigneur. Arrivée à trente, elle s'embrouilla. Je l'aidai. Nous étions assis côte à côte sur le lit, les pièces d'argent éparpillées sur la courtepointe. Je n'avais plus peur. Je savais qu'elle ne mentait pas, la pauvre fille n'en était pas capable. Elle était aussi avide que simple, une misérable chose vide sans âme ni grandeur. Elle m'inspirait de la pitié.

La somme lui parut convenable. Elle n'avait jamais vu autant de ducats à la fois. Combien pèse un ducat d'argent ? me demandait-elle. L'argent est-il plus léger que la pierre ? L'argent coule-t-il ou flotte-t-il ? L'argent est un métal, Andriana, répondis-je, amusé par son ignorance puérile, bien sûr qu'il coule. Elle souriait, semblait contente. Je recouvris les pièces du mouchoir, soudain, je ne supportais plus leur vue. Je les repris. Elle devait me faire une autre promesse. Quelle que soit la ville où elle irait, Florence, Milan, Rome, elle ne devait plus jamais utiliser le nom de ma fille. Je l'avertis que je défendrais Marietta contre elle, comme je l'aurais défendue contre moi-même. Je voudrais ne pas l'avoir fait. Mais je l'ai fait. Elle tendait les mains vers moi – pas vers les pièces – comme une mendiante. À cet instant, elle mendiait, Seigneur, mais je ne l'ai pas compris. Je retrouvais mon assurance, parce que cette créature était sur le point de sortir de ma vie, de notre vie. Je ne pouvais pas imaginer, vraiment pas, par quel biais. Soudain avec une rapidité de félin, elle m'arracha le mouchoir des mains. Elle serra son butin dans l'écrin à bijoux caché sous son matelas. Je me levai. Tout était fini.

Elle m'accompagna à la porte. Andriana te remercie, me dit-elle. Puis elle me prit la main et pressa ses lèvres sur mes doigts. C'est la dernière fois que je l'ai touchée. Maître, a-t-elle dit, je te laisse ta Tintorette. Mais souviens-toi que le soleil et la lune se poursuivent, jour après jour, nuit après nuit, pour toujours, et ne se rejoignent jamais.

Quelques jours plus tard, j'étais en gondole, assis sous le dais, dos au courant. Derrière moi, le gondolier ramait courbé, en pestant, et les nuages d'un orage s'amoncelaient au-dessus de nous. Nous avions depuis longtemps dépassé la Giudecca, puis San Servolo. Mais les vagues nous ballottaient hors de notre trajectoire et au lieu de nous approcher du Lido, nous avions l'impression de reculer à chaque coup de rame. On était fin mai, peut-être le même jour qu'aujourd'hui où j'évoque ces souvenirs : je ne sais pas, je ne me suis jamais soucié de connaître ma position dans le temps. Je ne me souviens même pas de ma date de naissance. Ce qui compte, ce n'est pas où j'étais ni où je suis, mais où je serai dans cent, trois cents ans. Si je ne suis nulle part, j'aurai vécu une existence inutile et stérile de caillou. Le scandale en nous n'est pas la mort, mais l'éternité. Le vent balayait la lagune, notre reflet se fragmentait sur l'eau comme dans un miroir brisé. La gondole avait la même couleur menaçante et brillante qu'une carapace de scarabée. Tout devenait livide, et le ciel semblait se refermer sur nous. Mais je n'avais décelé aucun présage.

Je me rendais à Malamocco. Marietta m'avait convaincu, à vrai dire presque contraint, de rendre visite à un apothicaire arménien qui tenait commerce de poudres et mixtures au milieu des jardins potagers de l'île. Tous les six mois, son frère, négociant dans un port d'Asie mineure, lui apportait des minéraux que nous n'aurions pas pu trouver ailleurs. Marietta avait toujours trouvé plus désirable la poudre violet pâle avec laquelle elle pourrait peindre une robe de femme qu'une vraie robe pour elle. Elle n'avait jamais dépensé à son usage les sommes qu'elle consacrait à ses femmes peintes. C'était une période où l'Arménien de Malamocco était approvisionné en galets bleus, des lapis-lazulis afghans aussi gros qu'une noix, comme on n'en voyait plus à Venise depuis la guerre. Le bleu qu'on obtient en les pilant est la plus précieuse des couleurs. Le lapis-lazuli est la pierre céleste, la pierre étoilée couleur de ciel serein. Marietta me parlait avec une telle convoitise de ces fameux lapis-lazulis afghans que je ne sus refuser.

Depuis des années, mon étincelle ne m'accompagnait plus acheter les couleurs ni rien d'autre. Cette époque était révolue, comme un beau rêve qui s'enfuit au réveil. Crois-moi, je ne voyais aucune raison de courir jusqu'à Malamocco. Mais nous n'avions plus l'occasion de passer seuls quelques heures et j'ai accédé à son désir. J'étais tranquille, j'avais tout, je ne craignais plus rien. Je m'étais réconcilié avec ma vie.

Mais à Malamocco, étrangement, nous ne trouvâmes pas d'apothicaire arménien. Nous allions de ferme en champ, inspectant les aires devant des cabanes misérables, au milieu de troupes de gamins crottés commis à la garde des dindons et des poules. Que de misère dans notre heureuse république, murmurait Marietta, et dire que chaque jour des centaines d'étrangers la préfèrent à leur pays. Je n'arrive pas à imaginer quelles guerres, quelles horreurs accablent le monde au-delà de nos frontières. Il est triste de penser que Venise punit deux fois les enfants, surtout les orphelines qui n'ont pas de père pour les protéger. Puis Marietta s'éloignait pour parler avec les paysans et ceux-ci lui indiquaient un sentier qui se perdait dans une vigne ou qui longeait un champ de millet avant de disparaître dans les buissons. Ces indications ne nous menaient jamais nulle part. Mais je n'en avais cure. Ni les lapis-lazulis ni l'Arménien ne m'intéressaient. Il m'importait peu de trouver cet apothicaire. Je suivais Marietta sur les chemins poussiéreux, le long de l'enceinte d'un monastère, après les abris à bateau, dans les cannaies, entre les hautes dunes de la plage.

Elle cherchait quelque chose, je ne cherchais rien. J'était tendrement heureux. Les ombres qui nous avaient séparés cet hiver étaient dissipées. Il ne s'était rien passé. Je n'avais jamais connu la Tintorette, Marietta ne l'avait pas introduite dans mon atelier, Marc Augsbourg n'avait pas projeté de me priver d'elle, je n'avais jamais fui à Mantoue. Je la suivais, je suivais les empreintes de ses pieds nus sur le sable doré, l'ombre de sa robe, le ruban de son chapeau qui flottait dans l'air salin au milieu des tamaris. C'était comme pénétrer dans le passé, retrouver les jours magiques, l'enchantement évanoui, et les retrouver intacts. Quand le soleil commença à décliner, plongeant dans la brume qui nous entourait, j'aurais voulu l'arrêter, pour que cette douce journée empreinte de mélancolie ne finisse jamais.

Marietta se dirigea vers une cabane à la lisière des champs, à deux pas de la plage balayée par le vent. Elle était vêtue de blanc et, dans la lumière rasante du crépuscule, sa silhouette irradiait comme une tache de lumière. L'écharpe de soie qu'elle portait au cou giflait ma barbe, mais c'était une caresse. Ses yeux inquiets erraient à la surface de la lagune. Je sentais qu'elle voulait me dire quelque chose. J'ai toujours compris ma fille, Seigneur. Son silence me parlait autant que ses paroles. Nous avons toujours été une seule et même chose. Mais comme j'ai peu su lire en elle. Soudain, Marietta me demanda : où étais-tu samedi après-midi ?

Pourquoi me poses-tu cette question ? dis-je, méfiant. Réponds-moi. Je t'en prie, réponds-moi, Jacomo. Quelle importance cela a-t-il ? tentai-je d'éluder. J'étais à la maison sans doute, je travaillais. Tu n'étais pas à la maison, tu ne travaillais pas, dit-elle. En se hissant sur la pointe des pieds, elle pressa son visage contre le volet de la cabane. Il était entrouvert, l'intérieur était sombre et la cheminée ne fumait pas. Il n'y avait personne. J'étais mal à l'aise. Je ne comprenais pas ce qu'elle me voulait. Ce qui était sûr, c'est que je ne me rappelais pas du tout où j'étais allé ce samedi-là. Et je ne comprenais pas pourquoi j'aurais dû m'en souvenir. Tu es sorti tôt et rentré à la nuit tombée, constata Marietta. Tes cheveux sentaient l'air marin et tu avais du sable sous tes semelles. J'eus un rire. Un ricanement plutôt. Je ne m'étais jamais senti surveillé. Pas par ma fille, du moins. Qu'est-ce donc, ô cruelle dame de mes pensées, m'exclamai-je, une scène de jalousie ? Tu as dit à ta femme que tu allais à Murano avec Antonio, signer le contrat avec les Battuti di San Giovanni, continua d'une voix froide Marietta. Mais moi, je ne suis pas ta femme et j'ai passé tout l'après-midi avec Antonio. Giulia m'a invitée chez eux pour jouer de la musique.

Ça suffit, n'en parlons plus, dis-je. Tu n'es pas allé à Murano, insistait Marietta. Sa voix crissait comme un ongle sur un mur. Tu es allé à Malamocco samedi après-midi. Et tu sais parfaitement pourquoi je te le demande. J'ignore de quoi tu parles, dis-je, surpris. Marietta se mordit la lèvre et secoua la tête. Elle ne me croyait pas, Seigneur. Je compris que rien de ce que je pourrais dire ne la convaincrait. Ce fut une sensation étrange, proche du vertige. Comme marcher au bord d'un précipice et désirer de tout son cœur se laisser tomber comme une pierre.

Andriana était ici samedi après-midi. C'est ici qu'on l'a vue pour la dernière fois, Jacomo. Mon étincelle, dis-je en soupirant, ces propos plébéiens ne siéent pas à tes lèvres pures. Mais nous les Tintoret, sommes des plébéiens au sang chaud, nous savons nous parler sans détour, appeler un chat un chat, non ? répliqua-t-elle en haussant les épaules. Elle se dirigea vers une barque tirée sur la plage à la limite des vagues. C'était une barque de pêcheurs, peinte de rayures horizontales rouges et blanches. Le filet était encore à l'intérieur. Vraiment, tu ne le sais pas ? dit-elle soudain en changeant de ton. Cette jeune fille qu'on appelle comme moi est morte.

Je sursautai et faillis tomber dans le sable. Pourtant je n'avais pas à donner la preuve de mon trouble. Au cours de ma vie, je me suis peu soucié de masquer mes états d'âme. Ceux qui me connaissent savent mes colères, mes dégoûts, mes enthousiasmes. Je n'ai jamais simulé des sentiments que je n'éprouve pas. Je ne suis pas un politique, je ne surveille pas mes réactions et j'ai toujours parlé avec franchise quand j'étais concerné. Ce soir-là, bouleversé, tremblant comme si une murène m'avait percuté, je voulus ne rien en montrer. Mais ma froideur, mon indifférence n'étaient qu'un masque pitoyable. Le silence nous pénétrait comme une lame de couteau. Marietta me dévisageait, je serrais contre mon ventre la bourse prévue pour l'apothicaire arménien. Je revis les ducats d'argent éparpillés sur le lit d'Andriana. Je réentendis sa voix me dire : chéri, tu ne ferais jamais une chose pareille. Et ma voix : *si, je le ferais*. Ça alors, commentai-je comme un lourdaud. À croire qu'il était normal qu'une jeune femme de vingt et un ans meure sans avoir été malade. Car la Tintorette fêtait ses vingt et un ans en ce mois de mai.

Marietta me tourna le dos et s'approcha de l'eau. La lagune était agitée. Mais au lieu de rouler sur la plage, les vagues effrangées par le vent reculaient, on aurait dit qu'elles couraient vers Venise. Marietta laissa l'eau lui lécher les chevilles. Un coup de vent arracha son écharpe, elle ne la ramassa pas, la regarda s'éloigner, trempée, gonflée comme une méduse. Mon étincelle, dis-je en m'avançant dans la vaine tentative de récupérer le précieux chiffon de soie, pourquoi sommes-nous ici à patauger dans l'eau ? Quel sens cela a-t-il ? Il est tard, il faut rentrer à la maison. Quand je la rejoignis, je m'aperçus que ses joues étaient striées de larmes et qu'elle n'avait cure de les essuyer.

Quand elle était vraiment triste, Marietta ne pleurait pas : elle prenait son instrument, comme si la musique pouvait transformer la mélancolie. Je lui avais appris que les larmes sont une faiblesse stérile. Ce sont les enfants qui pleurnichent, les lâches, les ratés sans ressources, alors qu'elle devait être forte, supporter la douleur et la rendre féconde. La douleur devait lui servir à créer, comprendre, aimer. Moi, je réagissais ainsi. Personne ne m'a jamais vu pleurer. On m'accuse d'être soupe au lait, mais hermétique à l'émotion. C'est peut-être vrai, trop de choses m'indignent, quand bien peu m'émeuvent. Marietta murmura qu'elle n'arrivait pas à y croire, elle était si jeune, si belle. Pour changer de sujet au plus vite, je lâchai : je te trouverai une autre modèle.

Je voudrais ne pas l'avoir dit, Seigneur. J'étais choqué par la douleur de Marietta. Le destin de la Tintorette ne la regardait pas. Marietta n'avait rien à voir avec elle. Je ne supportais pas ses larmes ou n'en tolérais peut-être pas la raison, Seigneur. J'ai essayé de lui épargner toute douleur, toute déception, toute désillusion, de faire de sa vie une oasis de sérénité et de beauté. Ne pas en avoir été capable est la faute que je ne pourrais expier que si tu m'accordais de vivre une seconde fois. La voir souffrir pour Andriana m'offensait, ébranlait les fondements de l'édifice que j'avais construit pour elle et pour nous tous. Tu sais que je vivais dans l'illusion d'être le seul responsable des joies et des souffrances de ma fille, que j'étais son maître, ou son esclave. Tu sais que son bien m'a été plus cher que le mien.

Marietta me raconta qu'elle l'avait fait chercher partout quand elle avait disparu début janvier. En vain : Andriana semblait s'être volatilisée. D'après Stana, la Slave, elle avait quitté Venise. Ce matin, Angela avait pressé Marietta d'aller au pont della Paglia. Quand ma fille prononça ce nom, je compris tout. Il faudrait ne pas être né à Venise pour ignorer que c'est le pont des morts assassinés et des fantômes. Sans avertir aucun de nous, Marietta avait suivi la domestique sur le quai San Marco, devant les prisons du Palais Ducal. Hier soir comme d'habitude, les pêcheurs avaient jeté leurs filets au large de Malamocco : mais ce n'était pas un muge que leurs mailles avaient ramené.

On l'avait allongée au pied du pont, parmi les cordes, les filets et les amarres. On attendait les magistrats pour l'identifier, mais ils tardaient. Marietta avait dû jouer des coudes à travers la foule qui entourait le cadavre. Noyée – la foule répétait stupidement ce mot. Le corps était sur le dos, les bras ouverts en croix. Les membres étaient gonflés, les jambes comme des troncs, les pieds comme des pierres. Personne ne savait combien de temps il était resté dans l'eau. Mais une voisine lui avait dit que la Tintorette avait été vue pour la dernière fois samedi. Elle allait à Malamocco. Une barque l'attendait sur la rive. La voisine l'avait vue sortir dans ses meilleurs atours, comme pour un rendez-vous. Belle, les joues poudrées de blanc, les lèvres fardées de rouge, dans une robe splendide, une riche robe blanche, brodée d'arabesques d'or. On aurait dit une mariée. Les poissons avaient rongé ses mains. Le courant avait déchiré la robe. Seuls des lambeaux étaient entortillés autour de son cou et les baleines de son corset enserraient sa taille, comme une cage. Pour le reste elle était nue. Ce qui attirait d'autres badauds, d'autres commentaires.

C'était la Tintorette et en même temps ce n'était pas elle. Quand notre âme nous quitte, le corps n'est plus qu'une enveloppe anonyme, l'habit vide contenant l'être qui portait notre nom et avait nos traits. Seuls les cheveux étaient encore les siens. Ils séchaient au soleil de mai qui, à cette heure-là, frappait impitoyablement sur le quai du pont della Paglia. Ils formaient autour de la morte une large couronne dorée. Le spectacle était si atroce que Marietta avait cru s'évanouir. Mais elle n'était pas rentrée à la maison. Elle avait attendu l'arrivée des magistrats, elle était restée à ses côtés jusqu'au moment où on l'avait emmenée. Sa chair exhalait une odeur de mer. Ses cheveux sentaient les algues et le sel, Jacomo, murmura-t-elle. Alors j'ai compris que la morte, en réalité, c'était moi.

J'étais glacé, Seigneur, je me contrôlais difficilement. Peu à peu je comprenais que cette fille s'était jetée dans la lagune. Pendant qu'elle comptait mes ducats, elle savait déjà qu'elle le ferait. *Si, je le ferais*. Je voulais consoler Marietta et, en même temps, je ne voulais plus jamais penser à l'autre, à ce corps dans l'eau et sur le pont, exposé à tous les regards. Je ne savais pas encore que je voguerais jusqu'à la fin de mes jours, moi qui n'y étais pas, sur cette barque qui l'emmenait mourir. Je m'approchai de Marietta et lui entourai les épaules de mon bras. Elle était si enflée, chuchota-t-elle, elle était peut-être enceinte. Cette fille s'est noyée, Marietta, son estomac devait être plein d'eau. Tu vois, Seigneur, je ne mentais pas. Mais ma fille attendait que je démente cette accusation, et je ne l'ai pas fait. Où étais-tu samedi après-midi, Jacomo ? répéta-t-elle. Je n'étais pas à Malamocco, Marietta, répondis-je. Ce n'est pas un de mes mensonges, ni une de mes inventions. Je ne peux rien te dire d'autre.

Ma fille caressa ma barbe et tint mon visage entre ses mains quelques instants. Je ne méritais pas sa pitié ni son pardon, et n'ai cherché ni l'un ni l'autre. Marietta cacha son visage dans mon épaule et moi le mien dans ses cheveux. Ma fille aussi sentait les algues et le sel. Je ne suis pas digne de m'asseoir à ta table, Seigneur. Mais daigne tourner ton regard vers cette créature de fange qui t'invoque, ne jette pas ce rebut qui t'a trahi, envoie-moi au moins un signe, une lumière, un frisson, dis un seul mot et je serai sauvé.

Nous restâmes ainsi, l'eau aux chevilles, bouleversés, tandis que le soir peu à peu engloutissait la lagune, le sable et nous avec. C'est terrible, mais nous ne pouvons pas connaître les plans du Seigneur, dis-je soudain pour en finir. Dieu étant le bien suprême et parfait, tout ce qui nous vient de lui est un bien. Tout ce que notre Père bien-aimé fait pour nous est pour le salut de notre âme. N'y pensons plus.

Marietta me repoussa. Elle fit deux ou trois pas, se baissa pour ramasser deux grosses pierres et, sans même retrousser sa jupe, pénétra dans l'eau. Marietta ! criai-je, tu es folle ? Arrête ! Elle ne se retourna pas, continuant à avancer. L'eau maintenant atteignait sa jupe, lui léchait la taille. Je la suivis et trébuchai sur une roche visqueuse, cachée par la vase. Ma bourse tomba dans l'eau. Les pièces s'éparpillèrent. Elles brillaient à mes pieds. Si je ne les ramassais pas tout de suite, la boue les recouvrirait et je ne les retrouverais plus. J'ai donné tous mes ducats pour le salut de mon âme, pensais-je, j'ai essayé d'acheter mon absolution et ton pardon. Elle en revanche a su me dire ce que je savais déjà, la vérité qui m'a éclairé toute ma vie et que j'ai trahie. L'argent n'achète que le vide. L'argent coule. Mais ce malheur est providentiel, tout ce mal se révélera être un bien, car il n'arrive rien que tu ne veuilles. C'est ma faute, c'est ma très grande faute. Mais c'est ton royaume. Et ta miséricorde est infinie.

Marietta avançait toujours, s'éloignant de plus en plus du rivage. Elle avançait, serrant les pierres contre sa poitrine, vacillant dans l'eau qui maintenant se brisait sur ses bras. Je renonçai aux pièces, déjà enfouies dans la vase, et la suivis. Quand je parvins à l'attraper par le coude, elle me cria : sais-tu ce que disaient les pêcheurs de Malamocco ? Qu'ils ont tout de suite compris qu'il s'agissait d'une femme, parce que les femmes mortes remontent à la surface le visage tourné vers le ciel, tandis que les hommes gardent le visage tourné vers le bas. Et sais-tu pourquoi ? Parce que les hommes ont peur de voir en face celui qui nous regarde et de lui dire la vérité. Les pêcheurs expliquaient qu'elle avait glissé des cailloux dans ses manches, sinon elle serait revenue plus tôt à la surface.

Elle n'est pas tombée, il ne s'agit pas de hasard. Elle a cousu partout dans sa robe des objets lourds, des pierres, peut-être des pièces, le fil était resté sur les lambeaux de tissu. Les pêcheurs disaient que, quand ils l'ont remontée, il restait une pierre lisse et plate cousue dans l'ourlet, et que cette pierre a tinté lorsque le corps est tombé au fond de la barque. Alors ils ont tiré sur le fil avec leurs ongles et trouvé une chose incroyable. Un ducat d'argent.

Arrête, ça suffit ! criai-je. J'essayai de lui arracher les pierres des mains et elle se débattit, je perdis l'équilibre et nous glissâmes tous les deux dans l'eau. Elle avait un goût douceâtre, comme de fleurs mortes. Je respirai de l'eau, bus, étouffai, crachai, toussai. Elle était tombée sur moi, et son poids m'écrasait contre le fond. Elle gardait le visage sous l'eau, elle respirait de l'eau. Un instant, Seigneur, j'ai cru que Marietta voulait vraiment se noyer avec moi. Elle savait que j'ai une peur irrépressible de l'eau profonde. Plus je voulais la saisir, plus elle me glissait des bras, plus j'essayais de la ramener vers la rive, plus nous nous enfoncions dans l'eau trouble. Elle serrait toujours une pierre contre sa poitrine, coupante, pointue, incrustée de moules. Je dus la prendre par les épaules, la tirer par les cheveux, les bras, les vêtements pour la sortir de là. Je m'écorchai les mains sur la surface verte, glissante et rugueuse de la pierre. Je réussis enfin à poser les genoux sur le sable. J'étais trempé. Je haletais, à bout de souffle. Marietta me dit amèrement : où était ton Dieu quand la Tintorette a sauté à l'eau ? Où seras-tu, père bien-aimé, quand *je* sauterai ? J'enlevai les grumeaux de sable de son visage. Il faisait déjà nuit.

27 mai 1594

Onzième jour de fièvre

Ma dernière fille est née à la fin de cette terrible année. Marietta a aidé la sage-femme et assisté mon épouse pour l'accouchement. Elle lui a tenu la main pendant le travail et essuyé son sang. Il y avait là quelque chose de profondément anormal. Je ne sais ni quand ni où notre vie s'était mise à tourner à l'envers.

Faustina avait tenu secrète jusqu'au dernier moment cette grossesse inattendue. Dire à ses trois garçons désormais adultes que leur mère était encore assez femme pour enfanter la gênait. Dominico et Zuane furent très protecteurs avec elle, évasifs avec moi, mais ils se vantaient, tout fiers, disant : notre mère si belle est comme une nymphe qui fleurit à chaque saison de l'année. Marc Augsbourg, mon fils adoptif, me félicita de ce que mon irrésistible aspiration à créer n'était pas encore éteinte. Mais mon fils Marco observa d'un ton sarcastique qu'à l'âge vénérable qui était le mien – j'avais soixante-quatre ans – j'aurais dû avoir plus d'égards pour mon épouse et me contenter d'engrosser des putains. C'est la seule fois où nous en sommes venus aux mains. Je le frappai au visage et lui ébréchai une dent. Depuis, chaque fois qu'il sourit, je repense au jour où il m'a insulté. Même quand la grossesse de Faustina devint somptueusement évidente, Marietta ne commenta pas l'événement.

Ce bébé au sein de ma femme était la preuve aveuglante de notre entente. De nos nuits, de notre tardive fête de noces à Mantoue. De tout ce qui était arrivé à ma famille ces dernières années.

Quand Marietta lui prit la nouveau-née des bras et la tendit à la nourrice qui la langea, je ne saurais dire pourquoi, j'avais honte. Ta fille est très belle, me dit Marietta. La lumière hagarde de ses yeux m'obligea à détourner le regard. Cela m'est déjà arrivé, répondis-je, hésitant sur le seuil de la chambre. J'ai vu naître trois générations d'êtres humains. Je suis comme le spectateur d'une pièce que je connais désormais par cœur. La première fois elle m'a captivé, la deuxième elle m'a rassuré, la troisième elle m'a ennuyé. J'ai trop de filles et je suis trop vieux pour m'émouvoir.

Tu ne seras jamais vieux, Jacomo, dit Marietta. Et tu es ému, ne t'interdis pas de l'admettre. C'était vrai. Je ne méritais pas, Seigneur, la joie d'une nouvelle fille. Ma faute méritait ton châtiment, pas ton infinie bonté. Je me penchai pour embrasser la tête du bébé et cacher l'émotion qui m'avait envahi. Mon indignité, ma gratitude. J'aurais voulu demander pardon à la petite, à ma femme, à Marietta, à la fille qui n'était plus, à toi, Seigneur, et aussi à moi-même. Parce que j'avais trahi tout le monde.

Comment vas-tu l'appeler ? me demanda Marietta. Je n'y ai pas réfléchi, répondis-je. C'était vrai. Si j'avais eu une fille, je l'aurais appelée Laura, dit Marietta. Parce que c'est le nom de la femme qui a été la plus aimée. Et l'amour qu'elle a inspiré est devenu éternel. Tel fut donc le nom de ma dernière fille arrivée contre toute attente.

C'est alors que je t'offris toutes mes filles : Lucrezia qui avait déjà douze ans, Ottavia qui en avait huit, et même la dernière-née qui ne respirait l'air de ce monde que depuis quelques minutes. La virginité de mes filles pour mon impureté, le fruit de ma semence pour ton pardon. Te glorifier chaque jour, avec ma vie, notre vie pour toi, Seigneur.

Le monastère de Sant'Anna était nu, l'église dépouillée, les autels vieux et délabrés. Les autres monastères féminins de Venise, où les nobles et les marchands des familles les plus en vue envoyaient leurs filles, étaient tapissés de tableaux et les ors des décorations brillaient si fort qu'ils perçaient l'obscurité. Les religieuses de Sant'Anna envoyaient leurs converses pieds nus demander l'aumône sur les ponts de Castello. À présent, cette pauvreté qui m'avait semblé une preuve de fidélité à la parole de l'Évangile m'offensait profondément. Je m'offris de peindre pour l'église, d'orner les autels vides de tableaux, ce dont le couvent tirerait le plus grand honneur. Quand les religieuses réunies en chapitre votèrent pour l'admission des nouvelles pensionnaires, Lucrezia fut acceptée.

Je le lui annonçai moi-même, comme je l'avais fait avec sa sœur Perina. Je crois que c'est la seule fois où nous nous sommes parlé. Lucrezia était intelligente et réservée. Une petite araignée silencieuse et étrange. Dès le jour où Perina était entrée au couvent, peu après le mariage de Marietta, Faustina avait demandé à Lucrezia si elle aimerait rejoindre sa gentille sœur. Non, parce que les religieuses sont toutes noires et vilaines et qu'elles me font peur, répondait la petite. Mais tu trouveras beaucoup de fillettes de ton âge à Sant'Anna, insistait Faustina. Sans compter qu'il y a un jardin de fleurs de sucre, c'est le pays de cocagne, on chante, on danse et on mange des gâteaux tous les jours. Il y a aussi des livres, tu sais, toi qui aimes tant lire, tu pourras aller à l'école tous les jours avec une religieuse enseignante, une femme instruite, pas comme moi qui me suis mariée à quinze ans et qui ai le cerveau ratatiné après tous ces accouchements et le mal que je me suis donné pour vous élever tous. Non, je veux rester ici, répondait Lucrezia épouvantée, en courant se réfugier dans l'atelier de Marietta.

Faustina était dure avec ses filles. Elles ne jurent que par toi, se plaignait-elle, si elles pouvaient, elles me jetteraient au feu. En revanche, elle aurait donné sa vie pour ses garçons. Elle prenait toujours leur parti contre moi. Elle adorait Dominico : mon fils parfait, disait-elle. Elle pardonnait à Marco tous ses déportements, elle choyait Giovanni de façon déraisonnable : mon génie ailé, disait-elle. Quant à Ottavio, vingt et un ans ont passé depuis sa mort et elle porte toujours au cou son portrait dans un pendentif. Elle gâtait outrageusement ses garçons. Les filles poussaient comme le chiendent. Elle les laissait paître telles des chevrettes, en liberté dans l'escalier et la cour, les genoux sales et la bouche poisseuse. Les filles, disait-elle, doivent s'en sortir toutes seules. C'est ce qui les attend toute leur vie.

Quand j'annonçai à Lucrezia qu'elle entrerait au couvent en septembre, parce que le privilège m'était accordé d'offrir une autre fille à Dieu, elle me regarda d'un air soupçonneux, de ses yeux sombres vifs comme des épingles, m'assura qu'elle était heureuse du grand honneur que je lui accordais – merci, père, merci, elle n'en finissait plus de me remercier – puis elle disparut. Elle ne se présenta pas au dîner, et la nuit était déjà noire qu'elle n'était toujours pas rentrée.

Nous la cherchâmes dans l'atelier de Marietta, parce qu'elle avait l'habitude de se cacher parmi les rouleaux de toile et les bols de couleurs, comme bien des années auparavant Marietta dans le mien. À son tour Marietta lui avait appris à compter en mesurant en tintorets. Mais Lucrezia n'était pas réfugiée là. Nous la cherchâmes dans toute la maison, puis dans toute la ville, affolés.

Le lendemain matin, les agents des douanes me la ramenèrent. Ils l'avaient retrouvée errant dans Marghera, incapable de s'orienter. Elle portait un rubis, une améthyste et trois émeraudes, volés au bijoutier. Elle était habillée en garçon et s'était coupé les cheveux. Où pensais-tu aller ? lui demandai-je. À Padoue, répondit-elle, sans trace de repentir pour son aventure ni pour le souci qu'elle nous avait causé. Faire quoi ? Qu'y a-t-il à Padoue qu'on ne trouve pas à Venise ? L'université, père. L'université ! dis-je en riant. Les femmes ne fréquentent pas l'université, je croyais que tu le savais. Eh bien, j'irais quand même, répliqua-t-elle, têtue. Il faut toujours une première fois. Il y a toujours quelqu'un qui fait quelque chose qui n'avait jamais été fait avant. On se moque de lui, on le punit, on le montre du doigt comme un mauvais exemple. Puis avec le temps, on s'habitue. Et on le réhabilite même. C'est toi qui me l'as appris. Je veux être cette première. Je veux étudier la physique, les mathématiques, la géographie. Je ne t'ai pas appris ces absurdités, qui te les a mises en tête ? Je commençais à m'inquiéter sérieusement. Marietta ! cria-t-elle, où est Marietta ? Marietta ?! Je veux voir Marietta !

Quand Marietta tout endormie descendit de son étage, Lucrezia se jeta à ses pieds et la supplia de la garder avec elle. Mais Marietta n'avait rien à lui donner, sinon son cœur brisé et une vie qu'elle ne pouvait ni ne voulait partager avec sa sœur. Tu dois suivre la volonté de ton père, lui dit-elle. Tu veux étudier, seul le couvent te le permettra. Du reste, je n'ai pas d'argent et je ne peux pas te constituer de dot, de toute façon, je ne saurais pas où trouver un homme intelligent, libre et disposé à épouser une femme de science. Mais je n'ai pas besoin de dot, je ne veux pas d'homme, protesta Lucrezia. Elle tourna vers moi un regard plein d'espoir, mais ne lut sur mon visage qu'une fermeté inébranlable. Tu ne peux pas vivre dans le monde sans homme, Lucrezia, dit Marietta. Ce n'est pas prévu. Si tu veux rester dans la société, comme une femme respectable, tu dois soit te marier soit prendre le voile. Si tu veux vivre en marge et t'amuser quelques années, être utilisée puis jetée comme une vieille chaussette, alors fais-toi putain. Il n'y a pas d'autre choix. Lucrezia ne parvenait pas à croire Marietta. Elle ne l'avait jamais entendue parler ainsi, et moi non plus. Va à Sant'Anna, et si dans un an il te semble préférable de revenir dans le monde et te marier, ajouta Marietta, avec plus de douceur, je te promets que nous viendrons te chercher, n'est-ce pas, Jacomo ? Oui, confirmai-je. Par la suite, Lucrezia a choisi de rester. Mais je ne lui aurais jamais permis de quitter Sant'Anna.

Quand elle a prononcé ses vœux, nous étions tous là. C'est la dernière fois que j'ai porté ma toge aristocratique. J'ai dépensé une somme folle pour rivaliser avec les familles arrogantes de ses consœurs. J'ai payé les enfants de chœur, les choristes et les prêtres, le confesseur, l'abbesse et la prieure, j'ai distribué des cadeaux à tout le monde et offert aux religieuses un banquet dont le prix équivalait à un mois de travail. Je me rengorgeais dans mon banc à l'église, tout fier et content de moi dans ma toge noire bordée de fourrure blanche, à côté de ma femme qui priait à mi-voix et donnait son doigt à sucer à Laura pour qu'elle se taise. Les quarante bénédictines massées derrière la fenêtre qui les séparait de nous formaient une tache noire. La république des femmes, me murmura Marietta. Ce minuscule couvent est un État indépendant où les femmes votent, pensent, étudient, travaillent et deviennent même chef d'État. Venise ne nous en accordera jamais autant. Perina et Lucrezia ont beaucoup plus de chance que moi.

Mais tandis que Lucrezia se jetait à plat ventre sur le sol et répétait au prêtre que, oui, elle voulait devenir religieuse et servir Dieu, et que personne ne l'avait forcée à franchir ce pas, j'ai pensé : vie pour vie. Nous sommes quittes, Seigneur. Voilà ce que j'ai pensé.

Ces années furent heureuses. La tempête s'était apaisée. J'avais rempli mon devoir, j'étais en paix avec moi-même. Tout ce à quoi on a renoncé devient un pays perdu, aussi inaccessible que notre passé. Nous étions enveloppés de bien-être, de cette atmosphère impalpable que nous appelons sérénité. Ma famille prospérait. Je pouvais en être sûr, car c'était Faustina qui s'occupait de nous tous. C'était elle notre force, elle le ciment qui nous unissait. La cohabitation sous un même toit de tant de personnalités différentes engendrait des tensions et des frictions et nourrissait un mécontentement explosif, mais Faustina savait aplanir les premières et calmer le second. Avec son bon sens. Et aussi avec son amour. De tous ces jours, de ces milliers de jours, car on parle ici d'années, je ne me souviens presque de rien. Peut-être parce que les événements de la jeunesse s'impriment avec force dans notre âme, tandis que la suite glisse comme une ride sur l'eau. Passé quarante ans, les impressions se gravent moins profondément en nous qui, pour cette raison même, les savourons avec un plaisir plus intense, mais après soixante ans, plus rien ne se grave. C'est comme si le burin de la vie était émoussé et que nous étions devenus un écran métallique, inattaquable. Ensuite, seule la douleur peut nous entamer.

Mais si je ne me souviens de rien, c'est peut-être parce que je n'étais pas là, Seigneur. En un certain sens, je me suis absenté de ma vie. J'étais complètement absorbé par mon travail. En ces années, j'ai érigé mon monument à saint Roch et à toi. Je respectais mon pacte. Et toi aussi. L'alliance d'un homme avec son dieu génère une énergie qui déplace les montagnes. Mon ignorance crasse m'affligea, car je craignais qu'elle ne me rende incapable de t'honorer comme je le voulais. Je déplorai de n'avoir pas trouvé le temps de me cultiver dans ma jeunesse, puis ma maturité. J'étudiai la Bible. Je lisais et relisais le texte latin, jusqu'à ce que ces paroles que je n'avais jamais comprises se plantent dans mon cœur.

Avec le cousin de Faustina, le père Vincenzo – un prêtre instruit qui venait d'être nommé curé dans une paroisse derrière Saint-Marc –, je comparais l'Ancien et le Nouveau Testament, je discutais du sens de chaque parabole, de chaque prophétie, de chaque miracle. Il me détrompa : l'attente du miracle, à laquelle je m'abandonnais souvent quand surgissaient les difficultés, n'était pas un signe de la vigueur de ma foi, mais de sa fragilité. Le miracle qui se réalise n'est qu'un désir humain exaucé. Mais il ne faut pas mépriser Dieu au point de le rendre complice de nos rêves et de nos ambitions. Dieu est le monde lui-même, c'est l'histoire, c'est le temps. Dieu n'a pas besoin de se révéler pour exister.

Dans l'Évangile de Jean, il est écrit : *puisque tu m'as vu, tu as cru, mais bienheureux ceux qui n'ont pas vu et qui ont cru.* Le père Vincenzo affirmait que Dieu se manifesterait dans son absence. Et que je ne croirais qu'à partir de cet instant.

J'appris par cœur l'Évangile de Jean. Ces versets simples et terribles creusaient dans mon âme. L'Évangile de Jean finit d'une façon incroyable. On n'y prête pas attention. Mais il finit sur le disciple – celui que le Christ aimait – qui rapporte une prophétie le concernant. On ne s'y attend pas, mais l'évangéliste Jean est un homme, et même si c'est un saint, son histoire personnelle importe pour l'humanité. Quand le Christ apparaît pour la dernière fois aux apôtres, il appelle Pierre au martyre. Et Pierre le suit, mais il s'aperçoit que vient à leur suite le disciple que le maître aime plus que tous les autres, celui qui pendant la Cène pose sa tête sur son épaule, c'est-à-dire Jean. Alors Pierre étonné lui demande ce qu'il adviendra de Jean le bien-aimé. Et le Christ répond à Pierre : *si je veux qu'il demeure jusqu'à ce que je vienne, que t'importe ? Toi, suis-moi.*

En somme, la prophétie annonce que Jean, le disciple que le Christ aimait, ne mourra pas. Il ne subira pas le martyre, il lui sera donné de vivre longtemps. La phrase est un peu déconcertante et je l'interprétais ainsi : tu vivras *tant que je ne serai pas revenu.*

J'ai lu et relu ce verset. Je me suis creusé la cervelle. J'ai demandé des explications à tous ceux qui pouvaient m'éclairer. Mais personne n'a réussi à me convaincre que le disciple qu'Il aimait ne désigne pas ainsi son Évangile. Jean dit qu'Il ne le fera pas mourir tant qu'il n'aura pas porté témoignage, c'est-à-dire tant qu'il n'aura pas écrit son livre. Toutes les fois que la fièvre m'assaillait, que le catarrhe encombrait mes poumons, que je me sentais à bout de forces, le médecin me disait, mi-badin mi-sérieux : tu n'es plus un poulain, Jacomo, ménage-toi, et je sentais mon temps se raccourcir comme le bout de la chandelle, je pensais à cette phrase finale. *Tu ne mourras pas tant que je ne serai pas revenu.* Moi aussi je suis le disciple que tu aimes, parce que tu m'aimes, Seigneur, et tu me l'as prouvé. Si je suis né avec une miette de talent, c'est toi qui l'as voulu. Tout ce que j'ai fait, je l'ai fait grâce à toi. Le mal aussi, ma faute aussi, tu les as voulus. Donc moi non plus je ne mourrai pas tant que tu ne seras pas revenu. Je finirai mon œuvre.

La compagnie de mes assistants me laissait sur ma faim. La musique non plus ne me suffisait plus. Je m'entourais de gens savants : de jeunes écrivains désireux de se faire connaître en rédigeant des vies de saints, des marchands versés en métaphysique, des hommes politiques qui, entre deux séances au Sénat, racontaient en vers la création, des religieux auteurs de prêches si convaincants que vous en ressortiez prêt à vous faire crucifier, à prendre les armes ou à partir convertir les infidèles. Parfois je me retrouvais à discuter du concept de rédemption avec ma fille dans le parloir du monastère de Sant'Anna, penché vers sa voix éthérée derrière la grille. Plus que de nombreux théologiens et religieux que je consultai à cette époque, ma douce et sage sœur Perina a su m'apporter une part de lumière. Perina explique que la fragilité morale de l'humanité se manifeste dans l'histoire personnelle du péché de chacun. Mais la grâce nous pousse vers le bien et la créature humaine, par sa capacité à choisir le bien en recourant à son libre arbitre, peut s'élever à une dignité supérieure, devenir semblable ou identique à Dieu lui-même, en tout cas être capable d'atteindre la communion avec le divin et de transcender sa finitude. Tel est le sens de la résurrection. Ressusciter signifie entrer dans l'éternel et l'infini.

Ses paroles me rassérénaient, car elles me semblaient donner un sens à ma vie et à ce que j'essayais de faire à la Scuola di San Rocco tout comme elles donneraient un sens à ma mort : si je croyais comme elle, avec la même profonde simplicité, je pourrais vraiment m'endormir heureux dans mon corps et me réveiller pour toujours dans l'infini.

Je me suis embarqué dans un projet surhumain, disais-je à mon épouse quand elle se plaignait de ma distraction et de mon détachement et qu'elle m'accusait d'être devenu aussi lointain et inabordable qu'un ermite. Je veux représenter sur quatre murs rien moins que l'histoire du salut. Si je ne parviens pas à la peindre, si la Scuola di San Rocco s'avère un échec, brûlez toutes mes toiles et oubliez-moi. J'aurai vécu en vain.

L'histoire du salut ? demandait Faustina. Oui, l'histoire du salut par la rédemption du mal. L'affranchissement des maux du corps : faim, maladie, misère. L'affranchissement des maux de l'âme : tentation, péché, mort. Mais le salut de qui ? demandait-elle avec un sourire. Le salut de l'humanité, répondais-je. Mais aussi le mien.

Et mon épouse, qui n'aimait pas mes tableaux, les trouvant déconcertants et terribles, a respecté pendant des années ma recherche, mon recueillement, ma solitude. Tous les ont respectés. Chut, papa réfléchit, disait Ottavia à sa petite sœur. Papa dessine, papa compose, chut petite poulette. Enfermé dans mon bureau, j'entendais ma famille qui dînait dans un tintement de couverts et de vaisselle, Laura qui criait, mes fils qui se chamaillaient, Marietta qui jouait du clavecin, sa voix limpide qui entonnait une chanson. Je la rencontrais rarement et elle était toujours gaie. Son ironie m'empêchait de prendre au sérieux mes accès de mélancolie. Comment aurais-je pu imaginer que cette insouciance apparente n'était qu'un masque ? Pas une seule fois Marietta ne m'a laissé entrevoir que sa vie se limitait à une façade.

Si je pouvais revivre un seul de ces moments, je saurais reconnaître les avertissements, les signes, les craquements qui minaient nos jours. Certaines phrases, certaines allusions, certains silences prendraient un autre sens. Mais les seuls craquements que j'entendais naissaient sous les pas de Marietta au plafond de ma chambre. Et ils m'étaient douloureusement chers. Peut-être formaient-ils une gamme, les notes de notre musique secrète. Parce qu'elle aussi m'entendait. Mes quintes de toux, ma voix, mes disputes, mes bruits. Quand je déplaçais un meuble, quand j'ouvrais un tiroir, quand je me glissais dans mes draps. Je pense parfois au plafond qui nous a séparés comme à l'épée dans le lit de Tristan et Yseut, Seigneur.

La dernière nuit de Carnaval, je ne me souviens pas quand, Marietta, son mari et ses frères rentrèrent à l'aube d'une fête au Fondaco dei Tedeschi. Plus tard, mes enfants se disperseraient et se dresseraient l'un contre l'autre, ou contre moi. Mais à cette époque ils sortaient encore ensemble, s'entraidaient, se consultaient pour tout, se passaient le travail sans rancœur, se serraient les coudes, s'épaulaient. Ils se faisaient appeler les « quatre Tintorets ». Quatre comme les points cardinaux, les saisons de l'année, les chevaliers de l'Apocalypse. À la lumière de la lampe, je travaillais encore dans mon atelier. Je peignais sur la toile brune les premiers personnages du *Massacre des innocents*.

Pendant des années, j'ai consacré à la Scuola di San Rocco les heures que j'aurais dû réserver au sommeil. Je n'ai pensé qu'à édifier quelque chose de plus durable que moi et mes os. Tout le reste pouvait bien disparaître dans un incendie sans merci comme celui qui avait ravagé le Palais Ducal. Pas la Scuola. Dans ces salles se trouvait la signification même de ma misérable existence, mais purifiée de toute scorie, de toute mesquinerie, de toute erreur, réduite à son essence pure. Beauté. Humilité. Passion. Reconnaissance pour l'infinie variété du monde, pour la signification providentielle de toute douleur. Infinie recherche de toi, Seigneur. Je pensais à ces tableaux jour et nuit, leurs images me visitaient jusque dans mes rêves. S'il n'en avait pas été ainsi, si j'avais réussi à les oublier plusieurs jours ou plusieurs heures, j'aurais peut-être mieux compris Marietta, mes enfants et moi-même. Mais elle aurait dit que cela n'en valait pas la peine.

Marietta vit sans doute la lumière sous la porte, parce qu'elle entra sans frapper. Je la trouvais pâle et très amaigrie, mais je n'avais pas encore compris qu'elle allait mal. Il est très tard, me dit-elle doucement, tu devrais te reposer un peu. Je dormirai quand je serai mort, répondis-je.

Elle s'approcha de moi. Elle aimait me voir peindre. Quand tu peins, me disait-elle, tu dessines aussi, tu ne caches pas le pinceau, tu n'essaies pas de faire croire que le tableau se fait tout seul, tu refuses la complicité et l'illusion, et tout ce que tu produis garde la trace du mouvement de ta main. En regardant tes coups de pinceau, on voit l'intérieur de ton esprit, de ton âme. Je n'ai jamais montré mon âme à personne d'autre.

Elle essaya de déchiffrer la scène ébauchée sur la toile. Tu devrais y mettre plus de réalisme et de violence, observa-t-elle. Enchevêtrement de chairs martyrisées, têtes d'enfants massacrés, corps de mères. Il faut que ce soit insupportable. Personne d'autre n'a jamais pu me parler ainsi, Seigneur. Elle seule a pu partager avec moi l'engendrement de l'œuvre. Avec les autres, nous effaçons nos traces comme si nous marchions sur l'eau. Ils ne voient que le résultat. Ils ne savent jamais ce qui a été perdu, ce qui n'a pas mérité de voir la lumière. Marietta sait tout, comme moi. La mort d'un enfant est toujours un meurtre, observa-t-elle, et cette scène est le meurtre des meurtres. Fais quelque chose d'impossible à regarder. On sera obligé de fermer les yeux. Je lui répondis que c'était exactement mon propos. Mais j'y parviendrais sans introduire de sang ni même d'armes. Le mal qu'on ne voit pas est pire que celui qu'on nous montre et de loin plus terrifiant.

Marietta me demanda la permission de m'accompagner quand j'irais accrocher cette toile au rez-de-chaussée de la Scuola. Elle aurait aimé aussi revoir la grande salle à l'étage. Maintenant que l'ensemble était achevé, elle ne se lasserait pas de le contempler. Elle avait vu naître ces tableaux. Elle les avait vus émerger peu à peu de l'informe par le seul pouvoir de ma main. Manifester ce que j'avais en moi comme si mon esprit projetait une ombre vivante sur le monde. Accéder à une apparente simplicité, devenir limpides comme l'eau, mais sans cesser de nous surprendre, nous interroger, nous bouleverser. Comme la vie elle-même. C'était merveilleux de connaître le visage du Père éternel dans *La Vision de Jacob* qui, tout en haut du mur, échappait désormais aux regards. Ou celui de notre messager volant d'*Élie nourri par l'ange*, loin sur son plafond. Cet ange, elle l'avait eu sous le nez ici même. Venise ne possédait rien de comparable à la Scuola di San Rocco. Et elle, Marietta, était remplie d'admiration pour l'homme qui avait pu créer une telle œuvre et très fière d'être sa fille.

Eh bien, l'interrompis-je, tu dois avoir besoin d'emprunter gros à ton vieux père pour l'embobeliner de la sorte ! Il faut bien nous dire la vérité de temps en temps, Jacomo, répondit-elle. Je lui demandai si elle avait pris plaisir à la fête. Non, répondit-elle, les gens sont si plats et ennuyeux. Je n'arrive pas à m'amuser quand tu n'es pas là. Le monde sans toi est comme une salade sans huile, des gnocchi sans sauce, un oreiller sans plumes. Menteuse, lui dis-je. Mais ses paroles me comblaient.

Marietta ajouta qu'elle avait reçu une proposition de travail. Un comte de Nuremberg voulait le portrait de sa maîtresse vénitienne. Il avait offert pas moins de quinze ducats. Tu trouves peut-être que c'est beaucoup, mais selon moi c'est peu, commentai-je. Tu vaux beaucoup plus. Dis-moi la vérité, m'intima-t-elle en m'ôtant le pinceau des doigts. Moi, je te l'ai dite, à ton tour maintenant. Me demanderait-on un portrait si je n'étais pas ta fille ? Si je n'étais pas la Tintorette, mais une femme qui s'appelle Marietta Augsbourg ? Quelle question, ma fille chérie ! m'écriai-je. Tu es toi. Menteur, dit-elle. Sans toi, je ne suis rien.

Fin juin, après un voyage interminable qui, au départ du port de Nangasachi, les avait conduits au Portugal, en Espagne, puis à Rome, des ambassadeurs du royaume de Fiunga arrivèrent à Venise. Pour être franc, j'ignore où se trouve Fiunga, en Orient certainement, quelque part au Japon, je suppose. C'étaient quatre jeunes gens de quinze ans tout au plus, les princes et leurs accompagnateurs suivis d'un petit cortège de pages et de domestiques. J'ignore le but de leur visite, et même s'ils en avaient un. Le message qu'ils remirent au doge m'est inconnu. Je sais en revanche quel fut leur message pour moi.

Des ambassadeurs provenant d'un pays si lointain suscitèrent une curiosité frénétique dans toute la ville. Si à Venise on croisait des Turcs, des Circassiens, des Allemands, des Flamands, des Anglais, des Danois, des Espagnols, des Portugais, des Arméniens, des Albanais, des Slavons, des Croates, des Bosniaques, des Morlaques, des Tartares, des Grecs, des Polonais, des Hongrois, des Persans, des Berbères, des Indiens, des Maures, des Noirs africains et même des Chinois, on n'avait jamais vu personne de Fiunga. Nos dirigeants les reçurent avec magnificence et leur présentèrent les merveilles de la ville, afin que, de retour dans leur pays, ils rendent compte de notre opulence et souhaitent devenir nos alliés. On les promena sur le Grand Canal, on organisa des concerts de musique sacrée, on leur montra les verreries de Murano, l'Arsenal, les reliques des saints, les forteresses, les châteaux du Lido. La foule assiégeait le palais de la compagnie de Jésus où ils étaient hébergés et la cohue des visiteurs sous leurs fenêtres était telle que certains faillirent périr écrasés.

Je me souviens encore de leurs noms : Mancie Ito, Michel Cingina, Julien Nacaura et Martin Fara. Nous leur donnions le titre de baron. Ils n'apprécièrent pas l'omniprésence de la pierre et le manque d'arbres, de plantes et de fleurs. Ils furent frappés par les palais, les églises, les statues. Le dernier jour, on les accompagna chez moi. La république leur avait accordé à tous les quatre l'honneur d'un portrait qui perpétue à jamais leur souvenir.

En voyage, ils étaient vêtus à l'occidentale, mais pour l'occasion ils revêtirent leur costume traditionnel : pantalons bouffants de soie blanche, simarre bleue rehaussée d'un riche motif mêlant des arbres et des oiseaux, l'épée au côté et un poignard raffiné. Les ambassadeurs avaient le crâne rasé à l'exception d'un petit chignon noir corbeau retenu par un nœud, des yeux en fente et le teint safran. Arrivés sur les Fondamenta dei Mori, au seuil de la maison, les quatre jeunes gens voulurent ôter leurs chaussures. C'est leur façon de vous honorer, expliqua le jésuite qui les accompagnait. Puis il me pria de m'asseoir aussitôt, car les habitants de Fiunga considèrent comme impoli de recevoir debout ses hôtes.

Toute la famille pénétra dans l'atelier : Dominico et Marco voulurent être présentés comme des peintres affirmés, Giovanni joua au luth une composition en leur honneur, Faustina riait car elle avait l'impression de voir des marionnettes, Marietta voulait toucher la soie de leurs simarres, si fine qu'on aurait dit du papier, Ottavia et Laura laissaient fuser de petits cris de stupeur, Marc Augsbourg me priait de ne pas les laisser repartir sans leur avoir donné ses bijoux : il avait fondu pour chacun d'eux une bague à double corps d'or, gravée de la constellation de la couronne, garante d'honneur et de science, qui confère la grâce aux princes. Une chose surtout me ravit : les barons étaient de petite taille et pour une fois je m'adressais à des gens importants sans devoir lever les yeux.

Ils nous avaient apporté en cadeau un sachet d'herbe séchée, que nous mélangeâmes à de l'eau chaude. C'était la boisson la plus appréciée de leur pays. Ils l'appelaient *chai*. Nous ne l'avons pas trouvée bonne. Elle avait un goût de poussière. Néanmoins, pendant des mois, les soirs d'hiver, Marietta s'en prépara une tasse. Elle a la saveur, disait-elle, de tout ce que je ne connais pas et ne connaîtrai jamais. Elle me rappelle combien le monde compte de peuples différents de nous, des gens de toutes les couleurs aux croyances les plus étranges. Dire que j'ai toujours cru qu'il n'existait rien d'autre que Venise et que le monde s'arrêtait ici.

Les ambassadeurs examinèrent les tableaux de ma galerie. Le jésuite m'expliqua que les peintres au royaume de Fiunga ne peignent pas d'après modèle. Ou du moins pas comme nous l'entendons. Ils s'arrêtèrent devant mon autoportrait et les portraits de Faustina et de Dominico : ils regardaient nos visages sur la toile, puis nous, puis de nouveau nos visages peints, et les ressemblances ou les différences les amusaient et les confondaient. Ils furent très surpris que les Vénitiens partagent avec les autres Italiens et les Européens, dont par ailleurs ils diffèrent en tout, religion, langue et coutumes, l'habitude de se faire représenter sur des toiles, dans des portraits qu'ils accrochaient aux murs de leurs palais et de leurs salons. Avec leur vrai visage, leurs cheveux clairsemés, leur crâne pelé, leur bouche fanée, leur ventre proéminent, bref dans les moindres détails. Pourquoi cette habitude ? Un portrait sert au souverain à affirmer son pouvoir, il donne l'impression à ses sujets qu'ils sont toujours sous contrôle, répondis-je. Il grave aussi son visage sur les pièces de monnaie, lesquelles continuent à circuler même après sa mort. Et les autres ? s'enquirent les jeunes Japonais. Pourquoi des marchands, des boulangers, des courtisanes, des mères de famille demandent un portrait ? Quel pouvoir veulent-ils affirmer ? C'est parce que nous redoutons la mort, dit Marietta au jésuite, qui traduisait pour nos hôtes. Un portrait est beaucoup plus important pour une mère de famille que pour un roi. Qu'un roi ait vécu, ses faits et gestes en témoignent, de même que les monuments qu'il a érigés, les églises qu'il a consacrées et les œuvres qu'il a laissées à son pays. Mais pour les gens du commun, seul un portrait atteste qu'ils ont vécu. C'est précisément pour cette raison que nous en peignons, c'est une façon de dire que ces gens ont existé.

Nos hôtes m'offrirent un mince cylindre, que je déroulai, découvrant tracé à l'encre noire un petit oiseau perché sur un arbre. Le jésuite me dit que cette feuille à peine plus grande qu'un mouchoir valait autant qu'une de mes toiles monumentales de six brasses. Je n'avais jamais rien vu de semblable. Je pensai à l'incroyable maîtrise de ce peintre. Un autre moi-même existait peut-être au bout du monde.

Enfin les quatre jeunes ambassadeurs posèrent pour moi. Debout devant la tenture vert sombre que j'utilisais comme arrière-fond, au milieu de mes instruments de travail quotidiens, on aurait dit des créatures venues d'une autre planète. Pour la première fois, j'ai pensé que les étoiles ne sont peut-être pas une couronne de feu autour du trône divin, mais des miroirs jumeaux de notre monde, où nos vies se répètent à l'infini, où se passe ce qui ne s'est pas passé ici, où nous portons à terme ce que nous avons manqué, où nous retrouvons les chances qui nous ont échappé. Les barons posèrent plusieurs heures avec une patience stupéfiante dans le silence le plus total. Je travaillais avec une concentration parfaite, car je voulais que leurs portraits forcent l'admiration des habitants de Fiunga. J'étais très fier qu'une de mes œuvres traverse l'Asie pour atteindre l'autre bout de la terre. Car les œuvres, Seigneur, sont plus libres que nous. Elles traversent le temps et l'espace. Elles n'ont pas de chaînes. Elles ne vieillissent jamais. Une œuvre réussie est toujours jeune, comme si elle était née hier. Un jour peut-être l'auteur de cet oiseau regarderait mes tableaux et penserait ce que j'avais moi-même pensé.

Mais ces portraits n'ont jamais quitté Venise. Les sénateurs qui les avaient commandés en me promettant deux mille écus pour ma peine ne les ont jamais expédiés au royaume de Fiunga. Ils les ont accrochés au Palais Ducal, en souvenir de l'époque où les ambassadeurs étrangers venaient rendre hommage à la république de Venise. En souvenir d'une puissance qui n'existait plus, sinon dans nos rêves et nos affabulations. Voilà peut-être ce que j'aurais dû répondre aux ambassadeurs : nous peignons des portraits pour retenir l'instant. Pour raconter un moment de l'histoire et de la vie, non pas comme il a été, mais comme il aurait dû être, en déplaçant l'axe de la vérité, oh ! de très peu, juste ce qu'il faut pour la recréer telle qu'elle ne fut jamais en réalité. Afin de nous présenter devant le temps, le silence et Dieu tels que nous étions ou tels que nous nous rêvions et imaginions.

La copie du portrait de Mancie que Marietta avait effectuée pour nous est restée dans mon atelier. Quand je la regarde, il me semble revoir mon étincelle en cet après-midi de juin, quand les ambassadeurs nous quittèrent et que Mancie lui demanda : madame, vous qui peignez les portraits des autres, ne craignez-vous pas qu'on vous oublie ?

Le Sénat offrit aux ambassadeurs japonais un dîner d'adieu. Il invita aussi un certain nombre de Vénitiens éminents. D'illustres amiraux, des prêtres, des poètes, des compositeurs, le patriarche, le maître de chapelle à Saint-Marc. Le doge, mon ami, le presque centenaire Nicolò da Ponte, brutalement privé de la parole après une attaque d'apoplexie, mais toujours lucide, avait suggéré mon nom. Nous dînâmes en pleine mer sur un navire illuminé par des torches. Les vagues faisaient danser les flammes des bougies, glisser la vaisselle et tanguer le vin dans les verres. Les musiciens chantaient et la musique tanguait aussi, car leur radeau se déplaçait lentement autour de notre navire et leurs voix étaient tantôt proches, tantôt lointaines, comme un bruissement léger qui se confondait avec le ressac. En l'honneur des quatre jeunes gens, les autorités nous avaient demandé de revêtir une tenue de cérémonie, car, nous fut-il précisé, les Orientaux accordent la plus grande importance aux apparences. Marietta portait une robe de soie bleue brochée d'or. Son bustier profondément échancré, ouvert sur la poitrine en deux bandes qui adhéraient à la chair comme une seconde peau, laissait affleurer les boutons roses de ses seins. Comme tous les étrangers et les visiteurs de la ville et non sans un certain ébahissement, les ambassadeurs appréciaient la mode vénitienne qui étalait généreusement les appas féminins. J'appréciais tout autant. Cette couleur lui seyait, je ne l'avais pas vue aussi radieuse depuis des années.

La nourriture aussi arrivait par la mer : les serviteurs récupéraient les plats à bord de petites barques qui accostaient notre navire. Aucun produit de notre marée ne manquait à la table des ambassadeurs. Tout avait un goût de mer : le vent, le poisson, nous aussi. Les deux princes avaient été accaparés par les sénateurs, mais les jeunes nobles de leur suite étaient assis en face de nous. Soudain Nacaura se pencha vers Marietta et lui demanda la permission de toucher ses cheveux. Déconcertée, Marietta la lui accorda et le jeune homme dénoua une de ses tresses. Il expliqua que dans son pays aucune femme n'est blonde. À vrai dire, au royaume de Fiunga, on ne considère pas les cheveux blonds comme un critère de beauté. Mais ce soir, il avait changé d'avis. Le tout est de connaître : l'ignorance est synonyme de ténèbres et d'erreur, voilà le mal.

Qu'est-ce qui vous a le plus frappé à Venise ? l'interrompit Marietta. Les prisons, répondit sans hésiter le jeune Japonais. Nous ne connaissons pas la prison. Pour les coupables, il y a l'exil ou la mort. Mais l'exil est oubli, et la mort libération, observa ma fille. C'est la prison la peine la plus dure.

Elle était troublée, Seigneur. Je ne me souviens pas de la suite de la conversation entre Marietta et l'aristocrate japonais. Il n'y en eut peut-être pas, car, le dîner s'achevant, les serviteurs distribuèrent des bols remplis d'un liquide blanchâtre et de fins tubes en verre où l'on soufflait pour le plus grand divertissement des convives. Nous étions entourés de merveilleuses bulles de savon, qui flottaient iridescentes dans le rougeoiement des torches. Elles adoptaient les formes les plus étranges : un nuage, une rose, un papillon. Certaines gagnaient en hauteur au gré d'un courant d'air tiède ascensionnel, d'autres gonflaient jusqu'à exploser, d'autres encore s'éloignaient en rebondissant vers la lagune, frôlant nos cheveux comme un souffle de vent. Les jeunes étrangers riaient, fascinés. Marietta réussit à capturer au bout du doigt une gigantesque bulle transparente et à la retenir devant son visage. *Le monde nous trompe sur ses biens / bulles de savon qui dans nos mains / éclatent sans qu'en reste plus rien.* C'est moi qui lui avais appris ces vers, car leur auteur, Maffio Venier, était mon ami. Marietta souriait, pourtant je perçus une fêlure, une fausse note dans sa voix. En soufflant délicatement, Marietta réussit à faire s'envoler sa bulle de savon. Nous la vîmes planer un instant, puis s'évanouir sans qu'en reste plus rien. Déjà on conviait les quatre étrangers à prendre place à bord d'autres embarcations : une partie de pêche nocturne était organisée à leur intention. Nous ne les suivîmes pas. Pour nous la fête était finie.

Alors le jeune étranger pria Marietta de lui donner une mèche de ses cheveux. Du tac au tac, elle lui demanda en échange la simarre en soie ornée d'arbres et d'oiseaux. Le baron promit qu'il la ferait porter chez nous ce soir même. Alors Marietta s'inclina et, franchissant le pas qui l'en séparait, monta sur le bastingage. La nuit était claire. Sa robe bleue de la couleur limpide du lapislazuli s'estompait sur le bleu sombre placide de la mer. Le bijoutier aurait dit que les éléments s'étaient conjugués pour produire encore plus de beauté, que la soie était devenue eau et elle-même la céleste pierre étoilée. Derrière le Lido, la ligne de l'horizon était si nette qu'elle semblait tracée à la règle sur une page. Jacomo, me dit-elle d'un air distrait, t'es-tu déjà demandé ce qu'il y a derrière l'horizon ?

J'aurais voulu lui répondre que derrière ce que nous ne voyons pas il y a Dieu. J'ignore pourquoi en réalité je lui répondis très différemment. Je lui tendis la main et l'aidai à descendre dans la barque, dont la proue pointa vers la ville. Mon étincelle, lui demandai-je, es-tu heureuse ? Marietta se retourna une dernière fois pour sourire aux mystérieux ambassadeurs venus de Fiunga. Mon bonheur, père, est comme l'horizon. Je n'ai jamais pu l'atteindre.

Dans son bocal en verre, la poudre de pavot est blanche, on dirait de la farine, mais elle est sèche comme du plâtre. Elle a une drôle d'odeur, qui ne ressemble à aucune autre. C'est le seul médicament qui empêche mes pensées de dériver et m'offre une trêve. Mais elle laisse un goût amer dans la bouche. Ma tête résonnait de voix comme une pièce où se pressent trop de gens. Une fois de plus, Faustina a versé la poudre dans du vin, l'a diluée dans le verre et j'ai bu d'un trait. Elle me veillait en ces instants où ma conscience me quittait. Alors qu'elle était penchée sur moi, je me suis aperçu que ses cheveux n'étaient plus blonds à la racine. Ils poussent plus vite qu'elle ne peut les teindre. Cette vue m'a serré le cœur et j'ai levé la main à tâtons dans le vide pour la caresser. Faustina s'est méprise et m'a essuyé le front avec le drap. J'ai eu l'impression qu'elle voulait me dire quelque chose, peut-être voulait-elle seulement m'assister. Engourdi par l'opium, je me suis enfin endormi, j'étais en suspens au-dessus de mon corps, léger, à l'état d'air, de vapeur et d'esprit. Je me voyais à distance, un vieux corps, espèce de sac vide, mes pieds sous le drap, mes mains sur la couverture. Et je me vois encore ainsi.

La servante préparait nos bagages. Elle pliait le linge, les draps, les serviettes, les nappes. Elle mettait dans la malle le peigne et la brosse au manche d'ivoire, le rasoir, les aiguilles, le dé, la pince à épiler les sourcils, les onguents pour la peau, le baume pour les cheveux, les pantoufles, les éventails, le reliquaire contenant le brin de paille vitrifié de l'étable de Bethléem que Faustina a acheté à un pèlerin de retour de Terre sainte, le crucifix d'obsidienne avec un christ en argent, ses chemises de nuit et ma robe de chambre. Le nom de Carpenedo résonnait à mes oreilles, émergeant des profondeurs de ma conscience, et je ne voulais pas m'en souvenir, je ne peux pas m'en souvenir, Seigneur.

Je replongeais dans ma torpeur, dans une ronde folle d'apparitions, tandis que vibrait à mes oreilles la musique que je jouais avec elle. Je me voyais moi-même, je voyais les personnes réelles qui s'affairaient autour de moi, préparant les bagages et je voyais aussi Marietta en robe blanche planer au-dessus de moi, suspendue par la taille à un fil qui se tordait à l'infini sur lui-même. Déjà je m'assoupissais, absent de mon corps que j'avais quitté comme on sort d'une pièce, le laissant sans surveillance, pendant des heures, peut-être un jour entier, puis, à nouveau, rouvrant les yeux, j'entendais le nom de Carpenedo dans la bouche de Faustina. C'était elle, la silhouette blanche penchée au-dessus de moi, sa joue sur mon front pour prendre ma température qui continuait à monter. Repose-toi, Jacomo chéri, disait-elle, tu es bien bousculé avec tout ce monde autour de toi, mais dors encore un peu, nous partirons dès que tu auras repris des forces, je réussirai à t'emmener à Carpenedo, j'ai déjà réservé le bateau et la voiture. La voiture pour où ? Je ne savais même plus où j'étais, je ne voulais pas partir : je venais de revenir.

Faustina ne se rendait pas compte que, la bouche pâteuse de poudre de pavot, je n'arrivais pas à parler et elle entamait un de ses monologues volubiles où mes oreilles engourdies par l'opium mélangeaient Carpenedo, moustiquaire, portefaix, ton serviteur qui n'obéit qu'à toi comme un chien, les voituriers qui coûtent les yeux de la tête. Ils veulent trois écus pour le voyage. Peux-tu me les prêter ? Parce que je ne les ai pas. Ta cassette est vide. Qu'as-tu fait de l'argent des moines de San Giorgio ? Comment as-tu pu déjà les dépenser ? Tu es un panier percé. Tu ferais damner un saint, Jacomo chéri. Ces bateliers vous volent si éhontément qu'on en viendrait à ramer soi-même pour ne pas rendre gorge de cette manière. Quant aux chevaux, ce sont des rosses maigres et poussives dont il n'est pas dit qu'elles arriveront à Carpenedo et ne nous lâcheront en route. Faut-il envoyer un message aux métayers ou arriver sans avertir ? En fin de compte, on est chez nous. Plus elle parlait du voyage, plus ses yeux brillaient. Depuis que nous sommes vieux, mon épouse qui a toujours été une citadine ne pense qu'à s'échapper à la campagne. Je n'ai jamais compris, et ne comprendrai plus, si elle aime vraiment notre modeste maison au milieu des vignes et des champs de blé, le bourdonnement fastidieux des insectes et la plaine noyée de soleil qui nous entoure, ou si elle aime à Carpenedo mon oisiveté et ma solitude. Car c'est le seul endroit où elle sent que je lui appartiens tout entier, qu'elle a gagné la longue bataille, parce que, là-bas, personne ne pourra lui enlever ce qui reste de moi.

J'ai peut-être parlé dans mon sommeil ou déliré. Le pavot abuse les sens, nous fait trébucher dans le temps et la mémoire. J'ai dû bredouiller son nom, parce que Ottavia s'est hâtée de m'expliquer que non, hélas, elle n'est pas Marietta – ce n'est que moi, Ottavia. Elle était dans ma chambre : elle brodait près de la fenêtre, jetant de temps en temps un coup d'œil sur le rio comme si elle attendait quelqu'un. Sa mère a dû lui demander de me veiller pendant qu'elle donne ses instructions aux domestiques. Nos départs pour la campagne ont toujours été un grand branle-bas général, dont je ne me suis jamais mêlé, parce que c'était Faustina qui régnait souveraine sur ces grandes manœuvres, mais pendant quarante-huit heures, notre maison se transformait en esplanade de foire : mes filles qui couraient dans tous les sens parmi les exclamations, les lamentations et les protestations, les malles qu'on faisait et défaisait, les bagages qu'on allégeait, les disputes où la mère accusait ses filles de trop se charger tandis que les filles accusaient leur mère de n'emporter que des objets inutiles. Je me contentais de tourner la clé dans la serrure quand tout était prêt.

Papa, m'a dit soudain Ottavia d'un ton joyeux, Menego m'a fait un cadeau superbe. Tu ne peux pas savoir à quel point ton fils est galant et sensible. Hier pendant que tu dormais en ronronnant comme un chat, il nous a emmenés voir *La Mise au tombeau* sur l'île de San Giorgio Maggiore. Compliments, c'est la plus belle que j'aie jamais vue. Qu'as-tu donc tant vu, ai-je grommelé, toi qui n'es sortie de la maison que pour aller au couvent… J'ai fait un pari avec Laura, a-t-elle continué sans se démonter. Peux-tu me dire qui est le vieux à barbe blanche à côté du cadavre ? Cadavre, Ottavia ! l'ai-je réprimandée, tu ne peux pas employer ce mot pour Notre-Seigneur. C'est toi qui l'as peint en cadavre, pas moi, m'a-t-elle répondu. Elle est aussi effrontée que Marietta. Je ne m'en étais jamais aperçu. Je crois que j'ai pensé qu'il sera très difficile de convaincre Ottavia de prendre le voile. Mais elle finira par se résigner. Les femmes sont ainsi.

Alors qui est le vieillard ? insistait-elle. Laura prétend que c'est Nicodème. Moi j'ai parié mon fermoir en ivoire que c'est toi. Il a trois rides sur le front et une barbe hirsute comme la tienne. C'est Joseph d'Arimathie, Ottavia. À quoi bon t'envoyer au couvent si tu ne connais même pas l'Évangile ! ai-je soupiré. Joseph d'Arimathie est le riche Pharisien qui a gagné par sa dévotion le droit de déposer le corps du Christ dans sa tombe.

Tu te moques de moi ! a dit Ottavia en riant. Je sais qui est Joseph d'Arimathie, je ne suis pas ignorante *à ce point*. Mais tu l'as habillé de ta toge de sénateur que tu ne portes plus, même que maman en a gros, parce que tu la prives de ce motif de satisfaction, et il a tes yeux. Bien sûr c'est Joseph d'Arimathie, mais c'est aussi toi et Dieu le père. C'est-à-dire que tu es le sénateur, le vieillard et Dieu.

Elle s'est tue quelques instants et m'a dévisagé en attendant ma réponse, mais je ne savais que dire. Alors elle s'est élancée sur moi de tout son poids. Et ce n'est pas rien, car la chair d'Ottavia est exubérante, débordante. Ce tableau triste t'a servi d'autoportrait. Tu peins des choses attristantes, papa. Pourquoi n'inventes-tu pas une belle histoire avec des gens bien habillés, gais, amoureux, heureux ? Je ne sais pas, des noces de Pélée, une belle Suzanne, une Léda avec le cygne coquin qui pose son bec sur son ventre, une Danaé sous la pluie d'or qui baigne ses cuisses… Tu savais bien peindre ce genre de scènes. Mais tu as arrêté. Je sais qu'on ne t'en commande pas, parce que désormais il est interdit de représenter des personnages inconvenants, lascifs et dissolus, mais tu pourrais en peindre pour tes amis, pour toi, pour nous. Tu penses peut-être que je suis stupide et que je ne comprends pas. Mais je comprends au contraire et j'aime tous tes tableaux, parce que tu les destines à tout le monde, et donc à moi aussi. Nous avons eu de nombreux malheurs, mais nous voilà ici, tout va bien, nous sommes en bonne santé, toi aussi tu guériras bientôt, ce n'est qu'un peu de fièvre et un manque d'appétit, mais tu vas vite retrouver le goût de manger. Tu n'es pas si vieux et je suis trop jeune pour être orpheline. Nous n'avons jamais passé de temps ensemble, tu ne sais rien de moi, tu ne me connais pas du tout, tu verras que tu ne regretteras pas que je sois née, je te tiendrai compagnie quand tu seras vraiment vieux, je suis drôle, mes plaisanteries font rire tout le monde, je te redonnerai ta bonne humeur. Qu'aimais-tu manger plus que tout ? Du coq ? De la perdrix ? Du faisan ? Je vais t'acheter un paon, cher père, pour te préparer un rôti sauce moutarde qui fera pâlir de jalousie la cuisinière. Donne-moi une chance, je ne te demande qu'un peu de temps…

Laisse-le tranquille, Ottavia, l'a interrompue Laura en passant par les rideaux du lit un visage à l'expression condescendante. Tu vois bien qu'il ne t'écoute pas. Ottavia m'a secoué par l'épaule, d'une façon sauvage. Mais je n'ai pas rouvert les yeux. Tu m'as promis de faire mon portrait dans une église, papa, disait-elle, et sa voix s'est brisée, dans une robe constellée de poudre d'or, si belle que tous les gens qui me verront comprendront que tu m'as aimée. Tu sais, je ne te pardonnerai jamais si tu ne tiens pas ta promesse.

28 mai 1594

Douzième jour de fièvre

Peu importe ce qui restera de moi, quelles anecdotes mes élèves raconteront à mes biographes, si l'un d'eux saura me reconnaître ou me confondra avec l'artiste qu'il croit vouloir être. C'est l'hameçon qui choisit le poisson, on ne pêche pas une baleine avec une mouche. Dans le récit d'une vie sont tissés éloges et aveuglements, et l'essentiel se perd entre les mailles larges de la mémoire. C'est un tissu de secrets, censures, enjolivures, omissions, inventions et mensonges, et la vie vécue ne l'est pas moins. Je sais maintenant qu'il est totalement inutile de vouloir étouffer les rumeurs, corriger les opinions, rétablir la vérité : c'est battre vent. Mais je l'ai compris trop tard. Ma vraie vie se trouve là où tout le monde peut la voir, dans les églises, les maisons, les façades, les palais des souverains, à la Scuola di San Rocco. Quiconque me cherchera me trouvera là. Mais elle, où est-elle ?

Je ne peux pas la chercher dans ses tableaux, parce qu'elle les a peints à ma manière, pour être moi. Au début, c'était à mon instigation, puis à la demande des clients, et pour finir de son propre chef. La peinture me satisfait, me confia-t-elle un jour, non pas quand mes tableaux ressemblent aux tiens, ni quand les gens sont convaincus que c'est le cas, mais quand moi-même j'oublie que j'en ai été l'auteur et que je les crois de ta main. Cette illusion est ma plus grande réussite. La récompense de son talent lui a été dommageable. Les meilleurs tableaux de Marietta sont de moi. Les autres n'ont pas d'auteur et par conséquent ne dureront pas davantage que les objets anonymes de notre existence quotidienne, meubles, lits, vaisselle. J'ai repris ce que je lui avais enseigné. Le don que je lui avais fait était intéressé.

Je ne peux pas la chercher dans ses lettres. En trente-six ans, nous ne nous sommes quittés que quelques semaines, quand j'ai séjourné à Mantoue avec ma femme et, quand nous avons fini par nous séparer, nous n'avions plus rien à nous dire. D'ailleurs je n'aurais pas aimé la lire. Elle savait à peine écrire, je ne l'ai guère envoyée à l'école, la peinture et la musique devaient être sa langue, elle n'avait pas besoin des mots. Ils l'auraient tout au plus éloignée de moi. C'était sa voix que je voulais entendre, la modulation de ses intonations, l'accent qui l'ancrait non seulement à Venise mais à ce quartier, à ce rio, à moi. Le son inimitable de sa voix quand elle chantait, quand en peignant elle entonnait sans s'en apercevoir une comptine allemande, quand nous discutions pendant des heures de la façon d'obtenir certaines nuances d'orange, d'orpiment, d'indigo ou les reflets d'une torche. Quand elle m'expliquait ses tentatives obstinées pour tirer d'une laque très chère un mauve délicat et indélébile, qui serait la couleur de la solitude. Quand elle me passait au cou un lacet en cuir noir avec un pendentif de calcédoine, pierre, disait-elle, qui aide à vaincre ses désirs et chasser les illusions de l'imagination nées de la mélancolie, puis qu'elle déboutonnait son manteau pour me montrer qu'elle en portait une elle aussi. Mais les notes que ses doigts tiraient du clavier et que sa voix parcourait dans le chant se sont dispersées et évanouies avec elle. Même dans la musique que j'entends toujours en rêve, je ne la retrouverai pas.

Quand sa vie s'est achevée, j'ai cru reconnaître son destin et pouvoir l'accepter. Je croyais la posséder, il me semblait à la fin qu'elle m'appartenait, et cette certitude m'a consolé au point de croire que je supporterais la distance entre nous. Sauf que j'ai connu une autre Marietta, une femme que je n'aimerais pas moins, mais qui allait me rester inaccessible. Le passé s'est effrité entre mes mains et éclairé d'une lumière étrange, dont je ne détecte pas la source. Notre vie est devenue comme mes tableaux où l'on repère une source lumineuse précise, fanal, lanterne, fenêtre, mais où se cache une autre source secrète dont on ne trouvera pas trace sur la toile.

Sa source m'a échappé. J'ai tenté de ranger les séquences dans l'ordre et de revivre les scènes, cherchant le passage qui me donnerait accès à elle et me demandant si je saurais le reconnaître et la sauver. Mais je n'ai pas trouvé. Elle a joué la comédie et voulu que j'y croie. Je ne pouvais qu'abonder dans son sens. Peut-être me trompait-elle. Elle me faisait le cadeau de me mentir. J'ai pu continuer à peindre en toute sérénité. Pour finir, j'ai achevé mon entreprise. C'était ce que je voulais, et elle aussi. Elle sait que je l'aurais peut-être fait malgré tout. Elle a préféré l'ignorer. Je devrais lui en être reconnaissant.

La vie de Marietta s'est déroulée sous mes yeux, mais en réalité je n'ai pas su la voir, Seigneur. Les membres d'une famille se connaissent peu au fond, moins que toute autre personne sans doute. Ils vivent les uns à côté des autres, les uns sur les autres, jour après jour : leurs regards, leurs périmètres, leurs mouvements se recoupent constamment. Mais ils sont trop près les uns des autres pour se voir avec netteté. Seule la perspective permet de reconnaître les différences, les craquelures, les vérités de chacun. Or seule la distance crée la perspective. Il m'a fallu perdre Marietta pour la retrouver.

Je pourrais dire que sa vie ressemble à celle de toutes les autres femmes. Elle s'habillait comme elles, chantait les mêmes chansons, se comportait de la même façon. Notre maison était le centre de son univers. En même temps, la vie de Marietta connaissait des dérapages soudains, brefs et épisodiques, étranges donc. Marietta et le bijoutier dépensaient tout ce qu'ils gagnaient en dîners musicaux excentriques, donnés au clair de lune sur la plage de San Francesco del Deserto, à bord d'un bateau ou dans les dunes. Dominico, qui y participait souvent, m'a raconté que Marietta jouait du luth et chantait, mais en improvisant au fur et à mesure. Elle adorait danser et n'éconduisait aucun cavalier. Les bals se tenaient sur la plage dans l'obscurité la plus totale. Le sable piétiné conservait pendant des jours les empreintes du groupe. La plupart de leurs amis étaient allemands. Joailliers, orfèvres, spécialistes en argent, diamantaires. Je ne me souviens ni de leurs noms ni de leurs visages. Marietta m'invitait toujours à me joindre à eux, mais je ne l'ai jamais fait. À cette époque, ma maison était devenue un lieu de pèlerinage, une des attractions de Venise. Les étrangers voulaient la visiter, comme quelques années plus tôt ils voulaient visiter la demeure de Titien. Je recevais des évêques, des princes, des ducs, des ambassadeurs. Il me semblait inconvenant de me montrer dansant pieds nus sur la plage du Lido avec une bande d'artisans.

Puis les invitations des Augsbourg s'espacèrent, un jour elles cessèrent. Depuis longtemps les gentilshommes ne venaient plus poser pour Marietta et elle ne les ravissait plus en chantant et jouant. Je n'ai plus envie de divertir des gens que je n'aime pas, expliqua-t-elle un jour à mon épouse heureuse et soulagée de sa décision, parce qu'elle avait toujours trouvé ces visites ambiguës et malséantes. Pour tout te dire, je n'y ai jamais pris goût. Et je ne veux plus peindre pour des inconnus qui me sont indifférents. Alors ton mari devra travailler davantage, observa Faustina, parce que tu as déjà peint tous ceux que tu connais et qui t'importent.

Marc Augsbourg découvrit que monter des pierres précieuses dans la pénombre d'une échoppe ne satisfaisait plus ses curiosités minéralogiques et il décida d'aller chercher lui-même sa matière première en Orient. Il passa des mois loin de Venise. Les plectres s'émoussèrent, les cordes en cuivre se distendirent, les registres de sonorité perdirent leur unisson, bref, le clavecin finit par se désaccorder, Marietta l'offrit à Giovanni et Giovanni le rapporta dans la grande salle chez nous, où il se trouve encore. C'est peut-être à ce moment-là qu'apparurent ces deux femmes. D'abord l'une puis l'autre, peut-être l'une lui présenta-t-elle l'autre, et ce fut comme si une tempête avait ouvert la porte. Il en vint des dizaines. Je voudrais ne pas parler de ces femmes, mais je ne peux pas non plus les passer sous silence. Elles pénétrèrent dans notre famille comme une lame de couteau dans une motte de beurre.

Je connaissais la peintresse de nom. Peu de femmes à Venise, Marietta exceptée, vantaient une habileté au dessin et à la peinture. Les rares qui y prétendaient peignaient des cartes à jouer et des tarots. Seules deux ou trois osaient peindre des portraits. Le père de la peintresse avait été peintre lui-même, mais un artiste obscur à qui pas une seule de ses œuvres n'avait survécu. La lunetière, elle, était une voisine qui ne faisait pas honneur au quartier, rien de plus. Elle n'était certes pas la seule. Pour ma part, c'est un côté de Venise que j'ai toujours aimé. Sur le même rio habitent des aristocrates et des bateliers, des apothicaires et des portefaix, des religieuses et des prostituées : la contamination enrichit et le mélange donne du piment à l'existence.

Il me déplaisait que Marietta fréquente Zanetta, lunetière aux Ormesini, mais je ne me suis jamais abaissé à prononcer le nom de cette femme. Nous ne sommes pas habitués à laver notre linge sale en public. Nous descendons d'un teinturier : ce linge, nous le teignons de couleurs éclatantes. C'était au mari qu'il revenait de veiller. Mais le bijoutier était resté un étranger. D'ailleurs, en toutes ces années de mariage, Marc Augsbourg et ma fille ne s'étaient jamais disputés. Leur couple vivait dans une telle harmonie que je le citais en exemple à Faustina quand nous nous accrochions pour des riens stupides : dépenses superflues, retard de ma part, mensonges bénins. Tu m'affliges, tu me crucifies, la rabrouai-je, regarde Marietta, elle a un caractère solaire, elle ne harcèle pas son mari et égaie sa vie. Faustina grinçait des dents et rétorquait : tu n'avais qu'à l'épouser !

Ni la peintresse ni la lunetière n'étaient mariées. Peintresse… Dame Jacoma maniait le pinceau avec la même grâce qu'une pioche. Elle peignait des Madones, tableautins pieux qu'elle vendait au petit peuple, lequel de toute façon n'aurait pas pu s'offrir mieux. Ses tableaux coûtaient trois sous, parfois elle en appelait simplement à la générosité de son client. Elle était pauvre et les gens riaient d'elle, de ses prétentions, de son extravagance. Elle vivait à deux ponts de chez nous, dans la mansarde d'un tisserand. Elle admirait ma fille. J'ignore jusqu'où elle était sincère. Je n'ai jamais su le mesurer, et pour moi non plus : parfois je me suis entouré de disciples fidèles, sans savoir repérer la jalousie et la rivalité qui couvaient dans leur cœur.

Mais je me souviens bien du jour où dame Jacoma s'introduisit dans ma maison et demanda à parler à ma fille. Elle expliqua qu'elle s'était toujours crue la seule femme peintre de Venise. Mais on lui avait offert l'ouvrage d'un Florentin où étaient réunies les biographies des peintres italiens célèbres, et avec joie elle avait lu parmi les Vénitiens la *Vie de Marietta*. Elle voulait féliciter sa collègue pour ses succès. Elle se comparait à elle, vois-tu. Cette barbouilleuse se croyait son égale. Au lieu de garder ses distances, Marietta lui répondit qu'elle ignorait tout de cet écrit et serait ravie de le voir ! Dame Jacoma ouvrit un sac en piteux état d'où elle tira un volume qu'elle lui remit. Il est à vous, lui dit-elle.

Marietta feuilleta le livre d'un doigt impatient. Il s'intitulait *Il Riposo* et avait été imprimé à Florence quelques années auparavant. On y trouvait tout le monde. Amis, ennemis et génies, vivants ou morts. Titien a six pages, Jacomo, me dit Marietta en jubilant, et toi, huit ! Je feignis la surprise. La vérité était que j'avais écrit à l'auteur quand il m'avait demandé une liste de mes œuvres. C'était moi qui lui avais parlé de Marietta, lui avais vanté ses qualités, l'avais vivement incité à l'introduire dans son catalogue. Mais il ne fallait pas que ma fille le sache.

Lavinia Fontana a six lignes, intervint dame Jacoma, Marietta la Tintorette vingt et une. Considérant que Properzia de Rossi, qui a deux pages, sculpte et grave des noyaux de pêche, vous êtes, madame, la plus grande peintresse italienne. Oh ! s'exclama-t-elle, je vous en prie, dame Jacoma, reprenez votre livre, sinon je finirai par le croire. Mais il faut le croire, douce Marietta, répliqua l'autre, c'est pour cela que je vous ai apporté cet ouvrage.

Marietta l'invita à boire quelque chose avec nous et demanda à mon serviteur une carafe de vin de Candie. Je ne voulais pas que cette commère voie sur mon chevalet *L'Annonciation* que je devais livrer à la Scuola di San Rocco, j'aurais préféré la mettre à la porte tout de suite et grommelai dans ma barbe. Si le Capitan renonce à m'embrocher, dit dame Jacoma à Marietta, je porte volontiers un toast à votre succès, ma belle. Le Capitan ? demandai-je, qui est-ce ?

Oh ! un personnage fascinant, un brave qui n'a peur de rien, toujours prêt à dégainer l'épée et à se jeter dans toutes les batailles, même et surtout celles qu'il ne pourra pas gagner, un rêveur qui ne distingue pas l'invention de la réalité, répondit dame Jacoma en approchant son nez, intriguée, de la chaise en paille que j'avais peinte aux pieds de la Vierge. Une chaise d'auberge ou de cuisine dont la paille effilochée tombe sur le sol. Aucun autre peintre n'avait osé placer dans la chambre de la Vierge une pauvre chaise en paille. J'étais très fier de la vérité quotidienne que cette chaise conférait à la scène. La chambre de Marie devenait celle d'une femme quelconque. On dirait que cet homme me ressemble, continuai-je d'un ton léger. C'est pour cette raison que tout le monde vous appelle le Capitan, expliqua dame Jacoma. Je l'ignorai et n'en fus pas fâché. Vous en revanche, répliquai-je du tac au tac, vous vous appelez comme Jacomo Tintoret.

Elle observa qu'elle n'avait pas choisi son nom. Nom, sexe, âge et durée de notre vie sont parmi les rares choses au monde dont nous ne puissions décider. Notre nom nous est donné, et il a toujours appartenu à quelqu'un avant nous, c'est un vêtement usagé, d'occasion. Notre vie toutefois nous appartient, souligna-t-elle en nous dévisageant, d'abord moi puis Marietta. C'est à nous de choisir si nous la voulons usagée et d'occasion, la répétition de la vie d'un autre, ou bien nouvelle, unique et irremplaçable. Cette femme était une langue de vipère, et bien affilée. En vérité, ajouta-t-elle, elle admirait le père, mais préférait la fille. Que je sois ce que j'étais relevait du normal ou du possible. L'esprit souffle où il veut et il arrive qu'en un siècle, dans une ville de deux cent mille habitants comme Venise, il souffle deux fois : sur Titien et sur moi. En revanche que Marietta soit ce qu'elle était relevait du miracle. Et les miracles peuvent ne jamais se produire. On peut croire intensément et attendre toute sa vie en vain. Et ce disant, elle regardait vraiment ma fille comme une apparition prodigieuse. Marietta était déconcertée par ces paroles qui la faisaient rougir.

Je dévisageai l'étrange visiteuse. Dame Jacoma avait des cheveux frisés striés de blanc, un nez d'aigle, des yeux verts de tigre et des mains de menuisier. Quelque chose en elle, je ne saurais dire quoi, me déplut profondément. Cette femme attend quelque chose de toi, dis-je à Marietta pour la mettre en garde. Tu es connue et estimée, c'est une ratée. Tu es ce qu'elle ne sera jamais. La langue de l'adulation est chargée d'un venin si puissant qu'elle t'empoisonne dès que tu lui prêtes l'oreille. Dame Jacoma veut exploiter ton nom, t'utiliser. Marietta me regarda ironiquement et rit. Personne n'exploite mieux les autres que toi, Jacomo.

Dame Jacoma est venue à son enterrement. Au dernier rang au fond de la nef, elle n'a pas versé une larme. Elle regardait droit devant elle, le visage de marbre. Je ne l'ai vue tressaillir qu'au moment où les employés ont fait glisser la pierre sur la tombe, elle a pressé sa main sur sa bouche comme pour retenir un cri. Quand elle nous a présenté ses condoléances, elle m'a déclaré que Venise ne se rend pas compte de l'occasion qu'elle a perdue, et moi non plus. J'ignore ce qu'elle voulait dire.

Dans les jours qui ont suivi l'enterrement, Marc Augsbourg a déménagé à Rialto, derrière Sant'Aponal. Je ne peux pas vivre là où a vécu Marietta, expliqua-t-il. Les fenêtres, une fissure dans un mur, la lumière, tout me parle d'elle. Il a emballé les tableaux, les meubles, les draps, les vêtements de Marietta dans quatre caisses en noyer qu'il a renvoyées chez moi. Nous avons rangé ses affaires, les avons triées. Nous en avons offert certaines et monté d'autres au grenier. J'ai gardé la Bible en allemand de Cornelia. *Il Riposo* de dame Jacoma était dans le tiroir de son écritoire, avec une rose séchée comme marque-page au chapitre de ma vie. Je crois que Marietta n'avait rien lu d'autre. Sous le frontispice, une dédicace qui n'y était pas quand dame Jacoma lui avait offert le livre disait :

« *On ne possède rien en ce monde qui ne soit prêté et jamais pour toujours, je ne redoute pas le jour où je vous perdrai, mais je redoute celui où je vous ai trouvée. J.* »

Je fus surpris, car je ne pensais pas que Marietta avait revu la peintresse. Je demandai à Dominico ce qu'il savait de cette dame Jacoma. Rien, répondit-il en haussant les épaules, enfin qu'elle est très pauvre, et qu'elle dégringole à présent les marches qui scandent la décadence d'une femme libre : un métier quelconque exercé sans profit, puis logeuse, lavandière et enfin mendiante invalide devant une porte d'église. Elle gagne sa vie comme sage-femme, en aidant à naître – ou à ne pas naître – les enfants de Cannaregio. La corporation des peintres a envisagé de la loger gratuitement, nous en avons parlé, mais c'est impossible, elle a été radiée du registre parce qu'elle ne payait pas sa cotisation annuelle, nous ne pouvons rien pour elle. Du reste elle est très fière, je suppose qu'elle préférera mourir de froid sous un porche plutôt que recevoir une aumône venant de collègues qui ne l'ont jamais vraiment acceptée.

Quelque temps plus tard, je tombai sur Iseppo. Je l'interrogeai aussi. Je voudrais ne pas l'avoir fait. Ce n'était digne ni d'elle ni de moi. D'ailleurs rien de digne ne pouvait sortir de la bouche d'un commis. Sans compter qu'il pourrait avoir menti pour se venger de l'injustice commise à son égard par Marc Augsbourg quand il l'avait licencié. Une autre raison pourrait être que ce morveux aimait ma fille d'une passion malsaine. Allez savoir. Au début, Iseppo nia. Il défendait sa maîtresse, même si Marietta ne pouvait plus l'entendre. Mais ensuite son dévouement céda devant une autre impulsion – instinct de vérité ou obscure vengeance, je l'ignore – et il avoua qu'à une époque dame Jacoma avait fréquenté les appartements de ma fille. Quand il rentrait du travail, il lui arrivait de la trouver avec elle. Il n'avait jamais aimé cette femme. Tout en elle était équivoque, ses manières, son habillement, jusqu'à sa voix. En réalité, maintenant qu'il y pensait, dame Jacoma ne se trouvait jamais chez eux en même temps que le bijoutier et elle venait sûrement à l'insu de ce dernier. Comme tout le monde dans le quartier savait qu'elle délivrait du mauvais œil, lisait les lignes de la main, connaissait les conjurations, les sorts à base de sang séché de condamné à mort et d'eau d'égout, les philtres magiques pour attirer l'amour des hommes et qu'elle s'adonnait à d'autres trafics encore, Iseppo pensait que madame Marietta recourait à ses services d'ensorceleuse.

Je rétorquai sèchement que ma fille n'était pas une femmelette ignorante à qui on lit l'avenir dans la main et qu'elle ne croyait pas davantage aux figurines de cire hérissées d'aiguilles qu'on laisse fondre sur le feu, aux rubans noués dans les culottes des hommes pour juguler leur virilité et autres niaiseries du même tonneau, et qu'il devrait avoir honte de l'avoir seulement pensé. Iseppo répondit en rougissant jusqu'aux oreilles qu'en cas de désespoir on se raccroche à n'importe quel remède. Il comprenait par exemple ceux qui essaient un philtre magique pour lier à eux la personne aimée. Voilà, peut-être madame Marietta voulait-elle susciter la passion du bijoutier. L'Allemand était un homme si aride, si retenu, froid comme un diamant, Iseppo ne l'avait jamais entendu parler d'autre chose que des vertus des pierres et des influences célestes. Du reste, son patron aussi manipulait des poudres mystérieuses et un jour, quand Iseppo avait découvert un tiroir à double fond où brillaient des pierres étranges que son patron ne montait pas en bijou, Augsbourg lui avait dit qu'il s'agissait de gemmes alchimiques, dont il ne lui exposait pas les vertus, car son apprenti était trop jeune pour comprendre le monde invisible. Iseppo n'avait jamais réussi à en apprendre davantage. Ou bien madame Marietta voulait-elle susciter la passion d'une autre personne, comment savoir ?

Sans oublier que les femmes recourent à des philtres pour concevoir. Beaucoup en prennent aussi pour ne pas concevoir. Pour fermer les voies de la semence ou stériliser la vertu réchauffante et génératrice. Et dame Jacoma en proposait. Iseppo l'avait appris de ma cuisinière, qui avait acheté auprès de la peintresse ce genre de mixtures ainsi que du jus de sauge et racine de rue et d'autres herbes abortives, tant il était vrai qu'elle fricotait avec mon serviteur Nastasio depuis vingt ans sans qu'aucun fruit en naisse. Madame Marietta voulait peut-être un enfant ou, au contraire, n'en voulait pas. Iseppo ne pouvait se prononcer, madame Marietta était très réservée et ne parlait jamais d'elle. Mais Iseppo ne savait pas donner d'autre explication aux visites de dame Jacoma. Car la peintresse trafiquait sûrement des choses pas catholiques : quand elle finissait par s'éclipser, elle avait toujours un air furtif de voleuse.

Un jour, au printemps, le bijoutier revint à l'improviste de son voyage à Ormuz. Nous ne l'attendions pas avant cinq mois, mais une tempête avait endommagé le navire au large des côtes albanaises et il avait dû faire demi-tour pour chercher un embarquement sur une autre galée. Iseppo dînait à la cuisine quand il l'avait aperçu en bas sur le quai, congédiant le batelier. Il s'était précipité pour avertir sa maîtresse en frappant à la porte de la chambre où les deux femmes étaient enfermées depuis des heures. Madame ? avait-il crié, Madame, le patron est ici ! Pas de réponse. Iseppo avait frappé à nouveau, toujours en vain. La porte d'entrée s'était ouverte et le bijoutier s'était attardé au bas de l'escalier pour raconter la tempête à Dominico. Madame ! avait crié encore Iseppo. Oui, avait-elle répondu tranquillement, j'ai entendu, merci, Iseppo.

Puis le bijoutier était rentré, avait confié sa lourde malle au commis et, ruisselant de pluie, s'était arrêté dans l'escalier pour enlever ses chaussures. La porte de la chambre s'était ouverte et madame était venue au-devant de son mari. Elle portait la simarre de soie japonaise ornée d'arbres et d'oiseaux et était pieds nus. Tu étais déjà couchée, *meine Liebe* ? s'était enquis le bijoutier, désolé de l'avoir obligée à sortir l'accueillir par ce grand froid. Madame Marietta lui avait souhaité la bienvenue et l'avait embrassé sans lui répondre.

La peintresse avait pris la poudre d'escampette dans le noir avec assez d'habileté pour que le bijoutier ne la remarque pas. Iseppo avait vu de ses yeux que cette femme était une sorcière capable de se rendre invisible. Il ne l'avait dit à personne, pas même à son confesseur, car il lui aurait ordonné de la dénoncer au tribunal de l'Inquisition et de trouver des témoins pour la surprendre en flagrant délit. Dans ce cas, madame Marietta aurait été impliquée dans une sale histoire, or Iseppo n'aurait jamais dénoncé sa maîtresse. Il n'avait donc pas bougé. Mais il lui arrivait, après le départ de la peintresse, d'inspecter la pièce pour chercher des traces de sortilège, en admettant qu'il réussisse à identifier les flacons ou la pierre magique. Il avait eu beau chercher, il n'avait jamais trouvé ni flacon ni philtre ni pierre magique. Apparemment madame Marietta ne se livrait à rien d'étrange, tout au plus se regardait-elle longuement dans la glace, immobile comme si elle voulait passer de l'autre côté du miroir. Son beau visage était voilé d'une grande tristesse. Alors il avait acquis la conviction que les deux femmes évoquaient l'ange blanc, c'est-à-dire le diable.

Un mois après la mort de Marietta, je me suis rendu à la mansarde de la peintresse, sous prétexte de lui apporter un don de la Scuola di San Rocco. Dame Jacoma ne m'attendait pas et ma visite ne fut pas la bienvenue. J'ignore dans quel vil recoin de ma conscience j'ai trouvé le courage de lui demander ce que Marietta et elle concoctaient dans la chambre de ma fille, si elles préparaient un sort, lequel, et si elles avaient jamais évoqué l'ange blanc. La peintresse m'a dévisagé, abasourdie, et m'a répondu que l'ange blanc était ma fille. Je lui ai demandé ce qu'elle voulait dire, et dame Jacoma s'est limitée à sourire. Elle a refusé mes subsides. Je n'ai pas besoin d'aide, la pauvreté n'est pas une maladie. Je me suis offert de lui acheter des tableautins, elle a refusé aussi. Je ne suis pas digne de vous offrir autre chose que mon respect pour Marietta, m'a-t-elle dit. Je ne peux pas vous le vendre, mais je vous le donne, parce qu'elle vous pardonnait tout et qu'elle vous aurait donné tout ce qu'elle possédait. Je l'ai croisée plusieurs fois sur les quais ou à la librairie. Nous ne nous sommes plus jamais adressé la parole.

Ma fille n'allait pas bien. Mais je ne l'ai pas compris. Je n'ai jamais été très attentif aux personnes de mon entourage, Seigneur. En ces années-là moins que jamais. Je vivais entre mon atelier et la Scuola di San Rocco. Rien d'autre n'existait sinon la peur panique – qui m'assaillait la nuit, me tirant du sommeil en nage, le cœur battant la chamade – de ne pas vivre assez longtemps pour mener à bien mon entreprise. Je me répétais alors comme une litanie le verset de Jean : *si je veux qu'il demeure jusqu'à ce que je vienne, que t'importe ?* C'est-à-dire dans ma version : *tu ne mourras pas tant que je ne serai pas revenu.* Je parvenais ensuite à me rendormir.

Depuis des années, Marietta ne descendait plus à l'atelier, mais il faut dire qu'elle n'acceptait plus de nouvelles commandes. Elle n'avait jamais achevé les tableaux de ses derniers clients. Certains s'en étaient plaints auprès de moi. Mais il n'y avait pas lieu de s'alarmer : tous les peintres se comportent ainsi. Le gouvernement a attendu trente ans un tableau de Titien, en vain. Il arrive que des clients doivent patienter trois ans, voire cinq, pour obtenir ce qu'ils ont déjà payé. Il était vrai que, pour ma part, je livrais rapidement, mais je ne pouvais quand même pas prétendre que Marietta m'imite en tout.

L'inachèvement pourtant était différent chez Marietta. Elle commençait ses tableaux, les travaillait, les abandonnait, puis les détruisait, les recommençait, les modifiait, les effaçait à nouveau. Elle y trouvait toujours des ratés, des manques, des imperfections : il lui venait toujours une idée nouvelle. Je lui avais appris en vain que le plus grand artiste n'est pas celui qui invente, dessine et peint le mieux. Mais celui qui, au bon moment, sait lâcher son œuvre.

À entendre Dominico, Marietta avait toujours mal à la tête et passait ses journées au lit. Que fait-elle ? lui demandais-je de temps en temps. Rien, répondait mon bon fils, elle est dans sa chambre, les volets fermés, dans le noir. J'aurais dû trouver le temps de monter cet escalier – vingt misérables marches –, de franchir le plafond en bois qui nous séparait et de prendre de ses nouvelles, de m'enquérir de ce qui n'allait pas, du ressort qui s'était cassé. Mais non. J'avais perdu la clé pour entrer dans sa vie. Du reste, Marietta m'aurait dit de ne pas perdre mon temps à ces bêtises. J'avais mieux à faire. J'entends ses paroles mot pour mot, même si elle ne les a jamais prononcées.

Fabio Glissenti vint et déclara qu'elle souffrait du cœur. Il lui prescrivit des clous de girofle, du repos et une abstinence absolue. Le bijoutier, peu satisfait du remède, consulta un autre médecin, lequel affirma qu'elle était affectée d'une forme aiguë de mélancolie et lui prescrivit des promenades et des rapports sexuels quotidiens pour remettre en circulation son sang affaibli. Quelques années plus tôt, j'aurais voulu accompagner Marietta dans ses promenades curatives. Mais désormais elles ne me concernaient plus. Mon univers s'était dilaté, j'avais quitté les Fondamenta dei Mori, ma chambre, mon corps, ma finitude. Je n'habitais plus mon temps ni mon espace, mais naviguais dans le mystère de la vie, dans l'immensité du cosmos. Faustina l'accompagna. Je refermai la porte de mon atelier et me perdis dans le paysage enchanté de *La Fuite en Égypte*. Je me cachai entre les feuilles et les arbres de ma toile, je devins une traînée de nuages bleus, je fus brume, révélation, lumière.

Je les voyais parfois de ma fenêtre. Elles marchaient l'une à côté de l'autre en se tenant par la main. On aurait dit deux sœurs. Mon épouse était très inquiète pour Marietta et fut proche d'elle pendant toute cette période. Faustina ne lui avait jamais rien pardonné, et ne lui pardonna jamais, mais elle a su l'aimer en dépit de tout. Les rapports humains sont le contraire de l'arithmétique : la somme des facteurs ne donne jamais le même résultat, Seigneur. Faustina a aimé ma fille, avec douleur, rancœur, crève-cœur, jalousie, colère. Mais elle l'a aimée et elle l'a prouvé. C'était moi à la fin qui n'en étais plus capable. Portant à son chapeau un épais voile sombre pour protéger ses yeux de l'agression de la lumière, Marietta arpentait le quartier avec mon épouse, d'un pont à l'autre, jusqu'au jour où la chaleur estivale révéla la nocivité de la cure.

Alors les médecins rivalisèrent d'imagination. Ils dirent qu'elle respirait mal à cause d'un souffle au cœur qui en ralentissait les battements ou bien d'une brèche qui s'y était ouverte. Ils lui prescrivirent une ribambelle d'emplâtres, purges, clystères, pilules de rhubarbe et réglisse, eau d'absinthe, eau de bourrache et citronnelle, jeûnes, régime de poisson et enfin de viande. Puis il apparut que Marietta avait besoin de lunettes. Sa vue avait baissé.

Faustina dit que c'était de ma faute : toutes ces années dans l'obscurité de mon atelier où nous nous étions livrés à des expériences et à des petits jeux diaboliques avec les ombres lui avaient abîmé les yeux. Allez savoir, ils n'ont jamais abîmé les miens. Dans le noir, j'y vois toujours comme un chat. Et j'ai peint dans le noir tant que ma main a tenu. Marc Augsbourg essaya d'abord de la soigner avec de la poudre d'opale, qui entretient la vue, puis avec de l'eau mêlée de poudre de rubisbalais pourpre, qui soigne les maladies oculaires. Puis comme sa science des pierres ne produisait pas de meilleur résultat que l'art des médecins, il lui prit un rendez-vous chez le meilleur oculiste de Venise, Lorenzo, à l'Occhial grande, dans le quartier des Mercerie derrière San Salvador. Mais Marietta n'y alla pas.

La lunetière tenait boutique rue aux Ormesini, dans une misérable maison d'un étage, à une seule fenêtre. Elle habitait au-dessus avec son fils, un garnement tyrannique et obèse qui terrorisait les autres enfants du quartier avec sa fronde chargée de billes de plomb. C'était une grande femme anguleuse, aux yeux sombres et pénétrants de Turque et aux façons expéditives d'homme d'affaires. On l'appelait Zanetta. Je ne peux nier qu'en dépit de son sexe, elle maniait fort bien les instruments de filetage, les creusets et les verres. Elle meulait les lentilles derrière son comptoir, sanglée dans un tablier noir. J'ignore si elle vivait de son métier. Les hommes n'aiment pas confier leurs yeux à une femme. Ils se méfiaient d'elle, sa clientèle était exclusivement féminine.

Les commères de San Marcilian disaient que cette Zanetta utilisait sa profession comme un appât. Elle ne meulait pas les lentilles, mais les hommes. Elle les prenait par paire, comme *les lunettes*. Plusieurs amants l'entretenaient, tous mariés et pères de famille et elle était en couple avec un avocat. C'était peut-être vrai. C'était peut-être une ignominie. Marietta a toujours défendu Zanetta. C'est une femme qui travaille, voilà tout, disait-elle en s'échauffant. Si je n'étais pas mariée, on dirait la même chose de moi. Au fond, c'est sans grande importance. Mais j'aimerais le savoir à présent. Je voudrais demander à la lunetière pourquoi elle avait mis le grappin sur ma fille, ce qu'elle lui avait fait, car Marietta tenait à cette femme, Seigneur. Elle lui a offert sa bague de mariage montée d'un diamant. Je l'ai vue au doigt de Zanetta à la Madonna dell'Orto il y a quelques jours.

Zanetta fabriqua pour ma fille une paire de lunettes en or. Elle précisa que pour monter les verres elle n'emploierait pas le vulgaire os habituel, de veau tendre ou de mouton. Ni même l'argent. Non, pour une personne rare comme elle, il fallait le métal le plus précieux : l'or. Elle obtint de Marc Augsbourg deux diamants à sertir dans la monture, ils capteraient le chatoiement de la lumière et illumineraient son regard. Elle couvrit les verres d'une patine verte en les fumant, car elle disait que la lumière trop forte blessait les yeux de Marietta. Elle se fit payer très cher. Mon étincelle rentra à la maison souriante avec ses lunettes en or et ses verres fumés, une nouveauté absolue pour Venise, qui lui valurent une grande célébrité. Je la trouvai très belle avec ces lunettes. Elles lui donnaient un air inaccessible et mystérieux. Mais je ne lui en dis rien.

Marietta aurait pu ne jamais revoir cette femme. Il en alla autrement. La lunetière n'est jamais venue chez nous. C'était Marietta qui allait chez elle. J'appris par Dominico que Zanetta lui avait commandé un portrait. Ce n'est pas une femme illustre, lui dis-je promptement, tu dois refuser. Les femmes comme elle, sans passé, n'ont pas davantage d'avenir. Tu sais ce qu'écrivait cet original de Doni ? *À trop embaumer la rose en arrive à puer.* Marietta me répondit qu'elle avait déjà accepté, alors je la mis en garde : mon étincelle, écoute-moi, tout ce que veut cette Zanetta, c'est que tu la représentes dotée de beaux nichons, le premier barbouilleur venu ignorant tout du dessin, des couleurs et de la perspective est capable de peindre des nichons, cela ne vaut pas la peine que tu t'abîmes les yeux ni que tu prodigues ton temps et tes efforts. Même un ongle ou un téton valent la peine qu'on leur consacre son temps et ses efforts, répondit Marietta.

Les poses durèrent tout l'été, peut-être parce que la compagnie de cette femme lui plaisait, peut-être parce que, les années passant, Marietta avait choisi la lenteur, alors que j'ai opté d'entrée de jeu, depuis toujours, pour la rapidité. Plus je regarde une personne, moins j'ai l'impression de la comprendre, disait-elle. Plus je découvre de détails, plus je me perds. Tu synthétises tout de suite l'essence des gens, moi j'ai besoin de temps pour oublier l'inessentiel.

Ce portrait de Zanetta, que je n'ai jamais vu, eut du succès. On vit affluer à la porte donnant sur le quai des femmes au visage dissimulé derrière des voiles colorés, accompagnées de leurs domestiques bigarrées, qui tenaient en laisse des chiens au pelage teint en rose, des singes habillés en demoiselles, des chats bleus doux comme des nuages de coton et même un petit léopard. Ces dames provoquaient aussitôt une pagaille monstre dans le quartier. Les gondoles s'enchevêtraient sur le rio della Sensa et des jeunes gens au bonnet orné de bijoux baguenaudaient sur le campo, en attendant que leurs amies ressortent.

Ta fille ne peint plus que des prostituées, me fit remarquer Faustina. En d'autres temps, j'aurais protesté, disant que ces beautés n'étaient pas des prostituées, mais des filles de joie, c'est-à-dire des créatures qui n'existent que pour donner de la joie aux autres. Dans la société, elles sont aussi importantes que les religieuses et les épouses. En réalité, ces femmes qui descendaient l'escalier en menant grand tapage, teintes et maquillées, vêtues de couleurs criardes et montées sur des talons effrontément hauts qui leur donnaient une stature de géantes, étaient des prostituées et rien d'autre.

Ce marché de portraits pour lupanar ne servait ni le nom de Marietta ni le mien. Nous ne choisissons pas nos clients, ce sont eux qui nous choisissent. Manifestement ces femmes étaient satisfaites. Marietta leur accordait peut-être l'attention que leur refusaient les autres peintres, lesquels ne gaspillaient pas un mois de travail pour une femme de mauvaise vie, perdue de réputation. À la mort de Marietta, j'ai regretté amèrement de m'être querellé avec elle à ce propos. Si j'avais su qu'il lui restait si peu de temps à vivre, je l'aurais employé autrement.

J'ai compris trop tard ce que ces femmes avaient en commun avec ma fille. Elles n'étaient pas à son niveau. Elles n'avaient pas d'éducation, pas de cœur, pas d'esprit. Elles n'avaient peut-être même pas d'âme. Mais Marietta ne leur inventait pas une âme. Elle leur inventait un corps. Et quel corps, Seigneur. Corps pour le lit, le sexe et l'orgasme, un corps que seuls les hommes savent voir. Corps dévoilé, corps exhibé, corps savouré. Ces portraits pour chambre à coucher s'offraient au regard des marchands de passage et des capitaines, mais aussi des prêtres et des sénateurs qui se glissaient dans le lit de ces femmes. Même si personne n'avouait les avoir contemplés, même si ces tableaux n'avaient pas et n'auront jamais d'existence officielle, tout le monde à Venise les connaissait. Mais personne n'imagina que leur auteur était une femme. Ces tableaux que je n'ai jamais vus, Seigneur, étaient de moi.

Le soir de la Saint-Sylvestre, nous étions au parloir de Sant'Anna. Nous fêtions la consécration de Perina, étape la plus significative d'une vie de religieuse. Ce jour-là, son noviciat achevé, elle devint *mère*. Je me sentais très concerné par l'événement et pour mieux me prédisposer à cette joie, je m'étais abstenu de manger de la viande et confessé. Mon âme était pure, mon corps aussi. Je me souviens de ce soir-là parce que nous étions tous réunis et que ce fut la dernière fois : Zuane partit quelques semaines plus tard. Marietta, assise près de la grille, se tournait sans cesse vers la porte du parloir donnant sur la berge, qui était restée ouverte, comme si elle attendait quelqu'un. Nous avions pris l'habitude de nous entretenir ainsi, les religieuses derrière leur grille, nous de l'autre côté. On parlait de tout, on plaisantait. Nous avions bu un excellent muscat qui nous rendait euphoriques. Faustina voulait que ses filles lui vendent une comptine pour une de ses amies qui désirait raviver l'amour de son mari. Les religieuses en effet connaissent les sortilèges pour attirer l'amour des hommes, et surtout le garder. Or en vieillissant, le mari de son amie s'était amouraché non pas d'une gamine ou d'une femme de mauvaise vie, mais de l'humanité : il entendait sauver le monde. Comprenant fort bien que cette amie imaginaire était Faustina elle-même, nos religieuses, à la fois étonnées et scandalisées, protestaient : maman que dis-tu ! C'est de la superstition, nous n'y touchons pas.

Lucrezia rendait compte de ses études. Elle s'était plongée dans l'astronomie, la théorie des planètes, des pivots célestes et de la rotation des cieux. Marietta acquiesçait, un sourire distrait aux lèvres. Perina poussait sa sœur, l'interrompant sans cesse : elle voulait à tout prix montrer à Marietta une toile blanche percée de milliers de trous invisibles. À force d'insister, elle finit par la faire glisser tout entortillée de l'autre côté de la grille. Tu arrives à voir ? disait-elle. Que devrais-je voir ? demandait Marietta avec un intérêt mitigé. Le dessin, insistait Perina, touche-le du bout des doigts, tu ne sens pas les trous ? Toi, tu dessines sur le papier avec un crayon, moi sur la toile avec une aiguille. Tu peins, je brode. Maintenant je vais mettre la peinture, mais ma peinture ce sont les fils. Tu vois ce que c'est ?

Non, je ne vois rien, répondit Marietta en enlevant ses lunettes et en essuyant les verres avec son mouchoir. Soudain, à la porte donnant sur le quai, surgit, haletant, les cheveux blanchis par les flocons de neige, Iseppo le commis. Marietta ! appela-t-il avec une familiarité qui nous parut à tous injurieuse. Il se pencha pour lui murmurer quelque chose à l'oreille et elle se leva d'un bond. Elle rendit la toile blanche à la religieuse et lui dit en enfilant sa pelisse : il faut que je parte, Perina. Puis elle s'avança et posa les lèvres sur la grille. Elle embrassa au vol à la fois le fer et la bouche de sa sœur.

Où vas-tu ? lui demandai-je en la retenant par la manche. C'est la fête de sœur Perina, le plus beau jour de sa vie. Je sais, je suis désolée, murmura-t-elle, mais pour moi aussi. Je voudrais pouvoir dire que Marietta le regretta et essaya de se faire pardonner son indifférence. Mais elle n'est jamais revenue au couvent de Sant'Anna.

J'appris par Dominico que le 1er janvier la lunetière avait accouché. Je compris alors à qui étaient destinés les chaussons de laine, les bonnets, les maillots de nouveau-né et les draps que Marietta étonnamment – parce que personne jusque-là ne l'avait jamais vue l'aiguille à la main – avait brodés pendant l'hiver. Comme nous pensions qu'elle travaillait pour une progéniture qui n'était pas venue, son attitude nous embarrassait et nous chagrinait au point que nous avions fait mine de ne pas la remarquer. Seule Laura avec l'excuse de son jeune âge avait osé commenter la nouveauté. Fillette dans un monde d'adultes, elle avait attendu en vain un petit frère ou au moins un neveu. Quand naîtra-t-il ? avait-elle demandé à Marietta, en posant l'oreille sur son nombril. Bientôt, avait répondu Marietta en souriant. Nous nous étions regardés, effarés. Je m'étais dit qu'elle aurait dû révéler à mon épouse son secret d'une grossesse qui ne l'abîmait pas ni ne la déformait, parce qu'elle n'avait jamais été aussi mince.

Et voilà que la petite de Zanetta était née. Ses amants ne se présentèrent pas au baptême, mais il y avait toutes ses amies, une foule de femmes publiques, très applaudies par la jeunesse mâle de Cannaregio qui se pressait sur le campo. Ma fille était là aussi. Un geste assez inconsidéré. On n'a jamais su qui était le père de cette enfant. La lunetière lui avait donné son nom : Marietta.

Je déclarai à Faustina qu'on avait franchi la limite de la décence. Plus on remue le fumier, plus il pue. Exige de Marietta qu'elle cesse de fréquenter cette femme par égard pour le nom de notre famille, lui ordonnai-je. Mon épouse qui, assise à la table de la cuisine, s'escrimait sans grands résultats pour apprendre à lire à notre fille Laura referma son catéchisme pour enfants et me dévisagea, perplexe. Les amitiés de Marietta ne me regardent pas, dit-elle. En outre elle est contente. Après toutes ces années où elle semblait éteinte et n'arrivait à rien, elle a trouvé la porte pour sortir de sa mélancolie, elle travaille, mène ses affaires, et plutôt bien. Je ne voulais pas que tu lui apprennes à peindre, mais tu n'en as fait qu'à ta tête. C'est toi qui l'as voulu, je n'ai pas à m'en mêler, Jacomo. C'était un sujet vulgaire, dégoûtant, mesquin. Et je ne pouvais plus permettre que rien de tel contamine ma vie. J'avais vaincu les vanités terrestres. J'étais solide et serein. Détaché de tout désormais. Je vivais entre les Saintes Écritures et le paradis, conscient de la futilité de toute existence, la mienne en particulier.

Mais je devais m'enlever cette épine du pied. Ces Grâces provocantes, ces tableaux de style effrontément Tintoret proliférant dans les alcôves de femmes légères, témoins de marchandages vénaux, de tripotages, de fellations visqueuses et d'accouplements mercenaires. Ces femmes dévêtues représentées à ma manière au point de sembler peintes de ma main. Vois-tu, Seigneur, moi aussi j'avais fréquenté ces femmes. Moi aussi je les avais peintes : Camilletta dell'Orto était la plus belle femme de Venise et Veronica Franco la plus célèbre, sachant que seule Marietta a pu rivaliser en réputation avec elle. La première me paya en me restituant en privé la beauté que j'avais rendue publique, la seconde offrit mon tableau au roi de France lui-même. Leurs portraits m'avaient apporté au moins autant de célébrité qu'à elles. Ainsi nous étions quittes : la notoriété de l'un avait multiplié celle des autres et réciproquement. Dans ma jeunesse, un cardinal ne trouvait pas malséant de dîner ou dormir avec une fille de joie. Ces courtisanes participaient aux soirées de poésie, elles avaient l'obligation de savoir converser et user de manières raffinées. Elles correspondaient avec la jeunesse d'Italie la plus prometteuse. Tous les hommes intelligents les fréquentaient, ainsi que certaines dames de la noblesse. Dans ma jeunesse, les corps étaient libres comme les esprits. Ils étaient échangés, utilisés, donnés, achetés, expérimentés dans toutes les positions et les orifices, on en jouait comme d'instruments de musique, les offrait, les partageait sans que personne s'en offense. Le sang, les sécrétions et la chair ne suscitaient ni rejet ni peur.

Tout avait changé. Le saint concile avait dicté de nouvelles normes de comportement pour les prêtres, mais aussi pour nous. La réforme des mœurs rendait inacceptable ce qui était largement répandu trente ans plus tôt. À présent cette liberté si douce avait nom corruption, immoralité, luxure. On la pointait comme un vice, une absence de valeurs. Tout en renâclant, ma génération s'adapta de façon presque naturelle et nous nous posâmes même parfois en chantres du contraire de ce en quoi nous avions cru. Nous vieillissions et les renonciations destinées à nos enfants et nos petits-enfants paraissaient moins amères. On ne pratiquait plus certaines choses ou plutôt on les pratiquait encore, et on les pratiquera toujours, mais sans éclat, en catimini, le cœur lesté d'un sentiment de culpabilité et de honte. Le proverbe dit : péché caché est à moitié effacé. Aucun cardinal, aucun homme politique au pouvoir, aucun peintre respectable au service des confréries pieuses ou de l'État ne lierait plus son nom à cette catégorie de femmes, ne se ferait plus dédicacer une lettre ni ne s'afficherait plus avec elles. Ces femmes désormais n'avaient plus que leur sexe à offrir.

De toute façon, je n'ai jamais aimé peindre les femmes. Je n'ai su peindre que les miennes. Et c'était de l'histoire ancienne. Tu vois bien, Seigneur, qu'il ne s'agissait pas de la lunetière, mais de moi.

Ce fut la dernière fois que je montai dans les appartements de Marietta. J'abordai le sujet en douceur. Je ne voulais pas me quereller avec elle. Usant de précautions oratoires, je lui fis observer que certaines femmes ont besoin des peintres plus que les peintres n'ont besoin d'elles. Alors elles nous sollicitent, nous adulent, s'offrent à nous. Même les fées les plus séduisantes, celles que nous ne pourrions jamais nous payer. Les belles femmes ne manqueront jamais à un peintre. Mais en réalité ce n'est pas nous l'objet de leur véritable désir. Nous ne sommes que l'instrument qui les rendra célèbres. Nous sommes un nom, auquel elles attachent le leur. Nous sommes le rêve que leur beauté survive aux années et que, lorsque leurs admirateurs se seront volatilisés et leurs richesses évanouies – car à de rares exceptions elles ne meurent jamais dans un lit de plumes –, il restera toujours quelque part dans le monde un tableau qui conservera tout ce qu'elles auront perdu. Elles ne nous aiment pas, elles n'aiment qu'elles-mêmes.

C'est pour me parler d'amour que tu as pris la peine de monter ? me demanda Marietta, surprise. Bref, continuai-je en éludant, ces femmes trouvaient leur intérêt à la courtiser, tandis qu'elle n'en avait aucun à les fréquenter, ni dans les tableaux, ni dans la vie. Il n'était en effet pas convenable qu'une femme respectable et respectée comme elle consacre autant d'attentions à la fille bâtarde d'une prostituée. C'est toi qui parles ainsi ? s'exclama-t-elle, incrédule. Je suis un homme, Marietta. Une femme est vulnérable et la vertu d'une artiste est essentielle à sa réputation. Car un peintre peut se révéler un panier percé et un noceur, mais une femme peintre reste une femme avant tout, y compris pour ses admirateurs, et il suffit d'une tache ou d'un soupçon de tache pour briser une carrière. Peut-être injuste, c'est une loi unanimement acceptée : ni la débauche ni le dérèglement ne constituent un vice ou une infamie pour un homme, mais il en va autrement pour une femme. Celle dont on parle mal une fois – que ce soit à tort ou à raison –, celle-ci sera méprisée pour toujours. Depuis que tu es née, je cherche à te protéger du déshonneur. Mais personne ne médit de moi, s'insurgea Marietta avec un sourire indéchiffrable, dont j'ignorais s'il était ironie, dédain ou tendresse. Je suis une femme mariée dans les règles. Je ne signe pas mes tableaux et personne ne me connaît. Je n'existe même pas.

Je suis un homme public, Marietta, tentai-je de lui expliquer, je suis *célèbre*, tous mes faits et gestes sont commentés. Je serai jugé pour chacun de mes tableaux et chacune de mes actions, pour chaque parole tombée de ma bouche. Tout restera en mémoire, surtout ce qui est négligeable. J'ai commis beaucoup d'erreurs et mes péchés de jeunesse me poursuivront toujours comme mon ombre, je ne pourrai pas m'en défaire. Mais il m'a fallu toute une vie pour devenir un bon chrétien, un bon mari, un bon père, un peintre digne de peindre Dieu, tu comprends ?

Le monument que tu t'es construit et que tu as construit pour moi ne m'intéresse pas, m'interrompit Marietta. Il est faux, tissé de mensonges. Tu es le même homme qu'il y a cinquante ans, le même corsaire, le même voleur, le même amant, le même imposteur, et tu es aussi un bon chrétien, un bon mari, un bon père, un artiste digne de peindre Dieu. Il n'y a là ni contradiction ni honte, mais la vérité. Seuls les grands hommes ont le courage de la vérité. Et j'ai toujours cru que tu étais un grand homme.

Les paroles de Marietta me heurtèrent profondément. Je n'étais plus celui à qui elle pouvait parler de la sorte. Personne ne le pouvait. Tu me dois obéissance, gratitude et respect, comme et plus que tes frères, lui reprochai-je. Le *monument* que j'ai construit pour moi, je l'ai aussi construit pour toi. Que serais-tu sans ce que tu appelles mensonge ? Je te respecte plus que moi-même, protesta-t-elle vivement. Comme homme parce que tu es mon père, comme peintre parce que tu es mon maître. Je te suis reconnaissante pour chaque jour que tu m'as permis de vivre à tes côtés. Je ne sais comment j'aurais pu te le prouver sinon en regardant les gens comme tu les regardes, en les aimant comme tu les aimes et en les peignant comme tu les peindrais toi-même, ainsi que tu me l'as appris.

Marietta, lui dis-je d'un air sévère en essayant de reprendre le contrôle de la conversation, la lunetière et ses amies t'utilisent bassement. Elles tirent profit du fait que tu es ma fille. Elles exploitent ton nom, c'est-à-dire le mien, comme une rente. Depuis toujours les gens ont joué sur ta position de fille de ton père, mais à présent c'est toi-même qui abuses de toi. Tu te sers du fait d'être ma fille. Tu mets ton nom à contribution. Ce n'est ni juste ni moral. Papa ! s'écria Marietta, offensée. Ses joues avaient pris une teinte crépusculaire. Tu n'as aucun droit de faire des bénéfices sur mon dos et de traîner mon honneur dans la fange ! lâchai-je. Tu n'es même pas ma fille.

Écoute-moi, Seigneur. Il n'y a que quatre choses dans la vie sur lesquelles on ne peut pas revenir. Tes décrets, le temps passé, la flèche que nous avons décochée et les paroles que nous avons prononcées. Je ne voulais pas le dire, je ne le pensais pas. Je l'avais pensé des millions de fois en vingt-quatre ans, toutes les fois que je la regardais, toutes les fois qu'elle était près de moi. Je l'avais désiré. J'avais même prié pour déchiffrer sur le visage de Marietta la marque d'un autre, grain de beauté, envie ou tache qui nous aurait affranchis elle et moi. Je n'avais jamais rien trouvé et ne cherchais plus, c'était désormais sans importance. Mais ces paroles inutiles, déjà mortes, avaient pris une consistance telle qu'il me semblait les voir enfler dans la pièce comme une vague de boue, qui allait nous submerger et nous emporter. Si tu n'es pas mon père, ma vertu n'est plus de ton ressort, dit Marietta, glaciale. Elle m'indiqua la porte. J'hésitai. Par les fenêtres, l'obscurité laiteuse annonçait l'imminence d'une chute de neige. Je voulais lui tendre la main, la prendre dans mes bras, plonger ma bouche dans ses cheveux, lui dire que cela n'avait aucune importance qu'elle soit ou non ma fille, le sang n'a qu'une couleur, elle était mon étincelle, ma fille bien-aimée et le resterait toujours. Mais je sortis sans même me retourner.

Je redoutais ce jour-là depuis si longtemps que le moment venu, je m'en aperçus à peine. Marietta et le bijoutier qui auraient dû partir neuf ans plus tôt s'y décidèrent d'un jour à l'autre, sans nous consulter. Ils louèrent un bateau où ils entassèrent les caisses de linge et de vaisselle, vidant leurs appartements en deux heures. Tandis que les portefaix charriaient dans l'escalier leurs affaires plus tous les tableaux dans leurs cadres en or et bois sculpté, je me tenais dans la loggia avec ma femme, me répétant que tout ceci était inévitable, juste et nécessaire pour le bien-être de ma famille et pour le salut de mon âme. Mais quand un porteur lâcha une boîte, que de minuscules animaux en cire et carton-pâte roulèrent sur la berge et que je vis la girafe, le zèbre et le chameau, je descendis leur dire au revoir.

Marc Augsbourg était sur le quai, il se frottait les mains pour lutter contre le froid de ce matin de janvier. Du ciel grumeleux comme de la laine tombaient de doux flocons de neige. Il ne précisa pas leur destination et je ne posai aucune question. J'espérais seulement qu'ils partiraient assez loin pour que je n'entende plus parler d'eux. Quand je lui fis remarquer qu'Iseppo était bien paresseux de ne pas les aider à déménager, il m'expliqua qu'il venait de le renvoyer. Il ne voulait plus de commis ni d'apprenti dans ses jambes, et ce garçon était juif. Pour son épouse, la domestique suffirait. Il m'indiqua une silhouette emmitouflée de noir penchée au-dessus du bateau. Je ne m'étais pas aperçu que Marc Augsbourg avait embauché une servante. Je me demandais depuis quand.

Elle devait avoir la quarantaine. Bras robustes et mains nues, indifférente au froid et à la neige qui lui dessinait une moustache glacée sur la lèvre supérieure, elle entassait les caisses de linge sur le bateau. C'était une femme rondelette, au nez aplati et au sourire niais. Son nom était Maddalena. Elle appelait le bijoutier patron et ma fille madame, avec un respect teinté de désinvolture. Sa maîtresse la suivait du regard pendant qu'elle sanglait la pile de caisses. J'eus beau m'approcher de Marietta en frottant mes oreilles brûlées par le froid et me retrouver à côté d'elle sur la berge, si près que nos épaules se frôlaient, elle ne m'adressa pas la parole. Quand tout fut chargé, elle remit entre mes mains les clés de la maison. Il y en avait deux : l'une grande à la dorure écaillée, l'autre brillante, semblable à la première, mais en plus petit. Je les contemplai, hébété, pendant que Marc Augsbourg sautait dans le bateau.

Marietta grimpa sur la montagne de meubles. Je refermai mes doigts sur les clés : le bord échancré érafla ma paume. J'avais l'impression que tout ceci était déjà arrivé depuis longtemps et que j'assistais à une scène vécue dans un passé lointain. Si bien que la douleur de cette déchirure soudaine et brutale était atténuée, comme si elle avait été intense, mais Dieu sait quand. Je la vis s'éloigner assise sur la dernière malle, en haut de la pyramide de ses meubles, tandis que la neige tourbillonnait autour d'elle. Blottie dans une fourrure blanche, ses lunettes vertes dissimulant son regard, une fragile ombrelle en soie ouverte sur la tête pour se protéger de la neige. On aurait dit la reine d'un royaume en ruine.

29 mai 1594

Treizième jour de fièvre

Les portefaix n'en finissaient plus de décharger les caisses et les malles du bateau. Pestant et jurant, ils les ont montées par l'escalier. Les domestiques en ont ressorti les draps, les nappes, bref, tout le linge qu'ils ont rangé dans les armoires, les coffres, les commodes. Dominico a ouvert les volets et enlevé les housses des meubles. Ils parlaient à voix basse comme en présence d'un mort. Je regrette vraiment pour ma femme. J'aurais voulu la contenter, partir. Mais je n'ai pas été en état de prendre le bateau qui devait nous déposer sur la terre ferme. Je n'arriverai jamais à la voiture qui nous attendait à Marghera. Dominico et Crabelet ont essayé de me porter à bord. Mais j'étais inconscient, je délirais. Carpenedo est aussi loin qu'Augsbourg ou le royaume de Fiunga. Je n'y retournerai plus. Mon corps a décidé que la fin sera ici. Dans cette pièce, j'entends encore ses pas, le craquement du bois conserve sa voix.

Mon épouse a payé son dérangement au batelier et réservé ses services pour les jours à venir, car, même si elle ne peut pas préciser la date pour le moment, nous aurons encore besoin de lui. Elle a annoncé aux domestiques que le départ n'est que repoussé, à la suite d'un léger malaise de leur maître. Elle a dirigé les opérations jusqu'au moment où tout lui a semblé de nouveau en ordre. Puis elle s'est laissée tomber, épuisée, sur la malle contenant ses vêtements. Qu'elle a refusé de défaire. J'ignore si c'est par superstition ou désespoir. La malle est toujours là : une masse solide dans le noir qui se dresse sur le tapis comme une île dans la lagune. Faustina a enlevé son voile, ébauché un sourire. Nous irons à la campagne demain, Jacomo, après-demain, dès que tu seras remis. Elle essayait de me rassurer ou de se rassurer elle-même. Je crois qu'elle a compris à cet instant précis que quelque chose changeait, avait déjà changé, que cette fois je ne reviendrai pas en arrière.

À midi, Dominico a apporté mon repas sur un plateau. Du paon à la moutarde, c'est Ottavia qui te l'envoie, a-t-il annoncé en portant une boulette de viande à mes lèvres. J'ai secoué la tête, mon estomac est un bloc de douleur. Je me suis contenté d'en humer l'arôme et Dominico n'a pas insisté. Je vais manger à ta place, a-t-il dit en prenant une bouchée. Nous dirons à Ottavia que tu as beaucoup aimé. Ne va pas soutenir le contraire, s'il te plaît, Ottavia l'a cuisiné pour toi de ses mains, elle mérite cette illusion. Mon bon fils ne me ressemble en rien. Mais quand je le regarde, j'ai l'impression parfois de me voir quarante ans en arrière et que tout va recommencer.

Pourtant Dominico aussi rêvait d'une autre vie. À douze ans, sans que personne ait deviné ce qu'il avait ruminé tout ce temps, il demanda à Marietta de me convaincre de prendre Marco en apprentissage. Marietta pourrait toujours compter sur lui, il serait toujours son page dévoué, mais il ne voulait pas devenir son rival. Pourquoi devrais-tu devenir mon rival ? s'étonna Marietta. Elle ne le craignait pas. L'aigle n'a pas peur du moineau. Elle était plus brillante que lui et, à cette époque, meilleure aussi. Elle jugeait Dominico appliqué et productif, mais dépourvu d'imagination, d'invention et de fantaisie. Tout le monde pensait que ce serait elle mon véritable successeur. Moi comme les autres. Dominico lui tendit la bible de Cornelia. Jure que tu m'aideras à convaincre papa, lui dit-il en l'obligeant à embrasser la couverture, jure-le. Marietta jura. Son projet était le suivant : il ne voulait pas être peintre. Il voulait devenir poète, écrire des poèmes d'amour comme Pétrarque.

Poète ! Ne crois pas, Seigneur, que cette découverte me chagrina. Au contraire, elle flattait ma vanité. Un fils poète me vaudrait un grand honneur. Quelle satisfaction de voir le nom de mes modestes ancêtres – *Dominico Robusti* – sur le frontispice d'un livre et d'applaudir mon fils déclamant un poème devant des centaines de gentilshommes. Mais à ce que j'avais pu constater, les poètes naissent dans les familles riches, ce sont des nobles à l'abri des tracas matériels, qui passent leur temps dans leurs palais ou leurs villégiatures à la campagne, écrivant des vers qu'ils dédient ensuite à leurs protecteurs en attendant d'obtenir une charge d'État ou d'être nommés cardinaux ou évêques et de vivre des rentes de leur diocèse. Je ne connaissais pas un seul poète fils de peintre. Alors il faudra qu'il devienne prêtre, pensai-je.

J'emmenai Dominico avec moi dans les dîners donnés par mes amis écrivains ou aux réunions de leurs académies. Domenico Venier, poète réputé et maître reconnu par tous les écrivains de Venise – les grands qui le respectaient comme les médiocres qui lui demandaient de corriger et parfois réécrire leurs vers poussifs –, me suggéra de l'enlever de l'école publique pour le confier à un précepteur. Mon garçon avait de la volonté et une certaine aptitude à la versification, mais aussi, il faut bien le dire, une connaissance scandaleusement approximative de la culture humaniste. Or on n'a jamais vu de poète ignare. Les poètes peuvent *faire semblant* d'être ignares, écrire des vers dans le dialecte des paysans padouans ou à la manière des pêcheurs, mais c'est une fiction, justement. Les pêcheurs n'écrivent pas de vers.

J'engageai un étudiant impécunieux en quête de travail, appelé Evangelista, qui avait grandi dans un lointain village de la vallée du Tibre et venait d'arriver à Venise fort d'une seule certitude : gagner sa vie avec les mots. Pour attirer l'attention d'un prince à la recherche d'un secrétaire, il écrivait des poèmes en latin sur les chiens de chasse. Il m'en coûta au moins quatre portraits et trois madones, à savoir vingt tintorets, pour qu'il enseigne à mon fils la langue de Virgile. Aucun de nous n'en connaissait un traître mot, formules liturgiques et prières exceptées, que, soit dit en passant, nous déformions allègrement. Nous étions impressionnés par cet enfant qui, penché sur son Lucrèce jusque tard dans la soirée après avoir manié tout le jour toiles et couleurs, déclamait des hexamètres à l'adresse du mur, tandis que la bougie agonisait dans la lanterne. Je pris très au sérieux les ambitions de Dominico. Du reste, Dominico s'est toujours pris au sérieux.

Il ne ratait pas une lecture publique. Si un écrivain célèbre arrivait en ville, il s'arrangeait pour lui serrer la main. Je l'incitais à se présenter et à déclarer qu'il voulait devenir écrivain lui aussi,

Dominico acquiesçait, paralysé de honte, incapable d'aligner trois mots. Il se représentait encore les écrivains comme des prêtres du savoir, des gens sérieux et érudits, voués au culte de la langue. Un jour, chez des amis, il lui arriva de dîner avec un voyageur français appelé Montaigne. Notre Transalpin s'était empiffré, tant et si bien qu'il eut la colique et expulsa deux pierres de la taille d'une noisette. Et, pour finir, il avait demandé à ses hôtes où se trouvaient les célèbres beautés vénitiennes, parce qu'il avait vu au moins dix mille putains mais pas une seule jolie femme. Dominico avait ressenti comme une offense à l'honneur national que, dans une Venise regorgeant de trésors artistiques, le visiteur se soit enquis exclusivement de la gent féminine. Quelques années plus tard, Evangelista lui expliqua que le Transalpin avait publié des essais et que c'était un génie de la prose, le plus grand écrivain français et un des plus importants de tous les temps. Dominico n'en revient toujours pas. Montaigne ne vaut pas un coupeau d'oignon, répète-t-il. Mais c'est chez lui une attitude récente.

À quinze ans, Dominico savait par cœur le *Roland furieux* et le *Chansonnier* et copiait d'interminables séries de mots dans son cahier. Belle frêle mêle appelle ancelle harcèle carquois émoi déçois flamboie, et ainsi de suite. Il était obsédé par les rimes, les échos, les assonances. Fasciné d'entendre rimer des mots aux antipodes l'un de l'autre comme carrosse et cabosse, simarre et amarre, enlace et mélasse, pintade et incartade. Il découvrait avec enthousiasme parmi des milliers d'autres le mot jumeau et imprévu, qui agit en révélateur et perce le secret du sens. La liberté sans bornes d'assembler les mots, de rapprocher ce qui autrement ne se toucherait jamais. Cette liberté, disait-il, est la magie de la littérature.

J'ignore ce que valaient les poèmes de jeunesse de Dominico. À cette époque je ne comprenais pas le latin. *O formosa Marietta*, disait l'un d'eux, *nihil te absente videtur / dulce mihi : nunc et nitido vere omnia vident / et vario resonant volucrum Venetia pulchra cantu*. Qu'est-ce que ça veut dire ? lui demandions-nous. Rien, répondait-il. Mais c'est joli à l'oreille. *Ipse feram quae grata tibi, recitava, Tu basia junge, / gaudia, Marietta, nec mihi grata nega. / Cras, ubi nox aderit, invido elabere patri, / albaque inter lintea ad mea dona veni*. Les *basia* sont les baisers, disait Marietta en riant, allez, Menego, c'est un poème d'amour, tu invites la belle à t'embrasser sous les draps, alors pourquoi utilises-tu mon nom ?

Pour le nombre de pieds de l'hexamètre, répondait Dominico, rouge comme une tomate.

Marietta taquinait Dominico, parce que c'était le plus sérieux et le plus réservé des trois frères et qu'il ne s'exposait jamais. Ses poèmes étaient le seul lieu où se manifestait un autre Dominico, émotif et passionné, dont n'apparaissait toutefois pas trace dans la vie quotidienne. Elle avait du mal à reconnaître dans l'adolescent pudique et taciturne l'amant inventif du poème. À cause de son caractère fier et susceptible et peut-être aussi de ses yeux sombres d'Espagnol, Marietta l'avait surnommé l'Hidalgo. Si tu trouves le mot jumeau d'hidalgo, lui dit-elle, je te donnerai tous les baisers sous les draps que tu veux, parce que tu auras surpassé Pétrarque.

Si Dominico nous cachait ses poèmes en italien, en revanche il les lisait à Marietta. Il n'écrivait pas en vénitien, car l'amour tel qu'il s'exprimait dans le langage des gondoliers et des servantes lui semblait se réduire à une rencontre d'organes sexuels dans une cuisine noire de suie tandis que le chat roulé en boule près de la cheminée digère ses souris, ou sous le dais d'une gondole parmi les miasmes fétides de la lagune. L'amour dont il rêvait dans son adolescence était au contraire la communion de deux âmes en affinité, l'accord des esprits qui n'a rien à voir avec la mécanique de la chair. Comme tous les deux passaient la journée dans mon atelier à dessiner, Dominico lisait ses poèmes à Marietta pendant qu'ils déjeunaient au milieu des piaillements des plus jeunes et du tintement de la vaisselle. Il la forçait à l'écouter quand, à l'aube, transie, elle se penchait sur le baquet encore fumant et s'immobilisait attentive, fascinée, quitte ensuite à pester contre lui parce que, le temps du poème, l'eau avait refroidi et qu'à cause de lui sa toilette serait plutôt frisquette. Toilette/frisquette, consignait Dominico dans la colonne des rimes. Marietta n'y connaissait rien en poésie. À l'entendre, les poèmes de Dominico étaient magnifiques. Mais il n'avait toujours pas trouvé de rime pour hidalgo.

Quand j'informai Dominico que, s'il entendait se consacrer à la poésie et en faire sa profession, il lui faudrait devenir prêtre car un jeune homme désargenté comme lui ne pourrait pas subvenir à ses besoins, je m'attendais à le voir ébranlé, hésitant ou au moins désireux de réfléchir. Evangelista, le précepteur, lui avait dit plusieurs fois devant moi que les choses changeaient, qu'à

Venise l'Arétin et beaucoup d'écrivains à sa suite avaient réussi à vivre de leur métier, exactement comme les bijoutiers, les tailleurs et les souffleurs de verre, et que cette nouveauté finirait par changer l'histoire de la poésie et de la littérature. Dominico se plia à mon injonction, se contentant de me demander quand, où et dans quel ordre religieux. Prêtre ou moine ? Jésuite ? Carme déchaux ? Franciscain ? Bénédictin ? Frère mineur ? Il pourrait entrer dans l'ordre des chanoines de San Giorgio in Alga, propriétaire du couvent de la Madonna dell'Orto : tous les frères à l'habit bleu étaient des intellectuels et des musiciens. Loin de rebuter mon fils, l'idée d'entrer dans les ordres l'exaltait. Il connaissait des hommes qui avaient pris l'habit pour servir l'Église et parcourir le monde, convertir les sauvages d'Afrique, des Indes ou des Amériques, se blanchir d'une accusation d'hérésie ou forniquer sans se charger d'une famille : choisir la prêtrise pour devenir poète ne lui semblait pas sans noblesse. Du reste la poésie comme la peinture, la science et Dieu exigeait le sacrifice de toutes les autres passions. Les muses, affirmait-il avec sérieux, sont jalouses. Son frère Marco lui faisait remarquer, goguenard, que pinceau est du genre masculin tandis que plume est féminin. Sans compter que les pinceaux trempent toujours leurs poils dans l'huile, tandis que les muses sont vierges. Les prêtres sont obligés de s'accommoder des enfants de chœur et des femmes de mauvaise vie. Ma foi est authentique, répliquait Dominico, de même que mon amour des muses, alors que toi, tu ne crois en rien, espèce de païen. Rêve donc de pourpre et lauriers, insistait Marco, tu en reviendras.

C'est ainsi que son précepteur le prépara à entrer au séminaire de Saint-Marc. Dominico se voyait déjà impartissant la bénédiction et récitant la messe pour nous épargner les peines du purgatoire. Et nous aussi on voyait déjà notre Dominico en chape dans les cérémonies, les processions, les mystères. Dominico rêvait de devenir un prêtre respecté et raffiné comme son idole, le cardinal Pietro Bembo. Mais je craignais qu'il ne devienne un curé cynique et floué comme ce malheureux Pomponio Vecellio qui, dans l'espoir d'en tirer un salaire décent pour continuer une vie de plaisirs, avait accepté d'embrasser la carrière la moins en accord avec son caractère, puis avait passé sa jeunesse à maudire celui qui l'avait convaincu de franchir ce pas. Et jusqu'à sa dernière heure, il maudira son père et se maudira lui-même. Mais je gardai le silence.

Faustina pour sa part usa de son réalisme pour tenter de dissuader son fils. Nous n'étions pas assez fortunés pour lui acheter une paroisse, une charge de prieur, un bénéfice, ni pour le placer dans un couvent de première catégorie. Tout ce que Dominico obtiendrait de notre sainte mère l'Église serait de finir troisième curé d'une paroisse excentrée de tisserands et de marins ou pauvre moine dans un couvent mineur de Venise. Un religieux qui n'aura pas le temps d'écrire des vers ni même d'en lire : dans le meilleur des cas, un prêtre qui confesse les moniales, qui doit écouter leurs péchés et leurs lubies morbides, les exorciser et les délivrer des esprits malins, en étant lui-même toute sa vie tourmenté du désir de les posséder ; dans le pire des cas, un de ces frères héroïques qui assistent les fous, les monstres et les malades sur leur lit de mort et gagnent leur pain en accompagnant les morts à leur dernière demeure. Et ce n'était pas ce que nous voulions pour lui, ni ce qu'il visait non plus.

Il n'en ira pas ainsi, rétorqua Dominico. Le clergé de cette ville est médiocre et ignorant. La majeure partie est dépourvue de vocation, ne sait pas renoncer à la chair et ne croit même pas en Dieu. Je saurai réussir. Les hiérarchies ecclésiastiques me remarqueront. Elles ont besoin d'hommes comme moi pour faire triompher la Réforme et restaurer la véritable Église. Seuls la qualité des hommes et leur exemple donneront de la valeur aux projets de renouveau décidés au sommet, sinon le peuple croira toujours que ce ne sont que des discours de cardinaux retirés en concile et coupés de la réalité, des lois incompréhensibles et de vaines vexations. Pour rechristianiser l'Italie et Venise, il faut des saints charitables et combatifs, mais aussi des prêtres honnêtes et bien formés, ce que je serai. Alors le patriarche fera appel à moi, ou le pape. Et quand j'irai à Rome, vous m'accompagnerez. Papa travaillera au Vatican, comme Michel-Ange et Titien. En religion, je m'appellerai père Fausto, en ton honneur, mère, et parce qu'avec ce nom l'avenir me sera faste. Mon épouse et moi ne savions s'il nous fallait admirer un fils aussi éloquent ou le redouter.

Après le mariage de Marietta, Dominico ne se priva pas de son juge bienveillant, au contraire il en trouva un autre. Il montait au deuxième étage, sa liasse de feuilles sous le bras. Marietta et Marc Augsbourg constituaient tout son public. Les vers de mon fils n'ont eu que deux lecteurs. J'ignore si Dominico compose encore des poèmes, ne serait-ce que pour se distraire. Mais je sais que, peu après le mariage de sa sœur, il s'inscrivit à la corporation des peintres. Tu ne veux plus devenir prêtre ? lui demanda Marietta, incrédule. Tu ne devais pas entrer au séminaire en septembre ? Ils t'avaient accepté, pourtant. Non, je n'irai pas, répondit Dominico sans s'appesantir, j'ai changé d'avis. Marietta tombait du ciel et n'en croyait pas ses oreilles. Et Pétrarque ? Et les muses ? Je ne peux pas le quitter, répondit Dominico gravement. Il n'avait que dix-sept ans et parlait avec le sérieux que seuls les très jeunes gens peuvent se permettre sans se moquer d'eux-mêmes. Tu t'es mariée, Marco partira peut-être et ce sera pareil, Zuane tôt ou tard suivra l'appel de la musique, il faut que quelqu'un reste avec notre père. Mais je reste avec lui ! s'exclama Marietta. Tu es une femme, lui répondit-il, tu l'as déjà quitté.

Dominico a été le plus valeureux de mes collaborateurs. J'en ai tant eu que je ne me souviens pas de tous les noms. Certains en revanche m'ont été chers, comme Hans, Pieter, Lodewijk. Mais les autres sont venus, ont appris et sont repartis parce que, disaient-ils, le moment arrivait où, s'ils continuaient avec moi, ils se condamnaient à rester dans mon ombre, à disparaître derrière mon nom. Dominico est resté. J'ai toujours pu compter sur lui. Il ne s'est jamais plaint du rôle auxiliaire qui lui avait échu. Il a peint pour moi, et à ma place, tous les tableaux qu'au cours de ces quinze dernières années je n'ai pas pu ou pas voulu faire, sans prétendre à la reconnaissance ou à la gloire. Et il n'a jamais montré qu'il regrettait sa décision. Il a été un disciple digne et un fils modèle, et je voudrais lui en être reconnaissant comme il le mérite. Il a travaillé chaque jour avec zèle et aussi, oserai-je dire, avec passion, celle qu'il a sans doute toujours perçue au tréfonds le plus secret de son être. Il a continué à fréquenter des poètes et aussi des prêtres – à Venise on se moque de lui en disant que personne mieux que Dominico Tintoret ne réussit les portraits de curé –, mais il a cessé de se considérer comme l'un d'eux. Je ne pourrai jamais savoir s'il a agi ainsi pour moi ou pour lui, et je ne me pose pas vraiment la question. Il l'a fait.

Je lui ai suggéré de me laisser seul, puisque je ne dormirai pas cette nuit, l'opium auquel je suis désormais accoutumé ne me faisant plus d'effet, tandis que lui a besoin de repos. Mais Dominico a refusé d'un haussement d'épaules : Je ne suis pas fatigué du tout. C'est faux : il a les paupières gonflées, des cernes bleuâtres, les cheveux qui pendent devant son front en mèches désordonnées et les joues envahies par une barbe de trois jours. Sa présence m'est d'un grand réconfort. Il en a toujours été ainsi. Dominico a toujours su comment me prendre. Il a un caractère obstiné et une volonté de fer. Je perçois sa force. Ce fils qui, de tous, a été le seul à choisir de vivre comme j'ai vécu moi-même, n'a pas hérité de mon inquiétude. Il possède le sens pratique de sa mère et ses certitudes. Je sens que je laisse ce que j'ai construit entre des mains sûres. Ce n'est pas rien, c'est peut-être assez.

Si cela ne t'ennuie pas, père, j'aimerais rester avec toi toute la nuit. Je lui ai dit que je n'étais pas la compagnie idéale, mais avec un sourire il m'a répondu qu'il en avait l'habitude et il a tiré près de mon lit la chaise capitonnée. Je lui ai demandé de m'exposer ses projets, car même si l'avenir ne me concerne pas, lui y sera et cet avenir est déjà là. Sobrement, avec une modestie presque excessive, Dominico m'a dit que le cycle des grandes toiles qu'il vient de réaliser avec Antonio pour la Scuola dei Mercanti a reçu un accueil très favorable. Et que des propositions sont arrivées émanant d'autres confréries. Des couvents vénitiens lui ont commandé des retables et des histoires de saints. Le Collège est satisfait de la façon dont il a décoré les pièces du Palais Ducal qu'on m'avait confiées. Bref, les affaires vont bien, je n'ai pas à m'inquiéter pour lui. Mes clients sont devenus les siens, mais il a aussi beaucoup de clients nouveaux. Comme moi, Dominico est capable de supporter des charges de travail qui écraseraient un autre artiste et il a hérité de ma rapidité. Il peint les mêmes sujets que moi, souvent dans la même composition et le même style. Pourtant sa peinture n'est pas la mienne, elle la rappelle seulement. Nous nous ressemblons comme la graine et le fruit. Je lui ai recommandé de ne pas se laisser écraser par le travail. Bref, qu'il n'oublie pas de vivre. Comment disait le poète latin qu'il aimait tant quand il était jeune ? Il a dû nous le réciter mille fois. Qui était-ce ? Catulle ? Ovide ? Horace ? *Carpe diem.* Tout instant enfui est perdu.

J'ai repensé à la fervente volonté de ses jeunes années d'entrer dans les ordres. Il n'a pas pris l'habit. Mais il n'a pas pris femme non plus. Et pendant ces nombreuses années, il a repoussé toutes les suggestions de sa mère, dépréciant d'un commentaire acerbe chaque jeune femme que Faustina lui proposait en mariage. Il arguait qu'il lui aurait fallu la connaître à fond d'abord. Une femme est comme un cheval, un serviteur ou un matelas, or on n'achète ni un animal ni une personne ni un objet sans l'essayer au préalable. Comme on ne peut pas essayer une femme honnête, le jeu n'en vaut pas la chandelle.

Tout ceci a fini par tracasser Faustina. Chaque fois que je la comblais au lit, elle s'étirait entre les draps et disait, flattée : Le père n'a pas encore monté les outils au grenier ! Mais les fils ? Ils n'ont donc pas de sang dans les veines ? Comment se fait-il qu'aucun des Tintoret n'ait encore pris femme et ne pense à fonder une famille ? N'est-ce pas malsain ? Non, lui répondais-je, mes fils sont des hommes intelligents, et les hommes intelligents, à moins qu'ils ne soient fous comme moi, ne se marient pas. Faustina riait, me traitait de malotru et de fieffé boqueneuillot en me grattant le dos, puis la passe d'armes finissait en réjouissances sur l'oreiller. As-tu une bonne amie, Dominico ? lui ai-je demandé tout à trac. À trente-quatre ans, tu devrais. À ton âge, j'en avais une.

Tu en avais une à soixante aussi ! s'est-il écrié. Sa voix n'a pu dissimuler la réprobation. Je sais que Dominico me juge, il ne peut s'en empêcher. J'aurais voulu lui apprendre à accepter les faiblesses des hommes, parce que nous ne sommes pas ici-bas pour condamner les autres, mais pour les comprendre. Hélas, je n'ai trouvé le temps de lui apprendre que le clair-obscur. Un père et un fils ne doivent pas aborder ces sujets, et nous avons toujours respecté cette stupide convenance. Alors, dans la pénombre de la chambre à coucher, nous nous sommes livrés aux confidences, comme deux inconnus qui se rencontrent par hasard sur un bateau pendant une traversée de mers inconnues et qui se sentent libres, parce qu'ils sont loin de leur pays, où ils ne retourneront peut-être jamais. Mais le sujet n'est pas là, non, je n'en ai pas, a dit Dominico. Mon amoureuse était sous le même toit que moi. C'est une tradition de famille et en cela aussi, j'ai imité mon maître.

J'ai souri, car la voix de mon fils ne trahissait ni rancœur ni regret, seulement une mélancolie affectueuse. Tu n'as pas encore idée de la puissance aphrodisiaque du succès, lui ai-je dit. Un nom confère le pouvoir. C'est pour cette raison que tu dois prendre soin du nom que je t'ai transmis, comme s'il était un titre nobiliaire, un blason. C'est un héritage qui peut paraître misérable, mais crois-moi, il ne l'est pas. Le nom peut séduire un royaume. Pour être franc, a dit Dominico en lissant sa barbiche, j'en ai une petite idée. Nous avons ri des avantages insoupçonnables de la célébrité. Seigneur, je dois à Dominico ma dernière nuit de bonheur.

Les attachements en revanche sont comme la poudre à canon, a-t-il commenté, tôt ou tard ils s'enflamment et font tout sauter. Je préfère les observer chez les autres. J'ai pensé que mon fils est un véritable poète, même s'il n'écrit plus de poèmes, mais il a protesté en affirmant qu'il ne s'agit pas d'un choix empreint de noblesse, mais d'une stratégie de survie. Garder le contrôle de soi et de ses émotions lui est indispensable pour travailler avec profit. Les femmes, il préfère les peindre. Là où règne la forme, règne la beauté, et sur la toile ni le temps ni la trahison n'ont leur place. C'est la seule façon de les posséder pour toujours.

En les épousant aussi, ai-je suggéré. Dominico a répondu qu'il n'est pas nécessaire de revêtir une soutane pour répondre à une vocation. Au fond, il a déjà une famille, la mienne. Il doit déjà s'occuper de la peinture, de l'atelier, de sa mère, de ses sœurs religieuses à Sant'Anna et des plus jeunes, il n'y a pas de place pour un autre lien profond. Et si les liens ne sont pas profonds, autant ne pas en avoir. S'ils sont profonds, ils nous anéantissent quand ils se rompent. Je l'ai encouragé à avoir au moins des enfants. Ses enfants vivront quand il n'existera plus et ils le rendront éternel.

Mais quand les enfants des enfants aussi sont morts, a objecté Dominico, on est oublié. Aucune famille ne conserve de souvenirs au-delà de trois générations. Les arbres généalogiques ne sont que des feuilles de papier, sans compter que les arbres finissent par perdre leurs feuilles. En revanche, on se souvient des grands capitaines, des explorateurs, des savants, des criminels, des saints, des écrivains et aussi des artistes. Il n'appartiendra peut-être pas à ce groupe, mais moi j'en suis. Par conséquent, avec ta permission, je serai le père de tes filles. Je te promets d'en être digne. En outre, je ne pourrais pas supporter de perdre un enfant. Je ne pourrais jamais pardonner à Dieu un tel crime. Je le renierais, je cesserais de croire en lui. Or je préfère aimer Dieu. Car je l'aime sincèrement.

J'ignore s'il pensait à moi ou à elle. Tous deux avons donné à Dominico un mauvais exemple. Nous nous sommes tus. La maison dormait et aucun bruit, pas même le clapotement de l'eau dehors, n'arrivait jusqu'à nous dans la chambre. Les flammes du chandelier tremblaient doucement, inondant les draps d'une lumière rosée. Nous ne parlons jamais de Marietta tous les deux. C'est une sorte de pudeur. Dans le passé, en revanche, pendant des années, nous n'avons parlé que d'elle. Enfant, quand il était son page et son écuyer, Dominico courait d'un bout à l'autre de l'atelier, de sa chambre à la mienne, rapportant paroles et gestes, dévoilant sans même s'en rendre compte mensonges et secrets. Je lui avais demandé d'être mon espion, mais en fin de compte, c'est moi qu'il a trahi.

Marietta dort avec la poupée de chiffon. Marietta danse la gaillarde parce que, dit-elle, c'est une danse érodique, pérotique, érotique, je n'ai pas compris le mot. Marietta m'a demandé si elle te ressemble et je lui ai répondu que non, mais elle a insisté, j'ai bien dû prendre un peu de lui, regarde-moi mieux, je l'ai dévisagée et lui ai confirmé que non, pas du tout. Marietta regarde dans le miroir ses seins qui s'arrondissent, tandis que ses fesses donnent à son dos une forme de luth. Marietta m'a demandé si je la trouve belle et je lui ai dit que oui. Marietta m'a embrassé sur la bouche pour savoir quel effet ça fait et je lui ai fait remarquer qu'à mon avis c'est un péché. Marietta trouve qu'avec la barbe plus courte, tu parais plus jeune. Marietta prétend que ta peau sent l'huile et que j'ai la même odeur. Marietta a rêvé que l'oncle Comin la vendait comme esclave à un Sarrasin et que tu venais la délivrer sur un cheval blanc. Marietta a écrit une chanson pour toi qui commence par *Las, quand votre cœur si dur*, mais j'ai oublié la suite. Au fil des années, au fur et à mesure que Dominico grandissait, ses réponses devinrent de plus en plus évasives. Il ne voulait en rien me contrarier. Non, tout le temps où tu as été absent, Marietta ne s'est pas mise à la fenêtre. Oui, quand Pauwel et Lodewijk sont venus, elle est restée à la cuisine avec les autres femmes. Non, personne ne l'a vue. Non, elle n'a pas posé pour moi. Oui, bien sûr, elle a dit toutes ses prières avant d'aller se coucher.

Quand il fut adolescent et aspirant prêtre, Marietta se moqua de ses manières de jésuite et Dominico jouait volontiers le rôle du prédicateur. Il lui reprochait dans des termes enflammés ses habits de garçon d'abord et ses manières de femme libre ensuite. Elle l'appelait Hidalgo, chaste Joseph, Ignace de Loyola, père Savonarole. Il l'appelait Gabriel, Ganymède, Madeleine, Bettina Capello, une courtisane réputée qui vendait ses charmes devant la Misericordia. Elle le provoquait en l'incitant à trouver le courage de devenir son jumeau caché, de libérer la passion qui couvait sous les braises de ses poèmes. Il l'invitait à se repentir des libertés qu'elle prenait avec le monde et avec elle-même, pour ne pas brûler en enfer. Je me rends compte maintenant qu'ils jouaient et que c'était leur façon de se chamailler et peut-être de s'aimer.

Mais Dominico ne me disait pas la vérité. Marietta posait pour lui. Dominico a appris à connaître le corps féminin en étudiant le sien. Il l'a peinte quand elle était devant lui, à moins d'un pas et qu'il levait les yeux de la toile pour étudier l'expression de son visage, la courbe de son oreille et la ligne douce de sa joue, et aussi quand il ne pouvait plus la voir qu'avec les yeux de la mémoire en mobilisant ses souvenirs. Il l'a peinte même quand il n'aurait pas dû, et d'une façon qui me gêne encore. Un jour où mon fils était au chantier du Palais Ducal et que j'avais urgemment besoin d'un dessin que je lui avais prêté, j'entrai dans sa chambre et tombai sur elle à l'improviste. Sur le mur à côté du lit se trouvait une écritoire, et sur l'écritoire un portrait que j'avais fait de Dominico quelques années plus tôt. Ce portrait constituait le battant extérieur d'une sorte de placard où il rangeait ses livres. Ce placard était ouvert. Et ce n'était pas une bibliothèque. À l'intérieur, comme un secret destiné aux seuls yeux de son propriétaire, se trouvait Marietta.

Elle était vêtue avec une élégance insolente : une robe d'intérieur raffinée en satin rose doublé de damas vert, une chemise blanche serrée par un corset au décolleté trop généreux. Des perles partout, au cou, aux oreilles, piquées dans l'ourlet de la chemise. Les cheveux relevés en demi-lune, les lèvres fardées d'un rouge carmin, la poitrine épanouie à peine voilée par la rangée de perles qui constitue le bord inférieur de l'image. Marietta ne regardait ni le peintre qui l'avait représentée, ni le spectateur devant le tableau : elle nous ignorait. Sa robe d'intérieur ne la couvrait pas, au contraire. Elle écartait les pans de son vêtement, comme si elle avait été surprise par le peintre au moment de se déshabiller.

Mais il y avait pire. Ce tableau de Dominico, comme le premier chant d'un poème, avait une suite. Le second tableau était fixé au verso du premier. Dans la scène suivante, Marietta avait ôté sa robe. Et aussi délacé sa chemise. Maintenant le fond de la toile était rose, et blanche sa peau nue. Ses mains retenaient non sans malice un châle transparent, comme pour l'empêcher de tomber, en réalité pour valoriser la consistance admirable de ses seins. Sur le blanc laiteux, ses bouts de sein rosés ressortaient comme des pétales.

Le plus troublant n'était pas le geste provocant ni les formes chaudes que Dominico avait reproduites sur la toile avec tant de vraisemblance, mais l'expression qu'il avait attribuée à Marietta : le regard distant, empreint de fierté et de réserve, en contraste criant avec l'attitude de son corps qui exprimait la disponibilité et le défi. On n'aurait pas pu saisir Marietta avec plus de vérité. Moi-même je n'y suis pas arrivé.

Je ne dis pas à mon bon fils que j'avais vu ce tableau secret. Mais sa simple existence m'empêchait de dormir. Et quand un gentilhomme étranger débarqua dans mon atelier en quête d'un tableau de femme à mettre dans le cabinet de sa chambre pour stimuler sa virilité, je le lui vendis sans l'ombre d'une hésitation. L'étranger dit que cette femme sensuelle semblait à la fois une courtisane disposée à vous rendre fou de plaisir et une vierge prête à vous planter un poignard dans le cœur. C'est exactement le cas, répondis-je. L'étranger ignorait qui était la modèle et n'imaginait assurément pas que c'était Marietta.

Dominico remua la maison de fond en comble, chercha en vain partout et, craignant que son tableau n'ait été volé, fit un raffut indigne de sa philosophie et de sa religion. Quand il se rendit compte qu'aucun voleur n'était entré chez nous et que personne n'avait scié les barreaux ni forcé les serrures, il accusa son frère Marco d'avoir détruit le tableau pour le mortifier, parce qu'il était jaloux de ses dons. Le diable m'emporte si j'ai jamais voulu être à ta place, mon pauvre Dominico, disait Marco en riant, tu n'as rien que je puisse désirer, tu es un fantassin, un prêtre, le troisième larron qui tient la chandelle. Dominico tempêta, cria, déchira son tablier, jeta au sol le mortier, rompit une cruche en mille morceaux, brisa des verres, planta un éclat dans la toile à laquelle il travaillait, se tapa la tête contre les murs. Je lui dis de cesser ce cirque ridicule, parce que j'avais vendu son tableau, j'avais gagné trente ducats, lesquels, déduction faite des frais de peinture et de toile, lui appartenaient. Je les lui verserais peu à peu, chaque semaine, comme un salaire.

Père, dit mon bon fils, bouleversé, je ne peux pas croire que tu traites mon affection avec autant de désinvolture. Donne-moi cet argent et le nom du client. Je te pardonnerai. Sinon, entre toi et moi, tout est fini. Il n'y aura plus rien que des rapports de façade et je te haïrai pour toujours. Je lui donnai l'argent, mais lui précisai qu'à cette heure l'étranger avait dû quitter la république. Dominico se lança à sa poursuite, jusqu'aux portes de Milan.

Pourquoi as-tu agi ainsi ? me demanda-t-il, encore ébranlé, à son retour. Parce que tu as voulu être peintre et pas poète. Les poètes sont sentimentaux, contrairement aux peintres, qui font des tableaux pour les vendre. Toi peut-être, tu les fais pour les vendre, répliqua Dominico. Mais pas moi, pas encore, parce que je n'ai que vingt ans, et à vingt ans, un peintre n'est pas un mercenaire. J'avais peint ce tableau pour moi.

Il a peut-être peint pour lui aussi *La Mort de Clorinde*, où il a donné à la guerrière mourante le visage de Marietta. C'est notre seule façon de nous rappeler nos proches morts ou de nous libérer d'eux, et c'est un secret que nous gardons pour nous. Dominico a peaufiné ce tableau pendant des semaines et, une fois encore, il a amoureusement suivi les rondeurs du corps sous la chemise déboutonnée. Il a peint Clorinde à la renverse, visage et poitrine offerts au spectateur comme une tentation. Il a chargé le teint de son personnage jusqu'à obtenir la couleur de cendre qu'il cherchait. Il y a quelque chose de poignant dans le geste du chevalier baptisant l'infidèle bien-aimée à l'agonie qui ne pourra plus jamais être sienne, mais à qui il désire au moins ouvrir les portes du paradis. Dominico a donné à Tancrède, relégué en marge de la toile, ses propres traits. Aucune autre œuvre de Dominico n'a cette force et cette beauté désespérée. Je ne me serais jamais risqué à la vendre cette fois. Elle est restée des mois dans sa chambre. Puis elle a disparu, voilà quelque temps. Dominico l'a vendue à un gentilhomme de Mantoue qui s'en était épris. J'ignore pourquoi il y a renoncé. Chacun de nous a ses autels secrets, et les nôtres sont éparpillés dans nos maisons, nos églises et les salons des princes inconnus où nous ne pénétrerons jamais.

Jusqu'au dernier moment, Dominico est resté notre messager. Ils se sont installés dans un palais, m'informa-t-il quelques semaines après le déménagement précipité de Marietta et du bijoutier. Juste après le Grand Canal. C'est à dix minutes du traghetto de la Maddalena. Ils habitent à San Giacomo dall'Orio, derrière le campo. Il aurait mieux valu qu'ils partent en Allemagne, dis-je. Dominico soupira et entreprit de monter l'escalier. Je l'avais rejoint dans l'immense salle de la Scuola della Misericordia, transformée par décret du gouvernement en atelier temporaire à notre usage. Assisté d'une petite foule d'aides et de collaborateurs, mon fils, que tout le monde désormais appelait Tintoret le jeune, menait à bien cette folie ambitieuse qu'a été *Le Paradis*.

Au début, j'allais tous les jours dans cet édifice lugubre, inachevé et, pour cette raison, inquiétant, comme tout ce qui dans la vie n'est pas destiné à se réaliser. Ensuite ce fut une fois par semaine, puis plus rarement encore. En fin de compte, c'était moi l'auteur de cette toile si monumentale qu'elle en était monstrueuse. Je l'avais offerte à la république : je voulais qu'elle soit mon cadeau ultime et définitif à ma ville. Un cadeau sans précédent et sans égal. Je voulais la peindre à mes frais, sans aucune rétribution. Pour moi, c'était un retour à la pureté originelle de ma jeunesse. Mais l'immensité du défi – peindre le plus grand tableau du monde –, qui m'avait tant excité quand il me fallait l'imaginer, s'était révélée insensée quand j'avais dû passer à la réalisation. Je n'éprouvais plus aucun intérêt pour ces milliers de corps tourbillonnant dans le ciel des élus. Leur béatitude m'était complètement inconnue. J'avais projeté d'y intégrer tous les personnages que j'avais peints au cours de mon existence. Conçu comme l'apothéose du gouvernement vénitien et la représentation convaincante du mythe de Venise, *Le Paradis* serait en réalité mon théâtre privé, la dernière mise en scène où figureraient tous les personnages que j'avais créés, femmes, hommes, saints, madones, anges, pécheurs, sans exception : car c'était la dot que je laisserais à Venise et emporterais au ciel. Mais je n'en peignis pas un seul.

Jour après jour, mois après mois, les personnages s'accumulèrent sur les toiles. Comme l'immense Scuola della Misericordia elle-même n'était pas assez vaste, nous avions découpé *Le Paradis* en plusieurs parties, que nous avions disposées contre les murs de la Scuola. Du sol jusqu'au plafond, qui était très haut et où l'œil ne distinguait pas un nuage d'un manteau, c'était tout un peuple qui semblait se bousculer pour monter au ciel. Cette foule enrégimentée et ordonnée me communiquait un sentiment d'inquiétude. Elle me déconcertait. Elle m'effrayait carrément. Cette foule me tournait le dos ou m'ignorait, et de la sorte me jugeait et m'excluait. Moi petit, courbé, seul, eux plus grands que nature, nombreux, unis. Je les avais tous mis là-haut. Mais je n'y étais pas, Seigneur. Au fil des semaines, puis des mois, je grimpais sur l'échafaudage de plus en plus rarement, et uniquement pour juger de la qualité du travail de Dominico. C'est-à-dire du mien. À la fin, il était moi.

Tu peux dire à Marc Augsbourg que s'il a besoin d'argent pour déménager en Allemagne, je lui en prête volontiers, grommelai-je sans détourner les yeux du tableau. S'il a besoin de régler ses dettes avant de partir, il ne doit pas s'inquiéter. Papa, protesta Dominico, Marc Augsbourg n'a pas de dettes, c'est un bijoutier très estimé. Jésus-Christ semble accroupi pour aller du ventre, observai-je avec sévérité. C'est une horreur. C'est bon à accrocher dans des latrines, pas au mur du Palais Ducal. Tu vas m'arranger ça. J'irai chez eux dimanche après-midi, dit la voix embarrassée de Dominico dans mon dos, tu ferais une surprise très appréciée à Marietta en m'accompagnant. Le dimanche est le jour du Seigneur et je le consacre à la prière, dis-je en descendant de l'échafaudage.

Dominico essaya à nouveau patiemment chaque fois qu'il me pensait d'humeur propice. Tantôt Marietta et le bijoutier inauguraient leur maison et nous invitaient, tantôt il était allé pour Pâques voir l'Allemand à Rialto et Marc Augsbourg lui avait confié qu'il espérait me revoir, moi son très cher père, pour l'anniversaire de son épouse : il savait que j'avais toujours fêté solennellement cet heureux événement. Tantôt, en été, mon fils avait rencontré Marietta dans le jardin des Eisfoghel : les marchands allemands avaient donné une fête d'adieu pour leur bouffon, un petit homme dont les Gonzague leur avaient offert plusieurs milliers de ducats, car, aussi petit qu'une poupée et sans bras, il constituait une rareté stupéfiante. Marietta lui avait semblé très étrange, distraite, complètement absente, et il en avait déduit que la mélancolie l'avait reprise et qu'il lui serait bénéfique de recevoir ma visite.

Puis Dominico glissa dans la conversation des commérages qui circulaient parmi les bijoutiers de Rialto : que Maddalena, la servante de Marc Augsbourg, allait au marché les lobes d'oreilles ornés de pierres précieuses, qu'elle manipulait de grosses pièces d'argent et se comportait en maîtresse. Cette servante avait une fillette qui s'appelait Orsetta. Elle vivait avec sa grand-mère, derrière la Casaria. On disait à Rialto que c'était la fille du bijoutier. Dominico n'y croyait pas, parce que Marc Augsbourg était son ami, mais un jour, il avait rencontré dans l'échoppe de la calle della Scimmia une horrible vieille mégère accompagnée d'une petiote de deux ans environ. Une enfant de toute beauté, aux cheveux noirs et à la peau de neige. Marc Augsbourg avait ordonné à la vieille et à la petite de sortir immédiatement.

Je répétais toujours les mêmes paroles à Dominico. C'est elle qui est partie. Marietta connaît mon adresse. Si elle veut me voir, qu'elle vienne chez moi. J'avais ma fierté. Ma dignité. Je n'ai jamais demandé pardon.

À l'automne, Marietta s'humilia en me faisant appeler pour, dit-elle, me montrer ses derniers tableaux. *Des histoires*, comme elle les définissait. Elle avait expliqué à Dominico qu'elle s'était enfin essayée à quelque chose de plus ambitieux qu'un portrait. Elle s'était aperçue qu'elle ne pouvait plus différer. On ne vous considère pas vraiment comme un peintre si vous ne peignez pas une histoire. Une histoire déjà peinte mille fois, alors qu'elle n'a jamais eu lieu, et qu'il vous faut imaginer à nouveau. Elle m'a prié de te citer ce vers d'un écrivain de l'Antiquité que tu connais, me rapporta Dominico. *Les choses qui ne furent jamais, et qui sont toujours.*

Je chargeai Dominico de lui dire qu'il ne se passait pas un jour sans qu'un peintre du dimanche me supplie de juger ses barbouillages. Quiconque croyait savoir tenir un crayon m'envoyait un carton à dessins, me courtisant avec de mauvaises copies de mes œuvres, offensant mon goût avec ses croûtes. Je n'avais aucune envie de me pencher sur les gribouillis de Marietta Augsbourg.

Marietta ne se sent pas bien, lança Dominico incidemment fin janvier, pendant que nous faisions les comptes dans la pénombre de mon atelier. On le payait, mais il me remettait l'argent. Je lui en donnais sa part comme lorsqu'il était jeune. Elle savait que San Giacomo dall'Orio est un quartier insalubre, commentai-je. Il n'y a ni arbres ni jardins ni potagers, l'air est empesté par les fumées des fabriques, les miasmes des tanneries et la poussière des métiers à tisser. Je m'étonne qu'elle n'ait pas déjà les poumons déniapés. Si elle était restée à la Madonna dell'Orto, elle ne serait pas tombée malade. Ce ne sont pas les exhalaisons des fabriques qui l'indisposent, essaya de m'expliquer Dominico. Elle doit garder le lit. Elle est seule toute la journée et tu lui manques à mourir. C'est elle qui t'a demandé de m'en informer ? m'enquis-je. Le temps d'un éclair, une tresse d'or enroulée sur une nuque pâle passa devant mes yeux. Non, avoua Dominico, je l'ai compris tout seul. Alors ne te mêle pas de nos affaires. Je me suis toujours mêlé de vos affaires, objecta paisiblement Dominico, et à ta demande. Je n'irai jamais. *Jamais*, répétai-je.

Un soir, la réunion du comité de la Scuola di San Rocco s'acheva très tard. Ces années-là, je participais assidûment aux activités de la confrérie et je siégeais dans le groupe restreint du comité qui la dirigeait. On discutait avec acharnement de la destination d'une grosse somme d'argent, chaque membre voulant l'utiliser à son idée. Il fallait aussi attribuer les logements gratuits aux nécessiteux. Et mettre à jour la liste des membres invalides incapables de gagner leur vie, de même que celle des veuves avec enfants à charge et des orphelins des artisans morts dans un accident du travail ou en servant la république sur les navires de guerre. Tous gens honnêtes aux valeurs saines et aux mœurs châtiées. Des pauvres méritants, en somme. Mais j'avais fini par me rendre compte que seule la pauvreté des alliés et des protégés était considérée comme méritante, tandis qu'on estimait celle des autres comme méritée. C'était contraire à tout ce pour quoi j'avais vécu comme représentant de mon groupe social et de ma profession, comme homme et comme artiste. J'éprouvai un immense dégoût, dont je ne sais s'il visait mes amis ou moi-même.

Ces débats frisant l'indécence me démangeaient le nez comme un éternuement. Mais je me retins. La Scuola di San Rocco était ma maison et mon règne. Le lieu où tu manifestais ta présence, ton soutien, ta grandeur. Je l'honorais, la respectais. Jamais je ne la brocarderais. Au contraire, je me battrais pour qu'elle retrouve sa vocation originelle et sa noblesse. Même si je partais perdant. Mais une noble défaite vaut mieux qu'une victoire indigne. En sortant, je bouillais de colère. Je suffoquais. J'avais besoin de respirer. Quand un membre du comité, mon voisin aux Fondamenta dei Mori, me proposa de me déposer en gondole, je refusai. Je voulais rentrer à pied.

Le vent froid de mars balayait les canaux, brisant en écailles colorées les ombres des palais et des bateaux, et la mienne avec. Sur le pont du rio Marin, au lieu de me diriger vers le traghetto, je m'engageai dans un réseau de calli étroites et me retrouvai sur le campo de San Giacomo dall'Orio. Le clocher de l'église, très ancien, ressemblait à un crayon mordillé par un enfant. Le marbre du puits brillait à la lumière de la lune. La façade de leur maison se dressait au-dessus de moi, comme si elle allait s'évanouir. Je levai le regard vers le quatrième étage et regardai ce que je savais être ses fenêtres. Elles étaient noires. *Marieta*, pensais-je, je sais que tu es là, *Marieta.*

Ce n'était pas une demeure élégante. C'était une grosse bâtisse bancale et prétentieuse, trouée de fenêtres, que personne n'avait entretenue depuis au moins un siècle. Une ruche bourdonnante de voix, qui sentait le moisi et la friture. Je m'appuyai contre le mur. Le crépi s'était effrité en plusieurs endroits. Dans une fissure entre les briques, une touffe de cheveu-de-Vénus avait poussé toute seule. Un fragile pédoncule noir dépassait entre les fines feuilles vert sombre. Je l'effleurai. Cette créature s'était accrochée à une miette de terre et enracinée là où elle n'aurait ni pu ni dû pousser. Mais elle avait prospéré quand même. Et elle exhalait un parfum délicat. Ce mur décrépi était donc le mur de sa maison. Je touchai le revêtement humide, les moisissures douces comme du velours, les briques ébréchées, l'accroche rouillée de la torche, le cheveu-de-Vénus. L'anneau en fer de la porte. Elle aussi devait le toucher tous les jours. *Marieta, Marieta.*

À cet instant, la porte s'ouvrit. Je sursautai, mais ce n'était qu'un jeune garçon suivi d'un chien. Nous nous retrouvâmes nez à nez. Vous entrez, monsieur ? me demanda-t-il poliment. Le chien, une sorte de joujou au long pelage, museau pointu et oreilles pendantes, gémit en me léchant les chaussures. Par l'entrebâillement, je vis un escalier raide qui montait dans le noir, les marches usées, une rampe en bois cassée retenue par un piton. Ma Marietta, mon étincelle, ma seule étoile, celle qui est ma vie, était là-haut. Non, dis-je. Le jeune garçon détacha la laisse du petit chien, le laissant libre de gambader sur l'herbe du campo, pendant que la porte se refermait derrière lui. Je m'éloignai.

À la même époque, je livrai le monstrueux *Paradis* à la république de Venise. Il fut très applaudi. On l'accrocha solennellement au Palais Ducal, sur le mur de la salle du grand conseil. Il y est encore. J'allai trouver les procurateurs de Saint-Marc qui, sans que je leur demande rien, insistèrent pour me payer les nombreuses œuvres que j'avais exécutées dans la basilique, dont certaines remontaient à dix ans en arrière. Je fus très applaudi. Je livrai à la Scuola di San Rocco une dernière toile monumentale. Il s'agissait d'une *Visitation*, la visite de Marie à sa cousine Élisabeth. Pendant que les deux femmes, toutes deux miraculeusement enceintes, s'embrassent, le futur Jean-Baptiste tressaille dans le ventre de sa mère. Ce thème s'était imposé : la manifestation tardive, imprévue et presque miraculeuse, d'une nouvelle vie. Le tableau fut très applaudi. Quand le portail en bronze de la Scuola claqua derrière moi, je m'aperçus que ce qui avait rempli les onze dernières années de ma vie, ce qui avait été ma vie, ce qui l'avait aspirée, transfigurée et anéantie, disparaissait soudain comme s'il n'avait jamais existé. Ce fut comme éteindre une lampe dans le noir. Rien n'indique qu'elle a brillé : les ténèbres redeviennent impénétrables.

Je me réveillai en sursaut dans un temps déréglé. Il manquait onze ans sur le calendrier de ma vie. Un phénomène semblable à ce qui s'était passé quand les astronomes s'étaient aperçus que le monde était allé de l'avant pendant que le temps prenait du retard, et que, pour faire à nouveau se lever le soleil à la bonne heure et arriver le printemps au bon moment, ils avaient décidé de supprimer d'un coup ces jours rebelles. On était le 4 octobre. Nous nous étions réveillés le lendemain un 15 octobre. Ces jours manqueront à jamais au calendrier. Ces années aussi. Je ne les retrouverai jamais.

Mes journées devinrent interminables. Dominico essayait de m'occuper en me rendant compte de l'avancée du chantier

Tintoret au Palais Ducal et à la Scuola degli Impiccati di San Fantin, mais c'était avec tendresse, comme on bichonne un vieux destrier de tournoi qui ne descendra plus en lice. Alors, pour passer le temps, ma femme m'emmenait en promenade dans Venise. J'entrais dans toutes les églises et en ressortais satisfait d'avoir laissé dans chacune une trace de moi. Pendant le retour en gondole, je lui indiquais les fenêtres d'un palais et lui signalais qu'ici, dans la chapelle privée du sénateur Chose se trouvait ma Princesse, que là-bas, dans la chambre de l'ambassadeur Machin, c'était ma Danaé et, plus loin, dans le cabinet de l'évêque Untel, ma splendide Suzanne. J'avais laissé mon empreinte dans tous les palais de Venise. Mais le jour où le rio de Sant'Agostin nous emmena derrière San Giacomo dall'Orio, Faustina me fit remarquer sans réfléchir que cette église et ce quartier ne possédaient pas d'œuvre de moi.

Mon entreprise était achevée. J'avais vécu pour elle et il m'avait été accordé d'atteindre mon but. Étais-je heureux, Seigneur ? Étais-je fier ? En paix avec moi-même ? En mesure de savourer la moisson après les semailles ? D'apprécier les louanges, le succès, la gloire pour lesquels j'avais exclusivement vécu ? Et pour lesquels j'avais tout sacrifié, tout. Moins que jamais. Je voulais qu'on me redonne les jours manquants, les heures volées, ma vie. J'attendais quelque chose, mais j'ignorais quoi, et de toute façon, rien ne vint. Je cessai mes pèlerinages dans mes églises. Je cessai de chercher à me souvenir où – passant de main en main, de vente en vente – avaient atterri mes Adultères. Je cessai même de peindre. De son côté, Dominico cessa de me glisser des nouvelles sur la santé de Marietta, pour laquelle de toute façon je n'avais jamais manifesté d'intérêt. J'attendais et jouais du luth, je jouais et attendais.

Mais rien ne vint. Tout m'était devenu étranger. Rien n'importait. Ma vie entière s'était désintégrée. Une bulle de savon. Un rêve d'enfant. Tout ce que j'avais accompli était une parenthèse dans le néant. Et si on a vécu pour rien, autant n'être jamais né. Jusqu'à ce matin de juillet où j'ordonnai à Crabelet de me procurer une gondole et me fis emmener à San Giacomo dall'Orio.

Le palais me parut encore plus bancal et prétentieux que la première fois. Une épaisse poussière de laine blanche tombait en flocons des filatures voisines. Au seuil des pauvres logis, des grappes de femmes avachies sur des chaises en paille crevées allaitaient leurs enfants. Dans la cour habitaient des tisserands miséreux, déguenillés et éreintés. Leur dos était déformé, leurs doigts rétractés en crochet. Le bruit des métiers qui claquaient sans répit rappelait le tic-tac des horloges. Au quatrième étage, la domestique vint m'accueillir en s'essuyant les mains sur son tablier. Elles étaient larges et rouges. Les casseroles sur le feu dans la cuisine répandaient une alléchante odeur de mer. Qui dois-je annoncer ? me demanda-t-elle, comme si elle ne m'avait jamais rencontré. Tu ne dois annoncer personne, je suis son père.

Je la suivis à travers un salon inondé de la lumière vive de juillet. Les appartements de Marc et Marietta me semblèrent immenses et étrangement vides. Leurs rares meubles flottaient dans des espaces sidéraux. La domestique était dotée d'un postérieur monumental. Il me fut impossible de détacher mon regard de cette masse de chair molle, débordante, éhontée. Aucun homme ne l'aurait pu.

Maddalena m'indiqua la porte fermée de l'atelier de ma fille. L'illustre maître Jacomo Robusti, madame, annonça-t-elle en ouvrant sans frapper. Je vous laisse seuls, dit-elle en s'adressant à moi. Elle avait un regard entendu, comme si elle voulait me signifier qu'elle connaissait un secret. Jacomo, c'est toi ! s'écria Marietta, en se levant avec difficulté d'un siège capitonné pour venir à ma rencontre d'un pas titubant, étonnamment incertain. Dis-moi que je ne rêve pas. Parfois, j'ai des visions. J'invente ce que je veux absolument voir et ensuite j'oublie que j'ai inventé. Laisse-moi te toucher.

Sa robe de chambre dénouée découvrait une énorme rondeur. Marietta était enceinte. Immensément enceinte. Elle devait être à quelques jours du terme. Je le savais depuis des mois. Mais à cet instant seulement, cela devint évident et irréversible. Je tendis instinctivement les mains et les posai sur l'énorme protubérance. Sous mes doigts, quelque chose gargouilla et bougea. Marietta passa ses mains sur mon visage, mes joues, mon nez, ma bouche, puis caressa ma barbe, étonnée peut-être parce qu'elle avait blanchi. Pourquoi es-tu venu ? murmura-t-elle, en se retirant près de la fenêtre. Que pouvais-je répondre ? Parce que tu es mon étincelle et que sans toi je ne suis que cendre froide ? Je n'ai jamais su prononcer une phrase pareille.

Je suis venu voir *les choses qui ne furent jamais, et qui sont toujours*. Tes histoires, Marietta. Tu m'avais demandé mon avis, lui rappelai-je. Mais en proférant ces paroles, je mesurai leur absurdité. Il n'y avait aucune histoire. Il n'y avait aucune toile sur le chevalet. On ne voyait ni feuilles, ni esquisses, ni dessins, ni rouleaux de lin, ni fusains, ni crayons, ni plumes d'oie. La palette était propre. Tous les bols vides. Et, oublié dans un coin, le mortier où elle broyait les couleurs était recouvert d'une épaisse couche de poussière. Où sont tes histoires, Marietta ? Tu les vois, me répondit-elle.

Je regardai son corps grossi, ses seins gonflés, ses jambes de cire, les meubles naufragés, les murs nus. Le crépi, boursouflé par l'humidité saline, s'effritait doucement. Un doux duvet blanc s'était déposé sur le sol, l'écritoire, les lunettes aux verres fumés abandonnées sur une étagère. J'aurais voulu lui demander ce qu'elle avait fait de son talent. Mais elle ouvrit la fenêtre et me montra le tourbillon de poussière qui roulait dans le ciel, au-dessus des filatures du Grand Canal. Les cheminées sur les toits lâchaient leur fumée droit vers le haut, et ces colonnes de poussière et de vapeur dépassaient les faîtes, frôlaient les clochers et les croix qui les dominaient, puis se tressaient, se confondaient et s'évanouissaient parmi les nuages. Je ne me lasse pas de contempler ce spectacle, dit-elle.

Ferme la fenêtre, *Marieta*, la chaleur rentre, on étouffe ici, lui dis-je. Quoi de plus fascinant que la poussière, murmura-t-elle. La plupart des gens ne la remarquent que lorsqu'elle se dépose sur leurs meubles, leurs sols, leurs vêtements. Mais la poussière est partout. Elle est plus dense dans les rayons du soleil, peut-être parce que la lumière l'attire irrésistiblement. Elle est minuscule, invisible, insignifiante. Si on souffle dessus, elle s'envole. Il n'y a rien au monde qui ait moins de valeur. C'est la chose la plus inconsistante que je connaisse, plus inconsistante que le vent. Pourtant elle est incroyablement tenace. J'essaie de comprendre pourquoi elle existe. À quoi servent les choses inutiles, Jacomo ?

Ferme la fenêtre, *Marieta*, répétai-je. Et comme ma fille ne semblait pas m'écouter, agacé, je la fermai moi-même. Comme elle était bizarre, Seigneur. Si je n'avais pas aussi bien connu son visage, son front lumineux, sa fossette au menton, l'ombre de ses cils, le pli de ses lèvres, j'aurais juré que c'était une étrangère.

Dans ses yeux clairs brillait une douce et angoissante folie. Elle fixait toujours le nuage doré qui tourbillonnait dans le rayon de lumière : jaillissant derrière la maison d'en face, il tombait exactement à ses pieds. Le soleil attire la poussière, parce qu'il la rend visible. La poussière a besoin d'être vue, sinon elle ne sait pas qu'elle existe, tu comprends ? me dit-elle. Mon étincelle, balbutiai-je en tirant les rideaux, pourquoi parles-tu ainsi ?

D'une extrême pâleur, hébétée, enflée, la peau couleur de lune, des cernes bleuâtres sous ses paupières rougies, Marietta, ma fille bien-aimée. Elle était là, dans cette pièce trop vide, vêtue de cette robe de chambre négligée, dans cette demeure laide sans loggia, sans berge, sans eau, dans cette maison étrangère, avec deux étrangers. Comment en était-on arrivé là ? Je glissai ses lunettes dans ma poche. Je pris un manteau jeté sur un dossier de chaise. Je le posai sur ses épaules. Je cherchai ses chaussures du regard, car elle portait des pantoufles doublées de tissu fabriquées par Perina Dieu sait quand, mais je ne les vis nulle part et ne voulais pas appeler la servante. Viens, mon étincelle, dis-je en la prenant par la main, allons-nous-en. Où ? demanda Marietta. Mais elle n'opposa pas de résistance et se laissa entraîner vers la porte. J'ordonnai à Crabelet de nous conduire à la maison.

Il faisait nuit noire quand j'ai demandé à Dominico de m'aider à descendre du lit. Comme je n'avais plus la force de tenir sur mes jambes, il m'a chargé sur son dos. Je lui ai dit de ne pas faire de bruit. Personne ne doit se réveiller, c'est une chose qui ne regarde que nous deux. J'ai passé mes bras autour de sa gorge et il me tenait sous les cuisses. Il m'a porté ainsi jusqu'à l'atelier, traversant la maison endormie. Il descendait impassible les marches glissantes de notre vieil escalier, chargé de tout mon poids qui entravait ses mouvements. J'ai pensé à la fuite d'Énée, mais nous ne quittons pas une patrie en flammes. Ou peut-être que si, et dans ce cas, cette patrie, c'est ma vie passée. Elle se répand en cendres. Les tisons ardents qui tombent des décombres peuvent encore me brûler. Mais j'ignore où je vais, Seigneur, et si une autre patrie m'attend.

De temps en temps Dominico s'arrêtait, soufflait et reprenait sa respiration. Heureusement que tu ne manges pas depuis treize jours, papa, a-t-il dit pour plaisanter, tu es léger comme une plume. Mais son dos et ses cheveux étaient moites de sueur. J'ai perdu les autres. Mon bon Dominico est le seul enfant qui me reste.

Nous sommes entrés dans l'atelier. La lanterne que Dominico tenait haut devant lui projetait une lumière mouvante sur mes tableaux alignés contre les murs. Mon atelier est une galerie de fantômes : sur les toiles préparées avec un apprêt sombre ressortent en blanc les coups de pinceau rapides de l'esquisse et les visages anonymes de mes personnages. Je les ai tout juste ébauchés, des têtes ovales sans yeux, sans bouche, sans nez. Je n'aurai ni le temps, ni l'envie et la force de les continuer. Mon théâtre a baissé son rideau. Nous nous sommes assis à l'écritoire. Il a sorti du tiroir le registre des dépenses : c'est Dominico qui le tient, car c'est toujours lui qui a été chargé de mettre de l'ordre dans notre vie. Je l'ai prié de lire les noms des clients, de contrôler si des délais de livraison arrivent à expiration. Pourquoi maintenant, père ? m'a-t-il demandé sans comprendre. À cette heure-ci ? Rien ne presse. Tu n'arrives pas à garder les yeux ouverts, ni même à rester assis.

Nous avons passé le reste de la nuit à démêler contrats et écritures, à associer esquisses et têtes ovales à un nom. Tâche de savoir qui attend quoi. C'est essentiel. Parce que tout cela te revient. Que dis-tu, cher père ? s'est-il alarmé. Jusqu'à cette nuit, Dominico a refusé de voir la gravité de ma maladie. Et moi aussi. Je te confie toutes ces œuvres, lui ai-je expliqué. C'est toi qui devras les finir.

Les clients voulaient qu'elles soient signées. Mais enfin, je ne signe plus rien ! ai-je répondu. Peut-être, a dit Dominico en souriant, mais seulement quand tu ne les as pas peintes et que tu les envoies en province où personne ne peut remarquer la différence entre ta main et la nôtre. Il n'y a pas de différence, l'ai-je coupé. Je suis vous et vous êtes moi. La maison Tintoret est une république fondée sur le mérite, pas une tyrannie fondée sur la force. Tu ne parlais pas ainsi autrefois, s'est exclamé Dominico en souriant, je me souviens du théorème de Tintoret.

Théorème pythagoricien. Démontré mathématiquement par Ipernic le fou. Le Soleil est immobile au centre de l'univers, la Terre, la Lune et les autres planètes tournent autour du Soleil, et c'est pour cette raison que la nuit succède au jour. Théorème tintoresque. Démontré empiriquement par Jacomo le sage. Le Soleil, c'est moi, et je fais le jour et la nuit. Tant que je brille, vous, les planètes, devez tourner autour de moi. Quand je m'éteins, vous prenez ma place et vous éclairez les autres planètes, car l'univers est infini. Et sombre.

Je me rappelle mes enfants récitant ces paroles aussi audacieuses que dangereuses, qui auraient pu tous nous envoyer devant les tribunaux de l'Inquisition et dont moi-même je ne comprenais pas très bien le sens. Mais mes amis philosophes et savants les murmuraient dans leurs réunions, et j'avais été frappé par cette idée folle et révolutionnaire que la Terre n'était pas le centre du monde, et que le centre en était le Soleil, c'est-à-dire la lumière. Je sentais que, tout inconcevable qu'elle fût, cette idée était vraie. J'ai cru moi aussi, et je crois toujours, que la lumière est tout. Devant l'infini, nous ne sommes rien d'autre que la lueur d'une étincelle dans l'éternité de la nuit. Mais cette étincelle aussi est éternelle. Mes enfants auraient retenu n'importe quelle absurdité ou hérésie venant de moi et ils m'auraient suivi n'importe où, parce que j'étais vraiment leur Soleil.

Cet Ipernic ou Copernic, le nom m'échappe, a peut-être raison, mais moi j'avais tort. J'avais lancé une boutade facile, un jeu de mots impertinent. Je n'étais pas, je ne suis pas, le Soleil. Moi aussi j'avais besoin de mes enfants-planètes. Sans leur aide, je n'aurais jamais achevé mon entreprise, parce que je n'aurais pas été assez libre ni assez serein pour m'y consacrer. S'ils se sont servis de moi, moi aussi je me suis servi d'eux. Je les ai peut-être même faits pour cette raison.

Achève les tableaux, Dominico. Tu as été mes yeux quand je ne pouvais plus voir, mes oreilles quand je ne pouvais plus entendre, ma voix quand je ne pouvais plus parler. Tu es ma main depuis longtemps. Je te remercie de cet honneur, père, m'a-t-il dit. Ne t'inquiète pas pour les délais. Je les respecterai. Les clients seront contents. Il ne sortira rien d'ici que tu n'aurais approuvé. Ses yeux sombres brillaient. Je sais que je l'ai rendu heureux. Je place en mon bon Dominico tous mes espoirs que mon nom me survive, qu'il aborde le nouveau siècle et reste. Quand tu te seras débarrassé des commandes du vieux Tintoret, ai-je ajouté, tu pourras agir à ta guise. Mais je ne veux pas agir à ma guise, père ! s'est-il exclamé. Tu l'as déjà fait, Hidalgo, lui ai-je dit, et j'en suis content.

Tandis que nous remontions lentement vers la chambre, moi toujours juché sur son dos, les mains de mon fils passées sous mes cuisses, je lui ai parlé de la petite. Il y a une orpheline, aux Zitelle della Giudecca. Elle est blonde avec des yeux clairs comme l'aigue-marine. C'est un petit être, qui parle avec l'accent des pêcheurs de la lagune. Elle s'appelle Andriana. Il faut que tu ailles la chercher et que tu l'embauches. Nous n'avons pas besoin d'une domestique de plus, a objecté Dominico. Nous avons déjà Vienna pour la cuisine et Betta qui aide maman à tenir la maison, sans compter Crabelet. Que ferons-nous d'une fillette malingre qui ne saura faire ni la lessive ni la vaisselle et n'aura pas la force de tirer l'eau au puits ? Nous avons tellement de place maintenant, lui ai-je répondu, cette maison est grande. Installe-la à l'entresol ou sous le toit, où tu veux, mais il faut que tu l'embauches.

Papa, ta femme ne voudra jamais prendre chez elle une servante jeune. Je sais que quand vous vous êtes mariés, vous avez passé un pacte. Ton serviteur est nain et sa domestique est plus âgée qu'elle. Mais tu iras la chercher quand je ne serai plus, ai-je expliqué. C'est une fillette sérieuse, mais elle a déjà douze ans, or elle n'a pas de dot et n'a reçu aucune éducation, si une famille honnête ne la recueille pas sous son toit, soit elle épousera un pêcheur auprès de qui elle ne trouvera que les coups et la misère, soit elle finira fille de joie, et je ne le veux pas. Qui est-ce ? m'a demandé Dominico inquiet en s'arrêtant à la moitié de l'escalier. Notre ombre s'est dessinée sur le mur, nous étions une chimère étrange, une créature avec deux jambes, quatre bras et deux têtes. Je l'ignore, Dominico, ai-je répondu, et peu importe.

Si tel est ton désir, père, je recueillerai cette Andriana chez nous, a-t-il dit. Puis il a pris une bonne inspiration et a recommencé à monter. Je l'ai averti que j'avais une autre mission pour lui. Demain, quand il se sera un peu reposé, il doit aller à San Marcuola, chez Antonio Brinis pour lui demander de venir me voir. Qui est Antonio Brinis ? a-t-il demandé, surpris. Je ne le connais pas. C'est le notaire, Dominico.

Non, papa ! a-t-il crié, je n'irai pas, tu n'as pas besoin de rédiger ton testament, tu n'es pas malade à ce point, tu es juste affaibli.

Si, au contraire, je dois mettre par écrit dans un document ce que nous nous sommes dit cette nuit. *Verba volant*, disais-tu quand tu apprenais le latin, *scripta manent*, tu te souviens ?

Je ne parle plus le latin, je l'ai oublié. La poésie aussi, tu l'as oubliée ? Tu ne cherches plus de rimes ? Ah si, toujours, père ! J'ai du mal à trouver le sommeil. Avant de m'endormir, je compile dans ma tête le dictionnaire des mots jumeaux. Si je devais le coucher par écrit un jour, il me faudrait une telle quantité de papier que toutes les loques de ce pays ne suffiraient pas à la produire. Mais je ne déshabillerai jamais les pauvres pour remplir le monde de mes effusions. Je ne transformerai jamais le bon demi-peintre que je suis en mauvais poète complet. Le monde n'a pas perdu un nouveau Pétrarque quand il a gagné un second Tintoret.

Dominico a tiré les rideaux du baldaquin. Je me suis allongé dans mon lit. Le soleil se levait. Comme j'aurais aimé voir l'aube. Le soleil qui émerge de la mer, la nuit qui peu à peu perd sa densité, l'ombre qui se dissipe et se lève au-dessus de Venise comme un rideau de théâtre. La lumière caressait les draps, un mince rayon timide, animé d'une inconsistante brume de poussière. Des myriades de grains, peut-être des millions, luisants, vibrants, vivants. Comme j'étais las et comme je me sentais bien. Mon bon Dominico m'a bordé, il a dégagé mon visage de mes cheveux. Puis il s'est penché pour m'embrasser sur le front et un instant j'ai pensé qu'en fin de compte, il était comme mon père et moi son fils, et que notre temps était fini.

As-tu trouvé le mot jumeau d'Hidalgo ? lui ai-je demandé. Non, a-t-il répondu en soufflant sur la flamme et en éteignant la lampe. Marietta avait bien choisi mon nom, tu sais. Il me ressemble. C'est un mot célibataire.

30 mai 1594

Quatorzième jour de fièvre

Mon silence s'étant prolongé, le notaire m'a demandé si je voulais ajouter une clause ou un codicille. J'ai secoué la tête. Je ne fais jamais d'ajout, maître Brinis, vous devriez le savoir, je peaufine les choses proches, importantes et je laisse leurs imperfections et leurs lacunes à celles qui sont loin.

Des objets à distribuer aux amis ? Mes amis ont déjà des tableaux de moi et je ne possède rien d'autre. Tintoret, la loi m'impose de vous demander si vous voulez préciser quels pauvres assister, quel hôpital, quel orphelinat, quelle maison pour vieilles filles ou pécheresses repenties. Il me suffit d'avoir été pauvre et de ne plus l'être, à présent laissez-moi penser aux miennes, d'orphelines, ai-je répondu en scandalisant le brave tabellion habitué aux donations de riches grippe-sous, qui espèrent écourter ainsi leur séjour au purgatoire, déployant à leur mort une générosité qu'ils se sont bien gardés de montrer de leur vivant. Je ne suis pas de cet acabit, j'ai essayé de trouver le paradis sur terre, car bien malin qui peut savoir si je jouirai d'un autre ailleurs, j'ai déjà donné ce que je devais donner et je laisse le reste à ceux que j'aime. Je me souviens d'une phrase d'un philosophe anglais, Bacon. Il disait de ne pas repousser la charité au moment de notre mort, car celui qui nous jugera sait que nos richesses ne nous appartiennent plus à ce moment-là.

Et les funérailles, la cérémonie, l'habit que vous voulez porter, vous ne spécifiez rien, Tintoret ? Je m'en bats les joues, maître, ai-je marmonné, ma femme s'en occupera, elle a toujours rêvé de m'habiller richement et moi, au lieu de contenter ce désir innocent, je m'en suis toujours cruellement gaussé. Laissez ma brave épouse me vêtir de ma toge de noble, qu'elle pare le coq des plumes du paon dans mon cercueil, pour une fois je la rendrai heureuse. Mais en voilà assez, votre compagnie m'évoque de mauvais présages et je suis exténué, ayez l'obligeance de sortir de céans, j'attends quelqu'un.

Les deux témoins, Iseppo da Murano et Sebastiano Franceschi, ont signé le document, ils m'ont souhaité de me rétablir – je suis robuste comme un chêne, je m'en sortirai – et de me remettre au travail le plus vite possible, et ils sont partis. Faustina sans doute aux aguets derrière la porte s'est aussitôt approchée du notaire et Antonio Brinis a pris congé en ôtant son calot et en me souhaitant au revoir dans dix ans. Pour tout autre détail qui me reviendrait, je n'ai qu'à le faire appeler. Il y aurait bien quelque chose, ai-je murmuré. Parler me coûtait un effort indescriptible, comme soulever une montagne. J'avais la bouche sèche, pleine de sable. Le notaire s'est rassis sur le lit, a sorti du papier et trempé sa plume dans l'encrier. Mon épouse et Dominico se sont approchés pour saisir mes dernières paroles. Je peux dire que je les ai surpris une fois de plus. Ne m'enterrez pas tout de suite, ai-je dit tout bas. Attendez. Gardez-moi trois jours. Au cas où je me réveillerais.

Vous voilà de belle humeur, Tintoret, a dit le notaire avec un sourire en posant sa plume, rebouchant l'encrier et rangeant ses accessoires dans son sac. Mais je n'écrirai pas cette extravagance dans votre testament. Mon mari est différent, est intervenue Faustina pour me justifier, il n'a jamais rien fait comme tout le monde. Il a toujours agi à sa guise. Il veut mourir aussi à sa guise. J'ai essayé de lui sourire, parce que je l'ai soupçonnée à tort. Si cette femme ne m'a pas compris, elle m'a accepté, et l'amour n'est pas autre chose. Le feu ne peut pas côtoyer le feu, et elle a été terre pour mes folies. Mais les muscles de mon visage sont peut-être crispés et Faustina n'a pas saisi mon sourire.

Laissez-moi ici, dans ce lit, ai-je précisé à mon bon Dominico qui me regardait effaré. Pendant trois jours. Ensuite, faites comme vous l'entendez, car je serai vraiment parti.

Je les ai entendus murmurer derrière les rideaux du baldaquin, déconcertés. Ils ont pensé que c'était ma dernière toquade, la plus macabre. Ce sont les saints et les visionnaires qui restent trois jours sans sépulture, allez savoir ce qui lui est passé par la tête, il espère peut-être ressusciter à la quarantième heure, comme Notre-Seigneur, a supposé Sebastiano Franceschi, qui me connaît depuis toujours et ne s'étonne plus de rien. Il a peut-être peur de la mort apparente, l'a contredit Faustina. Mais pourquoi ? Nous n'en avons jamais parlé, nous ne connaissons personne à qui ce soit arrivé. Quel bissêtre ! a-t-elle gémi d'une voix suraiguë. Mais alors, si son esprit bat la campagne, c'est que mon pauvre Jacomo part vraiment ! Elle a reniflé, comme si elle pleurait. J'aurais voulu essuyer ses larmes. Mais mes mains ne m'obéissent plus. Je n'ai même pas été capable d'écrire mes dernières volontés. Vous faites fausse route, a chuchoté Dominico avec tendresse. Le Capitan a relevé l'ultime défi, le rêveur téméraire veut peut-être essayer de combattre la mort.

J'ignore s'il dit vrai. C'est possible. Mais pendant que je dictais au notaire que je laisse maîtresse et propriétaire de tous mes biens et de tous mes enfants ma très chère épouse Faustina Episcopi, et héritier de mon atelier mon bon Dominico, mon esprit a divagué et je me suis souvenu du livre de voyages que, voici bien longtemps, Marietta lisait à ses frères et sœurs plus jeunes. Cette lecture les marquait si fort qu'ils venaient me harceler, me demandant si tout cela était vrai et comment convertir ces peuples païens. Et pour qu'ils cessent, il fallait que leur mère les traîne au lit par les oreilles. Le narrateur – je ne me souviens plus s'il s'agissait d'un marchand ou d'un missionnaire – traverse les déserts de l'Asie. Un jour dans un village, il trouve les habitants désespérés et en pleurs. Il s'enquiert de la cause d'une telle affliction et on lui répond qu'un grand roi est mort. Le voyageur arrive devant un édifice en brique au sommet duquel le mort a été placé dans un cercueil de cristal sans couvercle. L'édifice est entouré de troncs, bois, meubles et coffres : tout est prêt pour un immense bûcher. Mais le feu est éteint. Quand le narrateur demande ce qu'ils attendent, les habitants du village répondent que le mort a entrepris son dernier voyage et que personne ne doit le déranger. Pour allumer le bûcher il faut attendre que le soleil se couche une troisième fois après qu'il a rendu son dernier souffle.

Pourquoi ? demande le marchand ou missionnaire. On lui explique que le roi a besoin de trois jours pour traverser les royaumes qui le séparent de l'éternité. Si le feu est allumé avant, le mort n'aura pas le temps de les traverser et son âme restera prisonnière des cendres de son corps, alors il continuera d'errer sur la terre en essayant de récupérer ce qu'on lui a enlevé, de comprendre ce qu'il n'a pas compris et d'achever ce qu'il n'a pas achevé, ce qui le rend odieux aux vivants et à lui-même, parce qu'il ne se délivrera jamais de ce qui a été et qu'il ne trouvera jamais la route du ciel.

Quels sont ces trois royaumes ? demandaient anxieusement les enfants. Attendez, j'y arrive, répondait Marietta. Elle tournait la page et cherchait la réponse, mais en vain. En effet, les habitants du village ne voulaient pas la donner au voyageur, car, disaient-ils, il devait comprendre tout seul. Intrigué, le voyageur décide de s'arrêter trois jours au village et s'installe dans une hutte. Pendant ce temps, les habitants entassent sur le bûcher tout ce que le défunt a possédé sur cette terre. Ses vêtements, ses chaussures, ses chapeaux, les sonnailles de son bétail, ses lances, son armure, ses boucliers, ses poteries, mais aussi les riches selles, les bijoux en or et des centaines d'objets précieux, car le mort était un grand roi. De très loin arrivent tous ses enfants, ses sujets et les amis venus lui dire adieu. À l'aube du troisième jour, on approche enfin la torche des fagots, et le bûcher s'embrase. Les trois royaumes, dit le voyageur triomphant, sont le passé, le présent et l'avenir. Le défunt les a traversés et maintenant il est libre.

Pourquoi pas l'enfer, le purgatoire et le paradis, Marietta ? demandaient les filles. Ce sont pourtant les trois royaumes. Ils n'existent pas pour les païens ? Non, répondait-elle, seules les choses en lesquelles tu crois existent. Alors si on n'y croit pas, Dieu non plus n'existe pas, papa ? courait me demander Perina, perturbée. Ces questions me mettaient en difficulté, parce que je n'étais pas sûr d'avoir compris l'histoire du voyageur. Le défunt, disais-je, indécis, a contemplé le mystère, il sait donc ce que contient le silence du ciel. Et que contient-il ? Je l'ignore, mes filles, je ne suis jamais mort.

Tous les hommes se souviennent du jour où ils sont devenus vieux. Pour beaucoup d'entre eux, la vieillesse est arrivée au lit.

Une nuit soudain, à côté de la courtisane la plus experte ou de l'épouse la plus aimée, le mât ne s'est plus dressé, a répondu non au désir, est resté inerte, mou, affligé. Pour d'autres, la vieillesse est arrivée avec l'incontinence urinaire, la défection de la vessie, une fistule dans l'anus. Moi aussi je me souviens de ce jour. Ma gaule n'a jamais gardé tête basse, ma femme me plaît toujours et je ne l'ai jamais déçue. Je n'ai pas eu de brûlures au sphincter, d'urines troubles, de calculs aux rognons ou de palpitations de cœur. Ma vieillesse pesait neuf livres, son crâne était couvert d'un épais duvet, elle avait deux pieds, deux mains, des yeux glauques voilés par les humeurs de sa mère et le cordon ombilical pendant entre les cuisses. Ma vieillesse était un garçon, et elle portait mon nom. Marietta l'a appelé Jacometto.

Je suis resté dans mon atelier à massacrer mon luth sans conviction pendant presque trente-six heures. On était début août, je suffoquais. Les cordes de l'instrument glissaient sous mes doigts moites de sueur. Il n'y avait pas un souffle de vent. Le rio sous mes fenêtres exhalait une odeur rance d'ordures. Je n'avais aucun engagement. J'étais désœuvré. Complètement vide. Mon corps brûlait et mon cerveau fumait.

Mon petit-fils s'est toujours fait attendre. Peut-être ne voulait-il pas naître ou bien voulait-il déjà mourir. Si seulement il n'était jamais venu. Il serait resté un désir et un rêve, et nous pourrions nous passer de lui, renoncer à lui. Mais ce n'est pas possible avec Jacometto, parce qu'il a existé. Parce qu'il y a eu un jour où je lui ai appris à marcher sous la tonnelle de Carpenedo, et cet enfant regardait vers moi, comme si je pouvais le soutenir ou le protéger, et il ne tombait pas. Pourtant quel soulagement l'avait accueilli, comme s'il était un cadeau ou un miracle. Mais il n'a été ni l'un ni l'autre. Il a été ton jouet, et ton châtiment.

J'ai essayé de dormir, sans y parvenir, parce que cette fois ce n'étaient pas ses pas qui me gardaient éveillé, ni les grincements des poutres, ni le jeu du bois ou des lattes du plancher, ni le bruit des ressorts du lit, mais une plainte qui descendait par le conduit de la cheminée, et je ne sais te dire si elle ressemblait plus à une demande d'aide désespérée ou à un gémissement de plaisir. J'ai écouté pendant des heures les pas de la sage-femme, de mon épouse, puis du chirurgien. Parfois je percevais la voix de Marietta et même ses paroles, lucides et pleines d'égards, jusque dans un tel moment. Je ne veux pas crier, papa ne doit pas s'inquiéter, donnez-moi quelque chose à mordre.

Elle était dans notre chambre, dans mon lit. Elle n'avait rien voulu emporter de la maison de San Giacomo dall'Orio. Quand j'avais envoyé Crabelet chercher ses affaires, il était revenu avec la robe d'accouchement, les langes pour le bébé, un flacon d'eau de fleurs d'oranger et mon cadeau de mariage : le portrait de Marc Augsbourg. Ce tableau était son talisman, elle disait : Jacomo, j'y perçois tout ton amour.

La seconde nuit arriva le chirurgien, il déclara que, dès que la parturiente mourrait, on inciserait l'utérus et on dégagerait l'enfant, lequel avait des chances d'en sortir vivant, car on pratiquait cette opération depuis la nuit des temps. Puis il demanda qu'on le réveille dès que le trépas serait avéré, car le corps de la mère ne devait pas se rigidifier et il s'endormit sur une chaise, la tête contre le mur. Faustina fit appeler le bijoutier.

Je m'attendais à ce qu'il trafique avec ses pierres, que sais-je, avec une citrine, dont il disait toujours qu'elle aide les femmes à accoucher, ou un béryl couleur d'eau marine, utile aux femmes qui ne sentent pas les douleurs. Mais pas du tout, le philosophe naturaliste qu'était Marc Augsbourg s'agenouilla dans l'angle où se trouvait la niche de la Vierge constamment éclairée par des cierges, c'est-à-dire notre petit autel de famille, et se mit à égrener le rosaire. Je lui demandai s'il priait pour elle ou pour son enfant. Pour Marietta, répondit-il, presque offensé, c'est ma compagne, mon fils est un étranger. Je l'aimerai s'il vit, mais s'il la tue, je ne pourrai jamais lui pardonner.

Nous sommes restés côte à côte en silence jusqu'à l'aube. Les gémissements étouffés de Marietta derrière la porte fermée de la chambre lacéraient ma chair et la sienne. Aujourd'hui rien ne me lie à Marc Augsbourg, sa mélancolie m'irrite, sa douleur m'est étrangère, comme son destin. Mais, cette nuit-là, nous étions unis par une intimité que je n'ai pas honte de qualifier de bouleversante. En un certain sens, cet homme *était* ma chair, il était moi. J'éprouvais pour lui une tendresse que je n'ai jamais éprouvée pour mes propres enfants. Mais j'étais en même temps dévoré par une jalousie lancinante. Nous étions là, mous comme des chiffes, et je ne pouvais m'empêcher de le regarder. Mes filles ont toujours considéré le bijoutier comme le plus séduisant des hommes.

Grand, élancé, toujours élégant, des manières courtoises et raffinées de gentilhomme, une peau lisse et mate, des mains aux doigts fuselés, de longs cils sur des yeux sombres. Mes mains en revanche sont grosses, déformées par un cal dur à l'intérieur du pouce, à l'endroit qui pendant des années a tenu le pinceau. Mes doigts sont des os décharnés et le dos de ma main est défiguré par les taches de vieillesse. Mon corps trapu et disgracieux est décati. Augsbourg dégageait une bonne odeur de musc et d'ambre, moi une mauvaise de sueur et de peur. Le bijoutier n'avait pas encore quarante ans, une chevelure abondante et un visage lisse sans une marque ni une cicatrice. Le miroir incliné sur la cheminée me renvoyait notre image même quand je détournais le regard. Ses épaules larges, ses jambes longues, son front haut. Ma barbe hirsute couleur cendre, mes cheveux en bataille, mes rides, ma fatigue. Marc Augsbourg était au zénith de la vie. Moi j'entrais dans l'hiver. Ma vie s'éteignait. Le meilleur était derrière moi. Rien ne pouvait plus me surprendre, aucune nouveauté, aucune passion ne m'attendait. Tout m'était déjà arrivé. Quand enfin le nouveau venu tant attendu a miaulé, je me suis rendu compte, avec un désespoir qui ne m'a plus quitté, que j'avais déjà soixante-dix ans.

Nous nous sommes précipités ensemble dans la chambre. Faustina trempait le bébé dans la bassine d'eau chaude et le lavait avec l'habileté acquise dans ses nombreuses maternités. Marc Augsbourg n'a pas accordé un regard à son enfant, il s'est agenouillé près du lit où elle était allongée, les yeux fermés, baignant dans son sang. Il y avait du sang sur les draps, sur l'oreiller, sur les tabliers de la sage-femme et de mon épouse, sur les instruments effrayants du chirurgien – tenailles, trépans, seringues, molettes, curettes, cautères –, sur le sol et jusque sur les murs. Des giclures rouges tachaient aussi le portrait que je lui avais offert pour son mariage et qu'elle avait accroché près de son lit. On aurait dit que la pièce, devenue abattoir et boucherie, avait été le théâtre d'un meurtre abominable. Dans un certains sens, c'était le cas.

Marc Augsbourg a éclaté en sanglots, comme un enfant. Moi aussi, de l'autre côté du lit, je me suis penché sur elle. J'ai touché ses cheveux, sa joue, son épaule. Marietta n'a pas bougé. Mais elle n'était pas morte. Quand j'ai touché sa bouche, un souffle ténu est passé sur ma main. Faustina a invité le bijoutier à se comporter en Allemand, parce que sa femme qui venait de subir les douleurs atroces de l'accouchement, plus intenses que si elle avait avalé des lames de couteau et des tisons ardents, n'avait que faire d'un mari qui pleurnichait comme une femmelette. Puis elle nous a pressés de sortir tous les deux, nous sommes parfaitement inutiles ici, c'est une affaire de femmes. Il faut une aiguille et du fil, il faut recoudre et ni l'un ni l'autre ne savons broder, vous les hommes n'êtes capables que de tout briser.

Mon étincelle, ai-je balbutié, *Marieta*. Elle n'avait pas la force d'ouvrir les yeux. J'ai serré son poignet. Le sang de ma fille a trempé la manche de ma chemise. Le bâtonnet qu'elle avait gardé dans sa bouche pendant toutes ces heures avait glissé sur l'oreiller, dans ses cheveux. Je l'ai récupéré. Il était encore humide de salive. La marque de ses dents était restée imprimée dans le bois. Depuis, chaque fois que je voudrais crier de douleur ou de désespoir, je prends ce bâtonnet dans ma bouche, je le serre entre mes dents et je le mords jusqu'à avoir mal aux mâchoires. J'étais pétrifié. Je tenais toujours son poignet et je la regardais.

Le chirurgien a demandé qui des deux voulait couper le cordon. Marc Augsbourg a secoué la tête. J'ai pris les ciseaux sur la table. La sage-femme a installé le nouveau-né sur un tas de coussins. Ses vagissements devenaient de plus en plus aigus. Le cordon était épais comme un cordage de bateau. C'était sa chair. Je l'ai coupée d'un seul coup. À cet instant, sans m'en rendre compte, j'ai tranché le fil qui m'avait tenu lié à elle, et elle à moi. C'est ce jour-là que Marietta a commencé à me quitter.

Nous l'avons enseveli au cimetière de Carpenedo parce qu'on n'avait pas le temps de l'emmener à Venise. C'était le dernier jour de juillet. Marc Augsbourg et moi sommes restés sous le soleil brûlant jusqu'au moment où les fossoyeurs ont comblé la tombe à pelletées de terre. Elle n'est pas venue. Jacometto a vécu onze mois et vingt-quatre jours. Il n'avait commis aucune faute. Il ne savait prononcer que sept mots et l'un d'eux était Jacomo. Son passage sur terre a été si court qu'il n'a rien laissé derrière lui, sinon un lange de lin, une paire de minuscules chaussures brodées et une poignée de souvenirs qui m'ont rongé comme une gangrène. J'ignore ce qu'il aurait pu devenir, qui il aurait pu être. Si, en grandissant, il m'aurait déçu, renié ou combattu comme mes enfants, ou s'il aurait été ce que je désirais qu'il soit : l'ombre tenace de ma vie se prolongeant au-delà du temps et des générations, mon défi au temps et à la mort.

Tu ne lui as rien accordé de tout cela, Seigneur. Tu l'as fauché quand il était encore une hypothèse et un mystère plus grandiose et sublime que tous les mystères de la foi. Quand je le prenais sur mes genoux ou le chargeais sur mes épaules pour le promener dans le jardin ou dans les champs autour de chez nous, et que je lui disais de cueillir des mûres dans les buissons, il me regardait, dubitatif et hésitant, je me demandais ce que pensent les enfants et si, en leur for intérieur, ils savent déjà tout. Les enfants possèdent peut-être le don de clairvoyance, parce qu'ils possèdent le secret du temps, que nous avons oublié.

Jacometto a toujours été prudent, comme s'il mesurait qu'il courait un grave danger. Il ne s'éloignait jamais de Marietta de plus de deux ou trois pas : il percevait peut-être l'hostilité du monde. Il avait peur du noir, des chiens, des éclairs et de l'orage. Des étrangers et parfois même de son père. Mais il a toujours eu confiance en moi. Et mon impuissance n'en est que plus amère. Il aimait ce qui brille : les bijoux de sa mère, les taches que le soleil dessinait sur le mur de sa chambre, mais aussi le reflet de la lumière dans l'eau d'une flaque. Mais il aimait par-dessus tout les perles du collier de Marietta, il les portait à sa bouche et ne se lassait pas de les sucer. C'est lui qui l'a cassé, dans une crise de convulsions. Les perles ont roulé par terre, certaines n'ont jamais été retrouvées.

Jacometto était de santé fragile. Cet automne-là, puis l'hiver aussi, il eut souvent de la fièvre. Le climat de Venise était trop dur pour lui. Marietta ne voulait pas rentrer chez elle. Elle était persuadée que la domestique, cette Maddalena, lui voulait du mal et désirait la mort de son bébé. Que c'était elle qui le rendait malade. Elle soutenait des accusations absurdes, terribles. Que Maddalena lui avait nui. Qu'elle lui avait jeté un sort, qu'elle avait fait dévorer son effigie par des sorcières. Elle voulait le faire exorciser par un prêtre, par des guérisseuses, tout était bon. Elle le munit d'une amulette, d'un fin cartouche portant une inscription incompréhensible, d'un petit boîtier rempli de poudre, d'une croix. Fin avril, je la convainquis de l'emmener à la campagne. Je partis avec eux.

Plus rien ne me retenait à Venise. L'entreprise de la Scuola di San Rocco achevée, *Le Paradis* livré au Palais Ducal, je ne trouvais plus rien de stimulant à peindre, il me semblait que j'avais déjà tout fait. Je me limitais à suggérer des idées à mes assistants, et j'avais confié le nom de Tintoret à Dominico. Je croyais même que je ne pourrais plus jamais rien peindre, qu'une époque entière de ma vie était révolue. Mais je n'étais pas frappé de mélancolie. Devant moi s'ouvrait quelque chose que je ne m'étais jamais accordé. Et je voulais enfin en profiter. Faustina avait remarqué qu'en m'occupant de mon petit-fils je rembobinais le fil de mon temps et que je retrouvais ce que je croyais avoir perdu, ma jeunesse. C'était pour cette raison que j'aimais mon petit-fils davantage que je n'avais aimé mes enfants et que j'étais aussi heureux. Mais je lui avais répondu qu'il ne s'agissait pas de cela. Tu vois, Seigneur, cette période a été le couronnement de mon existence. C'était comme si à la fin plus rien n'avait d'importance et que tout était retombé. Sauf l'essentiel. Ce qui seul a un sens, ce qui *donne* un sens à tout instant à toute chose. Sans la peinture et sans le plaisir, auxquels j'avais renoncé, j'étais devenu ce que je suis. Un moi-même nu et désarmé, sans défense et par conséquent aussi prédisposé au bonheur que l'enfant de ma fille.

Le bijoutier nous rejoignait en voiture le samedi après-midi et repartait à l'aube du lundi. Nous l'avions déjà exclu de la famille. Il essayait de jouer avec Jacometto, mais il était maladroit, le monde de l'enfance lui était totalement étranger, il ne savait pas adopter le bon registre pour lui parler, ni même le prendre dans ses bras et souvent, sans le vouloir, il l'effrayait. En regardant Marc Augsbourg qui tentait de capter l'attention du petit en agitant devant ses yeux sa chaîne en argent, je me suis demandé si moi aussi j'avais été un père de cet acabit, si en réalité j'avais jamais été un père.

À la campagne, Jacometto recouvra la santé. Il prit de bonnes joues. Nous l'emmenions dans la vigne, dans le poulailler, jouer avec les lapins des métayers. Au soleil, sa peau prit une teinte dorée. Ce printemps-là, puis cet été, ni Marietta ni moi n'avons touché un pinceau. J'aurais aimé le peindre. Tout le monde dit que j'ai su peindre les enfants, que j'ai su rendre leur sérieux et leur grâce, leur légèreté et leur mystère. Mais je voulais peindre Jacometto quand ses traits ne changeraient plus et seraient reconnaissables entre tous, quand Jacometto cesserait d'être identique à mille autres bébés, que n'affleureraient plus sur son visage les traces de toutes les générations qui l'avaient précédé et qu'il commencerait à être lui-même. Nous le regardions vivre, et c'était tout.

Soudain, alors que titubant sur ses petites jambes il venait vers moi qui l'attendais contre le tronc du chêne, un poussin entre les mains, il s'est écroulé sur l'herbe. Ses petits muscles se sont contractés, en proie à des spasmes. Il s'est mis à pleurer et à trembler, et il était impossible de le calmer. Le même jour, il a tété d'une traite, jusqu'à ce que sa mère n'ait plus rien à lui donner. Marietta n'avait pas voulu prendre de nourrice, elle l'allaitait encore. Faustina suggéra que cette faim insatiable signifiait peut-être simplement que le moment de le sevrer était venu. Mais c'était autre chose, l'enfant pleurait, pleurait sans s'arrêter, inconsolable. Puis il a été repris de convulsions et l'hémorragie est survenue, il perdait du sang par le nez, la bouche, et ses selles aussi avaient du sang.

Carpenedo est un hameau, quelques fermes éparses dans la campagne toute plate, où vivent des paysans, des bergers, les métayers des aristocrates qui possèdent des villas dans les environs et les ouvriers de la filature. Aucun médecin n'y vit, nous n'avons trouvé qu'un praticien de Vicence qui séjournait dans la villa des Morosini. Il nous débita un laïus aussi interminable qu'abstrus et abscons. Aristote dans ses *Problèmes*, pérora-t-il, affirme que les convulsions des bébés sont dues à l'influence de la Lune et Platon dans le *Timée* établit qu'en ce monde inférieur rien ne se fait dont l'origine ne se trouve dans une cause céleste et qui n'en procède. C'est-à-dire qu'on ne peut éviter ce qui arrive d'en haut et que les philosophes de la nature et les docteurs appellent cette qualité destin céleste. Qu'a mon petit ? le coupa Marietta d'un cri. Bref, la conclusion du médecin fut que Jacometto avait des vers.

Je ne saurais dire ce que sont exactement les vers, s'ils se nichent en effet dans l'intestin des enfants, proliférant et se multipliant jusqu'à l'anéantir ou s'il s'agit d'une métaphore concrète pour un mal invisible. Mais à Venise j'ai vu mourir de vers des dizaines d'enfants. Les vers sont leur meurtrier comme l'accouchement est celui de leur mère et la crise cardiaque le nôtre. Mais le médecin de Vicence ne trouvait pas grave le cas de Jacometto. Du reste, notre sainte mère l'Église nous apprend que l'influence des étoiles n'est pas nécessitante, sans compter que l'enfant n'avait pas de planètes adverses : la Lune décroissait. Il nous conseilla des cataplasmes de zédoaire aux vertus émollientes et de camphre, qui rafraîchit et conserve le corps. La germandrée petit-chêne aussi est une plante utile en cas d'inflammation de la muqueuse intestinale et de prurit anal. Le bijoutier partit aussitôt pour Venise, je me souviens du fanal ballotté par les nids-de-poule qui, au bout du virage, disparut dans la nuit. Il revint le lendemain avec Dominico, porteurs d'une pleine caisse de médicaments. Nous avons appliqué ses prescriptions à la lettre, mais le traitement n'a apporté aucun soulagement. Jacometto continuait à perdre du sang et à pleurer.

L'enfant a souffert atrocement, et nous n'avons rien pu faire pour l'aider. Il a pleuré dix jours durant, tant qu'il lui est resté un filet de voix. Ses pleurs résonnent encore à mes oreilles, c'est une prière que tu n'as pas écoutée. Et si tu ne l'as pas écouté, lui, Seigneur, tu ne m'écouteras pas non plus, je ne m'adresse qu'à moi-même. Jacometto n'a pas pu se défendre, tu l'as sacrifié comme un agneau. Mais sa souffrance ne pouvait être d'aucun profit. Il n'avait que onze mois. Il était absolument et totalement innocent. En toutes ces années, moi qui n'ai jamais accepté l'ordre des choses, je me suis habitué à accepter le sens du monde. Je me suis réconcilié peu à peu avec ce que nous appelons destin. J'ai trouvé une raison possible à la famine, à la guerre qui pourtant a ravagé mon pays, à la violence, à la stupidité, à la peste. Et même à la mort de mon fils : c'est comme si tu avais repris Ottavio pour permettre à mes huit autres enfants de prospérer et à moi de comprendre mes devoirs envers toi. La mort de Cornelia et celle d'Andriana, celle de Giovanni et même celle de Marietta pourraient en définitive avoir une raison et un but dans la logique impénétrable de la providence. Celle de Jacometto n'en a aucune. Mais si le mal est gratuit, si nos actions ne peuvent pas changer le cours des choses ni ton jugement, à quoi sert notre existence, pourquoi cherchons-nous à suivre le bien et nous interdisons-nous le pire qui nous rendrait plus heureux, pourquoi renonçons-nous au péché et déposons-nous entre tes mains ce qui nous est le plus cher ? Parce que, à la fin, quand j'ai pris des bras de ma fille Jacometto désormais tout bleu, que je l'ai enveloppé dans son linceul et déposé dans son cercueil, j'ai pensé que seul le mal est vrai, Seigneur, et que toi seul es notre illusion désespérée.

Jacometto pleurait, se tordait, la regardait, nous regardait tous comme s'il voulait nous demander : pourquoi me faites-vous ça ? Pourquoi ? Aidez-moi. Et il ne pouvait même pas parler. Dans son visage émacié, ses yeux étaient devenus immenses. Je ne me suis aperçu qu'à la fin qu'ils étaient couleur de jade, veinés de vert aigue-marine, comme les miens. La dernière nuit, ses pleurs étaient légers comme un miaulement de chaton et pourtant déchirants. J'ai été tenté de l'étouffer sous son oreiller, pour mettre fin à ses souffrances. Il est mort entre ses bras.

Elle ne voulait pas le quitter. Elle refusait de croire qu'il ne se réveillerait pas. Toute la journée du lendemain, elle nous a empêchés de le toucher, elle a continué à le bercer et à lui chanter dodo l'enfant do, la bouche pressée contre cette oreille qui ne pouvait plus entendre sa voix. Faustina elle-même n'a pas réussi à la persuader de se séparer de lui. Il faut qu'on le lave et qu'on le parfume, Marietta, disait-elle, il faut qu'on lui mette ses plus beaux vêtements. Mais elle n'a pas voulu l'écouter. Laisse-le dormir, a-t-elle répondu, il vient de s'endormir, il a tellement pleuré.

Faustina nous a rejoints sous la tonnelle, les yeux bouffis de larmes. Elle était folle de cet enfant. Et ce n'était même pas son petit-fils. Nous avons eu neuf enfants, disait-elle toujours – tu vois, Seigneur, elle incluait Marietta dans la liste. J'aurai au moins cent petits-enfants : mais c'est le premier et nous le ferons roi des Tintoret. Aucun autre n'est venu. Dominico est entré dans les ordres avec la peinture, Marco ne se chargera jamais d'un enfant. Si Ottavia et Laura prennent le voile, Jacometto restera notre unique petit-fils, il n'y aura pas de troisième génération, et mon sang s'arrêtera avec moi. Faustina s'est mouchée, a essuyé ses yeux : elle a toujours été concrète et positive. Elle regardait déjà vers l'avenir. Elle a suggéré au bijoutier d'adopter un de ces enfants de l'hospice qui sont seuls au monde et que leurs nouveaux parents appellent enfants de l'amour. Et de l'adopter tout de suite. Ce serait le meilleur remède pour Marietta. Marc Augsbourg lui a pris les mains et les a embrassées en disant : vous êtes une femme trop droite pour comprendre deux âmes sombres comme nous.

Jacometto est devenu tout bleu, a murmuré Ottavia, il a des taches sur les bras, il faut l'enterrer tout de suite. La décomposition a déjà commencé. Il faisait très chaud cet été-là. Si on ne cueillait pas rapidement les fruits, ils pourrissaient sur les branches des arbres. Les melons éclataient sous le feu du soleil. Le bijoutier a essayé de convaincre Marietta de donner l'enfant, mais elle l'a mis à la porte. Va-t'en, l'avons-nous entendue crier sauvagement, ne touche pas mon fils, tu l'as toujours détesté.

Il faut lui donner quelque chose, a déclaré Dominico impressionné, un calmant, un somnifère, je vais à Venise acheter de l'opium. Tu n'as pas besoin de courir à Venise, a dit Marco à voix basse, j'en ai dans ma trousse autant que tu en veux. Le moment était si triste que personne d'entre nous n'a réfléchi à ce que signifiait cette affirmation déconcertante. Nous nous en sommes au contraire réjouis. La poudre de pavot la ferait dormir et oublier. Le bijoutier est sorti de la chambre, bouleversé. Je crains que Marietta n'ait l'esprit dérangé, a été son commentaire laconique. Alors Faustina m'a prié de la ramener à la raison. Je suis le seul en mesure de le faire.

Marietta était assise devant la fenêtre grande ouverte sur la campagne. Le jardin brûlait sous le soleil d'été, mais au fond, par-delà le mur, on apercevait l'étang des voisins. Un saule chevelu projetait une ombre circulaire alentour. Les feuilles caressaient l'eau. Des dizaines d'oiseaux chantaient à l'abri de ses branches. Jacometto portait une brassière en mousseline transparente, elle le serrait contre sa poitrine. Elle essayait de l'allaiter. Malgré la fenêtre ouverte, une odeur acide planait dans la pièce. J'ai dû réprimer un début de nausée. Je me suis penché sur elle. J'éprouvais de la répugnance pour ce paquet livide et nauséabond, mais je lui ai caressé les cheveux. Mon petit-fils avait des cheveux couleur rouille, très fins, une couronne de boucles autour du front. Il est mort, Marietta. Sois raisonnable, mon cœur, tu dois le laisser partir.

Le ferais-tu, Jacomo ? m'a répondu ma fille en levant à peine la tête. Elle n'avait pas l'esprit dérangé. Ses yeux étaient secs. Ce n'est que bien plus tard que Marietta a réussi à pleurer son fils. Les lèvres de mon petit-fils étaient noires. Scellées, elles étaient pressées contre le sein maternel. Elles devaient être dures et froides comme du marbre. Sa tête aussi était glacée. Non, tu ne l'aurais jamais laissé partir, murmura Marietta. Tu crois que j'ai oublié ? Tu ne m'as pas laissée mourir. Mais moi, je ne l'ai pas assez aimé.

Je ne sais pas pleurer, Seigneur. Tu ne m'as pas appris à me libérer de la douleur. Je peux la supporter. Je suis un rocher battu par la vaine insistance des vagues. L'onde me polit, arrache des cavités où je les cache poissons, crabes, oursins, tous ces êtres épineux et fragiles qui trouvent refuge en moi, mais elle ne peut pas me déplacer. À la fin, vide et abandonné après la bourrasque, je suis toujours là. Eux toutefois m'ont déserté, parce que je ne les ai pas défendus. Je n'ai pas tenté d'imposer le silence à ma fille, il fallait qu'elle dise les absurdités dont elle me fit part cette nuit-là, pour peut-être les oublier.

Le ciel était une mare de pétrole quand je lui ai demandé de me donner l'enfant. Afin qu'elle se repose un peu. Elle n'avait pas dormi depuis quinze jours et devait être à bout de forces. Je ne peux pas dormir, a-t-elle murmuré, je n'y arrive pas. Je lui ai tendu le verre où j'avais versé la poudre de pavot. Je l'ai obligée à boire, en pressant le bord du verre sur ses lèvres. Marietta l'a vidé sans rien me demander. Puis elle lui a essuyé le front et me l'a posé délicatement dans les bras. Jacometto pesait le poids d'un bloc de pierre. Il avait encore les yeux ouverts et je les lui ai fermés avec mon doigt. Dors maintenant, ai-je dit à l'enfant, et aussi à ma fille. Marietta a fermé les yeux et s'est abandonnée sur l'oreiller. Je suis resté avec eux jusqu'à l'aube. Le soleil était déjà haut quand nous l'avons enseveli au cimetière de Carpenedo. Marietta dormait encore.

Steiner est parti pour l'Allemagne le lendemain. À Augsbourg vivaient encore des parents à lui, qu'il voyait désormais comme sa famille. Ce soir-là, il a veillé tard avec Dominico. Le ciel était limpide et sans nuages, ils guettaient les étoiles filantes. Le bijoutier disait que la nuit de la Saint-Laurent, la trajectoire des étoiles filantes lui indiquerait le chemin pour retrouver son épouse. Car les êtres humains sont comme les étoiles, certaines sont fixes, d'autres sont errantes et vagabondes, et elle était de ces dernières. Dominico a essayé de le dissuader d'entreprendre ce voyage. C'était son meilleur ami. Le bijoutier lui a répondu qu'il fallait laisser le temps à Marietta d'accepter ce qui était arrivé. Il ne voulait pas la forcer ni lui imposer sa compagnie. Marietta refusait de le voir et de lui parler. Elle ne l'accusait de rien, simplement elle ne voulait plus vivre avec lui, et Marc Augsbourg respectait sa volonté. Il a toujours respecté sa volonté et à présent j'ignore si cette noble compréhension était un signe d'amour profond ou d'indifférence. Il me l'a confiée et a fui. Voilà ce qui s'est passé. Sa réaction était compréhensible. Il ne pouvait agir autrement, il espérait peut-être obtenir par son absence ce qu'il n'avait pas obtenu en onze années de patience et de présence. Marc Augsbourg a toujours été un philosophe et il répétait souvent que, dans les échauffourées entre amants, la victoire va à celui qui s'abaisse le plus et que, dans les vicissitudes de l'amour, le gain échoit à celui qui supporte le plus. Sincèrement, j'ignore si son choix fut sage. Pour ma part, je l'ai empêché de le vérifier. Je la lui ai arrachée. Marc Augsbourg ne l'a pas revue vivante.

Mon fils et mon gendre se sont éloignés dans la campagne sombre. Je sais qu'ils sont restés éveillés jusqu'au coucher des étoiles, épiant le zodiaque, les planètes et les douze maisons du ciel, cherchant Pégase qui donne la victoire et Andromède qui rend éternel l'amour entre mari et femme. Ils sont rentrés quand le ciel bleuissait. Le bijoutier a dit à Dominico que, selon le rabbin Chimeli, il y a mille quatre-vingt-dix-huit étoiles errantes et quatre étoiles fixes. Mais à son avis les étoiles sont beaucoup plus nombreuses et, comme le sage Alpetragius, Augsbourg estime qu'il y a dans les cieux des mouvements inconnus des hommes, ainsi que des étoiles et des corps auxquels ces mouvements s'appliquent et qu'on n'a pas découverts jusqu'à présent. Cette conviction, qui naît de sa confiance dans le mystère de l'infini, lui confère une grande sérénité. Il a indiqué à Dominico des dizaines de constellations sur la voûte céleste et il connaissait les influences et les vertus de chacune. Marc Augsbourg a toujours cru dans le pouvoir des corps inanimés et éternels, étoiles, gemmes, cailloux. Il n'a jamais su comprendre que le vrai pouvoir réside dans les corps qui passent, vivent, changent, souffrent, se corrompent et disparaissent. En fin de compte, notre corps est tout ce que nous possédons.

Il nous est arrivé parfois d'en débattre. Je lui reprochais d'être matérialiste, le bijoutier rétorquait que c'était moi le matérialiste, c'était moi qui glorifiais la chair et lui accordais la beauté qui n'appartient qu'à l'esprit qui l'a créée, moi qui croyais dans la grandeur de l'homme, lequel, en réalité, comparé à l'infinité des étoiles errantes, à la pureté du cristal ou à l'éternité de l'or, n'est rien. Comme il n'est rien au regard des autres créatures : même une tortue, un éléphant ou un chêne vivent plus longtemps que l'homme le plus avancé en âge. Tandis que moi j'élevais l'homme au-dessus de tout, j'osais le comparer au créateur universel, dont je le faisais l'égal : le païen, c'était moi.

Aujourd'hui encore j'ignore qui de nous deux avait raison. Mais je ne crois pas que Jacometto soit mort parce que deux étoiles se sont malencontreusement croisées. Avec autant d'étoiles dans le ciel, il est évident que certaines sont de bon augure et que d'autres portent malheur. J'ai souvent contemplé le ciel en été, tantôt seul, tantôt avec Marietta. Je n'y ai jamais trouvé aucun message, aucune consolation, même en imaginant d'innombrables étoiles filantes et un univers regorgeant de mondes inconnus. Ce n'est qu'un mécanisme répétitif et aride de corps qui tournoient dans l'espace. Le ciel est vide.

31 mai 1594

Quinzième jour de fièvre

Ainsi je ne passerai pas la nuit. La longue attente est terminée. Tu n'es pas revenu. Mais ils sont tous ici, même si je ne peux pas les voir. Ma compagne est forte, elle ne pleure pas et garde nos filles réveillées en récitant mon psaume préféré. *Bienheureux l'homme qui sera comme un arbre planté près de la rive, qui en son temps donnera ses fruits et sera toujours paré de son feuillage et tout ce qu'il fait prospérera.* La voix lasse de Faustina ne s'est jamais brisée, elle est ferme et sereine, comme elle. De temps en temps, elle s'interrompt et je sais qu'elle me regarde. Je la regarde moi aussi, même si mes yeux ne la voient pas. Je ne lui ai pas dit que sans elle je me serais perdu comme un étranger et aurais erré dans ma vie sans savoir où me diriger.

Mais Faustina le sait de toute façon. Je n'aime pas les au revoir, auxquels elle tenait tant au contraire. Nous nous disions au revoir tous les jours, chaque fois que je sortais, Faustina se mettait à la fenêtre, agitait la main comme si j'allais Dieu sait où et me suivait du regard jusqu'au moment où je franchissais le pont et disparaissais à sa vue. C'est ainsi qu'elle pense sans doute à moi, qui descends sur la berge, passe un pont, suis simplement ailleurs, où elle ne peut pas me voir. Faustina ne s'inquiétera pas. Elle en a l'habitude. Je ne lui ai jamais dit où j'allais.

Mes filles se mouchent. La toile fine de leurs mouchoirs répand un parfum agréable qui me chatouille les narines. J'entends le bruissement de leurs robes, leurs pas légers. Mes filles sentent la rose et le citron, elle sentent la jeunesse et la vie qui reste. S'il m'était donné de prononcer la dernière réplique, je déclarerais que j'ai changé d'idée, je ne veux pas qu'Ottavia et Laura retournent au couvent prendre le voile, je veux qu'elles respirent l'odeur de ce rio, qu'elles foulent les ponts de Venise et profitent du soleil à ma place. Mais mes lèvres sont scellées.

Le pauvre Crabelet est tellement effondré que Dominico lui permet de venir me saluer. Maître, balbutie Nastasio, mon cher maître, s'il y a quelque chose que je puisse encore faire, je vous en prie, ordonnez. Je voudrais lui demander pardon si, en ces cinquante ans, sa présence a été pour moi un grand soulagement, si sa minuscule stature me transformait en géant. Son infirmité consolait ma vanité blessée, me donnait l'illusion que j'étais aussi grand que l'arbre du psaume sur la rive. C'est une pensée mesquine et répugnante que je me reproche et dont j'ai honte. Mais mon serviteur ne s'en est jamais offensé. Au contraire. Je suis, disait-il, le seul maître auprès de qui il ne s'est pas senti un phénomène de foire ni un monstre, mais un homme. Parce que pour moi ils sont tous égaux, rois et bateliers, barons de Fiunga et pestiférés du lazaret, apôtres et servantes, femmes et hommes, vieillards et enfants, anges et nains, le Christ et Pilate, Lucifer et Dieu. Je me suis intéressé à eux tous, j'ai su tous les regarder et tous les peindre avec la même passion.

Dominico va et vient du seuil au lit, arrange mon oreiller, donne des ordres aux domestiques, ouvre et ferme les volets, vérifie que les essences aromatiques que je lui ai conseillées alimentent les torches : aloès, myrrhe, écorce de cèdre et résine de pin. Il orchestre la procession des prêtres avec l'encensoir, l'extrême onction et les crucifix, il les presse d'agir vite pour les sacrements, car mon temps dans la clepsydre s'est réduit à une pincée de sable. Ils me font baiser l'Évangile et la froide croix en obsidienne de Faustina. Tout le monde pousse un soupir de soulagement, parce qu'il n'y a pas eu de mauvaises surprises, le rite s'est accompli. Avec le réconfort de la foi, commente une voix inconnue. Il s'est assoupi sereinement, dit un autre. Dominico réconforte sa mère, embrasse ses sœurs, revient s'asseoir au bord du lit. Je sais qu'il accuse vingt ans de plus qu'il y a deux semaines, ses cheveux sur les tempes sont striés de blanc. Nastasio s'adresse à lui avec déférence en l'appelant maître. Il a déjà pris ma place.

Marco aussi est là. L'un d'eux est sans doute allé le chercher. Ou bien ce fils rebelle est-il revenu tout seul, trouvant le chemin que son frère Giovanni n'a pas su reconnaître. Son retour a provoqué un grand charivari, les pleurs intarissables de sa mère, les cris de ses sœurs, des éclats de plus en plus animés. Je l'ai entendu s'accrocher vivement avec Dominico qui voulait l'empêcher d'entrer, affirmant que je ne veux pas le voir, que sa présence me troublera inutilement, qu'il m'a déjà fait trop de mal, qu'à présent il doit me laisser mourir en paix. Ils ont failli en venir aux mains. J'ai entendu Faustina lui demander où il avait disparu et Marco répondre nulle part, parce qu'il n'y a pas de lieu sur terre, pas même de l'autre côté de l'océan, où il n'aurait pas l'impression d'être en fuite. Et comme ce qu'il fuit est ici, sa place est ici, il lui faudra plus de courage pour rester que pour s'embarquer à destination des Indes ou des Amériques. Et il trouvera le courage de vivre s'ils lui permettent de me voir.

Veux-tu que je le renvoie, papa ? m'a demandé Dominico. Je n'ai pas trouvé de voix pour lui répondre. Ma voix a disparu, elle est partie, comme mes jambes, mes mains, mes paupières, mon corps. J'ai continué à fixer le mur sombre qui m'entoure et Marco s'est écrié : il n'a pas dit oui ! Regardez-le, il n'a pas bougé, s'il avait voulu, il aurait rassemblé ses dernières forces pour me chasser. C'était même ce à quoi vous vous attendiez, et moi aussi. Que mon père se redresse sur ses oreillers et me crache au visage. Dominico s'est écarté et l'a laissé entrer. Marco a posé quelque chose contre la colonne du baldaquin. Je suis allé le récupérer, papa, c'est le gage du vieux Salomon. C'est ton cadeau de mariage. Marietta est ici, regarde ! Mais je n'ai pas pu la revoir. Elle ne viendra plus dans cette maison.

Marco s'est agenouillé au pied du lit et a plongé son visage dans le drap. Il apportait l'odeur saline de la lagune. Il a dû dormir sur l'île, à la belle étoile dans les buissons ou sous l'arbre. Le sable accumulé par le vent contre les racines forme une sorte d'abri. Il y allait souvent, enfant. Après un reproche insupportable, une dispute ou une bêtise, mon fils disparaissait. À son retour, il avait cette odeur de boue saumâtre, d'eau qui fermente, de terre qui se décompose.

C'était Giovanni qui avait découvert sa cachette. Marco se réfugiait toujours au même endroit. Dans la partie la plus éloignée et la plus solitaire de la lagune derrière Torcello, m'a raconté Marietta, parmi les cannaies, les eaux et les sèches, une île apparaît et disparaît selon la marée. Quand les eaux sont basses, elle émerge complètement, c'est alors une sorte de disque sablonneux où au milieu de touffes de joncs maritimes se dresse un vieux chêne vert. Cet arbre tourmenté à la frondaison en ombrelle rappelle l'arbre du psaume toujours paré de son feuillage, qui donnera ses fruits le moment venu, tandis que prospère ce qui pousse à son ombre. Quand les eaux sont hautes, tout est submergé et seul son feuillage dépasse à la surface de la lagune, branches tendues vers le ciel comme des bras. Les oiseaux migrateurs trouvent refuge parmi ses feuilles vivaces. Alors on voit l'arbre de loin. Il semble suspendu entre ciel et eau, sans racines.

Marco atteignait l'île à la nage en partant de Torcello et Giovanni dans une barque, en ramant jusqu'au moment où ses bras s'engourdissaient et où ses mains contractées sur les rames devenaient insensibles. Il sautait sur le sable et tirait la barque à sec sur la plage. Quand Giovanni invitait Marco à rentrer, parce que l'orage à la maison était désormais passé et que cette fois encore on lui pardonnerait, le rebelle secouait la tête. Il enlevait ses chaussures, ses chaussettes, ses vêtements et se prélassait à l'ombre de l'arbre, puis, entrait nu dans l'eau, jusqu'au cou. Je ne sais s'il voulait se purifier ou nous oublier et s'oublier lui-même. Parfois c'était l'été, l'eau était chaude et visqueuse comme de la soupe, parfois c'était l'automne et l'eau mordait et giflait sa chair. Ce rite extravagant avait quelque chose d'irrésistible et le cadet finit par imiter son aîné. Mes fils retenaient leur respiration et plongeaient sous l'eau, s'abandonnant au courant, oublieux de tout, jusqu'au moment où leurs lèvres laissaient monter vers la surface une colonne de petites bulles irrésistiblement attirées par la lumière. Ils se laissaient attirer à leur tour et rentraient à la maison.

Je le savais par Marietta qui, ayant appris l'existence de l'île et des étranges fugues de ses frères, avait voulu se joindre à eux. Elle montait dans la barque avec Giovanni. Et ces expéditions avaient continué y compris quand Marco, malgré des frasques de plus en plus graves, avait cessé de fuguer. Ils partaient l'après-midi, sous un soleil encore haut. L'île pouvait être là ou pas, et dans ce cas ils faisaient demi-tour sans s'arrêter. Mais si elle était là, ils ôtaient chaussures, chaussettes et vêtements pour entrer dans l'eau.

Marietta me parla de l'île, alors qu'elle aurait dû rester un secret entre mes enfants. Je trouvais que c'était insensé. Vous vous baignez tout nus ? lui demandai-je. L'eau est un vêtement, me répondit-elle. Peut-on vous voir ? m'inquiétai-je. Non, ce n'est pas le Lido, personne ne vient se promener dans les parages, tout au plus une barque de pêcheurs qui passe au large. Et *eux*, ils te voient ? Non, je leur ordonne de se retourner et de fermer les yeux. Et qui te dit qu'ils obéissent ? insinuai-je. Je le sais, répondait-elle avec assurance. Que faites-vous ? Rien, on se réfugie à l'ombre de l'arbre jusqu'à ce que l'eau nous arrive à la bouche. Puis on retient notre respiration et on se laisse submerger. Quand on refait surface, le soleil n'est plus dans le ciel et un instant la lagune devient dorée comme si elle essayait de retenir la lumière, puis elle perd toutes ses couleurs, se trouble et s'assombrit. Mais sous l'eau, si on garde les yeux ouverts, on voit le courant qui coule vers Venise, les poissons qui se laissent entraîner par ce fleuve invisible et le sable qui tourbillonne comme de la poussière, tandis que les voix et les bruits les plus lointains courent à la surface de l'eau et viennent frapper l'oreille. L'origine de ce qu'on entend surtout et qui grandit jusqu'à devenir le métronome du temps ne s'éclaire qu'au moment où l'on émerge à nouveau et que cela s'arrête : c'est notre cœur qui bat. Je ne sais pas si on a l'impression de se trouver sur une autre étoile, comme dit Marco, ou à l'intérieur de son âme, mais c'est merveilleux. Le secret est de ne pas s'arc-bouter sur ses pieds, de ne pas bloquer sa respiration, de ne pas tenter de flotter, de contrôler son corps, sa volonté, ses pensées, mais de se laisser aller, de se laisser porter comme un morceau de liège, un bout de bois ou une feuille et de s'abandonner au courant.

Pourquoi ne m'y emmènes-tu pas ? lui demandai-je. Parce que tu as peur de l'eau, Jacomo, me répondit-elle. Mais ce n'était pas la vraie raison. C'est mon désir le plus cher, a-t-elle murmuré, mais je ne peux y céder.

Marco m'a pris les mains, les a couvertes de baisers. Que de choses voulait me dire mon fils sans y parvenir. Il a balbutié quelques mots confus et, au bout du compte, il n'a fait que pleurer. Moi aussi, j'avais beaucoup de choses à lui dire, sans y parvenir davantage. Tant mieux, je n'ai pas envie de clore par une leçon de morale, d'ailleurs je n'en ai jamais fait. Sa tête bouclée reposait sur mes mains comme sur un plateau. Les cheveux de mon fils étaient durs, hirsutes, poisseux de sel. Ses tempes aussi portaient des bavures de sel. Quelque chose de granuleux et rêche qui, je ne saurais dire pourquoi, m'était soudain infiniment cher. J'aurais voulu qu'il ne s'éloigne pas.

Je ne pouvais pas voir Marco, accroupi par terre, blotti contre moi comme un chat, mais je voyais nettement l'île où je ne suis jamais allé, à la pointe la plus éloignée de la lagune, la plage précaire qui parfois est là et parfois pas, l'ombre de l'arbre dont les feuilles ne tombent jamais et sous lequel prospère tout ce qui pousse, le sable hachuré par la marée et la barque tirée au sec avec ses rames. J'ai eu mal aux bras comme si j'avais ramé pendant des heures. L'eau ne semblait pas inhospitalière, elle était dense, d'un rouge vif, un rouge de sang comme dans mon dernier rêve. J'ai quitté chaussures et chaussettes. Le sable refroidissait déjà et j'étais secoué de frissons qui partaient de la moelle épinière. Le courant avait déposé sur la plage des rames, des bouts de bois, des coquillages. Certains avaient des formes inconnues de moi. J'ai ôté ma casaque, ma chemise et mon pantalon. Quelqu'un m'a secoué par l'épaule. Retourne-toi, m'a-t-elle dit, et tout de suite j'ai reconnu sa voix.

J'étais très surpris parce que je ne l'attendais plus. Où es-tu ? Je ne te vois pas ! me suis-je écrié. Je suis ici, m'a répondu Marietta, mais tu ne dois pas me regarder. Retourne-toi. J'ai vu son pourpoint aux boutons dorés, sa chemise et ses chausses écarlates tomber sur le sable. Une force irrésistible m'obligeait à me retourner, mais je savais que je ne pouvais pas, sinon Marietta disparaîtrait, alors je ne me suis pas retourné. Où es-tu ? ai-je répété. Où pourrais-je être ? Je suis à côté de toi, Jacomo, m'a-t-elle répondu. J'ai senti approcher un immense bonheur.

Je l'ai emmenée à Mantoue. C'est Faustina qui me l'a conseillé et je sais combien il lui en a coûté. Elle se souvenait avec nostalgie des jours déjà lointains que nous avions passés seuls là-bas. Nous aussi devions recoller les morceaux, ravauder avec du fil neuf la toile usée de notre mariage. Et l'oisiveté de ces jours à Mantoue, les soirées à la cour, le théâtre, les bouffons, les tournois, la musique, l'éloignement de la maison et des enfants nous avaient rendus l'un à l'autre. Depuis des années, Faustina me demandait quand j'accepterais l'invitation du nouveau duc de

Mantoue, Vincenzo, fils de mon mécène bossu, et quand nous passerions à nouveau quelques mois dans cette ville. J'avais toujours différé. Je ne voulais pas m'éloigner de Venise, ni d'elle.

Le duc Guillaume nous rendait souvent visite Fondamenta dei Mori, à la stupéfaction de nos voisins, et il s'attardait parfois des heures dans mon atelier. Il disait qu'il préférait ma conversation à mes tableaux. Il était persuadé en effet, et non sans raison, que je n'avais pas accordé grande attention à ceux que j'avais peints pour lui. Je pouvais remédier à ma négligence en réalisant une œuvre mémorable pour son palais de Mantoue. Je viendrai, répondais-je invariablement. Le duc Guillaume est mort avant que je puisse tenir ma promesse. Je devais y aller avec Faustina, je m'y rendis avec Marietta. Encore une dette envers mon épouse que je ne rembourserai jamais.

Le nouveau duc de Mantoue mit à notre disposition des appartements dans l'aile ancienne du palais. Certes le séculaire édifice gothique était dépourvu du confort des palais récents, mais notre logis était spacieux et baigné de soleil : les fenêtres donnaient sur le lac. J'ai pensé, maître Tintoret, me dit le jeune duc témoignant d'une sensibilité insoupçonnée, que la vue de l'eau combattra la nostalgie de votre lagune et vous incitera à prolonger votre séjour. En cadeau de bienvenue, il offrit à Marietta un superbe clavecin à la caisse gravée et peinte d'un paysage d'arbres et de rivières, luisant de perles d'ivoire enchâssées dans la moulure. Vous pourrez ainsi jouer à votre guise, madame, lui dit-il. Ne vous privez pas de musique, elle est capable d'alléger la douleur et de nous transporter dans des mondes meilleurs que le nôtre. Comme son père, le duc était féru de musique, il s'entourait de notes comme d'autres souverains de chevaux ou de chiens. Il rétribuait des dizaines de compositeurs, instrumentistes, chanteurs. Marietta essaya de décliner l'offre, embarrassée. Mais quand ses doigts effleurèrent les touches, et que les plectres pincèrent les cordes, la voix de l'instrument retentit aussitôt en accord avec la sienne, si douce et harmonieuse.

Tu vois, j'ai fini par l'accompagner hors de Venise, à la cour. J'aurais dû m'y décider des années plus tôt. Elle aurait peut-être aimé cette vie. Ma fille semblait née pour se promener dans ces couloirs interminables, saluée par les femmes de chambre, ou converser avec des gens de haut rang qui, dotés de tout sauf de la conscience de leurs privilèges, luttent contre l'ennui et recherchent distractions, beauté et intelligence. Elle semblait née pour les désennuyer sans jamais rien exposer d'elle. J'ignore si Marietta aspirait à ce genre de vie. Nous n'aurions pas pu la partager et cela avait suffi à nous l'interdire. À Mantoue cette année-là, nous avons été traités en hôtes. J'avais peut-être mérité une telle marque de reconnaissance, peut-être pas. Mais cet homme que j'avais refusé de servir s'est révélé pour moi un ami, le dernier que j'ai trouvé.

Le duc m'accorda un salaire, que je devrais plutôt définir comme une rente pour mes vieux jours. Il s'attendait à ce que je peigne, bien sûr, mais à la différence de son père, il ne m'infligea pas de chien de garde me suivant à la trace et me rappelant à l'ordre, il ne m'imposa pas un projet déjà fixé dans les moindres détails, ni même un sujet. Ma famille vous estime depuis longtemps, maître, me dit-il, notre patience mérite la récompense de votre génie. Il n'a rien obtenu. Car si j'ai pu encore peindre après, ce fut pour les miens, pour elle. J'ai convoqué les esprits autour du brasero de ma *Cène* dans l'église de San Giorgio Maggiore et j'ai déposé le corps du Fils dans le sépulcre de la Chapelle des Morts. Il n'y avait de place pour rien d'autre, vraiment.

À Mantoue, je suis resté onze mois. Ce temps, qui a semblé si bref pour le voyage de Jacometto, a pour nous été infini. Pendant plus de soixante ans, j'ai peint sans interruption. J'ai consacré chacune de mes journées à la peinture. J'ai peint le jour de mon mariage, le jour où les galées vénitiennes ont écrasé les Turcs à Lépante, le jour où le Palais Ducal a brûlé, ainsi que les jours de la mort de mon père et d'Ottavio. Mais j'ai consacré à Marietta les onze mois passés à Mantoue.

Nous nous levions tard. Nous prenions notre déjeuner dans une pièce aveuglante de lumière, servis en silence et à pas feutrés par les valets maures du duc. Elle s'enivrait des fumets de la nourriture, mais mangeait peu et sans appétit. Mon corps ne garde rien, me murmurait-elle. Je sais maintenant ce qu'elle voulait dire. Si le temps le permettait, nous sortions en bateau. Au début, nous restions à l'ombre des remparts, longeant la ville, sans jamais perdre de vue le château. Puis nous nous risquâmes sur le Mincio, et priâmes enfin le batelier de nous conduire dans la zone des cannaies, la plus inextricable et sauvage. Nous demandions à débarquer. Parfois nous ôtions chaussures et chaussettes, elle retroussait sa robe au genou et nous faisions quelques pas vers l'autre rive. Nos pieds soulevaient des tourbillons de sable et, quand nous sortions de l'eau, nos empreintes restaient sur la boue du fond, indélébiles. Je pensais à l'île que je n'avais jamais vue. J'aurais voulu me déshabiller et me baigner avec elle. Mais on était déjà en automne, l'eau avait refroidi. Elle nous donnait des frissons. Nous nous baignerons l'été prochain, lui disais-je. Marietta acquiesçait et nous contemplions notre reflet dans l'eau, tremblant et précaire. Il suffisait d'un souffle de vent pour nous effacer.

Parfois, nous nous aventurions jusqu'à une clairière protégée par de grands roseaux. Nous étendions une couverture sur l'herbe et nous restions là, observant les migrations des hérons et des foulques, jusqu'au moment où l'humidité tombait et que le brouillard envahissait le lac. Il effaçait la silhouette massive du château, les tours et les toits de la ville ainsi que les voix. Il nous protégeait de la curiosité des autres et de tout devoir, et par là nous rendait à nous-mêmes. Si j'essaie aujourd'hui de me rappeler ce que nous nous sommes dit en ces journées interminables, les phrases me reviennent par bribes, peut-être parce que les mots n'étaient pas l'essentiel. Je me souviens de tout le reste : le bruissement des roseaux, le cri ténu des pluviers, le bourdonnement des insectes, le froufrou des ailes des cailles, les coups de feu des chasseurs, son visage pâle sous l'ombre de son chapeau, ses yeux verts qui s'éclaircissaient au soleil et brillaient entre ses paupières rougies, ses mains amaigries croisées sur son ventre. Ce ne sont pas des souvenirs tristes, Seigneur, même si elle a commencé à mourir en ces journées. Ils rayonnent de lumière au contraire, parce que nous n'attendions rien. L'inquiétude, l'impatience, l'ambition et même le désir s'étaient évanouis. Il n'y avait que la certitude que je me trouvais là où je devais être.

Dans les premiers mois, nous prenions part le soir à la vie de la cour. Je crois Venise elle-même incapable de rivaliser avec la richesse de Mantoue. La vie dans cette ville ressemblait à du théâtre, à un conte de fées somptueux, à un rêve sans fin. Chaque jour apportait des réjouissances. Un bal, une représentation, un concert ou un tournoi fêtaient la venue d'un ambassadeur, une naissance, un anniversaire ou simplement l'existence même du duché de Mantoue, qui avait résisté aux bouleversements d'un siècle difficile pour tous les États italiens et était devenu un écrin d'irréalité, de grâce et de beauté. Je m'amusais de la prodigalité de mon hôte, de sa faim insatiable, presque infantile, d'œuvres d'art, de nouveaux jeux, de nouvelles musiques. Et de nouvelles femmes. Le duc avait dû prouver qu'il ne ressemblait pas à son père et n'était pas impuissant. On l'avait obligé à une exhibition rebutante : déflorer en public une orpheline afin de pouvoir se marier. Et maintenant il collectionnait les favorites comme il collectionnait les tableaux. J'ignore s'il a jamais pensé ajouter ma fille à ladite collection. Peut-être les rois et les empereurs qui l'avaient réclamée à ses vingt ans y auraient-ils été enclins. Au début, le jeune duc lui proposa de chanter, il savait qu'elle avait chanté jadis pour son père dans mon atelier : Marietta avait dix-huit ans, dans sa bouche les vers d'amour des madrigaux donnaient le frisson, elle était une interprète spontanée et troublante. C'était ce que le duc Guillaume lui avait rapporté. Je vous remercie, dit Marietta avec un sourire, mais de même que vous n'êtes pas ce duc, je ne suis plus cette femme.

Ses paroles résonnaient comme un refus, pourtant Marietta prit langue avec le luthiste pour donner un concert dans la salle des glaces la semaine suivante. C'était là que tous les vendredis les musiciens jouaient pour la cour. Cette salle avait été voulue par le duc Guillaume, plus grand amateur de musique encore que son fils, qui s'était piqué de passer à la postérité non seulement comme l'architecte et le restaurateur du Palais Ducal ou comme l'artisan de la richesse de son État, mais aussi comme un grand compositeur. À l'entrée de cette salle, il avait fait accrocher un de mes tableaux représentant les neuf muses. Le tableau était toujours là. Les jeunes femmes jouaient, nues, dans un paysage idyllique, dos au spectateur. Leur nudité, absolue beauté, rentrait dans l'harmonie cosmique.

Mantoue accueillait les meilleurs musiciens d'Europe. Une autre aurait refusé de se produire devant un auditoire aussi averti. Mais Marietta n'eut pas davantage peur à ce moment-là qu'à dix-huit ans. Elle s'inclina devant le duc, me sourit, puis se mit à chanter, avec une suprême douceur. Les glaces tapissant les murs renvoyaient son image à l'infini. Marietta se multipliait autour de moi, une, neuf, mille Marietta m'entouraient et me souriaient, comme en rêve. Harmonie cosmique, absolue beauté.

Elle suscita l'émotion et l'enthousiasme, les applaudissements n'en finissaient plus. Elle chanta d'autres fois, avec la même intensité. Elle chanta les madrigaux qu'elle aimait, ceux que j'aimais et lui avais appris voilà bien longtemps. Y compris *Viens ô doux trépas*. Y compris *Toi qui es ma vie*. Elle chantait en regardant droit devant elle et ne semblait pas se voir dans les glaces, ni nous voir. Sa voix s'était faite ténue comme du cristal, et un soir elle se brisa brusquement. La musique s'arrêta. Un grand silence tomba sur la salle. Nous étions au moins cent : personne n'ouvrit la bouche, tout le monde retenait son souffle, attendant qu'elle reprenne là où elle s'était arrêtée. Mais Marietta ne reprit pas. Elle ferma sa partition et vint s'asseoir près de moi. Elle n'a plus jamais chanté.

On ne nous a plus rien demandé. Nous aimions écouter la musique sacrée, dans la pénombre de la basilique du palais, les quatre voix du *Magnificat*, les huit voix des motets sacrés qui s'élevaient sous la haute voûte de l'église. Et la musique profane, assis au fond de la salle des glaces – entourés de Jacomo et Marietta, de Marietta et Jacomo – tandis que les cinq voix des madrigaux se poursuivaient entre ces murs sans jamais se rattraper. Nous avions l'habitude de veiller tard. Les jeux des bouffons et les obscénités des comédiens nous faisaient rire aux larmes. Le soir de Carnaval nous avons même dansé. Nous ne nous étions pas costumés. Marietta portait sa robe de velours rouge, au bustier lacé de cordons dorés. Elle ressortait comme une flamme au milieu du salon. Dames et courtisans exécutaient la danse de la torche. Mais quand ce fut son tour, elle abandonna aussitôt la torche entre les mains d'un ambassadeur, vint m'inviter alors que je me tenais à l'écart, adossé contre le mur, et refusa ensuite de changer de cavalier. Avec mes articulations grinçantes et mes genoux rouillés, je l'ai entraînée au milieu du salon et nous avons continué à danser alors que le jeu était fini et que les autres étaient partis, jusqu'à ce que la cire du dernier chandelier ait fondu. Marietta était si légère à la fin, Seigneur, j'avais l'impression d'étreindre du vent. Je savais qu'elle m'échappait et j'essayais de la retenir. Mais elle partait avec la musique, se dissolvait dans les salons et s'envolait par les fenêtres, dans les profondeurs de la nuit.

Mon épouse vint me voir une seule fois, début janvier. Notre absence se prolongeait bien au-delà du nécessaire. Il avait neigé pendant trois jours, elle nous trouva dans le parc du château, prenant le soleil sur un banc. Autour de nous, les enfants des nobles courtisanes avaient engagé une bataille de boules de neige effrénée. Marietta accueillit Faustina avec beaucoup de chaleur, mais sans réussir à s'intéresser aux nouvelles de la maison qu'elle apportait. Elle écouta avec distraction les paroles affectueuses que lui envoyaient Ottavia, Laura et ses sœurs religieuses, qui toutes affirmaient sentir cruellement son absence, ainsi que l'invitation à revenir de Dominico et Marco, parce qu'elle devait se remettre au travail sans tarder et ne pas oublier qui elle était ni priver le monde de ses tableaux. Elle parcourut rapidement la lettre que son mari lui écrivait de Venise. Car le bijoutier était revenu, et l'attendait. Faustina me dit qu'entre mille autres projets Marc Augsbourg lui proposait de déménager en Allemagne, à Augsbourg. Ou bien à Prague, où il trouverait le moyen de la présenter à l'empereur. Ou encore de revenir dans la demeure de Fondamenta dei Mori, chez moi, si c'était ce qu'elle souhaitait. Il était prêt à tout, pourvu qu'elle revienne. Mais Marietta chaussa à nouveau ses lunettes aux verres fumés, glissa la lettre dans son manchon de fourrure et s'absorba dans la contemplation des gamins qui s'ébattaient dans la neige.

Elle va mal, me reprocha Faustina, troublée, tu ne t'en rends donc pas compte ? Il faut la ramener tout de suite à Venise, nous consulterons les meilleurs médecins physiologistes de la ville, Flangini, Amalteo, Julio Fonte, Fabio Glissenti, qui tu veux. Tu ne peux pas rester ici comme si de rien n'était. C'est criminel, Jacomo. Je lui ai répondu que cette fois c'était elle qui choisirait, et que je m'en remettrais à sa volonté. Si Marietta voulait partir, je l'emmènerais à la maison. Si elle voulait rester, je resterais.

Faustina repartit seule, vingt jours plus tard. Elle lui demanda si elle voulait lui confier une lettre pour Marc Augsbourg. Je ne sais que lui écrire, répondit Marietta. Demande-lui de ma part de me pardonner. Nous recevions du courrier presque tous les jours. Tout le monde lui écrivait : son mari, Dominico, ses amies, ses clientes et même Zanetta. Marietta avait cessé depuis longtemps de la fréquenter : après la naissance de l'enfant, plus rien n'existait pour Marietta, ni les tableaux, ni les pinceaux, ni les couleurs, et la lunetière pas davantage. Seul l'enfant existait, son sommeil, ses pleurs, son lait, ses coliques, son rot, son premier sourire, sa première dent. Mais elle lui écrivait encore. Marietta ne lisait pas ses lettres. Sur certaines le sceau resta intact. Cette femme avait une calligraphie hésitante, elle n'était pas instruite. Mais elle prétendait le contraire, car elle était de ces gens qui ne se résignent pas à leur destin et essaient de l'infléchir en se battant par tous les moyens. Je le savais. Des pages et des pages foisonnant de mots. J'aurais aimé les lire. J'aurais aimé savoir quels mots elle avait choisis pour mon étincelle et quel rôle elle avait tenu dans sa vie. Mais je n'en avais pas le droit. Je les ai brûlées moi-même car si je les avais gardées, j'aurais fini par en prendre connaissance. À la fin, j'ai appris à respecter les secrets de Marietta, et tout ce qu'elle avait voulu préserver de moi.

Pendant que je remuais les braises avec la pince, un morceau de lettre atterrit entre mes mains. Il disait : « Chère amie, c'est par l'âme qu'il faut commencer à se soigner, et alors, tu verras, le corps guérira. » Marietta s'attardait devant son écritoire, parfois elle répondait aux lettres dans sa calligraphie ample, malhabile et penchée à droite comme une vague, plus souvent elle se limitait à laisser l'encre sécher sur sa plume et à contempler par la fenêtre le lac recouvert d'une mince couche de glace et la plaine aveuglante.

Je n'ai peut-être jamais quitté Mantoue. Je suis encore là-bas, dans le grand appartement glacial, dans les courants d'air et les vents coulis, blotti près de l'âtre. Nos doigts entrelacés sur la couverture, sa tête sur mon épaule. C'est là que je voudrais revenir. Ces moments en suspens, nus, dépouillés de tout, je les ai vécus immensément. J'étais là, Seigneur. Elle le savait, et c'est tout.

Au retour du printemps, nous avons repris nos vagabondages dans les cannaies. Nous sortions encore en barque sur le lac, mais elle n'était plus en état de descendre à terre. Nous demandions au batelier de ramer tant que les berges ne disparaissaient pas dans la brume, puis il jetait l'ancre au milieu du lac, devant une petite île de sable dominée par un grand saule, et nous y restions jusqu'à la tombée de la nuit. *Bienheureux l'homme qui sera comme un arbre planté près de la rive,* me récita-t-elle un jour à mi-voix, *qui en son temps donnera ses fruits et sera toujours paré de son feuillage et tout ce qu'il fait prospérera.* Cet arbre, me dit-elle, la faisait penser à moi. Et elle pleurait de tant de beauté.

Faustina m'a demandé parfois pourquoi je n'ai pas réussi à empêcher cela. En réalité, elle se le demandait à elle-même, car elle non plus n'a pas réussi à retenir Zuane et cette conscience nous a unis quand tout a volé en éclats. Nous avons fait front commun autour du vide que leur empreinte a creusé en nous, et chacun des deux a respecté la profondeur de la douleur de l'autre. Il n'y a pas eu de place pour les accusations ou les regrets. À la fin nous sommes devenus complices et compagnons. Mais nous avons dû les perdre, Faustina et moi.

Il est faux que je n'ai pas tenté de l'empêcher, Seigneur, et je ne pourrais pas me le pardonner si tel avait été le cas. Mais Marietta ne voulait plus rien. Pas même la musique. Et la peinture encore moins que le reste. Je l'ai aimée parce que tu l'aimais, Jacomo, me dit-elle pendant un de nos après-midi sur le lac, mais elle n'a jamais été à moi, et maintenant qu'elle m'a quittée, je ne la regrette pas. Je n'aurais jamais été capable d'y consacrer ma vie entière. Je n'ai jamais réussi à m'identifier avec ce que je faisais, je ne pouvais pas croire que j'étais ce que je peignais. Peut-être parce que je suis une femme ou parce que je n'ai jamais été une véritable artiste. Tu voulais que je le sois et j'ai essayé de ne pas te décevoir, mais je n'en ai pas été capable. Je sais que tu m'as pardonné et que cela ne t'importe plus. Tu aurais pu te passer de tout, même de nous, même de moi. Nous ne te sommes pas du tout nécessaires. Tu te suffis à toi-même. Tu es le monde. Mais je ne suis pas de cette pâte. Un moment est venu où j'ai découvert un grand vide en moi. J'ai essayé de le combler de toutes les façons et il n'a cessé de grandir. Je voulais quelque chose d'autre, et je n'ai toujours pas compris quoi. Mais, quoi que ce soit, désormais, je ne le veux plus. Je ne regrette pas Marc, ni même mon enfant, si tu veux le savoir. Ne me demande rien, je n'ai pas de réponses, le vide est comblé à présent. Voilà bien longtemps, dans le bûcher, tu m'as dit que nous devons donner une forme achevée à notre vie avant que la mort ne nous surprenne. La mort surprend le boulanger quand il enfourne sa pâte, le soldat au combat, le comédien sur scène, le peintre devant son chevalet. Et toi, *Marieta*, m'avais-tu dit alors, dans quelle activité veux-tu qu'elle te surprenne ? Réfléchis avant de me répondre, car cette réponse contient ta vérité, le sens de ta vie et ton bonheur. À ce moment-là, je n'avais pas su te répondre. Maintenant je saurais, je ne veux rien d'autre que rester ici, avec toi.

En juin, nous avons cessé nos promenades en barque. Marietta n'a plus quitté nos appartements. Le duc s'informait constamment de ses exigences, de sa santé. Il nous envoyait des primeurs, cerises, pêches, gibier. Mais elle se contentait de les regarder. Le duc me proposa les services de son médecin personnel, un homme qui avait guéri des maladies impossibles, mais Marietta refusa de se laisser ausculter. Dominico m'écrivait des lettres de plus en plus inquiètes, il me disait que je devais absolument rentrer : Marco, les religieuses, les cadettes, ma femme, même mes tableaux avaient besoin de moi. J'étais le pivot et le moteur d'un univers, le soleil de leur galaxie, l'avais-je oublié ? Je ne pouvais pas laisser mes planètes dans la nuit ou bien tout s'éteindrait. Je répondais que j'allais bientôt revenir.

Les derniers temps, je ne sortais plus moi non plus. Je ne l'ai pas quittée un seul instant et il fallait qu'elle s'assoupisse pour que je me souvienne de me raser, de manger, de me laver. Nous étions de nouveau dans le bûcher, je sentais l'odeur de résine et d'aloès. Mais cette fois, je n'avais pas d'onguent dont enduire sa poitrine ni aucun espoir. Les jours glissaient les uns après les autres, et j'ai cessé de les compter. Elle dormait beaucoup, mais quand elle ouvrait les yeux, elle savait que j'étais là. Je ne l'aurais jamais quittée, Seigneur. Sauf si elle l'avait voulu. Je la coiffais, changeais sa chemise. Je lavais ses bras et son front avec l'éponge. Je vidais son vase de nuit, je veillais à tout. Je n'ai jamais éprouvé de dégoût, au contraire. Elle refusait son corps, et moi j'en prenais soin. Elle me l'avait confié. Peut-être depuis toujours, mais je n'avais pas pu le prendre.

Sa main était de plus en plus froide. Rien ne parvenait à la réchauffer, on était en juillet et j'allumais toujours le feu dans l'âtre de sa chambre. Les tisons qui crépitaient me rappelaient les craquements du plafond de ma chambre sous ses pas, des décennies auparavant, semblait-il, alors que c'était hier. Nous avons été seuls à la fin, quand le feu aussi s'est éteint et que sa main était de la neige entre les miennes. Je lui ai embrassé les doigts, comme si je pouvais leur redonner de la chaleur. Laisse-moi partir, Jacomo, m'a-t-elle dit, et j'ai obéi.

Je l'ai vêtue de blanc et ramenée chez nous. Le duc a mis à ma disposition un chaland surmonté d'un baldaquin de satin blanc. C'est moi qui l'ai voulu blanc et pas noir, parce qu'elle l'aurait choisi ainsi. Les porteurs ont posé le cercueil à l'ombre du dais et aux quatre coins du chaland, ils ont allumé les torches aromatisées que j'avais demandées, qui brûlaient de la résine, du bois d'aloès, de l'encens et de la myrrhe. Puis je me suis assis à la poupe et les bateliers nous ont confiés au courant.

Le fleuve nous a emportés à Venise. L'eau n'est jamais pressée, parce qu'elle connaît la direction et qu'elle en trouve toujours une. Toute ma vie, je suis allé vite, comme si j'avais le feu aux trousses. Cette fois, je découvrais le plaisir de la lenteur, c'étaient mes derniers instants à ses côtés. La force du courant me berçait, me procurant une sorte d'étourdissement qui m'empêchait de penser, de sombrer dans la réalité crue, de me rendre compte que tout était fini, et que cette bière, à l'abri du baldaquin, renfermait ma bien-aimée. Le scintillement de l'eau, le clapotement des vagues, la brume qui montait du fleuve au crépuscule m'étaient au contraire familiers. Le paysage que nous avons traversé était si serein, Seigneur. Les étendues de roseaux aux panaches laineux bruissant dans le vent, les barques à fond plat des pêcheurs, les nasses flottant dans le courant, les lavandières aux jupes retroussées sur leurs cuisses, genoux dans l'eau aux abords des villages, les autres chalands qui remontaient vers la Lombardie et les confins de l'Europe, transportant du bois, de la soie, des épices, les grands saules verts et argentés sur les rives : elle les aimait si fort que je les regardais pour elle. Je ne m'en suis peut-être rendu compte que sur ce chaland : pendant trente-six ans tout ce que Marietta a regardé était pour moi. Tout ce qu'elle a aimé était ce que j'aimais, et il n'y a rien de plus grand.

Nous avons navigué pendant trois jours. La nuit aussi je dormais à bord, parce que je ne voulais pas la laisser seule. Le Mincio nous a emmenés au Pô, et le Pô à Ferrare, puis dans le delta nous avons quitté le fleuve. Le chaland a pénétré dans un dédale de canaux, un réseau très dense qui circulait dans la plaine comme les veines dans le corps. La végétation était si touffue que l'horizon est devenu vert. Nous ne croisions plus de péniches de marchandises ni de pêcheurs. Nous étions seuls avec les oiseaux et les bœufs qui, sur la berge, nous halaient patiemment vers l'Adige. Mais je n'étais pas triste, Seigneur. Je sentais au contraire en moi une grande plénitude. Je regardais tout pour elle et je savais qu'elle était toujours avec moi. Et je savais aussi qu'elle a toujours vécu ainsi, et que personne ne pouvait me l'enlever. Tu l'as tuée, mais tu n'as pas gagné. Tu n'avais plus aucun pouvoir sur moi. Je t'avais échappé. J'étais à la poupe sous le soleil d'été, coiffé d'un méchant chapeau de paille, et j'inhalais ce parfum de résine qui était le nôtre depuis toujours et le sera à jamais, je regardais les berges, les plages de sable, les méandres où nageaient les cygnes, je respirais l'odeur saline de la mer désormais proche. Et j'étais heureux.

À Chioggia, nous sommes montés sur un bateau et la marée nous a emmenés à Venise, cet ample flux qui est la lymphe et la respiration de Venise, qui apporte vie aux canaux et reflue en emportant les déchets et ce qui ne sert plus. La marée qui a accompagné toute ma vie et la résume, la marée qui marque l'abondance et le manque, le début et la fin du jour, et qui à présent est ma respiration et le dernier bruit qui me reste. La lagune était calme et sans vent. Nous sommes entrés dans le Grand Canal à l'aube, accompagnés par la cloche de l'Arsenal qui annonçait le début d'une nouvelle journée. Ma ville émergeait de la brume nocturne en tremblant, dansant et ondoyant comme son propre reflet et, dans l'obscurité désormais bleu d'azur, elle n'était pas plus réelle qu'un souvenir. La marée nous a déposés devant chez nous et, dès lors, elle n'a cessé de monter. Je l'ai ensevelie le jour même.

À la Madonna dell'Orto, le caveau familial est au pied des grandes orgues : quand personne ne joue et que les battants sont fermés, la petite Marie de mon tableau semble quitter le sol pour monter timidement, mais sans hésitation ni crainte, les quinze marches de l'escalier monumental où, là-haut, quelqu'un l'a appelée à un destin d'élection et de solitude. Ce quelqu'un, ce n'était pas toi, Seigneur. Seule Marietta sait que c'était moi qui l'attendais en haut de l'escalier du temple.

L'organiste a voulu donner un concert pour elle et il a convoqué les violes, les flûtes, les fifres, les luths et les vielles, qui ont joué ses compositions préférées. Des éphèbes à la voix aussi limpide et pure que la sienne ont chanté *Veni, dilecta mea* et *Tota pulchra es amica mea*. Les rares personnes qui la connaissaient et tous ceux qui avaient seulement entendu parler d'elle sont venus. L'affluence était telle que tout le monde n'a pas pu rentrer dans l'église, beaucoup sont restés sur le campo, au soleil. Pendant la cérémonie, nous avons laissé les portes ouvertes, pour que tout le monde entende. La messe a été célébrée par les amis de mes ultimes années, les pères célestins, mais pendant que j'écoutais le sermon, mon esprit s'est évadé. Elle n'est pas là où ils affirment qu'elle m'attend, mais en moi, là où personne ne pourra la blesser. Je prendrai soin d'elle, je ne tolérerai aucune insulte, aucune douleur, aucun oubli. Je la rappellerai et la ferai vivre, et tant que je vivrai, dans ce temps et au-delà si cela m'est donné, elle vivra aussi. Dans ma chair vibraient encore le lac de Mantoue, le fleuve, la mer, puis la lagune et j'entendais les vagues clapoter contre la coque et la marée haleter comme une respiration. Quand ils ont repoussé la dalle, elle était encore en moi, et le bruit du marbre qui glissait sur le cylindre de fer, puis tombait sur le sol avec un bruit mat, scellant son tombeau, ne m'a pas touché non plus. Pourtant, quand l'église s'est vidée, le cérémonial fini, tout était désormais inutile, opaque, éteint.

Ferme les yeux, Jacomo, a-t-elle murmuré. Sa voix m'a secoué de ma torpeur, je me suis mis à vibrer comme une corde. Alors je me suis aperçu que le crépuscule était venu, le soleil flottait sur l'eau comme une pièce de monnaie incandescente. Allez savoir, le soleil est peut-être bien le centre du monde. Ou peut-être existe-t-il des millions de soleils et des millions de mondes. Et nous ne sommes qu'un monde infinitésimal à l'intérieur d'un monde infinitésimal, aussi insignifiants dans l'univers qu'une fourmi sur un arbre ou un grain de sable au fond de la mer. Monde parfait pourtant dont l'autre n'est qu'un pâle reflet. Et c'est peut-être notre insignifiance même qui nous rend dignes de l'infini. Venise était loin, à peine un friselis miroitant à la surface de la lagune, je n'arrivais pas à la distinguer, comme si elle n'était plus là où elle avait toujours été.

Ferme les yeux à présent, a dit Marietta en me prenant la main. La sienne était froide comme un flocon de neige. J'ai serré les doigts autour de son poignet. Mince comme quand elle était enfant ou comme les derniers jours à Mantoue. Je l'ai suivie sur le sable jusqu'au moment où l'eau a atteint mes chevilles. Je n'avais plus peur. Je me suis livré à elle, je me suis agrippé à sa main de toutes mes forces.

Aïe ! a crié Marco qui n'avait pas bougé, tapi par terre contre moi comme un chat, tu me fais mal, papa ! Regardez, il me serre avec une force surhumaine. Il veut peut-être nous dire quelque chose. Oh non ! a crié Faustina, ne pars pas Jacomo, nous ne pouvons pas nous passer de toi, je t'en prie mon amour, ne nous quitte pas, reste.

Je me suis mis à trembler. J'étais secoué de frissons. L'eau était plus froide que la main de Marietta. Elle est montée à mes genoux, à mes hanches, à mon estomac, à mes épaules, à ma gorge. Je me suis laissé conduire par elle à l'ombre dense de l'arbre, jusqu'au moment où l'eau a frôlé mes lèvres. Elle avait un goût d'algues, de terre, de sel. Puis mes orteils ont perdu le contact avec le sable. Elle si petite ne devait déjà plus avoir pied. Je me suis demandé comment elle pouvait flotter. Mais si flotter ressemble à voler et si elle était vraiment mon ange, alors elle en est capable. Marietta me tenait toujours la main. Mais je craignais que le courant ne nous sépare et je l'ai attirée vers moi, j'ai entouré sa taille de mes bras, le contact de sa chair douce et ferme m'a rassuré, me garantissant qu'elle était vraiment à côté de moi et que tout ceci était vrai. On va plonger, a-t-elle dit. Retiens ta respiration.

J'ai été pris d'une étrange impatience. Je voulais voir moi aussi la marée rouler vers Venise, le sable tourbillonner, les poissons s'abandonner au courant et découvrir le secret du liège, du bois et de la feuille d'arbre. Plus que tout, je voulais la voir, elle. Mon étincelle, Marietta, mon âme. J'ai ouvert la bouche, j'ai inspiré à fond, je me suis rempli les poumons. Je suis devenu léger comme une bulle de savon, comme un flocon de poussière, comme l'air que les lèvres laissent irrésistiblement monter vers la lumière. Marietta m'a dit : ouvre les yeux à présent, Jacomo, et moi aussi je me suis abandonné au courant.

Je suis mort entre les bras de mon fils le plus imparfait et le plus aimé.

Exitus

Le soleil s'est levé pour la troisième fois. Les fenêtres sont ouvertes, c'est un clair matin de juin. Ma chambre est baignée de lumière. Sur le canal se tient le marché aux légumes, les barques entament à peine l'eau calme et glissent par-delà le battement rythmique des rames. La marée a atteint son plus haut niveau et reflue vers la pleine mer. Elle emporte les peaux de pêche, les graines de melon, les papiers gras, les rats noyés, les objets sans vie. Et moi avec. Les torches sont éteintes, les larmes essuyées, une grande foule s'est réunie sur la berge, un flot coloré et bruyant qui d'un côté remplit le campo, envahit le pont et se presse devant l'église, et de l'autre serpente sur le quai où donnent mes fenêtres pour franchir le petit pont sur la Sensa, s'engorger dans la calle étroite en face et déborder sur la Misericordia et les Ormesini, à perte de vue. Partout des étendards, des bannières, des cierges et des guirlandes de fleurs. Je crois qu'ils sont venus pour moi, mais c'est sans grande importance. La vie va comme elle est toujours allée. Elle est ce chaos, les voix de ceux qui restent, les événements précieux qui arrivent tous les jours et ceux qui n'arrivent qu'une fois ou jamais, la gloire publique et l'échec anonyme, les conquêtes et les erreurs, les mystères sublimes et les idioties monumentales, la plénitude et le vide, le rêve et le réveil, l'infini et le néant, les ténèbres qui nous anéantissent et la lumière qui nous appelle, cette odeur de vin et de pain frais, de cendre et de bois, d'eau et de lagune. Je n'ai ni faim ni soif. La douleur m'a quitté avec la nostalgie, la tension et l'impatience. Je peux m'en aller, enfin. Le voyage est fini, j'ai traversé les trois royaumes. À présent, vous pouvez allumer le bûcher.

« Les miracles arrivent.
Si l'on prend soin d'appeler miracle ce jeu de spasmes lumineux.
L'attente a repris, la longue attente de l'ange,
de sa rare et imprévisible descente. »

Sylvia Plath, *Corbeau noir par temps de pluie*

Composition et mise en page

NORD COMPO
multimédia

Cet ouvrage a été achevé d'imprimer en juin 2013
dans les ateliers de Normandie Roto Impression s.a.s.
61250 Lonrai
N° d'impression : 132154
N° d'édition : L.01ELHN000262.N001
Dépôt légal : août 2013

Imprimé en France